T0153570

# Le Paysan parvenu

Marivaux

# Le Paysan parvenu

Édition critique par Frédéric Deloffre
et Françoise Rubellin

PARIS
CLASSIQUES GARNIER

Spécialiste de littérature française du XVIIIᵉ siècle, Frédéric Deloffre a consacré plus particulièrement ses travaux aux auteurs polygraphes qu'étaient Voltaire et Marivaux. Éditeur avec Françoise Rubellin du *Théâtre complet* de Marivaux, il a renouvelé l'étude et la réception de son œuvre.

Françoise Rubellin est spécialiste du théâtre du XVIIIᵉ siècle et plus particulièrement de l'œuvre dramatique de Marivaux. Ses travaux s'intéressent également aux théâtres de foire, aux rapports entre théâtre et musique et à la parodie d'opéra. Elle est notamment l'auteur de *Marivaux Dramaturge : La Double Inconstance, Le Jeu de l'Amour et du Hasard* et de *Parodier l'opéra : pratiques, formes et enjeux*.

Couverture : *Picardie – Paysans et Bourgeois de la Somme*, gravure du XIXᵉ siècle, auteur inconnu, ebay.fr

Réimpression de l'édition de Paris, 1992.

ISBN 978-2-8124-1845-7
ISSN 2417-6400

# AVANT-PROPOS

L A *première édition du présent ouvrage (1959) avait suivi de près celle de* La Vie de Marianne *(1957). Elle répondait au même besoin : restituer le texte authentique du* Paysan parvenu *falsifié par deux éditeurs du* XIXe *siècle, Duviquet et Duport, suivis par tous les autres, jusque dans les plus illustres collections. Sans que notre travail ait été remis en question, de bonnes raisons justifient pourtant cette nouvelle édition.*

*La première tient à la multiplication des études sur Marivaux parues depuis une trentaine d'années et à la remarquable qualité de certaines d'entre elles : les thèses de doctorat d'État de Henri Coulet et de Michel Gilot ne font pas seulement honneur à cette institution désormais abolie, elles apportent une inappréciable contribution à la connaissance de tout le contexte moral et littéraire dans lequel Marivaux a conçu les cinq livres authentiques de son roman.*

*La seconde est que le reste de l'œuvre de Marivaux est beaucoup mieux connue. Cinq romans de jeunesse ont été mis à la disposition du public, voire découverts, comme le* Télémaque travesti *; en même temps, les virtualités dramatiques du* Paysan parvenu *étaient révélées par la mise à jour de deux comédies, dont une de Marivaux, qui en sont directement issues. Ainsi peut-on marquer mieux sa place et dans l'œuvre de son auteur, et dans la littérature du temps.*

*Comme dans l'édition précédente, le commentaire vise surtout à préciser le cadre historique et sociologique du roman. Plutôt que de modifier notre présentation pour y inclure divers apports* de la critique, nous lui avons conservé fondamentalement son caractère original. En revanche, nous n'avons pas seulement remis à jour la Bibliographie, mais nous en avons considérablement développé la partie critique : ainsi chacun pourra opérer sa propre sélection en fonction des perspectives souhaitées.

La Chronologie a pu être affinée grâce à de nouvelles découvertes, notamment celles de Michel Gilot. Le texte de l'ouvrage a été revu avec un soin particulier par Françoise Rubellin. Le Glossaire, incluant des remarques de grammaire, a été naturellement conservé, ainsi que la « Table générale des matières », dressée sans doute par Marivaux lui-même pour mettre en valeur les réflexions morales semées dans son roman.

Nous ne sommes pas revenus sur le parti que nous avions pris de présenter un texte d'allure moderne : il n'y a aucun intérêt à écrire j'avois ce que Marivaux prononçait et que Voltaire écrivait déjà en 1734 j'avais. Comme l'orthographe, la ponctuation a été régularisée conformément à des normes qui se sont imposées dès la fin du XVIIIᵉ siècle, c'est-à-dire notamment que nous avons supprimé la virgule entre le sujet et le verbe, ou devant une proposition complétive introduite par que. En revanche, on n'a pas introduit les guillemets et les tirets inusités à l'époque, et rendus inutiles par divers procédés, comme l'emploi constant de verbes en incise.

Il va de soi que les renvois sont faits désormais aux éditions fidèles enfin disponibles de la totalité de l'œuvre de Marivaux, à savoir La Vie de Marianne, le Théâtre et les Journaux dans la collection des Classiques Garnier, et les Œuvres de jeunesse à la Bibliothèque de la Pléiade (1972).

# INTRODUCTION

En composant un nouveau roman dans l'intervalle qui sépare la seconde et la troisième partie de La Vie de Marianne (*1734 - début 1735*), Marivaux donnait une preuve surprenante de la souplesse de son talent. Non seulement les cinq livres de son Paysan parvenu *alternaient, d'abord avec les onze feuilles d'un périodique,* Le Cabinet du Philosophe, *puis avec deux comédies,* La Méprise *et* La Mère Confidente, *mais, à l'intérieur même du genre narratif, cette dernière œuvre constituait la réplique en même temps que l'antithèse de celle qui venait de la précéder. Cette oscillation entre deux formes opposées du roman n'était assurément pas nouvelle chez lui : vingt ans auparavant, les parodies burlesques de* La Voiture embourbée, *du* Pharsamon *et du* Télémaque travesti *venaient interrompre ou encadrer les livraisons des tragiques et tendres* Effets surprenants de la Sympathie. *Mais, pour cette raison même, on ne doit pas la prendre à la légère, et elle trahit certainement une constante essentielle de l'esprit de Marivaux.*

*Pour* La Vie de Marianne, *les aventures d'une jeune fille de naissance illustre et mystérieuse, embellie par sa grâce et par ses malheurs, avaient permis*[1] *de rat-*

---

1. Voir notre Introduction à *La Vie de Marianne*, Classiques Garnier, p. VI.

*tacher ce roman à la tradition romanesque, d'origine espagnole, qui, passant par des fortunes diverses, avait produit en France des œuvres telles que* La Princesse de Clèves, Zaïde *ou* Manon Lescaut. *Avec* Le Paysan parvenu, *les choses ne sont pas tout à fait si claires. L'histoire d'un petit paysan issu tout platement d'un vigneron de Champagne, et qui commence sa carrière par la profession de valet, marque un genre tout dégagé des illusions et des conventions romanesques. Mais lequel? Ce n'est pas le genre pseudo-historique illustré par Courtilz de Sandras dans une œuvre telle que* Les Aventures de M. d'Artagnan. *Ce n'est pas non plus exactement le genre burlesque. L'auteur du* Paysan parvenu *s'efforce constamment de cerner d'aussi près que possible la réalité des êtres et des sentiments. Or le burlesque ne se définit nullement comme une tentative d'appréhender une quelconque réalité. Il ne se soucie même nullement de cela, puisque son seul point d'appui extérieur réside dans une œuvre littéraire dont il est la parodie. Aussi convient-il parfaitement à l'écrivain débutant, qui n'ayant encore rien de précis à dire, y trouve un prétexte à s'ébrouer. Par exemple, les péripéties grotesques d'un festin de noces qui occupent tout un livre du* Pharsamon[1] *ne sont inspirées à Marivaux par aucun événement réel. Ce sont les pures saillies d'une imagination mise en branle par l'épisode des Noces de Gamache de Cervantès. Presque tout ce roman du* Pharsamon, *l'essentiel de* La Voiture embourbée *et du* Télémaque travesti *sont ainsi les exercices de virtuosité d'un brillant écolier qui découvre avec délices la littérature[2].*

*Faut-il pour autant renoncer à voir dans les œuvres de cette époque tout lien avec* Le Paysan parvenu? *Ce serait mal*

---

1. Le livre VII, *Œuvres de Jeunesse,* p. 579-607.
2. Fielding commence de même une carrière d'écrivain réaliste par deux romans parodiques : *Joseph Andrews* et *Jonathan Wild le Grand.* Un de ses biographes français le rapproche à ce titre de Marivaux (A. Digeon, *Les Romans de Fielding,* 1923, p. 127).

*connaître Marivaux, dont le génie ne procède pas par rupture,
mais par approfondissement et mûrissement. Dans ces romans
burlesques de jeunesse, la caricature se fait parfois plus légère :
elle devient un réalisme un peu gros, un peu grimaçant encore.
Lorsque, précisément dans cette septième partie du* Pharsamon, *le valet Cliton raconte sa vie, son ton est déjà, à peu de
chose près, celui d'un* Jacob *en belle humeur :*

Pour en revenir à moi, je vous dirai donc, messieurs et
mesdames, ce que vous ne savez pas encore : je m'appelle
Colin de mon nom, et je l'ai quitté pour prendre celui de
Cliton qui me va tout aussi bien que mon habit. Je suis né
dans un village qu'on appelle... Mon père, ou soi-disant,
était un homme qui chaussait en bois, et il était le premier
ouvrier de France pour faire un sabot de cette espèce ;
témoin deux mille paysans qui le payaient toujours par
avance. Ma mère s'appelait Mathurine, c'était une bonne
femme qui allait toujours droit devant elle. On m'a dit
qu'elle vendait du lait et des œufs, car je ne l'ai jamais vue ;
tout ce que j'en sais, c'est qu'elle était si jolie qu'elle mérita
l'amitié de notre seigneur, qui la fit gouvernante du vivant
de mon père. Il en fut si aise qu'il mit un enfant au monde
dix mois après, quoiqu'il y eût six ans qu'il n'eût pu y
réussir. Les malins du temps l'ont chicané là-dessus, mais
ma mère, qui savait bien ce qui en était, lui mit l'esprit en
repos sur cet enfant. On dit aussi que c'était moi[1]...

*Le genre vers lequel tend Marivaux se précise dans* Le
Télémaque travesti, *composé immédiatement après le* Pharsamon[2]. *Certes, la donnée de l'ouvrage est encore très artificielle : il
s'agit de faire subir au* Télémaque *de Fénelon, auquel Marivaux reproche d'orner ses héros de vertus illusoires, le traitement*

---

1. *Œuvres de Jeunesse*, p. 594-595.
2. En 1714.

*que les burlesques appliquent aux œuvres antiques. Mais au lieu
de dépouiller simplement de ses prestiges l'antiquité fénelonienne,
Marivaux imagine une transposition complète des temps et des
lieux. La scène est placée dans la France de la fin du règne de
Louis XIV. Le héros est un jeune bourgeois de village, grisé par
la lecture des romans. Un jour, avec son oncle aussi fou que lui, il
part, nouveau Télémaque, à la recherche de son père, disparu à la
« guerre de Hongrie ». Tantôt l'estomac vide et tantôt mangeant à
sa faim, ici bien reçu, là chassé à coups de bâton, dépouillé jusqu'à
la chemise par des voleurs, mis en prison par les archers,
condamné à creuser des fossés, libéré sans autre ressource que le
vagabondage, chanteur de rues, apprenti sabotier, valet d'un
marchand, toujours poursuivant sa quête à pied, à charrette ou
par eau, jamais ne s'étonnant de rien et supportant heurs et
malheurs avec la même bonne humeur paysanne, le Brideron du*
Télémaque travesti *ressemble fort aux personnages du* Laza-
rillo de Tormès *ou du* Don Guzman d'Alfarache. *Au reste,
d'autres éléments du roman, épisodes comiques ou tragi-comiques,
querelles de valets, scènes d'hôpital ou de bal champêtre, se
conforment également, sinon à la tradition espagnole, du moins à
la tradition française, représentée notamment par le* Francion *de
Sorel. En somme, sous prétexte de travestissement, Marivaux a
en fait dégagé, à l'exclusion de tous les autres éléments (forme
poétique, contenu moral ou politique...), un trait propre à l'œuvre
de Fénelon : le caractère picaresque de la quête de Télémaque. Or*
Le Télémaque travesti *ne marque pas seulement l'intérêt porté
par Marivaux à un genre donné. Comme* Les Effets surprenants de la Sympathie *par rapport à* Marianne, *il est une
première ébauche du* Paysan parvenu. *S'il est plus curieux
qu'important que le nom de Jacob y désigne pour la seconde fois un
jeune paysan*[1], *d'autres rapprochements plus substantiels vont
apparaître entre les deux romans.*

---

1. Livre XIV, *Œuvres de Jeunesse*, p. 930 ; il y avait déjà un Jacob dans *La Voiture embourbée*, *ibid.*, p. 329.

*Mais, dans les vingt ans qui séparent* Le Télémaque travesti *du* Paysan parvenu, *prend place une nouvelle œuvre qui intéresse directement notre propos. Sous le couvert d'un journal satirique et moral inspiré de la lignée des* Spectator, Spectateur, Misanthrope, *etc.,* L'Indigent Philosophe[1] *est encore animé d'une verve picaresque dont on ne trouvera pas d'équivalent jusqu'aux célèbres romans de Diderot,* Jacques le Fataliste *et* Le Neveu de Rameau. *Le personnage qui est censé tenir la plume est un gueux qui s'amuse à philosopher, un « indigent philosophe », comme le dit le titre, et ses paradoxes sur les conditions humaines ne manquent pas d'audace. Mais c'est une autre histoire que la sienne qui porte le plus clairement les caractères du genre picaresque. Elle est contée par le héros lui-même. Fils (sinon neveu !) d'un musicien de talent, mais ivrogne, il a quitté la maison paternelle et s'est engagé comme soldat. Vite dégoûté du métier, il essaie en vain de se faire racheter par son père, et déserte. Le voici sur les routes, vivant quelque temps de la vente de son mousquet. Alors que ses ressources sont épuisées, il secourt providentiellement en chemin un curé de village qui l'emmène chez lui, lui fait faire sa vendange, l'engage comme domestique. On songe à Jacob venant en aide à Mlle Habert, et pris à son service. Mais ici le personnage se fait chasser pour quelque larcin et doit reprendre son existence de vagabond. Seconde bonne fortune : une troupe de comédiens ambulants se l'attache comme valet à tous usages et moucheur de chandelles. Un acteur tombe malade, il le remplace au pied levé : ce coup d'essai est un triomphe, le voilà premier rôle parmi ses camarades, et l'idole des femmes de la ville. L'une d'entre elles se met à l'aimer d'un amour de roman ; elle croit en son talent et veut faire sa fortune. Malheureusement, le récit si bien commencé s'interrompt brusquement, quand cessent, après la septième feuille, les livraisons de* L'Indigent Philosophe. *Tout ce qu'on peut dire, à en juger par la déchéance du personnage au*

---

1. Publié en 1726-1727 ; voir les *Journaux et Œuvres diverses*, p. 269-323.

*moment où, dans une gargote, il raconte son histoire entre deux verres d'un mauvais vin qui lui paraît un nectar, c'est qu'il a plutôt mené l'existence d'un aventurier de troisième ordre que la vie rangée d'un honorable citoyen. L'ancien déserteur n'est pas « parvenu ». Mais on a reconnu dans la bassesse des conditions décrites, dans la discontinuité des épisodes, dans la vue ironique et détachée que les personnages portent sur eux-mêmes et sur les autres, autant de traits qui rattachent* L'Indigent Philosophe *à la tradition du roman des gueux.*

*Du reste, si le tour d'esprit de Jacob se dégage peu à peu dans les œuvres qui précèdent, on est encore assez loin de son personnage, celui d'un paysan qui « parvient ». Or ce dernier apparaît précisément dans quelques feuilles du* Cabinet du Philosophe, *composées sans doute par Marivaux, avec tout l'ouvrage, juste au moment où il venait de remettre au libraire la seconde partie de* La Vie de Marianne. *Il ne s'agit, il est vrai, que d'une sorte d'épure, mais Marivaux ne dédaigne pas de livrer sous une forme allégorique la clé de ses conceptions, qu'elles soient de l'ordre du sentiment (voir* La Réunion des Amours) *ou, comme ici, de l'ordre de la réflexion sociale. Ainsi donc, dans un « morceau » intitulé « le Chemin de la Fortune », composé de quelques scènes qui ne sont même pas numérotées, la Fortune, aidée de sa suivante, reçoit successivement des candidats à la « Fortune ». Elle rebute une dame qui ne veut d'amants que pour le bon motif, puis un nommé La Verdure, à qui elle fait d'abord belle figure à cause de son habit de laquais, mais qu'elle finit par renvoyer parce qu'il refuse les propositions de son maître, riche financier, comme il s'en explique :*

« (Je suis) chez un homme que la Déesse a comblé de ses grâces, dans le temps qu'elle logeait rue Quincampoix ; et il ne tient pas à lui que je ne change d'état ; il y a longtemps que je disposerais de la couleur de mon habit, si je voulais l'en croire.

La Suivante —. Eh! que vous dit ce seigneur moderne?

La Verdure —. Qu'il me donnera des emplois, qu'il me fera riche, si je veux épouser Lisette, ci-devant une petite femme de chambre extrêmement jolie, tout à fait mignonne vraiment, et parfaitement nippée. Ce serait, ma foi, un bon petit ménage tout dressé, et qui n'attend que moi pour devenir honnête; mais néant.

La Suivante —. Eh! qu'est-ce qui vous arrête?

La Verdure —. C'est que je ne l'épouserais qu'en secondes noces. Mon maître m'est un peu suspect; je n'aime pas les veuves dont le mari vit encore.

La Fortune —. Ah! le benêt, ah! le sot! J'en allais faire mon enfant gâté. Allons, qu'il se retire, je ne veux plus le voir.»

*Complétée par une autre où l'on voit un « Monsieur Rondelet » sauter sans hésiter le fossé qui le mène à la Fortune, cette scène fournissait un canevas de roman. A la fin du second livre de* Marianne, *Marivaux, très en verve, avait montré « ce que c'est que l'homme dans un cocher et la femme dans une petite bourgeoise ». Ne pouvant continuer dans cette voie, moins parce qu'elle irritait les censeurs que parce qu'elle aurait dénaturé l'ouvrage qu'il concevait, il semble s'être jeté avec enthousiasme dans cette nouvelle expérience, qui lui permettait de renouer avec une autre part de lui-même.*

*Ce retour à d'anciennes expériences personnelles ou littéraires n'intéresse pas que les débuts de Jacob. D'autres personnages ont été esquissés dans des œuvres antérieures. Parfois avec des transpositions inattendues : Mme d'Alain, qui trahit les secrets en se prétendant la plus discrète du monde, suit l'exemple de Brideron dans le* Télémaque travesti *ou d'Arlequin dans* Le Prince travesti[1]. *Le plus souvent la filiation*

_____

1. Voir *La Commère,* Théâtre complet, t. II, p. 547-591.

*est très claire. Agathe, qui a «plus de disposition à être amoureuse que tendre» (p. 88), est une image à peine plus marquée de la jeune fille de* La Voiture embourbée, *qui «n'eût point été tendre sans être amoureuse». Mais c'est surtout un autre type original du* Paysan parvenu, *la femme de cinquante ans amoureuse, qu'on peut retrouver dans les œuvres antérieures.*

*On pense d'abord à la mère de la jeune fille de* La Voiture embourbée *dont on vient de parler, dame «passablement belle, ni jeune ni âgée, mais assez raisonnablement l'un et l'autre pour justifier l'amour ou l'indifférence qu'on aurait eue pour elle». Il est vrai qu'on ne peut la dire «d'un goût essentiel», selon une formule de Jacob (p. 167) : elle en est encore au romanesque de province, comme la Félicie dont elle contera les aventures. On s'approche bien davantage de* Mme de Ferval *avec Félonde, une veuve, «de ces femmes qui commencent leur retour», mais qui ne peut pour autant «renoncer aux plaisirs du bel âge». C'est elle qui, dans le* Pharsamon, *guérit le jeune homme de ses «folies romanesques», sans doute en joignant des soins maternels à l'apaisement des sens. Une autre femme d'âge mûr ne se chargerait pas moins volontiers des mêmes soins pour guérir un autre jeune fou, le* Brideron du Télémaque travesti : *c'est la Mélicerte en laquelle Marivaux a significativement transposé la* Calypso *antique. Ne doit-on pas alors admettre qu'une beauté qui n'est plus dans sa fleur peut encore passer parfois à ses yeux pour une enchanteresse ?*

*Ces approches successives font en tout cas concevoir comment, l'expérience du monde aidant, Marivaux n'aura pas de peine à trouver de quoi relayer l'inspiration surtout livresque de ses premiers écrits. Pourtant, la forme de l'œuvre qu'il entreprend avec* Le Paysan parvenu *ne peut se concevoir totalement sans référence à la notion de genre. Quittant le burlesque, mais conservant des personnages jugés indignes du haut romanesque, à quels genres Marivaux peut-il se référer ? A celui des*

*« Mémoires »*, *sans doute*[1], *mais aussi, dans la mesure où il ne se sent guère porté vers l'histoire, à la tradition picaresque, que* Le Sage *est en train d'illustrer avec son* Gil Blas. *Pendant longtemps, on ne s'est guère interrogé sur cette dernière parenté. Ne serait-ce que pour en marquer les limites, il faut commencer par la reconnaître. La nouveauté du* Paysan parvenu *n'en apparaîtra que mieux.*

*Nous avions remarqué, en présentant* La Vie de Marianne[2], *que les aventures de la jeune fille s'ordonnaient suivant un dessein supérieur :* «Dans une existence comme la mienne, *disait Marianne,* il faut bien parler du destin.» *Celles de Jacob tiennent davantage du hasard pur. Dans leur succession capricieuse, elles l'entraînent du village champenois de son père à l'hôtel parisien d'un financier, de l'appartement des dévotes à la demeure d'une veuve de procureur, du logis d'un président à la prison, de Versailles à la maison d'une entremetteuse, en un mot de la rue au lieu le plus élégant de Paris, la scène même du Théâtre Français. Cette impression de promenade est renforcée dans la scène du carrosse de Versailles, équivalent moderne du voyage en convoi muletier, où se lient des connaissances d'un jour et où se racontent des histoires totalement étrangères à l'action principale. La digression littéraire même n'est pas tout à fait hors de mise dans le genre commun à* Gil Blas *et au* Paysan parvenu *: aux exposés de doctrine de Nunez répond ici la sévère leçon d'un vieil officier aux auteurs de romans licencieux*[3].

---

1. C'est surtout en ce sens que se sont orientés René Démoris, dans *Le Roman à la première personne* (voir la présente Bibliographie) et Philip Stewart dans *Imitations and Illusions in the French Memoir-Novel* (voir la Bibliographie de *La Vie de Marianne*, p. CXIII).
2. Classiques Garnier, p. L; le passage cité est à la p. 17.
3. Livre IV, p. 200-202.

*Voir et entendre, plutôt qu'agir ou même que subir, tel est le destin de Jacob. Qu'il soit au centre de tous les épisodes, la chose est inévitable, puisqu'il est le narrateur et qu'il ne peut raconter que ce à quoi il a assisté. Mais les limites de son rôle sont marquées plusieurs fois. C'est le cas lorsque, de sa petite chambre sous les combles, il voit les malheurs fondre sur la maison du financier, sans pouvoir rien faire pour aider sa maîtresse; ou pendant que les sœurs Habert et leur directeur débattent la question de savoir s'il sera renvoyé; ou bien encore quand il remarque que le comte Dorsan se met à courtiser discrètement Mme d'Orville, qui lui plaît. Mais l'exemple le plus curieux de cette espèce de « hors jeu » qui le frappe souvent, on peut le trouver dans la scène où, chez la Rémy, le chevalier lui souffle en quelque sorte la bonne fortune qu'il croyait acquise. Qu'on se souvienne des nombreuses occasions où Gil Blas se trouve frustré de la même manière : il est clair que le héros picaresque doit souvent, suivant un mot frappant[1], rester un « voyeur » : il ne lui appartient pas de s'engager à fond.*

*Certes, un trait commun le rapproche bien du héros (ou de l'héroïne) de la tradition romanesque, issue du roman grec : l'un et l'autre ne peuvent trouver le repos qu'après de longues errances, de multiples aventures. Il en est ainsi, avec les transpositions dues à l'époque, pour Jacob comme pour Marianne. Mais leur attitude dans ces situations toujours nouvelles pour eux sont significativement différentes. Devant le « fracas » de Paris, Marianne est d'abord « étonnée, et voilà tout » (p. 16). Devant le même spectacle, Jacob est immédiatement « ravi »; tout ce qu'il voit l'« étonne » moins qu'il ne le « divertit ». Mais il reste plus détaché que Marianne. Si celle-ci éprouve bientôt une « douce sympathie » (p. 17) pour les objets qui s'offrent à elle,*

---

1. De Marie-Jeanne Durry, *Bulletin de la Guilde du Livre*, 9 septembre 1949, p. 206.

*le spectacle du grand monde ne paraît à Jacob que « plaisant »*
*(p. 10).*

Devant les événements qui les éprouvent, leurs réactions respectives ne sont pas moins notables. Marianne cherche parfois des compromis entre son devoir et son intérêt, ou encore hésite devant les décisions difficiles ; mais finalement elle se raidit et triomphe. Pour Jacob, différent en cela des gueux de la tradition espagnole ou allemande, le stoïcisme n'est pas son fort. Le fond de son caractère serait plutôt l'épicurisme[1]. Ce qu'il y ajoute est une grâce particulière qu'il tient de l'auteur. En règle générale, il lui suffit d'avoir la sorte d'honneur et de conscience qui convient à son personnage du moment. Valet à Paris, il accepte sans difficulté l'argent de Geneviève ; mais resté paysan dans l'âme, quand il s'agit de mariage, il se rebiffe, car il y va de l'honneur de cet état de ne pas épouser une fille perdue de réputation. A l'inverse, lorsque son mariage avec Mlle Habert aura fait de lui un « honnête homme », il se fera plus de scrupule d'accepter l'argent de Mme de Ferval que d'être infidèle à sa femme. Tremblant un jour pour sa vie dans la prison, il la risquera peu après dans une occasion où il aura une épée au côté. Enfin, on peut être sûr que M. de La Vallée, devenu un homme mûr et respectable, aura toutes les délicatesses qu'on pourra attendre de sa condition. Peut-être même protégera-t-il les arts, comme le suggérait Granet[2]. Sa morale en un mot est affaire d'état, tandis que la vertu de Marianne ou de Silvia, comme celle des héros romanesques, est innée, fondée sur le « cœur » et sur la naissance. L'importance du genre apparaît encore nettement.

Spectateur curieux de scènes où il peut oublier qu'il joue un rôle, au reste indulgent pour lui-même, Jacob s'abstient aussi de

---

1. Sur cette distinction, cf. Leo Spitzer, *Linguistics and Literary History*, p. 158.
2. Cf. ci-après, p. XLV.

*juger les autres. En France au moins, il n'est pas dans la
tradition picaresque que le héros s'indigne de ce qu'il voit, ou
qu'il exerce à ce sujet sa veine moralisatrice. Le Sage avait
donné l'exemple avec* Gil Blas. *Deux ans avant la composition
du* Paysan parvenu, *il va jusqu'à se vanter de «purger» une
traduction nouvelle de* Don Guzman d'Alfarache *des «mora-
lités inutiles» qu'y avait semées l'auteur espagnol. Ainsi, dans
le domaine de la morale comme dans celui de la composition,
Marivaux se conforme aux habitudes du roman picaresque. Il
reste à voir sur quoi se fonde sa prédilection pour un genre qui ne
semblait pas à première vue devoir tenter un écrivain déjà célèbre
par des titres moins discutables, selon l'esprit du temps*[1].

*Assez paradoxalement, l'auteur de comédies si bien
construites devait s'y sentir à l'aise. Lui qui revendiquait déjà,
à l'époque du* Pharsamon, «la liberté de tout dire, et de
changer de discours à mesure que les sujets qui se
présentent [lui] plaisent[2]», *s'accommode parfaitement du
mode tout discursif de la narration picaresque, avec ses épisodes
indépendants les uns des autres, ses récits à tiroir, son perpétuel
renouvellement de milieux et de personnages. Dans le genre de
roman dont* Gil Blas *est le type, il n'est même pas nécessaire de
savoir où l'on va, puisque chaque scène existe et subsiste par
elle-même. L'imprévu même est un charme de plus : c'est,
suivant un autre mot de Marivaux*[3], «le plaisir du voyage».
*On peut finir plusieurs fois, comme Le Sage avec son* Gil Blas,
*à la rigueur ne pas finir du tout. Bien plus vite que pour*

---

1. Le Sage, auteur de *Gil Blas,* n'entrera pas à l'Académie française, où
auraient pu le mener ses pièces «françaises» : *La Tontine, Turcaret,
Crispin rival de son maître.* Il se plaint dans *Gil Blas* que chez la marquise de
Chaves (entendez Mme de Lambert) «le roman le plus ingénieux et le
plus égayé» ne passe que pour «une faible production qui ne méritait
aucune louange» (livre II, chapitre VIII).
2. *Œuvres de Jeunesse,* p. 605.
3. *Ibidem,* p. 457.

Marianne, *Marivaux se résignera à laisser son* Paysan parvenu *inachevé.*

*En dehors du mode de composition, il est précieux pour lui de disposer d'une formule de roman qui n'exige de l'auteur aucune prise de position, aucun commentaire moral, ni en son nom, ni au nom de ses personnages.* Non qu'il y ait trace dans Le Paysan parvenu *d'un indifférentisme moral. Marivaux ne renonce pas à faire condamner expressément par son héros, comme il le fait lui-même en d'autres circonstances[1], un vice tel que l'ingratitude[2]. La conduite de Jacob chez Fécourt, lorsqu'il refuse la place enlevée à d'Orville, est une protestation spontanée contre la dureté de cœur des parvenus. Devant Geneviève, son attitude est dictée, sinon par une honnêteté exacte, du moins par un point d'honneur paysan naïvement exprimé. Il est vrai qu'au moment où se déroulent ses aventures sa conscience n'est pas très exigeante : mais n'allons pas, comme le fait Granet[3], le croire dupe de ses sophismes lorsqu'il apaise les scrupules de Mme de Ferval. Ce sont, il le sait bien, des façons de parler paysannes, qui ne veulent rien dire, et qui le sauvent de l'embarras du silence. Il ne faut pas prêter à Jacob les justifications subtiles de ce que Crébillon appelle un quiétisme de l'amour, qui permettent de se livrer aux charmes de l'occasion sans encourir le reproche d'infidélité. Et même, lorsqu'il écrit ses Mémoires, l'absence d'hypocrisie dont il fait preuve est un premier stade de l'examen de conscience. Seulement, à côté de l'attitude du personnage, il ne faut pas négliger celle de l'auteur. L'ascension de Jacob se fait par les femmes ; ses amours ne peuvent pas être et ne sont pas toujours légitimes. Or Marivaux se refuse à condamner l'amour coupable, autant du reste qu'à l'absoudre. Même dans* Le

---

1. Par exemple dans la *Lettre sur les Ingrats* reproduite par Lesbros de la Versane (*Journaux et Œuvres diverses,* p. 445).
2. Voir p. 39, à propos des «indignes amis» du financier qui abandonnent sa femme ruinée.
3. Voir ci-après, p. 176, note 1.

Spectateur français, *où le genre de l'essai moral lui permettrait de s'ériger en juge, il s'abstient soigneusement de tout ce qui pourrait ressembler à du pharisaïsme. S'adressant par exemple à un homme riche qui tente de séduire une fille pauvre et vertueuse, il ne le reprend que selon un code de morale mondaine, et en prenant soin de ne pas poser au juste :* «Je vais seulement tâcher de vous tenir les discours d'un galant homme, sujet à ses sens aussi bien que vous, faible, et si vous voulez vicieux; mais chez qui les vices et les faiblesses ne sont point féroces, et ne subsistent qu'avec l'aveu d'une humanité généreuse[1] ». *Ce n'est pas seulement par indulgence que Marivaux se refuse à juger, c'est parce qu'il se sent trop engagé lui-même, et trop sincère pour oublier qu'il l'est. L'étonnante complicité du romancier pour son héros s'expliquerait-elle par tout ce qu'il a mis de lui-même en lui?*

*Sans doute, la question n'a-t-elle au* XVIIIe *siècle ni le sens, ni l'importance qu'elle aurait pour un auteur moderne. Elle doit pourtant être posée. Malheureusement, on ne sait pas grand-chose de la vie privée de Marivaux. Que signifie par exemple, la brûlante dédicace des* Effets surprenants de la Sympathie[2] ? «Que je serais heureux, [Madame,] si, pour prix de mes peines, le caractère passionné de mon héros pouvait, en faveur de l'historien, changer aussi le vôtre, et vous attendrir un peu!» *Pure littérature sans doute, comme celle de la* Lettre à une Dame sur les Habitants de Paris. *Selon d'Alembert, Marivaux avait* «senti vivement les passions dans sa jeunesse». *On peut en croire ce témoin informé et bienveillant, mais il est impossible de donner la moindre précision. Même sur les rapports de Marivaux avec Silvia, dont on parle souvent à la légère, aucun document ancien n'a été allégué qui suggérât qu'ils aient dépassé les relations habituelles*

---

1. Quatrième feuille, *Journaux et Œuvres diverses*, p. 129-130.
2. *Œuvres de Jeunesse*, p. 12.

*entre un auteur dramatique et l'interprète de ses œuvres*[1]*. Un seul fait positif, Marivaux se maria à vingt-neuf ans*[2]*, avec cette précision que la jeune fille qu'il épousa avait cinq ans de plus que lui*[3]*. L'indication n'est peut-être pas dépourvue d'intérêt, mais elle reste isolée. On ne sait même pas où et quand mourut Colombe Carlet, née Bollogne. Quant à trouver son portrait dans l'œuvre de Marivaux, c'est chose impossible. Il serait à peine moins difficile de chercher à identifier Mme de Ferval, ou Mme de Fécourt, ou même le président*[4]*.*

*Un type pourtant frappe dans le roman, celui de Jacob. Avec lui, nous sommes loin du roman picaresque. Si on voulait se référer à la tradition, c'est au genre des Mémoires qu'il faudrait songer, comme le sous-titre et les premiers mots du roman y invitent d'ailleurs :* «Le titre que je donne à mes Mémoires...». *Comparé à Gil Blas, image longtemps floue, plastique, qui ne trouve sa véritable identité qu'à la fin du roman, Jacob, dès le début, impose sa personnalité, il* «existe». *Jusqu'au bout — sauf dans l'histoire insérée dans le récit du voyage à Versailles — il reste au premier plan ; ce n'est que par ses yeux que nous voyons les autres. Mais, aussi, il est bien mieux individualisé, au physique et au moral, que le héros de Le Sage. Ce qui le distingue d'abord, tout en le rapprochant des autres personnages de Marivaux, c'est qu'il n'agit pas par calcul, mais par intuition, par* instinct. «Notre âme sait bien ce qu'elle fait, *disait Marianne*[5], ou du moins notre instinct le sait pour elle.» *Une remarque de Jacob lui fait*

---

1. La *Lettre à Silvia pour sa Fête,* non datée, n'est qu'un badinage comme on en dédia beaucoup à Silvia.
2. Cf. Marie-Jeanne Durry, *Quelques Nouveautés sur Marivaux,* articles de la *Revue des Cours et Conférences,* 1938-39.
3. Cf. F. Deloffre, *Marivaux et le marivaudage,* p. 505.
4. Paul Gazagne suggère qu'il pourrait s'agir du président Hénault, mais n'apporte aucun argument à l'appui de cette thèse.
5. Éd. cit., p. 80.

écho : «Le sentiment, *dit-il pour sa part*[1], (...) en sait plus que tout l'art du monde». *Spécialement, il possède à un suprême degré, bien plus encore que les Colombine, Lisette ou Dubois du théâtre, le* «don» *de* «lire dans l'esprit des gens et de démêler leurs sentiments secrets*[2] ». *Par là, il parvient au mode de connaissance que Marivaux considère comme le plus élevé et dont il révèle le secret par une sorte d'initiation mystagogique dans le* Cabinet du Philosophe, *donc juste avant la rédaction du* Paysan parvenu, *sous le titre significatif de* «Voyage au Monde vrai[3] ». *Ainsi, il n'est pas douteux que Marivaux projette en Jacob un aspect essentiel de son esprit.*

*On est d'autant plus tenté de le croire qu'un contemporain, Laffichard, rapproche expressément l'écrivain de sa création :* «Chacun, *dit-il en parlant des lecteurs du roman*, était charmé de la franchise et du bon cœur de La Vallée : il était l'image vivante de l'auteur, qui se fait estimer de tous ceux qui le connaissent. On se peint dans ses ouvrages, et ceux qui les lisent y gagnent, lorsque le peintre a beaucoup d'esprit et d'enjouement[4]. »

*Le portrait physique de Jacob ne doit pas non plus être négligé. Notre jeune paysan ne ressemble pas plus à l'aventurier picaresque aux joues creuses et au teint blême qu'au héros de roman à cheveux blonds. Il a les joues rouges, le teint frais, on lui dit assez qu'il est un* «gros brunet», *un* «beau garçon», *un* «gros dodu» *pour que cela doive avoir son importance. Fait comme il l'est, il rappelle curieusement d'autres personnages de Marivaux, et précisément ceux que nous avons déjà rencontrés. Le Cliton du* Pharsamon, *avec des traits irréguliers qui lui donnent une physionomie* «comique», *est un* «gros garçon

---

1. P. 93 : voir aussi p. 73 : «Ce n'était que par instinct que j'en agissais ainsi.»
2. P. 86.
3. *Journaux et Œuvres diverses*, p. 389-437.
4. *Caprices romanesques*, Amsterdam, 1745, p. 195-196.

appétissant», «à l'air frais et vif[1]», *qui fait les doux yeux aux filles et ne leur déplaît pas. Même genre d'homme avec le* Brideron *du* Télémaque travesti, *«jeune gars frais et dodu[2]», empressé, comme Jacob, à lorgner les beautés à leur toilette, eussent-elles vingt ans de plus que lui[3]; ou comme le* Lubin *de la seconde* Surprise de l'Amour, *dont le portrait n'est pas fait par Marivaux, mais que les comédiens voient à juste titre en «gros brunet», d'ailleurs donné dans le texte comme gaillard et «lorgneur» à l'égal de Brideron ou de Jacob; et encore avec le déserteur-comédien de* L'Indigent Philosophe, *«frais et potelé», ce qui, remarque-t-il lui-même, est un avantage considérable auprès des femmes, et qui ajoute beaucoup à l'esprit qu'elles trouvent à ceux qui en sont pourvus[4]. On est d'autant plus frappé par la persistance de ce type qu'il semble bien avoir été celui de Marivaux lui-même, si on en juge par les portraits qu'on possède de lui dans son âge mûr[5]. On ne peut s'empêcher de noter aussi que les goûts, les façons de Jacob ne sont pas seulement ceux de personnages présentés comme fictifs, mais aussi ceux de Marivaux auteur s'exprimant pour son compte. Comme Jacob qui apprécie le*

---

1. *Œuvres de Jeunesse,* respectivement p. 414 et p. 457. Voici ce dernier passage : «... Cliton, quoique né dans un village, et parmi des paysans, ne laissait pas à sa manière d'avoir bonne mine : il avait l'air frais et vif ; et, malgré l'irrégularité de ses traits qui composaient un visage assez laid, il en résultait une physionomie comique et plaisante, qui divertissait sans rebuter. »

2. *Ibid.*, p. 803. Selon Mme d'Alain, Jacob est «un gros dodu que tout le monde aimera» (p. 246).

3. «Mélicerte resta dans son lit, en laissant apercevoir adroitement une gorge très blanche (...) Brideron, lorgnant un moment, commença de cette manière...» (*Ibid.,* p. 768.)

4. *Journaux et Œuvres diverses,* p. 290.

5. Ceux de Van Loo et de Saint-Aubin. Le seul portrait «écrit» que l'on ait de Marivaux tient dans la «notice» le concernant parmi celles des auteurs dressées en 1752 par d'Émery, découvertes par Jacques Rougeot : «[1ᵉʳ janvier 1748] 60 ans. Auvergne. Moyenne taille, et assez bien de figure. Rue Saint-Honoré, près Saint-Roch. Il est de l'Académie Française. Il a fait beaucoup de pièces de théâtre et de romans. »

« *négligé* » *de Mme de Ferval, il célèbre avec enthousiasme dans le* Pharsamon[1] *le* « négligé si convenable aux aimables femmes, qui bien loin de distraire les regards par d'inutiles ornements, leur laisse l'entière liberté de ne s'occuper que de la personne, d'admirer la partie des beautés qu'il laisse à découvert, pendant que de son côté l'imagination se représente le reste avec les traits les plus avantageux, et que le cœur, qui se met de la partie, s'attendrit, s'enflamme, et ne donne plus de bornes à ses désirs[2]... » *Peut-être plus significativement encore, lorsque Jacob sait plaire à trois femmes à la fois, Mlle Habert, Mme d'Alain et Agathe, il ne fait que renchérir sur le manège de Marivaux, qui, se présentant à la première personne, comme auteur, acteur et narrateur d'une scène de carrosse dans* La Voiture embourbée[3], *confesse ainsi son* ecce homo : « Pour moi (...) je parus favoriser les sentiments de chacun en particulier, avec cette exception pour les deux dames, que je jetais de temps en temps des regards obligeants sur elles, d'une manière assez coquette pour qu'aucune des deux ne s'aperçût du partage adroit que j'en faisais. Voilà l'homme, vous me reconnaissez à ce trait sans doute, et je souhaite que vous m'y reconnaissiez toujours. » *Quelle somme d'expériences personnelles a-t-il versé dans son roman? On ne peut que poser la question.*

*Au reste, si le type du* « gros brunet » *aimant les femmes et aimé d'elles a ici une telle importance, on peut y trouver aussi des raisons plus générales. A l'opposé du type de l'aristocratie de cour, il appartient par excellence aux gens de la campagne. Or, à l'époque de la Régence, les femmes d'un* goût essentiel[4], *pour reprendre ce mot digne d'attention, se mettent à apprécier*

---

1. *Œuvres de Jeunesse*, p. 415.
2. P. 87.
3. *Œuvres de Jeunesse*, p. 319.
4. P. 167.

*les grâces campagnardes. Nous touchons ici à la signification sociologique du roman, qui tient en quelques observations essentielles simplement suggérées. On peut les développer comme suit. D'abord, la « bonne société » est profondément corrompue, et cette corruption est récente. Le libertinage, qui commençait à peine à devenir un thème romanesque vingt ans auparavant, s'expliquait alors par l'âge, le tempérament ou les suites d'une passion. Encore se trouvait-il balancé par des exemples plus nombreux de fidélité et même d'héroïsme en amour*[1]. *Maintenant, il n'a plus d'autres limites que celles que lui impose la « décence », et Dieu sait ce qu'on entend à l'époque par ce mot. Surtout, il est poussé jusqu'au mépris des autres et de soi-même. Le modèle le plus frappant de cette espèce de libertinage est fourni par le chevalier qui, chez la Rémy, exerce sur Mme de Ferval un chantage hypocrite et raffiné. Sur ce terrain, Marivaux ne devance que de quelques années Crébillon qui, dans* Les Égarements du Cœur et de l'Esprit, *met en scène avec Versac un étonnant personnage du même genre. Mais ce qu'il exprime plus clairement que son rival, et longtemps avant Laclos, c'est l'attrait que des êtres habitués à l'insincérité et à l'artifice éprouvent pour le naturel, quand ils le rencontrent : de là le succès de Jacob auprès de la femme du financier, de Mme de Ferval ou de Mme de Fécourt. Et du même coup, Marivaux décèle le vice secret de cette chasse au naturel : elle dissout son objet pour en jouir, car l'âme naïve ne peut éprouver certains sentiments qu'en se corrompant ; elle « se raffine à mesure* qu'elle se gâte », *comme le dit Jacob*[2]. *Dans* La Double

---

1. Dans *Les Illustres Françaises*, l'œuvre la plus représentative de cette période (1713), presque tous les personnages féminins sont fidèles ; plusieurs vont jusqu'à l'héroïsme. Chez les hommes, deux personnages seulement sont des cyniques, le vieux Dupuis, et « Dupuis le libertin ». Les autres, Terny, Contamine, Jussy, Des Prés sont des amants fidèles. Des Frans pousse la passion amoureuse jusqu'au crime. Noter que cette œuvre met en scène des personnages qui appartiennent à la noblesse de robe, à la petite noblesse d'épée ou à la bonne bourgeoisie.
2. P. 187.

Inconstance, *le Prince ne pouvait conquérir Silvia qu'en met-*
*tant en péril ce qui précisément en elle l'avait séduit, le charme*
*que lui conférait son naturel. Il le sentait et en souffrait. Les*
*personnages du* Paysan parvenu *n'y regardent pas de si près.*
*Le document qu'apporte le roman confirme donc le jugement*
*qu'on pouvait former d'après la comédie, et aggrave même le*
*diagnostic.*

  *Ce tableau sans illusion de la société s'appuie, comme*
*on peut l'attendre de Marivaux, sur un sens aigu des réalités*
*psychologiques. Les personnages de Le Sage, même lorsqu'ils*
*sont peints d'après nature, gardent souvent un caractère*
*construit, rhétorique. On les sent encore proches des* Caractères
*qui les ont parfois inspirés. Ceux de Marivaux sont mieux*
*distingués de leur condition sociale. Leur individualité procède*
*du tempérament et se relie à leur type physique, témoin la «face*
*ronde» de Mlle Habert, les «*grands yeux*» de la dévote ou la*
*«*grosse gorge*» de Mme de Fécourt. Elle se traduit parfois*
*dans un détail significatif : on n'imagine pas Bono sans le*
*cure-dent qu'il manie en recevant ses visiteurs. La pénétration de*
*Marivaux apparaît aussi dans les distinctions qu'il établit entre*
*des variétés de sentiment jusque-là confondues. Pour La Roche-*
*foucauld ou La Bruyère, la vanité est un sentiment variable*
*dans ses manifestations, mais simple dans son essence. Celle de*
*Jacob est d'une espèce nouvelle :* «Je retournai donc chez
moi, perdu de vanité, *explique-t-il,* mais d'une vanité qui
me rendait gai, et non pas superbe et ridicule; mon
amour-propre a toujours été sociable; je n'ai jamais été
plus doux ni plus traitable que lorsque j'ai eu lieu de
m'estimer et d'être vain; chacun a là-dessus son caractère, et c'était là le mien[1] ». *Enfin, le réalisme de Marivaux*
*s'exprime lorsque, admettant l'influence du corps sur le psy-*
*chisme, il note quelle chose admirable est la nourriture pour*

---

1. P. 187.

calmer le chagrin[1], comme un danger imminent rend l'homme
pieux et scrupuleux[2], ou qu'il précise avec une audace jamais
atteinte les raisons de l'appétit conjugal de Jacob[3]. Sans doute,
de telles entreprises de « démystification » ne sont pas sans
exemple dans la littérature du temps, mais elles relèvent plutôt
des œuvres polémiques. Aussi ne faut-il pas en sous-estimer
l'intérêt dans un roman.

S'il approfondit le genre picaresque en y introduisant les
analyses réservées d'ordinaire au roman psychologique, Marivaux le dépasse encore à d'autres égards. Un fait capital est
qu'il substitue à la fiction locale et temporelle du Gil Blas la
réalité française de son temps. Il est vrai qu'à la différence de Le
Sage il n'a pas d'intentions satiriques, et n'a donc pas besoin des
voiles de la transposition. Mais surtout le sujet qu'il traite, ainsi
que l'avait remarqué Claude Roy[4], appartient à une tradition
proprement française, celle du parvenu et des « moyens de
parvenir ». A côté de personnages uniquement occupés de leur
cœur, Marivaux lui-même en avait mis en scène pour lesquels le
problème de la réussite matérielle se posait. Déjà, l'Arlequin de
La Double Inconstance ne résistait qu'un temps à la tentation de faire fortune, celui du Jeu de l'Amour et du Hasard
songeait d'entrée de jeu à la faire, et le financier du Triomphe
de Plutus l'avait déjà faite. Mieux, ainsi qu'on l'a vu[5],
quelques semaines avant que parût Le Paysan parvenu, les
lecteurs du Cabinet du Philosophe avaient pu assister à une
sorte de répétition allégorique de la carrière de Jacob sur le
chemin de la fortune[6]. Pourtant, avec Jacob lui-même, nous

---

1. P. 154.
2. P. 156.
3. P. 189.
4. *Lire Marivaux*, p. 89-90.
5. Ci-dessus, p. VIII.
6. Sur cet acheminement vers le type du parvenu chez Marivaux, qui se
poursuit avec le Dorante des *Fausses Confidences* et le chevalier du *Legs*,

*avons un cas plus concret et par-là bien plus significatif. Que pouvaient en penser les contemporains, et le personnage ne devait-il pas leur donner l'impression d'un portrait à clé ? L'un des modèles de Jacob pouvait être, par exemple, ce Paul Poisson, dit Bourvalais, que d'aucuns disaient fils d'un paysan des environs de Rennes, d'autres d'un curé de village qui l'aurait eu de la veuve d'un batelier[1]. Venu à Paris, il passait pour avoir été d'abord laquais chez Thévenin, partisan connu, puis facteur chez un marchand de bois nommé Bonnet. Il retourne en Bretagne, où il s'établit comme huissier. Pontchartrain, premier président de Bretagne, le remarque, et l'emmène à Paris lorsqu'il est nommé contrôleur-général en 1689. Il le place comme surveillant-piqueur des travaux du Pont-Neuf, l'intéresse dans plusieurs traités relatifs à la levée des impôts, et lui fait épouser Suzanne Guyvron, femme de chambre de la marquise de Sourches, dont il est l'amant. Devenu partisan à son tour, Poisson s'enrichit prodigieusement : il possède toute une partie de la Brie. Inquiété en même temps que d'autres partisans après la mort de Louis XIV, il est emprisonné en 1716. Il a encore le temps de rétablir sa fortune avant de mourir, en 1719, un des hommes les plus riches de son temps.*

*Un paysan qui devient « maltôtier », n'est-ce pas aussi notre Jacob ? Comme Bourvalais, il ne manque ni d'intelligence, ni d'application, ni de faculté d'adaptation. S'il épousait Geneviève et se faisait pousser dans les emplois par son maître, il fournirait la carrière classique : paysan, laquais, commis des fermes, partisan. Mais voici où Marivaux bouscule les habitudes du*

---

voir d'intéressantes considérations dans le livre d'Anna Meister, *Zur Entwicklung Marivaux's*, ch. 2, « Vom Aristokraten zum Parvenu ».

1. Voir les *Mémoires* de Robert Challe (à paraître chez Droz), f° 101 r°-106 r°, qu'on corrigera par Daniel Dessert, *L'Argent au Grand Siècle*, p. 671, selon lequel Poisson aurait été « fils et petit-fils de notaires de Laval ».

*genre picaresque, à plus forte raison du libelle satirique. Son personnage n'est pas un homme de rien, c'est le fils d'un solide fermier champenois. Cet état a sa noblesse et Jacob en est conscient lorsqu'il se donne un nom, c'est celui de son père qu'il prend, signe qu'il ne se renie pas*[1]. *Du reste, à plusieurs reprises, son personnage s'anime d'une flamme inattendue, échappant aux fatalités apparentes de sa condition temporaire. Jacob n'est pas un Villot, auquel on dit de sortir quand on n'a plus besoin de lui*[2]. *Notre Jacques Bonhomme est patient, mais il ne faut pas abuser de sa patience. Devant son premier maître, chez les dévotes avec le directeur, chez Mme d'Alain avec les témoins, chez la Rémy avec le chevalier, soudain Jacob redresse l'échine, et une réponse demi-insolente marque le réveil de sa dignité. Sans doute avance-t-il par la voie facile des femmes et des protections, mais pas au prix du déshonneur ou de la dureté. A-t-on remarqué que Jacob franchit l'étape décisive vers la fortune par un acte apparemment gratuit, voire absurde, à ne le considérer que selon la logique superficielle du personnage d'aspirant parvenu? Plus qu'en refusant d'épouser Geneviève ou de succéder à d'Orville, c'est en secourant sans calcul un homme attaqué dans la rue qu'il se distingue du lot des arrivistes trop prudents, qu'il se rend en un mot digne de son destin. Il y a là de la part de*

1. C'est pourquoi l'opposition radicale que Marie-Hélène Huet et Marie-Paule Laden établissent entre «Jacob» et «La Vallée» nous paraît forcée. Quant à dire, comme le fait John Fleming au nom de la «production du texte», que l'adoption du nom de La Vallée par Jacob signale «le début de sa féminisation», ce n'est qu'un jeu de mots tel qu'on en trouve souvent dans ce genre de «critique». Dans *Le Malade sans maladie* de Dufresny, un des rares auteurs que Marivaux dit admirer, le courrier La Vallée arrive en pleurs, un mouchoir à la main, et criant : «Réjouissez-vous, réjouissez-vous, dansez. Je viens de poste de cent lieues pour vous exciter à la joie.» Et comme on le somme de s'expliquer : «C'est que, dit-il, la nouvelle que j'apporte est une nouvelle triste, et pourtant réjouissante; elle est triste pour le défunt que je pleure, et réjouissante pour certaine cousine qui hérite de cent mille francs» (acte I, scène 3). Un maltôtier de la génération précédente s'appelait aussi La Vallée; voir p. 80, n. 1, et 84.
2. Voir *La Vie de Marianne*, p. 332.

*Marivaux autre chose qu'un banal expédient romanesque : une intuition féconde qui approfondit le personnage en révélant une virtualité de son caractère. Tremblant hier en prison pour un crime qu'il n'a pas commis, le voici aujourd'hui risquant sa vie pour un inconnu. Étrange contradiction de la nature humaine, clairement perçue et assumée par Marivaux, qui sait «qu'on* ne connaît rien aux hommes[1]», *entendez qu'il ne faut jamais désespérer de l'humanité, et que même le plus vil des hommes (ce qui n'est pas le cas de Jacob) est toujours capable d'une belle action.*

*A des degrés divers, tous les personnages du roman peuvent réserver de semblables surprises. S'ils n'ont rien à voir avec des héros ou des saints, ce ne sont pas non plus des fantoches aux gestes d'automates. Leur comportement reste ouvert. Ils ont la complexité, l'ambiguïté de la vie. Bien plus limité que l'univers fourmillant de* Gil Blas, *le monde du* Paysan parvenu *donne pourtant une impression de réalité supérieure, parce qu'il est moins systématiquement caricatural. Mais, si les tableaux achevés sont différents, les esquisses initiales sont bien à peu près les mêmes. Ce sont les franchises du genre qui permettent à Marivaux, comme à* Le Sage, *d'explorer un monde neuf, où les parvenus se faufilent entre les aristocrates de naissance, et où les femmes mûres disputent aux fausses ingénues les faveurs des gros garçons. Et cela est l'essentiel pour un romancier. On s'étonne de trouver inachevé ce* Paysan parvenu *dans lequel Marivaux exprime si savoureusement toute une part de lui-même, et qu'il n'était même pas si malaisé de finir, comme le montre la suite apocryphe, toute faible d'invention et de style qu'elle est. Une des raisons plausibles de cet avortement n'est-elle pas qu'une fois Jacob parvenu à l'état de bon bourgeois de Paris, tout ce qu'il y avait précisément de picaresque dans sa quête de la fortune*

---

1. *La Vie de Marianne*, p. 485. Cette conception est peut-être chez Marivaux en rapport avec le sentiment qu'il a de la grâce. Voir, *ibid.*, Introduction, p. LVI et LVII.

s'évanouissait ? Toute conclusion de son histoire, quelque satisfaisante qu'elle fût pour l'esprit du lecteur, devait fatalement paraître terne auprès du pittoresque de ses débuts. En interrompant son œuvre comme il le fit, Marivaux restait en un sens fidèle à l'esprit du genre qui l'avait inspiré.

Faut-il imaginer pour autant, comme on l'a fait, que la scène de la Comédie-Française, où Jacob se sent pour la première fois « déplacé », est choisie à dessein pour terminer ce roman inachevé, en suggérant que l'ascension de Jacob le ramène finalement à son point de départ, et que, comprenant qu'il ne sera jamais capable de s'intégrer à cette société, il ne lui reste plus qu'à se retirer à la campagne, peut-être après s'être assuré une vie matérielle confortable ? En un mot, que le « paysan » ne « parviendra » jamais qu'à redevenir un « paysan » ? Quelque ingénieuse qu'elle soit, cette interprétation ne peut se soutenir. D'abord, le narrateur lui-même annonce une sixième partie, dans laquelle il fera le portrait « des acteurs et des actrices qui ont brillé de (s)on temps » — promesse alléchante que le continuateur, vivant vingt ans plus tard, et peut-être à l'étranger, ne sera d'ailleurs pas en mesure de tenir. En fait, il est plus simple de tenir cette scène pour une pause nécessaire dans l'ascension fulgurante de Jacob. On peut croire qu'avec son intelligence, en mesurant le vide d'esprit que peuvent dissimuler de beaux vêtements, les manières du monde et un grand nom, il ne manquera pas de surmonter ce « passage à vide », justement observé par l'auteur.

L'état d'inachèvement s'explique par des raisons plus simples et plus profondes à la fois. Raisons tenant d'abord au projet même de l'auteur. Quoi qu'en dise d'Alembert[1], Le Paysan parvenu n'est pas ou n'est que très accessoirement un roman moral. Or, si l'intrigue d'un roman moral doit se dénouer pour qu'une conclusion morale puisse en ressortir, un roman psycho-

---

1. Voir ci-après, p. L.

*logique n'est pas soumis à la même exigence. Le propre de la vie de l'esprit est au contraire de poser sans cesse de nouveaux problèmes et de ne jamais aboutir à une conclusion définitive. Les romans de Richardson doivent se terminer, mais* La Vie de Marianne *et* Le Paysan parvenu *peuvent rester inachevés, comme le restent* Les Égarements du Cœur et de l'Esprit, *le meilleur roman psychologique de Crébillon.*

*Il n'était pas seulement tentant pour Marivaux de ne pas conclure, il lui était aussi difficile de terminer son ouvrage. On sait ce qu'a représenté pour Le Sage l'achèvement de* Gil Blas : *une vingtaine d'années de réflexion et de labeur. Or, si la narration des aventures de Jacob ne comporte pas un itinéraire aussi vaste, elle chemine en revanche bien plus lentement, à cause des progrès mêmes que Marivaux fait faire à la technique romanesque. Les lecteurs du* XVIIIᵉ *siècle commencent à devenir plus difficiles sur la vraisemblance, et Marivaux a pris très au sérieux les leçons de « crédibilité » qu'il a tirées de Courtilz de Sandras ou de Robert Challe[1]. Malheureusement, les détails qu'il se croit obligé de donner le retardent et souvent l'ennuient[2] : sa lassitude s'en accroît d'autant. En outre, le commentaire psychologique ajouté au récit des événements, quoique moins développé que dans* La Vie de Marianne, *ralentit encore la marche du roman. Mais il est encore un autre procédé qui ne permet pas à Marivaux de composer, comme Le Sage, par petits chapitres de dix pages régulièrement alignés. C'est le projet génial qu'il conçoit de ne plus se contenter de faire parler à ses personnages un langage neutre, ni même vraisemblable ou pittoresque, mais de les exprimer totalement, dans leur caractère, leur origine, leur condition, par le langage et au niveau du*

---

1. Voir notre Introduction à *La Vie de Marianne*, p. XVI.
2. Ainsi : « Mais tous ces menus récits (les préparatifs du mariage secret de Jacob et de Mlle Habert) m'ennuient moi-même; sautons-les, et supposons que le soir est venu, que nous avons soupé avec nos témoins, qu'il est deux heures après minuit, et que nous partons pour l'église » (p. 162).

*langage. Il est vrai qu'il recourt encore au portrait pour quelques personnages, Mme de Ferval, Mme de Fécourt, mais ce n'est plus déjà qu'un accessoire dont on pourrait aussi bien se passer. Pour d'autres, après une rapide esquisse physique et quelques mots d'introduction, ce sont les paroles seules qui doivent les faire connaître. Il en est ainsi pour la cuisinière Catherine[1], pour le directeur[2], pour le plaideur du coche de Versailles[3]. Dans le cas de Mme d'Alain, la fusion du portrait et des propos est si complète que Jacob remarque significativement :* «Pour faire ce portrait-là, au reste, il ne m'en a coûté que de me ressouvenir de tous les discours que nous tint cette bonne veuve[4].» *Enfin, l'adaptation de Jacob au milieu dans lequel il vit s'opère et se traduit sans cesse par son langage. On reconnaît là un véritable mode du genre romanesque, dont Proust seul jouera intégralement, mais au prix d'une ascèse dont on n'imagine pas Marivaux capable.*

*Ce rapprochement avec Proust nous mène loin du roman picaresque. Est-il pourtant si mal fondé ? En commun, les deux écrivains ont au moins un mode de composition qui laisse à l'esprit le maximum de liberté pour* «surprendre en lui» *les idées qui lui naissent, plutôt que pour bâtir suivant un système préconçu ; et aussi les fameuses* «réflexions», *intimement mêlées au récit des événements par une phrase sinueuse qui tisse d'un plan à l'autre un fil jamais rompu. Peut-être même nous accordera-t-on que, lorsque Marianne ou Jacob reviennent, en les commentant, sur les événements de leur vie, grands et petits, eux aussi s'en vont à la recherche du temps perdu, à la façon du moins dont on pouvait le concevoir au XVIIIe siècle. Le malheur est que Marivaux, seul capable d'une entreprise aussi sédui-*

---

1. P. 47 et 49.
2. P. 59-60, 61-66 et 69-70.
3. P. 191-199.
4. P. 77.

*sante, se soit trouvé trop riche d'idées, de talents de tout ordre pour la réaliser sans sacrifier d'autres chefs-d'œuvre. On peut regretter qu'il nous laisse sur notre faim, et ne nous dise pas ce que devient Jacob. Mieux vaut se dire que pour lui interruption ne signifie pas abandon sans retour, mais plutôt métamorphose. De l'un à l'autre de ses ouvrages, romans, essais, pièces de théâtre, reviennent indifféremment quelques thèmes favoris, les uns moraux, les autres romanesques, qui tantôt apparaissent, s'entrecroisent avec d'autres, et tantôt disparaissent pour resurgir ailleurs. Et comme la qualité du style et la délicatesse de la pensée restent toujours égales, on peut retrouver à travers les temps et les formes l'unité supérieure, ou du moins les harmoniques qui manquaient à l'écrit isolé. Ainsi,* Le Paysan parvenu *ne doit pas être considéré seul, ni même équilibré par* La Vie de Marianne, *ou corrigé par* La Commère[1], *où Jacob, moins sympathique, cède le premier rôle à Mme d'Alain. Si on replace le roman dans l'ensemble de l'œuvre de Marivaux, sa signification se renforce :* L'Ile de la Raison *célèbre l'utilité sociale et la sagesse du paysan,* L'Épreuve *permet d'imaginer ce qu'aurait été le sort de Jacob s'il était resté au village, et, de même que sa destinée aventureuse était préfigurée dans* Le Télémaque travesti, *de même son histoire (ou celle de son fils ?) recevra une suite, et, qui sait ?, une conclusion dans* Les Fausses Confidences *ou* Le Préjugé vaincu.

---

1. Voir ci-après, p. li.

# LES SUITES
## DU *PAYSAN PARVENU*

L A *question des suites du* Paysan parvenu, *très simple à l'origine, avait été tellement compliquée par la légèreté de quelques éditeurs du XIX* siècle que, lorsque parut la première édition du présent ouvrage (1959), on en était arrivé à se demander s'il fallait considérer comme authentiques les huit parties conservées*[1]*, ou les huit premières à l'exception de la fin de la huitième*[2]*, ou les sept premières*[3]*, ou seulement les trois premières*[4] ! Tout récemment encore, des auteurs d'études sur* Le Paysan parvenu *croyaient pouvoir juger du projet de Marivaux d'après la totalité des huit parties, alors qu'il n'a, grâce à Dieu, aucune part dans les trois dernières. Tout lecteur attentif peut s'en convaincre aisément, tant la différence est sensible*[5]. *Mais l'histoire littéraire est aussi en mesure de le démontrer de façon définitive.*

*Les cinq premières parties parurent à intervalles rapprochés en 1734 et au début de 1735 (et non en 1735-1736 comme le voulaient tous les éditeurs précédents), et personne à l'époque ne*

---

1. C'est l'avis qu'exprime, non sans précautions, Ruth K. Jamieson dans son livre, *Marivaux, a Study in Sensibility* (voir la Bibliographie).

2. A la suite d'un éditeur (voir ci-après), Marie-Jeanne Durry avait commis cette inadvertance dans son excellente étude du *Paysan parvenu*.

3. C'est ce que fait Alexis François dans l'*Histoire de la Langue Française* de Ferdinand Brunot, t. VI, 2ᵉ partie.

4. A propos du *Paysan parvenu*, Claude Roy dit malencontreusement que Marivaux laissa à un anonyme sans talent «le soin d'écrire les cinq dernières parties de ce chef-d'œuvre» (*Lire Marivaux*, p. 98).

5. Quelques détails minimes, mais significatifs : Marivaux se sert très souvent des formes «renforcées» du démonstratif («cet homme-ci», «cette femme-là», etc.). Elles n'apparaissent jamais dans les trois derniers livres. En revanche, on y trouve une dizaine de fois l'expression «être dans le cas de», que Marivaux n'emploierait pas, sauf dans un ton volontairement rustique ; voir p. 28 et le Glossaire (art. *Cas*).

*mit en doute qu'elles fussent de Marivaux. Quant aux trois dernières, les contemporains les rejettent expressément comme apocryphes.* Ainsi Lesbros de la Versane, qui avait personnellement connu Marivaux : « Il n'est pas nécessaire de prévenir nos lecteurs que M. de Marivaux n'a point composé la douzième partie de *Marianne,* et qu'il n'a composé que les cinq premières parties de celui *(sic)* du *Paysan parvenu.* La différence de style est trop marquée pour n'être pas généralement sentie. » *Lesbros précise même, à propos de ce dernier ouvrage, que* « son Héros allant vivre dans le grand monde, notre Auteur craignit les applications qu'on pourrait faire de ce qu'il écrirait de bonne foi », *et préféra* « son repos à la gloire de finir un ouvrage aussi ingénieusement commencé[1] ». *Après lui, le rédacteur de la* Bibliothèque des Romans *rejette avec raison l'authenticité des trois derniers livres[2]. D'où provenait cette suite, et comment put-on l'attribuer à Marivaux ?*

*Les livres VI, VII et VIII, réimprimés dans leur état original à la fin de ce volume, furent publiés pour la première fois en 1756[3], dans une édition d'Henri Scheurleer, à La Haye. En tête de cette édition figurait une* Préface, *qu'on trouvera ici à la place qui lui revient[4], et qui suffit à démontrer, tant par sa forme que par son contenu, le caractère apocryphe des trois dernières parties. Reprise dans l'édition Varrentrapp, Francfort, 1758, elle disparut ensuite, notamment dans l'édition des* Œuvres complètes *de 1781 : rien ne distingua plus le texte de Marivaux de celui de son continuateur. L'éditeur de 1825, Duviquet,*

---

1. *L'Esprit de Marivaux,* Paris, 1769, p. 17-18. D'Alembert trouve au non-achèvement de *La Vie de Marianne* et du *Paysan parvenu* une raison plus simple : le goût de Marivaux pour de nouvelles entreprises, qui lui fait négliger les ouvrages commencés.

2. A propos d'un « extrait » du *Paysan parvenu,* livraison d'août 1780, cf. p. 98, 177, 181.

3. Bibliographie, édition M.

4. Cf. ci-après, p. 271.

*qui ignorait tout de l'histoire du texte du* Paysan parvenu, *ne considéra pas seulement comme authentiques les huit parties, mais fit un éloge particulièrement vif de la fin du roman* [1]. *Comme il se souvenait vaguement, néanmoins, de ce qu'il avait lu chez d'Alembert, il avança, de son cru, que Marivaux s'était proposé de joindre quatre parties aux huit qu'il avait composées, lesquelles, observe-t-il encore sans souci de la contradiction, terminent bien le roman et remplissent parfaitement le titre* [2]. *Moins naïf, son collaborateur Paul Duport (et non Duviquet lui-même, comme on l'a dit jusqu'ici* [3]), *remarqua, en annotant le texte, la faiblesse de la huitième partie, qu'il tint pour apocryphe, et se mit à corriger encore plus librement, et pas toujours plus heureusement que les autres parties* [4].

*Déjà bien embrouillée, la question des suites le devint encore plus lorsque, dans sa préface très hâtive à l'édition du* Théâtre complet de Marivaux, *Édouard Fournier chercha à concilier tant bien que mal ces deux opinions contradictoires qu'il attribue toutes deux à Duviquet et dont il déforme la seconde :* « Le Paysan parvenu, *dit-il,* n'a

---

1. Il en admire surtout la fade sensiblerie, si contraire à l'esthétique de Marivaux. Voir ci-après, p. 389, note 1, un échantillon de ses jugements.

2. Tome VII, p. 372.

3. C'est Duport qui composa les notes et établit le texte des cinq derniers volumes de l'édition. Voir tome I, p. xxxiii.

4. Il dit expressément à propos de la huitième partie : « Si l'on veut se donner la peine de comparer cette édition avec les éditions précédentes, on s'apercevra que l'on a usé envers le continuateur de Marivaux d'une grande liberté de corrections et de changements, et nous ne voyons pas qui aurait droit de se plaindre de ce que, dans la collection complète des œuvres d'un écrivain presque toujours aussi pur qu'ingénieux, on n'a pas jugé à propos de comprendre une centaine de locutions barbares, et autant de réflexions niaises, d'un écrivain étranger. » (Tome VIII, p. 457, note). On pourrait à la rigueur pardonner à Duport de supprimer des réflexions niaises (encore aurait-il mieux valu retrancher de l'édition toute la suite apocryphe), mais on comprend moins qu'il en ait ajouté d'autres (cf. ci-après, pp. 372 et 433, note.)

pas plus de conclusion que *Marianne*. La fin de la huitième partie — Duviquet l'a dit avec raison — n'est certainement pas de Marivaux. Et à la suite, quatre autres qu'il avait promises, et qui semblent indispensables, manquent. On a bien dans le livre le paysan qui, peu à peu, l'amour aidant, arrive à tout de place en place. Mais lorsqu'il est fermier général, que devient-il, que fait-il ? » *On voit comment, d'ignorance en ignorance, d'hypothèse aventurée en affirmation sans preuve, on en arriva à faire douter des vérités les plus claires. Fleury eut beau, quatre ans après Fournier* [1], *rétablir en partie la vérité, sans pouvoir citer, il est vrai, les éditions où parut d'abord la suite apocryphe : un siècle plus tard, comme nous l'avons dit, certains en sont encore à se demander s'il faut ou non tenir Marivaux pour l'auteur de l'ensemble de l'ouvrage.*

*Un mot encore sur cette suite de 1756 en français. Son auteur n'est pas connu. C'est probablement, ou un Français de Hollande, ou même un Hollandais s'exprimant en français, car son style est parfois impropre. Il a une certaine habileté à reprendre des idées de Marivaux pour les mettre en œuvre à son tour. En outre, les grandes lignes de la carrière de Jacob, telles qu'il les trace, ne sont pas trop invraisemblables. Mais ce sont les seuls mérites que l'on peut accorder à son travail. Il tombe souvent dans la sensiblerie, ses réflexions sont plates, son style est prétentieux, et il n'a aucun esprit.*

*Deux autres suites, moins connues, sont encore à mentionner, car elles montrent comment les contemporains ont pu se représenter la continuation des aventures de Jacob. L'une figure dans un sixième livre ajouté à une traduction allemande de 1753* [2]. *Elle est ainsi résumée par le rédacteur de la*

---

1. Dans son livre *Marivaux et le marivaudage*, 1881, p. 222-223.
2. Voir la Bibliographie, p. LXXIII-LXXIV.

Bibliothèque universelle des Romans :

> L'auteur de cette seconde suite s'est, à mon idée, mieux rencontré que le précédent[1] avec M. de Marivaux pour le mariage de La Vallée. Comme Mlle Habert était beaucoup plus âgée que lui, il fallait bien l'enterrer pour lui donner une femme d'un âge plus convenable. C'est ce qu'on a fait en lui faisant épouser cette Mme d'Orville, dont la mauvaise santé du mari *(sic)* ne permettait pas d'espérer qu'il vécût longtemps. Ici le frère de La Vallée vient le trouver, à peu près comme dans l'autre ouvrage ; mademoiselle Habert aînée se raccommode avec lui et le fait son héritier[2]. Le comte lui fait mille présents, lui procure des emplois considérables et lucratifs, mais le malheur veut qu'il soit tué dans une affaire. Comme à cette époque La Vallée a déjà sa fortune faite, il se retire à la campagne dans la terre où il est né, et dont il fait l'acquisition[3].

*L'idée de faire épouser à Jacob Mme d'Orville est en effet tentante, mais il vaudrait mieux, alors, faire mourir le comte avant le mariage, car il semble avoir, dans l'esprit de Marivaux, une option sur la main de la jeune veuve.*

*L'autre suite, d'une quinzaine de pages, est annexée à l'adaptation anglaise de Dublin, 1765[4]. Elle semble inspirée par la suite de 1756. Au théâtre, où il est resté à la fin du cinquième livre, Jacob a l'occasion de secourir une jolie femme qui se trouve mal. Mlle Habert (Maddox, dans l'adaptation) meurt fort opportunément d'une fièvre « causée peut-être par un excès d'austérité envers elle-même ». Le seigneur ami de Jacob, ou plutôt d'Andrew, car tel est ici son nom, lui fait obtenir une charge de cinq mille livres par an. Il peut ainsi épouser la dame rencontrée au théâtre, et atteint l'automne de son âge en menant une vie heureuse.*

---

1. Celui de 1756, qui, chronologiquement, est en réalité postérieur.
2. Il s'agit apparemment de Jacob.
3. *Bibliothèque universelle des Romans*, août 1780, p. 181-182.
4. Bibliographie, p. LXIII.

# ACCUEIL
# ET JUGEMENTS
# CONTEMPORAINS

C ONSIDÉRÉ *d'abord comme une sorte d'intermède parmi les différentes parties de* La Vie de Marianne, *Le Paysan* parvenu *fit moins de bruit que ce premier roman. Il fut aussi dans l'ensemble jugé plus sommairement, et ne rencontra souvent que dédain auprès de la critique « sérieuse ». Mais ses nombreuses rééditions prouvent que l'accueil du grand public lui fut favorable. Après une longue période d'obscurité, pendant laquelle* La Vie de Marianne *lui fut constamment préférée,* Le Paysan parvenu *est maintenant tenu pour une des œuvres les plus intéressantes du* XVIIIe *siècle. Plusieurs critiques y voient le chef-d'œuvre romanesque de Marivaux*[1].

## I

*Tandis que le* Mercure de France *annonçait sans commentaire la publication des premières parties du* Paysan parvenu *dans l'édition Prault, l'abbé Jean Bernard Le Blanc écrivait à Bouhier le 15 avril 1734 : « On vient encore d'imprimer une brochure, commencement de roman à son ordinaire, sous ce titre* Le Paysan parvenu. *Première partie 24 sols chez*

---

1. « Livre très supérieur à cette languissante et séduisante *Vie de Marianne* », dit Claude Roy (*Lire Marivaux*, p. 90), et Marie-Jeanne Durry : « Je ne suis pas sûre que *Le Paysan parvenu* ne soit pas le chef-d'œuvre de Marivaux. » (*Bulletin de la Guilde du Livre*, 10 octobre 1949, p. 228.)

*Prault. Je ne vous dirai rien autre chose sinon que c'est toujours Marivaux se retournant sur lui-même et remaniant les mêmes idées...[1] » Peu de temps après, Lenglet Du Fresnoy notait pour sa part dans une addition manuscrite à sa* Bibliothèque des Romans, *qui venait de paraître : « Le Paysan parvenu ou Mémoires de M\*\*\* par M. de Marivaux, in 12 Paris, 1734 (2 biffé) 4 (suscrit) volum. curieux et intéressant. C'est dommage que M. de Marivaux complique ses ouvrages les uns dans les autres ; cela fait qu'il n'en finit aucun ; celui-ci est amusant et bien écrit[2].»*

## II

*Le premier compte rendu publié de la première partie du roman semble avoir été celui du correspondant parisien de la* Bibliothèque Française *d'Amsterdam, qui exprime ordinairement les vues de l'abbé Desfontaines, s'il n'est pas Desfontaines lui-même :*

« M. de Marivaux a publié un petit roman très court intitulé Le Paysan parvenu, in-12. Il est fait sur le patron de sa Mariamne *(sic)*, c'est-à-dire qu'il y a peu de faits, et un étalage de cette frivole métaphysique du cœur, qu'il a semée dans tous ses ouvrages[3]. »

---

1. *Correspondance de Voltaire,* éd. Besterman, D728, t. II, p. 461.
2. Feuillet inséré en face de la p. 104 du t. II (section des « romans historiques ») de l'exemplaire de la Bibliothèque Nationale, Rés. Y² 1214-1216. À titre de comparaison, voici la note ajoutée dans le même exemplaire et dans les mêmes conditions, en face de la p. 61 du même tome, à propos de *La Vie de Marianne :* « La Vie de Marianne ou les Aventures de madame la Comtesse D... par M. de Marivaux in 12 Paris 1731 de 6 parties. Roman assez bien suivi et assez bien écrit, mais cependant qui devient long et languissant. »
3. Tome XIX, seconde partie, p. 180. Ne pas confondre ce correspondant avec le rédacteur ; voir plus loin.

III

*Le premier compte rendu publié des deux premières parties*
*semble avoir été celui, très favorable, du* Journal littéraire *de*
*La Haye. Voici le passage essentiel :*

Le Paysan parvenu, ou les Mémoires de M.***. A La
Haye, chez C. Rogissart et sœurs, 1734, in-8, pag. 312 pour
les 3 [premières] parties.

Si le nom de Monsieur de Marivaux ne paraissait pas
au-devant de ces mémoires, on les prendrait pour un
ouvrage posthume de Du Fresny. C'est la même manière de
conter, vive, légère et gaie ; des expressions employées d'une
façon nouvelle, mais agréable ; le même art d'amener la
morale et de la faire goûter ; des réflexions justes et fines sur
les mœurs du siècle, des portraits bien frappés. [Et à propos
du portrait de la femme du financier :] On n'avait pas encore
travaillé, que je sache, à ce portrait[1].

*L'enthousiasme du journaliste ne faiblit pas par la suite.*
*C'est ainsi qu'il écrit à propos des livres IV et V, dont il rend*
*compte dans le numéro suivant :* « M. de Marivaux (...) y
renchérit sur lui-même. Il ne raconte pas, il peint, il met
sous les yeux les faits qu'il rapporte[2]. »

IV

*Le rédacteur de* La Bibliothèque Française, *d'Amster-*
*dam, partage les sentiments de son confrère de La Haye. Une*
*réimpression de* La Vie de Marianne, *qui paraissait chez*

---

1. *Le Journal Littéraire,* 1734, tome XXII, première partie, article XI,
p. 219-231.
2. *Le Journal Littéraire,* 1735 (début de l'année), tome XXII, deuxième
partie, p. 460-463.

*Néaulme en 1735, lui donne l'occasion de s'exprimer sur le
talent de Marivaux romancier :*

Nous ne craignons pas qu'on nous taxe de prévention, si
nous disons que de tous les livres de style qui paraissent en
foule depuis quelque temps, et dans lesquels on aime à
trouver surtout une imagination vive et brillante, tempérée
de réflexions utiles, il n'y en a guère qui puissent être
comparés à *La Vie de Marianne* et au *Paysan parvenu*, pièces
originales dans leur genre et que le public éclairé estime avec
raison.

*Le journaliste prend même la peine de combattre le paradoxe
selon lequel, en matière de goût, tout serait affaire de préférence
personnelle. Parmi les qualités que l'on peut attendre d'un
roman,* « le naturel assaisonné de raison » *lui paraît la plus
importante. Or c'est par là que les romans de Marivaux, qui*
« ne sont pas chargés d'aventures extraordinaires et
effrayantes », *l'emportent sur ceux de Prévost et de Mouhy, et
doivent par conséquent leur être préférés* [1].

## V

*Ce qui apparaissait clairement aux critiques étrangers, la
prévention le dissimulait plus ou moins aux concitoyens de
Marivaux. Dans sa correspondance, Voltaire met d'un mot
dédaigneux* Le Paysan parvenu *sur le même rang que* La
Voiture embourbée *et* Le Télémaque travesti [2]. *Desfon-*

---

1. *La Bibliothèque Française*, 1736 (début de l'année), tome XXIII, première partie, article XI, p. 154 et suiv.
2. « Il est juste que l'auteur de *La Voiture embourbée*, du *Télémaque travesti*
et du *Paysan parvenu* écrive contre l'auteur de *La Henriade* », écrit-il à
Thieriot à propos d'un projet de réfutation des *Lettres Philosophiques*, que
l'on prêtait à tort à Marivaux (lettre du 6 mars 1736, *Correspondance*, éd.
Besterman, D1030, t. III, p. 381).

*taines n'accorde au même roman qu'un compte rendu où l'ironie tempère soigneusement quelques éloges contraints :*

Le Paysan parvenu, par M. de Marivaux. Dans la cinquième partie de cet ouvrage, on trouve de jolies peintures, avec cet ingénieux langage, qui charme quelques personnes.

Ces cinq parties du *Paysan parvenu,* si on en retranchait un peu d'affectation dans le langage, serait à mon gré un des plus jolis ouvrages qui eût paru depuis longtemps. Ce sont de ces livres agréablement frivoles, qu'on ne saurait quitter, qui tyrannisent pour ainsi dire un lecteur, et le rendent insensible à tout autre plaisir, jusqu'à ce que la lecture en soit achevée[1]. Au reste cette cinquième partie, quoique pleine de beaucoup d'esprit, n'a pas été aussi goûtée que les précédentes[2].

*Des expressions telles que* joli, ingénieux, agréablement frivole, *suggèrent que l'ouvrage est à mettre sur le même plan que les romans d'un Mouhy ou d'un Crébillon fils.*

## VI

*Le marquis d'Argens, qui se montrera plus tard assez favorable au théâtre de Marivaux[3], attaque violemment le style de ses romans. Dans ses* Lettres Juives *(1736-38), à propos de la vogue du néologisme, il s'en prend tout particulièrement au* Paysan parvenu, *dont il retouche parfois le style pour lui donner un ridicule supplémentaire :*

Si ce goût bizarre continue à jeter de profondes racines, quel pitoyable langage les Français ne transmettront-ils point à leurs neveux ? et quels auteurs ne donneront-ils point

---

1. Cette phrase pastiche le style de Marivaux.
2. *Observations sur les écrits modernes,* 1735, t. I, p. 332.
3. Voir les *Réflexions critiques et historiques sur le goût* (1743), p. 221-222 ; citées dans le *Théâtre complet,* t. II, p. 960-961.

pour des modèles de perfection? Au lieu d'un Racine, ils n'auront qu'un Mouhy; à la place d'un Corneille, ils ne liront qu'un Marivaux. Si cela est, que je plains leur sort, et que je déplore celui des belles-lettres! Je t'ai déjà fait un léger portrait de ce Marivaux, mon cher Isaac[1]. C'est un des chefs des novateurs. Il ne manque pas d'esprit, et paraît même penser; mais ses bonnes qualités sont absolument éteintes par la manière dont il s'exprime. Il ne saurait se résoudre à dire simplement les choses les plus simples. En effet, si dans un de ses ouvrages une personne *souhaite le bonjour* à une autre, elle emploiera quelque phrase recherchée, et affectera de mettre de l'esprit et du plus fin dans ce compliment ordinaire. Pour peindre une fausse dévote, cet auteur emploiera trois ou quatre pages; et après qu'on les a lues, on est tout étonné de n'avoir rien appris, si ce n'est qu'elle cherchait à cacher par sa manière de s'habiller le nombre de ses années. Parmi la grande quantité de phrases où cette pensée est tournée et retournée de cent façons différentes, en voici quelques-unes, par lesquelles tu pourras juger de tout son style. *Cette femme se mettait toujours d'une manière modeste, d'une manière pourtant qui n'ôtait rien à ce qui lui restait d'agréments naturels. Une femme aurait pu se mettre comme cela pour plaire sans être accusée de songer à plaire. Je dis une femme intérieurement coquette; car il fallait l'être pour tirer parti de cette parure-là. Il y avait de petits ressorts cachés[2] à y faire jouer pour la rendre aussi gracieuse que décente, et peut-être plus piquante que l'ajustement le plus déclaré. C'étaient de belles mains et de beaux bras sous du linge uni : on les remarquait mieux là-dessous; cela les rend plus sensibles, etc.* Ce style affecté, mon cher Isaac, et ces phrases recherchées ne sont point de véritables beautés. L'esprit s'explique d'une façon plus aisée et plus naturelle

---

1. Lettre XIII, tome I, p. 131-133 de l'édition de 1764 : « Un jeune homme écrit des comédies et des histoires galantes d'une manière touchante, mais son style est guindé. Il a conservé dans ses écrits un certain air précieux qui tient peu du naturel. On dirait volontiers quelquefois, en lisant ses ouvrages, que l'auteur invente, et que le petit-maître écrit. »
2. Texte authentique : *ressorts secrets.*

lorsqu'il est conduit par le bon goût. Ce n'est pourtant pas là ce qu'il y a de plus guindé dans ce portrait ; et voici un endroit qui l'est encore beaucoup plus : *Venons à la physionomie. Au premier coup d'œil, on eût dit de la personne qui la portait : voilà une personne bien grave et bien posée ; et au second coup d'œil : voilà une personne qui a acquis cet air de sagesse et de probité*[1], *elle ne l'avait pas ; au troisième coup d'œil*[2], *on la soupçonnait d'avoir beaucoup d'esprit, et l'on ne se trompait pas.* Est-il rien, mon cher Isaac, de si comique que ces *premiers, seconds et troisièmes coups d'œil*, qui deviennent chacun quelque chose ; et que ces *voilà* si industrieusement répétés ? Ne dirait-on pas qu'un pareil style est formé d'après celui d'un poète si bien tourné en ridicule dans le *Misanthrope* de Molière ? (...) Quelque condamnable que soit le passage que je viens de critiquer, il a cependant, mon cher Isaac, trouvé de zélés approbateurs. Certains journalistes l'ont choisi par préférence pour le citer comme un morceau des plus parfaits...[3]

## VII

*Vers la même époque, l'abbé Granet, qui consacre un long article au* Paysan parvenu, *s'efforce de dépasser les habituels griefs contre le style et l'excès d'esprit. Ce qu'il conteste d'entrée de jeu, c'est la donnée même du roman :*

[Dans nos romans modernes,] ce n'est plus à la vérité des Grecs, des Romains, ou des Gaulois, dont les aventures nous amusent. On vient de substituer à leur place des Français, dont le caractère semble avoir son original parmi nous ; mais le tissu de leurs aventures n'est-il point aussi déplacé et aussi

---

1. Texte authentique : *et de gravité.*
2. Ces mots ne sont pas dans le texte. On y lit : « Cette personne-là est-elle vertueuse ? la physionomie disait oui, mais il lui en coûte (...) ; quant à l'esprit, on la soupçonnait d'en avoir beaucoup et on soupçonnait juste... » (p. 143).
3. Lettre CLXXIV, édit. de 1764, t. VI, p. 283-286. Les journalistes en question sont ceux du *Journal Littéraire*, cité ci-dessus, p. XXXIX.

chimérique que celui de ces romans qui ont vieilli pour nous? Les romanciers modernes peignent avec art, leurs portraits sont finis; mais sont-ils plus habiles que leurs devanciers dans leur véritable jour? Est-il plus étonnant de voir un Artamène, un Alexandre, un Pharamond né, élevé et formé en Français que de voir un jeune rustre sortir de Champagne, venir à Paris, y endosser la livrée, plaire à sa maîtresse, à la suivante, de le voir, dis-je, pétillant dans ses reparties, étaler sous l'écorce de la simplicité artificielle l'esprit le plus fin et le plus délicat? En vérité, n'est-ce point, à considérer l'ordre ordinaire des choses, un monstre dans le beau?

*Le reproche d'invraisemblance s'adresse plus particulièrement à la façon même dont le héros raconte ses aventures :*

Examinons notre paysan devenu domestique, ses entretiens avec sa maîtresse, ses sentiments avec la suivante, tout est esprit subtil et raffiné, caché sous une apparence de simplicité qui n'a rien de naturel, que ce qu'elle emprunte à l'art. Le portrait qu'il fait de la maison où il sert, le caractère du maître et de son épouse, des deux sœurs et de leur directeur, est frappé au coin de la vérité; ce sont des traits de maître, et non d'un jeune rustre, qui, né avec de l'esprit, et même, si vous voulez, du discernement, ne doit point avoir l'usage et le rare talent de les démêler, et de les apprécier avec autant de pénétration qu'il en fait paraître.

*Ce que Granet met donc en cause, c'est le principe du récit autobiographique : supposé, dit-il, que Jacob ait tout le talent d'un auteur véritable, quelle mémoire ne lui faudrait-il pas «pour rapporter les faits dans leurs plus petites circonstances, à moins que de les avoir notés au jour le jour»? Point de vue naïf sans doute, car il est plus invraisemblable encore qu'un romancier connaisse les faits, gestes et pensées d'un personnage qui lui est étranger, mais à retenir, car il montre que, malgré le* Francion *et* Gil Blas, *la formule du roman personnel est encore discutée au moment où Prévost et Marivaux l'adoptent systématiquement.*

*De la copieuse dissertation de Granet, il faut encore citer la conclusion, qui suggère, non sans ironie, quelques développements possibles à l'auteur du* Paysan parvenu :

Peut-être que dans la suite de la vie de M. de La Vallée, il (le narrateur) nous tirera de la peine, où, sans doute, il a la malice de nous mettre. Il nous dira que le commerce des femmes et du grand monde l'a mis à portée d'être ce qu'il paraît ; que ses liaisons avec les gens de lettres et d'esprit ont ouvert et orné le sien. Je lui conseillerais encore de faire aller le caprice de son heureuse étoile jusqu'à le rendre le confrère ou l'arbitre de ces gens de lettres, à qui il doit tout son brillant et sa vivacité ; car enfin il faut bien qu'il nous dise comment il a fait pour avoir tant d'esprit[1].

## VIII

*A ces opinions de critiques de profession, il est intéressant d'opposer l'accueil du public. On peut s'en faire une idée d'après deux lettres reproduites dans* Le Glaneur français. *Au tome premier de cet ouvrage[2], un certain comte d'H. répond à une lettre d'une demoiselle D. L. M. relative à la cinquième partie du* Paysan parvenu. *« Ame vertueuse », Mlle D. L. M. avait été choquée de la scène entre Mme de Ferval et le chevalier. Le comte d'H. observe d'abord que ce n'est pas l'ouvrage de Marivaux qui a déplu à Mlle D. L. M., mais seulement le caractère de Mme de Ferval. Il étudie donc ce caractère. Mme de Ferval n'est pas dominée par « le cœur ». Son amour pour La Vallée ne tire son principe que « de la corruption de*

---

1. *Réflexions sur les ouvrages de la littérature,* 1737, tome I, p. 145-164.
2. P. 38-67. Ce tome I porte une approbation du 23 juin 1736, date qu'il faut probablement corriger en 1735.

son cœur», *et, par conséquent,* «n'est exclusif d'aucun autre» : «C'est une hypocrite, une fieffée friponne, esclave de ses sens, auxquels elle ne veut rien refuser.» *Son caractère est donc tracé d'après nature, et les contradictions qui y paraissent ne sont qu'apparentes. Mais ce personnage, note le comte d'H., Marivaux le condamne expressément. On ne peut lui reprocher de l'avoir mis en scène, pas plus qu'on ne peut reprocher à Molière d'avoir peint des personnages d'avare ou d'hypocrite.*

*Dans le numéro suivant du* Glaneur français[1]*, un troisième personnage, anonyme, écrit à Mlle D. L. M. au sujet de la lettre qu'elle a reçue, ou est censée avoir reçue, du comte d'H. L'auteur de ce nouvel article se déclare* «un des plus fidèles partisans de Marivaux» : *mais c'est précisément l'estime qu'il a pour lui* «qui lui fait regretter de ne l'en pas trouver toujours également digne». *C'est toujours à la scène chez la Rémy qu'il s'en prend :* «Cette scène est contre les bonnes mœurs, elle est capable de gâter l'esprit des jeunes personnes.» *Le portrait de Mme de Ferval est sans doute peint d'après nature, mais tous les sujets ne conviennent pas à un écrivain :*

Tout le public avec M. d'H. reconnaît cet auteur pour un excellent peintre ; il a donné, de son talent, des preuves qui ne permettent plus d'en douter. Mais un peintre doit-il traiter indifféremment toutes sortes de sujets, lorsqu'il destine ses travaux au grand jour ? Les traits qui causeraient la moindre alarme à la pudeur ne doivent-ils pas en être retranchés ?

*Justement, Marivaux, qui,* «tout récemment encore, vient de faire le procès à un jeune auteur qui (...) s'est

---

1. P. 75-87. Ce second numéro est «approuvé» le 2 septembre 1735.

laissé emporter à une licence trop marquée », *doit prendre garde de ne pas se laisser confondre avec de tels écrivains :*

Mais un auteur tel que M. de Marivaux, dont les ouvrages sont entre les mains de tout le monde ; un auteur qui fait profession d'allier l'utile à l'agréable, de nous instruire en nous amusant ; un tel auteur est obligé de ménager son coloris et ses images.

## IX

*Il est curieux de voir ainsi une certaine partie du public guider les auteurs sur les voies de la littérature sensible, et placer sa confiance en Marivaux, faute d'imaginer mieux. Il en est d'autres dont le témoignage, moins explicite, n'en est pas moins précieux. Écrivant de Cirey à Devaux le 6 décembre 1738, Mme de Graffigny évoque l'arrivée de Mme de Champbonin :* « Elle est trait pour trait, *dit-elle*, la grosse femme courte du *Paysan parvenu*[1]. » *Cette évocation de Mme de Fécourt montre la familiarité de Mme de Graffigny avec le roman de Marivaux. Un peu plus loin, elle y revient encore à propos des goûts de Voltaire :* « Tu es bien aise, *écrit-elle*, il aime *Le Paysan parvenu*, à la longueur près[2]. » *Éloge d'autant plus précieux qu'il contraste avec le seul autre jugement de Voltaire que Mme de Graffigny rapporte ici, cette fois à propos de Racine, à savoir qu'*« il ne conçoit pas comment on peut sourire aux Plaideurs[3] ».

## X

*Attestée par les amis de Marivaux, comme L'Affichard (voir* p. XVIII*), la vogue du* Paysan parvenu *l'est même, à regret, par*

---

1. Voltaire, *Correspondance*, éd. Besterman, D1667, t. V, p. 399.
2. *Ibid.*, p. 403.
3. *Ibid.*

*ses ennemis. Suivant un* Tableau de Paris pour l'année 1748, *on regrette encore à l'époque dans le salon de Mme de Tencin* « Que Marivaux n'ait complété l'ouvrage / De ce divin Paysan parvenu[1] ». *Du reste, une vingtaine d'éditions et une demi-douzaine de traductions démontrent le succès européen du roman pendant tout le* XVIII*ᵉ siècle.*

*Pour en revenir à la critique, elle n'est pas plus favorable au* Paysan parvenu *dans la période qui suit que lors de la publication du roman. En voici quelques aperçus. L'abbé de La Porte, d'abord, dans son* Voyage au Séjour des Ombres *(1749), oppose dédaigneusement* Le Paysan parvenu *à* La Vie de Marianne. *Il met le premier au rang des ouvrages médiocres que les écrivains font passer en abusant d'un succès mérité : de même que Prévost donnerait les* Mémoires d'un honnête homme *à la faveur des* Mémoires d'un homme de qualité, *Voltaire* La Princesse de Navarre *et* Le Temple de Gloire *à la faveur de* La Henriade *et* Zaïre, *Duclos* La Vie de Louis XI *à la faveur des* Confessions du comte de ***, *de même Marivaux aurait exploité, en donnant* Le Paysan parvenu, *le succès que lui avait valu* Marianne[2].

## XI

*Vers la même époque, Raynal dresse un tableau des principaux romanciers français. Ce sont, dans l'ordre, Prévost,* « selon beaucoup de gens le premier de nos romanciers », *Le Sage, Marivaux et Crébillon. Le passage qui concerne Marivaux, conventionnel sur beaucoup de points, a pourtant*

---

1. *Chansonnier Maurepas Clérambault,* année 1748, t. VII, p. 112-113.
2. *Voyage au Séjour des Ombres,* La Haye, 1749, p. 39.

*l'intérêt de montrer à quelle lignée d'écrivains on le rattachait :*

M. de Marivaux a embrassé le genre de M. Le Sage, mais avec des talents différents. Il peint comme lui des mœurs bourgeoises, mais avec un esprit qui dégénère souvent en raffinement, avec une profondeur qui va jusqu'à l'obscurité, une métaphysique parfois ridicule, une hardiesse d'expressions qui approche peut-être du burlesque. C'est incontestablement un des hommes de France qui ont le plus d'esprit. On ne lui accorde pas si universellement le goût. Sa *Marianne* et son *Paysan parvenu* sont ses meilleurs ouvrages[1].

## XII

*Pour que* Le Paysan parvenu *soit apprécié sinon avec faveur, du moins avec sérénité, il faut attendre le dernier quart du* xviiie *siècle. Dans* La Jolie Femme, ou La Femme du Jour, *ouvrage attribué à Barthe, comme une marquise a fait un très vif éloge de Crébillon et de son* Sofa, *un conseiller répond :*

Me pardonnerez-vous d'insister en faveur de l'auteur de *Marianne* et du *Paysan parvenu* ? Si sa vue n'est pas aussi profonde, elle tombe sur des objets plus réels et sans doute plus utiles. Si l'esprit y est moins fin, il est plus solide, et sans contredit il sera plus durable.

*L'abbé Mayeul-Chaudon, qui avait dû connaître Marivaux, rend hommage à son talent de romancier en même temps qu'à son caractère :*

Un auteur vraiment original dans sa façon de traiter le roman est l'ingénieux Marivaux. Son *Paysan parvenu* et sa *Vie de Marianne,* si lus et si critiqués, passeront à la postérité. Ce qu'il y a de singulier, c'est que le premier roman est beau-

---

1. *Correspondance littéraire de Grimm, Diderot, etc.* Tome I, p. 139 (passage écrit vers 1752).

coup plus plaisant que la plupart des comédies de Marivaux.
On n'a jamais mieux peint les ridicules et les vices des faux
dévots. *Marianne* ne fait pas rire, mais elle intéresse jusqu'aux
larmes (...) Quant à son style, il est quelquefois précieux,
recherché, mais il est aussi très souvent naturel, enjoué,
agréable. Il peint d'un mot. Il a l'art de faire passer dans
l'esprit du lecteur les sentiments les plus déliés, les fils les
plus imperceptibles de la trame de cœur. C'est à quoi n'ont
pas fait assez d'attention les critiques de M. de Marivaux,
homme infiniment aimable, homme estimable qui ne méritait que des amis[1].

### XIII

*Enfin le jugement de d'Alembert, presque aussi favorable,
saura tenir en respect les critiques trop malveillants :*

Les deux principaux romans de M. de Marivaux, auxquels
il doit presque entièrement la réputation dont il a joui, sont
*Marianne* et *Le Paysan parvenu ;* ouvrages où l'esprit avec des
fautes, et l'intérêt avec des écarts, valent encore mieux que la
froide sagesse et la médiocrité raisonnable. C'est l'éloge
qu'on peut leur donner, avec quelques restrictions sans
doute, mais avec justice.

De ces deux romans, *Marianne* est celui qui a la première
place, du moins pour le plus grand nombre de lecteurs, parce
qu'ils y trouvent plus de finesse et d'intérêt; cependant *Le
Paysan parvenu* a aussi ses partisans par le but moral que
l'auteur s'y propose, et par une sorte de gaieté qu'il a tâché
d'y répandre[2].

---

1. *Bibliothèque d'un Homme de Goût,* Avignon, 1772, 2 vol., t. II, p. 251-
252.
2. *Histoire de quelques membres de l'Académie Française depuis 1700 jusqu'en
1772.* Amsterdam, 1787, t. VI, p. 156-157. L'objet moral de Marivaux
serait, d'après d'Alembert, «de faire sentir le ridicule de ceux qui rou-
gissent d'une naissance obscure, et qui cherchent à la cacher» (p. 156).

*Il serait difficile, et d'un intérêt secondaire, d'étudier la destinée du* Paysan parvenu *au* XIX<sup>e</sup> *siècle. Qu'il suffise de dire qu'il ne s'imposa que peu à peu, à l'ombre de* La Vie de Marianne, *jusqu'à nos jours où certains, comme on l'a vu, lui donnent le premier rang et le placent, tel Claude Roy, sur le plan des deux grands romans du* XVIII<sup>e</sup> *siècle,* Manon Lescaut *et* Les Liaisons dangereuses.

## XIV

*Quant à son influence, elle s'exerce à la fois sur le genre romanesque et sur le genre dramatique.*

*Au théâtre, c'est d'abord, semble-t-il, Marivaux lui-même qui, peut-être sollicité par les Comédiens Italiens, tira une comédie récemment retrouvée*[1] *de l'épisode du « mariage de Jacob » sous le titre inattendu de* La Commère. *Ce n'est plus Jacob qui est ici au premier plan : c'est Mme d'Alain qui mène le jeu, quoique involontairement. Ses bavardages ne provoquent pas seulement, comme dans le roman, l'échec provisoire du mariage de Jacob. Apprenant que son fiancé fait la cour à Agathe, Mlle Habert rompt avec lui. Cette comédie sans mariage présente un Jacob beaucoup moins en nuances que dans le roman. Sa valeur comique, qui est réelle, tient au personnage de la « commère », cher à Marivaux depuis ses débuts.*

## XV

*L'autre comédie tirée du roman, très inférieure à celle-là, présente au contraire un Jacob très sympathique, qui épouse Mlle Habert, en même temps que deux autres mariages, y compris celui de Mme d'Alain, se concluent aussi. Ainsi que son titre l'indique, cette pièce en un acte,* Le Paysan et la

---

1. On la trouvera dans le second volume du *Théâtre complet*, dans la même collection des Classiques Garnier, p. 547-591.

Paysanne parvenus[1], *inclut accessoirement l'histoire de l'hé-*
*roïne du roman de Mouhy dont il va être question. C'est dire*
*qu'elle emprunte sa substance à Marivaux directement et indi-*
*rectement.*

## XVI

*Le succès du* Paysan parvenu *avait en effet multiplié les*
*histoires de «paysans», de «paysannes» et de «parvenus»*[2].
*Plus généralement, on retenait du roman la peinture des mœurs :*
*divers ouvrages narratifs ne sont plus bientôt que le prétexte à*
*des tableaux de la société parisienne*[3]. *Enfin, quelques roman-*
*ciers, et non des moindres, aperçurent un autre aspect du*
Paysan parvenu, *ce que nous appellerions l'éducation senti-*
*mentale de Jacob. Chez Crébillon, les personnages de femmes*
*mûres qui voudraient initier les jeunes gens, surtout Mme de*
*Lursay dans* Les Égarements du Cœur et de l'Esprit

---

1. Voir F. Deloffre, «Une adaptation dramatique inconnue du *Pay-*
*san parvenu, Le Paysan et la Paysanne parvenus*», Actes du Congrès Marivaux de Cortona, 6-8 septembre 1990.
2. Ce sont par exemple *La Paysanne parvenue*, de Mouhy (1735-37); *Le*
*Paysan Gentilhomme*, ou *Les Avantures de Ransau, avec son voyage aux Isles*
*jumelles*, de Catalde (1737); *Jeannette seconde*, ou *La Nouvelle Paysanne*
*parvenue*, de Gaillard de la Bataille (1744); les *Mémoires et avantures d'un*
*bourgeois qui s'est avancé dans le monde*, de Digard de Kerguette (1750); *Le*
*Soldat parvenu*, de Mauvillon (1753); *L'Illustre Païsan*, ou *Mémoires et*
*Avantures de Daniel Moginié*, de Maubert de Gouvest (1761); *La Paysanne*
*philosophe*, de Mme Robert (1762), sans compter naturellement *Le Pay-*
*san perverti*, ou *Les Dangers de la Ville*, de Rétif de la Bretonne (1775), *La*
*Paysanne pervertie*, ou *Les Dangers de la Ville* (1784) du même, et *La*
*Paysanne pervertie*, ou *Les Mœurs des grandes Villes*, de Nougaret (1777).
3. Tout proches du *Paysan parvenu* sont à cet égard *Les Promenades de*
*Paris*, de Fromaget (portraits d'écoliers, de marchands, de directeurs, de
dévotes...), 1736, et les *Lettres de Thérèse*, ou *Mémoires d'une jeune demoiselle*
*de province pendant son séjour à Paris*, de Bridard de la Garde (mœurs des
financiers, des femmes du monde, des abbés petits-maîtres, des acteurs et
actrices...), 1737. Sur le développement du roman de mœurs à cette
époque, voir F. C. Green, *La Peinture des mœurs dans le roman français de*
*1715 à 1761*, Paris, P. U. F., 1924.

(*1736*), *rappellent fort Mme de Ferval et Mme de Fécourt. Mais la ressemblance entre les situations où se trouvent placés Jacob d'une part, Joseph Andrews et Tom Jones de l'autre, est plus frappante encore*[1]. *Pour le* XIXᵉ *siècle, nous sommes sur un terrain moins sûr. C'est peut-être l'idée de l'homme qui fait son chemin par les femmes qu'on pourra trouver à la base des rapprochements les moins douteux, par exemple avec* Le Rouge et le Noir *ou* Bel Ami, *voire avec le roman anglais de John Braine,* Room at the Top (*1957*). *Mais nous ne pouvons faire ici que quelques suggestions, en laissant à des études ultérieures le soin d'en apprécier le bien-fondé.*

---

1. Comparer la position de Jacob devant la femme du financier ou Mme de Fécourt avec celle de Joseph Andrews devant Mme Booby; de Jacob devant Catherine avec celle de Joseph devant Mme Slipslop; de Jacob acceptant de l'argent de Mme de Ferval avec celle de Tom Jones en recevant de lady Bellaston. — On sait au reste que Fielding ne cachait pas son admiration pour Marivaux. Si le rapprochement entre *Joseph Andrews* et *Le Paysan parvenu* a été fait souvent, et notamment par Larroumet, p. 358-360, il serait piquant de voir ce que le même roman a de commun avec *Pharsamon,* qui, bien oublié aujourd'hui, fut traduit à l'époque en plusieurs langues, notamment en anglais.

# LE PAYSAN PARVENU,

## OU

# LES MEMOIRES

## DE M***

*Par M.* DE MARIVAUX.

Le prix eft de 24 sols.

*Jchannin Armiset*

# A PARIS,

Chez PRAULT, Pere, Quay de
Gefvres, au Paradis.

### M.D.CC.XXXIV.

*Avec Approbation & Privilege du Roy.*

# BIBLIOGRAPHIE

## I. *ÉDITIONS ANCIENNES*

*Quoique, depuis nos précédentes éditions (1959 et 1969), de nouveaux exemplaires anciens du* Paysan parvenu *soient apparus, dont un en grande partie original, et que le livre de Françoise Weil,* L'Interdiction du roman et la Librairie, 1728-1750 *(Paris, Aux Amateurs de Livres, 1986), apporte diverses informations importantes, il n'est pas encore possible de résoudre de façon tout à fait satisfaisante le problème de la tradition imprimée du roman au* xviii<sup>e</sup> *siècle. La difficulté provient d'abord du fait qu'il n'existe pas, à notre connaissance, d'exemplaire complet des cinq premières parties dans leur état primitif, et que souvent les pages de titre ou les approbations n'ont pas été préservées à la reliure dans ceux dont nous disposons. Plus généralement, étant donné le caractère disparate des volumes conservés, tant que l'on ne pourra confronter, en les déplaçant ou en en possédant au moins des descriptions très précises, les exemplaires des bibliothèques publiques et privées, des incertitudes subsisteront. Les indications qu'on va trouver ici permettent au moins de cerner de très près la réalité en ce qui concerne l'édition originale, et de fournir pour les autres éditions les bases destinées à une enquête de bibliographie matérielle qui reste encore à faire.*

**A.** - Édition originale. *Dans notre précédente édition, nous avions cru pouvoir présenter comme étant l'édition originale un exemplaire conservé à la Bibliothèque Municipale de Dijon (cote 8192), ayant appartenu à Jehannin Arviset, magistrat dijonnais. Comme Françoise Weil, nous en sommes arrivés à la conclusion que, si les parties I à IV y figurent bien en original, la cinquième, reliée à part (voir le fac-similé de la page de titre, face à la p. LVIII), est une contrefaçon. L'examen des variantes, que nous donnons en note, confirme entièrement cette vue. Cette contrefaçon* *provient, selon Françoise Weil, d'une officine d'Avignon, qui probablement est aussi responsable d'une contrefaçon de* La Vie de Marianne, *et de beaucoup d'autres ouvrages, parmi lesquels peut-être les* Lettres portugaises. *Quoi qu'il en soit, voici la description des différentes parties, d'après les indications complémentaires fournies pour I-IV par les exemplaires de Dijon et celui de la Bibliothèque du Congrès de Washington, et appuyées par celles d'un exemplaire personnel retrouvé dans lequel les parties I, II, IV et V figurent en original.*

LE PAYSAN / PARVENU / *ou* / LES MEMOIRES / DE M\*\*\* / *Par M.* DE MARIVAUX. / Le prix est de 24 sols. / [Fleuron] / A PARIS, / Chez PRAULT, Pere, Quay de / Gesvres, au Paradis. / [Filet] / M. D. CC.XXXIV. / *Avec Approbation & Privilege du Roy.*

*Ce titre général, comme le titre de tête de la p. [1], ne comporte pas d'indication de partie. Le texte occupe 115 pages. Approbation et privilège manquent dans les trois exemplaires conservés. On en connaît pourtant le texte d'après l'édition de 1735 (cf. E). Soit pour l'approbation :* « Cet ouvrage, qui ne dément point le génie de l'Auteur, paroît digne de l'empressement avec lequel on a coûtume de recevoir ses écrits. A Paris, ce 18. mars 1734. DUVAL.» *Le privilège sera décrit à propos de la seconde partie.*

*La seconde partie n'a pas de page de titre dans l'exemplaire conservé à Dijon. Le titre de tête est ainsi libellé :* [vignette] / LE PAYSAN / PARVENU, / OU / LES MEMOIRES / DE Mʳ.\*\*\* / [Filet] / *SECONDE PARTIE.* / *Voici la description de la page de titre conservée dans un exemplaire personnel ainsi que dans l'exemplaire de la Bibliothèque du Congrès :*

LE PAYSAN / PARVENU, / *ou* / LES MEMOIRES / DE M\*\*\* / *Par M.* DE MARIVAUX. / *SECONDE PARTIE.* / Le prix est de 24. sols. / [Fleuron] / A PARIS, / Chez PRAULT, Pere, Quay de / Gesvres, au Paradis. / [Filet] / M. D. CC. XXXIV. / *Avec Approbation & Privilege du Roy.*

*Suivent l'approbation et le privilège. L'approbation est ainsi libellée :* «J'ai lû par ordre de Monseigneur le Garde des

Sceaux, cette seconde partie *du Paysan parvenu.* A Paris, ce
20. May 1734. DUVAL.» *Le privilège est accordé à Pierre Prault
pour* «un ouvrage qui a pour titre Les Œuvres du sieur de
Marivaux, La Vie de Marianne, etc.». *Il est daté du 19 juillet
1731. Le texte même occupe 128 pages. En bas de la page 128, on
lit cette indication importante :* «On vend chez le même Libraire
les Œuvres de Théâtre de Monsieur Destouches, en deux vol.
in-douze, contenant neuf Comédies différentes. Et les onze
feuilles du Cabinet du Philosophe.»

La page de titre de la troisième partie manque dans les
exemplaires de Dijon et de la Bibliothèque du Congrès.
(Dans notre exemplaire personnel, la troisième partie qui se
trouve reliée avec les autres originales porte en page de titre
«seconde édition».) Le titre de tête est ainsi libellé :
[vignette] / LE PAYSAN / PARVENU, / OU / LES
MÉMOIRES / DE M'.*** / [Filet] / *TROISIE'ME PAR-
TIE. 134 pages numérotées pour le texte. A la fin, l'approbation et
le privilège. La première est ainsi conçue :* «J'ai lû par ordre de
Monseigneur le Garde des Sceaux, la troisième partie du
*Paysan parvenu.* A Paris, ce 5 juillet 1734. DUVAL.» *Le privilège, daté du 5 août 1734, est accordé, pour trois ans seulement alors
que le privilège de la seconde partie l'était pour six, à Laurent-
François Prault, libraire à Paris, pour* «l'impression d'un
Manuscrit qui a pour titre : *Le Paysan parvenu, par le sieur de
Marivaux*». *Suit le texte d'une déclaration de Prault fils :* «Je
soussigné reconnois que les deux premières parties du Paysan
parvenu mentionnées en la permission cy-derrière, appartiennent à mon père, et que je n'y prétends aucun droit, me
réservant seulement la troisième partie et suivantes, que
j'entends avoir obtenu par la présente permission. Fait à
Paris ce 6 Août 1734. *Signé, Prault fils.*» *Suit un Catalogue de
livres vendus par Prault fils :* «*Livres tant de sortes que d'assorti-
ments, qui se trouvent chez* PRAULT, *fils, quay de Conty, vis-à-vis la
descente du Pont-Neuf, à la Charité.* » (Les livres les plus récents
mentionnés sont de 1734.)

La page de titre de la quatrième partie manque dans l'exemplaire
de Dijon comme dans celui de Washington. Notre exemplaire

*personnel, dont le texte est identique à celui des deux exemplaires que nous venons de citer, en comporte une, datée de 1735, que nous décrivons :*

LE PAYSAN / PARVENU, / *OU* / LES MEMOIRES / DE M\*\*\* / *Par M.* DE MARIVAUX . / *QUATRIE'ME PARTIE.* / Le prix est de 24 sols. / [Fleuron] / A PARIS, / Chez PRAULT, Fils, Quay de / Conty, vis-à-vis la descente du / Pont-Neuf, à la Charité. / [Filet] / M. DCC. XXXV. / *Avec Approbation & Privilege du Roy.* /

*Le titre de tête est ainsi libellé :* [vignette] / LE PAYSAN / PARVENU, / *OU* / LES MÉMOIRES / DE M<sup>r</sup>\*\*\* / [Filet] / *QUATRIE'ME PARTIE.* / *115 pages de textes.*

*En bas de la dernière page, l'approbation :* « J'ai lû par ordre de Monseigneur le Garde des Sceaux, la quatrième Partie *de l'Histoire du Paysan parvenu.* A Paris le 30 septembre 1734. DUVAL. » *En dessous commence le privilège, qui se poursuit sur deux pages non numérotées. Il est identique à celui de la troisième partie, et suivi du même texte de la convention entre Prault père et Prault fils.*

*La cinquième partie de l'exemplaire de Dijon, reliée à part, est une contrefaçon provenant d'Avignon (voir le fac-similé de la page de titre). L'édition originale se présente ainsi :*

LE PAYSAN / PARVENU, / *OU* / LES MEMOIRES / DE M<sup>r</sup>\*\*\* / *Par M.* DE MARIVAUX. / *CINQUIE'ME PARTIE.* / Le prix est de 24 sols. / [Fleuron] / A PARIS, / Chez PRAULT, Fils, Quay de / Conty, vis-à-vis la descente du / Pont-Neuf, à la Charité. / [Filet] / M. DCC. XXXV. / *Avec Approbation & Privilege du Roy.*

*Elle comprend 118 pages numérotées pour le texte. L'approbation se trouve au bas de la page 118. En voici le texte :* « J'ai lû par ordre de Monseigneur le Garde des Sceaux, la cinquième Partie *de l'Histoire du Paysan parvenu.* A Paris ce premier Avril 1735. DUVAL. » *Puis vient le privilège qui, comme pour la quatrième partie, se poursuit sur deux pages non numérotées et se trouve suivi de la déclaration de Prault fils.*

# LE PAYSAN
## PARVENU
### OU
## LES MEMOIRES
## DE M***

*Par* M. DE MARIVAUX

*CINQUIE'ME PARTIE.*

*Jehannin Aniset*

## A PARIS,

Chez PRAULT, Fils, Quay de
Conty, vis-à-vis la defcente du
Pont-Neuf, à la Charite.

M. DCC. XXXV.

*Avec Approbation & Privilege du Roy.*

**B.** - LE PAYSAN / PARVENU / ou / LES MEMOIRES / DE M*** / *Par M.* DE MARIVAUX /. A La Haye, / chez C. de Rogissart et sœurs. 1734-1735. in-8.

*Exemplaire à la Vassar College Library, Poughkeepsie, New-York. Les trois premières parties sont datées de 1734, les deux dernières de 1735. Elles ont respectivement 95, 106, 111, 94 et 92 pages. L'édition des trois premières parties est annoncée par le* Journal Littéraire *(t. XXII, p. 229), ainsi que celle des deux dernières parties (ibid, p. 460). L'ouvrage est débité au complet en mai 1735 (Gazette d'Amsterdam, 24 et 31 mai 1735).*

*Nous ne pouvons dire si cette édition est la même que celle dont les sœurs Rogissart annoncent le débit par une annonce de* La Gazette d'Amsterdam *du 5 octobre 1736, ou s'il s'agit dans ce dernier cas d'une nouvelle édition.*

**C.** - LE PAYSAN / PARVENU, / OU LES / MEMOIRES / DE M*** / *Par M.* DE MARIVAUX. / PREMIÈRE PARTIE. / [Vignette : VIS UNITA MAJOR]. / A AMSTERDAM, / *Aux depens de la Compagnie.* / M. DCC. XXXIV *(pour les trois premières parties,* M. DCC. XXXV *pour les deux dernières)*[1].

*Exemplaire à la Bibliothèque publique et universitaire de Genève. Les deux premières parties, numérotées de 1 à 119 et de 121 à 253, forment un volume, les trois dernières parties, numérotées séparément, et comprenant respectivement 140, 123 et 119 pages, forment un second volume. A la page 119 de la cinquième partie, l'approbation de Duval :* « J'ai lû par ordre de Monseigneur le Garde des Sceaux, la cinquième Partie de l'Histoire du Paysan parvenu. A Paris ce premier avril 1735. Duval. »

*Un exemplaire de la Bibliothèque Nationale est semblable, mais les cinq parties sont datées de 1735. La numérotation est la même. Il s'agit sans doute d'un rhabillage des trois premières parties.*

---

1. Les mots *Le Paysan, Mémoires, Par M. de Marivaux, Aux depens de la Compagnie* sont imprimés en rouge.

**D.** - LE PAYSAN / PARVENU, / *ou* / LES MEMOIRES / DE M\*\*\* / *Par M.* DE MARIVAUX. / *PREMIÈRE (SECONDE...) PARTIE.* / [fleuron] / A LA HAYE, / chez A. DE ROGISSART. // M. DCC. XXXIV. (M. DCC. XXXV à partir de la seconde partie).

*Édition décrite d'après un exemplaire personnel. Les cinq parties sont reliées en un volume. 108 pages (de 3 à 110) pour la première partie, 120 (de 113 à 232) pour la seconde, 126 (de 1 à 126) pour la troisième, 105 pages (de 3 à 107) pour la quatrième, 106 (de 3 à 108) pour la cinquième. Pas de page de titre pour la troisième partie*[1].

**E.** - LE PAYSAN / PARVENU, / OU / LES MEMOIRES / DE M\*\*\* / *Par M.* DE MARIVAUX. / Le prix est de 24. sols. / [Fleuron] / A PARIS, / Chez PRAULT, Pere, Quay de / Gesvres, au Paradis. / [Filet] / M. DDC. XXXV. / *Avec Approbation & Privilege du Roy.*

*Exemplaires à la Bibliothèque Nationale et à la Bibliothèque de l'Arsenal. Cette édition, qui a longtemps passé pour l'originale, présente la même disposition de la page de titre que A, mais avec la date de 1735 et un fleuron différent. La première partie comporte deux pages non numérotées pour l'approbation et le privilège. Le texte de la première a été cité. Le privilège, du 19 juillet 1731, est accordé à Pierre Prault. Vignette représentant un village en tête de la page 1. Le texte de la première partie occupe, comme pour A, 115 pages numérotées, mais il a été recomposé. Un certain nombre de majuscules, notamment, disparaissent.*

*La seconde partie, de même titre (SECONDE PARTIE) et de même date, comporte une approbation de Duval, du 20 mai 1734, et le même privilège pour* les Œuvres du sieur de Marivaux, la Vie de Marianne, etc., *du 19 juillet 1731*[2]. *Le texte occupe 128 pages.*

---

1. Le changement de numérotation pour les deux premières parties montre que deux éditions ont été mélangées.

2. La page de titre, le privilège et l'approbation manquent dans l'exemplaire de l'Arsenal. Il en est de même dans les trois dernières parties, sauf la cinquième qui a l'approbation et le privilège, page 118 et pages suivantes.

*La troisième partie porte le même titre* (TROISIEME PAR-
TIE), *mais l'indication de l'éditeur est différente :* A PARIS, /
Chez Prault, Fils, Quay de / Conty, vis-à-vis la descente du
Pont-Neuf, à la Charité. / M. D. CC. XXXV. *L'approbation,
du Duval, est du 5 juillet 1734, et le privilège, pour* Le Paysan
parvenu *seul, est accordé à Laurent-François Prault, fils, et daté
du 5 août 1734. Il est suivi de la déclaration de Prault fils déjà
mentionnée et reproduite à l'occasion de l'édition originale et d'un
catalogue. Le texte occupe 134 pages.*

*La quatrième partie, de même titre* (QUATRIEME PAR-
TIE), *également chez Prault fils, est datée de 1736. Approbation
de Duval du 30 septembre 1734. Même privilège que pour la
troisième partie. 114 pages de texte.*

*La cinquième partie, de même titre* (CINQUIEME PARTIE)
*et de même date que la précédente, comporte une approbation de
Duval du 1ᵉʳ avril 1735, et le même privilège que les deux parties
précédentes. 118 pages de texte*[1].

**F.** - LE PAYSAN / PARVENU, / ou / LES MEMOIRES
/ DE M*** / *Par Mr* DE MARIVAUX. / PREMIERE
PARTIE. / [Fleuron]. / A LA HAYE, / Chez A. DE
ROGISSART. / [Filet] / M. DCC. XXXVII.

*Exemplaires à la Bibliothèque Nationale (Y² 75857-75861) et
au British Museum (12510.b.15). Titres en noir et en rouge. Le
titre de la quatrième et de la cinquième parties porte :* LE PAÏ-
SAN. *Cinq parties en un volume, respectivement de 79, 88, 92, 76
et 76 pages. Voir ci-après l'édition K.*

**G.** - LE PAYSAN / PARVENU, / OU LES /
MEMOIRES / DE M*** / *Par Monsieur* DE MARI-
VAUX. / PREMIERE (SECONDE...) PARTIE / [fleu-

---

1. Nous ne tenons pas compte d'une prétendue édition Prault de
1736, dont Silas P. Jones attribue un exemplaire à la Bibliothèque de
Harvard. En fait, à part la cinquième partie, qui est bien de 1736, les
autres parties de l'exemplaire de Harvard appartiennent à l'édition
Prault de 1756, décrite plus loin (N).

ron] / A Francfort, aux despens de la Compagnie, / MDCCXXXVII.

*Exemplaires au British Museum, à la Bibliothèque ducale de Wolfenbüttel,; cf. aussi catalogue n° 7 de la librairie Leconte, Paris, n° 426. Cinq parties en un volume in-12, respectivement de 80, 88, 94, 80 et 78 pages. A la page 79 du livre V, approbation de Duval du 1ᵉʳ avril 1735, comme dans C.*

**H.** LE PAYSAN / PARVENU, / OU / LES MEMOIRES DE M\*\*\*, etc. Amsterdam, aux dépens de la Compagnie, 1737.

*Cinq parties en un volume in-12. Nous n'avons pas vu cette édition, mentionnée par Larroumet, p. 609.*

**I.** - LE PAYSAN / PARVENU, / OU / LES MEMOIRES / DE M\*\*\*, etc. A La Haye, A. de Rogissart, 1743.

*Cinq parties en un volume in-12. Édition identifiée d'après le catalogue de la librairie Rousseau-Girard, 1957, n° 9289.*

**J.** - LE PAYSAN / PARVENU, / ou / LES MEMOIRES / DE M\*\*\* / Par M. DE MARIVAUX. / NOUVELLE ÉDITION. / Augmentée d'une Table des Matières. / TOME PREMIER. / [Fleuron] / A PARIS, / Chez PRAULT Pere, Quay de / Gêvres, au Paradis. / [Filet] / MDCCXLVIII. / Avec approbation & Privilége du Roi.

*Rhabillage de l'édition 1735-36 (E). Le tome premier comprend 115 pages pour la première partie, 128 pour la seconde, et 88 pour le début de la troisième partie. Le tome second comprend la fin de la troisième partie (depuis :* Trois heures s'étaient déjà passées...*), paginée de 88 à 134, la quatrième partie (114 pages) et la cinquième partie (118 pages). Approbation et privilège occupent la page 118 et deux autres pages numérotées. Enfin, 24 pages (numérotées de 1 à 24) sont consacrées à une table analytique*[1].

---

1. Reproduite p. 435-446.

**K.** - LE / PAYSAN / PARVENU, / ou les / MEMOIRES / DE M***. / *Par M. DE MARIVAUX.* / Premiére Partie. / [fleuron typographique inscrit dans un carré] / A LA HAYE, / Chez A. DE ROGISSART. / [filet épais] / 1754.

*Édition décrite d'après un exemplaire appartenant à F. Deloffre. Les mots* PAYSAN, MEMOIRES, M. DE MARIVAUX, A LA HAYE, A. DE ROGISSART *et* 1754 *sont imprimés en rouge.*

*Aucune des cinq parties n'a de page de titre séparée. La première comporte 79 pages, la seconde 88, la troisième 92, la quatrième 76, la cinquième 79. Les premières lettres de chaque partie sont enca-drées, le cadre figurant un motif floral, identique pour le J initial de II, IV et V, différent pour III (le J est plus petit). Dans la quatrième partie, la composition est plus serrée à partir de la p. 73, pour faire tenir le texte en 76 pages.*

**L.** - LE PAYSAN / PARVENU, / ou les / MEMOIRES / DE M*** / *Par M. DE MARIVAUX.* / [double filet] / [fleuron] / A LA HAYE, / Chez PIERRE DE ROGIS-SART. / [double filet] / M. DCC. LVI.

*Cette édition est décrite par English Showalter Jr. d'après un exemplaire appartenant à la Bibliothèque de l'université de Prince-ton. Cinq parties en un volume, numérotées, comme dans K, de 1 à 79, de 1 à 88, de 1 à 92, de 1 à 76, de 1 à 79. Ce qui distingue celle-ci, ce sont notamment des vignettes en tête de chaque partie, soit, pour I, un couple assis par terre, la femme lisant, l'homme jouant d'une corne; pour II, à gauche, une femme assise par terre, le sein découvert; en haut à droite, un Amour volant, brandissant une épée et une torche; signature, au milieu, en bas, CHENET; pour III, à droite, une femme tenant un masque de la main gauche; à gauche, trois hommes la regardant; pour IV et V, à gauche, une femme assise, le sein nu; au centre, un Amour volant sur des nuages; à droite, deux hommes regardant la scène. La lettre initiale de chaque partie est encadrée; le cadre est formé de deux carrés concentriques représentant un ensemble de bâtiments.*

*Le second volume est composé des parties 6, 7 et 8 décrites à propos de N.*

**M.** - LE PAYSAN / PARVENU, / OU LES / MEMOIRES / DE M*** / Par *M.* de Marivaux. / A LA HAYE, / Chez HENRI SCHEURLEER, F. Z. / Imprimeur & Libraire. / M. D. CC. LVI.

*Exemplaires complets au British Museum, à la Bibliothèque Royale de La Haye et à la Bibliothèque Municipale de Halle. Deux volumes. Le premier comprend 8 pages non numérotées pour une* Préface *où le continuateur justifie son entreprise[1], et 320 pages à numérotation continue pour les quatre premières parties. Le second volume contient les quatre dernières parties, dont les trois apocryphes, soit 315 pages numérotées de 1 à 315. Les pages de titre de chacune des 8 parties portent le millésime 1756. Celles de la première et de la cinquième partie sont imprimées en noir et rouge, celles des autres parties en noir. Pas d'illustration.*

*La suite apocryphe fut imprimée aussi à part, soit au millésime de 1756, soit au millésime de 1760, comme on va le voir par d'autres exemplaires qui vont être décrits maintenant.*

**N.** - LE PAYSAN / PARVENU, / *OU* / LES MEMOIRES / DE M*** / *Par M. DE MARIVAUX.* / *PREMIERE (SECONDE, TROISIEME, QUATRIEME) PARTIE.* / Le prix est de 24 sols. / [fleuron] / A PARIS, / Chez PRAULT, Pere, Quai de / Gêvres, au Paradis. / M. DCC. LVI. / *Avec Approbation & Privilege du Roi.*

*Vignette en tête de chaque partie (tours avec guetteur, chien, oiseau...). La première partie est numérotée de* [1] *à* 115; *la seconde de* [1] *à* 128; *la troisième de* [1] *à* 134: *la quatrième de* [1] *à* 114.
*La cinquième partie, qui doit être un reste de l'édition E, a une page de titre différente, et est datée de 1736 :*

LE PAYSAN / PARVENU, / *OU* / LES MEMOIRES DE Mr*** / *Par M.* DE MARIVAUX. / *CINQUIEME PARTIE.* / *Le prix est de 24 sols,* / [fleuron] / A PARIS, / Chez PRAULT, Fils, Quay de / Conty, vis-à-vis la des-

---

1. Reproduite ci-après, p. 271-274.

cente du / Pont-Neuf, à la Charité. / M. DCC. XXXVI. /
*Avec Approbation & Privilege du Roy.*

*Elle comporte également une vignette, et est numérotée de [3] à
118. Approbation et privilège aux pages 118-[120].*

*Les trois dernières parties ont encore une autre page de titre, datée
de La Haye, 1756 :*

LE PAYSAN / PARVENU, / OU LES / MEMOIRES /
DE M\*\*\* / *SIXIEME (SEPTIEME, HUITIEME)*
*PARTIE* / [fleuron] / *A LA HAYE,* / Chez HENRI
SCHEURLEER, F. Z. / *Imprimeur & Libraire.* / M. D.
CC. LVI.

*Un faux titre pour la sixième partie. Ces trois dernières parties
sont numérotées de 1 à 126, de 1 à 128, et de 1 à 131. Noter que
la* Préface *de l'édition K a disparu.*
   *Édition décrite d'après l'exemplaire de la Bibliothèque de Har-
vard. Il en existe également un à la Bibliothèque du Théâtre
Français et à la Newberry Library de Chicago.*

**O.** - LE PAYSAN / PARVENU, / OU LES /
MEMOIRES / DE M\*\*\*. / *Par M.* DE MARIVAUX. /
[Filet] / TOME PREMIER / CONTENANT / LES
QUATRE PREMIÈRES PARTIES. / [Fleuron] / *A
Francfort sur le Meyn,* / Chez FRANÇOIS VARREN-
TRAPP. / MDCCLVIII[1].

*Deux volumes. Le premier comporte une gravure à gauche de la
page de titre, 8 pages non numérotées pour la* Préface *du continuateur (comme dans l'édition Scheurleer), et 336 pages numérotées pour
le texte des quatre premières parties. Le second volume devait être
semblable, et comprenait les quatre dernières parties. D'après
H. Cohen et Maurice Boissais, dans leur* Dictionnaire des Livres
Illustrés du XVIIIᵉ siècle, *l'ouvrage contiendrait 6 figures non
signées attribuées à Schley. Il est à noter que l'exemplaire du premier
volume conservé à la Bibliothèque de Darmstadt ne comporte qu'une
seule gravure, et que le second volume n'en comportait sans doute pas*

---

1. La page de titre est imprimée en noir et rouge. Nous la reproduisons en fac-similé sur la page ci-contre.

# LE PAYSAN
## PARVENU,
### OU LES
# MEMOIRES
## DE M***.
#### Par M. DE MARIVAUX.

## TOME PREMIER

### CONTENANT
### LES QUATRE PREMIÈRES PARTIES.

### A Francfort sur le Meyn,
### Chez FRANÇOIS VARRENTRAPP.
### M DCC LVIII.

*davantage. Il est d'autre part impossible d'attribuer l'illustration à Schley, non seulement parce qu'elle est d'une qualité très médiocre, comme on le verra en la comparant à celle de* La Vie de Marianne, *mais surtout parce qu'elle est signée de Mund et Black*[1].

**P.** - LE PAYSAN / PARVENU, / ou les / MEMOIRES DE M\*\*\*, / *Par M.* DE MARIVAUX. / PREMIERE (SECONDE...) PARTIE. / A LA HAYE. / Chez PIERRE DEROGISSARD. / M. DCC. LXII.

*L'exemplaire de la Bibliothèque de l'Arsenal (8° BL. 22406) est divisé en quatre volumes in-12, comprenant chacun deux parties, à numérotation séparée. Les cinq premières parties ont la même page de titre, à l'indication de la partie près. Pour les trois dernières parties, la page de titre change :*

LE / PAYSAN / PARVENU, / OU LES / MEMOIRES / DE MONSIEUR\*\*\* / SIXIEME (SEPTIEME...) PARTIE. / A LA HAYE, / Chez Henri Scheurleer, Libraire. / M. D. CC. LX.

*Les trois dernières parties ont respectivement 98, 104 et 104 pages. La* Préface *de l'édition de 1756 manque.*

*On ne confondra pas cette édition avec la suivante, du même libraire et de la même année, mais de caractéristiques différentes.*

**Q.** - LE PAYSAN / PARVENU, / OU LES / MEMOIRES / DE M\*\*\* / *Par M.* DE MARIVAUX. / TOME PREMIER (SECOND...) / A LA HAYE, / Chez PIERRE DEROGISSART. / M. DCC. LXII.

*Exemplaire à la Bibliothèque Royale de La Haye. Trois tomes reliés en un seul volume. Le tome premier contient les deux premières parties, numérotées à la suite de 1 à 141. Le tome second contient les parties III, IV et V, paginées de 1 à 207. Le tome troisième contient les parties VI, VII et VIII, paginées de 1 à 212.*

**R.** - LE PAYSAN / PARVENU, / OU / LES / MEMOIRES / DE M\*\*\*. / *Par M.* DE MARIVAUX. /

---

1. Voir le fac-similé p. LXVII.

PREMIERE PARTIE. / A PARIS, / Chez Musier fils, quai des Augustins, au coin / de la rue Pavée, à S. Étienne. / M. DCC. LXIV. / *Avec Approbation et Privilége du Roi.* /

*4 volumes in-12. Exemplaires à l'Arsenal et à la Bibliothèque Nationale (pour ce dernier, le quatrième volume manque). Les 8 parties ont respectivement 115, 128, 134, 114, 118, 126, 128 et 131 pages.*

*D'autres exemplaires sont semblables, mais la page de titre de la seule première partie est au nom du libraire Duchesne :*

... / A PARIS, / Chez Duchesne, Libraire, rue S. Jacques, . au dessous de la Fontaine Saint-Benoît. / M. DCC. LXIV. / *Avec Approbation et Privilége du Roy.* /

*Tout le reste de l'ouvrage, y compris les pages de titre des sept premières parties, au nom de Musier, est conforme à la description précédente. Il s'agit en fait de la même édition, dont le débit a été encore assuré par la veuve Duchesne, sous la page de titre suivante :*

... / A PARIS, / Chez la Veuve Duchesne, rue Saint Jacques, / au Temple du Goût. / M. DCC. LXIV. / *Avec Approbation et Privilége du Roi.*

*Cette fois, les pages de titre des huit parties sont toutes au nom de la Veuve Duchesne. Des exemplaires de ces deux types se trouvent respectivement à la Bibliothèque Nationale et à la Bibliothèque de l'Arsenal.*

**S. -** LE PAYSAN PARVENU... La Haye, 1766.

*Édition identifiée d'après la «permission» accordée à l'édition X, cf. ci-après, mais dont nous n'avons pas rencontré d'exemplaire.*

**T -** LE PAYSAN / PARVENU, / OU LES / MEMOIRES / DE M\*\*\*, / *Par M. de MARIVAUX.* / TOME PREMIER (SECOND...) / A LA HAYE, / Chez PIERRE DEROGISSART. / M. DCC. LXXII.

*Exemplaires à la Bibliothèque de l'Arsenal, à la Bibliothèque Royale de La Haye, à la Bibliothèque Municipale de Lyon, etc. Le*

*tome premier contient les deux premières parties (1-141), le tome
second les parties III, IV et V (1 à 207), le tome troisième les
parties VI, VII, VIII (1 à 212), comme dans l'édition de 1762*[1]*.
Ils sont ordinairement reliés en un seul volume. Le papier de qualité
inférieure semble dénoter une édition à bon marché.*

*Un rhabillage de cette édition (même titre, à la date près, 1775,
même nombre de pages, signatures placées de façon identique, impression serrée des p. 209-212 du t. III) est représenté par un exemplaire conservé à la Bibliothèque de l'université de Princeton, décrit
par English Showalter Jr.*

**U. -** LE PAYSAN PARVENU... Francfort, 1778, 2 vol.

*Édition identifiée grâce à la* Bibliographie des Ouvrages
relatifs à l'amour, aux femmes, au mariage, etc. *du comte d'I.
(Jules Gay et fils), mais que nous n'avons pas rencontrée.*

**V. -** LE PAYSAN / PARVENU, / OU LES /
MEMOIRES / DE M***, / Par M. DE MARIVAUX. /
TOME PREMIER. (SECOND...) / A LA HAYE, / Chez
PIERRE DEROGISSART. / M. DCC. LXXIX.

*Exemplaire à la Bibliothèque de Harvard. Trois tomes en un
volume. Tome I contenant les parties I et II, numérotées à la suite de
[3] à 143 ; tome II contenant les parties III, IV et V numérotées à
la suite de [3] à 177 ; tome III contenant les trois dernières parties,
numérotées à la suite de [3] à 182.*

**W. -** LE PAYSAN PARVENU... Paris, Veuve Duchesne,
*1781. Tome VIII de l'édition in-8 des* Œuvres complètes de
M. de Marivaux, *12 vol. in-8.*

**X. -** LE PAYSAN / PARVENU, / *OU LES* /
MEMOIRES / DE M.***. / *Par M. DE MARIVAUX,*
/ PREMIERE (SECONDE...) PARTIE. / [Fleuron] / *A
ROUEN,* / Chez PIERRE MACHUEL, rue / Ganterie,
Hôtel S. Wandrille. / M. DCC. LXXXII. / *AVEC PER-
MISSION.*

---

1. Il ne s'agit pourtant pas de la même édition rhabillée, car les
signatures sont placées différemment.

*Il y a deux tirages de cette édition, l'un à la date de 1779 (ex-libris Léon Guichard), l'autre de 1782 (Bibliothèque universitaire de Toronto). Huit parties, respectivement de 70, 76, 80, 68, 69, 72, 76 et 75 pages, en un ou deux volumes. Permission de Le Camus, en date du 29 novembre 1778, pour une édition de 750 exemplaires « absolument conforme à l'édition de La Haye 1766 ».*

**Y.** - LE PAYSAN / PARVENU / OU LES / MEMOIRES DE M***, / Par M. DE MARIVAUX. / TOME PREMIER (SECOND...) / A LA HAYE, / Chez PIERRE DEROGISSART. / M. DCC. LXXXVIII.

*Exemplaire à la Bibliothèque Royale de La Haye. Un autre passé à la vente Scheible (d'après J. Gay). Même répartition en trois tomes que dans les éditions O et Q, mais une composition plus serrée encore permet de réduire le nombre de pages de chaque tome respectivement à 119, 168 et 179 pages. Les trois tomes sont reliés en un volume.*

**Z.** - ŒUVRES / COMPLÈTES / DE MARIVAUX, / DE L'ACADÉMIE FRANÇAISE; / NOUVELLE ÉDITION, / avec une notice historique sur la vie et le caractère du talent / de l'auteur, / des jugements littéraires et des notes, / PAR M. DUVIQUET. / PARIS, / HAUTCŒUR ET GAYET JEUNE, LIBRAIRES ÉDITEURS, / (...) MDCCCXXV.

*Le Paysan parvenu figure aux tomes VII (p. 363-525) et VIII (p. 1-457) de cette édition en douze volumes, disponible en réédition Slatkine.*

## II. *ÉDITIONS RÉCENTES*

*Quelques éditions modernes se recommandent par la qualité de leur préface :*

*Le Paysan parvenu,* éd. Michel Gilot, Paris, Garnier-Flammarion, 1965.
   *Texte de notre édition de 1959 aux Classiques Garnier.*

*Le Paysan parvenu,* éd. Robert Mauzi, Paris, Union Générale d'Éditions, 10/18, 1965.
   *Même remarque.*
*Le Paysan parvenu,* éd. Henri Coulet, Paris, Gallimard, Folio, 1981.
   *Texte établi par H. Coulet.*


## III. *TRADUCTIONS ANCIENNES*


*La première traduction du* Paysan parvenu *semble avoir été une traduction en néerlandais :*

DE / GELUKKIGE / BOER. / EENE ZELDZAAME EN WAARACHTIGE / GESCHIEDENIS. / Gevolgt naa't Fransch van / M. de MARIVAUX. / t' AMSTER-DAM, Voor Rekening van de COMPAGNIE. / M. D. CC. XXXV.

*Exemplaire à la Bibliothèque Royale de La Haye. Page de titre de la première partie imprimée en noir et rouge. 6 + 343 pages. Les trois premières parties seulement sont traduites.*

*L'ouvrage complet, comprenant la suite, fut encore traduit en néerlandais en 1762 :*

DE / BOER / VAN / FORTUIN. / Zijnde eene Zeld-zaame doch Waare / Geschiedenis, / In het Fransch Beschreeven, door den / RIDDER DE / MARIVAUX. / IN S'GRAVENHAGE, / / By PIETER van Os, / M. DCC. LXII.

*Exemplaire à la Bibliothèque Royale de La Haye. Deux tomes en un volume, le premier contenant VIII pages pour la* Préface *du continuateur, 351 pages pour les quatre premières parties, le second 364 pages pour les quatre dernières parties. Page de titre de chaque tome en noir et rouge.*

*Une traduction anglaise parut également très vite. Elle comprend les quatre premières parties seulement :*

LE PAYSAN PARVENU / OR, THE / FORTUNATE / PEASANT. / BEING MEMOIRS/ OF / THE LIFE OF Mr. - / Translated from / The *French* of M. DE MARI-VAUX / London : Printed for JOHN BRINLEY, at the *King's Arms* / in *New Bond-Street;* CHARLES CORBETT, at / *Addison's Head,* and RICHARD WELLINGTON, at the / *Dolphin* and *Crown,* both without Temple Bar. / M. DCC. XXXV.

*Exemplaires à la Bodleian Library d'Oxford et au British Museum. 286 pages, plus deux non numérotées pour un catalogue de livres vendus par Corbett et Wellington. Traduction très littérale*[1].

*Une seconde traduction anglaise parut en 1765 :*

THE / FORTUNATE VILLAGER : / OR, / MEMOIRS / OF / SIR ANDREW THOMPSON. / IN TWO VOLUMES. / VOL. 1. / Quid virtus et quid sapientia possit / Utile proposuit nobis exemplar. / DUBLIN : Printed for Sarah Cotter, and James Williams, / Book-sellers in Skinner Row. / M, DCC, LXV.

*Deux tomes de 118 et 143 pages, contenant les cinq livres authentiques, ainsi qu'une conclusion en une quinzaine de pages (126-143) : voir à ce sujet p. XXXI. Il s'agit d'une adaptation plus que d'une traduction. Le héros est du Heresford, et son père fournit le seigneur de cidre. Le directeur est un clergyman, etc.*

*Voici, d'après H. Fromm,* Bibliographie deutscher Uebersetzungen aus dem Französischen, 1700-1948, *une liste des traductions allemandes du* Paysan parvenu :

DER EMPORGEKOMMENE LANDMANN. [Uebersetz] v. W. (ilhelm) C (hristhelf) S (igmund) Mylius. u. (Johann Carl) Lotich. T. I et II, Berlin, Nauck, 1747-1748.

---

1. Exemple : « The *Doeux* (sic) *Yeux* of a Man of the Beau Monde, have nothing of Novelty for a polite Woman; she is us'd to their expressions » (cf. p. 15).

DER DURCH SEINE RICHTIGKEIT GLUECKLICH GEWORDENE BAUER, Oder : DIE SONDERBAREN BEGEBENHEITEN DES HERRN VON***. T. I et II, comprenant 6 livres[1], Frankfurt, Leipzig, Raspe, 1753.

DER EMPORGEKOMMENE LANDMANN. (Traduction de Lotich pour les parties I-III, de Mylius pour les parties IV-VIII). T. I et II. Berlin, Rellstab, 1787.

DER EMPORGEKOMMENE BAUER oder DIE MEMOIREN DES HERRN***. Dt. v. C. H. v. Geismar. T. I et II. Leipzig, Wigand 1867-68, 405 pages (Bibliothek der besten Werke des 18. u. 19. Jahrhunderts, n° 11 et 12).

*La Porte signale (La France Littéraire, édit. 1769, tome II, p. 458) une traduction italienne du Paysan parvenu. En voici la description, d'après l'exemplaire conservé à la Bibliothèque universitaire de Padoue :*

IL CONTADINO INCIVILITO, OVVERO MEMORIE DEL SIG.***. Opera dal signor Marivaux tradotta dal francese. Tomo I (II). In Venezia appresso Giovanni Tevernini, Alla Provvidenza, 1750. Tome I : VIII 196 p.; tome II : II 260 p.

## IV. *TRADUCTIONS RÉCENTES*

*Allemand*

Pierre Carlet de Marivaux, *Das Leben der Marianne. Der Bauer im Glück. Romane,* trad. de Paul Baudisch, présentation de Norbert Miller, Carl Hanser Verlag, 1968.

*Basée sur le texte de nos éditions aux Classiques Garnier de 1959, cette traduction soignée est pourvue d'une excellente Postface de Norbert Miller (voir p. 859-862 pour une histoire du Paysan parvenu et de son succès en Allemagne, p. 917-928 pour une analyse de l'ouvrage), d'une chronologie et d'une bibliographie.*

---

1. Sur la suite occupant le sixième livre, voir p. xxx.

*Anglais*

Marivaux, *The Upstart Peasant, or the Memoirs of Monsieur\*\*\**, traduction et introduction de Benjamin Boyce, Durham, North Carolina, 1974.

Marivaux, *Le Paysan parvenu or the Fortunate Peasant,* New York, Garland, 1979. Reprint de l'édition de 1735 de J. Brindley, London.

Pierre Carlet de Marivaux, *Up from the Country,* trad. et intr. de Leonard Tancock ; *Infidelities and The Game of Love and Chance,* trad. et intr. de David Cohen, Penguin Books, 1980.

*La traduction est aussi basée sur le texte de l'édition des Classiques Garnier. L'introduction générale et l'introduction au* Paysan parvenu, *de L. Tancock, sont bien informées. L'accent est mis sur la « fidélité à l'expérience humaine » dont témoigne le roman.*

*Italien*

*Il Villan rifatto,* intr. de Lionello Sozzi, trad. de Pietro Citati, Torino, UTET, 1982.

*L'introduction, concise et brillante, montre l'importance du personnage de Jacob dans l'histoire du roman français.*

*Japonais*

*En 1954, en même temps qu'il publiait un article établissant les dates exactes de la publication du* Paysan parvenu *(voir la section Articles sous son nom), Fumiki Satô procurait une traduction du roman dans la collection des Classiques universels, aux Éditions Kawade, 281 pages.*

*Russe*

*Une traduction russe, par Andrei Mikhailov, A. et N. Pollak, d'après notre édition des Classiques Garnier, a paru à Moscou en 1970, en 1 vol. de 385 p.*

*L'ouvrage apporte une étude sur Marivaux romancier (p. 307-342), et un chapitre contenant des renseignements inédits sur le succès des romans de Marivaux en Russie (p. 343-367), ainsi que des notes (p. 367-385).*

## V. ÉTUDES ANCIENNES

*Restent intéressants à des titres divers :*

Lesbros de la Versane. *L'Esprit de Marivaux;* Paris, Vve Pierres, 1769, I vol. in-8.
*Voir* La Vie *ou* Éloge historique de Marivaux *en tête de l'ouvrage.*

D'Alembert. *Éloge de Marivaux.* Dans : *Histoire de quelques membres de l'Académie Française depuis 1700 jusqu'en 1772 ;* Amsterdam, 1787, tome VI. Autre édition dans les Œuvres, Paris, Belin, 1821-22, tome III, p. 577-601.

Sainte-Beuve. *Lundis,* 13 et 20 janvier 1854.
*Assez favorable au théâtre, sévère pour les romans mis sur le même plan que ceux de Crébillon fils.*

Fleury (Jean). *Marivaux et le marivaudage;* Paris, Plon, 1881.
*A consulter sur les suites du* Paysan parvenu.

Larroumet (Gustave). *Marivaux, sa vie et son œuvre;* Paris, Hachette, 1882.
*Étude importante.*

Brunetière. *Études critiques;* Paris, Hachette. — Sur Marivaux, voir la troisième série, passage écrit en décembre 1884.
*Sérieuse tentative pour juger Marivaux et notamment ses romans d'après l'état des genres littéraires de l'époque. Conclusions trop timides pourtant.*

## VI. *ÉTUDES RÉCENTES*

### A. Ouvrages

(Par ordre alphabétique du nom d'auteur)

ANSALONE, Maria Rosaria ; *Una Donna, una vita, un romanzo.*
*Saggio su* La Vie de Marianne *di Marivaux,* Schena ed.,
1986.
*Le chapitre « Marianne / Jacob (e Tervire) comprimari di un solo
macrotesto » analyse de façon pertinente les rapports entre les deux
romans.*

ARLAND, Marcel, *Marivaux,* Paris, N.R.F., 1950.
*Recueil d'études ayant servi à l'édition de la Bibliothèque de la
Pléiade.*

BAADER, Renate, *Wider den Zufall der Geburt. Marivaux's grosse
Romane und ihre zeitgenössische Wirkung,* Münchener Roma-
nistische Arbeiten, XLIV, München, Fink Verlag, 1976.
*Rapproche opportunément* Le Paysan parvenu *des réflexions de
Marivaux sur la noblesse dans le* Mercure de France *et dans*
L'Éducation d'un Prince. *Remarque que la conclusion des
deux grands romans est « anticipée » : quand le récit s'arrête, les
« suites » sont inutiles, et la Suite apocryphe n'est qu'une « trahison vulgaire » du projet de l'auteur.*

BOURGEACQ, Jacques, *Art et technique de Marivaux dans* Le
Paysan parvenu. *Étude de style,* Monte-Carlo, Éditions
Regain, S.N.C., 1975.
*L'évolution du langage de Jacob suivant ses trois états, « valet »,
« petit bourgeois », « honnête homme en puissance ».*

COULET, Henri, *Marivaux romancier. Essai sur l'esprit et le cœur
dans les romans de Marivaux,* Publications de la Sorbonne,
Université de Paris-Sorbonne, A. Colin, 1975.
*Étude indispensable, résumée par l'auteur dans* L'Information
littéraire, *mai-juin 1975, p. 103-109.*

COULET, Henri, et GILOT, Michel, *Marivaux, un humanisme expérimental*, Paris, Larousse, 1973.
  *Pas de chapitre consacré au* Paysan parvenu, *mais des remarques intéressantes éclairant à la fois ce roman et la* Vie de Marianne, *notamment sur le «vaste et obscur intervalle» qui, dans l'un et l'autre, séparent le présent du narrateur des événements narrés; sur les deux traits d'inachèvement et de répétition qui les caractérisent, etc.*

COWARD, David, *Marivaux*, La Vie de Marianne *et* Le Paysan parvenu, «Critical Guides to French Texts», Grant et Cutler Ltd., 1982.
  *Étude substantielle.*

DELOFFRE, Frédéric, *Marivaux et le marivaudage*, Paris, Les Belles Lettres, 1955; éd. revue, Paris, A. Colin, 1967.
  *Le chap. III de la seconde partie est consacré aux romans (procédés de narration, présentation des propos des personnages, emploi des différents types de langage, etc.).*

DÉMORIS, René, *Le Roman à la première personne du classicisme aux Lumières*, Paris, A. Colin, 1975.
  *L'arme commune de Marianne et Jacob est leur «naturel», noblesse d'âme héritée chez Marianne, souche paysanne chez Jacob. S'interrogeant sur la valeur des motivations «nobles» ou «basses», l'auteur pense que «l'innovation fondamentale chez Marivaux est qu'une analyse poussée jusqu'à l'infinitésimal tend à prouver que cette question n'a pas de sens: chaque acte est simultanément ceci et cela (...) l'action la plus spontanée, la plus naturelle, recèle mille calculs instantanés et subconscients».*

DURRY, Marie-Jeanne, *A propos de Marivaux*, Paris, S.E.D.E.S., 1960.
  *Reprenant des articles parus dans le* Bulletin de la Guilde du Livre *en octobre et novembre 1949, l'auteur voit dans* Le Paysan parvenu *l'aboutissement des deux tendances qui marquaient les premières œuvres de Marivaux, le «précieux», épuré ici en finesse d'analyse, et le «burlesque» dépouillé de son caractère parodique et devenu réalisme. La transformation s'est faite grâce à l'expérience de l'œuvre journalistique.*

FABRE, Jean, *Idées sur le roman de Mme de La Fayette au marquis de Sade*, Paris, Klincksieck, 1979.
*Le chapitre consacré à Marivaux de cet ouvrage estimé souligne les parentés entre Jacob et Marianne, comme cette « casuistique généralisée » de leurs examens de conscience, ainsi que les différences (sens « théâtral » de la dramatisation chez Marianne, plus spontané chez Jacob, etc.). Note l'apparition de la « femme de cinquante ans » dans le roman français, l'« appauvrissement de la réflexion » au fur et à mesure qu'on avance dans ces deux romans, qui va de pair avec une certaine lassitude de l'auteur et explique l'inachèvement, comme celui des journaux.*

FRIEDRICHS, F. A., *Untersuchungen zur Handlungs- und Vorgangsmotive im Werke Marivaux'*, Heidelberg, 1965.
*Recherche sur les motifs dynamiques (rivalités...) et statiques (miroir, masque) dans l'œuvre de Marivaux ; nombreuses références au* Paysan parvenu.

GAZAGNE, Paul, *Marivaux*, Paris, « Écrivains de Toujours », Seuil, 1954.
*La thèse d'un Marivaux essentiellement sensuel n'est ni sérieusement documentée ni même très fondée.*

GILOT, Michel, *Les Journaux de Marivaux. Itinéraire moral et accomplissement esthétique*. Service de reproduction des thèses, Université de Lille III, 1974, et Champion, 1975. *Ouvrage fondamental. Nombreuses références au* Paysan parvenu.

GREENE, E. J. H., *Marivaux*, University of Toronto Press, 1965.
*Bon ouvrage de synthèse ; en anglais.*

HAAC, Oscar A., *Marivaux*, New York, Twayne Publishers, 1973.
*Étude attentive, notamment de la pensée philosophique de Marivaux ; en anglais.*

HUET, Marie-Hélène, *Le Héros et son double. Essai sur le roman d'ascension sociale au* XVIII⁰ *siècle*, Paris, José Corti, 1975.
*Souligne la contradiction entre la notion de « paysan », marquée*

par le nom de Jacob, et celle de « parvenu », traduite par
l'addition de la particule au patronyme La Vallée. Cette vue
juste est pourtant faussée par la prise en compte, dans la démons-
tration, des trois dernières parties, sous le prétexte qu'« il n'est pas
démontré » (!) qu'elles ne sont pas de Marivaux. Au reste,
l'auteur fait bien ressortir l'originalité du projet de Marivaux en
l'opposant à celui de Lesage dans Gil Blas et de Mouhy dans La
Paysanne parvenue.

JAMIESON, Ruth K., *Marivaux, A Study in Sensibility*, New
York, King's Crown Press, 1941 ; réimpr. New York,
Octagon, 1969.
*La sensibilité chez Mme de Lambert et dans son milieu ; la
sensibilité chez Marivaux, présentée d'une façon un peu trop
exclusive.*

KARS, Hendrick, *Le portrait chez Marivaux. Étude d'un type de
segment textuel. Aspects métadiscursifs, définitionnels, formels*,
Amsterdam, Rodopi, 1981.
*L'ouvrage, qui reprend une idée de E. C. Baldwin, « Marivaux's
Place in the Development of the Character Portrayal »*, Publications of Modern Language Association, *XX (1912), vaut
mieux que son titre abstrus ne le ferait craindre.*

KRAMER, Roswitha, *Marivaux's Romane in Deutschland*, Heidelberg, Karl Winter, Universitätsverlag, 1976.
*Utile contribution à l'étude de la « réception » du roman français
en Allemagne.*

LAGRAVE, Henri, *Marivaux et sa fortune littéraire*, Saint-
Médard-en-Jalles, Ducros, 1970.
*L'auteur a recueilli une documentation très précieuse.*

MATUCCI, Mario, *Marivaux narratore e moralista*, Napoli,
Pironti, 1958.
*L'introduction, p. 3-27, fait ressortir l'unité de la manière de
Marivaux narrateur, tant dans ses journaux que dans ses
romans.*

(—), *L'Opera narrativa di Marivaux*, Napoli, Pironti, 1963.
*Situe avec finesse Le Paysan parvenu dans l'évolution de la
manière de Marivaux.*

MILLER, Norbert, « Das Spiel von Fügung und Zufall », *Post-face à* Pierre Carlet de Marivaux, *Romane* (voir Traductions), p. 863-944.
*Dans le dernier chapitre de ce « Jeu de la destinée et du hasard », N. Miller distingue le cas de Jacob, un paysan qui véritablement « parvient », de celui de Marianne, aristocrate de naissance, un moment « déplacée », qui n'a qu'à se « retrouver ». La Vie de Marianne est ainsi davantage un roman de la continuité, du destin, Le Paysan parvenu un roman du hasard, de la fortune, réalisant mieux que le précédent la définition du roman selon Fielding, « une épopée comique en prose ».*

MÜHLEMANN, Suzanne, *Ombres et lumières dans l'œuvre de Pierre Carlet de Chamblain de Marivaux,* Berne, Lang et Cⁿᵒ, 1970.
*Selon l'auteur, le « multimorphisme » (romans, théâtre, journaux, essais...) de l'œuvre de Marivaux représente une tentative de « synthèse d'un monde en évolution ».*

MYLNE, Vivienne, « Dialogue in Marivaux's Novels », *Romance Studies,* 15, hiver 1989.
*Intéressantes remarques sur la façon « impressionniste » dont Jacob suggère la nature des propos de certains personnages (Mme d'Alain, Mlle Habert, etc.). Autre observation juste : la part du dialogue, relativement faible dans les deux premières parties de Marianne, est beaucoup plus grande dans Le Paysan parvenu, et, à partir de là, dans les parties suivantes de Marianne, comme si Marivaux avait découvert ses vertus et l'avait alors privilégié.*

POULET, Georges, *Études sur le temps humain. II. La distance intérieure,* Paris, Plon, 1952.
*Brillante étude de type existentialiste sur la notion de durée chez Marivaux. Voir la réponse de Leo Spitzer dans la section « Articles ».*

ROSBOTTOM, Ronald C., *Marivaux's Novels : Theme and Function in Early 18th Century Narrative,* Fairleigh Dickinson University Press, 1974 ; voir ch. V.
*Un trait commun à Jacob et Marianne : la nostalgie de leur jeunesse ; dès qu'ils ont conté la phase critique de l'accession à la*

*vie adulte, sociale et sentimentale, ils se lassent de leur entreprise ;
importance de la « franchise » pour Jacob : comme la « sincérité »
chez les héros de Challe, elle devient une arme protectrice ; bonne
étude de la scène de la Comédie et de sa valeur symbolique :
d'acteur qu'il était, Jacob rentre en lui ; dépouillé de ses masques,
il se trouve pathétiquement démuni. La fin de la cinquième partie
a donc valeur de dénouement.*

Roy, Claude, *Lire Marivaux*, Paris, Seuil, 1947.
    *Sans doute la première étude critique rendant pleinement justice au*
    Paysan parvenu.

Spencer, Samia I., *Le Dilemme du roman marivaudien*, Sher-
    brooke, Naaman, 1984.
    *Documentation et réflexion insuffisantes.*

Stewart, Philip, *Imitation and Illusion in the French Memoir-
    Novel, 1700-1750. The Art of Make-Believe*, New Haven
    and London, Yale University Press, 1969.
    *Nombreuses références au* Paysan parvenu *dans les chapitres
    « La perspective du Narrateur », « Le Lecteur », « Rien que la
    Vérité », « Les Caractères », etc.*

Trapnell, William H., *Eavesdropping in Marivaux*, Genève,
    Droz, 1987.
    *Le* Paysan parvenu *est un terrain privilégié pour l'étude de
    l'« écoute indiscrète » grâce à deux scènes remarquables construites
    sur ce schéma : celle où Jacob surprend la conversation du directeur
    et des dévotes, celle où, écarté de son rendez-vous avec Mme de
    Ferval, il assiste caché à l'entretien de celle-ci avec le chevalier.*

## B. Thèses d'université
## consacrées au Paysan parvenu

N.B. Le sigle D.A.I. (Dissertations Abstracts International)
renvoie à des thèses américaines dont un tirage ou un micro-
film peut être obtenu sur demande.

Bonfils, Catherine, *Le Personnage dans les romans de la maturité
    de Marivaux*, Thèse de III<sup>e</sup> cycle de l'université de Paris-
    Sorbonne, 1982.

BONHÔTE, Nicolas, *Marivaux ou les machines de l'opéra. Étude de sociologie de la littérature,* Thèse de l'université de Lausanne, L'Age d'Homme, 1974.
*Quelques remarques justes sur les pièces de théâtre et les romans, mais les tentatives de socio-critique, inspirées de L. Goldman, ne résistent pas à l'examen.*

DAVIDOVSKA, Olga T., *Relire Marivaux :* Le Paysan parvenu, D.A.I., 1981, 42 (2), 726A.
*Étude de l'introversion dans le roman.*

DAY, Richard Merton, *The Evolution of Marivaux's Novels : from Literature to Life,* D.A.I., mai 1974, 34 (11), 7226A.

HARTWIG, R. J., *Marivaux : The Moralist in his Fiction,* D.A.I., juil. 1969, 30 (1), 323A.

HONICKER, Nancy Louise, *Marivaux and the Origins of Autobiography,* D.A.I., fév. 1981, 41 (8), 360A-363A.
Le Paysan parvenu et *le genre de l'autobiographie.*

JEANES, J., *A Study of Themes and Structures of Marivaux's,* La Vie de Marianne *and* Le Paysan parvenu, Thèse de l'université d'Oxford, 1979.

KNEEDLER, Alvin Richard, *Homo Viator. The Use of the Travel Motif in Eighteenth-Century Fiction,* Dissertation de l'université de Pennsylvanie, D.A.I., 1970.
*Le chapitre « A Metaphor of Inadequacy » rapproche le* Pharsamon, Le Télémaque travesti *et* Le Paysan parvenu, *trois « voyages » qui en disent plus sur le voyageur que sur les spectacles qu'il rencontre. L'opposition est justement marquée entre le caractère prémédité, artificiel, de la quête de Pharsamon et de Brideron, et le rôle du hasard et du destin dans celle de Jacob. Mais on doute, dans le cas du dernier, de l'explication proposée par l'auteur de l'échec des trois quêtes, qui serait « l'inadaptation à la vie sociale ».*

LACY, Margriet Bruyn, *L'évolution de l'art du roman chez Marivaux : théorie et pratique,* D.A.I., mai 1973, 33 (11), 6362A.

MEISTER, Anna, *Zur Entwicklung Marivaux'*, Thèse de Zurich, Berne, Francke Verlag, 1955.
*Ouvrage inspiré des recherches de Georges Poulet.*

MOLNAR, Harriett Gamble, *Libertinage et marivaudage ou l'éducation sentimentale dans Marivaux :* Le Paysan parvenu *et* Crébillon : Les Egarements du cœur et de l'esprit, D.A.I., déc. 1976, 37(6), 3677A.

ROBBINS, Arthur David, *Man and Society in the Novels of Marivaux,* D.A.I., août 1967, 28 (2), 692-693A.

SALTUS, Janet E., *Heroic Idealism and Realism in the Non-Dramatic Prose of Marivaux,* D.A.I., août 1969, 30 (2), 695-696A.

SCHAAD, Harold, *Le thème de l'être et du paraître dans l'œuvre de Marivaux,* Thèse de l'université de Zurich, Zurich, Juris Druck, 1969.

SPIVAK, Talbot, *Marivaux'* Le Paysan parvenu : *A Study of Thematic Structure and Narrative Voice,* D.A.I., novembre 1976, 37 (5), 2927A.

STURZER, Felicia, *Levels of Meaning in the Novels of Marivaux,* D.A.I., 1973, 34 (6), 3435A.

SULLIVAN, P. W., *A Study of the Adolescent as Metaphor in four Eighteenth-Century Novels* (Le Paysan parvenu, Manon Lescaut, Les Égarements du cœur et de l'esprit, Les Liaisons dangereuses), D.A.I., 1971, 31 (10), 5427A.

## C. Articles

ADAMS, D. J., «Society and the Self in *Le Paysan parvenu*», *Forum for Modern Language Studies,* 14, 1978, p. 378-386

ARNAUD, Marie-Anne, «*La Vie de Marianne* et *Le Paysan parvenu.* Itinéraire féminin, itinéraire masculin à travers Paris», *Revue d'Histoire Littéraire de la France,* 82, 1982, p. 392-411.
*« La géographie parisienne de Marivaux peut se lire comme une géographie symbolique, renouant avec les figures de l'espace les plus enracinées dans l'esprit humain. »*

BAADER, Horst, « *Le Paysan parvenu* de Marivaux et la tradition du roman picaresque espagnol », in *Picaresque européenne* (sic), *Études socio-critiques*, 2, Montpellier, Université Paul-Valéry, 1978, p. 127-179.

(—), « Un roman picaresque en France au siècle des Lumières. *Le Paysan parvenu* de Marivaux », in *Actes du VIII⁵ congrès de l'Association Internationale de Littérature Comparée*, I, Stuttgart, Bieber, 1980, p. 361-367.

BONACCORSO, Giovanni, « Considerazioni sul metodo del Marivaux nella creazione romanzesca », *Umanità e Storia, Scritti in onore di A. Attisani*, vol. II, 1970, p. 361-367.

(—), « Le dialogue de Marivaux avec ses lecteurs », *Cahiers de l'Association Internationale des Études Françaises*, 25, 1973, p. 209-223.

(—), « Coutumes et langage populaire dans *Le Paysan parvenu* », in *Marivaux d'hier, Marivaux d'aujourd'hui*, éd. par H. Coulet, J. Ehrard et F. Rubellin, C.N.R.S., 1991, p. 87-96.

BURGER, Paul, « Marivaux' *Paysan parvenu* : Zur Erstehung des bürgerlichen Romans », *Studien für französische Frühaufklärung*, Francfort-sur-le-Main, 1972, p. 199-232.
*Place du* Paysan parvenu *dans la naissance du « roman de la bourgeoisie »*.

COULET, Henri, « L'inachèvement dans les romans de Marivaux », *Saggi e ricerche di Letteratura Francese*, XXII, Rome, 1983, p. 29-46.
*L'inachèvement est le moyen d'amener le lecteur à combler par l'imagination la vacance du récit, à se faire lui-même auteur.*

(—), « Du roman au théâtre : *Le Paysan parvenu* et *La Commère* », *Atti della Accademia peloritana dei pericolanti*, Messine, 1990, p. 201-211.
*Il y a « dénaturation » dans le passage du roman au théâtre ; l'attribution de* La Commère *à Marivaux discutée.*

CRAGG, Olga, « Les maximes dans *Le Paysan parvenu* », *Studies on Voltaire and the Eighteenth-Century*, 228, 1984, p. 293-312.

CROCKER, Lester, « Portrait de l'homme dans *Le Paysan parvenu*», *Studies on Voltaire and the Eighteenth-Century*, 87, 1972, p. 253-276.
*Jacob partage avec le* picaro *amoralité, goût de l'amour physique, critique de l'hypocrisie ; mais il est plus complexe :* « *Jacob jouera le jeu, qu'il entend à merveille, mais il a un fond d'humanité, de bonté, qu'il refuse de jeter par-dessus bord.* »

DAGEN, Jean, « De la rusticité selon Marivaux », in *Der Bauer im Wandel der Zeit,* éd. par Willi Hirdt, Bonn, 1986, p. 115-128.

DECOBERT, Jacques, « Langage et société : les équivoques de l'honnêteté dans *Le Paysan parvenu* de Marivaux », in *Beiträge zur Analyse des sozialen Wortschatzes,* publ. par Ulrich Ricken, Halle, 1975, p. 78-88.

DELOFFRE, Frédéric, « De Marianne à Jacob : les deux sexes du roman chez Marivaux », *L'Information littéraire,* 11, 1959, p. 185-192.
*Dès ses premiers romans, Marivaux associe spontanément une forme «comique» à la peinture de personnages masculins, une forme raffinée, « précieuse », à la peinture de personnages féminins.*

(—), « Premières idées de Marivaux sur l'art du roman », *L'Esprit créateur,* 1, 1961, p. 178-183.
*Dès la Préface de son premier ouvrage,* Les Effets surprenants de la sympathie, *Marivaux conçoit un roman dont la « vérité » ne se mesure que d'après son plus ou moins d'exactitude dans la peinture du « cœur ».*

DUNN, Susan, « Les digressions dans *Le Paysan parvenu* de Marivaux », *Romance Notes,* Hiver 1977, p. 205-210.

EDMISTON, William F., « Event, narration and reception : temporal ambiguity in Marivaux's *Le Paysan parvenu* », *Actes du VII⁰ congrès international des Lumières,* Budapest, juil.-août 1987, III, p. 1601-1604, Oxford, Voltaire Foundation, 1989.

EHRARD, Jean, «Marivaux romancier de Paris», in *Französische Literatur im Zeitalter der Aufklärung, Gedächtnisschrift für Fritz Schalk,* Francfort-sur-le-Main, 1983, p. 64-74.

FERNANDEZ, Mercedès, *« Le Paysan parvenu »,* in *Homenaje a Alvaro Galmés de Fuentes,* II, Universidad de Oviedo, Madrid, Gredos, 1985, p. 325-332.

FLEMING, John A., «Textual Autogenesis in Marivaux's *Paysan parvenu*», *Studies on Voltaire and the Eighteenth-Century,* 189, 1980, p. 191-203.
*Sous le patronage de Ricardou et de* Tel Quel, *l'auteur entend montrer que « le texte génère son propre mouvement narratif par l'interaction structurale de certains traits phonétiques, sémantiques et syntaxiques ». Ainsi, le choix d'un nom féminin (« La Vallée ») préparerait la « féminisation » de Jacob (mais son père s'appelait déjà ainsi !) ; Fécourt (« fait court ») serait « la réponse de Mme de Fécourt à ceux qu'elle aime » ; Ferval (« fair' val[oir] », sic) traduirait la façon dont Mme de Ferval sait se mettre en valeur, etc. J. Fleming rapproche les « deux (?) épées » qu'il trouve dans la scène de la p. 251-252 et la plume que Jacob taille p. 137 et trouve à ces divers instruments « la même valeur érotico-comique ». Dans ces conditions, on lui rend grâce de concéder que les approches traditionnelles qui ont précédé la sienne « ne sont pas nécessairement une mauvaise chose ».*

GILOT, Michel, «Remarques sur la composition du *Paysan parvenu*», *Dix-huitième Siècle,* 2, 1970, p. 181-195.
*Étude précise et suggestive.*

(—), «La vocation comique de Marivaux», *Saggi e Ricerche di Letteratura francese,* XI, nuova seria, Rome, 1971, p. 57-66.
*Signale, à propos de « l'interrogatoire féminin » (une femme mûre amenant un jeune homme à se déclarer), de nouveaux rapprochements entre le* Pharsamon, Le Télémaque travesti, L'Indigent philosophe *et* Le Paysan parvenu.

(—), «Le peuple dans l'œuvre de Marivaux», in *Images du peuple au XVIII^e siècle,* Centre Aixois d'Études et de Recherches sur le XVIII^e siècle, A. Colin, 1973, p. 257-280.

*Le point IV traite du* Paysan parvenu. *Dans un monde où règne la discrimination, Jacob ne se contente pas du premier établissement venu (Geneviève, Mlle Habert) ; il reste inassimilable : « Plus que Julien Sorel, c'est un réfractaire. »*

GOSSMAN, Lionel, « Literature and Society in the Early Enlightenment : the case of Marivaux », *Modern Language Notes,* 1966, p. 306-333.
*Marivaux peint une société ambiguë où gentilshommes et hommes d'affaires coexistent pacifiquement.*

GUEDJ, Aimé, « La révision des valeurs sociales dans l'œuvre de Marivaux », in *La Littérature européenne à la lumière des idées de la Révolution française,* Paris, 1970, p. 11-43.
*Critique marquée par l'époque ; A. Guedj « regrette » que Marivaux ne soit pas seulement un sociologue, mais « aussi » un moraliste.*

HELLINX, Johan, « Entre l'utopie et la réalité : pour une sociologie du roman inachevé de Marivaux », *Les Lettres romanes,* 1987, p. 279-288.

HILL, Emita, « Sincerity and Self-Awareness in the *Paysan parvenu* », *Studies on Voltaire and the Eighteenth-Century,* 88, 1972, p. 735-748.

HIRSCH, Michèle, « Le roman expérimental de Marivaux », *Revue des Sciences Humaines,* 30, 1974, p. 103-124.

INCE, Walter, « L'unité du double registre chez Marivaux », in Georges Poulet, *Les Chemins actuels de la critique,* Paris, Union générale d'éditions, 1968, p. 131-146.

JIMENEZ PLAJA, Dolorès, « La description dans *Le Paysan parvenu* de Marivaux », *Queste, estudios de lengua y literatura francesas,* 2, 1980, p. 22-29.

JOSEPHS, Herbert, « *Le Paysan parvenu* : Satire and the Fiction of Innocence », *French Forum,* 5, 1980, p. 22-29.

KEMPF, Roger, « Le *Paysan* de Marivaux », in *Sur le corps romanesque,* Paris, Seuil, 1968, p. 29-45.

KOCH, Philip, « A Source of *Le Paysan parvenu* », *Modern Language Notes*, 75, 1960, p. 44-49.
*Développant un rapprochement que nous n'avions fait en 1959 que signaler avec* Le Cabinet du Philosophe, *P. Koch montre que cet ouvrage est en fait la véritable source génétique du* Paysan parvenu, *auquel il fournit la plupart des personnages et les linéaments de l'intrigue. Le passage d'une vision extérieure, objective, propre à des « scènes », à une vision individuelle, intérieure, des mêmes événements fait l'originalité du roman.*

(—), « *Le Paysan parvenu*, roman imparfait et imperfectible », *Revue d'Histoire Littéraire de la France*, 89, 1989, p. 955-968.

LADEN, Marie-Paule, « The Pitfalls of Success », *Romanic Review*, 74, 1983, p. 170-182.
*Jacob est témoin de sa propre ascension qui combine chaque fois « identité et différence ». Le divorce s'accentue jusqu'à ce que le personnage ne coïncide plus avec sa propre identité (scène de la Comédie-Française). A la différence de Marie-Hélène Huet, qui, influencée par la suite apocryphe, voyait dans cette scène un retour de Jacob vers lui-même, Marie-Paule Laden la considère comme le signe d'une aliénation qui traduit elle-même « l'impossibilité de la transgression sociale ».*

LEVIN, Lubbe, « Masque et identité dans *Le Paysan parvenu* », *Studies on Voltaire and the Eighteenth-Century*, 79, 1971, p. 177-192.

LINGOIS, André, « La place du *Paysan parvenu* dans les romans de Marivaux et dans le roman du XVIIIe siècle », *Humanisme contemporain*, 3, 1968, p. 140-147.

MAT, Michèle, « Espace, décor et temps dans les romans de Marivaux », *Studi Francesi*, 58, 1976, p. 21-39.

(—), « L'intrigue et les voix narratives dans les romans de Marivaux », *Romanische Forschungen*, 89, 1977, p. 18-36.
*Marivaux passe de la « multiplicité des voix narratives » propre à ses premiers romans au « double registre ».*

MIETHING, Christoph, « Zu den Anfängen des Entwicklungsromans in Frankreich : Marivaux' *Paysan parvenu* und

seine Suite anonyme», *Romanistisches Jahrbuch*, 26, 1975, p. 95-121.
*Contribution à l'étude du « roman de la formation ».*

MOLHO, Maurice, «Le roman familial du *picaro*», in *Estudios de Literatura española y francesa : Siglos XVI y XVII, Homenaje a Horst Baader,* Barcelona, Hogar del Libro, 1984, p. 141-148.
*Le traitement des relations familiales dans* Le Paysan parvenu *et dans* Moll Flanders.

PAPADOPOULOU, Valentini, «Sight, Insight and Hindsight in Marivaux's *Le Paysan parvenu*», *Forum*, XVI, printemps 1978, p. 45-50.

(—), «Le moi divisé : narration 'consonnante' et narration 'dissonnante' dans *Le Paysan parvenu*», in *Le Triomphe de Marivaux*, congrès d'Edmonton, oct. 1988, éd. par Magdy Gabriel Badyr et Vivian Bosley, Edmonton, University of Alberta, 1990, p. 93-105.
*Dans la narration 'dissonnante', qui domine dans* Le Paysan parvenu, *le narrateur se distingue de son moi passé et cherche à élucider la confusion de ce moi-objet. V. Papadopoulou montre avec finesse que c'est pour Jacob le moyen de donner de lui-même une image favorable, de manipuler le lecteur.*

PARRISH, Jean, «Illusion et réalité dans les romans de Marivaux», *Modern Language Notes*, LXXX, 1965, p. 301-306.
*Le Paysan parvenu vu comme roman de la 'dépersonnalisation'.*

PROUST, Jacques, «Le jeu du temps et du hasard dans *Le Paysan parvenu*», *Europäische Aufklärung, Herbert Dieckmann zum 60. Geburtstag*, Munich, 1967, p. 223-235.

RAY, William, «Convergence et équilibre dans *Le Paysan parvenu*», *French Forum*, 1, 1976, p. 139-152.

ROELENS, Maurice, «Les silences et les détours de Marivaux dans *Le Paysan parvenu* : l'ascension sociale de Jacob», in *Le Réel et le texte*, Paris, 1974, p. 11-30.

Rosbottom, Ronald C., « Marivaux and the signification of naissance », in *Jean-Jacques Rousseau et son temps,* éd. par Michel Launay, Paris, 1969, p. 73-92.

Rousset, Jean, « Marivaux ou la structure du double registre », in *Forme et signification,* José Corti, 1962, p. 45-64.
*Article important, mettant en valeur un aspect fondamental de la technique romanesque et dramatique de Marivaux, que lui-même résume en une phrase du* Spectateur français : *« Dans tout le cours de mes aventures, j'ai été mon propre spectateur, comme celui des autres. »*

(—), « L'emploi de la première personne chez Chasles [Challe] et Marivaux », *Cahiers de l'Association Internationale des Études Françaises,* 19, 1967, p. 101-114.

(—), « Comment insérer le présent dans le récit : l'exemple de Marivaux », *Littérature,* 5, fév. 1972, p. 3-10.

Satô, Fumiki, « Sur la date de publication de l'édition originale du *Paysan parvenu* et celle de *Tanzaï et Néadarné* », *Études de langue et littérature française,* 1965, 6, p. 1-14.
*Voir le résumé de ce judicieux article, publié en japonais dès 1954, dans F. Deloffre,* Marivaux et le marivaudage, *2ᵉ éd., p. 593, n. 8.*

Séailles, André, « Les déguisements de l'amour et le mystère de la naissance dans le théâtre et le roman de Marivaux », *Revue des Sciences Humaines,* oct.-déc. 1965, p. 479-491.

Sermain, Jean-Paul, « Rhétorique et roman au xviiiᵉ siècle : l'exemple de Prévost et de Marivaux », *Studies on Voltaire and the Eighteenth-Century,* 1983, p. 1-163.
*Sacrifiant à la mode de la « rhétorique », l'auteur s'intéresse surtout à* La Vie de Marianne.

Spitzer, Leo, « A propos de *La Vie de Marianne* », *Romanic Review,* 1953, p. 102-126.
*Répondant à Georges Poulet (voir ci-dessus), Leo Spitzer insiste*

*sur le rôle du « cœur » (au sens de ligne de conduite) chez Marianne. L'image qu'il donne de celle-ci fait ressortir par contraste l'originalité « masculine » de Jacob.*

STORME, Julie A., « Sexual Politics in *Le Paysan parvenu* and *La Vie de Marianne* », in *Le Triomphe de Marivaux* (voir ci-dessus, art. PAPADOPOULOU), p. 115-126.
*Réflexions sur les moyens de parvenir propres respectivement à Marianne et à Jacob : seul le second use consciemment de l'attrait sexuel.*

STURZER, Felicia, « The Text against Itself : Reading and Writing in *Le Paysan parvenu* », in *Le Triomphe de Marivaux* (voir ci-dessus), p. 127-134.
*Contribution inspirée de Julia Kristeva et M. Bakhtine, expliquant le 'malaise' que produirait le roman par la rupture qu'il marque avec la tradition : le héros est divisé en trois personnes, le moi-narrateur, le moi-Jacob et le moi-La Vallée.*

SWIDERSKI, Marie-Laure, « La pensée sociale de Marivaux », *Revue de l'Université d'Ottawa,* juil.-sept. 1971, p. 345-370.
*Marivaux ne croit pas aux solutions de type collectiviste : à ses yeux, la seule réforme valable est celle de l'homme individuel.*

TANCOCK, Leonard, « Reflections on the sequel to *Le Paysan parvenu* », *Studies in Eighteenth-Century French Literature, presented to Robert Niklaus,* Exeter, 1975, p. 257-268.

THOMAS, Ruth P., « The Art of the Portrait in the Novels of Marivaux », *French Review,* 42, 1968, p. 23-31.

(—), « The Role of the Narrator in the Comic Tone of *Le Paysan parvenu* », *Romance Notes,* 12, 1970, p. 134-141.

TRAPNELL, William H., « Marivaux's unfinished narratives », *French Studies,* juil. 1970, p. 237-253.
*Marivaux abandonne délibérément ses personnages quand il a dit d'eux tout ce qu'il lui importait d'en dire.*

WHATLEY, Janet, « L'âge équivoque : Marivaux and the middle-aged woman », *University of Toronto Quarterly,* 1976, p. 68-82.

# CHRONOLOGIE [1]

**4 février 1688**

Naissance de Pierre Carlet (le futur Marivaux) à Paris, paroisse Saint-Gervais. Son père, Nicolas Carlet, sera «trésorier des vivres» de l'armée d'Allemagne jusqu'en 1697.

**1698**

Nicolas Carlet acquiert l'office de «contrôleur-contregarde» de la Monnaie de Riom. Son fils fera ses études au collège des Oratoriens de cette ville.

**1701**

Grâce à l'appui de Pierre Bullet, «architecte des bâtiments du Roi», frère de sa femme, Nicolas Carlet est commis à la direction de la Monnaie de Riom.

**1704**

Nicolas Carlet devient directeur en titre de la Monnaie de Riom.

**1710**

Le 30 novembre, Pierre Carlet s'inscrit à l'École de Droit de Paris. Il s'y inscrira encore irrégulièrement jusqu'au 30 avril 1712, mais ne passera pas à cette époque le baccalauréat.

---

1. On trouvera la justification des dates données ici dans Frédéric Deloffre. *Marivaux et le marivaudage,* Seconde édition revue. Paris, A. Colin, 1967, p. 503-572. La plupart des indications complémentaires proviennent des recherches de Michel Gilot. Abréviations utilisées : C. : comédie ; A. : acte ; T. F. : Théâtre Français ; T. I. : Théâtre Italien.

**1712**

Publication du *Père prudent et équitable,* C., 1 A., non représentée. Installé à Paris, Marivaux sollicite le 14 avril une approbation pour son premier roman, *Les Effets surprenants de la sympathie* (I, II), qui lui sera accordée le 26 août. En décembre, il soumet à l'approbation un second roman, *Pharsamon,* qui ne paraîtra qu'en 1737.

**1713**

En janvier, publication des deux premières parties des *Effets surprenants de la sympathie,* avec une approbation de Fontenelle. Le 11 mai, puis de nouveau le 31 août, Pierre Carlet sollicite une approbation pour *La Voiture embourbée,* «roman impromptu», et le 24 août pour *Le Bilboquet.*

**1714**

Annonce du *Pharsamon,* non suivie d'effet ; publication de *La Voiture embourbée* (approbation du 13 août 1713), du *Bilboquet* (approbation du 26 octobre 1713), des *Effets surprenants de la sympathie* (III, IV et V, approbation du 21 décembre 1713). Une approbation est accordée pour le *Télémaque travesti* (14 juin 1714). On annonce prématurément l'impression de *L'Iliade travestie* (septembre-octobre).

**1715**

Le 20 novembre, Marivaux demande une approbation pour *L'Homère travesti, ou L'Iliade en vers burlesque,* parodie de l'*Iliade,* d'après l'adaptation en vers de La Motte.

**1716**

Publication de *L'Iliade travestie,* avec une approbation du 10 juin 1716.

**1717**

Le 7 juillet, Pierre Carlet de Marivaux épouse Colombe Bollogne, d'une bonne famille de Sens, de cinq ans son aînée. D'août 1717 à août 1718, le *Nouveau Mercure*, dirigé par Dufresny, publie des *Lettres sur les habitants de Paris*.

1719

Au début de l'année (ou peut-être dès la fin de 1718), naissance de Colombe-Prospère, fille de Marivaux. En mars, le *Nouveau Mercure* publie les *Pensées sur le sublime* et les *Pensées sur la clarté du discours*. Le 14 avril, mort à Riom de Nicolas Carlet, père de Marivaux. En juin, Marivaux sollicite le Garde des Sceaux pour obtenir la charge de son père : en vain. Le 5 août, *La Mort d'Annibal*, tragédie, est «reçue» par la Comédie Française. A partir de novembre 1719 et jusqu'en avril 1720, Marivaux publie dans le *Nouveau Mercure* ses *Lettres contenant une aventure*.

1720

3 mars, *L'Amour et la Vérité*, C., 3 A., en collaboration avec Saint-Jorry ; échec complet (une seule représentation). En juillet, fermeture de la Banque Royale, fin du système de Law ; Marivaux est ruiné, et la dot de Colombe Bollogne est perdue ; 17 octobre, *Arlequin poli par l'amour*, C., 1 A., T. I., vif succès (12 représentations) ; 16 décembre, *Annibal*, tragédie. 5 A., T. F., échec (3 représentations).

1721

Le 30 avril, Marivaux reprend une inscription à l'École de Droit et est reçu bachelier le 31 mai. Juillet, première feuille du *Spectateur français*, périodique inspiré du *Spectator* de Steele et Addison. 31 juillet, nouvelle inscription à l'École de Droit. Marivaux obtient sa licence le 4 septembre 1721.

1722

De janvier à mai, feuilles 2 à 6 du *Spectateur français*. Le 3 mai, *La Surprise de l'amour*, C., 3 A., T. I., vif succès (13 représentations ; la reprise de 1724 obtien-

dra un plus grand succès encore). Le 18 mai, Marivaux renonce par devant notaire à la succession de
son père, «plus oiseuve que profitable» pour lui ; il
est qualifié dans l'acte d' «avocat au Parlement».
D'août 1722 à mars 1723, feuilles 7 à 16 du *Spectateur
français*.

1723

Le 6 avril, *La Double Inconstance*, C., 3 A., T. I. ; grand
succès pour la pièce et pour l'actrice Silvia (16 représentations). A la fin de l'année ou au début de 1724,
mort de la femme de Marivaux.

1724

5 février, *Le Prince travesti*, C., 3 A., T. I., 16 représentations. Le 8 juillet, *La Fausse Suivante*, C., 3 A.,
T. I.,    13 représentations.    Septembre-octobre,
feuilles 24 et 25 du *Spectateur français*, la seconde
imprimée à Sens. 2 décembre, *Le Dénouement imprévu*,
C., 1 A., T. F., 6 représentations.

1725

5 mars, *L'Île des esclaves*, C., 1 A., T. I., très vif succès
(21 représentations ; bon accueil à la Cour le
13 mars) ; 19 août, *L'Héritier de village*, C., 1 A., T. I.,
accueil partagé (9 représentations).

1727

30 janvier, *La* (seconde) *Surprise de l'amour* est reçue
par les Comédiens Français. Le 16 février, la veuve
Coutelier, libraire, sollicite un privilège pour *La Vie
de Marianne ;* un manuscrit est remis au censeur Blanchard. Le 8 mars, l'abbé Bonardy note que Marivaux
«devait donner aux Italiens la nouvelle *Surprise*, mais
il s'est brouillé avec Lélio et sa femme» (ce qui
explique que la pièce ait été portée aux Français). Les
sept feuilles de *L'Indigent Philosophe* sont successivement approuvées le 19 mars, le 12 et le 22 avril, le
8 et le 15 mai, le 13 juin et le 5 juillet. Le 3 août, *L'Île*

*de la Raison,* C., 1 A., est favorablement reçue par les Comédiens Français ; jouée dès le 11 septembre, elle est « magnifiquement sifflée » (4 représentations). 31 décembre. *La Surprise de l'amour,* C., 3 A., T. F., devient un des classiques de la « Maison » (14 représentations dans la première série).

1728

Vers mars, première édition collective en deux volumes, du *Spectateur français,* de *L'Indigent Philosophe* et de la plupart des morceaux parus dans le *Nouveau Mercure* (Prault, 1728, avec une approbation du 3 janvier) où un *Catalogue des livres publiés par Prault* annonce parmi les « Ouvrages de M. de Marivaux » *La Vie de Marianne, ou les aventures de Madame la Comtesse de \*\*\**, dont la première partie reçoit effectivement une approbation du 28 avril 1728, sollicitée le 25 du même mois. Le 28 avril, *Le Triomphe de Plutus,* C., 1 A., T. I., 12 représentations, 18 dans l'année.

1729

18 juin, *La Nouvelle Colonie, ou La Ligue des femmes,* C., 3 A., T. I. une seule représentation. La pièce, sifflée, ne nous est connue que par un résumé du *Mercure.*

1730

24 janvier, *Le Jeu de l'amour et du hasard.* C., 3 A., T. I., « très goûté », 14 représentations, plus une à la Cour.

1731

9 mars, *Les Serments indiscrets* sont reçus à la Comédie Française. Vers juin, LA VIE / DE / MARIANNE, / *ou* / LES AVANTURES / DE MADAME / LA COMTESSE DE \*\*\* / *Par Monsieur* DE MARIVAUX. / PREMIÈRE PARTIE / [Fleuron] / A PARIS, / Chez PRAULT Père, Quay de Gêvres, /

au Paradis & à la Croix Blanche. / M.DCC.XXXI. / Avec Approbation et Privilege du Roy. — Approbation de Saurin du 28 avril 1728, privilège signé Sainson du 13 mai 1728, enregistré le 23 mai 1728. Juillet, compte rendu de cette partie dans *Le Nouvelliste du Parnasse*, t. II, p. 210. 5 novembre, *La Réunion des Amours*, C., 1 A., T. F., 10 représentations.

1732

12 mars, *Le Triomphe de l'Amour*, C., 3 A., T. I., 6 représentations. 8 juin, *Les Serments indiscrets*, C., 5 A., T. F., mal accueillie (9 représentations). Juin, annonce prématurée de la publication du *Pharsamon*. 25 juillet, *L'École des Mères*, C., 1 A., T. I., 14 représentations.

1733

4 février, approbation pour *Le Petit-Maître corrigé* (procédure rare pour une œuvre non encore représentée). 6 juin, *L'Heureux Stratagème*, C., 3 A., T. I., 18 représentations. 17 septembre, un manuscrit du *Cabinet du philosophe* reçoit une approbation, et en octobre un privilège est accordé pour «un ouvrage» portant ce titre. 12 octobre. «Marivaux est sur le point de donner la suite d'une petite brochure intitulée *La Vie de Marianne*, qui parut avec un grand succès il y a environ deux années. On l'a mis au rang de ceux qui prétendent à la place vacante de l'Académie Française. Cet auteur aurait bien de l'esprit s'il ne songeait pas tant à en avoir, ou pour parler encore plus juste, s'il parlait un langage à se faire entendre.» (*Journal de la Cour et de Paris*, ms. B.N. Fr. 25000, p. 229, note collée au bas de la p. 535.)

1734

Fin janvier, *La Vie de Marianne*, seconde partie, avec approbation du 15 janvier 1734. De fin janvier à fin avril, publication hebdomadaire des onze feuilles du *Cabinet du philosophe*. Février, compte rendu sévère de *La Vie de Marianne* par Desfontaines dans le *Pour et*

*Contre,* n° XXX. Marivaux y répond dans la sixième feuille du *Cabinet du philosophe.* Avril, LE / PAYSAN / PARVENU, / OÙ / Les MÉMOIRES / DE M*** / Par M. DE MARIVAUX. / Le prix est de 24 sols. / (fleuron) / A PARIS, / Chez PRAULT, Pere, Quay de / Gesvres, au Paradis. / (filet) M.D.CC.XXXIV. / *Avec Approbation* [du 18 mars] *& Privilege du Roy.* Juin, *Le Paysan parvenu,* seconde partie, avec approbation du 20 mai. Août, *Le Paysan parvenu,* troisième partie, avec approbation du 5 juillet et privilège du 5 août. 16 août, *La Méprise,* C., 1 A., T. I., 3 représentations. Vers août-septembre, Crébillon fils se moque de Marivaux, sous les traits de «la taupe Moustache», dans *Tanzaï et Néadarné.* Octobre, *Le Paysan parvenu,* quatrième partie, approbation du 30 septembre. Marivaux répond à Crébillon en lui donnant une leçon de décence et de bon goût. 6 novembre, *Le Petit-Maître corrigé,* C., 3 A., T. F., échec (2 représentations). 16 décembre, Crébillon est mis pour quelques semaines à la Bastille à l'occasion de *Tanzaï et Néadarné.*

1735

Avril, *Le Paysan parvenu,* cinquième partie, avec approbation du 1ᵉʳ avril. 9 mai, *La Mère confidente,* C., 3 A., T. I., grand succès (17 représentations). Juillet, Mouhy, *La Paysanne parvenue,* première partie. Août, du même, *La Paysanne parvenue,* seconde partie (la suite s'échelonnera pendant un peu plus d'un an). Septembre, Le *Démêlé survenu à la sortie de l'Opéra entre* Le Paysan parvenu *et* La Paysanne parvenue, brochure satirique sur la concurrence entre les romans de Marivaux et de Mouhy. Fin novembre, *La Vie de Marianne,* troisième partie, chez Prault fils, avec approbation de Saurin du 17 novembre 1731 *(sic)* et cession du 4 octobre 1735 de ce privilège et de celui du *Paysan parvenu* à Prault fils par Prault père, ce dernier ne se réservant que les deux premières parties de chacun des deux ouvrages.

**1736**

Février-décembre, publication du *Télémaque travesti* par Ryckhoff d'Amsterdam. Marivaux, qui songe à une candidature académique, désavoue cet ouvrage. Mars, *La Vie de Marianne,* quatrième partie, approbation de Saurin du 19 mars. 11 juin, *Le Legs,* C., 1 A., T. F., 7 représentations. Septembre, *La Vie de Marianne,* cinquième partie, avec approbation de Saurin du 4 septembre. Compte rendu pour une fois favorable, sans doute de l'abbé Prévost, dans le *Pour et Contre,* n° 273. Novembre, *La Vie de Marianne,* sixième partie, approbation de Saurin du 27 octobre.

**1737**

Janvier-juin, publication, désavouée à l'avance, du *Pharsamon,* par Prault. 3 février, *Marianne,* opéra-comique de Panard et Favart, tiré du roman de Marivaux, non imprimé. Février, *La Vie de Marianne,* septième partie, avec approbation de Saurin du 27 janvier. 16 mars, *La Fausse Confidence (sic),* C., 3 A., T. I., 6 représentations. 21 mai, Neaulme, à La Haye, annonce qu'il a sous presse la huitième partie de *Marianne,* mais elle ne paraîtra pas, quoique datée de 1737, avant la fin de l'année ou le début de 1738. A une date inconnue de 1737, Prault publie, sans approbation ni privilège, du fait de la «proscription des romans», la huitième partie de *La Vie de Marianne,* qui est ainsi l'originale.

**1738**

7 juillet, *La Joie imprévue,* C., 1 A., T. I., soutenant une reprise réussie de la pièce devenue *Les Fausses Confidences.*

**1739**

13 janvier, *Les Sincères,* C., 1 A, T. I., «fort applaudie». «Neuvième et dernière partie» (apocryphe) de *La Vie de Marianne,* chez Gosse et Neaulme.

**1740**

19 novembre, *L'Épreuve*, C., 1 A., T. I., vif succès pour l'actrice Silvia, 17 représentations.

**1741**

Marivaux compose pour les Comédiens Italiens *La Commère*, tirée du *Paysan parvenu*. Il écrit les parties IX, X et XI de *La Vie de Marianne*, que le comte de Tencin a entre les mains dès le 8 décembre.

**1742**

27 mars, Neaulme annonce qu'il met en vente les parties IX, X et XI de *La Vie de Marianne*, datées de 1741, qui sont aussi réimprimées chez Prault. Marivaux retouche *Narcisse*, comédie de Jean-Jacques Rousseau. Le 10 décembre, il est élu à l'Académie Française.

**1743**

On lit dans une évocation du café Procope en 1743 : « Le tumulte était grand, une foule de jeunes gens faisaient perdre patience à l'abbé Pellegrin ; Boindin, à l'autre bout de la salle, criait comme quatre contre le faux goût de notre siècle, il s'emportait contre ces auteurs lus des petits-maîtres, adorés des commères, brillants dans les bagatelles, ayant l'art de dire des riens, mais n'ayant jamais celui de dire quelque chose : un grand nombre applaudissait à ses saillies ; j'aperçus Marivaux à côté qui se taisait, et prenait modestement une tasse de chocolat. »

**1744**

Lors de la séance solennelle de l'Académie du 25 août, Marivaux lit des *Réflexions sur le progrès de l'esprit humain*. 19 octobre, *La Dispute*, C., 1 A., T. F., une seule représentation.

**1745**

*La Vie de Marianne*, etc., Amsterdam, aux dépens de la Compagnie, 12 parties en 4 vol. *in-*12, contenant une douzième partie apocryphe («Voilà, Madame, la dernière partie de ma vie...»). 6 avril, Colombe-Prospère entre au noviciat de l'abbaye du Trésor, près de Bus-Saint-Rémy (Eure), où elle mourra en 1786.

**1746**

6 août, *Le Préjugé vaincu*, C., 1 A., T. F., 7 représentations.

**1748**

4 avril, lecture à l'Académie des *Réflexions en forme de lettre sur l'esprit humain.*

**1749**

Le 24 août et le 24 septembre, lecture à l'Académie des *Réflexions sur l'Esprit humain à l'occasion de Corneille et de Racine.*

**1750**

Le 26 mai, Mme Du Boccage écrit dans une lettre de Londres : «On m'a demandé bien des nouvelles du père de *Marianne* et du *Paysan parvenu.*»
25 août, suite de la lecture à l'Académie de l'ouvrage lu l'année précédente. Décembre, le *Mercure de France* publie *La Colonie*, version remaniée de *La Nouvelle Colonie, ou la Ligue des femmes.* Voir année 1729.

**1751**

8 janvier, lecture à l'Académie des *Réflexions sur les hommes.* 25 août, lecture à l'Académie des *Réflexions sur les Romains et sur les anciens Perses.*

**1753**

Le 7 juillet, Marivaux reconnaît devoir à Mlle de Saint-Jean, chez laquelle il demeure, la somme de 20900 livres; il ne peut se libérer que de 900 livres en vendant son mobilier.

**1754**

Décembre, le *Mercure* publie *L'Éducation d'un prince*, dialogue composé à l'occasion de la naissance du Dauphin Louis, futur Louis XVI.

1755

Le *Mercure* de janvier publie *Le Miroir,* allégorie. 24 août, *La Femme fidèle,* C., 1 A., est jouée sur le théâtre du comte de Clermont à Berny; on n'en a conservé que quatre rôles sur huit.

1757

Le *Mercure* de mars publie *Félicie,* C., 1 A. Cette «féerie en dialogues» n'avait pas de chances d'être jouée à la Comédie Française. Le même sort attendait *L'Amante frivole,* C., 1 A., lue le 5 mai aux Comédiens, non jouée et perdue par eux. Le 10 octobre, après avoir cédé au libraire Duchesne le privilège de l'édition de ses œuvres (ce qui aboutira à l'édition homogène en 12 volumes de 1781, procurée par l'abbé de La Porte), Marivaux est en état de solder ses comptes avec Mlle de Saint-Jean. Le 15 octobre, ils se constituent une rente de 2 800 livres, 2 000 pour elle et 800 pour lui, dont la totalité reviendra au survivant. Le *Conservateur* de novembre annonce la publication de *La Provinciale* (qu'il ne réalisera pas), et publie effectivement *Les Acteurs de bonne foi,* C., 1 A.

1758

Le 20 janvier, Marivaux, malade, rédige son testament[1].

1761

Le *Mercure* d'avril publie *La Provinciale,* C., 1 A., non recueillie dans les *Œuvres complètes* de 1781.

1762

8 mars, Marivaux, absent des séances de l'Académie depuis six semaines, vient «remercier ses confrères de l'inquiétude qu'ils lui ont témoignée durant sa maladie».

1763

12 février, mort de Marivaux, d'une «hydropisie de poitrine» (pleurésie), rue de Richelieu.

---

1. On en trouvera le texte dans les *Journaux et Œuvres diverses,* page 551.

# LE
# PAYSAN  PARVENU

# PREMIÈRE PARTIE

# PREMIÈRE PARTIE[1]

L E titre que je donne à mes Mémoires annonce ma naissance; je ne l'ai jamais dissimulée à qui me l'a demandée, et il semble qu'en tout temps Dieu ait récompensé ma franchise là-dessus; car je n'ai pas remarqué qu'en aucune occasion on en ait eu moins d'égard et moins d'estime pour moi.

J'ai pourtant vu nombre de sots qui n'avaient et ne connaissaient point d'autre mérite dans le monde, que celui d'être né noble, ou dans un rang distingué. Je les entendais mépriser beaucoup de gens qui valaient mieux qu'eux, et cela seulement parce qu'ils n'étaient pas gentilshommes; mais c'est que ces gens qu'ils méprisaient, respectables d'ailleurs par mille bonnes qualités, avaient la faiblesse de rougir eux-mêmes de leur naissance, de la cacher, et de

---

1. Notre texte respecte celui de l'édition originale, y compris dans la disposition des paragraphes (qui laisse parfois une phrase pendante après une incidente). Les éditions alléguées en cas de doute, outre la contrefaçon du cinquième livre (édition dite «de Dijon»), sont désignées par la lettre sous laquelle elles figurent dans la Bibliographie.

L'orthographe a été modernisée (terminaisons de l'imparfait en *-ais, -ait,*... au lieu de *-ois, -oit,* par exemple), mais respectée lorsqu'elle représente un usage propre à Marivaux (accord des participes passés). Le nom de Mlle Habert, écrit tantôt *Habert,* tantôt *Haberd* dans les éditions anciennes, a été unifié sous la forme *Habert.*

La ponctuation n'a été modernisée qu'avec discrétion, ce qui explique l'emploi de virgules là où l'usage moderne recourrait plutôt au point et virgule.

L'astérisque placé devant un mot renvoie au Glossaire, p. 447 et suiv. Pour l'accord des participes, voir les articles PARTICIPE PASSÉ et PARTICIPE PRÉSENT.

tâcher de s'en donner une qui embrouillât la véritable, et qui les mît à couvert du dédain du monde.

Or, cet artifice-là ne réussit presque jamais; on a beau déguiser la vérité là-dessus, elle se venge tôt ou tard des mensonges dont on a voulu la couvrir; et l'on est toujours trahi par une infinité d'événements qu'on ne saurait ni parer, ni prévoir; jamais je ne vis, en pareille matière, de vanité qui fît une bonne fin.

C'est une erreur, au reste, que de penser qu'une obscure naissance vous avilisse, quand c'est vous-même qui l'avouez, et que c'est de vous qu'on la sait. La malignité des hommes vous laisse là; vous la frustrez de ses droits; elle ne voudrait que vous humilier, et vous faites sa charge; vous vous humiliez vous-même, elle ne sait plus que dire.

Les hommes ont des mœurs, malgré qu'ils en aient; ils trouvent qu'il est beau d'affronter leurs mépris injustes[1]; cela les rend à la raison. Ils sentent dans ce courage-là une noblesse qui les fait taire; c'est une fierté sensée qui confond un orgueil impertinent.

Mais c'est assez parler là-dessus. Ceux que ma réflexion regarde se trouveront bien de m'en croire.

La coutume, en faisant un livre, c'est de commencer par un petit préambule, et en voilà un. Revenons à moi.

Le récit de mes aventures ne sera pas inutile à ceux qui aiment à s'instruire. Voilà en partie ce qui fait que je les donne; je cherche aussi à m'amuser moi-même.

Je vis dans une campagne où je me suis retiré, et où mon loisir m'inspire un esprit de réflexion que je vais exercer sur les événements de ma vie. Je les écrirai du mieux que je pourrai; chacun a sa façon de s'exprimer, qui vient de sa façon de sentir.

Parmi les faits que j'ai à raconter, je crois qu'il y en aura de curieux : qu'on me passe mon style en leur faveur; j'ose assurer qu'ils sont vrais. Ce n'est point ici une histoire forgée à plaisir, et je crois qu'on le verra bien[2].

---

1. C'est-à-dire : Malgré eux, les hommes ont des mœurs ; ils trouvent qu'il est beau (de la part de leurs victimes) d'affronter...
2. Même attitude du narrateur dans *La Vie de Marianne* : Marianne

Pour mon nom, je ne le dis point : on peut s'en passer; si je le disais, cela me gênerait dans mes récits.

Quelques personnes pourront me reconnaître, mais je les sais discrètes, elles n'en abuseront point. Commençons.

Je suis né dans un village de la Champagne, et soit dit en passant, c'est au vin de mon pays que je dois le commencement de ma fortune.

Mon père était le fermier de son seigneur, homme extrêmement riche (je parle de ce seigneur), et à qui il ne manquait que d'être noble pour être gentilhomme.

Il avait gagné son bien dans les affaires; s'était allié à d'illustres maisons par le mariage de deux de ses fils, dont l'un avait pris le parti de la robe, et l'autre de l'épée.

Le père et les fils vivaient magnifiquement; ils avaient pris des noms de terres; et du véritable, je crois qu'ils ne s'en souvenaient plus eux-mêmes.

Leur origine était comme ensevelie sous d'immenses richesses. On la connaissait bien, mais on n'en parlait plus. La noblesse de leurs alliances avait achevé d'étourdir l'imagination des autres sur leur compte; de sorte qu'ils étaient confondus avec tout ce qu'il y avait de meilleur à la cour et à la ville. L'orgueil des hommes, dans le fond, est d'assez bonne composition sur certains préjugés; il semble que lui-même il en sente le frivole.

C'était là leur situation, quand je vins au monde. La terre seigneuriale, dont mon père était le fermier, et qu'ils avaient acquise, n'était considérable que par le vin qu'elle produisait en assez grande quantité.

Ce vin était le plus exquis du pays, et c'était mon frère aîné qui le conduisait à Paris, chez notre maître, car nous étions trois enfants, deux garçons et une fille, et j'étais le cadet de tous.

Mon aîné, dans un de ces voyages à Paris, s'amouracha de la veuve d'un aubergiste, qui était à son aise, dont le

---

vit dans la solitude, situation qui rend l'esprit « sérieux et philosophe ». Même revendication en faveur du style. Même prétention à ne raconter que des faits véritables.

cœur ne lui fut pas cruel, et qui l'épousa avec ses droits, c'est-à-dire avec rien.

Dans la suite, les enfants de ce frère ont eu grand besoin que je les reconnusse pour mes neveux; car leur père qui vit encore, qui est actuellement avec moi, et qui avait continué le métier d'aubergiste, vit, en dix ans, ruiner sa maison par les dissipations de sa femme.

A l'égard de ses fils, mes secours les ont mis aujourd'hui en posture d'honnêtes gens ; ils sont bien établis, et malgré cela, je n'en ai fait que des ingrats, parce que je leur ai reproché qu'ils étaient trop *glorieux.

En effet, ils ont quitté leur nom, et n'ont plus de commerce avec leur père, qu'ils venaient autrefois voir de temps en temps.

Qu'on me permette de dire sur eux encore un mot ou deux.

Je remarquai leur fatuité à la dernière visite qu'ils lui rendirent. Ils l'appelèrent *monsieur* dans la conversation. Le bonhomme à ce terme se retourna, s'imaginant qu'ils parlaient à quelqu'un qui venait et qu'il ne voyait pas.

Non, non, lui dis-je alors, il ne vient personne, mon frère, et c'est à vous à qui l'on parle. A moi ! reprit-il. Eh ! pourquoi cela ? Est-ce que vous ne me connaissez plus, mes enfants ? Ne suis-je pas votre père ? Oh ! leur père, tant qu'il vous plaira, lui dis-je, mais il n'est pas décent qu'ils vous appellent de ce nom-là. Est-ce donc qu'il est *malhonnête d'être le père de ses enfants ? reprit-il ; qu'est-ce que c'est que cette mode-là ?

C'est, lui dis-je, que le terme de *mon père* est trop ignoble, trop grossier; il n'y a que les petites gens qui s'en servent, mais chez les personnes aussi distinguées que messieurs vos fils, on supprime dans le discours toutes ces qualités triviales que donne la nature; et au lieu de dire rustiquement *mon père*, comme le menu peuple, on dit *monsieur*, cela a plus de dignité.

Mes neveux rougirent beaucoup de la critique que je fis de leur impertinence; leur père se fâcha, et ne se fâcha pas en monsieur, mais en vrai père et en père aubergiste.

Laissons là mes neveux[1], qui m'ont un peu détourné de mon histoire, et tant mieux, car il faut qu'on s'accoutume de bonne heure à mes digressions; je ne sais pas pourtant si j'en ferai de fréquentes, peut-être que oui, peut-être que non; je ne réponds de rien; je ne me gênerai point; je conterai toute ma vie, et si j'y mêle autre chose, c'est que cela se présentera sans que je le cherche.

J'ai dit que c'était mon frère aîné qui conduisait chez nos maîtres le vin de la terre dont mon père avait soin.

Or, son mariage le fixant à Paris, je lui succédai dans son emploi de conducteur de vin.

J'avais alors dix-huit à dix-neuf ans; on disait que j'étais beau garçon, beau comme peut l'être un paysan dont le visage est à la merci du hâle de l'air et du travail des champs. Mais à cela près j'avais effectivement assez bonne mine; ajoutez-y je ne sais quoi de franc dans ma physionomie; l'œil vif, qui annonçait un peu d'esprit, et qui ne mentait pas totalement.

L'année d'après le mariage de mon frère, j'arrivai donc à Paris avec ma voiture et ma bonne façon rustique.

Je fus ravi de me trouver dans cette grande ville; tout ce que j'y voyais m'étonnait moins qu'il ne me divertissait; ce qu'on appelle le grand monde me paraissait plaisant[2].

---

1. L'histoire du frère de Jacob est reprise tout au long dans la suite apocryphe, cf. ci-après, p. 319. Celle des neveux joue un rôle important dans la huitième partie.

2. En découvrant Paris, Marianne éprouve d'abord plus de trouble que Jacob, mais finit par se sentir une sympathie secrète avec le monde qui l'entoure : « Je ne saurais vous dire ce que je sentis en voyant cette grande ville, et son fracas, et son peuple, et ses rues. C'était pour moi l'empire de la lune : je n'étais plus à moi, je ne me ressouvenais plus de rien; j'allais, j'ouvrais les yeux, j'étais étonnée, et voilà tout. Je me retrouvai pourtant dans la longueur du chemin, et alors je jouis de toute ma surprise : je sentis mes mouvements, je fus charmée de me trouver là, je respirai un air qui réjouit mes esprits. Il y avait une douce sympathie entre mon imagination et les objets que je voyais, et je devinais qu'on pouvait tirer de cette multitude de choses différentes je ne sais combien d'agréments que je ne connaissais pas encore; enfin il me semblait que les plaisirs habitaient au milieu de tout cela. Voyez si ce n'était pas là un vrai instinct de femme, et même un pronostic de toutes les aventures qui devaient m'arriver.» (*La Vie de Marianne*, p. 17.) L'attitude de Jacob reste plus détachée.

Je fus fort bien venu dans la maison de notre seigneur. Les domestiques m'affectionnèrent tout d'un coup; je disais hardiment mon sentiment sur tout ce qui s'offrait à mes yeux; et ce sentiment avait assez souvent un bon sens villageois qui faisait qu'on aimait à m'interroger.

Il n'était question que de Jacob pendant les cinq ou six premiers jours que je fus dans la maison. Ma maîtresse même voulut me voir, sur le récit que ses femmes lui firent de moi.

C'était une femme qui passait sa vie dans toutes les dissipations du grand monde, qui allait aux spectacles, soupait en ville, se couchait à quatre heures du matin, se levait à une heure après-midi; qui avait des amants, qui les recevait à sa toilette, qui y lisait les billets doux qu'on lui envoyait, et puis les laissait traîner partout; les lisait qui voulait, mais on n'en était point curieux; ses femmes ne trouvaient rien d'étrange à tout cela; le mari ne s'en scandalisait point. On eût dit que c'était là pour une femme des dépendances naturelles du mariage. Madame, chez elle, ne passait point pour coquette; elle ne l'était point non plus, car elle l'était sans réflexion, sans le savoir; et une femme ne se dit point qu'elle est coquette quand elle ne sait point qu'elle l'est, et qu'elle vit dans sa coquetterie comme on vivrait dans l'état le plus décent et le plus ordinaire.

Telle était notre maîtresse, qui menait ce train de vie tout aussi franchement qu'on boit et qu'on mange; c'était en un mot un petit libertinage de la meilleure foi du monde.

Je dis. petit libertinage, et c'est dire ce qu'il faut; car, quoiqu'il fût fort franc de sa part et qu'elle n'y réfléchit point, il n'en était pas moins ce que je dis là.

Du reste, je n'ai jamais vu une meilleure femme; ses manières ressemblaient à sa physionomie qui était toute ronde[1].

Elle était bonne, généreuse, ne se formalisait de rien, familière avec ses domestiques, abrégeant les respects des

---

1. Jacob mentionne plus loin la « mine ronde » de Mlle Habert, « mine que j'ai toujours aimée », ajoute-t-il (p. 43).

uns, les révérences des autres; la franchise avec elle tenait lieu de politesse. Enfin c'était un caractère sans façon. Avec elle, on ne faisait point de fautes capitales, il n'y avait point de réprimandes à essuyer, elle aimait mieux qu'une chose allât mal que de se donner la peine de dire qu'on la fit bien. Aimant de tout son cœur la vertu, sans inimitié pour le vice; elle ne blâmait rien, pas même la malice de ceux qu'elle entendait blâmer les autres. Vous ne pouviez manquer de trouver éloge ou grâce auprès d'elle; je ne lui ai jamais vu haïr que le crime, qu'elle haïssait peut-être plus fortement que personne. Au demeurant, amie de tout le monde, et surtout de toutes les faiblesses qu'elle pouvait vous connaître.

Bonjour, mon garçon, me dit-elle quand je l'abordai. Eh bien ! comment te trouves-tu à Paris ? Et puis se tournant du côté de ses femmes : Vraiment, ajouta-t-elle, voilà un paysan de bonne mine.

Bon ! madame, lui répondis-je, je suis le plus mal fait de notre village. Va, va, me dit-elle, tu ne me parais ni sot ni mal bâti, et je te conseille de rester à Paris, tu y deviendras quelque chose.

Dieu le veuille, madame, lui repartis-je; mais j'ai du mérite et point d'argent, cela ne joue pas ensemble.

Tu as raison, me dit-elle en riant, mais le temps remédiera à cet inconvénient-là; demeure ici, je te mettrai auprès de mon neveu qui arrive de province, et qu'on va envoyer au collège, tu le serviras.

Que le ciel vous le rende, madame, lui répondis-je; dites-moi seulement si cela vaut fait, afin que je l'écrive à notre père; je me rendrai si savant en le voyant étudier, que je vous promets de savoir quelque jour vous dire la sainte Messe. Hé ! que sait-on ? Comme il n'y a que chance dans ce monde, souvent on se trouve évêque ou vicaire sans savoir comment cela s'est fait.

Ce discours la divertit beaucoup, sa gaieté ne fit que m'animer; je n'étais pas honteux des bêtises que je disais, pourvu qu'elles fussent plaisantes; car à travers l'épaisseur de mon ignorance, je voyais qu'elles ne nuisaient jamais à un homme qui n'était pas obligé d'en savoir davantage, et même qu'on lui tenait compte d'avoir le courage de répliquer à quelque prix que ce fût.

Ce garçon-là est plaisant, dit-elle, je veux en avoir soin ; prenez garde à vous, vous autres (et c'était à ses femmes à qui elle parlait), sa naïveté vous réjouit aujourd'hui, vous vous en amusez comme d'un paysan ; mais ce paysan deviendra dangereux, je vous en avertis.

Oh ! répliquai-je, madame, il n'y a que faire d'attendre après cela ; je ne deviendrai point, je suis tout devenu ; ces demoiselles sont bien jolies, et cela forme bien un homme ; il n'y a point de village qui tienne ; on est tout d'un coup né natif de Paris, quand on les voit.

Comment ! dit-elle, te voilà déjà galant ; et pour laquelle te déclarerais-tu ? (elles étaient trois). Javotte est une jolie blonde, ajouta-t-elle. Et M^{lle} Geneviève une jolie brune, m'écriai-je tout de suite.

Geneviève, à ce discours, rougit un peu, mais d'une rougeur qui venait d'une vanité contente, et elle déguisa la petite satisfaction que lui donnait ma préférence d'un souris qui signifiait pourtant : Je te remercie ; mais qui signifiait aussi : Ce n'est que sa naïveté bouffonne qui me fait rire.

Ce qui est de sûr, c'est que le trait porta ; et comme on le verra dans la suite, ma saillie lui fit dans le cœur une blessure sourde dont je ne négligeai pas de m'assurer ; car je me doutai que mon discours n'avait pas dû lui déplaire, et dès ce moment-là, je l'épiai pour voir si je pensais juste.

Nous allions continuer la conversation, qui commençait à tomber sur la troisième femme de chambre de madame, qui n'était ni brune ni blonde, qui n'était d'aucune couleur, et qui portait un de ces visages indifférents qu'on voit à tout le monde, et qu'on ne remarque à personne.

Déjà je tâchais d'éviter de dire mon sentiment sur son chapitre, avec un embarras maladroit et ingénu qui ne faisait pas l'éloge de ladite personne, quand un des adorateurs de madame entra, et nous obligea de nous retirer.

J'étais fort content du marché que j'avais fait de rester à Paris. Le peu de jours que j'y avais passé m'avait éveillé le cœur, et je me sentis tout d'un coup en appétit de fortune.

Il s'agissait de mander l'état des choses à mon père, et je ne savais pas écrire ; mais je songeai à M^{lle} Geneviève ; et sans plus délibérer, j'allai la prier d'écrire ma lettre.

Elle était seule quand je lui parlai ; et non seulement elle l'écrivit, mais ce fut de la meilleure grâce du monde.

Ce que je lui dictais, elle le trouvait spirituel et de bon sens, et ne fit que rectifier mes expressions.

Profite de la bonne volonté de madame, me dit-elle ensuite ; j'augure bien de ton aventure. Eh bien ! mademoiselle, lui répondis-je, si vous mettez encore votre amitié par-dessus, je ne me changerai pas contre un autre ; car déjà je suis heureux, il n'y a point de doute à cela, puisque je vous aime.

Comment ! me dit-elle, tu m'aimes ! Et qu'entends-tu par là, Jacob ?

Ce que j'entends ? lui dis-je, de la belle et bonne affection, comme un garçon, sauf votre respect, peut l'avoir pour une fille aussi charmante que vous ; j'entends que c'est bien dommage que je ne sois qu'un chétif homme ; car, *mardi, si j'étais roi, par exemple, nous verrions un peu qui de nous deux serait reine, et comme ce ne serait pas moi, il faudrait bien que ce fût vous : Il n'y a rien à refaire à mon dire.

Je te suis bien obligée de pareils sentiments, me dit-elle d'un ton badin, et si tu étais roi, cela mériterait réflexion. Pardi ! lui dis-je, mademoiselle, il y a tant de gens par le monde que les filles aiment, et qui ne sont pas rois ; n'y aura-t-il pas moyen quelque jour d'être comme eux ?

Mais vraiment, me dit-elle, tu es pressant ! où as-tu appris à faire l'*amour ? Ma foi ! lui dis-je, demandez-le à votre mérite ; je n'ai point eu d'autre maître d'école, et comme il me l'a appris, je le rends.

Madame, là-dessus, appela Geneviève, qui me quitta très contente de moi, à *vue de pays, et me dit en s'en allant : Va, Jacob, tu feras fortune, et je le souhaite de tout mon cœur.

Grand merci, lui dis-je, en la saluant d'un coup de chapeau qui avait plus de zèle que de bonne grâce ; mais je me recommande à vous, mademoiselle, ne m'oubliez pas, afin de commencer toujours ma fortune, vous la finirez quand vous pourrez. Cela dit, je pris la lettre, et la portai à la poste.

Cet entretien que je venais d'avoir avec Geneviève me mit dans une situation si gaillarde, que j'en devins encore plus divertissant que je ne l'avais été jusque-là.

Pour surcroît de bonne humeur, le soir du même jour on m'appela pour faire prendre ma mesure par le tailleur de la maison, et je ne saurais dire combien ce petit événement enhardit mon imagination, et la rendit sémillante.

C'était madame qui avait eu cette attention pour moi.

Deux jours après on m'apporta mon habit avec du linge et un chapeau, et tout le reste de mon équipage. Un laquais de la maison, qui avait pris de l'amitié pour moi, me frisa; j'avais d'assez beaux cheveux. Mon séjour à Paris m'avait un peu éclairci le teint; et, ma foi ! quand je fus équipé, Jacob avait fort bonne façon.

La joie de me voir en si bonne posture me rendit la physionomie plus vive et y jeta comme un rayon de bonheur à venir. Du moins tout le monde m'en prédisait, et je ne doutais point du succès de la prédiction.

On me complimenta fort sur mon bon air; et, en attendant que madame fût visible, j'allai faire essai de mes nouvelles grâces sur le cœur de Geneviève qui, effectivement, me plaisait beaucoup.

Il me parut qu'elle fut surprise de la mine que j'avais sous mon attirail tout neuf; je sentis moi-même que j'avais plus d'esprit qu'à l'ordinaire; mais à peine causions-nous ensemble, qu'on vint m'avertir, de la part de madame, de l'aller trouver.

Cet ordre redoubla encore ma reconnaissance pour elle; je n'allai pas, je volai.

Me voilà, madame, lui dis-je en entrant; je souhaiterais bien avoir assez d'esprit pour vous remercier à ma fantaisie; mais je mourrai à votre service, si vous me le permettez. C'est une affaire finie; je vous appartiens pour le reste de mes jours.

Voilà qui est bien, me dit-elle alors; tu es sensible et reconnaissant, cela me fait plaisir. Ton habit te sied bien;

tu n'as plus l'air villageois. Madame, m'écriai-je, j'ai l'air de votre serviteur éternel, il n'y a que cela que j'estime.

Cette dame alors me fit approcher, examina ma parure; j'avais un habit uni et sans livrée[1]. Elle me demanda qui m'avait frisé, et me dit d'avoir toujours soin de mes cheveux, que je les avais beaux, et qu'elle voulait que je lui fisse honneur. Tant que vous voudrez, quoique vous en ayez de tout fait, lui dis-je; mais n'importe, abondance ne nuit point. Notez que madame venait de se mettre à sa toilette, et que sa figure était dans un certain désordre assez piquant pour ma curiosité.

Je n'étais pas né indifférent, il s'en fallait beaucoup; cette dame avait de la fraîcheur et de l'embonpoint, et mes yeux lorgnaient volontiers.

Elle s'en aperçut, et sourit de la distraction qu'elle me donnait; moi, je vis qu'elle s'en apercevait, et je me mis à rire aussi d'un air que la honte d'être pris sur le fait et le plaisir de voir rendaient moitié niais et moitié tendre ; et la regardant avec des yeux mêlés de tout ce que je dis là, je ne lui disais rien.

De sorte qu'il se passa alors entre nous deux une petite scène muette qui fut la plus plaisante chose du monde; et puis, se raccommodant ensuite assez négligemment : A quoi penses-tu, Jacob ? me dit-elle. Hé ! madame, repris-je, je pense qu'il fait bon vous voir, et que monsieur a une belle femme.

Je ne saurais dire dans quelle disposition d'esprit cela la mit, mais il me parut que la naïveté de mes façons ne lui déplaisait pas.

Les regards amoureux d'un homme du monde n'ont rien de nouveau pour une jolie femme; elle est accoutumée à leurs expressions, et ils sont dans un goût de galanterie qui lui est familier, de sorte que son amour-propre s'y amuse

---

1. On a épargné à Jacob le liseré de couleur imposé aux laquais par le règlement du 28 décembre 1719 (Buvat, I, 475), qui les faisait nommer «chevaliers de l'arc-en-ciel»; voir les plaisanteries d'Arlequin sur son «galon de couleur» dans *Le Jeu de l'Amour et du Hasard,* acte III, scène 6.

comme à une chose qui lui est ordinaire, et qui va quelquefois au-delà de la vérité.

Ici ce n'était pas de même; mes regards n'avaient rien
de galant, ils ne savaient être que vrais. J'étais un paysan,
j'étais jeune, assez beau garçon; et l'hommage que je rendais
à ses appas venait du pur plaisir qu'ils me faisaient. Il était
assaisonné d'une ingénuité rustique, plus curieuse à voir,
et d'autant plus flatteuse qu'elle ne voulait point flatter[1].

C'était d'autres yeux, une autre manière de considérer,
une autre tournure de mine; et tout cela ensemble me donnait apparemment des agréments singuliers dont je vis
que madame était un peu touchée.

Tu es bien hardi de me regarder tant ! me dit-elle alors,
toujours en souriant. Pardi, lui dis-je, est-ce ma faute,
madame ? Pourquoi êtes-vous belle ? Va-t'en, me dit-elle
alors, d'un ton brusque, mais amical, je crois que tu m'en
conterais, si tu l'osais; et cela dit, elle se remit à sa toilette,
et moi, je m'en allai, en me retournant toujours pour la
voir. Mais elle ne perdit rien de vue de ce que je fis, et
me conduisit des yeux jusqu'à la porte.

Le soir même, elle me présenta à son neveu, et m'installa
au rang de son domestique. Je continuai de cajoler Geneviève. Mais, depuis l'instant où je m'étais aperçu que je
n'avais pas déplu à madame même, mon inclination pour
cette fille baissa de vivacité, son cœur ne me parut plus une
conquête si importante, et je n'estimai plus tant l'honneur
d'être souffert d'elle.

Geneviève ne se comporta pas de même, elle prit tout
de bon du goût pour moi, tant par l'opinion qu'elle avait
de ce que je pourrais devenir, que par le penchant naturel
qu'elle se sentit pour moi, et comme je la cherchais un peu
moins, elle me chercha davantage. Il n'y avait pas longtemps

---

1. La situation de Jacob devant la femme du financier n'est pas sans
rappeler les rapports d'Arlequin et de Flaminia dans *La Double Incons-*
*tance*. « Ces petites personnes-là, dit Flaminia, parlant d'Arlequin et de
Silvia, font l'amour d'une manière à ne pouvoir y résister » (acte III,
scène 8). De part et d'autre, ces femmes appartenant à une société raffinée et peu sincère sont prises d'une sorte de caprice du désir devant
des êtres appartenant à un monde plus « vrai » que le leur.

qu'elle était dans la maison, et le mari de madame ne l'avait pas encore remarquée.

Comme le maître et la maîtresse avaient chacun leur appartement, d'où le matin ils envoyaient savoir comment ils se portaient (et c'était là presque tout le commerce qu'ils avaient ensemble), madame, un matin, sur quelque légère indisposition de son mari, envoya Geneviève pour savoir de ses nouvelles.

Elle me rencontra sur l'escalier en y allant, et me dit de l'attendre. Elle fut très longtemps à revenir, et revint les yeux pleins de coquetterie.

Vous voilà bien émerillonnée, mademoiselle Geneviève, lui dis-je en la voyant. Oh ! tu ne sais pas, me dit-elle d'un air gai, mais goguenard, si je veux, ma fortune est faite.

Vous êtes bien difficile de ne pas vouloir, lui dis-je. Oui, dit-elle, mais il y a un petit article qui m'en empêche, c'est que c'est à condition que je me laisserai aimer de monsieur, qui vient de me faire une déclaration d'amour.

Cela ne vaut rien, lui dis-je, c'est de la fausse monnaie[1] que cette fortune-là, ne vous chargez point de pareille marchandise, et gardez la vôtre : Tenez, quand une fille s'est vendue, je ne voudrais pas la reprendre du marchand pour un liard.

Je lui tins ce discours parce que, dans le fond, je l'aimais toujours un peu, et que j'avais naturellement de l'honneur.

Tu as raison, me dit-elle, un peu déconcertée des sentiments que je lui montrais ; aussi ai-je tourné le tout en pure[2] plaisanterie, et je ne voudrais pas de lui quand il me donnerait tout son bien.

Vous êtes-vous bien défendue, au moins, lui dis-je, car vous n'étiez pas fort courroucée quand vous êtes revenue. C'est, reprit-elle, que je me suis divertie de tout ce qu'il m'a dit. Il n'y aura pas de mal une autre fois de vous en mettre un peu en colère, répondis-je, cela sera plus sûr

---

1. Métaphore familière à Marivaux. Arlequin se compare à de la fausse monnaie lorsqu'il avoue à Lisette qu'il a revêtu l'habit de son maître (*Le Jeu de l'Amour et du Hasard*, acte III, scène 6).

2. Le mot *pure* disparaît du texte dès 1734 (D, U, etc.), tandis qu'une autre tradition le maintient (A, E, V, etc.).

que de se divertir de lui; car à la fin il pourrait bien se divertir de vous : En jouant, on ne gagne pas toujours, on perd quelquefois, et quand on est une fois en perte, tout y va.

Comme nous étions sur l'escalier, nous ne nous en dîmes pas davantage : elle rejoignit sa maîtresse, et moi mon petit maître qui faisait un thème, ou plutôt à qui son précepteur le faisait, afin que la science de son écolier lui fît honneur, et que cet honneur lui conservât son poste de précepteur, qui était fort lucratif.

Geneviève avait fait à l'amour de son maître plus d'attention qu'elle ne me l'avait dit.

Ce maître n'était pas un homme généreux, mais ses richesses, pour lesquelles il n'était pas né, l'avaient rendu *glorieux, et sa *gloire le rendait magnifique. De sorte qu'il était extrêmement dépensier, surtout quand il s'agissait de ses plaisirs.

Il avait proposé un bon parti à Geneviève, si elle voulait consentir à le traiter en homme qu'on aime : elle me dit même, deux jours après, qu'il avait débuté par lui offrir une bourse pleine d'or, et c'est la forme la plus dangereuse que puisse prendre le diable pour tenter une jeune fille un peu coquette, et, par-dessus le marché, intéressée.

Or, Geneviève était encline à ces deux petits vices-là : ainsi, il aurait été difficile qu'elle eût plaisanté de bonne foi de l'amour en question; aussi ne la voyais-je plus que rêveuse, tant la vue de cet or, et la facilité de l'avoir la tentaient, et sa sagesse ne disputait plus le terrain qu'en reculant lâchement.

Monsieur (c'est le maître de la maison dont je parle) ne se rebuta point du premier refus qu'elle avait fait de ses offres; il avait pénétré combien sa vertu en avait été affaiblie; de sorte qu'il revint à la charge encore mieux armé que la première fois, et prit contre elle un renfort de mille petits ajustements, qu'il la força d'accepter sans conséquence; et des ajustements tout achetés, tout prêts à être mis, sont bien aussi séduisants que l'argent même avec lequel on les achète.

De dons en dons toujours reçus, et donnés sans conséquence, tant fut procédé, qu'il devait enfin lui fonder une pension viagère, à laquelle serait ajouté un petit ménage clandestin qu'il promettait de lui faire, si elle voulait sortir d'auprès de sa maîtresse.

J'ai su tout le détail de ce traité impur dans une lettre que Geneviève perdit, et qu'elle écrivait à une de ses cousines, qui ne subsistait, autant que j'en pus juger, qu'au moyen d'un traité dans le même goût, qu'elle avait passé avec un riche vieillard, car cette lettre parlait de lui.

A l'esprit d'intérêt qui possédait Geneviève se joignait encore une tentation singulière, et cette tentation, c'était moi.

J'ai dit qu'elle en était venue à m'aimer véritablement. Elle croyait aussi que je l'aimais beaucoup, non sans se plaindre pourtant de je ne sais quelle indolence, où je restais souvent quand j'aurais pu la voir; mais je raccommodais cela par le plaisir que je lui marquais en la voyant; et du tout ensemble, il résultait que je l'aimais, comme c'était la vérité, mais d'un amour assez tranquille.

Dans la certitude où elle en était, et dans la peur qu'elle eut de me perdre (car elle n'avait rien, ni moi non plus), elle songea que les offres de monsieur, que son argent, et le bien qu'il promettait de lui faire, seraient des moyens d'accélérer notre mariage. Elle espéra que sa fortune, quand elle en jouirait, me tenterait à mon tour, et me ferait surmonter les premiers dégoûts que je lui en avais montrés.

Dans cette pensée, Geneviève répondit aux discours de son maître avec moins de rigueur qu'à l'ordinaire, et se laissa ouvrir la main pour recevoir l'argent qu'il lui offrait toujours.

En pareil cas, quand le premier pas est fait, on a le pied levé pour en faire un second, et puis on va son chemin.

La pauvre fille reçut tout; elle fut comblée de présents; elle eut de quoi se mettre à son aise : et quand elle se vit en cet état, un jour que nous nous promenions ensemble dans le jardin de la maison : Monsieur continue de me poursuivre, me dit-elle adroitement, mais d'une manière si *honnête que je ne saurais m'en scandaliser; quant à moi, il me suffit d'être sage, et, sauf ton meilleur avis, je crois que je ne ferais pas si mal de profiter de l'humeur libérale où il est pour moi; il sait bien que son amour est inutile, je ne lui cache pas qu'il n'aboutira à rien[1] : Mais n'importe, me dit-il, je suis bien aise que tu aies de quoi te ressouvenir de moi, prends ce que je te donne, cela ne t'engagera à rien. Jusqu'ici j'ai toujours refusé, ajouta-t-elle, et je crois que j'ai mal raisonné. Qu'en dis-tu ? C'est mon maître, il a de l'amitié pour moi; car amitié ou amour, c'est la même chose, de la manière dont j'y réponds; il est riche : eh ! pardi, c'est comme si ma maîtresse voulait me donner quelque chose, et que je ne voulusse pas. N'est-il pas vrai ? parle.

Moi ! répliquai-je, totalement rebuté des dispositions où je la voyais et résolu de la laisser pour ce qu'elle valait, si les choses vont comme vous le dites, cela est à merveille: on ne refuse point ce qu'une maîtresse nous donne, et dès que monsieur ressemble à une maîtresse, que son amour n'est que de l'amitié, voilà qui est bien. Je n'aurais pas deviné cette amitié-là, moi : j'ai cru qu'il vous aimait comme on aime à l'ordinaire une jolie fille; mais dès qu'il est si sage et si discrète personne, allez hardiment; prenez seulement garde de broncher avec lui, car un homme est toujours traître.

Oh ! me dit-elle, je sais bien à quoi m'en tenir; et elle avait raison, il n'y avait plus de conseil à prendre, et ce qu'elle m'en disait, n'était que pour m'apprivoiser petit à petit sur la matière.

Je suis charmée, me dit-elle en me quittant, que tu sois de mon sentiment : adieu, Jacob. Je vous salue, mademoiselle, lui répondis-je, et je vous fais mes compliments de l'amitié de votre amant; c'est un honnête homme d'être si amoureux de votre personne, sans se soucier d'elle : bonjour, jusqu'au revoir, que le ciel vous conduise.

Je lui tins ce discours d'un air si gai en la quittant, qu'elle ne sentit point que je me moquais d'elle.

Cependant l'amour de monsieur pour Geneviève éclata

---

1. La conduite que Geneviève prétend tenir est celle que Mme Dutour conseille à Marianne dans *La Vie de Marianne* (p. 46-48).

un peu dans la maison. Les femmes de chambre ses compagnes en murmurèrent, moins peut-être par sagesse que par envie.

Voilà qui est bien vilain, bien impertinent ! me disait Toinette[1], qui était la jolie blonde dont j'ai parlé. Chut ! lui répondis-je. Point de bruit, mademoiselle Toinette : que sait-on ce qui peut arriver ? Vous avez aussi bien qu'elle un visage fripon; monsieur a les yeux bons; c'est aujourd'hui le tour de Geneviève pour être aimée; ce sera peut-être demain le vôtre; et puis, de toutes les injures que vous dites contre elle, qu'en arrivera-t-il ? Croyez-moi, un peu de charité pour l'amour de vous, si ce n'est pas pour l'amour d'elle.

Toinette se fâcha de ma réponse et s'en alla plaindre à madame en pleurant; mais c'était mal s'adresser pour avoir justice. Madame éclata de rire au récit naïf qu'elle lui fit de notre conversation; la tournure que j'avais donnée à la chose fut tout à fait de son goût, il n'y avait rien de mieux ajusté à son caractère.

Elle apprenait pourtant par là l'infidélité de son mari; mais elle ne s'en souciait guère : ce n'était là qu'une matière à plaisanterie pour elle.

Es-tu bien sûre que mon mari l'aime ? dit-elle à Toinette, du ton d'une personne qui veut n'en point douter pour pouvoir en rire en toute confiance; cela serait plaisant, Toinette, tu vaux pourtant mieux qu'elle. Voilà tout ce que Toinette en tira, et je l'aurais bien deviné; car je connaissais madame.

Geneviève, qui s'était méprise au ton dont je lui avais répondu sur les présents de monsieur, et qui alors en était abondamment fournie, vint m'en montrer une partie, pour m'accoutumer par degrés à voir le tout.

Elle me cacha d'abord l'argent, je ne vis que des nippes, et de quoi en faire de toutes sortes d'espèces, habits, cornettes, pièces de toile et rubans de toutes couleurs; et le ruban lui seul est un terrible séducteur de jeunes filles aimables, et femmes de chambre !

---

1. Marivaux l'avait en réalité appelée Javotte (cf. p. 12).

Peut-on rien de plus généreux ? me disait-elle, me
donner cela seulement parce que je lui plais !

Oh ! lui disais-je, je n'en suis pas surpris; l'amitié d'un
homme pour une jolie fille va bien loin, voyez-vous,
vous n'en resterez pas là. Vraiment je le crois, me repar-
tit-elle, car il me demande souvent si j'ai besoin d'argent.
Eh ! pardi, sans doute vous en avez besoin, lui dis-je;
quand vous en auriez jusqu'au cou, il faut en avoir par-
dessus la tête : prenez toujours, s'il ne vous sert de rien,
je m'en accommoderai, moi, j'en trouverai le débit. Volontiers, me dit-elle, charmée du goût que j'y prenais, et des
conjectures favorables qu'elle en tirait pour le succès de
ses vues; je t'assure que j'en prendrai à cause de toi, et
que tu en auras dès demain peut-être; car il n'y a point de
jour où il ne m'en offre.

Et ce qui fut promis fut tenu; j'eus le lendemain six
louis d'or à mon commandement, qui joints à trois que
madame m'avait donnés pour payer un maître à écrire, me
faisaient neuf prodigieuses, neuf immenses pistoles[1]; je
veux dire qu'ils composaient un trésor pour un homme qui
n'avait jamais que des sous marqués dans sa poche.

Peut-être fis-je mal en prenant l'argent de Geneviève;
ce n'était pas, je pense, en agir dans toutes les règles de
l'honneur; car enfin, j'entretenais cette fille dans l'idée que
je l'aimais et je la trompais : je ne l'aimais plus, elle me plaisait pourtant toujours, mais rien qu'aux yeux, et plus au
cœur[2].

D'ailleurs, cet argent qu'elle m'offrait n'était pas chré-
tien, je ne l'ignorais pas, et c'était participer au petit désordre
de conduite en vertu duquel il avait été acquis; c'était du
moins engager Geneviève à continuer d'en acquérir au
même prix : mais je ne savais pas encore faire des réflexions

---

1. La pistole valant onze francs, la somme représente à peu près le
pouvoir d'achat de trois ou quatre cents francs or. Le *sou marqué* dont
il est question un peu plus loin est une pièce de monnaie marquée
d'une croix valant quinze deniers, alors que le sol, monnaie de compte,
n'en valait que douze.

2. L'éditeur de 1781 corrige : *mais plus qu'aux yeux, et plus au cœur.*
Duport enchérit : *mais aux yeux beaucoup plus qu'au cœur.*

si délicates, mes principes de probité étaient encore fort courts ; et il y a apparence que Dieu me pardonna[1] ce gain, car j'en fis un très bon usage ; il me profita beaucoup : j'en appris à écrire et l'arithmétique[2], avec quoi, en partie, je suis parvenu dans la suite.

Le plaisir avec lequel j'avais pris cet argent ne fit qu'enhardir Geneviève à pousser ses desseins ; elle ne douta point que je ne sacrifiasse tout à l'envie d'en avoir beaucoup ; et dans cette persuasion, elle perdit la tête et ne se ménagea plus.

Suis-moi, me dit-elle un matin, je veux te montrer quelque chose.

Je la suivis donc, elle me mena dans sa chambre ; et là, m'ouvrit un petit coffre tout plein des profits de sa complaisance : à la lettre, il était rempli d'or, et assurément la somme était considérable ; il n'y avait qu'un partisan qui eût le moyen de se damner si chèrement, et bien des femmes plus huppées l'en auraient pour cela *quitté à meilleur marché que la soubrette.

Je cachai avec peine l'étonnement où je fus de cette honteuse richesse ; et gardant toujours l'air gaillard que j'avais jusque-là soutenu là-dessus : Est-ce encore là pour moi ? lui dis-je. Ma chambre n'est pas si bien meublée que la vôtre, et ce petit coffre-là y tiendra à merveille.

Oh ! pour cet argent-ci, me répondit-elle, tu veux bien que je n'en dispose qu'en faveur du mari que j'aurai. *Avise-toi là-dessus.

Ma foi ! lui dis-je, je ne sais où vous en prendre un, je ne connais personne qui cherche femme. Qu'est-ce que c'est que cette réponse-là ? me répliqua-t-elle : où est donc ton esprit ? Est-ce que tu ne m'entends pas ? Tu n'as que faire de me chercher un mari, tu peux en devenir un, n'es-tu pas du bois dont on les fait ? Laissons-là le bois, lui dis-je, c'est un mot de mauvais augure. Quant au reste,

---

1. Texte de l'édition originale et de E. La plupart des éditions du XVIII⁰ siècle portent *pardonnera* (D, W, Z, etc.).

2. Nouvel exemple caractéristique des corrections de Duport : *j'en appris à écrire et l'arithmétique* devient *je m'en servis pour apprendre l'écriture et l'arithmétique.*

continuai-je, ne voulant pas la brusquer, s'il ne tenait
qu'à être votre mari, je le serais tout à l'heure et je n'aurais
peur que de mourir de trop d'aise. Est-ce que vous en doutez ? N'y a-t-il pas un miroir ici ? Regardez-vous, et puis
vous m'en direz votre avis. Tenez, ne faut-il pas bien du
temps pour *s'aviser si on dira oui avec mademoiselle ?
Vous n'y songez pas vous-même avec votre *avisement.
Ce n'est pas là la difficulté.

Eh ! où est-elle donc ? reprit-elle d'un air avide et
content. Oh ! ce n'est qu'une petite bagatelle, lui dis-je;
c'est que l'amitié de monsieur pourrait bien me procurer
des coups de bâton, si j'allais lui souffler son amie. J'ai déjà
vu de ces amitiés-là, elles n'entendent pas raillerie; et puis
que feriez-vous d'un mari si maltraité ?

Quelle imagination vas-tu te mettre dans l'esprit ? me
dit-elle, je gage que si monsieur sait que je t'aime, il sera
charmé que je t'épouse, et qu'il voudra lui-même faire les
frais de notre mariage[1].

Ce ne serait pas la peine, lui dis-je, je les ferais bien
moi-même; mais, par ma foi, je n'ose aller en *avant,
votre bon ami me fait peur; en un mot, sa bonne affection
n'est peut-être qu'une simagrée; je me doute qu'il y a
sous cette peau d'ami un renard qui ne demande qu'à
croquer la poule; et quand il verra un petit roquet comme
moi la poursuivre, je vous laisse à penser ce qu'il en advien-
dra, et si cet hypocrite de renard me laissera faire.

N'est-ce que cela qui t'arrête ? Me dis-tu vrai ? me repar-
tit-elle. Assurément ! lui dis-je. Eh bien ! je vais travailler
à te mettre en repos là-dessus, me répondit-elle, et à te
prouver qu'on n'a pas envie de te disputer ta poule. Je
serais fâchée qu'on te surprît dans ma chambre, séparons-
nous; mais je te garantis notre affaire faite.

Là-dessus je la quittai un peu inquiet des suites de cette
aventure, et avec quelque repentir d'avoir accepté de son
argent; car je devinai le biais qu'elle prendrait pour venir

---

1. La situation n'est pas ici sans évoquer à certains égards celle
du *Mariage de Figaro*, à la différence des sentiments près.

à bout de moi : je m'attendis que monsieur s'en mêlerait, et je ne me trompai pas.

Le lendemain un laquais vint me dire de la part de notre maître d'aller lui parler, je m'y rendis fort embarrassé de ma figure. Eh bien ! me dit-il, *mons Jacob, comment se comporte votre jeune maître ? Étudie-t-il assidûment ? Pas mal, monsieur, repris-je. Et toi, te trouves-tu bien du séjour de Paris ?

Ma foi, monsieur, lui répondis-je, j'y bois et j'y mange d'aussi bon appétit qu'ailleurs.

Je sais, me dit-il, que madame t'a pris sous sa protection, et j'en suis bien aise : mais tu ne me dis pas tout; j'ai déjà appris de tes nouvelles; tu es un compère; comment donc ! il n'y a que deux ou trois mois que tu es ici, et tu as déjà fait une conquête ? à peine es-tu débarqué, que tu tournes la tête à de jolies filles; Geneviève est folle de toi, et apparemment que tu l'aimes à ton tour ?

Hélas ! monsieur, repris-je, que m'aurait-elle fait pour la haïr, la pauvre enfant ? Oh ! me dit-il, parle hardiment, tu peux t'ouvrir à moi; il y a longtemps que ton père me sert, je suis content de lui, et je serai ravi de faire du bien au fils, puisque l'occasion s'en présente; il est heureux pour toi de plaire à Geneviève, et j'approuve ton choix; tu es jeune et bien fait, sage et actif, dit-on; de son côté, Geneviève est une fille aimable, je protège ses parents, et ne l'ai même fait entrer chez moi que pour être plus à portée de lui rendre service, et de la bien placer. (Il mentait.) Le parti qu'elle prend rompt un peu mes mesures; tu n'as encore rien, je lui aurais ménagé un mariage plus avantageux; mais enfin elle t'aime et ne veut que toi, à la bonne heure. Je songe que mes bienfaits peuvent remplacer ce qui te manque, et te tenir lieu de patrimoine. Je lui ai déjà fait présent d'une bonne somme d'argent dont je vous indiquerai l'emploi; je ferai plus, je vous meublerai une petite maison, dont je payerai les loyers pour vous soulager, en attendant que vous soyez plus à votre aise; du reste, ne t'embarrasse pas, je te promets des commissions lucratives; vis bien avec la femme que je te donne, elle est douce et vertueuse; au surplus, n'oublie jamais que tu as pour le moins la moitié de part à tout ce que je fais dans cette occurrence-ci. Quelque bonne volonté que j'aie pour les parents de Geneviève, je n'aurais pas été si loin si je n'en avais pas encore davantage pour toi et pour les tiens.

Ne parle de rien ici, les compagnes de ta maitresse ne me laisseraient pas en repos, et voudraient toutes que je les mariasse aussi. Demande ton congé sans bruit, dis qu'on t'offre une condition meilleure et plus convenable; Geneviève, de son côté, supposera la nécessité d'un voyage pour voir sa mère qui est âgée, et au sortir d'ici, vous vous marierez tous deux. Adieu. Point de remerciements, j'ai affaire : va seulement informer Geneviève de ce que je t'ai dit, et prends sur ma table ce petit rouleau d'argent avec quoi tu attendras dans une auberge que Geneviève soit sortie d'ici.

Je restai comme un marbre à ce discours; d'un côté, tous les avantages qu'on me promettait étaient considérables.

Je voyais que du premier saut que je faisais à Paris, moi qui n'avais encore aucun talent, aucune avance, qui n'étais qu'un pauvre paysan, et qui me préparais à *labourer ma vie pour acquérir quelque chose (et ce quelque chose, dans mes espérances éloignées, n'entrait même en aucune comparaison avec ce qu'on m'offrait), je voyais, dis-je, un établissement certain qu'on me jetait à la tête.

Et quel établissement ? Une maison toute meublée, beaucoup d'argent comptant, de bonnes commissions dont je pouvais demander d'être pourvu sur-le-champ, enfin la protection d'un homme puissant, et en état de me mettre à mon aise dès le premier jour, et de m'enrichir ensuite.

N'était-ce pas là la pomme d'Adam toute revenue pour moi ?

Je savourais la proposition : cette fortune subite mettait mes esprits en mouvement; le cœur m'en battait, le feu m'en montait au visage.

N'avoir qu'à tendre la main pour être heureux, quelle séduisante commodité ! N'était-ce pas là de quoi m'étourdir sur l'honneur ?

D'un autre côté, cet honneur plaidait sa cause dans mon

âme embarrassée, pendant que ma cupidité y plaidait la
sienne. A qui est-ce des deux que je donnerai gagné ?
disais-je; je ne savais auquel *entendre.

L'honneur me disait : Tiens-toi ferme; déteste ces misérables avantages qu'on te propose; ils perdront tous leurs
charmes quand tu auras épousé Geneviève; le ressouvenir
de sa faute te la rendra insupportable, et puisque tu me
portes dans ton sein, tout paysan que tu es, je serai ton
tyran, je te persécuterai toute ta vie, tu verras ton infamie
connue de tout le monde, tu auras ta maison en horreur,
et vous ferez tous deux, ta femme et toi, un ménage du
diable, tout ira en désarroi; son amant la vengera de tes
mépris, elle pourra te perdre avec le crédit qu'il a. Tu ne
seras pas le premier à qui cela sera arrivé, rêves-y bien,
Jacob. Le bien que t'apporte ta future est un présent du
diable, et le diable est un trompeur. Un beau jour il te
reprendra tout, afin de te damner par le désespoir, après
t'avoir attrapé par sa marchandise.

On trouvera peut-être les représentations que me faisait
l'honneur un peu longues, mais c'est qu'il a besoin de parler
longtemps, lui, pour faire impression, et qu'il a plus de
peine à persuader que les passions.

Car, par exemple, la cupidité ne répondait à tout cela
qu'un mot ou deux; mais son éloquence, quoique laconique,
était vigoureuse[1].

C'est bien à toi, paltoquet, me disait-elle, à t'arrêter à
ce chimérique honneur ! Ne te sied-il pas bien d'être délicat là-dessus, misérable rustre ? Va, tu as raison; va te
gîter à l'hôpital, ton honneur et toi, vous y aurez tous deux
fort bonne grâce.

Pas si bonne grâce, répondais-je en moi-même; c'est
avoir de l'honneur en pure perte que de l'avoir à l'hôpital;
je crois qu'il n'y brille guère.

---

1. Cette prosopopée de l'honneur et de la cupidité rappelle encore
étrangement la petite comédie intitulée *Le Chemin de la Fortune,* insérée
quelques mois auparavant dans *Le Cabinet du Philosophe.* Voyez notamment les hésitations de Lucidor entre la Fortune et le Scrupule (troisième feuille, dans le volume des *Journaux et Œuvres diverses,* p. 355
et suiv.).

Mais l'honneur vous conduit-il toujours là ? Oui, assez souvent, et si ce n'est là, c'est du moins aux environs.

Mais est-on heureux quand on a honte de l'être ? Est-ce un plaisir que d'être à son aise à contre-cœur ? quelle perplexité !

Ce fut là tout ce qui se présenta en un instant à mon esprit. Pour surcroît d'embarras, je regardais ce rouleau d'argent qui était sur la table, il me paraissait si rebondi ! quel dommage de le perdre !

Cependant monsieur, surpris de ce que je ne lui disais rien, et que je ne prenais pas le rouleau qu'il avait mis là pour appuyer son discours, me demanda à quoi je pensais ? Pourquoi ne me dis-tu mot ? ajouta-t-il.

Hé ! monsieur, répondis-je, je rêve, et il y a bien de quoi. Tenez, parlons en conscience; prenez que je sois vous, et que vous soyez moi. Vous voilà un pauvre homme. Mais est-ce que les pauvres gens aiment à être cocus ? Vous le serez pourtant, si je vous donne Geneviève en mariage. Eh bien ! voilà le sujet de ma pensée.

Quoi ! me dit-il là-dessus, est-ce que Geneviève n'est pas une honnête fille ? Fort *honnête, repris-je, *pour ce qui est en *cas de faire un compliment ou une révérence : mais pour ce qui est d'être la femme d'un mari, je n'estime pas que l'honnêteté qu'elle a soit propre à cela.

Eh ! qu'as-tu donc à lui reprocher ? me dit-il. Hé, hé, hé, repris-je en riant, vous savez mieux que moi les tenants et les aboutissants de cette affaire-là, vous y étiez et je n'y étais pas; mais on sait bien à peu près comment cela se gouverne. Tenez, monsieur, dites-moi franchement la vérité; est-ce qu'un monsieur a besoin de femme de chambre ? Et quand il en a une, est-ce elle qui le déshabille ? Je crois que c'est tout le contraire.

Oh ! pour le coup, me dit-il, vous parlez net, Jacob, et je vous entends; tout paysan que vous êtes, vous ne manquez pas d'esprit. Écoutez donc attentivement ce que je vais vous dire à mon tour.

Tout ce que vous vous imaginez de Geneviève est faux; mais supposons qu'il soit vrai : vous voyez les personnes qui viennent me voir, ce sont tous gens de considération, qui sont riches, qui ont de grands équipages.

Savez-vous bien que parmi eux il y en a quelques-uns qu'il n'est pas nécessaire de nommer, et qui ne doivent leur fortune qu'à un mariage qu'ils ont fait avec des Genevièves [1] ?

Or croyez-vous valoir mieux qu'eux ? Est-ce la crainte d'être moqué qui vous retient ? Et par qui le serez-vous ? Vous connaît-on, et êtes-vous quelque chose dans la vie ? Songera-t-on à votre honneur ? S'imagine-t-on seulement que vous en ayez un, benêt que vous êtes ? Vous ne risquez qu'une chose, c'est d'avoir autant d'envieux de votre état, qu'il y a de gens de votre sorte qui vous connaissent. Allez, mon enfant, l'honneur de vos pareils, c'est d'avoir de quoi vivre, et de quoi se retirer de la bassesse de leur condition, entendez-vous ? Le dernier des hommes ici-bas, est celui qui n'a rien.

N'importe, monsieur, lui répondis-je d'un air entre triste et *mutin; j'aimerais encore mieux être le dernier des autres que le plus fâché de tous. Le dernier des autres trouve toujours le pain bon quand on lui en donne; mais le plus fâché de tous n'a jamais d'appétit à rien; il n'y a pas de morceau qui lui profite, quand ce serait de la perdrix : et, ma foi, l'appétit mérite bien qu'on le garde; et je le perdrais, malgré toute ma bonne chère, si j'épousais votre femme de chambre.

Votre parti est donc pris ? repartit monsieur.

Ma foi oui, monsieur, répondis-je, et j'en ai bien du regret; mais que voulez-vous ? dans notre village, c'est notre coutume de n'épouser que des filles, et s'il y en avait une qui eût été femme de chambre d'un monsieur, il faudrait qu'elle se contentât d'avoir un amant; mais *pour de mari, *néant* [1]; il en pleuvrait, qu'il n'en tomberait pas un pour elle; c'est notre régime, et surtout dans notre famille.

---

1. Même mot chez La Verdure refusant (cf. p. xix) l'offre que lui fait le financier son maître d'une « petite femme de chambre extrêmement jolie, tout à fait mignonne vraiment, et parfaitement nippée ». Sa raison est que son maître lui est « extrêmement suspect », et qu'il n'aime pas « les veuves dont le mari vit encore ».

Ma mère se maria fille, sa *grande mère en avait fait autant ; et
de grandes mères en grandes mères, je suis venu droit comme
vous voyez, avec l'obligation de ne rien changer à cela.

Je me fus à peine expliqué d'un ton si décisif, que me
regardant d'un air fier et irrité : Vous êtes un coquin,
me dit-il. Vous avez fait chez moi publiquement l'*amour
à Geneviève ; vous n'aspiriez d'abord, m'a-t-elle dit, qu'au
bonheur de pouvoir l'épouser un jour. Les autres filles de
madame le savent ; d'un autre côté, vous osez l'accuser de
n'être pas fille d'honneur ; vous êtes frappé de cette imper-
tinente idée-là ; je ne doute pas qu'en conséquence vous ne
causiez sur son compte, quand on vous parlera d'elle ;
vous êtes homme à ne la pas ménager dans vos petits discours ; et c'est moi, c'est ma simple bonne volonté pour
elle qui serait la cause innocente de tout le tort que vous
pourriez lui faire. Non, monsieur Jacob, j'y mettrai bon
ordre, et puisque j'ai tant fait que de m'en mêler, que vous
avez déjà pris de son argent sur le pied d'un homme qui
devait l'épouser, je ne prétends pas que vous vous moquiez
d'elle. Je ne vous laisserai point en liberté de lui nuire, et
si vous ne l'épousez pas, je vous déclare que ce sera à
moi à qui vous aurez affaire. Déterminez-vous ; je vous donne
vingt-quatre heures, choisissez de sa main ou du cachot ;
je n'ai que cela à vous dire. Allons, retirez-vous, faquin.

Cet ordre, et l'épithète qui le soutenait, me firent peur,
et je ne fis qu'un saut de la chambre à la porte.

Geneviève, qui avait été avertie de l'heure où monsieur
devait m'envoyer chercher, m'attendait au passage ; je la
rencontrai sur l'escalier.

Ah ! ah ! me dit-elle, comme si nous nous étions rencontrés fortuitement, est-ce que tu viens de parler à monsieur ? Que te voulait-il donc ?

Doucement, Geneviève, ma mie, lui dis-je, j'ai vingt-
quatre heures devant moi pour vous répondre, et je ne dirai
ma pensée qu'à la dernière minute.

Là-dessus je passai mon chemin d'un air renfrogné et
même un peu brutal, et laissai M^{lle} Geneviève toute stupéfaite, et ouvrant de grands yeux, qui se disposaient à pleurer ; mais cela ne me toucha point. L'alternative du cachot,

ou de sa main, m'avait guéri radicalement du peu d'inclination qui me restait pour elle; j'en avais le cœur aussi
nettoyé que si je ne l'avais jamais connue. Sans compter
la farouche épouvante dont j'étais saisi, et qui était bien
contraire à l'amour.

Elle me rappela plusieurs fois d'un ton plaintif : Jacob !
hé ! mais, parle-moi donc, Jacob. Dans vingt-quatre heures,
mademoiselle; puis je courus toujours sans savoir où j'allais,
car je marchais en égaré.

Enfin je me trouvai dans le jardin, le cœur palpitant,
regrettant les choux de mon village, et maudissant les filles
de Paris, qu'on vous obligeait d'épouser le pistolet sous la
gorge : j'aimerais autant, disais-je en moi-même, prendre
une femme à la friperie. Que je suis malheureux !

Ma situation m'attendrit sur moi-même, et me voilà
à pleurer; je tournais dans un bosquet, en faisant des exclamations de douleur, quand je vis madame qui en sortait
avec un livre à la main.

A qui en as-tu donc, mon pauvre Jacob, me dit-elle
avec tes yeux baignés de larmes ?

Ah ! madame, lui répondis-je en me jetant à ses genoux,
ah ! ma bonne maîtresse, Jacob est un homme coffré quand
vingt-quatre heures seront sonnées.

Coffré ! me dit-elle. As-tu commis quelque mauvaise
action ? Eh ! tout à rebours de cela, m'écriai-je; c'est à cause
que je n'en veux pas commettre une. Vous m'avez recommandé de vous faire honneur, n'est-ce pas, madame ? Eh ! où
le prendrai-je pour vous en faire, si on ne prétend pas que
j'en garde ? Monsieur ne veut pas que je me donne les
airs d'en avoir. Quel misérable pays, madame, où l'on met
au cachot les personnes qui ont de l'honneur, et en chambre
garnie, celles qui n'en ont point ! Épousez des femmes
de chambre pour homme, et vous aurez des rouleaux
d'argent; prenez une honnête fille, vous voilà niché entre
quatre murailles. Voilà comme monsieur l'entend, qui
veut, sauf votre respect, que j'épouse sa femme de chambre.

Explique-toi mieux, me dit madame qui se mordait les
lèvres pour s'empêcher de rire; je ne te comprends point.

Qu'est-ce que c'est que cette femme de chambre ? Est-ce que mon mari en a une ?

Eh ! oui, madame, lui dis-je; c'est la vôtre, c'est M^lle Geneviève qui me recherche, et qu'on me commande de prendre pour femme.

Écoute, Jacob, me dit-elle; c'est à toi à consulter ton cœur. Eh bien ! mon cœur et moi, repris-je, avons aussi là-dessus raisonné bien longtemps ensemble, et il n'en veut pas entendre parler.

Il est pourtant vrai, dit-elle, que cela ferait ta fortune; car mon mari ne te laisserait pas là, je le connais.

Oui, madame, répondis-je, mais, par charité, songez un peu à ce que c'est que d'avoir des enfants qui vous appellent leur père, et qui en ont menti[1]. Cela est bien triste ! et cependant si j'épouse Geneviève, je suis en danger de n'avoir point d'autres enfants que de ceux-là; je serai obligé de leur donner des nourrices qui me fendront le cœur, et vous me voyez désolé, madame. Naturellement je n'aime pas les enfants de contrebande, et je n'ai que vingt-quatre heures pour dire si je m'en fournirai peut-être d'une demi-douzaine, ou non. Portez-moi secours là-dedans, ayez pitié de moi. Le cachot qu'on me promet, empêchez qu'on ne me le tienne. Je suis d'avis de m'enfuir.

Non, non, me dit-elle, je te le défends, je parlerai à mon mari et je te garantis que tu n'as rien à craindre; va, retourne à ton service sans inquiétude.

Après ce discours, elle me quitta pour continuer sa lecture, et moi, je me rendis auprès de mon petit maître qui ne se portait pas bien.

Il fallait, en m'en retournant, que je passasse devant la chambre de Geneviève qui en avait laissé la porte ouverte, et qui me guettait, assise et fondant en larmes.

---

1. Type de plaisanterie populaire que Marivaux a déjà mis en œuvre dans *Le Télémaque travesti* : (Phocion s'adresse à un petit paysan pour lui demander sa route) «Mon enfant? Votre enfant, s'écria le petit libertin en faisant claquer son fouet; palsanguenne, allez, je m'en vais le dire à mon père, et je parie bien qu'il vous fasse dédire» (*Œuvres de jeunesse,* 1972, p. 729).

Te voilà donc, ingrat ! s'écria-t-elle aussitôt qu'elle me vit, fourbe, qui, non content de refuser ma main, m'accable[1] encore de honte et de mépris ! Et c'était en me retenant par ma manche qu'elle m'apostrophait sur ce ton.

Parle, ajouta-t-elle, pourquoi dis-tu que je ne suis pas fille d'honneur ?

Eh ! mon Dieu, mademoiselle Geneviève, pardi, donnez-moi du temps ; ce n'est pas que vous ne soyez une *honnête fille, il n'y a que ce petit coffre plein d'or, et vos autres brimborions d'affiquets qui me chicanent, et je crois que sans eux vous seriez encore plus honnête ; j'aimerais bien autant votre honneur comme il était ci-devant ; mais n'en parlons plus, et ne nous querellons point ; vous avez tort, ajoutai-je avec adresse : que ne m'avez-vous dit bonnement les choses ? il n'y a rien de si beau que la sincérité, et vous êtes une dissimulée : il n'y avait qu'à m'avouer votre petit fait, je n'y aurais pas regardé de si près ; car après cela on sait à quoi s'en tenir, et du moins une fille vous est obligée de prendre tout en gré ; mais vouloir me brider le nez, venir me bercer avec des contes à dormir debout, pendant que je suis le meilleur enfant du monde, ce n'est pas là la manière dont on en use. Il s'agissait de me dire : Tiens, Jacob, je ne veux point te vendre chat en poche, monsieur a couru après moi, je m'enfuyais, mais il m'a jeté de l'or, des nippes et une maison fournie de ses ustensiles à la tête, cela m'a étourdi[2], je me suis arrêtée, et puis j'ai ramassé l'or, les nippes et la maison ; en veux-tu ta part à cette heure ? Voilà comme on parle ; dites-moi cela, et puis vous saurez mon dernier mot.

Là-dessus les larmes de Geneviève redoublèrent ; il en vint une ondée pendant laquelle elle me serrait les mains

---

1. Cette troisième personne n'est pas surprenante. Marivaux écrit par exemple dans *La Double Inconstance* : « Encore, si c'était vous qui fût le Prince » (acte II, scène 12). L'éditeur de 1781 régularise l'accord suivant les prescriptions des grammairiens.

2. L'accord du participe passé est ici négligé, comme en d'autres occasions. Les cas de ce genre seront examinés dans le Glossaire, article *participe passé*.

tant qu'elle pouvait, sans me répondre, et c'était l'aveu de la vérité qui s'arrêtait au passage.

A la fin pourtant, comme je la consolais en la pressant de parler : Si l'on pouvait se fier à toi, me dit-elle. Eh ! qui est-ce qui en doute ? lui dis-je. Allons, ma belle demoiselle, courage. Hélas ! me répondit-elle, c'est l'amour que j'ai pour toi qui est cause de tout.

Voilà qui est merveilleux, lui dis-je après. Sans lui, ajouta-t-elle, j'aurais méprisé tout l'or et toutes les fortunes du monde; mais j'ai cru te fixer par la situation que monsieur voulait bien me procurer, et que tu serais bien aise de me voir riche. Et cependant je me suis trompée, tu me reproches ce que je n'ai fait que par tendresse.

Ce discours me glaça jusqu'au fond du cœur. Ce qu'elle me disait ne m'apprenait pourtant rien de nouveau; car enfin je savais bien à quoi m'en tenir sur cette aventure, sans qu'elle m'en rendît compte; et malgré cela, tout ce qu'elle me disait, je crus l'apprendre encore en l'entendant raconter par elle-même, j'en fus frappé comme d'une nouveauté.

J'aurais juré que je ne m'intéressais plus à Geneviève, et je crois l'avoir dit plus haut; mais apparemment qu'il me restait encore dans le cœur quelque petite étincelle de feu pour elle, puisque je fus ému; mais tout s'éteignit dans ce moment.

Je cachai pourtant à Geneviève ce qui se passait en moi. Hélas ! lui répondis-je, ce que vous me dites est bien fâcheux.

Quoi ! Jacob, me dit-elle avec des yeux qui me demandaient grâce, et qui étaient faits pour l'obtenir, si on n'était pas quelquefois plus irréconciliable en pareil cas avec une fille qui est belle qu'avec une autre qui ne l'est pas. Quoi ! m'aurais-tu abusée, quand tu m'as fait espérer qu'un peu de sincérité nous raccommoderait ensemble ?

Non, lui dis-je, j'aurais juré que je vous parlais loyalement; mais il me semble que mon cœur veut changer d'avis. Eh ! pourquoi en changerait-il, mon cher Jacob, s'écria-t-elle; tu ne trouveras jamais personne qui t'aime autant que moi ! Tu peux d'ailleurs compter désormais sur une sagesse éternelle de ma part. Oui, mais malheureusement, lui dis-je, cette sagesse vous prend un peu tard ; c'est le médecin qui arrive après la mort.

Quoi ! reprit-elle, je te perdrai donc ? Laissez-moi rêver à cela, lui dis-je, il me faut un peu de loisir pour m'ajuster avec mon cœur, il me chicane, et je vais tâcher aujourd'hui de l'accoutumer à la fatigue. Permettez que je m'en aille penser à cette affaire.

Il vaut autant que tu me poignardes, me dit-elle, que de ne pas prendre ta résolution sur-le-champ. Il n'y a pas moyen, je ne saurais si vite savoir ce que je veux; mais patience, lui dis-je, il y aura tantôt réponse, et peut-être de bonnes nouvelles avec : oui, tantôt, ne vous impatientez pas. Adieu, ma petite maîtresse, restez en paix, et que le ciel nous assiste tous deux !

Je la quittai donc, et elle me vit partir avec une tendre inquiétude, qu'en vérité j'avais honte de ne pas calmer; mais je ne cherchais qu'à m'esquiver, et j'entrai dans ma chambre avec la résolution inébranlable de m'enfuir de la maison, si madame ne mettait pas quelque ordre à mon embarras, comme elle me l'avait promis.

J'appris dans le cours de la journée que Geneviève s'était mise au lit, qu'elle était malade, qu'elle avait eu des maux de cœur; accidents dont on souriait en me les contant, et qu'on me venait conter par préférence. Six ou sept personnes de la maison, et surtout les filles de madame, vinrent me le dire en secret.

Pour moi je me tus, j'avais trop de souci pour m'amuser à babiller avec personne, et je restai tapi dans mon petit *taudis jusqu'à sept heures du soir.

Je les comptai, car j'avais l'oreille attentive à l'horloge, parce que je voulais parler à madame qu'une légère migraine avait empêchée de sortir.

Je me préparais donc à l'aller trouver quand j'entendis du bruit dans la maison : on montait, on descendait l'escalier avec un mouvement qui n'était pas ordinaire. Ah ! mon dieu, disait-on, quel accident !

Ce fracas-là m'émut, et je sortis de ma chambre pour savoir ce que c'était.

Le premier objet que je rencontrai, ce fut un vieux valet

de chambre de monsieur qui levait les mains au ciel en
soupirant, qui pleurait et qui s'écriait : Ah ! pauvre homme
que je suis ! Quelle perte ! quel malheur ! Qu'avez-vous
donc, monsieur Dubois[1] ? lui dis-je; qu'est-il arrivé ?

Hélas ! mon enfant, dit-il, monsieur est mort et j'ai
envie d'aller me jeter dans la rivière.

Je ne pris pas la peine de l'en dissuader, parce qu'il n'y
avait rien à craindre : il n'y avait pas d'apparence qu'il
voulût choisir l'eau pour son tombeau, lui qui en était
l'ennemi juré : il y avait peut-être plus de trente ans que le
*vieux ivrogne n'en avait bu.

Au reste il avait raison de s'affliger; la mort lui enlevait
un bon chaland; il était depuis quinze ans le pourvoyeur
des plaisirs de son maître qui le payait bien, qu'il volait,
disait-on, par-dessus le marché.

Je le laissai donc dans sa douleur moitié raisonnable, et
moitié bachique; car il était plein de vin quand je lui parlai,
et je courus m'instruire plus à fond de ce qu'il venait de
m'apprendre.

Rien n'était plus vrai que son rapport, une apoplexie
venait d'étouffer monsieur[2]. Il était seul dans son cabinet,
quand elle l'avait surpris. Il n'avait eu aucun secours, et
un domestique l'avait trouvé mort dans son fauteuil, et
devant son bureau, sur lequel était une lettre ébauchée de
quelques lignes gaillardes qu'il écrivait à une dame de
bonne composition, autant qu'on en pouvait juger, car
je crois que tout le monde dans la maison lut cette lettre,
que madame avait pris dans le cabinet, et qu'elle laissa
tomber de ses mains, dans le désordre où la jeta ce spectacle
effrayant.

Pour moi, il faut que je l'avoue franchement, cette mort

---

1. On sait que ce nom de domestique sera repris par Marivaux
dans *Les Fausses Confidences*.
2. Cette mort brutale en rappelle une autre, également par apoplexie,
racontée par la « dame âgée » à la dix-neuvième feuille du *Spectateur
Français* (1723). Ce dernier récit est même plus réaliste, car il comporte
une description, curieuse pour l'époque, des « traits confondus »
et des « couleurs horribles » de la dame morte. Voir aussi notre
introduction à *La Vie de Marianne*, édition Garnier, pp. xxxv-xxxvi.

subite m'épouvanta sans m'affliger; peut-être même la trou-
vai-je venue bien à propos; je respirai, et j'avais pour excuse
de ma dureté là-dessus, que le défunt m'avait menacé de la
prison. Cela m'avait alarmé, sa mort me tirait d'inquiétude,
et mit le comble à la disgrâce où Geneviève était tombée
dans mon cœur.

Hélas ! la pauvre fille, le malheur lui en voulait ce jour-là.
Elle avait entendu aussi bien que moi le tintamarre qu'on
faisait dans la maison, et de son lit elle appela un domestique
pour en savoir la cause.

Celui à qui elle s'adressa était un gros brutal, un de ces
valets qui dans une maison ne tiennent jamais à rien qu'à
leurs gages et qu'à leurs profits, et pour qui leur maître
est toujours un étranger, qui peut mourir, périr, prospérer
sans qu'ils s'en soucient; tant tenu, tant payé, et attrape qui
peut.

Je le peins ici, quoique cela ne soit pas fort nécessaire :
mais du moins, sur le portrait que j'en fais, on peut éviter
de prendre des domestiques qui lui ressemblent.

Ce fut donc ce gros sournois-là qui vint à la voix de Geneviève qui l'appelait, et qui, interrogé de ce que c'était que
ce bruit qu'elle entendait, lui dit : C'est que monsieur est
mort.

A cette brusque nouvelle, Geneviève déjà indisposée
s'évanouit.

Sans doute que ce valet ne s'amusa pas à la secourir.
Le petit coffret plein d'argent dont j'ai parlé, et qui était
encore sur sa table, fixa son attention. De sorte que dès ce
moment le coffret et lui disparurent; on ne les a jamais
revus depuis, et apparemment qu'ils partirent ensemble[1].

Il nous reste encore d'autres malheurs; le bruit de la
mort de monsieur fut bientôt répandu; on ne connaissait
pas ses affaires : madame avait vécu jusque-là dans une

---

1. La plaisanterie, sans doute traditionnelle, rappelle un détail de
*L'Épistre au Roy pour avoir esté dérobé,* où Marot se plaint du valet qui a
emporté son argent :
Et ne croiz point que ce fust pour le rendre,
Car onques puis n'en ay ouy parler.
(Éd. Gérard Defaux, Classiques Garnier, tome I, p. 320).

abondance dont elle ne savait pas la source, et dont elle
jouissait dans une quiétude parfaite.

On l'en tira dès le lendemain; mille créanciers fondirent
chez elle avec des commissaires et toute leur séquelle. Ce
fut un désordre épouvantable.

Les domestiques demandaient leurs gages et pillaient
ce qu'ils pouvaient en attendant de les recevoir.

La mémoire de monsieur était maltraitée; nombre de
personnes ne lui épargnaient pas l'épithète de fripon. L'un
disait : Il m'a trompé; l'autre : Je lui ai confié de l'argent;
qu'en a-t-il fait ?

Ensuite on insultait à la magnificence de sa veuve, on
ne la ménageait pas en sa présence même, et elle se taisait
moins par patience que par consternation.

Cette dame n'avait jamais su ce que c'était que chagrin;
et dans la triste expérience qu'elle en fit alors, je crois que
l'étonnement où la jetait son état lui sauvait la moitié de
sa douleur.

Imaginez-vous ce que serait une personne qu'on aurait
tout à coup transportée dans un pays affreux, dont tout ce
qu'elle aurait vu ne lui aurait pas donné la moindre idée :
voilà comment elle se trouvait.

Moi qui n'avais pas été fâché de la mort de son mari,
et qui dans le fond n'avais pas dû l'être, je réparai bien
cette insensibilité excusable par mon attendrissement pour
sa femme. Je ne pus la voir sans pleurer avec elle; il me
semblait que si j'avais eu des millions, je les lui aurais donnés avec une joie infinie : aussi était-ce ma bienfaitrice.

Mais de quoi lui servait que je fusse touché de son infortune ? C'était la tendre compassion de ses amis qu'il lui
fallait alors, et non pas celle d'un misérable comme moi,
qui ne pouvais rien pour elle.

Mais dans ce monde toutes les vertus sont déplacées,
aussi bien que les vices. Les bons et les mauvais cœurs ne
se trouvent point à leur place. Quand je ne me serais pas
soucié de la situation de cette dame, elle n'y aurait rien
perdu, mon ingrate insensibilité n'eût fait tort qu'à moi.
Celle de ses amis qu'elle avait tant fêtés la laissait sans ressource et mettait le comble à ses maux.

Il en vint d'abord quelques-uns, de ces indignes amis; mais dès qu'ils virent que le feu était dans les affaires et que la fortune de leur amie s'en allait en ruine, ils courent encore, et apparemment qu'ils avertirent les autres, car il n'en revint plus.

Je passe la suite de ces tristes événements; le détail en serait trop long.

Je ne demeurai plus que trois jours dans la maison; tous les domestiques furent renvoyés, à une femme de chambre près, que madame n'avait peut-être jamais autant aimée que les autres, à qui dans ce moment elle devait tous ses gages, et qui pourtant ne voulut jamais la quitter.

Cette femme de chambre, c'était ce visage si indifférent dont j'ai parlé tantôt, sur qui j'avais évité de dire mon sentiment, et dont la physionomie était de si petite apparence.

La nature fait assez souvent de ces tricheries-là, elle enterre je ne sais combien de belles âmes sous de pareils visages, on n'y connaît rien, et puis, quand ces gens-là viennent à se manifester, vous voyez des vertus qui sortent de dessous terre.

Pour moi, pénétré comme je l'ai dit de tout ce que je voyais, j'allai me présenter à madame, et lui vouai un service éternel, s'il pouvait lui être utile.

Hélas ! mon enfant, me dit-elle, tout ce que je puis te répondre, c'est que je voudrais être en état de récompenser ton zèle; mais tu vois ce que je suis devenue, et je ne sais pas ce que je deviendrai encore, ni ce qui me restera; ainsi je te défends de t'attacher à moi; va te sauver ailleurs. Quand je t'ai mis auprès de mon neveu, je comptais avoir soin de toi; mais puisque aujourd'hui je ne puis rien, ne reste point, ta condition est trop peu de chose, tâche d'en trouver une meilleure, et ne perds point courage, tu as un bon cœur qui ne demeurera pas sans récompense.

J'insistai, mais elle voulut absolument que je la quittasse, et je me retirai en vérité fondant en larmes.

De là, je me rendis à ma chambre pour y faire mon paquet; en y allant, je rencontrai le précepteur de mon petit maître, qui escortait déjà ses ballots. Son disciple pleurait en lui disant adieu et pleurait tout seul. Je pris aussi congé

du jeune enfant, qui s'écria d'un ton qui me fendit le cœur :
Hé quoi ! tout le monde me quitte donc ?

Je ne repartis à cela que par un soupir; je n'avais que
cette réponse-là à ma disposition, et je sortis chargé de
mon petit butin sans dire gare à personne. Je pensai pourtant aller dire adieu à Geneviève; mais je ne l'aimais plus,
je ne faisais que la plaindre, et peut-être que, dans la conjoncture où nous nous trouvions, il était plus généreux de ne me
pas présenter à elle.

Mon dessein au sortir de chez ma maîtresse fut d'abord
de m'en retourner à mon village; car je ne savais que devenir, ni où me placer.

Je n'avais pas de connaissance, point d'autre métier que
celui de paysan; je savais parfaitement semer, labourer la
terre, tailler la vigne, et voilà tout.

Il est vrai que mon séjour à Paris avait effacé beaucoup
de l'air rustique que j'y avais apporté; je marchais d'assez
bonne grâce; je portais bien ma tête, et je mettais mon
chapeau en garçon qui n'était pas un sot.

Enfin j'avais déjà la petite *oie de ce qu'on appelle usage
du monde; je dis du monde de mon espèce, et c'en est un.
Mais c'étaient là tous mes talents, joint à cette physionomie assez avenante que le ciel m'avait donnée, et qui jouait
sa partie avec le reste.

En attendant mon départ de Paris, dont je n'avais pas
encore fixé le jour, je me mis dans une de ces petites auberges
à qui le mépris de la pauvreté a fait donner le nom de gargote.

Je vécus là deux jours avec des voituriers qui me parurent
très grossiers; et c'est que je ne l'étais plus tant, moi.

Ils me dégoûtèrent du village. Pourquoi m'en retourner ?
me disais-je quelquefois. Tout est plein ici de gens à leur
aise, qui, aussi bien que moi, n'avaient pour tout bien que
la Providence. Ma foi ! restons encore quelques jours ici
pour voir ce qui en sera; il y a tant d'aventure dans la vie,
il peut m'en échoir quelque bonne; ma dépense n'est pas
ruineuse; je puis encore la soutenir deux ou trois semaines;
à ce qu'il m'en coûte par repas, j'irai loin; car j'étais sobre,
et je l'étais sans peine. Quand je trouvais bonne chère, elle

me faisait plaisir; je ne la regrettais pas quand je l'avais mauvaise, tout m'accommodait.

Et ce sont là d'assez bonnes qualités dans un garçon qui cherche fortune avec cette humeur-là. Ordinairement il ne la cherche pas en vain; le hasard est volontiers pour lui, ses soins lui réussissent; et j'ai remarqué que les gourmands perdent la moitié de leur temps à être en peine de ce qu'ils mangeront; ils ont là-dessus un souci machinal qui dissipe une grande partie de leur attention pour le reste.

Voilà donc mon parti pris de séjourner à Paris plus que je n'avais résolu d'abord.

Le lendemain de ma résolution, je commençai par aller m'informer de ce qu'était devenue la dame de chez laquelle j'étais sorti, parce qu'elle aurait pu me recommander à quelqu'un. Mais j'appris qu'elle s'était retirée dans un couvent avec la généreuse femme de chambre dont j'ai parlé; que ses affaires tournaient mal, et qu'à peine aurait-elle de quoi passer dans l'obscurité le reste de ses jours.

Cette nouvelle me fit encore jeter quelques soupirs, car sa mémoire m'était chère; mais il n'y avait point de remède à cela; et tout ce que je pus imaginer de mieux pour me fourrer quelque part, ce fut d'aller chez un nommé maître Jacques, qui était de mon pays, et à qui mon père, quand je partis du village, m'avait dit de faire ses compliments. J'en avais l'adresse, mais jusque-là je n'y avais pas songé.

Il était cuisinier dans une bonne maison, et me voilà en chemin pour l'aller trouver.

Je passais le Pont-Neuf entre sept et huit heures du matin, marchant fort vite à cause qu'il faisait froid, et n'ayant dans l'esprit que mon homme.

Quand je fus près du cheval de bronze[1], je vis une femme enveloppée dans une écharpe de gros taffetas uni, qui s'appuyait contre les grilles et qui disait : Ah! je me meurs!

A ces mots que j'entendis, je m'approchai d'elle pour savoir si elle n'avait pas besoin de secours. Est-ce que vous vous trouvez mal, madame ? lui dis-je. Hélas, mon enfant,

---

1. La statue équestre d'Henri IV, érigée en 1614, auprès de laquelle on vendait les chansons du jour.

je n'en puis plus, me répondit-elle; il vient de me prendre
un grand étourdissement et j'ai été obligée de m'appuyer ici.

Je l'examinai un peu pendant qu'elle me parlait, et je
vis une face ronde, qui avait l'air d'être succulemment
nourrie, et qui, à *vue de pays, avait coutume d'être vermeille quand quelque indisposition ne la ternissait pas.

A l'égard de l'âge de cette personne, la rondeur de son
visage, sa blancheur et son embonpoint empêchaient qu'on
en pût bien décider.

Mon sentiment, à moi, fut qu'il s'agissait d'une qua-
rantaine d'années, et je me trompais, la cinquantaine était
complète.

Cette écharpe de gros taffetas sans façon, une cornette
unie, un habit d'une couleur à l'avenant, et je ne sais quelle
réforme dévote répandue sur toute cette figure, le tout soutenu d'une propreté tirée à quatre épingles, me firent juger
que c'était une femme à directeur[1]; car elles ont presque

---

1. Femme ayant un directeur de conscience, ecclésiastique différent,
pour l'ordinaire, du confesseur. On sait que La Bruyère avait traité
des femmes à directeurs dans les premières éditions de ses *Caractères*
(1687, chapitre *des Femmes*, 37, 38, 39), puis dans la septième (1692,
§ 36) : « Qu'est-ce qu'une femme que l'on dirige ? Est-ce une femme
plus complaisante pour son mari, etc. (...) J'insiste et je vous demande :
Qu'est-ce qu'une femme que l'on dirige ? Je vous entends, c'est une
femme qui a un directeur. » Boileau reprit le thème dans la *Satire
contre les Femmes* (1693), v. 535 et suivants. Pour sa part, Marivaux
l'avait déjà abordé dans la dix-neuvième feuille du *Spectateur Français*,
où la « dame âgée » s'exprime ainsi sur le compte de ses amies dévotes :
« je ne leur entendais parler que de leur directeur : leur vie se passait
en scrupules, qui demandaient qu'on le revît, alors qu'on venait
de le quitter, et puis qu'on y retournât après l'avoir revu, et puis
qu'on l'envoyât prier de revenir, quand on ne pouvait l'aller chercher :
cela ne me plaisait point, je trouvais beaucoup d'imperfection dans ce
besoin éternel qu'on avait de la créature pour aimer le Créateur. Je
voyais là-dedans que la chair était plus dévote que l'esprit; il me paraissait enfin que ce violent amour pour Dieu pouvait fort bien ne servir
au cœur que de prétexte pour une autre passion. Un de ces directeurs
mourut, et une dame à qui il appartenait en pensa devenir folle. Ce
pieux désespoir me scandalisa. Dieu, qui lui restait, ne suffisait pas
pour la consoler : et je quittai tout à fait ces compagnes, qui ne pouvaient
pas s'accommoder de ses volontés. »

partout la même façon de se mettre, ces sortes de femmes-là; c'est là leur uniforme, et il ne m'avait jamais plu.

Je ne sais à qui il faut s'en prendre, si c'est à la personne ou à l'habit; mais il me semble que ces figures-là ont une austérité critique qui en veut à tout le monde.

Cependant comme cette personne-ci était fraîche et ragoûtante, et qu'elle avait une mine ronde[1], mine que j'ai toujours aimée, je m'inquiétai pour elle; et lui aidant à se soutenir : Madame, lui dis-je, je ne vous laisserai point là, si vous le voulez bien, et je vous offre mon bras pour vous reconduire chez vous; votre étourdissement peut revenir, et vous aurez besoin d'aide. Où demeurez-vous ?

Dans la rue de la Monnaie[2], mon enfant, me dit-elle, et je ne refuse point votre bras puisque vous me l'offrez de si bon cœur; vous me paraissez un honnête garçon.

Vous ne vous trompez pas, repris-je en nous mettant en marche; il n'y a que trois ou quatre mois que je suis sorti de mon village, et je n'ai pas encore eu le temps d'empirer et de devenir méchant.

Ce serait bien dommage que vous le devinssiez jamais, me dit-elle en jetant sur moi un regard bénévole et dévotement languissant; vous ne me semblez pas fait pour tomber dans un si grand malheur.

Vous avez raison, repris-je, madame; Dieu m'a fait la grâce d'être simple et de bonne foi, et d'aimer les honnêtes gens.

Cela est écrit sur votre visage, me dit-elle; mais vous êtes bien jeune. Quel âge avez-vous ? Pas encore vingt ans, repris-je.

Et notez que, pendant cette conversation, nous cheminions d'une lenteur étonnante, et que je la soulevais presque de terre, pour lui épargner la peine de se traîner.

---

1. Le même détail a été noté à propos de la femme du financier, cf. ci-dessus, p. 10.
2. Dans le prolongement du Pont-Neuf, sur la rive droite de la Seine. Il n'y a aucune raison d'accorder à ce nom de rue, comme on l'a fait, une valeur symbolique. On sait que *la Monnaie* désigne simplement l'Hôtel des Monnaies.

Mon Dieu ! mon fils, que je vous fatigue ! me disait-elle. Non, madame, lui répondis-je; ne vous gênez point, je suis ravi de vous rendre ce petit service. Je le vois bien, reprenait-elle; mais dites-moi, mon cher enfant, qu'êtes-vous venu faire à Paris ? A quoi vous occupez-vous ?

A cette question, je m'imaginai heureusement que cette rencontre pouvait tourner à bien. Quand elle m'avait dit que ce serait dommage que je devinsse méchant, ses yeux avaient accompagné ce compliment de tant de bonté, d'un si grand air de douceur, que j'en avais tiré un bon augure. Je n'envisageais pourtant rien de positif sur les suites que pouvait avoir ce coup de hasard; mais j'en espérais quelque chose, sans savoir quoi.

Dans cette opinion, je conçus aussi que mon histoire était très bonne à lui raconter et très convenable.

J'avais refusé d'épouser une belle fille que j'aimais, qui m'aimait et qui m'offrait ma fortune, et cela par un dégoût fier et pudique qui ne pouvait avoir frappé qu'une âme de bien et d'honneur. N'était-ce pas là un récit bien avantageux à lui faire[1] ? Et je le fis de mon mieux, d'une manière naïve, et comme on dit la vérité.

Il me réussit, mon histoire lui plut tout à fait.

Le Ciel, me dit-elle, vous récompensera d'une si honnête façon de penser, mon garçon, je n'en doute pas; je vois que vos sentiments répondent à votre physionomie. Oh ! madame, pour ma physionomie, elle ira comme elle pourra; mais voilà de quelle humeur je suis pour le cœur.

Ce qu'il dit là est si ingénu ! dit-elle avec un souris bénin. Écoutez, mon fils, vous avez bien des grâces à rendre à Dieu, de ce cœur droit qu'il vous a donné; c'est un don plus précieux que tout l'or du monde, un bien pour l'éternité; mais il faut le conserver, vous n'avez pas d'expérience, et il y a tant de pièges à Paris pour votre innocence, surtout à l'âge où vous êtes. Écoutez-moi;

---

1. Comparer le récit que Marianne fera (car le troisième livre de *La Vie de Marianne* est postérieur au premier du *Paysan Parvenu*) à Mme de Miran, lorsque celle-ci la rencontrera pleurant à l'église (édition Garnier, pp. 151-153).

c'est le ciel apparemment qui a permis que je vous rencontrasse. Je vis avec une sœur que j'aime beaucoup, qui m'aime de même; nous vivons retirées, mais à notre aise, grâce à la bonté divine, et avec une cuisinière âgée qui est une honnête fille. Avant-hier nous nous défîmes d'un garçon qui ne nous convenait point; nous avions remarqué qu'il n'avait point de religion; aussi était-il libertin; et je suis sortie ce matin pour prier un ecclésiastique de nos amis, de nous en envoyer un qu'il nous avait promis. Mais ce domestique a trouvé une maison qu'il ne veut pas quitter, parce qu'il y est avec un de ses frères, et il ne tiendra qu'à vous de tenir sa place, pourvu que vous ayez quelqu'un qui nous réponde de vous.

Hélas ! madame, sur ce pied-là, lui dis-je, je ne puis profiter de votre bonne volonté; car je n'ai personne ici qui me connaisse. Je n'ai été que dans la maison dont je vous ai parlé, où je n'ai fait ni bien ni mal : madame y avait pris de l'affection pour moi; mais à cette heure elle est retirée dans un couvent, je ne sais lequel; et cette bonne dame-là, avec un cuisinier de mon pays qui est ici, mais qui n'est pas digne de me présenter à des personnes comme vous, voilà toutes les cautions que j'ai; si vous me donnez le temps de chercher la dame, je suis sûr que vous serez contente de son rapport. Pour maître Jacques le cuisinier, ce qu'il vous dira de moi ira par-dessus le marché.

Mon enfant, me dit-elle, j'aperçois une sincérité dans ce que vous me dites, qui doit vous tenir lieu de répondant.

A ces mots nous nous trouvâmes à sa porte : Montez, montez avec moi, me dit-elle; je parlerai à ma sœur.

J'obéis, et nous entrâmes dans une maison où tout me parut bien *étoffé, et dont l'arrangement et les meubles étaient dans le goût des habits de nos dévotes. Netteté, simplicité et propreté, c'est ce qu'on y voyait[1].

---

1. L'atmosphère de cette maison fait penser à celle du licencié Sédillo, tenue par la béate Séphora, où Gil Blas entre en condition (livre II, chapitre I). Les quatre pièces de plain-pied y sont, sinon « bien étoffées », du moins « bien boisées ». Et la première vision de Gil Blas est aussi celle d'un personnage confortablement installé dans un fauteuil (édit. Garnier, t. I, p. 71).

On eût dit que chaque chambre était un oratoire; l'envie d'y faire oraison y prenait en y entrant; tout y était modeste et luisant, tout y invitait l'âme à y goûter la douceur d'un saint recueillement.

L'autre sœur était dans son cabinet, qui, les deux mains sur les bras d'un fauteuil, s'y reposait de la fatigue d'un déjeuner qu'elle venait de faire, et en attendait la digestion en paix.

Les débris du déjeuner étaient là sur une petite table; il avait été composé d'une demi-bouteille de vin de Bour-gogne presque toute bue, de deux œufs frais, et d'un petit pain au lait.

Je crois que ce détail n'ennuiera point, il entre dans le portrait de la personne dont je parle.

Eh ! mon Dieu, ma sœur, vous avez été bien longtemps à revenir; j'étais en peine de vous, dit celle qui était dans le fauteuil à celle qui entrait. Est-ce là le domestique qu'on devait nous donner?

Non, ma sœur, reprit l'autre, c'est un honnête jeune homme que j'ai rencontré sur le Pont-Neuf; et sans lui je ne serais pas ici, car je viens de me trouver très mal ; il s'en est aperçu en passant, et s'est offert pour m'aider à revenir à la maison.

En vérité, ma sœur, reprit l'autre, vous vous faites toujours des scrupules que je ne saurais approuver. Pour-quoi sortir le matin pour aller loin, sans prendre quelque nourriture? Et cela parce que vous n'aviez pas entendu la messe. Dieu exige-t-il qu'on devienne malade? Ne peut-on le servir sans se tuer? Le servirez-vous mieux quand vous aurez perdu la santé, et que vous vous serez mis hors d'état d'aller à l'église? Ne faut-il pas que notre piété soit prudente? N'est-on pas obligé de ménager sa vie pour louer Dieu qui nous l'a donnée, le plus longtemps qu'il sera possible? Vous êtes trop *outrée, ma sœur, et vous devez demander conseil là-dessus[1].

Enfin, ma chère sœur, reprit l'autre, c'est une chose faite. J'ai cru que j'aurais assez de force : j'avais effectivement

---

1. Au directeur de conscience, évidemment.

envie de manger un morceau en partant; mais il était bien matin, et d'ailleurs j'ai craint que ce ne fût une délicatesse; et si on ne hasardait rien, on n'aurait pas grand mérite; mais cela ne m'arrivera plus, car il est vrai que je m'incommoderais. Je crois pourtant que Dieu a béni mon petit voyage, puisqu'il a permis que j'aie rencontré ce garçon que vous voyez : l'autre est placé; il n'y a que trois mois que celui-ci est à Paris, il m'a fait son histoire, je lui trouve de très bonnes mœurs, et c'est assurément la Providence qui nous l'adresse : il veut être sage, et notre condition lui convient; que dites-vous de lui ? Il *prévient assez, répondit l'autre; mais nous parlerons de cela quand vous aurez mangé; appelez Catherine, ma sœur, afin qu'elle vous apporte ce qu'il vous faut. Pour vous, mon garçon, allez dans la cuisine, vous y déjeunerez aussi.

A cet ordre, je fis la révérence, et Catherine, qu'on avait appelée, monta : on la chargea du soin de me *rafraîchir.

Catherine était grande, maigre, mise blanchement, et portant sur sa mine l'air d'une dévotion revêche, en colère et ardente; ce qui lui venait apparemment de la chaleur que son cerveau contractait auprès du feu de sa cuisine et de ses fourneaux, sans compter que le cerveau d'une dévote, et d'une dévote cuisinière, est naturellement sec et brûlé.

Je n'en dirais pas tant de celui d'une pieuse; car il y a bien de la différence entre la véritable piété et ce qu'on appelle communément dévotion.

Les dévots fâchent le monde, et les gens pieux l'édifient; les premiers n'ont que les lèvres de dévotes, c'est le cœur qui l'est dans les autres; les dévots vont à l'église simplement pour y aller, pour avoir le plaisir de s'y trouver, et les pieux pour y prier Dieu; ces derniers ont de l'humilité, les dévots n'en veulent que dans les autres. Les uns sont de vrais serviteurs de Dieu, les autres n'en ont que la contenance. Faire oraison pour se dire : Je la fais; porter à l'église des livres de dévotion pour les manier, les ouvrir et les lire; se retirer dans un coin, s'y tapir pour y jouir superbement d'une posture de méditatifs, s'exciter à des transports pieux, afin de croire qu'on a une âme bien distinguée, si on en attrape; en sentir en effet quelques-uns que l'ar-

dente vanité d'en avoir a fait naître, et que le diable, qui
ne les laisse manquer de rien pour les tromper, leur donne.
Revenir de là tout gonflé de respect pour soi-même, et
d'une orgueilleuse pitié pour les âmes ordinaires. S'imaginer ensuite qu'on a acquis le droit de se délasser de ses
saints exercices par mille petites mollesses qui soutiennent
une santé délicate.

Tels sont ceux que j'appelle des dévots, de la dévotion
desquels le malin esprit a tout le profit, comme on le voit
bien.

A l'égard des personnes véritablement pieuses, elles
sont aimables pour les méchants mêmes, qui s'en accom-
modent bien mieux que de leurs pareils; car le plus grand
ennemi du méchant, c'est celui qui lui ressemble.

Voilà, je pense, de quoi mettre mes pensées sur les dévots
à l'abri de toute censure[1].

Revenons à Catherine, à l'occasion de qui j'ai dit tout
cela.

Catherine donc avait un trousseau de clefs à sa ceinture,
comme une tourière de couvent[2]. Apportez des œufs frais à
ma sœur, qui est à jeun à l'heure qu'il est, lui dit Mlle Habert, sœur aînée de celle avec qui j'étais venu; et menez ce
garçon dans votre cuisine pour lui faire boire un coup.
Un coup? répondit Catherine d'un ton brusque et pourtant
de bonne humeur, il en boira bien deux à cause de sa taille.
Et tous les deux à votre santé, madame Catherine, lui
dis-je. Bon, reprit-elle, tant que je me porterai bien, ils
ne me feront pas de mal. Allons, venez, vous m'aiderez à
faire cuire mes œufs.

Eh! non, Catherine, ce n'est pas la peine, dit Mlle Habert la cadette; donnez-moi le pot de confiture, ce sera
assez. Mais, ma sœur, cela ne nourrit point, dit l'aînée.

---

1. On se demande en effet si ce n'est pas ce qu'a recherché Marivaux,
non que ces idées lui soient étrangères, mais parce que leur exposition
en forme ne paraît pas s'imposer absolument ici.

2. Comme la béate Séphora, dans *Gil Blas* : « Elle portait une longue
robe d'une étoffe de laine la plus commune, avec une large ceinture
de cuir, d'où pendaient d'un côté un trousseau de clés, et de l'autre
un chapelet à gros grains » (édit. Garnier, t. I, p. 70).

Les œufs me gonfleraient, dit la cadette; et puis *ma sœur* par-ci, *ma sœur* par-là. Catherine, d'un geste sans appel, décida pour les œufs en s'en allant; à cause, dit-elle, qu'un déjeuner n'était pas un dessert.

Pour moi, je la suivis dans sa cuisine, où elle me mit aux mains avec un reste de ragoût de la veille et des volailles froides, une bouteille de vin presque pleine, et du pain à discrétion.

Ah! le bon pain! Je n'en ai jamais mangé de meilleur, de plus blanc, de plus ragoûtant; il faut bien des attentions pour faire un pain comme celui-là; il n'y avait qu'une main dévote qui pût l'avoir pétri; aussi était-il de la façon de Catherine. Oh! l'excellent repas que je fis[1]! La vue seule de la cuisine donnait appétit de manger; tout y faisait entrer en goût.

Mangez, me dit Catherine, en se mettant après ses œufs frais, Dieu veut qu'on vive. Voilà de quoi faire sa volonté, lui dis-je, et par-dessus le marché j'ai grande faim. Tant mieux, reprit-elle; mais dites-moi, êtes-vous retenu ? Restez-vous avec nous ? Je l'espère ainsi, répondis-je, et je serais bien fâché que cela ne fût pas; car je m'imagine qu'il fait bon sous votre direction, madame Catherine; vous avez l'air si avenant, si raisonnable ! Eh ! eh ! reprit-elle, je fais du mieux que je peux, que le ciel nous assiste ! chacun a ses fautes et je n'en chôme pas; et le pis est, c'est que la vie se passe, et que plus l'on va, plus on se crotte; car le diable est toujours après nous, l'Église le dit : mais on bataille; au surplus, je suis bien aise que nos demoiselles vous prennent, car vous me paraissez de bonne amitié. Hélas ! tenez, vous ressemblez comme deux gouttes d'eau à défunt Baptiste, que j'ai pensé épouser, qui était bien le meilleur enfant, et beau garçon comme vous; mais ce n'est pas là ce que j'y regardais, quoique cela fasse toujours plaisir. Dieu nous l'a ôté, il est le maître, il n'y a point à le *contrôler; mais vous avez toute son apparence; vous parlez tout comme lui : mon Dieu, qu'il m'aimait ! Je suis bien changée

---

1. De même encore, Gil Blas apprécie la cuisine de Jacinte et « fait bonne chère » dans la maison de Sédillo (*ibid.*, t. I, p. 73).

depuis, sans ce que je changerai encore; je m'appelle toujours Catherine, mais ce n'est plus de même.

Ma foi ! lui dis-je, si Baptiste n'était pas mort, il vous
aimerait encore; car moi qui lui ressemble, je n'en ferais
pas à deux fois. Bon ! bon ! me dit-elle en riant, je suis encore
un bel objet; mangez, mon fils, mangez; vous direz mieux
quand vous m'aurez regardé de plus près; je ne vaux plus
rien qu'à faire mon salut, et c'est bien de la besogne :
Dieu veuille que je l'achève !

En disant ces mots, elle tira ses œufs, que je voulus porter
en haut : Non, non, me dit-elle; déjeunez en repos, afin
que cela vous profite; je vais voir un peu ce qu'on pense de
vous là-haut; je crois que vous êtes notre fait, et j'en dirai
mon avis : nos demoiselles ordinairement sont dix ans à
savoir ce qu'elles veulent, et c'est moi qui ai la peine de
vouloir pour elles. Mais ne vous embarrassez pas, j'aurai
soin de tout; je me plais à servir mon prochain, et c'est ce
qu'on nous recommande au prône.

Je vous rends mille grâces, madame Catherine, lui dis-je,
et surtout souvenez-vous que je suis un prochain qui ressemble à Baptiste. Mais mangez donc, me dit-elle, c'est le
moyen de lui ressembler longtemps en ce monde; j'aime
un prochain qui dure, moi. Et je vous assure que votre
prochain aime à durer, lui dis-je, en la saluant d'un *rouge-
bord que je bus à sa santé.

Ce fut là le premier essai que je fis du commerce de
M^me Catherine, des discours de laquelle j'ai retranché une
centaine de *Dieu soit béni !* et *que le ciel nous assiste !* qui
servaient tantôt de refrain, tantôt de véhicule à ses discours.

Apparemment que cela faisait partie de sa dévotion
verbale; mais peu m'importait; ce qui est de sûr, c'est
que je ne déplus point à la bonne dame, non plus qu'à ses
maîtresses; surtout à M^lle Habert la cadette, comme on le
verra dans la suite.

J'achevai de déjeuner en attendant la réponse que m'ap-
porterait Catherine, qui descendit bientôt, et qui me dit :
Allons, notre ami; il ne vous manque plus que votre bonnet de nuit, attendu que votre gîte est ici.

Le bonnet de nuit, nous l'aurons bientôt, lui dis-je;

pour mes pantoufles, je les porte actuellement. Fort bien,
mon gaillard, me dit-elle, allez donc quérir vos hardes,
afin de revenir dîner; pendant que vous déjeuniez, vos
gages couraient, c'est moi qui l'ai conclu. Courent-ils en
bon nombre ? repris-je. Oui, oui, me dit-elle en riant;
je t'entends bien, et ils vont un train fort honnête. Je
m'en fie bien à vous, répondis-je, je ne veux pas seulement
y regarder, et je vais gager que je suis mieux que je ne
mérite, grâce à vos bons soins.

Ah ! le bon apôtre ! me dit-elle, toute réjouie de la
franchise que je mettais dans mes louanges[1]; c'est Baptiste
tout revenu, il me semble que je l'entends : alerte, alerte,
j'ai mon dîner à faire, ne m'amuse pas, laisse-moi travailler,
et cours chercher ton équipage; es-tu revenu ? Autant vaut,
lui dis-je en sortant, j'aurai bientôt fait; il ne faut point
de mulets pour amener mon bagage. Et cela dit, je me rendis
à mon auberge.

Je fis pourtant en chemin quelques réflexions pour
savoir si je devais entrer dans cette maison : Mais, me
disais-je, je ne cours aucun risque; il n'y aura qu'à déloger
si je ne suis pas content; en attendant, le déjeuner m'est
de bon augure, il me semble que la dévotion de ces gens-ci
ne compte pas ses morceaux, et n'est pas entêtée d'absti-
nence. D'ailleurs toute la maison me fait bonne mine;
on n'y hait pas les gros garçons de mon âge, je suis dans la
faveur de la cuisinière; voilà déjà mes quatre repas de
sûrs, et le cœur me dit que tout ira bien : courage !

Je me trouvai à la porte de mon auberge en raisonnant
ainsi; je n'y devais rien que le bonsoir à mon hôtesse, et
puis je n'avais qu'à décamper avec mon paquet.

Je fus de retour à la maison au moment qu'on allait se
mettre à table. Malepeste, le succulent petit dîner ! Voilà
ce qu'on appelle du potage, sans parler d'un petit plat de

---

1. Gil Blas gagne aussi les bonnes grâces de Jacinte. Mais tandis
qu'il y parvient par des manières « complaisantes et respectueuses »,
Jacob n'a besoin que de paraître, et de soutenir sa bonne mine de
quelques gaillardises. Toute la différence entre les deux personnages
apparaît ainsi clairement.

rôt d'une finesse, d'une cuisson si parfaite...[1] Il fallait avoir
l'âme bien à l'épreuve du plaisir que peuvent donner les
bons morceaux, pour ne pas donner dans le péché de frian-
dise en mangeant de ce rôt-là, et puis de ce ragoût, car il
y en avait un d'une délicatesse d'assaisonnement que je n'ai
jamais rencontré nulle part. Si l'on mangeait au ciel, je ne
voudrais pas y être mieux servi ; Mahomet, de ce repas-là, en
aurait pu faire une des joies de son paradis.

Nos dames ne mangeaient point de bouilli, il ne faisait
que paraître sur la table, et puis on l'ôtait pour le donner
aux pauvres.

Catherine à son tour s'en passait, disait-elle, par charité
pour eux, et je consentis sur-le-champ à devenir aussi
charitable qu'elle. Rien n'est tel que le bon exemple.

Je sus depuis que mon devancier n'avait pas eu comme
moi part à l'aumône, parce qu'il était trop libertin pour
mériter de la faire, et pour être réduit au rôt et au ragoût.

Je ne sais pas au reste comment nos deux sœurs faisaient
en mangeant, mais assurément c'était *jouer des gobelets
que de manger ainsi.

Jamais elles n'avaient d'appétit ; du moins on ne voyait
point celui qu'elles avaient ; il escamotait les morceaux ;
ils disparaissaient sans qu'il parût presque y toucher.

On voyait ces dames se servir négligemment de leurs
fourchettes, à peine avaient-elles la force d'ouvrir la bouche ;
elles jetaient des regards indifférents sur ce bon vivre :
Je n'ai point de goût aujourd'hui. Ni moi non plus. Je
trouve tout fade. Et moi tout trop salé.

Ces discours-là me jetaient de la poudre aux yeux, de
manière que je croyais voir les créatures les plus dégoûtées
du monde, et cependant le résultat de tout cela était que
les plats se trouvaient si considérablement diminués quand
on desservait, que je ne savais les premiers jours comment
ajuster tout cela.

Mais je vis à la fin de quoi j'avais été dupe. C'était de ces

---

1. Même éloge des potages, des rôtis et des assaisonnements de
Jacinte dans *Gil Blas* (t. I, p. 72).

airs de dégoût, que marquaient nos maîtresses et qui m'avaient caché la sourde activité de leurs dents.

Et le plus plaisant, c'est qu'elles s'imaginaient elles-mêmes être de très petites et de très sobres mangeuses ; et comme il n'était pas décent que des dévotes fussent gourmandes, qu'il faut se nourrir pour vivre, et non pas vivre pour manger ; que malgré cette maxime raisonnable et chrétienne, leur appétit glouton ne voulait rien perdre, elles avaient trouvé le secret de le laisser faire, sans tremper dans sa gloutonnerie[1] ; et c'était par le moyen de ces apparences de dédain pour les viandes, c'était par l'indolence avec laquelle elles y touchaient, qu'elles se persuadaient être sobres en se conservant le plaisir de ne pas l'être ; c'était à la faveur de cette singerie, que leur dévotion laissait innocemment le champ libre à l'intempérance.

Il faut avouer que le diable est bien fin, mais aussi que nous sommes bien sots !

Le dessert fut à l'avenant du repas : confitures sèches et liquides, et sur le tout de petites liqueurs, pour aider à faire la digestion, et pour ravigoter ce goût si mortifié.

Après quoi, Mˡˡᵉ Habert l'aînée disait à la cadette : Allons, ma sœur, remercions Dieu. Cela est bien juste, répondait l'autre avec une plénitude de reconnaissance, qu'alors elle aurait assurément eu tort de disputer à Dieu.

Cela est bien juste, disait-elle donc ; et puis les deux sœurs se levant de leurs sièges avec un recueillement qui était de la meilleure foi du monde, et qu'elles croyaient aussi méritoire que légitime, elles[2] joignaient posément les mains pour faire une prière commune, où elles se répondaient par versets l'une à l'autre, avec des tons que le sentiment

---

1. Exemple des corrections de l'édition Duviquet-Duport, qui aboutissent à de véritables contre-sens : toute la dernière phrase est abrégée en *elles avaient trouvé le secret de la gloutonnerie.*

2. La construction de la phrase est un peu bizarre, car il ne serait pas utile de reprendre par *elles* le sujet de la proposition participe *(les deux sœurs).* Tel est pourtant le texte attesté par toutes les éditions du xviiiᵉ siècle. Il s'explique par le fait que le mouvement de la phrase est interrompu par les relatives incidentes, comme le montre la ponctuation originale : point et virgule devant *elles.*

de leur bien-être rendait extrêmement pathétiques.

Ensuite on ôtait le couvert ; elles se laissaient aller dans un fauteuil, dont la mollesse et la profondeur invitaient au repos ; et là on s'entretenait de quelques réflexions qu'on avait faites d'après de saintes lectures, ou bien d'un sermon du jour ou de la veille, dont elles trouvaient le sujet admirablement convenable pour monsieur ou pour madame une telle.

Ce sermon-là n'était fait que pour eux ; l'avarice, l'amour du monde, l'orgueil et d'autres imperfections y avaient si bien été débattus !

Mais, disait une, comment peut-on assister à la sainte parole de Dieu, et n'en pas revenir avec le dessein de se corriger ? Ma sœur, comprenez-vous quelque chose à cela ?

Madame une telle, qui pendant le carême est venue assidûment au sermon, comment l'entend-elle ? car je lui vois toujours le même air de coquetterie ; et à propos de coquetterie, mon Dieu ! que je fus scandalisée l'autre jour de la manière indécente dont M$^{lle}$ *** était vêtue ! Peut-on venir à l'église en cet état-là ? Je vous dirai qu'elle me donna une distraction dont je demande pardon à Dieu, et qui m'empêcha de dire mes prières. En vérité, cela est effroyable !

Vous avez raison, ma sœur, répondait l'autre, mais quand je vois de pareilles choses, je baisse les yeux ; et la colère que j'en ai fait que je refuse de les voir, et que je loue Dieu de la grâce qu'il m'a faite de m'avoir du moins préservée de ces péchés-là, en le priant de tout mon cœur de vouloir bien éclairer de sa grâce les personnes qui les commettent.

Vous me direz : Comment avez-vous su ces entretiens, où le prochain essuyait la digestion de ces dames ?

C'était en ôtant la table, en rangeant dans la chambre où elles étaient.

M$^{lle}$ Habert la cadette, après que j'eus desservi, m'appela comme je m'en allais dîner ; et me parlant assez bas, à cause d'un léger assoupissement qui commençait à clore les yeux de sa sœur, me dit ce que vous verrez dans la deuxième partie de cette histoire.

FIN DE LA PREMIÈRE PARTIE

# DEUXIÈME PARTIE

# DEUXIÈME PARTIE

J'AI dit dans la première partie de ma vie que M^{lle} Habert la cadette m'appela pendant que sa sœur s'endormait.

Mon fils, me dit-elle, nous vous retenons; j'y ai fait consentir ma sœur, et je lui ai répondu de votre sagesse; car je crois que votre physionomie et vos discours ne m'ont point trompée; ils m'ont donné de l'amitié pour vous et j'espère que vous la mériterez. Vous serez avec Catherine qui est une bonne et vertueuse fille, et qui m'a paru aussi vous voir de bon œil; elle vous dira de quoi nous sommes convenues pour vous. Je pense que vous aurez lieu d'être content, et peut-être dans les suites le serez-vous encore davantage; c'est moi qui vous en assure. Allez, mon fils, allez dîner; soyez toujours aussi honnête garçon que vous le paraissez; comptez que je vous estime, et que je n'oublierai point avec quel bon cœur vous m'avez secourue ce matin dans ma faiblesse.

Il y a des choses dont on ne peut rendre ni l'esprit ni la manière, et je ne saurais donner une idée bien complète, ni de tout ce que signifiait le discours de M^{lle} Habert, ni de l'air dont elle me le tint. Ce qui est de sûr, c'est que son visage, ses yeux, son ton, disaient encore plus que ses paroles, ou du moins, ajoutaient beaucoup au sens naturel de ses termes; et je crus y remarquer une bonté, une douceur affectueuse, une prévenance pour moi, qui auraient pu n'y pas être, et qui me surprirent en me rendant curieux de ce qu'elles voulaient dire.

Mais en attendant, je la remerciai presque dans le même goût, et lui répondis avec une abondance de cœur qui aurait mérité correction, si mes remarques n'avaient pas été justes;

et apparemment qu'elles l'étaient, puisque ma façon de répondre ne déplut point. Vous verrez dans les suites où cela nous conduira.

Je faisais ma révérence à M^lle Habert pour descendre dans ma cuisine, quand un ecclésiastique entra dans la chambre.

C'était le directeur ordinaire de ces dames : je dis ordinaire, parce qu'elles étaient amies de plusieurs autres ecclésiastiques qui leur rendaient visite et avec qui, par surcroît, elles s'entretenaient aussi des affaires de leur conscience.

Pour celui-ci, il en avait la direction en chef; c'était l'arbitre de leur conduite.

Encore une fois, que tout ce que je dis là ne scandalise personne, et n'induise pas à penser que je raille indistinctement l'usage où l'on est de donner sa conscience à gouverner à ce qu'on appelle des directeurs, et de les consulter sur toutes ses actions.

Cet usage est sans doute louable et saint en lui-même, c'est bien fait de le suivre, quand on le suit comme il faut, et ce n'est pas cela dont je badine; mais il y a des minuties dont les directeurs ne devraient pas se mêler aussi sérieusement qu'ils le font, et je ris de ceux qui portent leur direction jusque-là[1].

---

1. Après le Tartufe de Molière, que l'on peut tenir pour un directeur, il faut encore ici citer La Bruyère : « Je vois bien que le goût qu'il y a à devenir le dépositaire du secret des familles, à se rendre nécessaire pour les réconciliations, à procurer des commissions ou à placer des domestiques, à trouver toutes les portes ouvertes dans les maisons des grands, à manger souvent à de bonnes tables, à se promener en carrosse dans une grande ville, et à faire de délicieuses retraites à la campagne, à voir plusieurs personnes de nom et de distinction s'intéresser à sa vie et à sa santé, et à ménager pour les autres et pour soi-même tous les intérêts humains, je vois bien, encore une fois, que cela seul a fait imaginer le spécieux et irrépréhensible prétexte du soin des âmes, et semé dans le monde cette pépinière intarissable de directeurs. » (*Des Femmes*, 42, sixième édition, 1691.) Dans le roman, le personnage du directeur apparaît incidemment dans les *Illustres Françaises,* de Robert Challe. En voici le portrait : « Il y avait à table un ecclésiastique que je pris pour le précepteur de l'abbé, mais qui était le directeur de M^me Gallouin la mère, et un de ces hommes propres à faire enrager les enfants, les amis et les domestiques d'une maison,

Ce directeur-ci était un assez petit homme, mais bien fait dans sa taille un peu ronde; il avait le teint frais, d'une fraîcheur reposée; l'œil vif, mais de cette vivacité qui n'a rien d'étourdi ni d'ardent.

N'avez-vous jamais vu de ces visages qui annoncent dans ceux qui les ont je ne sais quoi d'accommodant, d'indulgent et de consolant pour les autres, et qui sont comme les garants d'une âme remplie de douceur et de charité[1] ?

C'était là positivement la mine de notre directeur.

Du reste, imaginez-vous de courts cheveux dont l'un ne passe pas l'autre, qui siéent on ne peut pas mieux, et qui se relèvent en demi-boucles autour des joues par un tour qu'ils prennent naturellement, et qui ne doit rien au soin de celui qui les porte ; joignez à cela des lèvres assez vermeilles, avec de belles dents, qui ne sont belles et blanches à leur tour que parce qu'elles se trouvent heureusement ainsi sans qu'on y tâche[2].

Tels étaient les agréments, soit dit innocents, de cet ecclésiastique, qui dans ses habits n'avait pas oublié que la religion même veut qu'on observe sur soi une propreté modeste, afin de ne choquer les yeux de personne; il excédait seulement un peu cette propreté de devoir, mais il est difficile d'en trouver le point bien juste, de sorte que

---

quand ils se sont une fois rendus maîtres de l'esprit du maître et de la maîtresse (...) Celui-ci aurait été un des plus saints prêtres de Paris, s'il n'avait pas été si délicat sur la bouche, si fleuri dans ses habits, si curieux dans ses meubles, et si attaché à l'argent, tous vices attachés à la profession.» (*Histoire de Du Puis et de M*ᵐᵉ *de Londé,* édit. F. Deloffre et J. Cormier, Droz, 1991, p. 537.)

1. Le portrait du directeur chez Boileau est moins détaillé, mais concorde pour l'essentiel avec celui-ci :

> *Bon! vers nous à propos je le vois qui s'avance.*
> *Qu'il paraît bien nourri! Quel vermillon! quel teint!*
> *Le Printemps dans sa fleur sur son visage est peint.*
> *Cependant, à l'entendre, il se soutient à peine.*
> *Il eut encore hier la fièvre et la migraine...*
> (*Satire X,* v. 558-562).

2. Et non *sans qu'on y touche,* comme le portent la plupart des éditions K, W, X, Z...).

notre ecclésiastique, contre son intention sans doute, avait été jusqu'à l'ajustement[1].

M^lle Habert l'aînée, qui s'était assoupie, devina plus son arrivée qu'elle ne l'entendit; car il ne fit pas grand bruit en entrant; mais une dévote en pareil cas a l'ouïe bien subtile.

Celle-ci se réveilla sur-le-champ en souriant de la bonne fortune qui lui venait en dormant; j'entends une bonne fortune toute spirituelle.

Cet ecclésiastique, pour qui j'étais un visage nouveau, me regarda avec assez d'attention.

Est-ce là votre domestique, mesdames ? leur dit-il. Oui, monsieur; c'est un garçon que nous avons d'aujourd'hui, répondit l'aînée, et c'est un service qu'il a rendu à ma sœur qui en est cause.

Là-dessus elle se mit à lui conter ce qui m'était arrivé avec sa cadette : et moi je jugeai à propos de sortir pendant l'histoire.

Quand je fus au milieu de l'escalier, songeant aux regards que ce directeur avait jetés sur moi, il me prit envie de savoir ce qu'il en dirait : Catherine m'attendait pourtant dans sa cuisine; mais n'importe, je remontai doucement l'escalier. J'avais fermé la porte de la chambre, et j'en approchai mon oreille le plus près qu'il me fut possible.

Mon aventure avec M^lle Habert la cadette fut bientôt racontée; de temps en temps je regardais à travers la serrure, et de la manière dont le directeur était placé, je voyais son visage en plein, aussi bien que celui de la sœur cadette.

Je remarquai qu'il écoutait le récit qu'on lui faisait d'un maintien froid, pensif, et tirant sur l'austère.

Ce n'était plus cette physionomie si douce, si indulgente qu'il avait quand il était entré dans la chambre; il ne faisait pas encore la mine, mais je devinais qu'il allait la faire, et que mon aventure allait devenir un cas de conscience.

---

1. Ce portrait doit être rapproché de ceux des prieures que rencontre Marianne, dans la troisième et la sixième partie de sa vie (édit. Garnier, pp. 148 et 296).

Quand il eut tout entendu, il baissa les yeux en homme qui va porter un jugement de conséquence, et donner le résultat d'une réflexion profonde.

Et puis : Vous avez été bien vite, mesdames, dit-il en les regardant toutes deux avec des yeux qui rendaient le cas grave et important, et qui disposaient mes maîtresses à le voir presque traiter de crime.

A ces premiers mots qui ne me surprirent point, car je ne m'attendais pas à mieux, la sœur cadette rougit, prit un air embarrassé, mais à travers lequel on voyait du mécontentement.

Vous avez été bien vite, reprit-il encore une fois. Eh ! quel mal peut-il y avoir là-dedans, reprit cette cadette d'un ton à-demi timide et révolté, si c'est un honnête garçon, comme il y a lieu de le penser ? Il a besoin de condition, je le trouve en chemin, il me rend un service, il me reconduit ici, il nous manque un domestique et nous le prenons : quelle offense peut-il y avoir là contre Dieu ? J'ai cru faire, au contraire, une action de charité et de reconnaissance.

Nous le savons bien, ma sœur, répondit l'aînée; mais n'importe, puisque monsieur, qui est plus éclairé que nous, n'approuve pas ce que nous avons fait, il faut se rendre. A vous dire la vérité, tantôt, quand vous m'avez parlé de garder ce jeune homme, il me semble que j'y ai senti quelque répugnance; j'ai eu un pressentiment que ce ne serait pas l'avis de monsieur; et Dieu sait que j'ai remis le tout à sa décision !

Ce discours ne persuadait pas la cadette, qui n'y répondait que par des mines qui disaient toujours : Je n'y vois point de mal.

Le directeur avait laissé parler l'aînée sans l'interrompre, et semblait même un peu piqué de l'obstination de l'autre.

Prenant pourtant un air tranquille et bénin : Ma chère demoiselle, écoutez-moi, dit-il à cette cadette; vous savez avec quelle affection particulière je vous donne mes conseils à toutes deux.

Ces dernières paroles, à toutes deux, furent partagées de façon que la cadette en avait pour le moins les trois quarts et demi pour elle, et ce ne fut même que par réflexion subite

qu'il en donna le reste à l'aînée ; car, dans son premier mouvement, l'homme saint n'avait point du tout songé à elle.

Vraiment, dit l'aînée, qui sentit cette inégalité de partage, et l'oubli qu'on avait d'abord fait d'elle; vraiment,
monsieur, nous savons bien que vous nous considérez toutes
deux l'une autant que l'autre, et que votre piété n'admet
point de préférence, comme cela est juste.

Le ton de ce discours fut un peu aigre, quoique prononcé
en riant, de peur qu'on n'y vît de la jalousie.

Hélas ! ma sœur, reprit la cadette un peu vivement, je
ne l'entends pas autrement non plus, et quand même monsieur serait plus attaché à vous qu'à moi, je n'y trouverais
rien à redire; il vous rendrait justice; il connaît le fond de
votre âme, et les grâces que Dieu vous fait, et vous êtes
assurément bien plus digne de son attention que moi.

Mes chères sœurs, leur répondit là-dessus cet ecclésiastique, qui voyait que ce petit débat venait par sa faute, ne
vous troublez point; vous m'êtes égales devant Dieu,
parce que vous l'aimez également toutes deux; et si mes
soins avaient à se fixer plus sur l'une que sur l'autre, ce
serait en faveur de celle que je verrais marcher le plus lentement dans la voie de son salut; sa faiblesse m'y attache-
rait davantage, parce qu'elle aurait plus besoin de secours;
mais, grâce au ciel, vous marchez toutes deux du même pas,
aucune de vous ne reste en arrière; et ce n'est pas de cela
dont il s'agit. Nous parlons du jeune homme que vous
avez retenu (cette jeunesse lui tenait au cœur), vous n'y
voyez point de mal, j'en suis persuadé; mais daignez
m'entendre.

Là il fit une petite pause comme pour se recueillir.

Et puis continuant : Dieu, par sa bonté, ajouta-t-il,
permet souvent que ceux qui nous conduisent aient des
lumières qu'il nous refuse, et c'est afin de nous montrer
qu'il ne faut pas nous en croire, et que nous nous égarerions
si nous n'étions pas dociles.

De quelle conséquence est-il, me dites-vous, d'avoir
retenu ce garçon qui paraît sage ? D'une très sérieuse
conséquence.

Premièrement, c'est avoir agi contre la prudence

humaine; car enfin, vous ne le connaissez que de l'avoir rencontré dans la rue. Sa physionomie vous paraît bonne, et je le veux; chacun a ses yeux là-dessus, et les miens ne lui sont pas tout à fait aussi favorables; mais je vous passe cet article. Eh bien, depuis quand, sur la seule physionomie, fie-t-on son bien et sa vie à des inconnus ? Quand je dis son bien et sa vie, je n'exagère pas à votre égard. Vous n'êtes que trois filles toutes seules dans une maison; que ne risquez-vous pas, si cette physionomie vous trompe, si vous avez affaire à un aventurier, comme cela peut arriver ? Qui vous a répondu de ses mœurs, de sa religion, de son caractère ? Un fripon ne peut-il pas avoir la mine d'un honnête homme ? A Dieu ne plaise que je le soupçonne d'être un fripon; la charité veut qu'on pense à son avantage : mais la charité ne doit pas aller jusqu'à l'imprudence, et c'en est une que de s'y fier comme vous faites.

Ah ! ma sœur, ce que monsieur dit est sensé, s'écria l'aînée à cet endroit. Effectivement, ce garçon a d'abord quelque chose qui *prévient, mais monsieur a raison pourtant, à présent que j'y songe, il a un je ne sais quoi dans le regard qui a pensé m'arrêter, moi qui vous parle.

Encore un mot, ajouta l'ecclésiastique en l'interrompant : vous approuvez ce que j'ai dit; et ce n'est pourtant rien en comparaison de ce que j'ai à vous dire.

Ce garçon est dans la première jeunesse, il a l'air hardi et dissipé, vous n'êtes pas encore dans un âge à l'abri de la censure; ne craignez-vous point les mauvaises pensées qui peuvent venir là-dessus à ceux qui le verront chez vous ? Ne savez-vous pas que les hommes se scandalisent aisément, et que c'est un malheur terrible que d'induire son prochain au moindre scandale ? Ce n'est point moi qui vous le dis, c'est l'Évangile[1]. D'ailleurs, mes chères sœurs, car il faut tout

---

1. L'évangile de saint Matthieu (XVIII, 7) dit : « Malheur au monde à cause des scandales ! car c'est une nécessité qu'il arrive des scandales; mais malheur à celui par qui le scandale arrive ! » L'évangile de saint Luc (XVII, 1) dit la même chose en termes un peu différents. Voir en outre le verset 2 du même chapitre, les versets 8 et 9 du chapitre XVIII de saint Matthieu et les versets 41 à 47 du chapitre IX de saint Marc (note d'Abel Farges).

dire, nous-mêmes ne sommes-nous pas faibles ? Que faisons-nous dans la vie, que combattre incessamment contre nous, que tomber, que nous relever ? Je dis dans les moindres petites choses; et cela ne doit-il pas nous faire trembler ? Ah ! croyez-moi, n'allons point, dans l'affaire de notre salut, chercher de nouvelles difficultés à vaincre; ne nous exposons point à de nouveaux sujets de faiblesse. Cet homme-ci est trop jeune; vous **vivriez** avec lui, vous le verriez presque à tout moment; la racine du péché est toujours en nous, et je me défie déjà (je suis obligé de vous le dire en conscience), je me **défie déjà de la bonne** opinion que vous avez de lui, de cette affection obstinée que vous avez déjà prise pour lui; elle est innocente, le sera-t-elle toujours ? Encore une fois, je m'en méfie. J'ai vu M$^{lle}$ Habert, ajouta-t-il en regardant la sœur cadette, n'être pas contente des sentiments que j'ai d'abord marqués là-dessus; d'où vient cet entêtement dans son sens, cet éloignement pour mes idées, elle que je n'ai jamais vu résister un instant aux conseils que ma conscience m'a dicté pour la sûreté de la sienne ? Je n'aime point cette disposition d'esprit-là, elle m'est suspecte; on dirait que c'est un piège que le démon lui tend; et dans cette occurrence, je suis obligé de vous exhorter à renvoyer ce jeune homme, dont la mine, au surplus, ne me revient point autant qu'à vous; et je me charge de vous donner un domestique de ma main, c'est un peu d'embarras pour moi[1]; mais Dieu m'inspire de le prendre; et je vous conjure, en son nom, de vous laisser conduire. Me le promettez-vous ?

Pour moi, monsieur, dit l'aînée avec un entier[2] abandon à ses volontés, je vous réponds que vous êtes le maître, et vous verrez quelle est ma soumission; car dès cet instant, je m'engage à n'exiger aucun service du jeune homme en question, et je ne doute pas que ma sœur ne m'imite.

En vérité, reprit la cadette avec un **visage** presque allumé

---

1. On a vu par le texte de La Bruyère cité plus haut (p. 58, n. 1), que les directeurs prenaient volontiers cet embarras.

2. Texte de l'édition de Rogissart (D, 1734) et des éditions ultérieures. L'édition originale de Prault porte : *une entière abandon.*

de colère, je ne sais comment prendre tout ce que j'entends.
Voilà déjà ma sœur liguée contre moi; la voilà charmée du
tort imaginaire qu'on me donne, et ce n'est pas d'aujour-
d'hui qu'elle est de cette façon-là à mon égard, puisqu'il
faut le dire, et que la manière dont on me parle m'y force;
elle ne doute pas, dit-elle, que je ne me conforme à sa
conduite, eh ! je n'ai jamais fait autre chose depuis que nous
vivons ensemble; il a toujours fallu plier sous elle pour
avoir la paix : Dieu sait, sans reproche, combien de fois je
lui ai sacrifié ma volonté, qui n'avait pourtant point d'autre
défaut que de n'être pas la sienne; et franchement, je commence à me lasser de cette sujétion que je ne lui dois
point. Oui, ma sœur; vous ferez de ce que je vous dis
l'usage qu'il vous plaira; mais vous avez l'humeur haute,
et c'est de cette humeur-là dont il serait à propos que monsieur s'alarmât pour vous, et non pas de l'action que j'ai
faite en amenant ici un pauvre garçon à qui j'ai peut-être
obligation de la vie, et qu'on veut que j'en récompense en
le chassant, après que nous lui avons toutes deux donné
parole de le garder. Monsieur m'objecte qu'il n'a point de
répondant; mais ce jeune homme m'a dit qu'il en trouverait,
si nous en voulions; ainsi cette objection tombe. Quant à
moi, à qui il a rendu un si grand service, je ne lui dirai
point de s'en aller, ma sœur, je ne saurais[1].

Eh bien ! ma sœur, reprit l'aînée, je me charge, si vous
me le permettez, de le congédier pour vous, sans que vous
vous en mêliez, avec promesse, de ma part, de réparer mes
hauteurs passées par une condescendance entière pour vos
avis, quoique vous ne soyez que ma cadette; si vous aviez
eu la charité de m'avertir de mes défauts, je m'en serais
peut-être corrigée avec l'aide de Dieu, et des prières de
monsieur, qui ne m'a pourtant jamais reprise de cette
hauteur dont vous parlez; mais comme vous avez plus
d'esprit qu'une autre, plus de pénétration, vous ne sauriez
vous être trompée, et je suis bien heureuse que vous aper-

---

1. La situation de Mlle Habert refusant de renvoyer Jacob rappelle
quelque peu celle d'Araminte refusant de renvoyer Dorante dans
*Les Fausses Confidences*.

ceviez en moi ce qui est échappé à la prudence de monsieur même.

Je ne suis pas venu ici, dit alors l'ecclésiastique en se levant d'un air dépité, pour semer la zizanie entre vous, mademoiselle; et dès que je laisse subsister les défauts de mademoiselle votre sœur, que je ne suis pas assez éclairé pour les voir, que d'ailleurs mes avis sur votre conduite ne vous paraissent pas justes, je conclus que je vous suis inutile, et qu'il faut que je me retire.

Comment ! monsieur, vous retirer ! s'écria l'aînée, ah ! monsieur, mon salut m'est encore plus cher que ma sœur, et je sens bien qu'il n'y a qu'avec un aussi saint homme que vous que je le puis faire. Vous retirer, mon Dieu ! Non, monsieur, c'est d'avec ma sœur qu'il faut que je me retire. Nous pouvons vivre séparément l'une de l'autre, elle n'a que faire de moi, ni moi d'elle; qu'elle reste, je lui cède cette maison-ci, et je vais de ce pas m'en chercher une autre où j'espère de votre piété que vous voudrez bien me continuer les visites que vous nous rendiez ici; eh ! juste ciel ! où en sommes-nous ?

L'ecclésiastique ne répondit rien à ce dévot et même tendre emportement qu'on marquait en sa faveur. Ne conserver que l'aînée, c'était perdre beaucoup. Il me sembla qu'il était extrêmement embarrassé; et comme la scène menaçait de devenir bruyante par les larmes que l'aînée commençait à répandre, et par les éclats de voix dont elle remplissait la chambre, je quittai mon poste, et descendis vite dans la cuisine, où il y avait près d'un quart d'heure que Catherine m'attendait pour dîner.

Je n'ai que faire, je pense, d'expliquer pourquoi le directeur opinait sans quartier pour ma sortie, il leur avait dit dans son sermon qu'il était indécent que je demeurasse avec elles; mais je crois qu'il aurait passé là-dessus, qu'il n'y aurait même pas songé sans un autre motif que voici : c'est qu'il voyait la sœur cadette obstinée à me garder; cela pouvait signifier qu'elle avait du goût pour moi : ce goût pour moi aurait pu la dégoûter d'être dévote, et puis d'être soumise, et adieu l'autorité du directeur : et on aime à gouverner les gens. Il y a bien de la douceur à les voir obéissants et attachés, à être leur roi, pour ainsi dire, et un roi souvent d'autant plus chéri qu'il est inflexible et rigoureux.

Après cela, j'étais un gros garçon de bonne mine, et peut-être savait-il que M$^{lle}$ Habert n'avait point d'antipathie pour les beaux garçons; car enfin un directeur sait bien des choses ! Retournons à notre cuisine.

Vous avez été bien longtemps à venir, me dit Catherine qui m'y attendait en filant, et en faisant chauffer notre potage : de quoi parliez-vous donc tous si haut dans la chambre ? J'ai entendu quelqu'un qui criait comme un aigle. Eh ! tenez, écoutez le beau tintamarre qu'elles font encore ? Est-ce que nos demoiselles se querellent ?

Ma foi ! madame Catherine, je n'en sais rien, lui dis-je; mais elles ne peuvent pas se quereller, car ce serait offenser Dieu, et elles ne sont pas capables de cela.

Oh ! que si, reprit-elle; ce sont les meilleures filles du monde; cela vit comme des saintes; mais c'est justement à cause de leur sainteté qu'elles sont *mutines entre elles deux; cela fait qu'il ne se passe pas de jour qu'elles ne se chamaillent sur le bien, sur le mal, à cause de l'amour de Dieu qui les rend scrupuleuses; et quelquefois j'en ai ma part aussi, moi; mais je me moque de cela; je vous les rembarre qu'il n'y manque rien; je hausse le coude et puis je m'en vais, et Dieu par-dessus tout : allons, mangeons, ce sera autant de fait.

Ce que le directeur avait dit de moi ne m'avait pas ôté l'appétit : En arrive ce qui pourra, disais-je en moi-même; mettons toujours ce dîner à l'abri du naufrage.

Là-dessus, je doublais les morceaux, et j'entamais la cuisse d'un excellent lapereau, quand le bruit d'en haut redoubla jusqu'à dégénérer en charivari.

A qui diantre en ont-elles donc ? dit Catherine, la bouche pleine. On dirait qu'elles s'égorgent.

Le bruit continua : Il faut que j'y monte, dit-elle; je gage que c'est quelque cas de conscience qui leur tourne la cervelle. Bon ! lui dis-je, un cas de conscience. Est-ce qu'il n'y a pas un casuiste avec elles ? Il peut bien mettre le holà; il doit savoir la Bible et l'Évangile par cœur. Hé ! oui, me dit-elle en se levant; mais cette Bible et cet Évangile ne répondent pas à toutes les fantaisies *musquées des gens, et nos bonnes maîtresses en ont je ne sais combien de celles-là; attendez-moi en mangeant, je vais voir ce que c'est. Et elle monta.

Pour moi, je suivis ses ordres à la lettre, et je continuai de dîner comme elle me l'avait recommandé, d'autant plus que j'étais bien aise, comme je l'ai déjà dit, de me munir toujours d'un bon repas, dans l'incertitude où j'étais de ce qui pourrait m'arriver de tout ce tapage.

Cependant Catherine ne revenait point, et j'avais achevé de dîner; j'entendais quelquefois sa voix primer sur celle des autres; elle était reconnaissable par un ton brusque et décisif. Le bruit continuait et même augmentait.

Je regardais mon paquet que j'avais porté le même jour dans cette maison, et qui était resté dans un coin de la cuisine : J'ai bien la mine de te reporter, disais-je en moi-même, et j'ai bien peur que ceci n'arrête tout court les bons gages qu'on m'a promis et qui courent de ce matin.

C'étaient là les pensées dont je m'entretenais, quand il me sembla que le tintamarre baissait.

Un moment après, la porte de la chambre s'ouvrit et quelqu'un descendit l'escalier. Je me mis à l'entrée de la cuisine pour voir qui sortait : c'était notre directeur.

Il avait l'air d'un homme dont l'âme est en peine; il descendait d'un pas mal assuré.

Je voulus repousser la porte de la cuisine pour m'épargner le coup de chapeau qu'il aurait fallu lui donner en me montrant, mais je n'y gagnai rien, car il la rouvrit et entra.

Mon garçon, me dit-il en rappelant à lui toutes les ressources de son art, je veux dire de ces tons dévots et pathétiques, qui font sentir que c'est un homme de bien qui vous parle[1].

---

1. Ici finit l'alinéa dans toutes les éditions du xviii<sup>e</sup> siècle, y compris celle de 1781. Il a paru inutile de changer cette disposition, comme le font les éditeurs modernes. Nous procédons de même par la suite, cf. pp. 86, 196 et 202.

Mon garçon, vous êtes ici la cause d'un grand trouble. Moi, monsieur ! lui répondis-je. Hé ! je ne dis mot; je n'ai pas prononcé quatre paroles là-haut depuis que je suis dans la maison.

N'importe, mon enfant, repartit-il, je ne vous dis pas que ce soit vous qui fassiez le trouble, mais c'est vous qui en êtes le sujet, et Dieu ne vous demande pas ici, puisque vous en bannissez la paix, sans y contribuer[1] que de votre présence.

Une de ces demoiselles vous souffre volontiers, mais l'autre ne veut point de vous : ainsi vous mettez la division entre elles, et ces filles pieuses qui, avant que vous fussiez ici, ne disputaient que de douceur, de complaisance, et d'humilité l'une avec l'autre, les voilà qui vont se séparer pour l'*amour de vous; vous êtes la pierre de scandale pour elles; vous devez vous regarder comme l'instrument du démon; c'est de vous dont il se sert pour les désunir, pour leur enlever la paix dans laquelle elles vivaient, en s'édifiant réciproquement. A mon égard, j'en ai le cœur saisi, et je vous déclare, de la part de Dieu, qu'il vous arrivera quelque grand malheur, si vous ne prenez pas votre parti. Je suis bien aise de vous avoir rencontré en m'en allant; car si j'en juge par votre physionomie, vous êtes un garçon sage et de bonnes mœurs, et vous ne résisterez pas aux conseils que je vous donne pour votre bièn, et pour celui de tout le monde ici. Moi ! monsieur, un garçon de bonnes mœurs ? lui dis-je après l'avoir écouté d'un air distrait et peu touché de son exhortation. Vous dites que vous voyez à ma physionomie que je suis sage ? non, monsieur, vous vous méprenez, vous ne songez pas à ce que vous dites; je vous soutiens que vous ne voyez point cela sur ma mine; au contraire, vous me trouvez l'air d'un fripon qui n'aura pas les mains engourdies pour emporter l'argent d'une maison; il ne faut pas se fier à moi, je pourrais fort bien couper la gorge aux gens pour avoir leur bourse : voilà ce qui vous en semble.

---

1. C'est-à-dire : sans contribuer à la bannir. Emploi libre de *y*, fréquent chez Marivaux.

Eh ! qui est-ce qui vous dit cela, mon enfant ? me répondit-il en rougissant. Oh ! repris-je, je parle d'après un habile homme qui m'a bien envisagé, Dieu lui inspire que je ne vaux rien. Vous faites le discret; mais je sais bien votre pensée. Cet honnête homme a dit aussi que je suis trop jeune, et que, si ces demoiselles me gardaient, cela ferait venir de mauvaises pensées aux voisins. Sans compter que le diable est un éveillé qui pourrait bien tenter mes maîtresses de moi; car je suis un vaurien de bonne mine. N'est-ce pas, monsieur le directeur ? Je ne sais ce que cela signifie, me dit-il en baissant les yeux.

Oh ! que si, lui répondis-je. Ne trouvez-vous pas encore que M$^{lle}$ Habert la cadette m'affectionne déjà trop à cause du service que je lui ai rendu ? Il y a peut-être un péché là-dessous qui veut prendre racine, voyez-vous. Il n'y a rien à craindre pour l'aînée, elle est bien obéissante, celle-là; je pourrais rester s'il n'y avait qu'elle, ma mine ne la dérange point, car elle veut bien qu'on me chasse; mais cette cadette fait l'opiniâtre, c'est mauvais signe, elle me voudrait trop de bien [1], et il faut qu'elle n'ait de l'amitié qu'envers son directeur, pour le salut de sa conscience, et pour le contentement de la vôtre. Prenez-y garde pourtant; car à propos de conscience, sans la bonté de la vôtre, la paix de Dieu serait encore ici, vous le savez bien, monsieur le directeur.

Qu'est-ce que c'est donc que ce langage ? dit-il alors. Tant y a, lui répondis-je, que Dieu ne veut pas qu'on cherche midi à quatorze heures. Rêvez à cela : quand vous prêchiez ces demoiselles, je n'étais pas loin de la chaire. Pour ce qui est de moi, je n'y entends point     finesse; je ne saurais gagner ma vie à gouverner les filles, je ne suis pas si *aise, et je la gagne à faire le *tracas des maisons; que chacun dans son métier aille aussi droit que moi. Il m'est avis que le vôtre est encore plus *casuel que le mien, et je ne suis pas aussi friand de ma condition que vous l'êtes

---

1. Texte de la seconde édition Prault (E). L'originale portait : *me voudrait trop bien.*

de la vôtre. Je ne ferai jamais donner congé à personne de peur d'avoir le mien.

Notre homme, à ce discours, me tourna le dos sans me répondre, et se retira.

Il y a de petites vérités contre lesquelles on n'est point en garde. Sa confusion ne lui donna pas le temps d'ajuster sa réplique, et le plus court était de se sauver.

Cependant Catherine ne revenait point, et je fus bien encore un quart d'heure à l'attendre; enfin elle descendit, et je la vis entrer en levant les mains au ciel, et en s'écriant : Hé ! mon bon Dieu ! qu'est-ce que c'est que tout cela ?

Quoi ! lui dis-je, madame Catherine, s'est-on battu là-haut ? Quelqu'un est-il mort ? C'est notre ménage qui se meurt, mon pauvre garçon, me dit-elle : le voilà qui s'en va.

Hé ! qu'est-ce qui l'a tué ? lui dis-je. Hélas ! reprit-elle, c'est le scrupule qui s'est mis après, par le moyen d'une prédication de monsieur le directeur. Il y a longtemps que j'ai dit que cet homme-là lanternait trop après les consciences.

Mais encore, de quoi s'agit-il ? lui dis-je. Que tout est chu, reprit-elle, et que nos demoiselles ne peuvent plus gagner le ciel ensemble; conclusion, que c'est une affaire faite; notre demoiselle la cadette va louer une autre maison, et elle m'a dit que tu l'attendes pour aller avec elle, et vous n'avez qu'à m'attendre tous deux; cette aînée est une pie-grièche; moi j'ai la tête près du bonnet, jamais les prêtres n'ont pu me guérir de cela, car je suis Picarde, cela vient du terroir, et comme deux têtes ne valent rien dans une maison, il faudra que j'aille porter la mienne avec la cadette qui n'en a point.

A peine Catherine achevait-elle ce discours, que cette cadette parut.

Mon enfant, me dit-elle en entrant, ma sœur ne veut pas que vous restiez ici, mais moi, je vous garde; elle et l'ecclésiastique qui sort viennent de me dire là-dessus des choses qui m'y engagent, et vous profiterez de l'imprudence choquante avec laquelle on m'a parlé. C'est moi qui vous ai produit ici, je vous ai d'ailleurs obligation : ainsi vous me suivrez. Je vais de ce pas chercher un appartement : venez m'aider à marcher, car je ne suis pas encore trop forte.

Allons, mademoiselle, lui dis-je, il n'y a que vous qui êtes ma maîtresse ici, et vous serez contente de mon service assurément.

Mademoiselle, dit alors Catherine, nous ne nous quitterons pas non plus, entendez-vous ? Je vous ferai ailleurs d'aussi bonnes fricassées qu'ici. Que notre aînée s'accommode, je commençais à en être bien lasse; ce n'est jamais fini avec elle, tantôt il y a trop de ci, tantôt il y a trop de ça : pardi ! allez, sans vous il y aurait longtemps que j'aurais planté là sa cuisine; mais vous êtes douce, on est chrétienne, et on prend patience, et puis je vous aime.

Je vous remercie de ce sentiment-là, dit M$^{lle}$ Habert, et nous verrons comment nous ferons quand j'aurai arrêté une maison. J'ai beaucoup de meubles ici, je n'en puis sortir que dans deux ou trois jours, et nous aurons le temps de nous ajuster : allons, Jacob, partons. C'était le nom que j'avais pris, et dont cette demoiselle se souvint alors.

Sa réponse, à ce qu'il me parut, déconcerta un peu dame Catherine, et toute prompte qu'elle était ordinairement à la repartie, elle n'en trouva point alors, et demeura muette.

Pour moi, je vis très bien que M$^{lle}$ Habert n'avait pas dessein qu'elle fût des nôtres; et à dire la vérité, il n'y avait pas grande perte; car quoiqu'elle bredouillât plus de prières en un jour qu'il n'en eût fallu pour un mois, si elles avaient été *conditionnées de l'attention nécessaire, ce devait être ordinairement la plus revêche et la plus brutale créature dont on pût se servir. Quand elle vous disait une douceur, c'était du ton dont les autres querellent.

Mais laissons-la bouder de la réponse que M$^{lle}$ Habert lui avait faite.

Nous partîmes, elle et moi, elle me prit sous le bras, et de ma vie je n'ai aidé quelqu'un à marcher d'aussi bon cœur que je le fis alors. Le procédé de cette bonne demoiselle m'avait gagné. Y a-t-il rien de si doux que d'être sûr de l'amitié de quelqu'un ? J'étais sûr de la sienne, absolument sûr; et même cette amitié, dont je ne doutais pas, je ne saurais dire comment je la comprenais; mais dans mon esprit je la faisais d'une espèce très flatteuse; elle me tou-

chait plus que n'aurait dû faire une bienveillance ordinaire.
Je lui trouvais des agréments que cette dernière n'a pas,
et j'en témoignai ma reconnaissance d'une manière assez
particulière à mon tour ; car il s'y mêlait quelque chose de
caressant.

Quand cette demoiselle me regardait, je prenais garde à
moi, j'ajustais les yeux ; tous mes regards étaient presque
autant de compliments, et cependant je n'aurais pu moi-
même rendre aucune raison de tout cela ; car ce n'était que
par instinct que j'en agissais ainsi, et l'instinct ne débrouille
rien.

Nous étions déjà à cinquante pas de la maison, et nous
n'avions pas encore dit une parole ; mais nous marchions
de bon cœur. Je la soutenais avec joie, et le soutien lui
faisait plaisir : voilà du moins ce que je sentais, et je ne me
trompais pas.

Pendant que nous avancions sans parler, ce qui venait,
je crois, de ne savoir par où commencer pour entamer la
conversation, j'aperçus un écriteau qui annonçait à peu
près ce qu'il fallait d'appartements à M^{lle} Habert, et je
saisis ce prétexte pour rompre un silence, dont, suivant toute
apparence, nous étions tous deux embarrassés.

Mademoiselle, lui dis-je, voulez-vous voir ce que c'est
que cette maison-ci ? Non, mon enfant, me répondit-elle,
je serais trop voisine de ma sœur ; allons plus loin, voyons
dans un autre quartier.

Eh ! mon Dieu, repris-je, mademoiselle, comment est-ce
donc que cette sœur a fait pour se brouiller avec vous,
vous qui êtes si douce ? car on vous aimerait, quand on
serait un Turc. Moi, par exemple, qui ne vous ai vu que
d'aujourd'hui, je n'ai jamais eu le cœur si content. Tout de
bon, Jacob ? me dit-elle. Oh ! pardi, mademoiselle, lui
dis-je, cela est aisé à connaître, il n'y a qu'à me voir. Tant
mieux, me dit-elle, et tu fais bien ; car tu m'as plus d'obligation que tu ne penses.

Tant mieux aussi, lui dis-je ; car il n'y a rien qui fasse
tant de plaisir, que d'avoir obligation aux personnes qui
vous ont gagné l'âme.

Eh bien ! me dit-elle, apprends, Jacob, que je ne me

sépare d'avec ma sœur qu'à cause de toi. Je te le répète
encore; tu m'as secouru tantôt avec tant d'empressement,
que j'en ai été sérieusement touchée. Quel bonheur pour
moi ! repris-je avec un geste qui me fit un peu serrer le
bras que je lui tenais. Dieu soit loué d'avoir adressé mon
chemin sur le Pont-Neuf ! Pour ce qui est du secours que je
vous ai donné, il n'y a pas tant à se récrier, mademoiselle;
car qui est-ce qui pourrait voir une personne comme vous
se trouver mal, sans en être en peine ? J'en ai été tout en
frayeur. Tenez, ma maîtresse, je vous demande pardon de
mes paroles; mais il y a des gens qui ont une mine qui rend
tous les passants leurs bons amis, et de ces mines-là, votre
mère, de sa grâce, vous en a donné une.

Tu t'expliques plaisamment, me dit-elle; mais si naïvement que tu plais. Dis-moi, Jacob, que font tes parents à la
campagne ? Hélas ! mademoiselle, lui dis-je, ils ne sont
pas riches; mais pour honorables, oh ! c'est la crème de
notre paroisse; il n'y a pas à dire non. Pour ce qui est de
la profession, mon père est le vigneron et le fermier du
seigneur de notre village. Mais je dis mal, je ne sais plus ce
qu'il est, il n'y a plus ni vignes ni ferme; car notre seigneur
est mort, et c'est de son logis de Paris que je sors. Pour ce
qui est de mes autres parents, ce n'est pas du fretin non plus,
on les appelle monsieur et madame. Hors une tante que j'ai,
qui ne s'appelle que mademoiselle, faute d'avoir été mariée
au chirurgien de notre pays qui ne put achever la noce à
cause qu'il mourut; et par dépit de cette mort, ma tante s'est
mise à être maîtresse d'école de notre village; on la salue,
il faut voir ! Outre cela, j'ai deux oncles dont l'un est curé,
qui a toujours de bon vin chez lui, et l'autre a pensé l'être
plus de trois fois; mais il va toujours son train de vicaire
en attendant mieux. Le tabellion de chez nous est aussi notre
cousin pour le moins, et même on dit par le pays, que nous
avons eu une *grande mère qui était la fille d'un gentilhomme : il est vrai, pour n'en point mentir, que c'était
du côté gauche; mais le côté droit n'en est pas loin; on
arrive en ce monde du côté qu'on peut, et c'est toujours de
la noblesse à gauche. Au reste, ce sont tous de braves
gens; et voilà au juste tout le compte de la parenté, sinon

que j'oublie un petit marmot de cousin qui ne fait encore rien que d'être au maillot.

Eh bien ! reprit M^lle Habert, on peut appeler cela une bonne famille de campagne, et il y a bien des gens qui font figure dans le monde, et qui n'ont pas une si honnête origine. Nous autres, par exemple, nous en avons une comme la vôtre, et je ne m'en tiens pas déshonorée. Notre père était le fils d'un gros fermier dans la Beauce, qui lui laissa de quoi faire un grand négoce, et nous sommes restées, ma sœur et moi, fort à notre aise.

Cela se connaît fort bien, lui dis-je, au bon *ménage que vous tenez, mademoiselle, et j'en suis ravi pour l'*amour de vous qui mériteriez d'avoir toutes les métairies de la ville et faubourgs de Paris ; mais cela me fait songer que c'est grand dommage que vous ne laissiez personne de votre race ; il y a tant de mauvaise graine dans le monde, que c'est péché de n'en pas porter de bonne quand on le peut, l'une raccommode l'autre, et les galants ne vous auraient *non plus manqué que l'eau à la rivière. Peut-être bien, me dit-elle en riant; mais il n'est plus temps; ils me manqueraient aujourd'hui, mon pauvre Jacob.

Ils vous manqueraient! m'écriai-je; oh! que nenni, mademoiselle; il faudrait donc pour cet effet que vous missiez un crêpe sur votre visage? car tant qu'on le verra, c'est du miel qui fera venir les mouches. Jerni de ma vie[1]! qui est-ce qui ne voudrait pas marier sa mine avec la vôtre, quand même ce ne serait pas par devant notaire ? Si j'étais aussi bien le fils d'un père qui eût été l'enfant d'un gros fermier de la Beauce, et qui eût pu faire le négoce : ah ! pardi, nous verrions un peu si ce minois-là passerait son chemin sans avoir affaire à moi.

M^lle Habert ne répondait à mes discours qu'en riant

---

1. Texte de la seconde édition Prault (1735, E). L'édition originale, suivie par la plupart des éditions du xviii^e siècle, jusqu'à celle de 1781 exclue (W), portait par erreur *Jerni de vie!* On sait que *jerni de ma vie* est une variante de *je renie ma vie,* dit pour éviter le blasphème au lieu de *je renie Dieu.*

presque de toute sa force, et c'était d'un rire qui venait moins de mes plaisanteries, que des éloges qu'elles contenaient. On voyait que son cœur savait bon gré au mien de ses dispositions.

Plus elle riait, plus je poursuivais. Petit à petit mes discours augmentaient de force; d'obligeants, ils étaient déjà devenus flatteurs, et puis quelque chose de plus vif encore, et puis ils approchaient du tendre; et puis, ma foi, c'était de l'amour, au mot près que je n'aventurai point, parce que je le trouvais trop gros à prononcer; mais je lui en donnai bien la valeur, et de reste.

Elle ne faisait pas semblant d'y prendre garde, et laissait tout passer, sous prétexte du plaisir innocent qu'elle prenait à ma naïveté.

Je profitai fort bien de son hypocrite façon de m'entendre. J'ouvris alors les yeux sur ma bonne fortune, et je conclus sur-le-champ qu'il fallait qu'elle eût du penchant pour moi, puisqu'elle n'arrêtait pas des discours aussi tendres que les miens.

Rien ne rend si aimable que de se croire aimé; et comme j'étais naturellement vif, que d'ailleurs ma vivacité m'emportait, et que j'ignorais l'art des détours, qu'enfin je ne mettais pas d'autre frein à mes pensées qu'un peu de retenue maladroite, que l'impunité diminuait à tout moment, je laissais échapper des tendresses étonnantes, et cela avec un *courage, avec une ardeur qui persuadaient du moins que je disais vrai, et ce vrai-là plaît toujours, même de la part de ceux qu'on n'aime point.

Notre conversation nous intéressa tant tous deux, que nous en avions oublié la maison qu'elle voulait louer.

A la fin pourtant, l'embarras que nous trouvâmes dans une rue nous força de nous interrompre, et je remarquai que M^lle Habert avait les yeux bien plus gais qu'à l'ordinaire.

Pendant cet embarras de rue, elle vit à son tour un écriteau. J'aime assez ce quartier-ci, me dit-elle (c'était du côté de Saint-Gervais[1]), voici une maison à louer, allons voir ce

1. Marivaux habitait ce quartier au moment de son mariage (1717). Voir M.-J. Durry, *Quelques Nouveautés sur Marivaux*.

que c'est. Nous y entrâmes effectivement, et nous demandâmes à voir l'appartement qui était à louer.

La propriétaire de cette maison y avait son logement, elle vint à nous.

C'était la veuve d'un procureur qui lui avait laissé assez abondamment de quoi vivre, et qui vivait à proportion de son bien. Femme avenante au reste, à peu près de l'âge de M^lle Habert, aussi fraîche, et plus grasse qu'elle; un peu commère par le babil, mais commère d'un bon esprit, qui vous prenait d'abord en amitié, qui vous ouvrait son cœur, vous contait ses affaires, vous demandait les vôtres, et puis revenait aux siennes, et puis à vous. Vous parlait de sa fille, car elle en avait une; vous apprenait qu'elle avait dix-huit ans, vous racontait les accidents de son bas âge, ses maladies; tombait ensuite sur le chapitre de défunt son mari, en prenait l'histoire du temps qu'il était garçon, et puis venait à leurs amours, disait ce qu'ils avaient duré, passait de là à leur mariage, ensuite au récit de la vie qu'ils avaient mené ensemble; c'était le meilleur homme du monde ! très appliqué à son étude; aussi avait-il gagné du bien par sa sagesse et par son économie : un peu jaloux de son naturel, et aussi parce qu'il l'aimait beaucoup; sujet à la gravelle; Dieu sait ce qu'il avait souffert ! les soins qu'elle avait eus de lui ! Enfin, il était mort bien chrétiennement. Ce qui se disait en s'essuyant les yeux qui en effet larmoyaient, à cause que la tristesse du récit le voulait, et non pas à cause de la chose même; car de là on allait à un accident de ménage qui demandait d'être dit en riant, et on riait.

Pour faire ce portrait-là, au reste, il ne m'en a coûté que de me ressouvenir de tous les discours que nous tint cette bonne veuve, qui après que nous eûmes vu l'appartement en question, et en attendant que nous convinssions du prix sur lequel il y avait dispute, nous fit entrer dans une chambre où était sa fille; nous fit asseoir amicalement, se mit devant nous, et là nous accabla, si cela se peut dire, de ce déluge de confiance et de récits que je vous rapporte ici.

Son babil m'ennuya beaucoup, moi, mais il n'empêcha pas que son caractère ne me plût, parce qu'on sentait qu'elle

ne jasait tant, que par ce qu'elle avait l'innocente faiblesse
d'aimer à parler, et comme qui dirait une bonté de cœur
babillarde.

Elle nous offrit la collation; la fit venir, quoique nous la
refusassions, nous fit manger sans que nous en eussions
envie, et nous dit qu'elle ne nous laisserait pas sortir que
nous ne fussions d'accord. Je dis nous; car on se rappellera
que j'avais un habit uni et sans livrée que m'avait fait faire
la femme du seigneur de notre village; et dans cet équipage
dont j'avais l'assortiment, avec la physionomie que je
portais, on pouvait me prendre ou pour un garçon de
boutique, ou pour un parent de M^lle Habert. Et la manière
simple, quoique *honnête, dont elle était elle-même vêtue,
permettait qu'on me fît cet honneur-là, d'autant plus que,
dans la conversation, cette demoiselle se tournait souvent
de mon côté, d'un air amical et familier; et moi je m'y
conformais comme si elle m'avait donné le mot.

Pour en agir ainsi, elle avait ses raisons que je ne pénétrais
pas encore, mais sans m'en embarrasser, je prenais toujours
et j'étais charmé de son procédé.

La séance dura bien deux bonnes heures, un peu par la
faute de M^lle Habert, qui ne haïssait pas les entretiens diffus,
et qui y perdait son temps assez volontiers. Il faut bien se
sentir de ce qu'on est : toute femme a du caquet, ou s'amuse
avec plaisir de celui des autres; l'amour du babil est un tribut
qu'elle paye à son sexe. Il y a pourtant des femmes silen-
cieuses, mais je crois que ce n'est point par caractère
qu'elles le sont; c'est l'expérience ou l'éducation qui leur
ont appris à le devenir.

Enfin M^lle Habert se ressouvint que nous avions du
chemin à faire pour nous en retourner; elle se leva.

On parla encore assez longtemps debout, après quoi
elle s'approcha de la porte, où se fit une autre station, qui
enfin termina l'entretien, et pendant laquelle M^lle Habert,
caressée, flattée sur son air doux et modeste, sur l'opinion
qu'on avait de ses bonnes qualités morales et chrétiennes,
de son aimable caractère, conclut aussi le marché de
l'appartement.

Il fut arrêté qu'elle y viendrait loger trois jours après; on ne demanda ni avec qui, ni combien elle avait de personnes qui la suivraient; c'est une question qu'on oublia dans le nombre des choses qui furent dites. Ce qui fut fort heureux; car on verra que M^{lle} Habert aurait été très embarrassée s'il avait fallu répondre sur-le-champ là-dessus.

Nous voilà donc en chemin pour nous en retourner; je passe une infinité de choses que nous nous dîmes encore, M^{lle} Habert et moi. Nous parlâmes de l'hôtesse chez qui nous devions loger.

J'aime cette femme-là, me dit-elle, il y a apparence que nous serons bien chez elle, et il me tarde déjà d'y être : il ne s'agit plus que de trouver une cuisinière; car je t'avoue, Jacob, que je ne veux point de Catherine; elle a l'esprit rude et difficile, elle serait toujours en commerce avec ma sœur, qui est naturellement curieuse, sans compter que toutes les dévotes le sont; elles se dédommagent des péchés qu'elles ne font pas par le plaisir de savoir les péchés des autres; c'est toujours autant de pris; et c'est moi qui fais cette réflexion-là, ce n'est pas M^{lle} Habert, qui, continuant à me parler de sa sœur, me dit : Puisque nous nous séparons, il faut que la chose soit sans retour, voilà qui est fini; mais tu ne sais pas faire la cuisine, et quand tu la saurais faire, mon intention n'est pas de t'employer à cela.

Vous m'emploierez à tout ce qu'il vous plaira, lui dis-je : mais puisque nous discourons sur ce sujet, est-ce que vous songez pour moi à quelque autre ouvrage ?

Ce n'est pas ici le lieu de te dire mes pensées, reprit-elle, mais, en attendant, tu as dû remarquer que je n'ai rien dit chez notre hôtesse qui pût te faire connaître pour un domestique; elle n'aura pas non plus deviné sur ton habit que tu en es un; ainsi je te recommande, quand nous irons chez elle, de régler tes manières sur les miennes. Ne m'en demande pas davantage aujourd'hui, c'est là tout l'éclaircissement que je puis te donner à présent.

Que le ciel bénisse les volontés que vous avez, répondis-je, enchanté de ce petit discours qui me parut d'un bon pronostic : mais écoutez, mademoiselle, il faut encore ajuster une autre affaire; on pourra s'enquêter à moi de ma personne, et me dire : Qui êtes-vous, qui n'êtes-vous pas ?

Or, à votre avis, qui voulez-vous que je sois? Voilà que
vous me faites un monsieur; mais ce monsieur, qui sera-ce?
Monsieur Jacob ? Cela va-t-il bien ? Jacob est mon nom
de baptême, il est beau et bon ce nom-là; il n'y a qu'à le
laisser comme il est, sans le changer contre un autre qui ne
vaudrait pas mieux; ainsi je m'y tiens; mais j'en ai besoin
d'un autre; on appelle notre père le bonhomme la Vallée, et
je serai monsieur de la Vallée[1] son fils, si cela vous convient.

Tu as raison, me dit-elle en riant, tu as raison, monsieur
de la Vallée, appelle-toi ainsi. Il n'y a pas encore là tout, lui
dis-je; si on me dit : Monsieur de la Vallée, que faites-vous
chez M<sup>lle</sup> Habert ? que faut-il que je reparte ?

Hé bien ! me répondit-elle, la difficulté n'est pas grande;
je ne laisserai pas longtemps les choses indécises; et dans
l'appartement que je viens de prendre, il y a une chambre
très éloignée de l'endroit que j'habiterai; tu seras là à part,
et décemment sous le titre d'un parent qui vit avec moi, et
qui me secourt dans mes affaires. D'ailleurs, comme je te
dis, nous nous mettrons bientôt tout à fait à notre aise sur
cet article-là; quelques jours suffiront pour me déterminer
à ce que je médite, et il faut se hâter; car les circonstances
ne permettent pas que je diffère. Ne parle de rien au logis
de ma sœur, et vis à ton ordinaire durant le peu de temps
que nous y serons. Retourne dès demain chez notre hôtesse,
elle me paraît obligeante; tu la prieras de vouloir bien nous
chercher une cuisinière, et si elle te fait des questions qui
te regardent, réponds-y suivant ce que nous venons de
dire; prends le nom de la Vallée, et sois mon parent; tu
as assez bonne mine pour cela.

Vertubleu! que je suis aise de toute cette manigance-là,
m'écriai-je; que j'ai de joie qui me trotte dans le cœur,
sans savoir pourquoi; je serai donc votre cousin? Pourtant, ma cousine, si on me mettait à même de prendre mes
qualités, ce ne serait pas votre parent que je voudrais être,

---

1. Le nom est bien choisi pour un futur homme de finance. On
trouve un la Vallée parmi les traitants taxés par les chambres de
justice de 1647 et 1661. Voir les *Variétés historiques, physiques et littéraires*, Paris, 1752, t. II, seconde partie, p. 312.

non, j'aurais bien meilleur appétit que cela; la parenté me fait bien de l'honneur néanmoins; mais quelquefois l'honneur et le plaisir vont de compagnie, n'est-ce pas ?

Nous approchions du logis pendant que je parlais ainsi; et je sentis sur-le-champ qu'elle ralentissait sa marche pour avoir le temps de me répondre et de me faire expliquer.

Je ne vous entends pas bien, monsieur de la Vallée, me dit-elle d'un ton de bonne humeur, et je ne sais pas ce que c'est que cette qualité que vous voudriez.

Oh ! malepeste ! cousine, lui dis-je, je ne saurais m'avancer plus avant, et je ne suis pas homme à perdre le respect envers vous, toute ma parente que vous êtes; mais si, par hasard, quelque jour vous aviez envie de prendre un camarade de ménage, là, de ces garçons qu'on n'envoie point dans une chambre à part, et qui sont assez hardis pour dormir côte à côte du monde; comment appelle-t-on la profession de ces gens-là ? On dit chez nous que c'est des maris : est-ce ici de même ? Hé bien, cette qualité, par exemple, le camarade qui l'aura, et que vous prendrez, la voudrait-il troquer contre la qualité de parent que j'ai de votre grâce ? Répondez en conscience ? Voilà mon énigme, devinez-la ?

Je t'en dirai le mot une autre fois, me dit-elle en se retournant de mon côté avec bienveillance; mais ton énigme est jolie. Oui-da, cousine, répliquai-je, on en pourrait faire quelque chose de bon, si on voulait s'entendre. Paix, me dit-elle alors, il n'est pas question ici d'un pareil badinage; et dans l'instant qu'elle m'arrêta, nous étions à la porte du logis, où nous arrivâmes à l'entrée de la nuit.

Catherine vint au-devant de nous, toujours fort *intriguée des intentions de M^{lle} Habert sur son chapitre.

Je ne dirai rien des façons empressées qu'elle eut pour nous, ni du dégoût qu'elle disait avoir pour le service de la sœur aînée. Et ce dégoût-là était alors sincère, parce que la retraite de la sœur cadette allait la laisser seule avec l'autre : mais aussi, pendant que leur union avait duré, dame Catherine n'avait jamais fait sa cour qu'à l'aînée, dont l'esprit impérieux et tracassier lui en imposait davantage, et qui d'ailleurs avait toujours gouverné la maison.

Mais la société des deux sœurs finissant, cela changeait la

thèse, et il était bien plus doux de passer au service de la cadette dont elle aurait été la maîtresse.

Catherine nous apprit que l'aînée était sortie, et qu'elle devait coucher chez une dévote de ses amies, de peur que Dieu ne fût offensé, si les deux sœurs se revoyaient dans la conjoncture présente : Et tant mieux qu'elle soit partie, dit Catherine, nous en souperons de meilleur cœur, n'est-ce pas, mademoiselle ? Assurément, reprit M^{lle} Habert; ma sœur a fait prudemment, et elle est la maîtresse de ses actions comme je le suis des miennes.

A cela succédèrent plusieurs petites questions de la part de la caressante cuisinière : Mais vous avez été bien long-temps à revenir. Avez-vous retenu une maison ? Est-elle en beau quartier ? Y a-t-il loin d'ici ? Serons-nous près des marchés ? La cuisine est-elle commode ? Aurai-je une chambre ?

Elle obtint d'abord quelques réponses laconiques; j'eus aussi ma part de ses cajoleries, à quoi je repartais avec ma gaillardise ordinaire, sans lui en apprendre plus que ne faisait M^{lle} Habert, sur qui je me réglais.

Nous parlerons de tout cela une autre fois, Catherine, dit celle-ci pour abréger; je suis trop lasse à présent, faites-moi souper de bonne heure, afin que je me couche.

Et là-dessus elle monta à sa chambre, et j'allai mettre le couvert, pour me soustraire aux importunes interroga-tions de Catherine, dont je m'attendais bien d'être persécuté quand nous serions ensemble.

Je fus long dans mon service. M^{lle} Habert était revenue dans la chambre où je mettais le couvert, et je plaisantai avec elle de l'inquiétude de Catherine. Si nous la menions avec nous, lui disais-je, nous ne pourrions plus être parents, il n'y aurait plus de monsieur de la Vallée.

Je l'amusais de pareils discours, pendant qu'elle faisait un petit mémoire des meubles qui lui appartenaient, et qu'elle devait emporter de chez sa sœur; car sur l'éloigne-ment que celle-ci témoignait pour elle en s'absentant de la maison, elle avait dessein, s'il était possible, de coucher le lendemain dans son nouvel appartement.

Monsieur de la Vallée, me dit-elle en badinant, va demain,

le plus matin que tu pourras, me chercher un tapissier pour
détendre mon cabinet et ma chambre, et dis-lui qu'il se
charge aussi des voitures nécessaires pour emporter tous
mes meubles; une journée suffira pour transporter tout,
si on veut aller un peu vite. Je voudrais que cela fût déjà
fait, lui dis-je, tant j'ai hâte que nous buvions ensemble;
car là-bas il faudra bien que mon assiette soit *vis-à-vis
la vôtre, attendu qu'un parent prend ses repas avec sa
parente; ainsi faites votre compte que dès demain tout sera
*détalé dès sept heures du matin.

Ce qui fut conclu fut exécuté. M^lle Habert soupa.
Devenu hardi avec elle, je l'invitai à boire à la santé du
cousin le dernier coup que je lui versai, pendant que Catherine, qui de temps en temps montait pour la servir, était
allée dans sa cuisine.

La santé du cousin fut bue, il fit raison sur-le-champ;
car dès qu'elle eut vidé sa tasse (et c'en était une), je la
remplis d'une rasade de vin pur; et puis : A votre santé,
cousine ! Après quoi je descendis pour souper à mon tour.

Je mangeai beaucoup, mais je mâchai peu pour avoir
plus tôt fait; j'aimais mieux courir les risques d'une indiges-
tion que de demeurer longtemps avec Catherine, dont l'inquiète curiosité me tracassa beaucoup, et, sous prétexte
d'avoir à me lever matin le lendemain, je me retirai vite en
la laissant tristement ébahie de tout ce qu'elle voyait, aussi
bien que de la précipitation avec laquelle j'avais entassé
mes morceaux sans lui avoir répondu que des monosyllabes.

Mais, Jacob, dis-moi donc ceci ? conte-moi donc cela ?
Ma foi, dame Catherine, M^lle Habert a loué une maison, je
lui ai donné le bras dans les chemins, nous étions allés,
nous sommes revenus; voilà tout ce que je sais, bonsoir.
Ah ! qu'elle m'eût de bon cœur dit des injures ! Mais elle
espérait encore, et la brutale n'osait faire du bruit.

Il me tarde d'en venir à de plus grands événements :
ainsi passons vite à notre nouvelle maison.

Le tapissier est venu le lendemain, nos meubles sont
partis, nous avons dîné debout, remettant de manger mieux
et plus à notre aise au souper dans notre nouveau gîte.

Catherine, convaincue enfin qu'elle ne nous suivra pas, nous a traités à l'avenant de notre indifférence pour elle, et comme le méritait la banqueroute que nous lui faisions; elle a disputé la propriété de je ne sais combien de nippes à M^{lle} Habert, et soutenu qu'elles étaient à sa sœur aînée; elle lui a fait mille chicanes, elle m'a voulu battre, moi qui ressemble à ce défunt Baptiste qu'elle m'a dit qu'elle avait tant aimé. M^{lle} Habert a écrit un petit billet qu'elle a laissé sur la table pour sa sœur, et par lequel elle l'avertit que dans sept ou huit jours elle viendra pour s'arranger avec elle, et régler quelques petits intérêts qu'elles ont à vider ensemble. Un fiacre est venu nous prendre; nous nous y sommes emballés sans façon, la cousine et moi; et puis fouette cocher.

Nous voilà à l'autre maison; et c'est d'ici qu'on va voir mes aventures devenir plus nobles et plus importantes; c'est ici où ma fortune commence : serviteur au nom de Jacob, il ne sera plus question que de monsieur de la Vallée; nom que j'ai porté pendant quelque temps, et qui était effectivement celui de mon père; mais à celui-là on en joignait un autre qui servait à le distinguer d'un de ses frères, et c'est sous cet autre nom qu'on me connaît dans le monde; c'est celui-ci qu'il n'est pas nécessaire que je dise et que je ne pris qu'après la mort de M^{lle} Habert, non pas que je ne fusse content de l'autre, mais parce que les gens de mon pays s'obstinèrent à ne m'appeler que de ce nom-là. Passons à l'autre maison.

Notre hôtesse nous reçut comme ses amis les plus intimes. La chambre où devait coucher M^{lle} Habert était déjà rangée, et j'avais un petit lit de camp tout prêt, dans l'endroit qui m'était réservé, et dont j'ai déjà fait mention.

Il ne s'agissait plus que d'avoir de quoi souper, et le rôtisseur qui était à notre porte nous eût fourni ce qu'il fallait; mais notre obligeante hôtesse, à qui j'avais dit que nous arriverions le soir même, y avait pourvu, et voulut absolument que nous soupassions chez elle.

Elle nous fit bonne chère, et notre appétit y fit honneur.

M^{lle} Habert commença d'abord par établir ma qualité de cousin, à quoi je ripostai sans façon par le nom de cousine; et comme il me restait encore un petit accent et même quelques expressions de village, on remédia à cela par dire que j'arrivais de la campagne, et que je n'étais à Paris que depuis deux ou trois mois.

Jusqu'ici donc mes discours avaient toujours eu une petite tournure champêtre; mais il y avait plus d'un mois que je m'en corrigeais assez bien, quand je voulais y prendre garde, et je n'avais conservé cette tournure avec Mlle Habert, qu'à cause que je m'étais aperçu qu'elle me réussissait auprès d'elle, et que je lui avais dit tout ce qui m'avait plu à la faveur de ce langage rustique; mais il est certain que je parlais meilleur français quand je voulais. J'avais déjà acquis assez d'usage pour cela, et je crus devoir m'appliquer à parler mieux qu'à l'ordinaire.

Notre repas fut le plus gai du monde, et j'y fus plus gai que personne.

Ma situation me paraissait assez douce; il y avait grande apparence que Mlle Habert m'aimait, elle était encore assez aimable, elle était riche pour moi; elle jouissait bien de quatre mille livres de rente et au delà, et j'apercevais un avenir très riant et très prochain; ce qui devait réjouir l'âme d'un paysan de mon âge, qui presque au sortir de la charrue pouvait sauter tout d'un coup au rang honorable de bon bourgeois de Paris ; en un mot j'étais à la veille d'avoir pignon sur rue, et de vivre de mes rentes, chéri d'une femme que je ne haïssais pas, et que mon cœur payait du moins d'une reconnaissance qui ressemblait si bien à de l'amour, que je ne m'embarrassais pas d'en examiner la différence.

Naturellement j'avais l'humeur gaillarde, on a pu s'en apercevoir dans les récits que j'ai faits de ma vie; et quand, à cette humeur naturellement gaillarde, il se joint encore de nouveaux motifs de gaillardise, Dieu sait comme on pétille ! Aussi faisais-je; mettez avec cela un peu d'esprit, car je n'en manquais pas; assaisonnez le tout d'une physionomie agréable, n'a-t-on pas de quoi plaire à table avec tous ces agréments-là ? N'y remplit-on pas bien sa place ?

Sans doute que j'y valais quelque chose; car notre hôtesse, qui était amie de la joie, à la vérité plus capable de la goûter quand elle la trouvait que de la faire naître ; car sa conversation était trop diffuse pour être piquante, et à table il ne faut que des mots et point de récits[1].

Notre hôtesse donc ne savait quel compliment me faire qui fût digne du plaisir que lui donnait ma compagnie, disait-elle; elle s'attendrissait ingénument en me regardant, je lui gagnais le cœur et elle le disait bonnement, elle ne s'en cachait pas.

Sa fille, qui avait, comme je l'ai dit, dix-sept ou dix-huit ans, je ne sais plus combien, et dont le cœur était plus discret et plus matois, me regardait du coin de l'œil, et, prenant un extérieur plus dissimulé que modeste, ne témoignait que la moitié du goût qu'elle prenait à ce que je disais.

M<sup>lle</sup> Habert, d'une autre part, me paraissait stupéfaite de toute la vivacité que je montrais; je voyais à sa mine qu'elle m'avait bien cru de l'esprit, mais non pas tant que j'en avais.

Je pris garde en même temps qu'elle augmentait d'estime et de penchant pour moi; mais que cette augmentation de sentiments n'allait pas sans inquiétude.

Les éloges de ma naïve hôtesse l'*intriguaient, les regards fins et dérobés que la jeune fille me lançait de côté ne lui échappaient pas. Quand on aime, on a l'œil à tout, et son âme se partageait entre le souci de me voir si aimé et la satisfaction de me voir si aimable.

Je m'en aperçus à *merveille; et ce talent de lire dans l'esprit des gens et de débrouiller leurs sentiments secrets est un don que j'ai toujours eu et qui m'a quelquefois bien servi.

Je fus charmé d'abord de voir M<sup>lle</sup> Habert dans ces dispositions-là; c'était bon signe pour mes espérances, cela me confirmait son inclination pour moi, et devait hâter ses bons desseins, d'autant plus que les regards de la jeune personne, et les douceurs que me disait la mère, me mettaient comme à l'enchère.

Je redoublai donc d'agréments le plus qu'il me fut pos-

---

1. C'était du moins le cas, si l'on en croit Duclos, chez M<sup>me</sup> de Tencin. Pendant le repas, toute conversation était bannie, et on ne parlait que par bons mots et par énigme (*Confessions du comte de \*\*\**, Œuvres complètes, 1806, t. VIII, p. 93). - Sur la disposition du texte adoptée, conforme à celle de l'édition originale, voir p. 68, note 1.

sible, pour entretenir M^lle Habert dans les alarmes qu'elle
en prenait; mais comme il fallait qu'elle eût peur du goût
qu'on avait pour moi, et non pas de celui qu'elle m'aurait
senti pour quelqu'une de ces deux personnes, je me ména-
geai de façon que je ne devais lui paraître coupable de rien;
elle pouvait juger que je n'avais point d'autre intention
que de me divertir et non pas de plaire, et que, si j'étais
aimable, je n'en voulais profiter que dans son cœur, et non
dans celui d'aucune de ces deux femmes.

Pour preuve de cela j'avais soin de la regarder très souvent avec des yeux qui demandaient son approbation pour
tout ce que je disais; de sorte que j'eus l'art de la rendre
contente de moi, de lui laisser ses inquiétudes qui pouvaient
m'être utiles, et de continuer de plaire à nos deux hôtesses,
à qui je trouvai aussi le secret de persuader qu'elles me
plaisaient, afin de les exciter à me plaire à leur tour, et de
les maintenir dans ce penchant qu'elles marquaient pour
moi, et dont j'avais besoin pour presser M^lle Habert de
s'expliquer; et s'il faut tout dire, peut-être aussi voulais-je
voir ce qui arriverait de cette aventure, et tirer parti de
tout; on est bien aise d'avoir, comme on dit, plus d'une
corde à son arc.

Mais j'oubliais une chose, c'est le portrait de la jeune fille,
et il est nécessaire que je le fasse.

J'ai dit son âge. Agathe, c'était son nom, dans son éducation bourgeoise, avait bien plus d'esprit que sa mère,
dont les épanchements de cœur et la naïveté babillarde lui
paraissaient ridicules; ce que je connaissais par certains
petits sourires malins qu'elle faisait de temps en temps, et
dont la signification passait la mère, qui était trop bonne et
trop franche pour être si intelligente.

Agathe n'était pas belle, mais elle avait beaucoup de
délicatesse dans les traits, avec des yeux vifs et pleins de
feu, mais d'un feu que la petite personne retenait, et ne
laissait éclater qu'en sournoise, ce qui tout ensemble lui
faisait une physionomie piquante et spirituelle, mais friponne, et de laquelle on se méfiait d'abord à cause de ce
je ne sais quoi de rusé qui brochait sur le tout, et qui ne
la rendait pas bien sûre.

Agathe, à *vue de pays, avait du penchant à l'amour;
on lui sentait plus de disposition à être amoureuse que
tendre[1], plus d'hypocrisie que de mœurs, plus d'attention
pour ce qu'on dirait d'elle que pour ce qu'elle serait dans
le fond; c'était la plus intrépide menteuse que j'aie connue.
Je n'ai jamais vu son esprit en défaut sur les expédients; vous
l'auriez crue timide, il n'y avait point d'âme plus ferme, plus
résolue, point de tête qui se démontât moins; il n'y avait
personne qui se souciât moins dans le cœur d'avoir fait une
faute, de quelque nature qu'elle fût; personne en même
temps qui se souciât tant de la couvrir ou de l'excuser;
personne qui en craignît moins le reproche, quand elle ne
pouvait l'éviter; et alors, vous parliez à une coupable si
tranquille, que sa faute ne vous paraissait plus rien.

Ce ne fut pas sur-le-champ que je démêlai tout ce caractère que je développe ici, je ne le sentis qu'à force de voir
Agathe.

Il est certain qu'elle me trouva à son gré aussi bien que
sa mère à qui je plus beaucoup, et qui était une bonne femme
dont on pouvait mener le cœur bien loin; ainsi, des deux
côtés, je voyais une assez belle carrière ouverte à mes
galanteries, si j'en avais voulu tenter le succès.

Mais Mlle Habert était plus sûre que tout cela; elle ne
répondait de ses actions à personne, et ses desseins, s'ils
m'étaient favorables, n'étaient sujets à aucune contradiction. D'ailleurs je lui devais de la reconnaissance, et c'était
là une dette que j'ai toujours bien payée à tout le monde.

Ainsi, malgré la faveur que j'acquis dès ce jour dans la
maison, malgré toutes les apparences qu'il y avait que je
serais en état de me faire valoir, je résolus de m'en tenir au
cœur le plus prêt et le plus maître de se déterminer.

---

1. La distinction entre ces deux sentiments n'est pas nouvelle chez
Marivaux, puisqu'il la fait déjà dans *La Voiture embourbée* (1713) : «Il
me paraissait, à vue de pays, qu'elle n'eût point été tendre sans être
amoureuse, et voilà justement la véritable tendresse; et, n'en déplaise
aux héritiers des sentiments des antiques héroïnes, le reste est simplement imagination.» (*Œuvres de jeunesse,* p. 319.) Voir aussi *La Vie de
Marianne,* p. 74.

Il était minuit quand nous sortîmes de table; on conduisit Mlle Habert à sa chambre, et dans l'espace du peu de chemin qu'il fallait faire pour cela, Agathe trouva plus de dix fois le moment de jouer de la prunelle sur moi, d'une manière très flatteuse, et toujours sournoise; à quoi je ne pus m'empêcher de répondre à mon tour, et le tout si rapidement de part et d'autre, qu'il n'y avait que nous qui pussions saisir ces éclairs-là.

Quant à moi, je ne répondais à Agathe, ce me semble, que pour ne pas mortifier son amour-propre; car il est dur de faire le cruel avec de beaux yeux qui cherchent les vôtres.

La mère m'avait pris sous le bras, et ne se lassait point de dire : Allez, vous êtes un plaisant garçon; on ne s'ennuiera pas avec vous.

Je ne l'ai jamais vu si gaillard, repartait à cela la cousine, d'un ton qui me disait : Vous l'êtes trop.

Ma foi, mesdames, disais-je, mon humeur est de l'être toujours; mais avec de bon vin, bonne chère et bonne compagnie, on l'est encore davantage qu'à son ordinaire. Est-il pas vrai[1], cousine ? ajoutai-je en lui serrant le bras que je tenais aussi.

Ce fut en tenant de pareils discours que nous arrivâmes à l'appartement de Mlle Habert.

Je crois que je dormirai bien, dit-elle quand nous y fûmes, en affectant une lassitude qu'elle n'avait pas, et qu'elle feignait pour engager notre hôtesse à prendre congé d'elle.

Mais notre hôtesse n'était pas expéditive dans ses politesses; et par abondance d'amitié pour nous, il n'y eut point de petites commodités dans cet appartement qu'elle ne se piquât de nous faire remarquer.

Elle proposa ensuite de me mener à ma chambre; mais je compris à l'air de la cousine que cet excès de civilité n'était pas de son goût, et je la refusai le plus *honnêtement qu'il me fut possible.

---

1. Texte des éditions anciennes. Celle de 1781 introduit la correction *N'est-il pas vrai*, qui est inutile, puisque le tour employé par Marivaux est bien connu dans la langue classique, où il constitue même une élégance.

Enfin nos dames s'en allèrent, chassées par les bâillements de M^{lle} Habert, qui en fit à la fin de très vrais, peut-être pour en avoir fait de faux.

Et moi je sortais avec nos hôtesses pour me retirer décemment chez moi, quand la cousine me rappela.

Monsieur de la Vallée, cria-t-elle, attendez un instant, j'ai une commission à vous donner pour demain. Et là-dessus je rentrai en souhaitant le bonsoir à la mère et à la fille, honoré moi-même de leur révérence , et surtout de celle d'Agathe qui ne confondit pas la sienne avec celle de sa mère, qui la fit à part afin que je la distinguasse, et que je prisse garde à tout ce qu'elle y mit d'expressif et d'obligeant pour moi.

Quand je fus rentré chez M^{lle} Habert, et que nous fûmes seuls, je présumai qu'il allait être question de quelque réflexion chagrine sur nos aventures de table et sur l'avantage que j'avais eu d'y paraître si amusant.

Cependant je me trompai; mais non pas sur les intentions, car ce qu'elle me dit marquait que ce n'était que partie remise.

Notre joyeux cousin, me dit-elle, j'ai à vous parler; mais il est trop tard et heure indue, ainsi, différons la conversation jusqu'à demain; je me lèverai plus matin qu'à l'ordinaire pour ranger quelques hardes qui sont dans ces paquets, et je vous attendrai entre huit et neuf dans ma chambre, afin de voir quelles mesures nous devons prendre sur mille choses que j'ai dans l'esprit, entendez-vous ? N'y manquez pas; car notre hôtesse a tout l'air de venir demain savoir des nouvelles de ma santé, et peut-être de la vôtre, et nous n'aurions pas le temps de nous entretenir, si nous ne prévenions pas la fureur de ses politesses.

Ce petit discours, comme vous voyez, était un prélude d'humeur jalouse, ou du moins inquiète; ainsi je ne doutai pas un instant du sujet d'entretien que nous traiterions le lendemain.

Je ne manquai pas au rendez-vous; j'y fus même un peu plus tôt qu'elle ne me l'avait dit, pour lui témoigner une impatience qui ne pouvait que lui être agréable : aussi m'aperçus-je qu'elle m'en sut bon gré.

Ah ! voilà qui est bien, dit-elle en me voyant; vous êtes exact, monsieur de la Vallée. N'avez-vous vu encore aucune de nos hôtesses depuis que vous êtes levé ? Bon ! lui dis-je, je n'ai pas seulement songé si elles étaient au monde : est-ce que nous avons affaire ensemble ? J'avais, ma foi, bien autre chose dans la tête !

Eh ! qu'est-ce donc qui vous a occupé ? reprit-elle. Notre rendez-vous, lui dis-je, que j'ai eu toute la nuit dans la pensée.

Je n'ai pas laissé que d'y rêver aussi, me dit-elle; car ce que j'ai à te dire, La Vallée, est de conséquence pour moi. Eh ! *mardi, ma chère cousine, repartis-je là-dessus, faites donc vite, vous me rendez malade d'inquiétude. Dès que le sujet regarde votre personne, je ne saurais plus durer sans le savoir; est-ce qu'il y a quelque chose qui vous fait peine ? Y a-t-il du remède ? N'y en a-t-il pas ? Me voilà comme un troublé si vous ne parlez vite.

Ne t'inquiète pas, me dit-elle; il ne s'agit de rien de fâcheux. Dame ! répondis-je, c'est qu'il faut compter que j'ai un cœur qui n'entend envers vous pas plus de raison qu'un enfant; et ce n'est pas ma faute. Pourquoi m'avez-vous été si bonne ? Je n'ai pu y tenir. Mais, mon garçon, me dit-elle alors en me regardant avec une attention qui me conjurait d'être vrai, n'exagères-tu point ton attachement pour moi, et me dis-tu ce que tu penses ? Puis-je te croire ?

Comment ! repris-je en faisant un pas en arrière, vous doutez de moi, mademoiselle ? Pendant que je mettrais ma vie en gage, et une centaine avec, si je les avais, pour acheter la santé de la vôtre et sa continuation, vous doutez de moi ? Hélas ! il n'y aura donc plus de joie en moi; car je n'ai vaillant que mon pauvre cœur; et dès que vous ne le connaissez pas, c'est tout comme si je n'avais plus rien : voilà qui est fini; après toutes les grâces que j'ai reçues d'une maîtresse qui m'a donné sa parenté pour rien, si vous me dites : M'aimes-tu, cousin ? que je vous dise : Eh ! pardi, oui, cousine; et que vous repartiez : Peut-être que non, cousin : votre parent est donc pis qu'un ours; il n'y a point dans les bois d'animal qui soit son pareil, ni si dénaturé que lui. N'est-ce pas là un beau bijou que vous avez mis dans

votre famille ? Allez, que Dieu vous le pardonne, mademoiselle, car il n'y a plus de cousine, j'aurais trop de confusion
de proférer ce nom-là, après la barbarie que vous me croyez
dans l'âme ; allez, mademoiselle, j'aimerais mieux ne vous
avoir jamais ni vue ni aperçue, que de m'entendre accuser
de la sorte par une personne qui a été le sujet de la première affection que j'aie eue dans le cœur, hormis père et
mère que je ne compte pas, parce qu'on est leur race, et
que l'amitié qu'on a pour eux n'ôte point la part des autres :
mais j'avais une grande consolation à croire que vous
saviez le fond de ma pensée ; que le ciel me soit en aide, et
à vous aussi. Hélas ! de gaillard que j'étais, me voilà bien
triste !

Je me ressouviens bien qu'en lui parlant ainsi, je ne sentais
rien en moi qui démentît mon discours. J'avoue pourtant
que je tâchai d'avoir l'air et le ton touchant, le ton d'un
homme qui pleure, et que je voulus orner un peu la vérité ;
et ce qui est de singulier, c'est que mon intention me gagna
tout le premier. Je fis si bien que j'en fus la dupe moi-même,
et je n'eus plus qu'à me laisser aller sans m'embarrasser de
rien ajouter à ce que je sentais ; c'était alors l'affaire du
sentiment qui m'avait pris, et qui en sait plus que tout l'art
du monde.

Aussi ne manquai-je pas mon coup ; je convainquis, je
persuadai si bien M$^{lle}$ Habert, qu'elle me crut jusqu'à en
pleurer d'attendrissement, jusqu'à me consoler de la douleur que je témoignais, et jusqu'à me demander excuse
d'avoir douté.

Je ne m'apaisai pourtant pas d'abord ; j'eus le cœur gros
encore quelque temps, le sentiment me menait ainsi, et
il me menait bien : car quand on est une fois en train de se
plaindre des gens, surtout en fait de tendresse, les reproches
ont toujours une certaine durée ; et on se plaint encore
d'eux, même après leur avoir pardonné ; c'est comme un
mouvement qu'on a donné à quelque chose ; il ne cesse
pas tout d'un coup, il diminue, et puis finit.

Mes tendres reproches finirent donc, et je me rendis
ensuite à tout ce qu'elle me dit d'obligeant pour m'apaiser.

Rien n'attendrit tant de part et d'autre que ces scènes-là,

surtout dans un commencement de passion : cela fait faire à l'amour un progrès infini, il n'y a plus dans le cœur de discrétion qui tienne; il dit en un quart d'heure ce que, suivant la bienséance, il n'aurait osé dire qu'en un mois, et le dit sans paraître aller trop vite; c'est que tout lui échappe.

Voilà du moins ce qui arriva à Mlle Habert. Je suis persuadé qu'elle n'avait pas dessein de s'avancer tant qu'elle le fit, et qu'elle ne m'eût annoncé ma bonne fortune qu'à plusieurs reprises; mais elle ne fut pas maîtresse d'observer cette économie-là : son cœur s'épancha, j'en tirai tout ce qu'il méditait pour moi; et peut-être qu'à son tour elle tira du mien plus de tendresse qu'il n'en avait à lui rendre; car je me trouvai moi-même étonné de l'aimer tant, et je n'y perdis rien, comme on le va voir dans la suite de notre conversation, qu'il est nécessaire que je rapporte, parce que c'est celle où Mlle Habert se déclare.

Mon enfant, me dit-elle, après m'avoir vingt fois répété : Je te crois, voilà qui est fait; mon enfant, me dit-elle donc, je pense qu'à présent tu vois bien de quoi il s'agit. Hélas ! lui dis-je, ma gracieuse parente, il me paraît que je vois quelque chose; mais l'appréhension de m'abuser me rend la vue trouble, et les choses que je vois me confondent à cause de mon petit mérite. Est-ce qu'il se pourrait, Dieu me pardonne, que ma personne ne serait pas déplaisante à la vôtre ? Est-ce qu'un bonheur comme celui-là serait la part d'un pauvre garçon qui sort du village ? Car voilà ce qui m'en semble; et si j'en étais bien certain, il faudrait donc mourir de joie.

Oui, Jacob, me répondit-elle alors, puisque tu m'entends, et que cela te fait tant de plaisir, réjouis-t'en en toute sûreté.

Doucement donc, lui dis-je; car j'en pâmerai d'aise ! Il n'y a qu'une raison qui me chicane à tout ceci, ajoutai-je. Eh ! laquelle ? me dit-elle. C'est, lui repartis-je, que vous me direz : Tu n'as rien, ni revenu, ni profit d'amassé; rien à louer, tout à acheter, rien à vendre; point d'autre gîte que la maison du prochain ,ou bien la rue; pas seulement du pain pour attraper le bout du mois ; après cela, mon petit

monsieur, n'êtes-vous pas bien fatigué de vous réjouir tant
de ce que je vous aime ? Ne faudra-t-il pas encore vous
remercier de la peine que vous prenez d'en être si ravi ?
Voilà, ma précieuse cousine, ce qu'il vous est loisible de
repartir au contentement que je témoigne de votre affection : mais Dieu le sait, ma parente, ce n'est point pour
l'amour de toutes ces *provisions-là que mon cœur se
transporte.

J'en suis persuadée, me dit-elle, et tu ne penserais pas
à m'en assurer si cela n'était pas vrai, mon cher enfant.

Tenez, cousine, ajoutai-je, je ne songe non plus à pain,
à vin, ni à gîte, que s'il n'y avait ni blé, ni vigne, ni logis
dans le monde. Je les prendrai pourtant quand ils viendront,
mais seulement parce qu'ils seront là. *Pour à de l'argent,
j'y rêve comme au Mogol; mon cœur n'est pas une marchandise, on ne l'aurait pas quand on m'en offrirait mille écus
plus qu'il ne vaut, mais on l'a pour rien quand il y prend
goût, et c'est ce qu'il a fait avec vous sans rien demander
en retour. Que ce cœur vous plaise ou vous fâche, n'importe, il a pris sa *secousse, il est à vous. Je confesse bonnement néanmoins que vous pouvez me faire du bien, parce
que vous en avez; mais je ne rêvais pas à cette arithmétique-
là, quand je me suis rendu à votre mérite, à votre jolie
mine, à vos douces façons; et je m'attendais à votre
amitié, comme à voir un samedi arriver dimanche. La mienne
est une affaire qui a commencé sur le Pont-Neuf; de là jusqu'à votre maison, elle a pris vigueur et croissance, sa
perfection est venue chez vous, et deux heures après, il
n'y avait plus rien à y mettre[1]; en voilà le récit bien véritable.

Quoi ! me répondit-elle, si tu avais été plus riche et en
situation de me dire : Je vous aime, mademoiselle, tu me
l'aurais dit, Jacob ?

---

1. Le ton de Jacob rappelle, en moins burlesque, celui d'Arlequin
dans *Le Jeu de l'Amour et du Hasard*, acte II, sc. 3 : « Vous vous trompez,
prodige de nos jours ; un amour de votre façon ne reste pas longtemps
au berceau ; votre premier coup d'œil a fait naître le mien, le second
lui a donné des forces et le troisième l'a rendu grand garçon ; tâchons
de l'établir au plus vite, puisque vous êtes sa mère. »

Qui ? moi ? m'écriai-je; eh ! merci de ma vie, je vous
l'aurais dit avant que de parler, tout ainsi que je l'ai fait,
ne vous déplaise; et si j'avais été digne que vous m'eussiez
envisagé à bon escient, vous auriez bien vu que mes yeux
vous disaient des paroles que je n'osais pas prononcer;
jamais ils ne vous ont regardée qu'ils ne vous aient tenu les
mêmes discours que je vous tiens; et toujours je vous aime,
et quoi encore ? je vous aime; je n'avais que ces mots-là
dans l'œil. Hé bien, mon enfant, me répondit-elle en jetant
un soupir qui partait d'une abondance de tendresse, tu
viens de m'ouvrir ton cœur, il faut que je t'ouvre le mien.

Quand tu m'as rencontrée, il y avait longtemps que
l'humeur difficile de ma sœur m'avait rebutée de son commerce; d'un autre côté je ne savais quel parti prendre, ni
à quel genre de vie je devais me destiner en me séparant
d'avec elle; j'avais quelquefois envie de me mettre en
pension; mais cette façon de vivre a ses désagréments, il
faut le plus souvent sacrifier ce qu'on veut à ce que veulent
les autres, et cela m'en dégoûtait. Je songeais quelquefois
au mariage : Je ne suis pas encore en âge d'y renoncer,
me disais-je; je puis apporter un assez beau bien à celui
qui m'épousera; et si je rencontre un honnête homme,
un esprit doux, un bon caractère, voilà du repos pour le
reste de mes jours. Mais cet honnête homme, où le trouver ?
Je voyais bien des gens qui me jetaient des discours à la
dérobée pour m'attirer à eux. Il y en avait de riches, mais
ils ne me plaisaient point; les uns étaient d'une profession
que je n'aimais pas; j'apprenais que les autres n'avaient
point de conduite; celui-ci aimait le vin, celui-là le jeu,
un autre les femmes; car il y a si peu de personnes dans le
monde qui vivent dans la crainte de Dieu, si peu qui se
marient pour remplir les devoirs de leur état ! Parmi ceux
qui n'avaient point ces vices-là, l'un était un étourdi,
l'autre était sombre et mélancolique, et je cherchais quelqu'un d'un caractère ouvert et gai, qui eût le cœur bon et
sensible, qui répondît à la tendresse que j'aurais pour lui.
Peu m'importait qu'il fût riche ou pauvre, qu'il eût quelque
rang ou qu'il n'en eût pas. Je n'étais pas délicate non plus
sur l'origine, pourvu qu'elle fût honnête; c'est-à-dire,

pourvu qu'elle ne fût qu'obscure, et non pas vile et méprisable ; et j'avais raison de penser modestement là-dessus,
car je ne suis née moi-même que de parents honorables,
et non pas connus. J'attendais donc que la Providence, à
qui je remettais le tout, me fît trouver l'homme que je
cherchais ; et ce fut dans ce temps-là que je te rencontrai
sur le Pont-Neuf.

Je l'interrompis à cet endroit de son discours.

Je veux, lui dis-je, acheter une tablette pour écrire l'année, le jour, l'heure et le moment, avec le mois, la semaine,
et le temps qu'il faisait le jour de cette heureuse rencontre.

La tablette est *toute achetée, mon fils, me dit-elle, et
je te la donnerai, laisse-moi achever.

J'étais extrêmement faible, quand nous nous rencontrâmes,
et il faut avouer que tu me secourus avec beaucoup de zèle.

Lorsque, par tes soins, je fus revenue à moi, je te regardai
avec beaucoup d'attention, et tu me parus d'une physionomie tout à fait prévenante.

Grand merci à Dieu qui a permis que je la porte, m'écriai-je
encore à ces mots. Oui, dit-elle, tu me plus d'abord, et le
penchant que j'eus pour toi me parut être si subit et si
naturel, que je ne pus m'empêcher d'y faire quelque
réflexion. Qu'est-ce que c'est que ceci, me dis-je, je me sens
comme obligée d'aimer ce jeune homme ? Là-dessus je
me recommandai à Dieu qui dispose de tout, et le priai de
vouloir bien, dans les suites, me manifester sa sainte volonté
sur une aventure qui m'étonnait moi-même. Hé bien,
cousine, lui dis-je alors, ce jour-là, nos prières partirent
donc l'une *quand et quand l'autre ; car, pendant que vous
faisiez la vôtre, je fis aussi ma petite oraison à part. Mon
Dieu ! disais-je, qui avez mené Jacob sur ce Pont-Neuf,
mon Dieu, que vous seriez clément envers moi, si vous
mettiez dans la fantaisie de cette honnête demoiselle de
me garder toute sa vie, ou seulement toute la mienne, à
son aimable service !

Est-il bien possible, me répondit M$^{lle}$ Habert, que cette
idée-là te soit venue, mon garçon ?

Par ma foi, oui, lui dis-je, et je ne la sentis point venir,
je la trouvai *toute arrivée.

Que cela est particulier, reprit-elle. Quoi qu'il en soit, tu m'aidas à revenir chez moi; et durant le chemin, nous nous entretînmes de ta situation. Je te fis plusieurs questions; et je ne saurais t'exprimer combien je fus contente de tes réponses, et des mœurs que tu montrais. Je te voyais une simplicité, une candeur qui me charmait, et j'en revenais toujours à ce penchant que je ne pouvais m'empêcher d'avoir pour toi. Toujours je demandais à Dieu qu'il daignât m'éclairer là-dessus, et me manifester ce qu'il voulait que cela devînt. Si sa volonté est que j'épouse ce garçon-là, disais-je, il arrivera des choses qui me le prouveront pendant qu'il demeurera chez nous.

Et je raisonnais fort bien : Dieu ne m'a pas laissée longtemps dans l'incertitude. Le même jour, cet ecclésiastique de nos amis vint nous voir, et je t'ai dit la querelle que nous eûmes ensemble.

Ah ! ma cousine, la bonne querelle ! m'écriai-je, et que ce bon directeur a bien fait d'être si fantasque ! Comme tout cela s'arrange ! Une rue où l'on se rencontre, une prière d'un côté, une oraison d'un autre, un prêtre qui arrive, et qui vous réprimande; votre sœur qui me chasse; vous qui me dites : Arrête; une division entre deux filles pour un garçon que Dieu envoie; que cela est admirable ! Et puis vous me demandez si je vous aime ? Eh ! mais cela se peut-il autrement ? Ne voyez-vous pas bien que mon affection se trouve là par prophétie divine, et que cela était décidé avant nous ? Il n'y a rien de si visible.

En vérité, tu dis à *merveilles, me répondit-elle, et il semble que Dieu te fournisse de quoi achever de me convaincre. Allons, mon fils, je n'en doute pas, tu es celui à qui Dieu veut que je m'attache; tu es l'homme que je cherchais, avec qui je dois vivre, et je me donnerai à toi.

Et moi, lui dis-je, je m'humilie devant ce bienheureux don, ce béni mariage que je ne mérite point, sinon que c'est Dieu qui vous l'ordonne et que vous êtes trop bonne chrétienne pour aller là-contre. Tout le profit en est à moi, et toute la charité à vous[1].

---

1. Ici encore, on songe à certaines répliques du *Jeu de l'Amour*

Je m'étais jeté à genoux pour lui parler ainsi, et je lui baisai la main, qu'elle crut dévotement devoir abandonner aux transports de ma reconnaissance.

Lève-toi, la Vallée. Oui, me dit-elle après, oui, je t'épouserai; et comme on ne peut se mettre trop tôt dans l'état où la Providence nous demande; que d'ailleurs, malgré notre parenté établie, on pourrait trouver indécent de nous voir loger ensemble, il faut hâter notre mariage.

Il est matin, répondis-je; en se *trémoussant le reste de la journée, en allant et venant, est-ce qu'on ne pourrait pas faire en sorte, avec le notaire et le prêtre, de nous bénir après minuit ? je ne sais pas comment cela se pratique.

Non, me dit-elle, mon enfant, les choses ne sauraient aller si vite; il faut d'abord que tu écrives à ton père de t'envoyer son consentement.

Bon ! repartis-je, mon père n'est pas dégoûté ; il consentirait, quand il serait mort, tant il serait aise de ma rencontre.

Je n'en doute pas, dit-elle, mais commence par faire ta lettre ce matin; il nous faudra des témoins, je les veux discrets : mon dessein est de cacher d'abord notre mariage, à cause de ma sœur, et je ne sais qui prendre.

Prenons notre hôtesse, lui dis-je, et quelqu'un de ses amis; c'est une bonne femme qui ne dira mot.

J'y consens, dit-elle, d'autant plus que cela fera cesser toutes ces petites amitiés qu'elle te fit hier, et qu'elle continuerait peut-être encore; aussi bien que la fille qui est une jeune étourdie assez mal élevée, à ce qu'il m'a paru, et avec qui je te prie de battre froid.

Nous en étions là, quand nous entendîmes du bruit; c'était notre hôtesse, escortée de sa cuisinière qui nous apportait du café.

Êtes-vous levée, ma voisine ? s'écria-t-elle à la porte.

---

*et du Hasard*, lorsque Lisette regarde l'amour d'Arlequin comme « un présent du ciel », ou lorsque Arlequin rend grâce à la main de Lisette de la « charité » qu'elle a de vouloir entrer dans la sienne « qui en est véritablement indigne » (acte II, sc. 6). Mais l'attitude de Jacob est plus ambiguë, et l'on devine une certaine ironie sous sa naïveté.

Il y a longtemps, dit M<sup>lle</sup> Habert, en allant lui ouvrir; entrez, madame. Ah ! bonjour, lui dit l'autre. Comment vous portez-vous ? Avez-vous bien reposé ? Monsieur de la Vallée, je vous salue. Je passe tous nos compliments, et la conversation qui se fit en prenant du café.

Quand la cuisinière eut remporté les tasses : Madame, lui dit M<sup>lle</sup> Habert, vous me paraissez la meilleure personne du monde, et j'ai une confidence à vous faire sur une chose où j'ai même besoin de votre secours. Eh ! mon Dieu, ma chère demoiselle, quel service puis-je vous rendre ? répondit l'hôtesse avec une effusion de zèle et de bonté qui était sincère. Parlez : mais non, ajouta-t-elle tout de suite, attendez que j'aille fermer les portes; dès que c'est un secret, il faut que personne ne nous entende.

Elle se leva en disant ceci, sortit, et puis, du haut de l'escalier, appela sa cuisinière. Javote ! lui cria-t-elle, si quelqu'un vient me demander, dites que je suis sortie; empêchez aussi qu'on ne monte chez mademoiselle; et surtout que ma fille n'y entre pas, parce que nous avons à parler en secret ensemble, entendez-vous ? Et après ces mesures si discrètement prises contre les importuns, la voilà qui revient à nous en fermant portes et verrous; de sorte que par respect pour la confidence qu'on devait lui faire, elle débuta par avertir toute la maison qu'on devait lui en faire une; son zèle et sa bonté n'en savaient pas davantage; et c'est assez là le caractère des meilleures gens du monde. Les âmes excessivement bonnes sont volontiers imprudentes par excès de bonté même, et d'un autre côté, les âmes prudentes sont assez rarement bonnes.

Eh ! madame, lui dit M<sup>lle</sup> Habert, vous ne deviez point dire à votre cuisinière que nous avions à nous entretenir en secret; je ne voulais point qu'on sût que j'ai quelque chose à vous confier.

Oh ! n'importe, dit-elle, ne vous embarrassez pas. Si je n'avais pas averti, on serait venu nous troubler; et n'y eût-il que ma fille, la précaution était nécessaire. Allons, mademoiselle, voyons de quoi il s'agit; je vous défie de trouver quelqu'un qui vous veuille tant de bien que moi, sans compter que je suis la confidente de tous ceux qui me connaissent : quand on m'a dit un secret, tenez, j'ai la bouche cousue, j'ai perdu la parole. Hier encore, madame une telle, qui a un mari qui lui mange tout, m'apporta mille francs qu'elle me pria de lui cacher, et qu'il lui mangerait aussi s'il le savait; mais je les lui garde[1]. Ah çà ! dites.

Toutes ces preuves de la discrétion de notre bonne hôtesse n'encourageaient point Mlle Habert : mais après lui avoir promis un secret, il était peut-être encore pis de le lui refuser que de le lui dire; ainsi il fallut parler.

J'aurai fait en deux mots, dit Mlle Habert; c'est que nous allons nous marier, M. de la Vallée que vous voyez, et moi. Ensemble ? dit l'hôtesse avec un air de surprise. Oui, reprit Mlle Habert, je l'épouse.

Oh, oh ! dit-elle, eh bien ! il est jeune, il durera long-temps. Je voudrais en trouver un comme lui, moi, j'en ferais de même. Y a-t-il longtemps que vous vous aimez ? Non, dit Mlle Habert en rougissant. Eh bien ! c'est encore mieux, mes enfants, vous avez raison. Pour faire l'*amour, il n'y a rien de tel que d'être mari et femme : mais n'avez-vous pas vos dispenses ? Car vous êtes cousins.

Nous n'en avons pas besoin, dis-je alors : nous n'étions parents que par prudence, que par *honnêteté pour les discours du monde.

Ha ! ha ! cela est plaisant, dit-elle. Eh ! mais, vous m'apprenez là des choses que je n'aurais jamais devinées. C'est donc de votre noce que vous me priez?

Ce n'est pas là tout, dit Mlle Habert, nous voulons tenir notre mariage secret à cause de ma sœur qui ferait du bruit peut-être.

Eh ! pourquoi du bruit ? A cause de votre âge ? reprit

---

1. En donnant ces preuves de la discrétion de Mme d'Alain, Marivaux reprend un thème de plaisanterie qu'il avait déjà utilisé dans *Le Télémaque travesti*. Brideron se vante d'avoir été discret dès son jeune âge : «Quand on soupçonnait aux environs que quelqu'un allait devenir cerf : un tel est cocu, me disait-on, n'en parlez pas. Oh que non, répondais-je ; je tenais parole, et je disais partout, que quoique cela fût, je n'en sonnerais jamais mot.» (*Œuvres de jeunesse*, p. 759-760.)

notre hôtesse. Eh ! pardi, voilà bien de quoi ! La semaine passée, n'y eut-il pas une femme de soixante et dix ans pour le moins, qu'on fiança dans notre paroisse avec un cadet de vingt ans ? L'âge n'y fait rien que pour ceux et celles qui l'ont; c'est leur affaire.

Je ne suis pas si âgée, dit M<sup>lle</sup> Habert d'un air un peu déconcerté qui ne l'avait pas quittée. Eh ! pardi, non, dit l'hôtesse; vous êtes en âge d'épouser, ou jamais : après tout, on aime ce qu'on aime; il se trouve que le futur est jeune : hé bien, vous le prenez jeune. S'il n'a que vingt ans, ce n'est pas votre faute non plus que la sienne. Tant mieux qu'il soit jeune, ma voisine, il aura de la jeunesse pour vous deux. Dix ans de plus, dix ans de moins; quand ce serait vingt, quand ce serait trente, il y a encore quarante par-dessus; et l'un n'offense pas plus Dieu que l'autre. Qu'est-ce que vous voulez qu'on dise ? Que vous seriez sa mère ? Eh bien ! le pis aller de tout cela, c'est qu'il serait votre fils. Si vous en aviez un, il n'aurait peut-être pas si bonne mine, et il vous aurait déjà coûté davantage : moquez-vous du caquet des gens, et achevez de me conter votre affaire.

Vous voulez cacher votre mariage, n'est-ce pas ? Eh ! cela vous sera aisé; car de marmot, il n'y en a point à craindre, vous en voilà quitte, et il n'y a que cela qui trahisse : après ?

Si vous faites toujours vos réflexions aussi longues sur chaque article, dit alors M<sup>lle</sup> Habert excédée de ces discours, je n'aurai pas le temps de vous mettre au fait. A l'égard de l'âge, je suis bien aise de vous dire, madame, que je n'ai pas lieu de craindre les caquets, et qu'à quarante-cinq ans que j'ai...

Quarante-cinq ans ! s'écria l'autre en l'interrompant; eh ! ce n'est rien que cela : ce n'est que vingt-cinq     de plus qu'il a; pardi, je vous en croyais cinquante pour le moins; c'est sa mine qui m'a trompée en comparaison de la vôtre. Rien que quarante-cinq ans ! ma voisine; oh ! votre fils pourra bien vous en donner un autre. Vis-à-vis de nous, il y a une dame qui accoucha le mois passé à quarante-quatre et qui n'y renonce pas à quarante-cinq; *et si son mari en a plus de soixante et douze. Oh ! nous voilà bien; vous qui êtes appétissante, et lui qui est jeune, il y aura famille. Eh ! dites-moi donc ? est-ce un notaire pour le contrat que vous voulez que je vous enseigne ? Je vous mènerai tantôt chez le mien, ou bien je vais dire à Javote d'aller le prier de passer ici.

Eh ! non, madame, dit M<sup>lle</sup> Habert, ne vous souvenez-vous plus que je veux tenir mon mariage secret ? Ah ! oui à propos, dit-elle; nous irons donc chez lui en cachette. Ah çà ! il y a les bans à cette heure ? C'est touchant tout cela, lui dis-je alors, que M<sup>lle</sup> Habert souhaitait que vous l'aidassiez, soit pour des témoins, soit pour parler aux prêtres de la paroisse.

Laissez-m'en le soin, dit-elle; c'est après-demain dimanche, il faut faire publier un ban ; tantôt nous sortirons pour arranger le tout. Je connais un prêtre qui nous mènera bon train; ne vous inquiétez pas, je lui parlerai ce matin. Je vais m'habiller ; sans adieu, voisine. A quarante-cinq ans, appréhender qu'on ne cause d'un mariage ? Eh ! vous n'y songez pas, voisine. Adieu, adieu, ma bonne amie, votre servante, monsieur de la Vallée. A propos, vous me parlâtes hier d'une cuisinière, vous en aurez une tantôt, Javote me l'a dit, elle est allée l'avertir ce matin de venir; elle est de sa connaissance, elles sont toutes deux du même pays : ce sont des Champenoises, et moi aussi; c'est déjà trois, et cela fera quatre avec vous; car je vous crois de Champagne, n'est-ce pas ? ajouta-t-elle en riant. Non, c'est moi, lui dis-je, vous vous êtes méprise, madame. Eh bien ! oui, dit-elle, je savais bien qu'il y en avait un de vous deux du pays; n'importe qui. Bonjour, jusqu'au revoir.

Quand elle fut partie : Voilà une sotte femme, me dit M<sup>lle</sup> Habert, avec son âge, et sa mère, et son fils; je suis bien fâchée de lui avoir déclaré nos affaires. Jacob, si je suis aussi vieille à tes yeux que je le suis aux siens, je ne te conseille pas de m'épouser.

Eh ! ne voyez-vous pas, lui dis-je, que c'est un peu par rancune ? Tenez, entre nous, ma parente, je crois qu'elle me prendrait si vous me laissiez là, en cas que je le voulusse, et je ne le voudrais pas : il n'y a point de femme qui me fût quelque chose après vous. Mais attendez, je m'en vais vous montrer votre vieillesse : et je courus, en disant ces mots, détacher un petit miroir qui était accroché à la tapisserie. Tenez, lui dis-je, regardez vos quarante-cinq ans, pour voir s'ils ne ressemblent pas à trente, et gageons qu'ils en approchent plus que vous ne dites.

Non, mon cher enfant, reprit-elle; j'ai l'âge que je viens de dire, et il est vrai que presque personne ne me le donne. Ce n'est pas que je me vante d'être ni fraîche, ni jolie, quoiqu'il n'ait tenu qu'à moi d'être bien cajolée; mais je n'ai jamais pris garde à ce qu'on m'a dit là-dessus.

Nous n'eûmes pas le temps d'en dire davantage, car Agathe arriva.

Hélas ! mademoiselle, s'écria-t-elle en entrant à M^lle Habert, vous me prenez donc pour une causeuse, puisque vous n'avez pas voulu que je susse ce que vous avez dit à ma mère ? Elle dit qu'elle s'en va pour vous chez son notaire, et puis de là à la paroisse. Est-ce pour un mariage ?

A ce mot de mariage, M^lle Habert rougit sans savoir que répondre. C'est pour un contrat, dis-je en prenant la parole, et il faut même à cause de cela que j'écrive tout à l'heure une lettre qui presse. Ce que je dis exprès afin que la petite fille nous laissât en repos; car je sentais que sa présence pesait à M^lle Habert, qui ne pouvait revenir de la surprise où la jetait la conduite étourdie de la mère.

Et sur-le-champ je cherchai du papier et me mis en effet à écrire à mon père : M^lle Habert faisait semblant de me dicter tout bas ce que j'écrivais; de façon qu'Agathe sortit.

*Toute indiscrète qu'était la mère, elle nous servit pourtant à *merveilles. En un mot, toutes les mesures furent prises, nous eûmes le surlendemain un ban de publié[1]. L'après-midi du même jour nous allâmes chez le notaire, où le contrat fut dressé : M^lle Habert m'y donna tout ce qu'elle avait pour en jouir pendant ma vie. Le consentement de mon père arriva quatre jours après, et nous étions à la veille de nos noces secrètes, quand, pour je ne sais quoi, dont

---

1. Il est au pouvoir de l'évêque, par décision du Concile de Trente et par l'usage de l'Église, de dispenser des bans. Pour obtenir cette dispense, il fallait à Paris s'adresser au tribunal de l'Officialité.

je ne me ressouviens plus, nous fûmes obligés d'aller parler à ce prêtre de la connaissance de notre hôtesse. C'était lui qui devait nous marier le lendemain, c'est-à-dire pendant la nuit, et qui s'était même chargé d'une quantité de petits détails par considération pour notre hôtesse, à qui il avait quelque obligation.

Ce fut Mlle Habert qui donna le soir à souper à celle-ci, à sa fille et à quatre témoins. On était convenu qu'on sortirait de table à onze heures; que la mère et la fille se retireraient dans leur appartement, qu'on laisserait coucher Agathe, et qu'à deux heures après minuit, nous partirions, notre hôtesse, les quatre témoins ses amis, Mlle Habert et moi, pour aller à l'église[1].

Nous nous rendîmes donc sur les six heures du soir à la paroisse où devait se trouver cet ecclésiastique, à qui nous avions à parler; il était averti que nous viendrions, mais il n'avait pu nous attendre, et un de ses confrères nous dit, de sa part, qu'il se rendrait dans une heure ou deux chez notre hôtesse.

Nous nous en retournâmes et nous étions prêts à nous mettre à table, quand on nous annonça l'ecclésiastique en

---

1. La procédure décrite ici et dans le paragraphe suivant est celle d'un mariage clandestin, mais d'une clandestinité autorisée par l'Église. Quelques extraits du *Dictionnaire des Cas de Conscience*, de Jacques de Sainte-Beuve, feront connaître la position de l'Église sur ce point: « L'official peut permettre que le mariage soit célébré par un autre que le curé de la paroisse du domicile de la fille, et il peut le faire précisément pour autoriser la clandestinité, lorsque les parties exposent dans leur requête que la raison pour laquelle elles demandent qu'un autre soit commis pour assister au mariage, est qu'elles ne veulent pas qu'il fût connu de la paroisse. » (édit. de Paris, 1715, in-8, t. II, p. 83, xxᵉ cas). En effet, « quoique peut-être un mariage caché et inconnu passe pour clandestin en parlant civilement, toutefois à parler selon les canons et dans l'esprit de l'Église, un mariage n'est jamais clandestin d'une clandestinité irritante, quand il a été contracté en présence du curé et de deux ou trois témoins. » (*ibid.*, t. II, p. 89). Jacob et Mlle Habert ont présenté leur requête et obtenu la permission de contracter un mariage secret. De là découle le choix de l'heure et l'autorisation de prendre un curé autre que celui de la paroisse pour célébrer le mariage.

question, qu'on ne nous avait pas nommé, et à qui on n'avait pas dit notre nom non plus.

Il entre. Figurez-vous notre étonnement, quand, au lieu d'un homme que nous pensions ne pas connaître, nous vîmes ce directeur qui chez M^lles Habert avait décidé pour ma sortie de chez elles[1] !

Ma prétendue fit un cri en le voyant, cri assez imprudent, mais ce sont de ces *mouvements qui vont plus vite que la réflexion. Moi j'étais en train de lui tirer une révérence que je laissai à moitié faite; il avait la bouche ouverte pour parler, et il demeura sans mot dire. Notre hôtesse marchait à lui, et s'arrêta avec des yeux stupéfaits de nous voir tous immobiles; un des témoins ami de l'hôtesse, qui s'était avancé vers l'ecclésiastique pour l'embrasser, était resté les bras tendus; et nous composions tous le spectacle le plus singulier du monde : c'était autant de statues à peindre.

Notre silence dura bien deux minutes. A la fin, le directeur le rompit; et s'adressant à l'hôtesse :

Madame, lui dit-il, est-ce que les personnes en question ne sont pas ici ? (car il ne s'imagina pas que nous fussions les sujets de sa mission présente, c'est-à-dire ceux qu'il devait marier cinq ou six heures après). Hé, pardi, répondit-elle, les voilà toutes deux, M^lle Habert et M. de la Vallée.

A peine put-il le croire : et effectivement il était fort singulier que ce fût nous. C'était de ces nouvelles qu'on peut apprendre, et dont on ne se doute point.

Quoi ! dit-il après avoir, un instant ou deux, promené ses regards étonnés sur nous, vous nommez ce jeune homme monsieur de la Vallée, et c'est lui qui épouse cette nuit M^lle Habert ?

Lui-même, répondit l'hôtesse, je n'en sache d'autre, et

---

1. La situation que l'on a ici se retrouvera, à quelques variantes près, dans *La Vie de Marianne*, lorsque Marianne rencontrera M^me Dutour chez M^me de Fare. Les conséquences seront aussi à peu près les mêmes : Marianne sera en butte aux persécutions de la famille et devra se défendre devant le ministre, comme Jacob devant le président. La source commune à ces deux passages peut être trouvée dans une nouvelle de Robert Challe, comme nous l'avons montré dans l'introduction de *La Vie de Marianne* (édition Garnier, p. xxxvi).

apparemment que mademoiselle n'en épouse pas deux.

Ma future ni moi nous ne répondions rien; je tenais mon chapeau à la main de l'air le plus dégagé qu'il m'était possible; je souriais même en regardant le directeur pendant qu'il interrogeait notre hôtesse : mais je ne souriais que par contenance, et non pas tout de bon; et je suis persuadé que ma façon dégagée n'empêchait pas que je n'eusse l'air assez sot. Il faudrait avoir un furieux fonds d'effronterie pour tenir bon contre de certaines choses, et je n'étais né que hardi, et point effronté.

A l'égard de ma future, sa contenance était d'avoir les yeux baissés, avec une mine qu'il serait assez difficile de définir. Il y avait de tout, du chagrin, de la confusion, de la timidité, qui venaient d'un reste de respect dévot pour ce directeur; et sur le tout, un air pensif, comme d'une personne qui a envie de dire : Je me moque de cela, mais qui est encore trop étourdie pour être si résolue.

Cet ecclésiastique, après avoir jeté les yeux sur nous : Madame, dit-il en s'adressant à notre hôtesse, cette affaire-ci mérite un peu de réflexion : voulez-vous bien que je vous dise un mot en particulier ? Passons un moment chez vous, je vous prie; notre entretien ne sera que d'un instant.

Oui-da, monsieur, répondit-elle, charmée de se trouver de toute manière un personnage si important dans l'aventure : mademoiselle, ne vous impatientez pas, cria-t-elle à M^{lle} Habert en partant; monsieur dit que nous aurons bientôt fait.

Là-dessus elle prend un flambeau, sort avec l'ecclésiastique, et nous laisse, ma future, ceux qui devaient nous servir de témoins, et qui ne témoignèrent rien, Agathe, à qui on avait tout caché, et moi, dans la chambre.

Monsieur de la Vallée, me dit alors un de nos témoins, qu'est-ce que cela signifie ? Est-ce que M. Doucin (parlant du prêtre) vous connaît ? Oui, lui dis-je; nous nous sommes rencontrés chez mademoiselle. Ah ! ah ! vous vous mariez donc ? dit Agathe à son tour. Hé mais, pas encore, comme vous voyez, répondis-je.

Et jusque-là pas un mot de la part de M^{lle} Habert, mais, pendant son silence, sa confusion se passait; l'amour reprenait le dessus, et la débarrassait de tous ces petits *mouvements qui l'avaient d'abord déconcertée : Et il n'en sera ni plus ni moins, dit-elle en s'assoyant courageusement.

Savez-vous, lui dit un de nos témoins, l'ami de l'hôtesse, ce que M. Doucin va dire à M^me d'Alain ? (C'était le nom de notre hôtesse.) Oui, monsieur, lui répondit-elle, je m'en doute, mais je ne m'en soucie guère.

C'est un fort honnête homme, un saint homme que M. Doucin, au moins, dit la malicieuse Agathe; c'est le confesseur de ma tante. Hé bien ! mademoiselle, je le connais mieux que vous, dit ma future, mais il n'est pas question de sa sainteté; on le canonisera s'il est si saint. Qu'est-ce que cela fait ici ?

Oh ! ce que j'en dis, reprit la petite friponne, n'est que pour montrer l'estime que nous avons pour lui; car du reste, je n'en parle pas : ce ne sont point mes affaires. Je suis fâchée de ce qu'il ne se comporte pas à votre fantaisie : mais il faut croire que c'est apparemment pour votre bien; car il est si prudent !

A ces mots, la mère rentra. Vous revenez sans M. Doucin ? dit notre témoin; je pensais qu'il souperait avec nous.

Oui, souper ! répondit M^me d'Alain; vraiment, il est bien question de cela ! Allons, allons, il n'y aura point de mariage cette nuit non plus, et s'il n'y en a point du tout, ce sera encore mieux. Soupons, puisque nous y voilà. C'est un bon cœur que ce M. Doucin, et vous lui avez bien obligation, mademoiselle, dit-elle à ma future, on ne saurait croire combien il vous aime toutes deux, votre bonne sœur et vous; le pauvre homme ! il s'en va presque la larme à l'œil, et j'ai pleuré moi-même en le quittant; je ne fais que d'essuyer mes yeux. Quelle nouvelle pour cette sœur, mon Dieu ! qu'est-ce que c'est que nous ?

A qui en avez-vous donc, madame, avec vos exclamations ? lui dit M^lle Habert. Oh ! rien, reprit-elle; mais me voilà bien ébaubie. Passe pour se quitter toutes deux, on n'est pas obligé de vivre ensemble, et vous serez aussi bien ici : mais se marier en cachette; et puis ce Pont-Neuf où l'on se rencontre; un mari sur le Pont-Neuf ! Vous qui êtes si pieuse, si raisonnable, qui êtes de famille, qui êtes riche : oh ! pour cela, vous n'y songez pas; je n'en veux pas dire davantage; car on m'a recommandé de ne vous parler qu'en secret; c'est une affaire qu'il ne faut pas que tout le monde sache. Et que vous apprenez pourtant à tout le monde, lui répondit M<sup>lle</sup> Habert d'un ton de dépit.

Non, non, reprit la discrète d'Alain, je ne parle que de rencontre sur le Pont-Neuf et personne ne sait ce que c'est; demandez plutôt à ma fille, et à monsieur, ajouta-t-elle, en montrant notre témoin, s'ils y comprennent quelque chose ? Il n'y a que vous et ce garçon qui était avec vous, qui m'entendiez.

Oh ! pour moi, je n'y entends rien, dit Agathe, sinon que c'est sur le Pont-Neuf que s'est fait la connaissance de M. de la Vallée et vous; et voilà tout.

Encore n'y a-t-il que six jours, reprit la mère, et c'est de quoi je ne dis mot. Six jours ! s'écria le témoin. Oui, six jours, mon voisin; mais n'en parlons plus, car aussi bien vous ne saurez rien de moi; il est inutile de m'interroger, il suffit que nous en causerons, M<sup>lle</sup> Habert et moi. Mettons-nous à table, et que M. de la Vallée s'y mette aussi, puisque M. de la Vallée y a. Ce n'est pas que je méprise personne assurément; il est bon garçon et de bonne mine, et il n'y a point de bien que je ne lui souhaite : s'il n'est pas encore un monsieur, peut-être qu'il le sera un jour; aujourd'hui serviteur, demain maître; il y en a bien d'autres que lui qui ont été aux gages des gens, et puis qui ont eu des gens à leurs gages.

M. de la Vallée aux gages des gens ! s'écria Agathe. Taisez-vous, petite fille, lui dit la mère; de quoi vous mêlez-vous ?

Était-ce aux gages de mademoiselle qui est présente ? dit alors notre témoin. Eh ! qu'importe, répondit-elle, laissons tout cela, mon compère, à bon entendeur, salut. C'est aujourd'hui M. de la Vallée, on vous le donne pour cela, prenez-le de même et mangeons.

Comme vous voudrez, reprit-il : mais c'est qu'on aime à être avec les gens de sa sorte; au surplus, je ferai comme vous, commère : on ne saurait faillir en vous imitant.

Ce petit dialogue au reste alla si vite, qu'à peine eûmes-nous le temps de nous reconnaître, M<sup>lle</sup> Habert et moi; chaque détail nous assommait, et le temps se passe à rougir en pareille occasion. Imaginez-vous ce que c'est que de voir toute notre histoire racontée, article par article, par cette femme qui ne devait en parler qu'à M<sup>lle</sup> Habert, qui se tue de dire : Je ne dirai mot, et qui conte tout, en disant toujours qu'elle ne contera rien.

Pour moi, j'en fus terrassé, je restai muet, rien ne me vint, et ma future n'y sut que se mettre à pleurer en se renversant dans le fauteuil où elle était assise.

Je me remis pourtant au discours que tint notre témoin, quand il dit qu'on aimait à être avec les gens de sa sorte.

Cet honnête convive n'avait pas une mine fort imposante, malgré un habit de drap neuf qu'il avait pris, malgré une cravate bien blanche, bien longue, bien empesée et bien roide, avec une perruque toute neuve aussi, qu'on voyait que sa tête portait avec respect, et dont elle était plus embarrassée que couverte, parce qu'apparemment elle n'y était pas encore familiarisée, et que cette perruque n'avait peut-être servi que deux ou trois dimanches.

Le bonhomme, épicier du coin, comme je le sus après, s'était mis dans cet équipage-là pour honorer notre mariage, et la fonction de témoin qu'il y devait faire; je ne dis rien de ses manchettes, qui avaient leur gravité particulière, je n'en vis jamais de si droites.

Eh ! mais vous, monsieur, qui parlez des gens de votre sorte, lui dis-je, de quelle sorte êtes-vous donc ? Le cœur me dit que je vous vaux bien, hormis que j'ai mes cheveux, et vous ceux des autres. Ah ! oui, dit-il, nous nous valons bien, l'un pour demander à boire, et l'autre pour en apporter : mais ne bougez, je n'ai pas de soif. Bonsoir, madame d'Alain, je vous souhaite une bonne nuit, mademoiselle. Et puis voilà notre témoin sorti.

FIN DE LA SECONDE PARTIE

# TROISIÈME PARTIE

# TROISIÈME PARTIE

J USQUE-LA nos autres témoins n'auraient rien dit, et
seraient volontiers restés, je pense, n'eût-ce été[1] que pour
faire bonne chère ; car il n'est pas indifférent à de certaines
gens d'être convives, un bon repas est quelque chose pour
eux.

Mais ce témoin, qui sortait, était leur ami et leur camarade, et comme il avait la fierté de ne pas manger avec moi,
ils crurent devoir suivre son exemple, et se montrer aussi
délicats que lui.

Puisque monsieur un tel... (parlant de l'autre) s'en va,
nous ne pouvons plus vous être utiles, dit à M^lle Habert
l'un des trois, qui était gros et court ; ainsi, mademoiselle,
je crois qu'il est à propos que nous prenions congé de la
compagnie.

Discours qu'il tint d'un air presque aussi triste que
sérieux ; il semblait qu'il disait : C'est bien à regret que nous
nous retirons, mais nous ne saurions faire autrement.

Et ce qui rendait leur retraite encore plus difficile, c'est
que pendant que leur orateur avait parlé, on avait apporté
les premiers plats de notre souper, qu'ils trouvaient de fort
bonne mine ; je le voyais bien à leur façon de les regarder.

Messieurs, leur dit M^lle Habert d'un ton assez sec, je
serais fâchée de vous gêner, vous êtes les maîtres.

Eh ! pourquoi s'en aller ? dit M^me d'Alain, qui aimait
les assemblées nombreuses et bruyantes, et qui se voyait
enlever l'espoir d'une soirée où elle aurait fait la commère à
discrétion. Eh pardi ! puisque voilà le souper servi, il n'y
a qu'à se mettre à table.

---

1. Les éditions anciennes (Prault, 1734, de Rogissart, 1734, etc.)
écrivent : *n'eusse été*, qui est sans doute l'orthographe de Marivaux.

Nous sommes bien mortifiés, mais cela ne se peut pas, répondit le témoin gros et court, cela ne se peut pas, notre voisine.

Ses confrères, qui étaient rangés à côté de lui, n'opinaient qu'en baissant la tête, et se laissaient conduire sans avoir la force de prononcer un mot; ces viandes qu'on venait de servir leur ôtaient la parole; il salua, ils saluèrent, il sortit le premier, et ils le suivirent.

Il ne nous resta donc que M^me d'Alain et sa fille.

Voilà ce que c'est, dit la mère en me regardant brusquement, voilà ce que c'est que de répondre aux gens mal à propos; si vous n'aviez rien dit, ils seraient encore là, et ne s'en iraient pas mécontents.

Pourquoi leur camarade a-t-il mal parlé ? répondis-je; que veut-il dire avec les gens de sa sorte ? Il me méprise, et je ne dirais mot ?

Mais entre nous, monsieur de la Vallée, reprit-elle, a-t-il tant de tort ? voyons, c'est un marchand, un bourgeois de Paris, un homme bien établi; de bonne foi, êtes-vous son pareil, un homme qui est marguillier de sa paroisse ?

Qu'appelez-vous, madame, marguillier de sa paroisse ? lui dis-je; est-ce que mon père ne l'a pas été de la sienne ? est-ce que je pouvais manquer à l'être aussi, moi, si j'avais resté dans notre village, au lieu de venir ici ?

Ah ! oui, dit-elle, mais il y a paroisse et paroisse, monsieur de la Vallée. Eh ! pardi, lui dis-je, je pense que notre saint est autant que le vôtre, madame d'Alain, saint Jacques vaut bien saint Gervais.

Enfin, ils sont partis, dit-elle d'un ton plus doux, car elle n'était point opiniâtre; ce n'est pas la peine de disputer, cela ne les fera pas revenir; pour moi, je ne suis point *glorieuse, et je ne refuse pas de souper. A l'égard de votre mariage, il en sera ce qui plaira à Dieu; je n'en ai dit mon avis que par amitié, et je n'ai envie de fâcher personne.

Vous m'avez pourtant bien fâchée, dit alors M^lle Habert en sanglotant, et sans la crainte d'offenser Dieu, je ne vous pardonnerais jamais le procédé que vous avez eu ici. Venir dire toutes mes affaires devant des gens que je ne connais pas, insulter un jeune homme que vous savez que je considère, en parler comme d'un misérable, le traiter comme un valet, pendant qu'il ne l'a été qu'un moment, par hasard, et encore parce qu'il n'était pas riche, et puis citer un Pont-Neuf, me faire passer pour une folle, pour une fille sans cœur, sans conduite, et répéter tous les discours d'un prêtre qui n'en a pas agi selon Dieu dans cette occasion-ci; car, d'où vient est-ce qu'il vous a fait tous ces contes-là ? Qu'il parle en conscience; est-ce par religion, est-ce à cause qu'il est en peine de moi et de mes actions[1]? S'il a tant d'amitié pour moi, s'il s'intéresse si chrétiennement à ce qui me regarde, pourquoi donc m'a-t-il toujours laissé maltraiter par ma sœur pendant que nous demeurions toutes deux ensemble ? Y avait-il moyen de vivre avec elle ? pouvais-je y résister ? il sait bien que non : je me marie aujourd'hui; eh bien, il aurait fallu me marier demain, et je n'aurais peut-être pas trouvé un si honnête homme. M. de la Vallée m'a sauvé la vie; sans lui je serais peut-être morte; il est d'aussi bonne famille que moi : que veut-on dire ? à qui en a M. Doucin ? Vraiment, l'intérêt est une belle chose; parce que je le quitte, et qu'il n'aura plus de moi les présents que je lui faisais tous les jours, il faut qu'il me persécute sous prétexte qu'il prend part à ce qui me regarde; il faut qu'une personne chez qui je demeure, et à qui je me suis confiée, me fasse essuyer la plus cruelle avanie du monde;

---

1. Du strict point de vue religieux, l'attitude du directeur est en effet difficilement justifiable. Le seul point sur lequel la discussion pourrait s'engager est relatif à l'âge de Mlle Habert, âge qui pourrait la mettre hors d'état d'avoir des enfants. Or, à la question : « Comment un confesseur doit traiter dans le tribunal de la conscience ceux qui se marient n'étant plus en état d'avoir des enfants, par exemple lorsque la femme qui est recherchée en mariage a plus de cinquante ans », la réponse du *Dictionnaire des Cas de Conscience* est très nette : non seulement les confesseurs ne *peuvent* leur refuser l'absolution, non seulement ils ne sont pas *obligés* de s'opposer à leur dessein, mais ils ne peuvent chercher à les détourner du mariage « qu'avec beaucoup de circonspection, et dans la connaissance entière qu'ils ont que les personnes s'en peuvent passer sans mettre leur salut en péril » (*Dictionnaire des Cas de Conscience*, édit. 1715, t. II, p. 109, xxvie cas). Or, comment, après ce qu'il sait de Mlle Habert, M. Doucin pourrait-il avoir la « connaissance entière » qu'il ne risque pas de compromettre son salut en la détournant d'un mariage légitime ?

car y a-t-il rien de plus mortifiant que ce qui m'arrive ?

Là les pleurs, les sanglots, les soupirs, et tous les accents d'une douleur amère étouffèrent la voix de M^lle Habert, et l'empêchèrent de continuer.

Je pleurai moi-même, au lieu de lui dire : Consolez-vous; je lui rendis les larmes qu'elle versait pour moi; elle en pleura encore davantage pour me récompenser de ce que je pleurais; et comme M^me d'Alain était une si bonne femme, que tout ce qui pleurait avait raison avec elle[1], nous la gagnâmes sur-le-champ, et ce fut le prêtre qui eut tort.

Eh doucement donc, ma chère amie ! dit-elle à M^lle Habert en allant à elle. Eh mon Dieu ! que je suis mortifiée de n'avoir pas su tout ce que vous me dites ! Allons, monsieur de la Vallée, bon courage, mon enfant ! venez m'aider à consoler cette chère demoiselle qui se tourmente pour deux mots que j'ai véritablement lâchés à la légère; mais que voulez-vous, je ne devinais pas; on entend un prêtre qui parle, et qui dit que c'est dommage qu'on se marie à vous; dame, je l'ai cru, moi. On ne va pas s'imaginer qu'il a ses petites raisons pour être si scandalisé. Pour ce qui est d'aimer qu'on lui donne, oh ! je n'en doute pas; c'est de la bougie, c'est du café, c'est du sucre. Oui, oui, j'ai une de mes amies qui est dans la grande dévotion, qui lui envoie de tout cela; je m'en ressouviens à cette heure que vous en touchez un mot; vous lui en donniez aussi, et voilà ce qui en est; faites comme moi, je parle de Dieu tant qu'on veut, mais je ne donne rien; ils sont trois ou quatre de sa robe qui fréquentent ici, je les reçois bien : bonjour, monsieur, bonjour, madame; on prend du thé, quelquefois

---

1. Duport et Duviquet rapprochent ce passage des deux vers suivants du *Glorieux* de Destouches :
Car qu'une femme pleure, une autre pleurera,
Et toutes pleureront tant qu'il en surviendra.
(acte III, sc. 9).
En fait l'idée est différente, puisque la proposition de Destouches est générale, tandis que celle de Marivaux exprime un trait de caractère particulier. Néanmoins étant donné la date du *Glorieux* (1732), le rapprochement n'est pas tout à fait dépourvu de signification dans l'histoire de la mode sensible.

on dîne; la *reprise de quadrille ensuite, un petit mot d'édification par-ci par-là, et puis je suis votre servante; aussi, que je me marie vingt fois au lieu d'une, je n'ai pas peur qu'ils s'en mettent en peine. Au surplus, ma chère amie, consolez-vous, vous n'êtes pas mineure, et c'est bien fait d'épouser M. de la Vallée, si ce n'est pas cette nuit ce sera l'autre, et ce n'est qu'une nuit de perdue. Je vous soutiendrai, moi, laissez-moi faire. Comment donc, un homme sans qui vous seriez morte ! Eh pardi ! il n'y aurait pas de conscience ! Oh ! il sera votre mari; je serais la première à vous blâmer s'il ne l'était pas.

Elle en était là quand nous entendîmes monter la cuisinière de M<sup>lle</sup> Habert (car celle de M<sup>me</sup> d'Alain nous en avait procuré une, et j'avais oublié de vous le dire).

Allons, ma mie, ajouta-t-elle en caressant M<sup>lle</sup> Habert, mettons-nous à table, essuyez vos yeux et ne pleurez plus; approchez son fauteuil, monsieur de la Vallée, et tenez-vous gaillard; soupons : mettez-vous là, petite fille.

C'était à Agathe à qui elle parlait, laquelle Agathe n'avait dit mot depuis que sa mère était rentrée.

Notre situation ne l'avait pas attendrie, et plaindre son prochain n'était pas sa faiblesse; elle n'avait gardé le silence que pour nous observer en curieuse, et pour s'amuser de la mine que nous faisions en pleurant. Je vis à la sienne que tout ce petit désordre la divertissait, et qu'elle jouissait de notre peine, en affectant pourtant un air de tristesse.

Il y a dans le monde bien des gens de ce caractère-là, qui aiment mieux leurs amis dans la douleur que dans la joie; ce n'est que par compliment qu'ils vous félicitent d'un bien, c'est avec goût qu'ils vous consolent d'un mal.

A la fin pourtant, Agathe, en se mettant à table, fit une petite exclamation en notre faveur, et une exclamation digne de la part hypocrite qu'elle prenait à notre chagrin; on se peint en tout, et la petite personne, au lieu de nous dire : Ce n'est rien que cela ! s'écria : Ah ! que ceci est fâcheux ! et voilà toujours dans quel goût les âmes malignes s'y prennent en pareil cas; c'est là leur style.

La cuisinière entra, M<sup>lle</sup> Habert sécha ses pleurs, nous

servit[1], M^me d'Alain, sa fille et moi; et nous mangeâmes
tous d'assez bon appétit. Le mien était grand; j'en cachai
pourtant une partie, de peur de scandaliser ma future, qui
soupait très sobrement, et qui m'aurait peut-être accusé
d'être peu touché, si j'avais eu le courage de manger tant.
On ne doit pas avoir faim quand on est affligé.

Je me retenais donc par décence, ou du moins j'eus
l'adresse de me faire dire plusieurs fois : Mangez donc;
M^lle Habert m'en pria elle-même, et de prières en prières,
j'eus la complaisance de prendre une réfection fort honnête
sans qu'on y pût trouver à redire.

Notre entretien pendant le repas n'eut rien d'intéressant;
M^me d'Alain, à son ordinaire, s'y répandit en propos inutiles à répéter, nous y parla de notre aventure d'une manière
qu'elle croyait très énigmatique, et qui était fort claire,
remarqua que celle qui nous servait prêtait l'oreille à ses
discours, et lui dit qu'il ne fallait pas qu'une servante
écoutât ce que disaient les maîtres.

Enfin M^me d'Alain en agit toujours avec sa discrétion
accoutumée; le repas fini, elle embrassa M^lle Habert, lui
promit son amitié, son secours, presque sa protection, et
nous laissa, sinon consolés, du moins plus tranquilles que
nous l'aurions été sans ses assurances de services. Demain,
dit-elle, au défaut de M. Doucin, nous trouverons bien un
prêtre qui vous mariera. Nous la remerciâmes de son zèle,
et elle partit avec Agathe, qui, ce soir-là, ne mit rien pour
moi dans la révérence qu'elle nous fit.

Pendant que Cathos nous desservait (c'était le nom de
notre cuisinière) : Monsieur de la Vallée, me dit tout bas
M^lle Habert, il faut que tu te retires; il ne convient pas
que cette fille nous laisse ensemble. Mais ne sais-tu personne qui puisse te protéger ici ? car je crains que ma sœur
ne nous inquiète; je gage que M. Doucin aura été l'avertir;
et je la connais, je ne m'attends pas qu'elle nous laisse
en repos.

Pardi cousine, lui dis-je, pourvu que vous me souteniez,

---

1. La phrase est bizarre, car c'est la cuisinière qui doit servir,
semble-t-il. Tel est pourtant le texte de toutes les éditions.

que peut-elle faire ? Si j'ai votre cœur, qu'ai-je besoin d'autre chose ? Je suis honnête garçon une fois, fils de braves gens; mon père consent, vous consentez, je consens aussi, voilà le principal.

Surtout, me dit-elle, ne te laisse point intimider, quelque chose qui arrive; je te le recommande; car ma sœur a bien des amis, et peut-être emploiera-t-on la menace contre toi; tu n'as point d'expérience, la peur te prendra, et tu me quitteras faute de résolution.

Vous quitter ? lui dis-je; oui, quand je serai mort, il n'y aura que cela qui me donnera mon congé; mais tant que mon âme et moi serons ensemble, nous vous suivrons partout l'un portant l'autre, entendez-vous, cousine ? Je ne suis pas peureux de mon naturel, qui vit bien ne craint rien; laissez-les venir. Je vous aime, vous êtes aimable, il n'y aura personne qui dise que non; l'amour est pour tout le monde, vous en avez, j'en ai, qui est-ce qui n'en a pas ? Quand on en a, on se marie, les honnêtes gens le pratiquent, nous le pratiquons, voilà tout.

Tu as raison, me dit-elle, et ta fermeté me rassure; je vois bien que c'est Dieu qui te la donne; c'est lui qui conduit tout ceci; je me ferais un scrupule d'en douter. Va, mon enfant, mettons toute notre confiance en lui, remercions-le du soin visible qu'il a de nous. Mon Dieu, bénissez une union qui est votre ouvrage. Adieu la Vallée, plus il vient d'obstacles, et plus tu m'es cher.

Adieu, cousine; plus on nous chicane et plus je vous aime, lui dis-je à mon tour. Hélas ! que je voudrais être à demain pour avoir à moi cette main que je tiens ! Je croyais l'avoir tantôt avec toute la personne; quel tort il me fait, ce prêtre ! ajoutai-je en lui pressant la main, pendant qu'elle me regardait avec des yeux qui me répétaient : Quel tort il nous fait ! mais qui le répétaient le plus chrétiennement que cela se pouvait, vu l'amour dont ils étaient pleins, et vu la difficulté d'ajuster tant d'amour avec la modestie.

Va-t'en, me dit-elle toujours tout bas et en ajoutant un soupir à ces mots, va-t'en, il ne nous est pas encore permis de nous attendrir tant; il est vrai que nous devions être mariés cette nuit, mais nous ne le serons pas, la Vallée, ce n'est que pour demain. Va-t'en donc.

Cathos alors avait le dos tourné, et je profitai de ce moment pour lui baiser la main, galanterie que j'avais déjà vu faire, et qu'on apprend aisément; la mienne me valut encore un soupir de sa part, et puis je me levai et lui donnai le bonsoir.

Elle m'avait recommandé de prier Dieu, et je n'y manquai pas; je le priai même plus qu'à l'ordinaire, car on aime tant Dieu, quand on a besoin de lui !

Je me couchai fort content de ma dévotion, et persuadé qu'elle était très méritoire. Je ne me réveillai le lendemain qu'à huit heures du matin.

Il en était près de neuf, quand j'entrai dans la chambre de M^lle Habert, qui s'était levée aussi plus tard que de coutume; et j'avais eu à peine le temps de lui donner le bonjour, quand Cathos vint me dire que quelqu'un demandait à me parler.

Cela me surprit, je n'avais d'affaire avec personne. Est-ce quelqu'un de la maison? dit M^lle Habert encore plus intriguée que moi.

Non, mademoiselle, répondit Cathos, c'est un homme qui vient d'arriver tout à l'heure. Je voulus aller voir qui c'était. Attendez, dit M^lle Habert; je ne veux pas que vous sortiez; qu'il vienne vous parler ici, il n'y a qu'à le faire entrer.

Cathos nous l'amena; c'était un homme assez bien mis, une manière de valet de chambre qui avait l'épée au côté.

N'est-ce pas vous qui vous appelez monsieur de la Vallée ? me dit-il. Oui, monsieur, répondis-je, qu'est-ce, qu'y a-t-il pour votre service ?

Je viens ici de la part de M. le président... (c'était un des premiers magistrats de Paris), qui souhaiterait vous parler, me dit-il.

A moi ! m'écriai-je, cela ne se peut pas, il faut que ce soit un autre M. de la Vallée, car je ne connais pas ce M. le président, je ne l'ai de ma vie ni vu ni aperçu.

Non, non, reprit-il, c'est vous-même qu'il demande, c'est l'*amant d'une nommée M^lle Habert; j'ai là-bas un

fiacre qui nous attend, et vous ne pouvez pas vous dispenser
de venir; car on vous y obligerait : ainsi ce n'est pas la
peine de refuser; d'ailleurs on ne veut vous faire aucun mal,
on ne veut que vous parler.

J'ai fort l'honneur de connaître une parente de M. le
président, et qui loge chez lui, dit alors M^{lle} Habert; et
comme je soupçonne que c'est une affaire qui me regarde
aussi, je vous suivrai, messieurs; ne vous inquiétez point,
monsieur de la Vallée, nous y allons ensemble; tout ceci
vient de mon aînée; c'est elle qui cherche à nous traverser,
nous la trouverons chez M. le président, j'en suis sûre,
et peut-être M. Doucin avec elle. Allons, allons voir de
quoi il s'agit, vous n'attendrez pas, monsieur; je n'ai qu'à
changer de robe.

Non, mademoiselle, dit le valet de chambre (car c'en
était un), j'ai précisément ordre de n'amener que M. de la
Vallée; il faut qu'on ait prévu que vous voudriez venir,
puisqu'on m'a donné cet ordre positif, ainsi vous ne sauriez nous suivre; je vous demande pardon du refus que je
vous fais, mais il faut que j'obéisse.

Voilà de grandes précautions, d'étranges mesures, dit-elle,
eh bien, 1 monsieur de la Vallée, partez, allez devant, présen-
tez-vous hardiment; j'y serai presque aussitôt que vous, car
je vais envoyer chercher une voiture.

Je ne vous le conseille pas, mademoiselle, dit le valet
de chambre; car j'ai charge de vous dire qu'en ce cas vous
ne parleriez à personne.

À personne ! s'écria-t-elle; eh ! qu'est-ce que cela signifie ? M. le président passe pour un si honnête homme; on
le dit si homme de bien; comment se peut-il qu'il en use
ainsi ? où est donc sa religion ? ne tient-il qu'à être président pour envoyer chercher un homme qui n'a que faire à
lui ? C'est comme un criminel qu'on envoie prendre; en
vérité, je n'y comprends rien, Dieu n'approuve pas ce qu'il
fait là; je suis d'avis qu'on n'y aille pas. Je m'intéresse à
M. de la Vallée, je le déclare; il n'a ni charge, ni emploi,
j'en conviens, mais c'est un sujet du roi comme un autre, et
il n'est pas permis de maltraiter les sujets du roi, ni de les
faire marcher comme cela, sous prétexte qu'on est prési-

dent, et qu'ils ne sont rien ; mon sentiment est qu'il reste.

Non, mademoiselle, lui dis-je alors, je ne crains rien (et cela était vrai). Ne regardons pas si c'est bien ou mal fait de m'envoyer dire que je vienne; qu'est-ce que je suis pour être glorieux? ne faut-il pas se mesurer à son aune? quand je serai bourgeois de Paris, encore passe; mais à présent que je suis si petit, il faut bien en porter la peine, et aller suivant ma taille : aux petits les corvées, dit-on. M. le président me mande, trouvons que je suis bien mandé; M. le président me verra, Sa Présidence me dira ses raisons, je lui dirai les miennes, nous sommes en pays de chrétiens, je lui porte une bonne conscience, et Dieu par-dessus tout. Marchons, monsieur, je suis tout prêt.

Eh bien ! j'y consens, dit M^{lle} Habert; car en effet, qu'en peut-il être ? Mais avant que vous partiez, venez, que je vous dise un petit mot dans ce cabinet, monsieur de la Vallée.

Elle y entra, je la suivis; elle ouvrit une armoire, mit sa main dans un sac, et en tira une somme en or qu'elle me dit de prendre. Je soupçonne, ajouta-t-elle, que tu n'as pas beaucoup d'argent, mon enfant; à tout hasard, mets toujours cela dans ta poche. Va, monsieur de la Vallée, que Dieu soit avec toi, qu'il te conduise et te ramène, ne tarde point à revenir, dès que tu le pourras, et souviens-toi que je t'attends avec impatience.

Oui cousine, oui maitresse, oui charmante future, et tout ce qui m'est le plus cher dans le monde, oui, je retourne aussitôt; je ne ferai de bon sang qu'à mon arrivée; je ne vivrai point que je vous revoie, lui dis-je en me jetant sur cette main généreuse qu'elle avait vidée dans mon chapeau. Hélas ! quand on aurait un cœur de rocher, ce serait bientôt un cœur de chair avec vous et vos chères manières; quelle bonté d'âme ! mon Dieu, la charmante fille, que je l'aimerai quand je serai son homme ! la seule pensée m'en fait mourir d'aise; viennent tous les présidents du monde et tous les greffiers du pays, voilà ce que je leur dirai, fussent-ils mille, avec autant d'avocats. Adieu, la reine de mon âme, adieu, personne chérie; j'ai tant d'amour que je n'en saurais plus parler sans notre mariage[1] : il me faut cela pour dire le reste.

Pour toute réponse, elle se laissa tomber dans un fauteuil en pleurant, et je partis avec ce valet de chambre qui m'attendait, et qui me parut honnête homme.

Ne vous alarmez point, me dit-il en chemin, ce n'est pas un crime que d'être aimé d'une fille, et ce n'est que par complaisance que M. le président vous envoie chercher; on l'en a prié dans l'espérance qu'il vous intimiderait; mais c'est un magistrat plein de raison et d'équité; ainsi, soyez en repos, défendez-vous *honnêtement, et tenez bon.

Aussi ferai-je, mon cher monsieur, lui dis-je; je vous remercie du conseil, quelque jour je vous le revaudrai si je puis, mais je vous dirai que je vais là aussi gaillard qu'à ma noce.

Ce fut en tenant de pareils discours que nous arrivâmes chez son maître. Apparemment que mon histoire avait éclaté dans la maison; car j'y trouvai tous les domestiques assemblés qui me reçurent en haie sur l'escalier.

Je ne me démontai point; chacun disait son mot sur ma figure, et heureusement, de tous ces mots, il n'y en avait pas un dont je pusse[2] être choqué; il y en eut même de fort obligeants de la part des femmes. Il n'a pas l'air sot, disait l'une. Mais vraiment la dévote a fort bien choisi, il est beau garçon, disait l'autre.

A droit[3], c'était : Je suis bien aise de sa bonne fortune ; à gauche : J'aime sa physionomie. Qu'il m'en vienne un de cette mine-là, je m'y tiens, entendais-je dire ici. Vous n'êtes pas dégoûtée, disait-on là.

---

1. Une correction caractéristique de Duport et Duviquet : j'ai tant d'amour que je n'en saurais plus parler sans *parler aussi de* notre mariage.

2. Les éditions anciennes (dont celles de Prault, 1734 et 1735) écrivent ici *pûs*. C'est probablement l'orthographe de Marivaux, mais elle correspond sans doute à la prononciation *pusse*. Les confusions de ce genre ne sont pas rares au xviie et au xviiie siècle. Voir F. Deloffre, «Marivaux grammairien», *Cahiers de l'Association Internationale des Études Françaises,* n° 25 (mai 1973), p. 111-125.

3. Forme assez fréquente chez Marivaux, garantie par de nombreuses éditions anciennes. Elle est corrigée en *à droite* à partir de l'édition de 1781.

Enfin je puis dire que mon chemin fut semé de compliments, et si c'était là passer par les baguettes[1], du moins étaient-elles les plus douces du monde, j'aurais eu lieu d'être bien content, sans une vieille gouvernante qui gâta tout, que je rencontrai au haut de l'escalier, et qui se fâcha sans doute de me voir si jeune, pendant qu'elle était si vieille et si éloignée de la bonne fortune de M^lle Habert.

Oh ! le coup de baguette de celle-là ne fut pas doux; car, me regardant d'un œil hagard, et levant les épaules sur moi : Hum ! qu'est-ce que c'est que cela ? dit-elle; quelle *bégueule, à son âge, de vouloir épouser ce godelureau ! il faut qu'elle ait perdu l'esprit.

Tout doucement, ma bonne mère, vous le perdriez bien au même prix, lui répondis-je, enhardi par tout ce que les autres m'avaient dit de flatteur.

Ma réponse réussit, ce fut un éclat de rire général, tout l'escalier en retentit, et nous entrâmes, le valet de chambre et moi, dans l'appartement, en laissant une querelle bien établie entre la gouvernante et le reste de la maison qui la sifflait en ma faveur.

Je ne sais pas comment la vieille s'en tira : mais, comme vous voyez, mon début était assez plaisant.

La compagnie était chez madame; on m'y attendait, et ce fut aussi chez elle que me mena mon guide.

Modestie et courage, voilà avec quoi j'y entrai. J'y trouvai M^lle Habert, l'aînée, par qui je commence parce que c'est contre elle que je vais plaider. M. le président, homme entre deux âges.

M^me la présidente, dont la seule physionomie m'aurait rassuré, si j'avais eu peur; il n'en faut qu'une comme celle-là dans une compagnie pour vous faire aimer toutes les autres; non pas que M^me la présidente fût belle, il s'en fallait bien;

---

1. Le châtiment militaire des *baguettes*, institué sous Louis XIV, fut supprimé en 1786. Nu jusqu'à la ceinture, le condamné passait entre ses camarades, rangés sur deux rangs et munis chacun d'une baguette. « L'exécution se faisait au son d'une batterie spéciale nommée la charge ou les verges, selon que [le patient] devait marcher plus ou moins lentement. » (Charles Kunstler, *La Vie quotidienne sous Louis XV*, 1953, p. 220.)

je ne vous dirai pas non plus qu'elle fût laide, je n'oserais ; car si la bonté, si la franchise, si toutes les qualités qui font une âme aimable prenaient une physionomie en commun, elles n'en prendraient point d'autre que celle de cette présidente.

J'entendis qu'elle disait au président d'un ton assez bas : Mon Dieu ! monsieur, il me semble que ce pauvre garçon tremble, allez-y doucement, je vous prie ; et puis elle me regarda tout de suite d'un air qui me disait : Ne vous troublez point.

Ce sont de ces choses si sensibles qu'on ne saurait s'y méprendre.

Mais ce que je dis là m'a écarté. Je comptais les assistants, en voilà déjà trois de nommés, venons aux autres.

Il y avait un abbé d'une mine fine, et mis avec toute la galanterie que pouvait comporter son habit, gesticulant décemment, mais avec grâce ; c'était un petit-maître d'église[1], je n'en dirai pas de lui davantage, car je ne l'ai jamais revu.

Il y avait encore une dame, parente du président, celle que Mlle Habert avait dit connaître, et qui occupait une partie de la maison ; veuve d'environ cinquante ans, grande personne bien faite, et dont je ferai le portrait dans un moment ; voilà tout.

Il est bon d'avertir que cette dame, dont je promets le portrait, était une dévote aussi. Voilà bien des dévotes, dira-t-on, mais je ne saurais qu'y faire ; c'était par là que

---

1. Les petits-maîtres, compagnons de débauche de Condé à l'époque de Rocroi et de la Fronde, avaient disparu avec l'exil de leur maître. Mais une nouvelle coterie de petits-maîtres avait vu le jour vers 1684 parmi les jeunes seigneurs de la cour. Leur succès fut tel que les autres classes de la société eurent aussi leurs petits-maîtres : il y eut des petits-maîtres de robe (voir notre édition du *Petit-Maître corrigé*, Droz, 1955, *Introduction*, pp. 25-29, 53, etc.), des marchands petits-maîtres (*ibid.*, p. 27 et n. 1), des médecins petits-maîtres (cf. *Gil Blas*, liv. VII, chap. VI), et l'existence d'abbés petits-maîtres est attestée depuis la fin du xviie siècle (*Le Petit-Maître corrigé*, Notice, dans le *Théâtre complet*, tome II, p. 147 et n. 2).

M<sup>lle</sup> Habert l'aînée la connaissait, et qu'elle avait su l'intéresser dans l'affaire dont il s'agissait; elles allaient toutes deux au même confessionnal.

Et, à propos de dévotes, ce fut bien dans cette occasion où j'aurais pu dire :

Tant de fiel entre-t-il dans l'âme des dévots[1] !

Je n'ai jamais vu de visage si furibond que celui de la M<sup>lle</sup> Habert présente; cela la changeait au point que je pensai la méconnaître.

En vérité il n'y a de *mouvements violents que chez ces personnes-là, il n'appartient qu'à elles d'être passionnées; peut-être qu'elles croient être assez bien avec Dieu pour pouvoir prendre ces licences-là sans conséquence, et qu'elles s'imaginent que ce qui est péché pour nous autres profanes, change de nom, et se purifie en passant par leur âme. Enfin je ne sais pas comment elles l'entendent, mais il est sûr que la colère des dévots est terrible.

Apparemment qu'on fait bien de la bile dans ce métier-là; je ne parle jamais que des dévots, je mets toujours les pieux à part[2]; ceux-ci n'ont point de bile, la piété les en purge.

Je ne m'embarrassai guère de la fureur avec laquelle me regardait M<sup>lle</sup> Habert; je jetai les yeux sur elle aussi indifféremment que sur le reste de la compagnie, et je m'avançai en saluant M. le président.

C'est donc toi, me dit-il, que la sœur de mademoiselle veut épouser ?

Oui, monsieur, du moins me le dit-elle, et assurément je ne l'en empêcherai pas; car cela me fait beaucoup d'honneur et de plaisir, lui répondis-je d'un air simple, mais ferme et tranquille. Je m'observai un peu sur le langage, soit dit en passant.

T'épouser, toi ? reprit le président. Es-tu fait pour être son mari ? Oublies-tu que tu n'es que son domestique ?

---

1. Vers de Boileau dans *Le Lutrin* (Chant I, vers 12).
2. Même précaution que ci-dessus, pages 47-48.

Je n'aurais pas de peine à l'oublier, lui dis-je, car je ne l'ai été qu'un moment par rencontre.

Voyez l'effronté, comme il vous répond, monsieur le président, dit alors M<sup>lle</sup> Habert.

Ah ! point du tout, mademoiselle : c'est que vous êtes fâchée, dit sur-le-champ la présidente d'un ton de voix si bien assorti avec cette physionomie dont j'ai parlé; M. le président l'interroge, il faut bien qu'il réponde, il n'y a point de mal à cela, écoutons-le.

L'abbé à ce dialogue souriait sous sa main d'un air spirituel et railleur; M. le président baissait les yeux de l'air d'un homme qui veut rester grave, et qui retient une envie de rire.

L'autre dame, parente de la maison, faisait des nœuds, je pense, et la tête baissée, se contentait par intervalles de lever sourdement les yeux sur moi; je la voyais qui me mesurait depuis les pieds jusqu'à la tête.

Pourquoi, reprit le président, me dis-tu que tu n'as été qu'un moment son domestique, puisque tu es actuellement à son service ?

Oui, monsieur, à son service comme au vôtre, je suis fort son serviteur, son ami, et son prétendu, et puis c'est tout.

Mais, petit fripon que vous êtes, s'écria là-dessus ma future belle-sœur, qui ne trouvait pas que le président me parlât à sa fantaisie, mais pouvez-vous à votre âge mentir aussi impudemment que vous le faites ? Là, mettez la main sur la conscience, songez que vous êtes devant Dieu, et qu'il nous écoute. Est-ce que ma folle de sœur ne vous a pas rencontré dans la rue ? N'étiez-vous pas sur le pavé, sans savoir où aller, quand elle vous a pris ? Que seriez-vous devenu sans elle ? Ne seriez-vous pas réduit à tendre la main aux passants, si elle n'avait pas eu la charité de vous mener au logis ? Hélas ! la pauvre fille, il valait bien mieux qu'elle n'eût pas pitié de vous : il faut bien que sa charité n'ait pas été agréable à Dieu, puisqu'il s'en est suivi un si grand malheur pour elle; et quel égarement, monsieur le président, que les jugements de Dieu sont terribles ! Elle passe un matin sur le Pont-Neuf, elle rencontre ce petit

libertin, elle me l'amène, il ne me revient pas[1], elle veut le
garder à toute force malgré mon conseil et l'inspiration
d'un saint homme qui tâche de l'en dissuader; elle se brouille
avec lui, se sépare d'avec moi, prend une maison ailleurs,
y va loger avec ce misérable, (Dieu me pardonne de l'appeler ainsi !) se coiffe de lui, et veut être sa femme, la femme
d'un valet, à près de cinquante ans qu'elle a.

Oh ! l'âge ne fait rien à cela, dit sans lever la tête la dame
dévote, à qui cet article des cinquante ans ne plut pas,
parce qu'elle avait sa cinquantaine et qu'elle craignait que
ce discours ne fît songer à elle. Et d'ailleurs, dit-elle en
continuant, est-elle si âgée, mademoiselle votre sœur ?
Vous êtes en colère, et il me semble lui avoir entendu dire
qu'elle était de mon âge, et sur ce pied-là, elle serait à peu
près de cinq ans plus jeune.

Je vis le président sourire à ce calcul; apparemment
qu'il ne lui paraissait pas exact.

Eh ! madame, reprit Mlle Habert l'aînée d'un ton piqué,
je sais l'âge de ma sœur, je suis son aînée, et j'ai près de
deux ans plus qu'elle. Oui, madame, elle a cinquante ans
moins deux mois, et je pense qu'à cet âge-là on peut passer
pour vieille; pour moi, je vous avoue que je me regarde
comme telle; tout le monde ne se soutient pas comme
vous, madame.

Autre sottise qui lui échappa, ou par faute d'attention,
ou par rancune.

Comme moi, mademoiselle Habert ? répondit la dame
en rougissant; eh ! où allez-vous ? Est-ce qu'il est question
de moi ici ? Je me soutiens, dites-vous, je le crois bien,
et Dieu sait si je m'en soucie ! mais il n'y a pas grand miracle
qu'on se soutienne encore à mon âge.

Il est vrai, dit le président en badinant, que Mlle Habert
rend le bel âge bien court, et que la vieillesse ne vient pas
de si bonne heure; mais laissons-là la discussion des âges.

---

1. Toutes les éditions anciennes, jusqu'à celle de 1781 comprise,
portent : *il ne me revint pas.* Nous adoptons la correction de l'édition V
(Rouen, 1782), suivie aussi par Duport et Duviquet.

Oui, monsieur le président, répondit notre aînée, ce n'est pas les années que je regarde à cela, c'est l'état du mari qu'elle prend; c'est la bassesse de son choix; voyez quel affront ce sera pour la famille. Je sais bien que nous sommes tous égaux devant Dieu, mais devant les hommes ce n'est pas de même, et Dieu veut qu'on ait égard aux coutumes établies parmi eux, il nous défend de nous déshonorer, et les hommes diront que ma sœur aura épousé un gredin, voilà comment ils appelleront ce petit garçon-là, et je demande qu'on empêche une pauvre égarée de nous couvrir de tant de honte; ce sera même travailler pour son bien; il faut avoir pitié d'elle, je l'ai déjà recommandée aux prières d'une sainte communauté; M. Doucin m'a promis les siennes; madame aussi, ajouta-t-elle en regardant la dame dévote, qui ne parut pas alors goûter beaucoup cette apostrophe; voilà M^me la présidente et M. l'abbé, que je n'ai pas l'honneur de connaître, qui ne nous refuseront pas les leurs (les prières de M. l'abbé étaient quelque chose d'impayable en cette occasion-ci; on pensa en éclater de rire, et aussi remercia-t-il de l'invitation, d'un air qui mettait ses prières au prix qu'elles valaient), et vous aurez part à une bonne œuvre, dit-elle encore au président, si vous voulez bien nous secourir de votre crédit là-dedans.

Allez, mademoiselle, ne vous inquiétez point, dit le président, votre sœur ne l'épousera pas; il n'oserait porter la chose jusque-là; et s'il avait envie d'aller plus loin, nous l'en empêcherions bien, mais il ne nous en donnera pas la peine, et pour le dédommager de ce qu'on lui ôte, je veux avoir soin de lui, moi.

Il y avait longtemps que je me taisais, parce que je voulais dire mes raisons *tout de suite, et je n'avais pas perdu mon temps pendant mon silence; j'avais jeté de fréquents regards sur la dame dévote, qui y avait pris garde, et qui m'en avait même rendu quelques-uns à la sourdine; et pourquoi m'étais-je avisé de la regarder ? C'est que je m'étais aperçu par-ci par-là qu'elle m'avait regardé elle-même, et que cela m'avait fait songer que j'étais beau garçon; ces choses-là se lièrent dans mon esprit : on agit dans mille moments en conséquence d'idées confuses qui viennent je ne sais comment, qui vous mènent, et qu'on ne *réfléchit point.

Je n'avais pas négligé non plus de regarder la présidente, mais celle-là d'une manière humble et suppliante. J'avais dit des yeux à l'une : Il y a plaisir à vous voir, et elle m'avait cru ; à l'autre : Protégez-moi, et elle me l'avait promis ; car il me semble qu'elles m'avaient entendu toutes deux, et répondu ce que je vous dis là.

M. l'abbé même avait eu quelque part à mes attentions ; quelques regards extrêmement *honnêtes me l'avaient aussi disposé en ma faveur ; de sorte que j'avais déjà les deux tiers de mes juges pour moi, quand je commençai à parler.

D'abord je fis faire silence, car de la manière dont je m'y pris, cela voulait dire : Écoutez-moi.

Monsieur le président, dis-je donc, j'ai laissé parler mademoiselle à son aise, je l'ai laissé m'injurier tant qu'il lui a plu : quand elle ferait encore un discours d'une heure, elle n'en dirait pas plus qu'elle en a dit ; c'est donc à moi à parler à présent ; chacun à son tour, ce n'est pas trop.

Vous dites, monsieur le président, que si je veux épouser M^lle Habert la cadette, on m'en empêchera bien ; à quoi je vous réponds que si on m'en empêche, il me sera bien force[1] de la laisser là ; à l'impossible nul n'est tenu ; mais que si on ne m'en empêche pas, je l'épouserai, cela est sûr, et tout le monde en ferait autant à ma place.

Venons à cette heure aux injures qu'on me dit ; je ne sais pas si la dévotion les permet ; en tout cas, je les mets sur la conscience de mademoiselle qui les a proférées. Elle dit que Dieu nous écoute, et tant pis pour elle, car ce n'est pas là de trop belles paroles qu'elle lui a fait entendre ; bref, à son compte, je suis un misérable, un gredin ; sa sœur une folle, une pauvre vieille égarée ; à tout cela il n'y a que le prochain de foulé, qu'il s'accommode. Parlons de moi. Voilà, par exemple, M^lle Habert l'aînée, monsieur le président ; si vous lui disiez comme à moi, toi par-ci, toi par-là, qui es-tu ? qui n'es-tu pas ? elle ne manquerait pas de

---

1. Texte de toutes les éditions du xviii^e siècle. **Duport** et **Duviquet** corrigent à tort *force* en *forcé*.

trouver cela bien étrange; elle dirait : Monsieur, vous me traitez mal; et vous penseriez en vous-même : Elle a raison; c'est mademoiselle qu'il faut dire : aussi faites-vous; mademoiselle ici, mademoiselle là, toujours *honnêtement mademoiselle et à moi toujours tu et toi. Ce n'est pas que je m'en plaigne, monsieur le président, il n'y a rien à dire, c'est la coutume de vous autres grands messieurs; toi, c'est ma part et celle-là[1] du pauvre monde; voilà comme on le mène : pourquoi pauvre monde est-il ? ce n'est pas votre faute, et ce que j'en dis n'est que pour faire une comparaison. C'est que mademoiselle, à qui ce serait mal fait de dire : Que veux-tu ? n'est presque pourtant pas plus mademoiselle que je suis monsieur, c'est ma foi la même chose.

Comment donc, petit impertinent, la même chose ? s'écria-t-elle.

Eh ! pardi, oui, répondis-je; mais je n'ai pas fait, laissez-moi me reprendre. Est-ce que M. Habert votre père, et devant Dieu soit son âme, était un gredin, mademoiselle ? Il était fils d'un bon fermier de Beauce, moi fils d'un bon fermier de Champagne; c'est déjà ferme pour ferme; nous voilà déjà, monsieur votre père et moi, aussi gredins l'un que l'autre; il se fit marchand, n'est-ce pas ? Je le serai peut-être; ce sera encore boutique pour boutique. Vous autres demoiselles qui êtes ses filles, ce n'est donc que d'une boutique que vous valez mieux que moi; mais cette boutique, si je la prends, mon fils dira : Mon père l'avait; et par là mon fils sera au niveau de vous. Aujourd'hui vous allez de la boutique à la ferme, et moi j'irai de la ferme à la boutique; il n'y a pas là grande différence; ce n'est qu'un étage que vous avez de plus que moi; est-ce qu'on est misérable à cause d'un étage de moins ? Est-ce que les

---

1. Ce tour, comme le remarquait déjà Féraud, est une incorrection prêtée intentionnellement à Jacob par Marivaux, qui l'attribue aussi à ses rôles de paysans : « c'est pourtant mes yeux que je porte, je n'empruntons ceux-là de personne » (*L'Héritier de Village*, scène 12). Il n'y a donc pas lieu de corriger, comme le font Duviquet et les éditeurs modernes, *celle-là* en *celle*.

gens qui servent Dieu comme vous, qui s'adonnent à l'humilité comme vous, comptent les étages, surtout quand il n'y en a qu'un à redire ?

Pour ce qui est de cette rue où vous dites que votre sœur m'a rencontré, eh bien cette rue, c'est que tout le monde y passe ; j'y passais, elle y passait, et il vaut autant se rencontrer là qu'ailleurs, quand on a à se rencontrer quelque part. J'allais être mendiant sans elle ; hélas ! non pas le même jour, mais un peu plus tard, il aurait bien fallu en venir là ou s'en retourner à la ferme ; je le confesse franchement, car je n'y entends point finesse ; c'est bien un plaisir que d'être riche, mais ce n'est pas une gloire hormis pour les sots ; et puis y a-t-il si grande merveille à mon fait ? on est jeune, on a père et mère, on sort de chez eux pour faire quelque chose, quelle richesse voulez-vous qu'on ait ? on a peu, mais on cherche, et je cherchais ; là-dessus votre sœur vient : Qui êtes-vous ? me dit-elle ; je le lui *récite. Voulez-vous venir chez nous ? Nous sommes deux filles craignant Dieu, dit-elle. Oui-da, lui dis-je, et en attendant mieux, je la suis. Nous causons par les chemins, je lui apprends mon nom, mon surnom, mes moyens, je lui détaille ma famille ; elle me dit : La nôtre est de même étoffe ; moi je m'en réjouis ; elle dit qu'elle en est bien aise ; je lui repars, elle me repart ; je la loue, elle me le rend. Vous me paraissez bon garçon. Vous, mademoiselle, la meilleure fille de Paris. Je suis content, lui dis-je. Moi contente. Et puis nous arrivons chez vous, et puis vous la querellez à cause de moi ; vous dites que vous la quitterez, elle vous quitte la première ; elle m'emmène ; la voilà seule, l'ennui la prend, la pensée du mariage lui vient, nous en devisons, je me trouve là tout porté, elle m'estime, je la révère ; je suis fils de fermier, elle petite-fille, elle ne chicane pas sur un cran de plus, sur un cran de moins, sur une boutique en deçà, sur une boutique en delà ; elle a du bien pour nous deux, moi de l'amitié pour quatre ; on appelle un notaire ; j'écris en Champagne, on me récrit, tout est prêt ; et je demande à monsieur le président qui sait la justice par cœur, à madame la présidente, qui nous écoute, à madame, qui a si bon esprit, à monsieur l'abbé qui a de la conscience ; je demande à tout Paris, comme s'il était là, où est ce grand affront que je vous fais? A ces mots, la compagnie se tut, personne ne répondit. Notre aînée, qui s'attendait que M. le président parlerait, le regardait étonnée de ce qu'il ne disait rien. Quoi! monsieur, lui dit-elle, est-ce que vous m'abandonnez!

J'aurais fort envie de vous servir, mademoiselle, lui dit-il, mais que voulez-vous que je fasse en pareil cas ? je croyais l'affaire bien différente, et si tout ce qu'il dit est vrai, il ne serait ni juste ni possible de s'opposer à un mariage qui n'a point d'autre défaut que d'être ridicule à cause de la disproportion des âges.

Sans compter, dit la dame parente, qu'on en voit tous les jours de bien plus grandes, de ces disproportions, et que celle-ci ne sera sensible que dans quelques années, car votre sœur est encore fraîche.

Et d'ailleurs, dit la présidente d'un air conciliant, elle est sa maîtresse, cette fille; et ce jeune homme n'a contre lui que sa jeunesse, dans le fond.

Et il n'est pas défendu d'avoir un mari jeune, dit l'abbé d'un ton goguenard.

Mais n'est-ce pas une folie qu'elle fait, dit M^lle Habert, dont toutes ces généalogies avaient mis la tête en désordre; et n'y a-t-il pas de la charité à l'en empêcher ? Vous, madame, qui m'avez tant promis d'engager M. le président à me prêter son secours, ajouta-t-elle en parlant à cette dame dévote, est-ce que vous ne le presserez point d'agir ? Je comptais tant sur vous.

Mais, ma bonne demoiselle Habert, reprit la dame, il faut entendre raison. Vous m'avez parlé de ce jeune homme comme du dernier des malheureux, n'appartenant à personne, et j'ai pris feu là-dessus; mais point du tout, ce n'est point cela, c'est le fils d'honnêtes gens d'une bonne famille de Champagne, d'ailleurs un garçon raisonnable; et je vous avoue que je me ferais un scrupule de nuire à sa petite fortune.

A ce discours, le garçon raisonnable salua la scrupuleuse; ma révérence partit sur-le-champ.

Mon Dieu ! qu'est-ce que c'est que le monde ? s'écria

ma belle-sœur future. Pour avoir dit à madame qu'elle se
soutenait bien à l'âge qu'a ma sœur, voilà que j'ai perdu
ses bonnes grâces ; qui est-ce qui devinerait qu'on est encore
une nymphe à cinquante ans ? Adieu, madame ; monsieur
le président, je suis votre servante.

Cela dit, elle salua le reste de la compagnie, pendant que
la dame dévote la regardait de côté d'un air méprisant,
sans daigner lui répondre.

Allez, mon enfant, me dit-elle quand l'autre fut partie,
mariez-vous, il n'y a pas le mot à vous dire.

Je lui conseille même de se hâter, dit la présidente, car
cette sœur-là est bien mal intentionnée. De quelque façon
qu'elle s'y prenne, ses mauvaises intentions n'aboutiraient
à rien, dit froidement le président, et je ne vois pas ce qu'elle
pourrait faire.

Là-dessus on annonça quelqu'un. Venez, me dit en se
levant la nymphe de cinquante ans, je vais vous donner un
petit billet pour M^{lle} Habert ; c'est une fort bonne fille,
je l'ai toujours mieux aimée que l'autre, et je suis bien aise
de lui apprendre comment ceci s'est passé. Monsieur le
président, permettez-moi de passer un moment dans votre
cabinet pour écrire ; et tout de suite elle part, et je la suis,
très content de mon ambassade.

Quand nous fûmes dans ce cabinet : Franchement mon
garçon, me dit-elle en prenant une feuille de papier, et
en essayant quelques plumes, j'ai d'abord été contre vous ;
cette emportée qui sort nous avait si fort parlé à votre désa-
vantage, que votre mariage paraissait la chose du monde la
plus extraordinaire ; mais j'ai changé d'avis dès que je vous
ai vu ; je vous ai trouvé une physionomie qui détruisait
tout le mal qu'elle avait dit ; et effectivement vous l'avez
belle, et même heureuse ; M^{lle} Habert la cadette a raison.

Je suis bien obligé, madame, à la bonne opinion que vous
avez de moi, lui répondis-je, et je tâcherai de la mériter.

Oui, me dit-elle, je pense très bien de vous, extrêmement
bien, je suis charmée de votre aventure ; et si cette fâcheuse
sœur vous faisait encore quelque chicane, vous pouvez
compter que je vous servirai contre elle.

C'était toujours en essayant différentes plumes qu'elle

me tenait ces discours, et elle ne pouvait pas en trouver de bonnes.

Voilà de mauvaises plumes, dit-elle, en tâchant d'en tailler, ou plutôt d'en raccommoder une; quel âge avez-vous ? Bientôt vingt ans, madame, lui dis-je en gros. C'est le véritable âge de faire fortune, reprit-elle; vous n'avez besoin que d'amis qui vous poussent, et je veux vous en donner; car j'aime votre M^{lle} Habert, et je lui sais bon gré de ce qu'elle fait pour vous; elle a du discernement. Mais est-il vrai qu'il n'y a que quatre ou cinq mois que vous arrivez de campagne ? on ne le croirait point à vous voir, vous n'êtes point hâlé, vous n'avez point l'air campagnard; il a le plus beau teint du monde.

A ce compliment les roses du beau teint augmentèrent; je rougis un peu par pudeur, mais bien plus par je ne sais quel sentiment de plaisir qui me vint de me voir loué sur ce ton-là par une femme de cette considération.

On se sent bien fort et bien à son aise, quand c'est par la figure qu'on plaît, car c'est un mérite qu'on n'a point de peine à soutenir ni à faire durer; cette figure ne change point, elle est toujours là, vos agréments y tiennent; et comme c'est à eux qu'on en veut, vous ne craignez point que les gens se détrompent sur votre chapitre, et cela vous donne de la confiance.

Je crois que je plais par ma personne, disais-je donc en moi-même. Et je sentais en même temps l'agréable et le commode de cette façon de plaire; ce qui faisait que j'avais l'air assez *aisé.

Cependant les plumes allaient toujours mal; on essayait de les tailler, on ne pouvait en venir à bout, et tout en se dépitant, on continuait la conversation.

Je ne saurais écrire avec cela, me dit-elle; ne pourriez-vous pas m'en tailler une ?

Oui-da, madame, lui dis-je, je vais tâcher. J'en prends donc une, et je la taille.

Vous mariez-vous cette nuit ? reprit-elle pendant que j'étais après cette plume. Je crois qu'oui, madame.

Eh ! dites-moi, ajouta-t-elle en souriant, M^{lle} Habert vous aime beaucoup, mon garçon, je n'en doute pas, et je n'en suis point surprise; mais entre nous, l'aimez-vous un peu aussi ? avez-vous de l'amour pour elle ? là, ce que l'on appelle de l'amour, ce n'est pas de l'amitié que j'entends, car de cela elle en mérite beaucoup de votre part, et vous n'êtes pas obligé au reste; mais a-t-elle quelques charmes à vos yeux, *toute âgée qu'elle est ?

Ces derniers mots furent prononcés d'un ton badin qui me dictait ma réponse, qui semblait m'exciter à dire que non, et à plaisanter de ses charmes. Je sentis que je lui ferais plaisir de n'être pas impatient de les posséder, et ma foi ! je n'eus pas la force de lui refuser ce qu'elle demandait.

En fait d'amour, tout engagé qu'on est déjà, la vanité de plaire ailleurs vous rend l'âme si infidèle, et vous donne en pareille occasion de si lâches complaisances !

J'eus donc la faiblesse de manquer d'honneur et de sincérité ici; car j'aimais M$^{lle}$ Habert, du moins je le croyais, et cela revient au même pour la friponnerie que je fis alors; et quand je ne l'aurais pas aimé, les circonstances où je me trouvais avec elle, les obligations que je lui avais et que j'allais lui avoir, tout n'exigeait-il pas que je disse sans hésiter : Oui, je l'aime, et de tout mon cœur ?

Je n'en fis pourtant rien, parce que cette dame ne voulait pas que je l'aimasse, et que j'étais flatté de ce qu'elle ne le voulait pas.

Mais comme je n'étais pas de caractère à être un effronté fripon, que je n'étais même tout au plus capable d'un procédé faux que dans un cas de cette nature, je pris un milieu que je m'imaginai en être un, et ce fut de me contenter de sourire sans rien répondre, et de mettre une mine à la place du mot qu'on me demandait.

Oui, oui, je vous entends, dit la dame, vous êtes plus reconnaissant qu'amoureux, je m'en doutais bien; cette fille-là n'a pourtant pas été désagréable autrefois.

Pendant qu'elle parlait, j'essayais la plume que j'avais taillée; elle n'allait pas à ma fantaisie, et j'y retouchais pour allonger un entretien qui m'amusait beaucoup, et dont je voulais voir la fin.

Oui, elle est fort passée, mais je pense qu'elle a été assez jolie, dit encore la dame en continuant, et comme dit sa sœur, elle a bien cinquante ans; il n'a pas tenu à moi tantôt qu'elle ne fût de beaucoup plus jeune; car je la faisais de mon âge pour la rendre plus excusable. Si j'avais pris le parti de sa sœur aînée, je vous aurais nui auprès du président, mais je n'ai eu garde.

J'ai bien remarqué, lui dis-je, la protection que vous m'accordiez, madame. Il est vrai, reprit-elle que je me suis assez ouvertement déclarée; cette pauvre cadette, je me mets à sa place, elle aurait eu trop de chagrin de vous perdre, toute vieille qu'elle est; et d'ailleurs je vous veux du bien.

Hélas ! madame, repris-je d'un air naïf, j'en dirais bien autant de vous, si je valais la peine de parler. Hé ! pourquoi non ? répondit-elle; je ne néglige l'amitié de personne, mon cher enfant, surtout de ceux qui sont à mon gré autant que vous, car vous me plaisez; je ne sais, mais vous m'avez prévenue en votre faveur; je ne regarde pas à la condition des gens, moi; je ne règle pas mon goût là-dessus.

Et quoiqu'elle glissât ces dernières paroles en femme qui prend les mots qui lui viennent, et qui n'a pas à s'observer sur ce qu'elle pense, la force du discours l'obligea pourtant à baisser les yeux, car on ne badine pas avec sa conscience.

Cependant je ne savais plus que faire de cette plume, il était temps de l'avoir rendue bonne, ou de la laisser là.

Je vous supplie, lui dis-je, de me conserver cette bonne volonté que vous me marquez, madame; il ne saurait me venir du bien d'aucune part, que j'aime autant que de la vôtre.

Et c'était en lui rendant la plume que je parlais ainsi; elle la prit, l'essaya, et dit : Elle va fort bien. Vous écrivez lisiblement sans doute ? Assez, lui dis-je.

Cela suffit, et j'ai envie, reprit-elle, de vous donner à copier quelque chose que je souhaiterais avoir au net. Quand il vous plaira, madame, lui dis-je.

Là-dessus elle commença sa lettre à M^lle Habert, et de temps en temps levait les yeux sur moi.

Votre père est-il bel homme ? Est-ce à lui que vous ressemblez, ou à votre mère ? me dit-elle, après deux ou trois lignes d'écrites. C'est à ma mère, madame, lui dis-je.

Deux lignes après : Votre histoire avec cette vieille fille qui vous épouse est singulière, ajouta-t-elle comme par

réflexion et en riant; il faut pourtant qu'elle ait de bons
yeux, toute retirée qu'elle a vécu, et je ne la plains pas;
mais surtout vivez en *honnête homme avec elle, je vous y
exhorte, mon garçon, et faites après de votre cœur ce qu'il
vous plaira, car à votre âge on ne le garde pas.

Hélas ! madame, lui dis-je, à quoi me servirait-il de le
donner ? Qui est-ce qui voudrait d'un villageois comme
moi ? Oh ! reprit-elle en secouant la tête, ce ne serait pas là
la difficulté. Vous m'excuserez, madame, lui dis-je, parce
que ce ne serait pas ma pareille que j'aimerais, je ne m'en
soucierais pas, ce serait quelque personne qui serait plus
que moi; il n'y a que cela qui me ferait envie.

Eh bien ! me dit-elle, c'est là penser à merveille, et je
vous en estime davantage : ce sentiment-là vous sied bien,
ne le perdez pas, il vous fait honneur, et il vous réussira,
je vous le prédis[1]. Je m'y connais, vous devez m'en croire,
ayez bon courage; et c'était avec un regard persuasif
qu'elle me disait cela. A propos de cœur, ajouta-t-elle,
êtes-vous né un peu tendre ? C'est la marque d'un bon
caractère[2].

Oh pardi, je suis donc du meilleur caractère du monde,
repris-je. Oui-da, dit-elle, ha, ha, ha... ce gros garçon, il
me répond cela avec une vivacité tout à fait plaisante. Eh !
parlez-moi franchement, est-ce que vous auriez déjà quelque
vue ? Aimeriez-vous actuellement quelque personne ?

Oui, lui dis-je, j'aime toutes les personnes à qui j'ai

---

1. De même, Dorante approuve la fausse Lisette, qui, dans *Le Jeu
de l'Amour et du Hasard*, est décidée à n'aimer qu'un homme de condition : « Tu fais fort bien, Lisette, cette fierté-là te va à merveille, et,
quoiqu'elle me fasse mon procès, je suis pourtant bien aise de te la
voir ; je te l'ai souhaitée d'abord que je t'ai vue ; il te fallait encore
cette grâce-là, et je me console d'y perdre, parce que tu y gagnes. »
(acte I, sc. 7).

2. L'idée que la sensibilité est la marque d'un bon caractère sera
un des thèmes les plus courants de la comédie larmoyante et du drame
bourgeois. On voit qu'elle était déjà répandue dans le public au moment
où l'on venait de représenter la première pièce de ce genre, *Le Glorieux*,
de Destouches (1732), et avant même que ne fût joué *Le Préjugé
à la mode*, de Nivelle de la Chaussée (3 février 1735).

obligation comme à vous, madame, que j'aime plus que toutes les autres.

Prenez garde, me dit-elle, je parle d'amour, et vous n'en avez pas pour ces personnes-là, non plus que pour moi; si vous nous aimez, c'est par reconnaissance, et non pas à cause que nous sommes aimables. Quand les personnes sont comme vous, c'est à cause de tout, lui repartis-je; mais ce n'est pas à moi à le dire. Oh! dites, mon enfant, dites, reprit-elle, je ne suis ni sotte ni ridicule, et pourvu que vous soyez de bonne foi, je vous le pardonne.

Pardi, de bonne foi, répondis-je, si je ne l'étais pas, je serais donc bien difficile. Doucement pourtant, me dit-elle, en se mettant le doigt sur la bouche, ne dites cela qu'à moi, au moins, car on en rirait, mon enfant, et d'ailleurs, vous me brouilleriez avec M^{lle} Habert, si elle le savait.

Je m'empêcherais bien de le dire, si elle était là, repris-je. Vraiment c'est que ces vieilles sont jalouses, et que le monde est méchant, ajouta-t-elle en achevant sa lettre, et il faut toujours se taire.

Nous entendîmes alors du bruit dans une chambre prochaine.

N'y aurait-il pas là quelque domestique qui nous écoute ? dit-elle en pliant sa lettre. J'en serais fâchée; sortons. Rendez ce billet à M^{lle} Habert, dites-lui que je suis son amie, entendez-vous, et dès que vous serez marié, venez m'en informer ici où je demeure; mon nom est au bas du billet que j'ai écrit; mais ne venez que sur le soir, je vous donnerai ces papiers que vous copierez, et nous causerons sur les moyens de vous rendre service dans la suite. Allez, mon cher enfant, soyez sage, j'ai de bonnes intentions pour vous, dit-elle d'un ton plus bas avec douceur, et en me tendant la lettre d'une façon qui voulait dire : Je vous tends la main aussi; du moins je le compris de même, de sorte qu'en recevant le billet, je baisai cette main qui paraissait se présenter, et qui ne fit point la cruelle, malgré la vive et affectueuse reconnaissance avec laquelle je la baisais, et cette main était belle.

Pendant que je la tenais : Voilà encore ce qu'il ne faut point dire, me glissa-t-elle en me quittant. Oh! je suis

honnête garçon, madame, lui répondis-je bien confidemment, en vrai paysan pour le coup, en homme qui convient
de bonne foi qu'on ne le maltraite pas, et qui ne sait pas
vivre avec la pudeur des dames.

Le trait était brutal; elle rougit légèrement, car je n'étais
pas digne qu'elle en rougît beaucoup; je ne savais pas
l'indécence que je faisais; ainsi elle se remit sur-le-champ,
et je vis que, toute réflexion faite, elle était bien aise de cette
grossièreté qui m'était échappée; c'était une marque que je
comprenais ses sentiments, et cela lui épargnait les détours
qu'elle aurait été obligée de prendre une autre fois pour me
les dire.

Nous nous quittâmes donc ; elle rentra dans l'appartement de M^{me} la présidente, et moi, je me retirai plein d'une
agréable émotion.

Est-ce que vous aviez dessein de l'aimer ? me direz-vous.
Je n'avais aucun dessein déterminé; j'étais seulement charmé de me trouver au gré d'une grande dame, j'en pétillais
d'avance, sans savoir à quoi cela aboutirait, sans songer à
la conduite que je devais tenir.

De vous dire que cette dame me fût indifférente, non ;
de vous dire que je l'aimais, je ne crois pas non plus. Ce
que je sentais pour elle ne pouvait guère s'appeler de l'a-
mour, car je n'aurais pas pris garde à elle, si elle n'avait
pas pris garde à moi ; et de ses attentions même, je ne m'en
serais point soucié si elle n'avait pas été une personne de
distinction.

Ce n'était donc point elle que j'aimais, c'était son rang,
qui était très grand par rapport à moi.

Je voyais une femme de condition d'un certain air, qui
avait apparemment des valets, un équipage, et qui me trouvait aimable; qui me permettait de lui baiser la main, et
qui ne voulait pas qu'on le sût; une femme enfin qui nous
tirait, mon orgueil et moi, du néant où nous étions encore;
car avant ce temps-là m'étais-je estimé quelque chose ?
avais-je senti ce que c'était qu'amour-propre ?

Il est vrai que j'allais épouser M^{lle} Habert; mais c'était
une petite bourgeoise qui avait débuté par me dire que j'étais
autant qu'elle, qui ne m'avait pas donné le temps de m'enor-

gueillir de sa conquête, et qu'à son bien près, je regardais comme mon égale.

N'avais-je pas été son cousin ? Le moyen, après cela, de voir une distance sensible entre elle et moi ?

Mais ici elle était énorme, je ne la pouvais pas mesurer, je me perdais en y songeant; cependant c'était de cette distance-là qu'on venait à moi, ou que je me trouvais tout d'un coup porté jusqu'à une personne qui n'aurait pas seulement dû savoir si j'étais au monde. Oh ! voyez s'il n'y avait pas là de quoi me tourner la tête, de quoi me donner des *mouvements approchants de ceux de l'amour ?

J'aimais donc par respect et par étonnement pour mon aventure, par ivresse de vanité, par tout ce qu'il vous plaira, par le cas infini que je faisais des appas de cette dame; car je n'avais rien vu de si beau qu'elle, à ce que je m'imaginais alors; elle avait pourtant cinquante ans, et je l'avais fixée à cela dans la chambre de la présidente, mais je ne m'en ressouvenais plus; je ne lui désirais rien; eût-elle eu vingt ans de moins, elle ne m'aurait pas paru en valoir mieux; c'était une déesse, et les déesses n'ont point d'âge.

De sorte que je m'en retournai pénétré de joie, bouffi de gloire, et plein de mes folles exagérations sur le mérite de la dame.

Il ne me vint pas un moment en pensée que mes sentiments fissent tort à ceux que je devais à M^lle Habert, rien dans mon esprit n'avait changé pour elle, et j'allais la revoir aussi tendrement qu'à l'ordinaire; j'étais ravi d'épouser l'une, et de plaire à l'autre, et on sent fort bien deux plaisirs à la fois.

Mais avant que de me mettre en chemin pour retourner chez ma future, j'aurais dû faire le portrait de cette déesse que je venais de quitter; mettons-le ici, il ne sera pas long.

Vous savez son âge; je vous ai dit qu'elle était bien faite, et ce n'est pas assez dire; j'ai vu peu de femmes d'une taille aussi noble, et d'un aussi grand air.

Celle-ci se mettait toujours d'une manière modeste, d'une manière pourtant qui n'ôtait rien à ce qui lui restait d'agréments naturels.

Une femme aurait pu se mettre comme cela pour plaire,

sans être accusée de songer à plaire; je dis une femme intérieurement coquette; car il fallait l'être pour tirer parti
de cette parure-là, il y avait de petits ressorts secrets à y
faire jouer pour la rendre aussi gracieuse que décente,
et peut-être plus piquante que l'ajustement le plus déclaré.

C'était de belles mains et de beaux bras sous du linge
uni : on les en remarque mieux là-dessous, cela les rend plus
sensibles.

C'était un visage un peu ancien, mais encore beau,
qui aurait paru vieux avec une cornette de prix, qui ne
paraissait qu'aimable avec une cornette toute simple. C'est
le négliger trop, que de l'orner si peu, avait-on envie de
dire.

C'était une gorge bien faite (il ne faut pas oublier cet
article-là qui est presque aussi considérable que le visage
dans une femme), gorge fort blanche, fort enveloppée,
mais dont l'enveloppe se dérangeait quelquefois par un
geste qui en faisait apparaître la blancheur, et le peu qu'on
en voyait alors en donnait la meilleure idée du monde.

C'était de grands yeux noirs[1] qu'on rendait sages et sérieux,
malgré qu'ils en eussent, car foncièrement ils étaient vifs,
tendres et amoureux.

Je ne les définirai pas en entier : il y aurait tant à parler
de ces yeux-là, l'art y mettait tant de choses, la nature y en
mettait tant d'autres, que ce ne serait jamais fait si on en
voulait tout dire, et peut-être qu'on n'en viendrait pas à
bout. Est-ce qu'on peut dire tout ce qu'on sent ? Ceux qui
le croient ne sentent guère, et ne voient apparemment que
la moitié de ce qu'on peut voir.

Venons à la physionomie que composait le tout ensemble.

Au premier coup d'œil on eût dit de celle qui la portait :
Voilà une personne bien grave et bien posée.

Au second coup d'œil : Voilà une personne qui a acquis
cet air de sagesse et de gravité, elle ne l'avait pas. Cette

---

1. Comparer les yeux d'une autre femme prude : « il y a cent mille
visages comme le sien, auxquels on ne prend pas garde; et excepté
de grands yeux de prude qu'elle a, et qui ne sont pourtant pas si beaux
qu'ils le paraissent, c'est une mine assez commune » (p. 192).

personne-là est-elle vertueuse ? La physionomie disait oui, mais il lui en coûte; elle se gouverne mieux qu'elle n'est souvent tentée de le faire : elle se refuse au plaisir, mais elle l'aime, gare qu'elle n'y cède. Voilà pour les mœurs.

Quant à l'esprit, on la soupçonnait d'en avoir beaucoup, et on soupçonnait juste, je ne l'ai pas assez connue pour en dire davantage là-dessus.

A l'égard du caractère, il me serait difficile de le définir aussi : ce que je vais en rapporter va pourtant en donner une idée assez étendue, et assez singulière.

C'est qu'elle n'aimait personne, qu'elle voulait pourtant plus de mal à son prochain qu'elle ne lui en faisait directement.

L'honneur de passer pour bonne l'empêchait de se montrer méchante; mais elle avait l'adresse d'exciter la malignité des autres, et cela tenait lieu d'exercice à la sienne.

Partout où elle se trouvait, la conversation n'était que médisance; et c'était elle qui mettait les autres dans cette humeur-là, soit en louant, soit en défendant quelqu'un mal à propos : enfin par une infinité de rubriques en apparence *toutes obligeantes pour ceux qu'elle vous donnait à déchirer; et puis, pendant qu'on les mettait en pièces, c'étaient des exclamations charitables, et en même temps encourageantes : Mais que me dites-vous là, ne vous trompez-vous point ? cela est possible ? De façon qu'elle se retirait toujours innocente des crimes qu'elle faisait commettre (j'appelle ainsi tout ce qui est satire), et toujours protectrice des gens qu'elle perdait de réputation par la bouche des autres.

Et ce qui est de plaisant, c'est que cette femme, telle que je vous la peins, ne savait pas qu'elle avait l'âme si méchante, le fond de son cœur lui échappait, son adresse la trompait, elle s'y attrapait elle-même, et parce qu'elle feignait d'être bonne, elle croyait l'être en effet.

Telle était donc la dame d'auprès de qui je sortais; je vous la peins d'après ce que j'entendis dire d'elle dans les suites, d'après le peu de commerce que nous eûmes ensemble, et d'après les réflexions que j'ai faites depuis.

Il y avait huit ou dix ans qu'elle était veuve; son mari,

à ce qu'on disait, n'était pas mort content d'elle; il l'avait
accusée de quelque irrégularité de conduite; et pour
prouver qu'il avait eu tort, elle s'était depuis son veuvage
jetée dans une dévotion qui l'avait écartée du monde, et
qu'elle avait soutenue, tant par fierté que par habitude,
et par la raison de l'indécence qu'il y aurait eu à reparaître
sur la scène avec des appas qu'on n'y connaissait plus, que
le temps avait un peu usés, et que la retraite même aurait
flétris; car elle fait cet effet-là sur les personnes qui en
sortent. La retraite, surtout la chrétienne, ne sied bien qu'à
ceux qui y demeurent, et jamais on n'en rapporta un visage
à la mode, il en devient toujours ou ridicule ou scandaleux.

Je retournais donc chez M^lle Habert ma future, et je
doublais joyeusement le pas pour y arriver plus tôt, quand
un grand embarras de carrosses et de charrettes m'arrêta
à l'entrée d'une rue; je ne voulus pas m'y engager, de peur
d'être blessé; et en attendant que l'embarras fût fini, j'entrai
dans une allée, où, pour passer le temps, je me mis à lire
la lettre que M^me de Ferval (c'est ainsi que je nommerai la
dame dont je viens de parler) m'avait donnée pour M^lle Habert, et qui n'était pas cachetée.

J'en lisais à peine les premiers mots, qu'un homme descendu de l'escalier qui était au fond de l'allée, la traversa
en fuyant à toutes jambes, me froissa en passant, laissa
tomber à mes pieds une épée nue qu'il tenait, et se sauva en
fermant sur moi la porte de la rue.

Me voilà donc enfermé dans cette allée, non sans quelque
émotion de ce que je venais de voir.

Mon premier soin fut de me hâter d'aller à la porte
pour la rouvrir; mais j'y tâchai en vain, je ne pus en venir
à bout.

D'un autre côté, j'entendais du bruit en haut de l'escalier.
L'allée était assez obscure, cela m'inquiéta.

Et comme en pareil cas tous nos mouvements tendent
machinalement à notre conservation, que je n'avais ni
verge ni bâton, je me mis à ramasser cette épée, sans trop
savoir ce que je faisais.

Le bruit d'en haut redoublait; il me semblait même
entendre des cris comme venants d'une fenêtre de la maison

sur la rue, et je ne me trompais pas. Je démêlai qu'on criait : Arrête, arrête. Et, à tout hasard, je tenais toujours cette épée nue d'une main, pendant que de l'autre je tâchais encore d'ouvrir cette misérable porte, qu'à la fin j'ouvris, sans songer à lâcher l'épée.

Mais je n'en fus pas mieux ; toute une populace s'y était assemblée, qui, en me voyant avec l'air effaré que j'avais, et cette épée nue que je tenais, ne douta point que je ne fusse, ou un assassin, ou un voleur.

Je voulus m'échapper, mais il me fut impossible, et les efforts que je fis pour cela ne servirent qu'à rendre contre moi les soupçons encore plus violents.

En même temps voilà des archers ou des sergents, accourus d'une barrière prochaine, qui percent la foule, m'arrachent l'épée que je tenais, et qui me saisissent.

Je veux crier, dire mes raisons ; mais le bruit et le tumulte empêchent qu'on ne m'entende, et malgré ma résistance, qui n'était pas de trop bon sens, on m'entraîne dans la maison, on me fait monter l'escalier, et j'entre avec les archers qui me mènent, et quelques voisins qui nous suivent, dans un petit appartement où nous trouvons une jeune dame couchée à terre, extrêmement blessée, évanouie, et qu'une femme âgée tâchait d'appuyer contre un fauteuil.

Vis-à-vis d'elle était un jeune homme fort bien mis, blessé aussi, renversé sur un sopha, et qui, en perdant son sang, demandait du secours pour la jeune dame en question, pendant que la vieille femme et une espèce de servante poussaient les hauts cris.

Eh vite ! messieurs, vite un chirurgien, dit le jeune homme à ceux qui me tenaient, qu'on se hâte de la secourir, elle se meurt, peut-être la sauvera-t-on. (Il parlait de la jeune dame.)

Le chirurgien n'était pas loin ; il en demeurait un *vis-à-vis la maison qu'on appela de la fenêtre, et qui monta sur-le-champ ; il vint aussi un commissaire.

Et comme je parlais beaucoup, que je protestais n'avoir point de part à cette aventure, et qu'il était injuste de me retenir, on m'entraîna dans un petit cabinet voisin, où j'attendis qu'on eût visité les blessures de la dame et du jeune homme.

La dame qui était évanouie revint à elle, et quand on eut mis ordre à tout, on me ramena du cabinet où j'étais dans leur chambre.

Connaissez-vous ce jeune homme ? leur dit un des archers ; examinez-le ; nous l'avons trouvé dans l'allée dont la porte était fermée sur lui, et qu'il a ouverte en tenant à la main cette épée que vous voyez. Elle est encore toute sanglante, s'écria là-dessus quelque autre qui l'examina, et voilà sans doute un de ceux qui vous ont blessés.

Non, messieurs, répondit le jeune homme d'une voix très faible ; nous ne connaissons point cet homme, ce n'est pas lui qui nous a mis dans l'état où nous sommes, mais nous connaissons notre assassin ; c'est un nommé tel... (il dit un nom dont je ne me ressouviens plus), mais puisque celui-ci était dans la maison, et que vous l'y avez saisi avec cette épée encore teinte de notre sang, peut-être celui qui nous a assassiné l'avait-il pris pour le soutenir en cas de besoin, et il faut toujours l'arrêter.

Misérable, me dit à son tour la jeune dame, sans me donner le temps de répondre, qu'est devenu celui dont tu es sans doute le complice ? Hélas ! messieurs, il vous est échappé. Elle n'eut pas la force d'aller plus loin, elle était blessée à mort, et ne pouvait pas en revenir.

Je crus alors pouvoir parler ; mais à peine commençais-je à m'expliquer, que l'archer, qui avait le premier pris la parole, m'interrompant :

Ce n'est pas ici que tu dois te justifier, me dit-il ; marche. Et sur-le-champ on me traîne en bas, où je restai jusqu'à l'arrivée d'un fiacre qu'on était allé chercher, et dans lequel on me mena en prison.

L'endroit où je fus mis n'était pas tout à fait un cachot[1], mais il ne s'en fallait guère.

Heureusement celui qui m'enferma, tout geôlier qu'il

---

1. Le *Traité de la justice criminelle de France* de Jousse (Paris, Debure, 1771, 2 vol. in-4°) observe qu'en France « on ne met au cachot que les grands criminels, comme les voleurs de grand chemin, que les assassins, les séditieux, les voleurs insignes et autres gens de cette espèce » (t. II, p. 224).

était, n'avait point la mine impitoyable, il ne m'effraya point; et comme en de pareils moments on s'accroche à tout, et qu'un visage un peu moins féroce que les autres vous paraît le visage d'un bon homme : Monsieur, dis-je à ce geôlier en lui mettant dans la main quelques-unes de ces pièces d'or que m'avait donné M<sup>lle</sup> Habert, qu'il ne refusa point, qui l'engagèrent à m'écouter, et que j'avais conservées, quoiqu'on m'eût fait quitter tout ce que j'avais, parce que de ma poche qui se trouva percée, elles avaient, en bon français, coulé plus bas; il ne m'était resté que mon billet, que j'avais mis dans mon sein après l'avoir tenu longtemps chiffonné dans ma main.

Hélas ! monsieur, lui dis-je donc, vous qui êtes libre d'aller et de venir, rendez-moi un service : je ne suis coupable de rien, vous le verrez; ce n'est ici qu'un malheur qui m'est arrivé. Je sors de chez M. le président de..., et une dame, qui est sa parente, m'a remis un billet pour le porter chez une nommée M<sup>lle</sup> Habert, qui demeure en telle rue et en tel endroit, et comme je ne saurais le rendre, je vous le remets, à vous; ayez la bonté de le porter ou de l'envoyer chez cette demoiselle, et de lui dire en même temps où je suis : tenez, ajoutai-je en tirant encore quelques pièces, voilà de quoi payer le message, s'il le faut; et ce n'est rien que tout cela, vous serez bien autrement récompensé, quand on me retirera d'ici.

Attendez, me dit-il en tirant un petit crayon, n'est-ce pas chez M<sup>lle</sup> Habert que vous dites, en telle rue ? Oui, monsieur, répondis-je; mettez aussi que c'est dans la maison de M<sup>me</sup> d'Alain la veuve.

Bon, reprit-il, dormez en repos, j'ai à sortir et dans une heure au plus tard votre affaire sera faite.

Il me laissa brusquement après ces mots, et je restai pleurant entre mes quatre murailles, mais avec plus de consternation que d'épouvante; ou, si j'avais peur, c'était par un effet de l'émotion que m'avait causé mon accident, car je ne songeai point à craindre pour ma vie.

En de pareilles occasions, nous sommes d'abord saisi des *mouvements que nous méritons d'avoir; notre âme, pour ainsi dire, se fait justice. Un innocent en est quitte pour soupirer, et un coupable tremble; l'un est affligé, l'autre est inquiet.

Je n'étais donc qu'affligé, je méritais de n'être que cela. Quel désastre, disais-je en moi-même. Ah la maudite rue avec ses embarras ! Qu'avais-je affaire dans cette misérable allée ? C'est bien le diable qui m'y a poussé quand j'y suis entré.

Et puis mes larmes coulaient : Eh mon Dieu ! où en suis-je ? Eh mon Dieu ! tirez-moi d'ici, disais-je après. Voilà de méchantes gens que cette Habert aînée et M. Doucin; quel chagrin ils me donnent avec leur président où il a fallu que j'aille; et puis de soupirer, puis de pleurer, puis de me taire et de parler. Mon pauvre père ne se doute pas que je suis en prison le jour de ma noce, reprenais-je; et cette chère M$^{lle}$ Habert qui m'attend, ne sommes-nous pas bien en chemin de nous revoir ?

Toutes ces considérations m'abîmaient de douleur; à la fin pourtant d'autres réflexions vinrent à mon secours : Il ne faut point me désespérer, disais-je, Dieu ne me délaissera pas. Si ce geôlier rend ma lettre à M$^{lle}$ Habert, et qu'il lui apprenne mon malheur, elle ne manquera pas de travailler à ma délivrance.

Et j'avais raison de l'espérer, comme on le verra. Le geôlier ne me trompa point. La lettre de M$^{me}$ de Ferval fut portée une ou deux heures après à ma future; ce fut lui-même qui en fut le porteur, et qui l'instruisit de l'endroit où j'étais; il vint me le dire à son retour, en m'apportant quelque nourriture qui ne me tenta point.

Bon courage, me dit-il, j'ai donné votre lettre à la demoiselle; je lui ai dit que vous étiez en prison, et quand elle l'a su, elle s'est tout d'un coup évanouie; adieu ! C'était bien là un style de geôlier, comme vous voyez.

Eh ! un moment, lui criai-je en l'arrêtant, y avait-il quelqu'un pour la secourir, au moins ?

Oh ! qu'oui, me dit-il, ce ne sera rien que cela; il y avait deux personnes avec elle. Eh ! ne vous a-t-elle rien dit ? repris-je encore. Eh pardi non ! me répondit-il, puisqu'elle avait perdu la parole; mangez toujours en attendant mieux.

Je ne saurais, lui dis-je, je n'ai que soif, et j'aurais besoin d'un peu de vin, n'y aurait-il pas moyen d'en avoir ? Oui-da, reprit-il, donnez, je vous en ferai venir[1].

Après tout l'argent qu'il avait eu de moi, en tout autre lieu que celui où je me trouvais, le mot de donner aurait été ingrat et *malhonnête; mais en prison, c'était moi qui avais tort, et qui manquais de savoir-vivre.

Hélas ! lui dis-je, excusez-moi, j'oubliais de l'argent, et je tire encore un louis d'or; je n'avais pas d'autre monnaie.

Voulez-vous, me répondit-il en s'en allant, qu'au lieu de vous rendre votre reste, je vous fournisse de vin tant que cela durera ? vous aurez bien le loisir de le boire.

Comme il vous plaira, dis-je humblement, et le cœur serré de me voir en commerce avec ce nouveau genre d'hommes qu'il fallait remercier du bien qu'on leur faisait.

Ce vin arriva fort à propos, car j'allais tomber en faiblesse quand on me l'apporta; mais il me remit, et je ne me sentis plus pour tout mal qu'une extrême impatience de voir ce que produirait la nouvelle dont j'avais fait informer la secourable Mlle Habert.

Quelquefois son évanouissement m'inquiétait un peu, je craignais qu'il ne la mît hors d'état d'agir elle-même, et je m'en fiais bien plus à elle qu'à tous les amis qu'elle aurait pu employer pour moi.

D'un autre côté, cet évanouissement m'était un garant de sa tendresse et de la vitesse avec laquelle elle viendrait à mon secours.

Trois heures s'étaient déjà passées depuis qu'on m'avait apporté du vin, quand on vint me dire que deux personnes me demandaient en bas, qu'elles ne monteraient point, et que je pouvais descendre.

Le cœur m'en battit de joie; je suivis le geôlier, qui me mena dans une chambre, où en entrant je fus accueilli par Mlle Habert, qui m'embrassa fondant en larmes.

---

1. « Ceux qui ne sont point enfermés dans les cachots peuvent se faire apporter de dehors les vivres (...) et autres choses nécessaires, sans en prendre des geôliers » (*Traité de la justice criminelle de France*, édit. citée, t. II, p. 225).

A côté d'elle était un homme vêtu de noir que je ne connaissais pas.

Eh ! monsieur de la Vallée, mon cher enfant, par quel hasard êtes-vous donc ici ? s'écria-t-elle. Je l'embrasse, monsieur, n'en soyez point surpris, nous devions être mariés aujourd'hui, dit-elle à celui qui l'accompagnait. Et puis revenant à moi :

Que vous est-il donc arrivé ? de quoi s'agit-il ?

Je ne répondis pas sur-le-champ, attendri par l'accueil de M<sup>lle</sup> Habert; il fallut me laisser le temps de pleurer à mon tour.

Hélas ! lui dis-je à la fin, c'est une furieuse histoire que la mienne, imaginez-vous que c'est une allée qui est cause que je suis ici; pendant que j'y étais, on en a fermé la porte, il y avait deux meurtres de faits en haut, on a cru que j'y avais part, et *tout de suite me voilà.

Comment ! part à deux meurtres, pour être entré dans une allée ? me répondit-elle. Eh ! mon enfant, qu'est-ce que cela signifie ? expliquez-vous; eh ! qui est-ce qui a tué ? Je n'en sais rien, repris-je, je n'ai vu que l'épée, que j'ai par mégarde ramassé dans l'allée.

Ceci a l'air grave, dit alors l'homme vêtu de noir; ce que vous nous rapportez ne saurait nous mettre au fait; assoyons-nous, et contez-nous la chose comme elle est; qu'est-ce que c'est que cette allée à laquelle nous n'entendons rien ?

Voici, lui dis-je, comment le tout s'est passé. Et là-dessus je commençai mon récit par ma sortie de chez le président; de là j'en vins à l'embarras qui m'avait arrêté à cette allée dont je parlais, à cet inconnu qui m'y avait enfermé en s'enfuyant, à cette épée qu'il avait laissé tomber, que j'avais prise, enfin à tout le reste de l'aventure.

Je ne connais, lui dis-je, ni le tueur, ni les tués, qui n'étaient pas encore morts quand on m'a présenté à eux, et ils ont confessé qu'ils ne me connaissaient point non plus; c'est là tout ce que je sais moi-même du sujet pour lequel on m'emprisonne.

Tout le corps me frémit, dit M<sup>lle</sup> Habert; eh quoi ! on n'a donc pas voulu entendre raison ? Dès que les blessés ne vous connaissent pas, qu'ont-ils à vous dire ? Que je suis peut-être le camarade du méchant homme qui les a mis à mort, et dont je n'ai jamais vu que le dos, répondis-je.

Cette épée sanglante avec laquelle on vous a saisi, dit l'habillé de noir[1], est un article fâcheux, cela embarrasse[2]; mais votre récit me fait faire une réflexion.

Nous avons entendu dire là-bas que, depuis trois ou quatre heures, on a mené un prisonnier qui a, dit-on, poignardé deux personnes dans la rue dont vous nous parlez; ce pourrait bien être là l'homme qui a traversé cette allée où vous étiez. Attendez-moi ici tous deux, je vais tâcher de savoir plus particulièrement de quoi il est question, peut-être m'instruira-t-on.

Il nous quitte là-dessus. Mon pauvre garçon, me dit Mlle Habert quand il fut parti, en quel état est-ce que je te retrouve ? j'en ai pris un saisissement qui me tient encore et qui m'étouffe; j'ai cru que ce serait aujourd'hui le dernier

---

1. Cette expression n'est pas une création de Marivaux. Citant un rapport de police de 1709, Nerval met l'expression *un habillé de gris blanc* dans la bouche d'un laquais témoignant dans l'affaire Le Pileur (*Les Filles du Feu, Angélique*, seconde lettre), et on trouve aussi *l'habillé de noir* dans les œuvres de Caylus.

2. Le secrétaire ne parle pas à la légère, et Marivaux, qui a fait quelques études de droit, le sait bien. Le *Traité de la justice criminelle de France*, déjà cité, à propos *de la preuve par indices, nécessaire pour pouvoir condamner définitivement un accusé*, énumère, parmi les *Exemples d'indices suffisants pour la condamnation définitive*, le suivant, qu'il considère comme l'un des plus caractéristiques : « Si quelqu'un est trouvé l'épée à la main, couvert de sang, sortant avec précipitation d'une maison qui n'a qu'une seule porte, et dans laquelle on trouve un autre homme qui vient d'être tué; cet indice forme une preuve des plus considérables contre celui qu'on a vu ainsi sortir l'épée à la main, et telle qu'elle est suffisante pour le faire condamner » (t. I, p. 831). Dans un cas de ce genre, l'accusé « n'a d'autres défenses à opposer, que de prouver qu'il n'est point l'auteur de ce meurtre ». En outre, il est clair que l'indice est normalement considéré comme très suffisant pour infliger la question au prévenu. Le *Traité* cité plus haut mentionne expressément parmi les « indices tellement nécessaires, qu'un seul suffit pour appliquer l'accusé à la question » le cas où « un homme a été trouvé l'épée à la main, et tout ensanglantée, dans un endroit où un homme vient d'être tué » (t. I, p. 820).

jour de ma vie. Eh ! mon enfant, quand tu as vu cet embarras, que ne prenais-tu par une autre rue ?

Eh ! mon aimable cousine, lui dis-je, c'était pour jouir
plus tôt de votre vue que je voulais aller par le plus droit
chemin; qui est-ce qui va penser qu'une rue est si fatale ?
on marche, on est impatient, on aime une personne qu'on
va trouver, et on prend son plus court; cela est naturel.

Je lui baignais les mains de pleurs en lui tenant ce discours, et elle en versait tant qu'elle pouvait aussi.

Qui est cet homme que vous avez amené avec vous, lui
dis-je, et d'où venez-vous, cousine ? Hélas ! me dit-elle,
je n'ai fait que courir depuis la lettre que tu m'as envoyée;
Mme de Ferval m'y faisait tant d'honnètetés, tant d'offres
de service, que j'ai d'abord songé à m'adresser à elle pour
la prier de nous secourir. C'est une bonne dame, elle n'en
aurait pas mieux agi quand ç'aurait été pour son fils; je
l'ai vue presque aussi fâchée que je l'étais. Ne vous chagrinez
point, m'a-t-elle dit, ce ne sera rien, nous avons des amis,
je le tirerai de là; restez chez moi, je vais parler à M. le
président.

Et sans perdre de temps, elle m'a quittée, et un moment
après elle est revenue avec un billet du président pour
M. de... (c'était un des principaux magistrats pour les affaires
de l'espèce de la mienne[1]). J'ai pris le billet, je l'ai porté sur
le champ chez ce magistrat, qui, après l'avoir lu, a fait
appeler un de ses secrétaires, lui a parlé à part, ensuite lui
a dit de me suivre à la prison, de m'y procurer la liberté de
te voir, et nous sommes venus ensemble pour savoir ce
que c'est que ton affaire. Mme de Ferval m'a promis aussi
de se joindre à moi, si je voulais, pour m'accompagner
partout où il faudrait aller.

Le secrétaire qui nous avait quitté revint au moment que
Mlle Habert finissait ce détail.

J'ai pensé juste, nous dit-il; l'homme qu'on a amené ici

---

1. Le « principal magistrat » pour les affaires de ce genre était
le lieutenant général de police. Parmi les premiers titulaires de cette
fonction, La Reynie (1667-1697) et Marc-René le Voyer d'Argenson
(jusqu'en 1720) l'avaient particulièrement illustrée.

ce matin est certainement l'assassin des deux personnes en question; je viens de parler à un des archers qui l'a arrêté comme il s'enfuyait sans chapeau et sans épée, poursuivi d'une populace qui l'a vu sortir tout en désordre d'une maison que l'on dit être dans la même rue où vous avez trouvé l'embarras; il s'est passé un espace de temps considérable avant qu'on ait pu le saisir, parce qu'il avait couru fort loin, et il a été ramené dans cette maison d'où il était sorti, et d'où, ajoute-t-on, venait de partir un autre homme qu'on y avait pris, qu'on avait déjà mené en prison, et qu'on soupçonne d'être son complice. Or, suivant ce que vous nous avez dit, cet autre homme, cru son complice, il y a bien de l'apparence que c'est vous.

C'est moi-même, répondis-je, c'est l'homme de cette allée; voilà tout justement comme quoi je suis ici, sans que personne sache que c'était en passant mon chemin que j'ai eu le guignon d'être fourré là-dedans.

Ce prisonnier sera bientôt interrogé, me dit le secrétaire, et, s'il ne vous connaît point, s'il répond conformément à ce que vous nous dites, comme je n'en doute pas, vous serez bientôt hors d'ici, et l'on hâtera votre sortie. Retournez-vous-en chez vous, mademoiselle, et soyez tranquille; sortons. Pour vous, ajouta-t-il en me parlant, vous resterez dans cette chambre-ci, vous y serez mieux qu'où vous étiez, et je vais avoir soin qu'on vous porte à dîner.

Hélas ! dis-je, ils m'ont déjà apporté quelque chétive pitance dans mon trou de là-haut, qui y serait bien moisie, et l'appétit n'y est point.

Ils m'exhortèrent à manger, me quittèrent, et nous nous embrassâmes, M$^{lle}$ Habert et moi, en pleurant un peu sur nouveaux frais. Qu'on ne le laisse manquer de rien, dit cette bonne fille à celui qui me renferma; et il y avait déjà deux ou trois minutes qu'ils étaient partis, que le bruit des clefs qui m'enfermaient durait encore. Il n'y a rien de si rude que les serrures de ce pays-là, et je crois qu'elles déplaisent plus à l'innocent qu'au coupable; ce dernier a bien autre chose à faire qu'à prendre garde à cela.

Mon dîner vint quelques moments après; la comparaison que j'en fis avec celui qu'on m'avait apporté auparavant me réconforta un peu; c'était un changement de bon augure; on ne demande qu'à vivre, tout y pousse, et je jetai quelques regards nonchalants sur un poulet d'assez bonne mine dont je levai nonchalamment aussi les deux ailes, qui se trouvèrent insensiblement mangées; j'en rongeai encore par oisiveté quelque partie; je bus deux ou trois coups d'un vin qui me parut passable sans que j'y fisse attention, et finis mon repas par quelques fruits dont je goûtai, parce qu'ils étaient là.

Je me sentis moins abattu après que j'eus mangé. C'est une chose admirable que la nourriture, lorsqu'on a du chagrin; il est certain qu'elle met du calme dans l'esprit; on ne saurait être bien triste pendant que l'estomac digère.

Je ne dis pas que je perdisse de vue mon état, j'y rêvai toujours, mais tranquillement; à la fin pourtant ma tristesse revint. Je laisse là le récit de tout ce qui se passa depuis la visite de M<sup>lle</sup> Habert, pour en venir à l'instant où je comparus devant un magistrat, accompagné d'un autre homme de justice qui paraissait écrire, et dont je ne savais ni le nom ni les fonctions; vis-à-vis d'eux était encore un homme d'une extrême pâleur, et qui avait l'air accablé[1], avec d'autres personnes dont il me sembla qu'on recevait les dépositions.

On m'interrogea; ne vous attendez point au détail exact de cet interrogatoire, je ne me ressouviens point de l'ordre qu'on y observa; je n'en rapporterai que l'article essentiel, qui est que cet homme si défait, qui était précisément l'homme de l'allée, dit qu'il ne me connaissait pas; j'en dis autant de lui. Je racontai mon histoire, et la racontai avec des expressions si naïves sur mon malheur, que quelques-uns des assistants furent obligés de se passer la main sur le visage pour cacher qu'ils souriaient.

Quand j'eus fini : Je vous le répète encore, dit le prisonnier les larmes aux yeux, je n'ai eu ni confident ni complice;

---

1. Il n'y a pourtant pas lieu de croire qu'il ait subi la question préparatoire, qui n'est pas appliquée si l'accusé avoue (*Traité de la justice criminelle de France*, t. II, p. 479).

je ne sais pas si je pourrais disputer ma vie, mais elle m'est à charge, et je mérite de la perdre. J'ai tué ma maîtresse, je l'ai vu expirer (et en effet, elle mourut quand on le ramena vers elle); elle est morte d'horreur en me revoyant, et en m'appelant son assassin. J'ai tué mon ami, dont j'étais devenu le rival (et il est vrai qu'il se mourait aussi); je les ai tué tous deux en furieux; je suis au désespoir, je me regarde comme un monstre, je me fais horreur, je me serais poignardé moi-même si je n'avais pas été pris; je ne suis pas digne d'avoir le temps de me reconnaître et de me repentir de ma rage; qu'on me condamne, qu'on les venge; je demande la mort comme une grâce; épargnez-moi des longueurs qui me font mourir mille fois pour une, et renvoyez ce jeune homme qu'il est inutile de retenir ici, et que je n'ai jamais vu que dans ce passage, où je l'aurais tué lui-même de peur qu'il ne me reconnût, si, dans le trouble où j'étais en fuyant, mon épée ne m'avait pas échappé des mains; renvoyez-le, monsieur, qu'il se retire, je me reproche la peine qu'on lui a faite, et je le prie de me pardonner la frayeur où je le vois, et dont je suis cause; il n'a rien de commun avec un abominable comme moi.

Je frémis en l'entendant dire qu'il avait eu dessein de me tuer, ç'aurait été bien pis que d'être en prison. Malgré cet aveu, pourtant, je plaignis alors cet infortuné coupable, son discours m'attendrit, et pour répondre à la prière qu'il me fit de lui pardonner mon accident : Moi, monsieur, lui dis-je à mon tour, je prie Dieu d'avoir pitié de vous et de votre âme.

Voilà tout ce que je dirai là-dessus. M<sup>lle</sup> Habert revint me voir après toutes les corvées que j'avais essuyées; le secrétaire était encore avec elle; il nous laissa quelque temps seuls, jugez avec quel attendrissement nos cœurs s'épanchèrent ! On est de si bonne humeur, on sent quelque chose de si doux dans l'âme quand on sort d'un grand péril, et nous en sortions tous deux chacun à notre manière; car à tout prendre, ma vie avait été exposée, et M<sup>lle</sup> Habert avait couru risque de me perdre; ce qu'elle regardait à son tour comme un des plus grands malheurs du monde, surtout si elle m'avait perdu dans cette occasion.

Elle me conta tout ce qu'elle avait fait, les nouveaux *mouvements que s'était donné M^{me} de Ferval, tant auprès du président qu'auprès du magistrat qui m'avait interrogé.

Nous bénîmes mille et mille fois cette dame pour les bons services qu'elle nous avait rendus; ma future s'extasiait sur sa charité et sur sa piété : La bonne chrétienne ! s'écria-t-elle, la bonne chrétienne ! Et moi, disais-je, le bon cœur de femme, car je n'osais pas répéter les termes de M^{lle} Habert, ni employer les mêmes éloges qu'elle; j'avais la conscience d'en prendre d'autres; et en vérité il n'y aurait pas eu de pudeur, en présence de ma future, à louer la piété d'une personne qui avait jeté les yeux sur son mari, et qui ne me servait si bien, précisément que parce qu'elle n'était pas si chrétienne. Or, j'étais encore en prison, cela me rendait scrupuleux, et j'avais peur que Dieu ne me punît, si je traitais de pieux des soins dont vraisemblablement le diable et l'homme avaient tous les honneurs.

Je rougis même plus d'une fois pendant que M^{lle} Habert louait sur ce ton-là M^{me} de Ferval, sur le compte de laquelle je n'étais pas moi-même irréprochable, et j'étais honteux de voir cette bonne fille si dupe, elle qui méritait si peu de l'être.

Des éloges de M^{me} de Ferval, nous en vînmes à ce qui s'était passé dans ma prison; la joie est babillarde, nous ne finissions point; je lui contai tout ce qu'avait dit le vrai coupable, avec quelle candeur il m'avait justifié, et que c'était grand dommage qu'il se fût malheureusement abandonné à de si terribles coups; car au fond, il fallait que ce fût un honnête homme; et puis nous en vînmes à nous, à notre amour, à notre mariage, et vous me demanderez peut-être ce que c'était que ce coupable; voici en deux mots le sujet de son action.

Il y avait près d'un an que son meilleur ami aimait une demoiselle, dont il était aimé : comme il n'était pas aussi riche qu'elle, le père de la fille la lui refusait en mariage, et défendit même à sa fille de le voir davantage. Dans l'embarras où cela les mit, ils se servirent de celui qui les tua pour s'écrire et recevoir leurs billets.

Celui-ci, qui était un des amis de la maison, mais qui n'y venait pas souvent, devint éperdument amoureux de la demoiselle à force de la voir et de l'entendre soupirer pour l'autre. Il était plus riche que son ami; il parla d'amour, la demoiselle en badina quelque temps comme d'une plaisanterie, s'en fâcha quand elle vit que la chose était sérieuse, et en fit avertir son amant, qui en fit des reproches à ce déloyal ami. Cet ami en fut d'abord honteux, parut s'en repentir, promit de les laisser en repos, puis continua, puis acheva de se brouiller avec le défunt qui rompit avec lui; et il porta enfin l'infidélité jusqu'à se proposer pour gendre au père, qui l'accepta, et qui voulut inutilement forcer sa fille à l'épouser.

Nos amants, désespérés, eurent recours à d'autres moyens, tant pour s'écrire que pour se parler. Une veuve âgée, qui avait été la femme de chambre de la mère de la demoiselle, les recueillit dans sa maison, où ils allaient quelquefois se trouver, pour voir ensemble quelles mesures il y avait à prendre; l'autre le sut, en devint furieux de jalousie; c'était un homme violent, apparemment sans caractère, et de ces âmes qu'une grande passion rend méchantes et capables de tout. Il les fit suivre un jour qu'ils se rendirent chez la veuve, y entra après eux, les y surprit au moment que son ami baisait la main de la demoiselle, et dans sa fureur le blessa d'abord d'un coup d'épée, qu'il allait redoubler d'un autre, quand la demoiselle, qui voulut se jeter sur lui, le reçut et tomba; celui-ci s'enfuit, et on sait le reste de l'histoire. Retournons à moi.

Notre secrétaire revint, et nous dit que je sortirais le lendemain. Passons à ce lendemain, tout ce détail de prison est triste.

M^lle Habert me vint prendre à onze heures du matin; elle ne monta pas, elle me fit avertir, je descendis, un carrosse m'attendait à la porte, et quel carrosse ? celui de M^me de Ferval, où M^me de Ferval était elle-même, et cela pour donner plus d'éclat à ma sortie, et plus de célébrité à mon innocence.

Le zèle de cette dame ne s'en tint pas là : Avant que de le ramener chez vous, dit-elle à M^lle Habert, je suis d'avis que nous le menions dans le quartier et *vis-à-vis l'endroit où il a été arrêté; il est bon que ceux qui le virent enlever, et qui pourraient le reconnaître ailleurs, sachent qu'il est innocent[1]; c'est une attention qui me paraît nécessaire, et peut-être, ajouta-t-elle en s'adressant à moi, reconnaîtrez-vous vous-même quelques-uns de ceux qui vous entouraient quand vous fûtes pris.

Oh ! pour cela, oui, lui dis-je, et n'y eût-il que le chirurgien qui était *vis-à-vis la maison, et qu'on appela pour panser les défunts, je serais bien aise de le voir pour lui montrer que je suis plus honnête garçon qu'il ne s'imagine.

Mon Dieu, que madame est incomparable ! s'écria là-dessus M^lle Habert; car vous n'avez qu'à compter que c'est elle qui a tout fait, monsieur de la Vallée, et quoiqu'elle n'ait regardé que Dieu là dedans. A ce mot de Dieu, que M^me de Ferval savait bien être de trop là dedans : Laissons cela, dit-elle en interrompant ; quand avez-vous dessein de vous marier ? Cette nuit, si rien ne nous     empêche, dit M^lle Habert.

Sur ce propos, nous arrivâmes dans cette rue qui m'avait été si fatale, et dont nous avions dit au cocher de prendre le chemin. Nous arrêtâmes devant la maison du chirurgien ; il était à sa porte, et je remarquai qu'il me regardait beaucoup : Monsieur, lui dis-je, vous souvenez-vous de moi ? me reconnaissez-vous ?

Mais je pense qu'oui, me répondit-il en ôtant bien *honnêtement son chapeau, comme à un homme qu'il voyait dans un bon équipage, avec deux dames dont l'une paraissait de grande considération. Oui, monsieur, je vous remets, je crois que c'est vous qui étiez avant-hier dans cette maison

---

1. Cette précaution, qui nous paraît curieuse, rappelle un usage pratiqué, paraît-il, assez couramment sous l'ancien régime, et qui consistait, lorsqu'un accusé prisonnier pour crime était absous de l'accusation, à le faire réintégrer dans sa maison par un huissier (*Traité de la justice criminelle*, édit. citée, t. II, p. 218).

(montrant celle où l'on m'avait pris), et à qui il arriva... Il hésitait à dire le reste. Achevez, lui dis-je, oui, monsieur, c'est moi qu'on y saisit et qu'on mena en prison. Je n'osais vous le dire, reprit-il, mais je vous examinai tant que je vous ai reconnu tout d'un coup. Eh bien, monsieur, vous n'aviez donc point de part à l'affaire en question ?

Pas plus que vous, lui répondis-je, et là-dessus, je lui expliquai comment j'y avait été mêlé. Eh ! pardi, monsieur, reprit-il, je m'en réjouis, et nous le disions tous ici, nos voisins, ma femme, mes enfants, moi et mes garçons : A qui diantre se fiera-t-on après ce garçon-là, car il a la meilleure physionomie du monde. Oh ! parbleu, je veux qu'ils vous voient. Holà Babet (c'était une de ses filles qu'il appelait), ma femme, approchez : venez, vous autres (il parlait à ses garçons), tenez, regardez bien monsieur, savez-vous qui c'est ?

Eh ! mon père, s'écria Babet, il ressemble au visage de ce prisonnier de l'autre jour. Eh ! vraiment oui, dit la femme, il lui ressemble tant que c'est lui-même. Oui, répondis-je, en propre visage. Ah ! ah ! dit encore Babet, voilà qui est drôle, vous n'avez donc aidé à tuer personne, monsieur ? Eh ! non certes, repris-je, j'en serais bien fâché, d'aider à la mort de quelqu'un; à la vie, encore passe. En bonne foi, dit la femme, nous n'y comprenions rien. Oh ! pour cela, dit Babet, si jamais quelqu'un a eu la mine d'un innocent, c'était vous assurément.

Le peuple commençait à s'assembler, nombre de gens me reconnaissaient. M^{me} de Ferval eut la complaisance de laisser durer cette scène aussi longtemps qu'il le fallait pour rétablir ma réputation dans tout le quartier; je pris congé du chirurgien et de toute sa famille, avec la consolation d'être salué bien cordialement par ce peuple, et bien purgé, tout le long de la rue, des crimes dont on m'y avait soupçonné; sans compter l'agrément que j'eus d'y entendre de tous côtés faire l'éloge de ma physionomie, ce qui mit M^{lle} Habert de la meilleure humeur du monde, et l'engagea à me regarder avec une avidité qu'elle n'avait pas encore eue.

Je la voyais qui se pénétrait du plaisir de me considérer,

et qui se félicitait d'avoir eu la justice de me trouver si aimable.

J'y gagnai même auprès de M^me de Ferval, qui, de son côté, en appliqua sur moi quelques regards plus attentifs qu'à l'ordinaire, et je suis persuadé qu'elle se disait : Je ne suis donc point de si mauvais goût, puisque tout le monde est de mon sentiment.

Ce que je vous dis là, au reste, se passait en parlant; aussi étais-je bien content, et ce ne fut pas là tout.

Nous approchions de la maison de M^lle Habert, où M^me de Ferval voulait nous mener, quand nous rencontrâmes, à la porte d'une église, la sœur aînée de ma future et M. Doucin, qui causaient ensemble, et qui semblaient parler d'*action. Un carrosse, qui retarda la course du nôtre, leur donna tout le temps de nous apercevoir.

Quand j'y songe, je ris encore du prodigieux étonnement où ils restèrent tous deux en nous voyant.

Nous les pétrifiâmes; ils en furent si déroutés, si étourdis, qu'il ne leur resta pas même assez de présence d'esprit pour nous faire la moue, comme ils n'y auraient pas manqué s'ils avaient été moins saisis; mais il y a des choses qui terrassent, et pour surcroît de chagrin, c'est que nous ne pouvions leur apparaître dans un instant qui leur rendît notre apparition plus humiliante et plus douloureuse. Le hasard y joignait des accidents faits exprès pour les désoler; c'était triompher d'eux d'une manière superbe, et qui aurait été insolente si nous l'avions méditée; et c'est, ne vous déplaise, qu'au moment qu'ils nous aperçurent, nous éclations de rire, M^me de Ferval, M^lle Habert et moi, de quelque chose de plaisant que j'avais dit; ce qui joint à la pompe triomphante avec laquelle M^me de Ferval semblait nous mener, devait assurément leur percer le cœur.

Nous les saluâmes fort *honnêtement; ils nous rendirent le salut comme gens confondus, qui ne savaient plus ce qu'ils faisaient, et qui pliaient sous la force du coup qui les assommait.

Vous saurez encore qu'ils venaient tous deux de chez M^lle Habert la cadette (nous l'apprîmes en rentrant), et que là on leur avait dit que j'étais en prison; car M^me d'Alain,

qui avait été présente au rapport du geôlier que j'avais
envoyé de la prison, n'avait pas pu se taire, et tout en les
grondant en notre faveur, les avait régalés de cette bonne
nouvelle.

Jugez des espérances qu'ils en avaient tirées contre moi.
Un homme en prison, qu'a-t-il fait ? Ce n'est pas nous qui
avons part à cela ; ce n'est pas le président non plus, qui a
refusé de nous servir ; il faut donc que ce soit pour quelque
action étrangère à notre affaire. Que sais-je s'ils n'allaient
pas jusqu'à me soupçonner de quelque crime ; ils me haïs-
saient assez tous deux pour avoir cette charitable opinion
de moi ; les dévots prennent leur haine contre vous pour
une preuve que vous ne valez rien : oh ! voyez quel rabat-
joie de nous rencontrer subitement, en situation si brillante
et si prospère.

Mais laissons-les dans leur confusion, et arrivons chez la
bonne M^lle Habert.

Je ne monte point chez vous, lui dit M^me de Ferval,
parce que j'ai affaire ; adieu, prenez vos mesures pour vous
marier au plus tôt, n'y perdez point de temps, et que M. de
la Vallée, je vous prie, vienne m'avertir quand c'en sera
fait, car jusque-là je serai inquiète.

Nous irons vous en informer tous deux, répondit
M^lle Habert ; c'est bien le moins que nous vous devions,
madame. Non, non, reprit-elle en jetant sur moi un petit
regard d'intelligence qu'elle vit bien que j'entendais, il
suffira de lui, mademoiselle, faites à votre aise ; et puis
elle partit.

Eh ! Dieu me pardonne, s'écria M^me d'Alain en me
revoyant, je crois que c'est M. de la Vallée que vous nous
ramenez, notre bonne amie. Tout juste, madame d'Alain,
vous y êtes, lui dis-je, et Dieu vous pardonnera de le croire,
car vous ne vous trompez point ; bonjour, mademoiselle
Agathe (sa fille était là). Soyez le bienvenu, me répondit-elle,
ma mère et moi, nous vous croyions perdu.

Comment perdu ? s'écria la veuve ; si vous n'étiez pas
venu ce matin, j'allais cet   après-midi mettre tous mes amis
par voie  et par chemin ; votre sœur et M. Doucin sortent
d'ici, qui venaient vous voir, ajouta-t-elle à ma future ;

allez, je ne les ai pas mal accommodés; demandez le train
que je leur ai fait. Le pauvre garçon est en prison, leur ai-je
dit, vous le savez bien, c'est vous qui en êtes cause, et c'est
fort mal fait à vous. En prison ? Eh ! depuis quand ?
Bon ! depuis quand, depuis vos menées, depuis que vous
courez partout pour l'y mettre; et puis ils sont partis sans
que je leur aie seulement dit : Asseyez-vous.

Par ce discours de M^me d'Alain que je rapporte, on voit
bien qu'elle ignorait les causes de ma prison; et en effet,
M^lle Habert s'était bien gardée de les lui dire, et lui avait
laissé croire que j'y avais été mis par les intrigues de sa
sœur. Si M^me d'Alain avait été instruite, quelle bonne fortune pour elle qu'un pareil récit à faire ! Tout le quartier
aurait retenti de mon aventure, elle aurait été la conter de
porte en porte, pour y avoir le plaisir d'étaler ses regrets
sur mon compte, et c'était toujours autant de mauvais bruits
d'épargnés.

Eh mais ! dites-nous donc ceci, dites-nous donc cela.
C'était le détail de ma prison qu'elle me demandait; je lui
en inventai quelques-uns : je ne lui dis point les véritables.
Et puis, je vous ai trouvé un prêtre qui vous mariera
quand vous voudrez, me dit-elle, tout à l'heure s'il n'était
pas trop tard, mais ce sera pour après minuit, si c'est votre
intention.

Oui-da, madame, dit M^lle Habert, et nous vous serons
fort obligés de le faire avertir. J'irai moi-même tantôt
chez lui, nous dit-elle; il s'agit de dîner, à présent; allons,
venez manger ma soupe, vous me donnerez à souper ce
soir; et de témoins pour votre mariage, je vous en fournirai
qui ne seront pas si *glorieux que les premiers.

Mais tous ces menus récits m'ennuient moi-même; sautons-les, et supposons que le soir est venu, que nous avons
soupé avec nos témoins, qu'il est deux heures après minuit,
et que nous partons pour l'église.

Enfin pour le coup nous y sommes, la messe est dite, et
nous voilà mariés en dépit de notre sœur aînée et du directeur son *adhérent, qui n'aura plus ni café ni pain de sucre
de M^me de la Vallée.

J'ai bien vu des amours en ma vie, au reste, bien des

façons de dire et de témoigner qu'on aime, mais je n'ai rien vu d'égal à l'amour de ma femme.

Les femmes du monde les plus vives, les plus tendres, vieilles ou jeunes, n'aiment point dans ce goût-là, je leur défierais même de l'imiter; non, pour ressembler à M^{lle} Habert, que je ne devrais plus nommer ainsi, il ne sert de rien d'avoir le cœur le plus sensible du monde; joignez-y de l'emportement, cela n'avance de rien encore; mettez enfin dans le cœur d'une femme tout ce qui vous plaira, vous ferez d'elle quelque chose de fort vif, de fort passionné, mais vous n'en ferez point une M^{lle} Habert; tout l'amour dont elle sera capable ne vous donnera point encore une juste idée de celui de ma femme.

Pour aimer comme elle, il faut avoir été trente ans dévote, et pendant trente ans avoir eu besoin de courage pour l'être; il faut pendant trente ans avoir résisté à la tentation de songer à l'amour, et trente ans s'être fait un scrupule d'écouter ou même de regarder les hommes qu'on ne haïssait pourtant pas.

Oh ! mariez-vous après trente ans d'une vie de cette force-là, trouvez-vous du soir au matin l'épouse d'un homme, c'est déjà beaucoup; j'ajoute aussi d'un homme que vous aimerez d'inclination, ce qui est encore plus, et vous serez pour lors une autre M^{lle} Habert, et je vous réponds que qui vous épousera verra bien que j'ai raison, quand je dis que son amour n'était fait comme celui de personne.

Caractérisez donc cet amour, me dira-t-on; mais doucement, aussi bien je ne saurais ; tout ce que j'en puis dire, c'est qu'elle me regardait ni plus ni moins que si j'avais été une image; et c'était sa grande habitude de prier et de tourner affectueusement les yeux en priant qui faisait que ses regards sur moi avaient cet air-là.

Quand une femme vous aime, c'est avec amour qu'elle vous le dit; c'était avec dévotion que me le disait la mienne, mais avec une dévotion délicieuse; vous eussiez cru que son cœur traitait amoureusement avec moi une affaire de conscience, et que cela signifiait : Dieu soit béni qui veut que je vous aime, et que sa sainte volonté soit faite; et tous les transports de ce cœur étaient sur ce ton-là, et l'amour n'y perdait qu'un peu de son air et de son style, mais rien de ses sentiments ; figurez-vous là-dessus de quel caractère il pouvait être.

Il était dix heures quand nous nous levâmes ; nous nous étions couchés à trois, et nous avions eu besoin de repos.

Monsieur de la Vallée, me dit-elle un quart d'heure avant que nous nous levassions, nous avons bien quatre à cinq mille livres de rente, c'est de quoi vivre passablement ; mais tu es jeune, il faut s'occuper, à quoi te destines-tu ? A ce qui vous plaira, cousine, lui dis-je ; mais j'aime assez cette *maltôte, elle est de si bon rapport, c'est la mère nourrice de tous ceux qui n'ont rien ; je n'ai que faire de nourrice avec vous, cousine, vous ne me laisserez pas manquer de nourriture, mais abondance de vivre ne nuit point, faisons-nous financiers par quelque emploi qui ne nous coûte guère, et qui rende beaucoup, comme c'est la coutume du métier. Le seigneur de notre village, qui est mort riche comme un coffre, était parvenu par ce moyen, parvenons de même.

Oui-da, me dit-elle, mais tu ne sais rien, et je serais d'avis que tu t'instruisisses un peu auparavant ; je connais un avocat au Conseil[1] chez qui tu pourrais travailler, veux-tu que je lui en parle ?

Si je le veux ? dis-je ; eh ! pardi, cousine, est-ce qu'il y a deux volontés ici ? est-ce que la vôtre n'est pas la nôtre ? Hélas ! mon bien-aimé, reprit-elle, je ne voudrai jamais rien que pour ton bien ; mais à propos, mon cher mari, nos embarras m'ont fait oublier une chose ; tu as besoin d'habit et de linge, et je sortirai cette après-midi pour t'acheter l'un et l'autre.

---

1. *Avocat au Conseil*, et non *aux conseils*, comme le portent les éditions modernes, depuis celle de Duviquet. Pour être avocat au Conseil, il ne suffisait pas d'avoir ses licences et d'être immatriculé : « C'est un office pour lequel il faut avoir obtenu provision du roi. Les *Avocats au Conseil*, qu'on appelle le Conseil des parties, agissent pour les particuliers qui ont des procès au Conseil, et font tout ensemble la fonction d'avocat et de procureur. » (Furetière.) Challe raconte dans son *Journal de Voyage aux Indes* son apprentissage chez un avocat au Conseil nommé Monicauld, dont il rapporte diverses anecdotes (édit. du Mercure de France, 1983, t. II, p. 94-98).

Et à propos d'équipage d'homme, ma petite femme, lui dis-je, il y a encore une bagatelle qui m'a toujours fait envie; votre volonté n'y penserait-elle pas par hasard ? Dans cette vie, un peu de bonne mine ne gâte rien.

Eh ! de quoi s'agit-il, mon ami ? me répondit-elle. Rien que d'une épée avec son ceinturon, lui dis-je, pour être M. de la Vallée à forfait; il n'y a rien qui relève tant la taille, et puis, avec cela, tous les *honnêtes gens sont vos pareils.

Eh bien ! mon beau mari, vous avez raison, me dit-elle, nous en ferons ce matin l'emplette; il y a près d'ici un four-bisseur, il n'y a qu'à l'envoyer chercher; voyez, songez, que désirez-vous encore ? ajouta-t-elle, car en ce premier jour de noces, cette âme dévotement enflammée ne res-pirait que pour son jeune époux; si je lui avais dit que je voulais être roi, je pense qu'elle m'aurait promis de mar-chander une couronne.

Sur ces entrefaites dix heures sonnèrent; la tasse de café nous attendait : M^me d'Alain, qui nous la faisait porter, criait à notre porte, et demandait à entrer avec un tapage qu'elle croyait la chose du monde la plus galante, vu que nous étions de nouveaux mariés.

Je voulais me lever : Laissez mon fils, laissez, me dit M^me de la Vallée, tu serais trop longtemps à t'habiller : voilà qui me fait encore ressouvenir qu'il te faut une robe de chambre. Bon, bon, il me faut, lui répondis-je en riant; allez, allez, vous n'y entendez rien, ma femme, il me fallait ma cousine, avec cela j'aurai de tout.

Là-dessus elle sortit du lit, mit une robe, et ouvrit à notre bruyante hôtesse, qui lui dit en entrant : Venez ça, que je vous embrasse, avec votre bel œil mourant : eh bien ! qu'est-ce que c'est, ce gros garçon, s'en accommo-dera-t-on ? Vous riez, c'est signe qu'oui; tant mieux, je m'en serais bien douté, le gaillard, je pense qu'il fait bon vivre avec lui, n'est-ce pas ? Debout, debout, jeunesse, me dit-elle en venant à moi, quittez le chevet, votre femme n'y est plus, et il sera nuit ce soir.

Je ne saurais, lui dis-je, je suis trop civil pour me lever devant vous, demain tant que vous voudrez, j'aurai une robe de chambre. Eh pardi, dit-elle, voilà bien des façons, s'il n'y a que cela qui manque, je vais vous en chercher une qui est presque neuve; mon pauvre défunt ne l'a pas mis dix fois; quand vous l'aurez, il me semblera le voir lui-même.

Et sur-le-champ elle passe chez elle, rapporte cette robe de chambre, et me la jette sur le lit; tenez, me dit-elle, elle est belle et bonne, gardez-la, je vous en ferai bon compte.

La veux-tu ? me dit M^me de la Vallée. Oui-da, repris-je; à combien est-elle ? je ne sais pas marchander.

Et là-dessus : Je vous la laisse à tant, c'est marché donné. Non, c'est trop. Ce n'est pas assez. Bref, elles convinrent, et la robe de chambre me demeura ; je la payai de l'argent qui me restait de ma prison.

Nous prîmes notre café; M^me de la Vallée confia mes besoins, tant en habits qu'en linge, à notre hôtesse, et la pria de l'aider l'après-midi dans ses achats, mais quant à l'habit, le hasard en ordonna autrement.

Un tailleur, à qui M^me d'Alain louait quelques chambres dans le fond de la maison, vint un quart d'heure après lui apporter un reste de terme qu'il lui devait. Eh ! pardi, monsieur Simon, vous arrivez à propos, lui dit-elle en me montrant, voilà une pratique pour vous, nous allons tantôt lever un habit pour ce monsieur-là.

M. Simon me salua, me regarda : Eh ! ma foi, dit-il, ce ne serait pas la peine de lever de l'étoffe, j'ai chez moi un habit tout battant neuf à qui je mis hier le dernier point, et que l'homme à qui il est m'a laissé pour les gages, à cause qu'il n'a pas pu me payer l'avance que je lui en ai faite, et que hier au matin, ne vous déplaise, il a délogé de son auberge sans dire adieu à personne; je crois qu'il sera juste à monsieur, c'est une occasion de s'habiller tout d'un coup, et pas si cher que chez le marchand; il y a habit, veste et culotte, d'un bel et bon drap bien fin, tout uni, doublé de soie rouge, rien n'y manque.

Cette soie rouge me flatta; une doublure de soie, quel plaisir et quelle magnificence pour un paysan ! Qu'en dites-vous, ma mie ? dis-je à M^me de la Vallée. Eh ! mais, dit-elle, s'il va bien, mon ami, c'est autant de pris. Il sera comme de *cire, reprit le tailleur, qui courut le chercher; il l'apporte, je l'essaye, il m'habillait mieux que le mien, et le cœur me battait sous la soie; on en vient au prix.

Le marché en fut plus long à conclure que de la robe de chambre; non pas de la part de ma femme, à qui M^{me} d'Alain dit : Ne vous mêlez point de cela, c'est mon affaire. Allons, monsieur Simon, peut-être que d'un an vous ne vendrez cette friperie-là si à propos; car il faut une taille et en voilà une; c'est comme si Dieu vous l'envoyait, il n'y a peut-être que celle-là à Paris; lâchez la main, pour trop avoir, on n'a rien; et d'offres en offres, notre officieuse *tracassière conclut.

Quand l'habit fut acheté, l'amoureuse envie de me voir tout équipé prit à ma femme: Mon fils, me dit-elle, envoyons tout de suite chercher un ceinturon, des bas, un chapeau (et je veux qu'il soit bordé), une chemise neuve toute faite, et tout l'attirail, n'est-ce pas ?

Comme il vous plaira, lui dis-je, avec une gaieté qui m'allait jusqu'à l'âme, et aussitôt dit aussitôt fait; tous les marchands furent appelés; M^{me} d'Alain toujours présente, toujours marchandant, toujours *tracassière; et avant le dîner j'eus la joie de voir Jacob métamorphosé en cavalier, avec la doublure de soie, avec le galant bord d'argent au chapeau, et l'ajustement d'une chevelure qui me descendait jusqu'à la ceinture, et après laquelle le *baigneur avait épuisé tout son savoir-faire.

Je vous ai déjà dit que j'étais beau garçon, mais jusque-là il avait fallu le remarquer pour y prendre garde. Qu'est-ce que c'est qu'un beau garçon sous des habits grossiers ? il est bien enterré là-dessous; nos yeux sont si dupes à cet égard-là ! S'aperçût-on même qu'il est beau, quel mérite cela a-t-il ? On dirait volontiers : De quoi se mêle-t-il, il lui appartient bien ! Il y a seulement par-ci par-là quelques femmes moins frivoles, moins dissipées que d'autres, qui ont le goût plus essentiel, et qui ne s'y trompent point. J'en avais déjà rencontré quelques-unes de celles-là, comme vous l'avez vu; mais ma foi sous mon nouvel attirail, il ne fallait que des yeux pour me trouver aimable, et je n'avais que faire qu'on les eût si bons; j'étais bel homme, j'étais

bien fait, j'avais des grâces naturelles, et tout cela au premier coup d'œil.

Voyez donc l'air qu'il a, ce cher enfant ! dit M^me de la
Vallée, quand je sortis du cabinet où je m'étais retiré pour
m'habiller. Comment donc, dit M^me d'Alain, savez-vous bien
qu'il est charmant ? Et ce n'était plus en babillarde qu'elle
le disait, il me parut que c'était en femme qui le pensait,
et qui même, pendant quelques moments, en perdit son
babil. A la manière étonnée dont elle me regarda, je crois
qu'elle convoitait le mari de ma femme, je lui avais déjà
plu à moins de frais.

Voilà une belle tête, disait-elle, si jamais je me marie, je
prendrai un homme qui aura la pareille. Oh ! oui, ma mère,
dit Agathe qui venait d'entrer, mais ce n'est pas le tout,
il faut la mine avec.

Cependant nous dînâmes; M^me d'Alain se répandit en
cajoleries pendant le repas, Agathe ne m'y parla que des
yeux, et m'en dit plus que sa mère, et ma femme ne vit que
moi, ne songea qu'à moi, et je parus à mon tour n'avoir
d'attention que pour elle.

Nos témoins, que M^me de la Vallée avait invités à souper
en les quittant à trois heures du matin le même jour, arri-
vèrent sur les cinq heures du soir.

Monsieur de la Vallée, me dit la cousine, je serais d'avis
que vous allassiez chez M^me de Ferval, nous ne souperons
que sur les huit heures, et vous aurez le temps de la voir;
faites-lui bien des compliments de ma part, et dites-lui que
demain nous aurons l'honneur de la voir ensemble.

Eh ! oui, à propos, lui dis-je, elle nous a bien recommandé
de l'avertir, et cela est juste. Adieu, mesdames, adieu,
messieurs, vous le voulez bien, jusqu'à tantôt.

Ma femme croyait me faire ressouvenir de cette M^me de
Ferval, mais je l'en aurais fait ressouvenir elle-même, si
elle l'avait oubliée; je mourais d'envie qu'elle me vît fait
comme j'étais. Oh ! comme je vais lui plaire, disais-je en
moi-même, ce sera bien autre chose que ces jours passés.
On verra dans la suite ce qu'il en fut.

FIN DE LA TROISIÈME PARTIE

# QUATRIÈME PARTIE

# QUATRIÈME PARTIE

J E me rendis donc chez M^me de Ferval, et ne rencontrai
dans la cour de la maison qu'un laquais qui me conduisit chez elle par un petit escalier que je ne connaissais pas.

Une de ses femmes, qui se présenta d'abord, me dit
qu'elle allait avertir sa maîtresse; elle revint un moment
après, et me fit entrer dans la chambre de cette dame. Je
la trouvai qui lisait couchée sur un sopha, la tête appuyée
sur une main, et dans un déshabillé très *propre, mais
assez négligemment arrangé.

Figurez-vous une jupe qui n'est pas tout à fait rabattue
jusqu'aux pieds, qui même laisse voir un peu de la plus
belle jambe du monde; (et c'est une grande beauté qu'une
belle jambe dans une femme.)

De ces deux pieds mignons, il y en avait un dont la
mule était tombée, et qui, dans cette espèce de nudité,
avait fort bonne grâce.

Je ne perdis rien de cette touchante posture; ce fut
pour la première fois de ma vie que je sentis bien ce que
valaient le pied et la jambe d'une femme; jusque-là je les
avais comptés pour rien; je n'avais vu les femmes qu'au
visage et à la taille, j'appris alors qu'elles étaient femmes
partout. Je n'étais pourtant encore qu'un paysan; car
qu'est-ce que c'est qu'un séjour de quatre ou cinq mois à
Paris ? Mais il ne faut ni délicatesse ni usage du monde pour
être tout d'un coup au fait de certaines choses, surtout quand
elles sont à leur vrai point de vue[1]; il ne faut que des sens,
et j'en avais.

---

1. Nous modifions la ponctuation des éditions anciennes, qui
comporte un point-virgule après *choses*, et une virgule après *vue*.

Ainsi, cette belle jambe et ce joli petit pied sans pantoufle me firent beaucoup de plaisir à voir.

J'ai bien vu depuis des objets de ce genre-là qui m'ont toujours plu, mais jamais tant qu'ils me plurent alors; aussi, comme je l'ai déjà dit, était-ce la première fois que je les sentais; c'est tout dire, il n'y a point de plaisir qui ne perde à être déjà connu[1].

Je fis, en entrant, deux ou trois révérences à M^{me} de Ferval, qui, je pense, ne prit pas garde si elles étaient bien ou mal faites; elle ne me demandait pas des grâces acquises, elle n'en voulait qu'à mes grâces naturelles, qu'elle pouvait alors remarquer encore mieux qu'elle ne l'avait fait, parce que j'étais plus paré.

De l'air dont elle me regarda, je jugeai qu'elle ne s'était pas attendue à me voir ni si bien fait ni de si bonne mine.

Comment donc, s'écria-t-elle avec surprise, et en se relevant un peu de dessus son sopha, c'est vous, la Vallée ! je ne vous reconnais pas; voilà vraiment une très jolie figure, mais très jolie; approchez, mon cher enfant, approchez; prenez un siège, et mettez-vous là; mais cette taille, comme elle est bien prise ! cette tête, ces cheveux : en vérité, il est trop beau pour un homme, la jambe parfaite avec cela; il faut apprendre à danser, la Vallée, n'y manquez pas; asseyez-vous. Vous voilà on ne peut pas mieux, ajouta-t-elle en me prenant par la main pour me faire asseoir.

Et comme j'hésitais par respect : Asseyez-vous donc, me répéta-t-elle encore, du ton d'une personne qui vous dirait : Oubliez ce que je suis, et vivons sans façon.

Eh bien, gros garçon, me dit-elle, je songeais à vous, car je vous aime, vous le savez bien; ce qu'elle me dit avec des yeux qui expliquaient sa manière de m'aimer : oui, je vous aime, et je veux que vous vous attachiez à moi, et que vous m'aimiez aussi, entendez-vous ?

Hélas ! charmante dame, lui répondis-je, avec un trans-

---

1. Idée chère à Marivaux, qui l'avait déjà soutenue, sur le plan littéraire, contre M^{me} Dacier et les partisans des Anciens dans la préface de *L'Homère travesti* (*Œuvres de jeunesse*, p. 965).

port de vanité et de reconnaissance, je vous aimerai peut-être trop, si vous n'y prenez garde.

Et à peine lui eus-je tenu ce discours, que je me jetai sur sa main qu'elle m'abandonna, et que je baisais de tout mon cœur.

Elle fut un moment ou deux sans rien dire, et se contenta de me voir faire; je l'entendis seulement respirer d'une manière sensible, et comme une personne qui soupire un peu. Parle donc, est-ce que tu m'aimes tant ? me dit-elle pendant que j'avais la tête baissée sur cette main; eh ! pourquoi crains-tu de m'aimer trop, explique-toi, la Vallée, qu'est-ce que tu veux dire ?

C'est, repris-je, que vous êtes si aimable, si belle; et moi qui sens tout cela, voyez-vous, j'ai peur de vous aimer autrement qu'il ne m'appartient.

Tout de bon, me dit-elle, on dirait que tu parles d'amour, la Vallée ? Et on dirait ce qui est, repartis-je; car je ne saurais m'en empêcher.

Parle bas, me dit-elle; ma femme de chambre est peut-être là dedans (c'était l'antichambre qu'elle marquait). Ah ! mon cher enfant, qu'est-ce que tu viens de me dire ? Tu m'aimes donc ? Hélas ! tout petit homme que je suis, dirai-je qu'oui ? repartis-je. Comme tu voudras, me répondit-elle avec un petit soupir : mais tu es bien jeune, j'ai peur à mon tour de me fier à toi; approche-toi, afin de nous entretenir de plus près, ajouta-t-elle. J'oublie de vous dire que, dans le cours de la conversation, elle s'était remise dans la posture où je l'avais trouvée d'abord; toujours avec cette pantoufle de moins, et toujours avec ces jambes un peu découvertes, tantôt plus, tantôt moins, suivant les attitudes qu'elle prenait sur le sopha.

Les coups d'œil que je jetais de ce côté-là ne lui échappaient pas. Quel friand petit pied vous avez là, madame[1],

---

1. Abel Farges faisait à propos de ce détail un rapprochement curieux avec la scène où Frédéric et M^me Arnoux se rencontrent pour la dernière fois dans *L'Éducation sentimentale* : « Leurs mains se serrèrent; la pointe de sa bottine s'avançait un peu sous sa robe, et il lui dit, presque défaillant : La vue de votre pied me trouble. Un mouvement de pudeur la fit se lever... »

lui dis-je en avançant ma chaise; car je tombais insensiblement dans le ton familier.

Laisse-là mon pied, dit-elle, et remets-moi ma pantoufle; il faut que nous causions sur ce que tu viens de me
dire, et voir un peu ce que nous ferons de cet amour que tu
as pour moi.

Est-ce que par malheur il vous fâcherait ? lui dis-je.
Eh ! non, la Vallée, il ne me fâche point, me répondit-elle;
il me touche au contraire, tu ne m'as que trop plu, tu es
beau comme l'Amour.

Eh ! lui dis-je, qu'est-ce que c'est mes beautés auprès
des vôtres ? Un petit doigt de vous vaut mieux que tout
ce que j'ai en moi; tout est admirable en vous : voyez ce
bras, cette belle façon de corps, des yeux que je n'ai jamais
vu à personne; et là-dessus, les miens la parcouraient
tout entière. Est-ce que vous n'avez pas pris garde comme
je vous regardais la première fois que je vous ai vue ? lui
disais-je; je devinais que votre personne était charmante,
plus blanche qu'un cygne : ah ! si vous saviez le plaisir que
j'ai eu à venir ici, madame, et comme quoi je croyais toujours tenir votre chère main que je baisai l'autre jour, quand
vous me donnâtes la lettre. Ah ! tais-toi, me dit-elle en mettant cette main sur ma bouche pour me la fermer; tais-toi,
la Vallée, je ne saurais t'écouter de sang-froid. Après quoi,
elle se rejeta sur le sopha avec un air d'émotion sur le visage
qui m'en donna beaucoup à moi-même.

Je la regardais, elle me regardait, elle rougissait; le cœur
me battait, je crois que le sien allait de même; et la tête
commençait à nous tourner à tous deux, quand elle me dit :
Écoute-moi, la Vallée, tu vois bien qu'on peut entrer à
tout moment, et puisque tu m'aimes, il ne faut plus nous
voir ici, car tu n'y es pas assez sage. Un soupir interrompit
ce discours.

Tu es marié ? reprit-elle après. Oui, de cette nuit, lui
dis-je. De cette nuit ? me répondit-elle. Eh bien, conte-moi
ton amour; en as-tu eu beaucoup ? Comment trouves-tu
ta femme ? M'aimerais-tu bien autant qu'elle ? Ah ! que
je t'aimerais à sa place ! Ah ! repartis-je, que je vous ren-
drais bien le change. Est-il vrai ? me dit-elle; mais ne par-

lons plus de cela, la Vallée; nous sommes trop près l'un de l'autre, recule-toi un peu, je crains toujours une surprise. J'avais quelque chose à te dire, et ton mariage me l'a fait oublier; nous aurions été plus tranquilles dans mon cabinet, j'y suis ordinairement, mais je ne prévoyais pas que tu viendrais ce soir. A propos, j'aurais pourtant envie que nous y allassions, pour te donner les papiers dont je te parlai l'autre jour, veux-tu y venir ?

Elle se leva tout à fait là-dessus. Si je le veux, lui dis-je. Elle rêva alors un instant, et puis : Non, dit-elle, n'y allons point, si cette femme de chambre arrivait, et qu'elle ne nous trouvât pas ici, que sait-on ce qu'elle penserait ? restons.

Je voudrais pourtant bien ces papiers, repris-je. Il n'y a pas moyen, dit-elle, tu ne les auras pas aujourd'hui. Et alors elle se remit sur le sopha, mais ne fit que s'y asseoir. Et ces pieds si mignons, lui dis-je, si vous vous tenez comme cela, je ne les verrai donc plus ?

Elle sourit à ce discours, et me passant tendrement la main sur le visage : Parlons d'autre chose, répondit-elle. Tu dis que tu m'aimes, et je te le pardonne; mais, mon enfant, si j'allais t'aimer aussi, comme je prévois que cela pourrait bien être, et le moyen de s'en défendre avec un aussi aimable jeune homme que toi : dis-moi, me garderais-tu le secret, la Vallée ?

Eh ma belle dame, lui dis-je, à qui voulez-vous donc que j'aille rapporter nos affaires ? il faudrait que je fusse bien méchant : ne sais-je pas bien que cela ne se fait pas, surtout envers une grande dame comme vous, qui est veuve, et qui me fait cent fois plus d'honneur que je n'en mérite en m'accordant le réciproque ? et puis, ne sais-je pas encore que vous tenez un état de dévote, qui ne permet pas que pareille chose soit connue du monde ? Non, me répondit-elle, en rougissant un peu; tu te trompes, je ne suis pas si dévote que retirée.

Eh pardi ! repris-je, dévote ou non, je vous aime autant d'une façon que d'une autre; cela empêche-t-il qu'on ne vous donne son cœur, et que vous ne preniez ce qu'on vous donne ? On est ce qu'on est, et le monde n'y a que voir :

après tout, qu'est-ce qu'on fait dans cette vie ? un peu de
bien, un peu de mal; tantôt l'un, tantôt l'autre : on fait
comme on peut, on n'est ni des saints ni des saintes; ce
n'est pas pour rien qu'on va à confesse, et puis qu'on y
retourne [1]; il n'y a que les défunts qui n'y vont plus, mais
pour des vivants, qu'on m'en cherche.

Ce que tu dis n'est que trop certain; chacun a ses faiblesses, me répondit-elle. Eh ! vraiment oui, lui dis-je;
ainsi, ma chère dame, si par hasard vous voulez du bien à
votre petit serviteur, il ne faut pas en être si étonnée; il
est vrai que je suis marié, mais il n'en serait ni plus ni moins
quand je ne le serais pas, sans compter que j'étais garçon
quand vous m'avez vu; et si j'ai pris femme depuis, ce
n'est pas votre faute, ce n'est pas vous qui me l'avez fait
prendre; et ce serait bien pis si nous étions mariés tous
deux, au lieu que vous ne l'êtes pas; c'est toujours autant
de rabattu; on se prend comme on se trouve, ou bien il
faudrait se laisser, et je n'en ai pas le courage depuis vos
belles mains que j'ai tant tenues dans les miennes, et les
petites douceurs que vous m'avez dites.

Je t'en dirais encore si je ne me retenais pas, me répondit-elle, car tu me charmes, la Vallée, et tu es le plus dangereux petit homme [2] que je connaisse. Mais revenons.

Je te disais qu'il fallait être discret, et je vois que tu en
sens les conséquences. La façon dont je vis, l'opinion qu'on
a de ma conduite; ta reconnaissance pour les services que
je t'ai rendus, pour ceux que j'ai dessein de te rendre, tout
l'exige, mon cher enfant. S'il t'échappait jamais le moindre
mot, tu me perdrais, souviens-toi bien de cela, et ne l'oublie
point, je t'en prie; voyons à présent comment tu feras pour
me voir quelquefois. Si tu continuais de venir ici, on pour-

---

1. Granet (*art. cit.* p. xl, n. 1) prend la peine de démontrer que
ce raisonnement est un sophisme, comme si Jacob cherchait sérieusement à persuader M^me de Ferval. On n'a évidemment ici et plus loin
qu'une suite d'à-peu-près caractéristiques de l'esprit paysan de Jacob.

2. La même expression de *petit homme* se trouvait déjà dans la
bouche de Flaminia parlant d'Arlequin dans *La Double Inconstance*
(acte I, sc. 3). L'identité des termes souligne la similitude des rapports
entre les couples M^me de Ferval - Jacob d'une part, Flaminia -
Arlequin d'autre part. Voir l'*Introduction*, pp. xv-xvi.

rait en causer; car sous quel prétexte y viendrais-tu ? Je tiens quelque rang dans le monde, et tu n'es pas en situation de me rendre de fréquentes visites. On ne manquerait pas de soupçonner que j'ai du goût pour toi; ta jeunesse et ta bonne façon le persuaderaient aisément, et c'est ce qu'il faut éviter. Voici donc ce que j'imagine.

Il y a dans un tel faubourg (je ne sais plus lequel c'était) une vieille femme dont le mari, qui est mort depuis six ou sept mois, m'avait obligation; elle loge en tel endroit, et s'appelle M^me Remy; tiens, écris tout à l'heure son nom et sa demeure, voici sur cette table ce qu'il faut pour cela.

J'écrivis donc ce nom, et quand j'eus fait, M^me de Ferval continuant son discours : C'est une femme dont je puis disposer, ajouta-t-elle. Je lui enverrai dire demain de venir me parler dans la matinée. Ce sera chez elle où nous nous verrons; c'est un quartier éloigné où je serai totalement inconnue. Sa petite maison est commode, elle y vit seule; il y a même un petit jardin par lequel on peut s'y rendre, et dont une porte de derrière donne dans une rue très peu fréquentée; ce sera dans cette rue que je ferai arrêter mon carrosse; j'entrerai toujours par cette porte, et toi toujours par l'autre. A l'égard de ce qu'en penseront mes gens, je ne m'en mets pas en peine; ils sont accoutumés à me mener dans toutes sortes de quartiers pour différentes œuvres de charité que nous exerçons souvent, deux ou trois dames de mes amies et moi, et auxquelles il m'est quelquefois arrivé d'aller seule aussi bien qu'en compagnie, soit pour des malades, soit pour de pauvres familles [1]. Mes gens le savent, et croiront que ce sera de même quand j'irai chez la Remy. Pourras-tu t'y trouver demain sur les cinq heures du soir, la Vallée ? J'aurai vu la Remy, et toutes mes mesures seront prises.

Eh pardi ! lui dis-je, je n'y manquerai pas; je suis seulement fâché que ce ne soit pas tout à l'heure; eh ! dites-moi, ma bonne et chère dame, il n'y aura donc point, comme ici, de femme de chambre qui nous écoute, et qui m'empêche d'avoir les papiers ?

---

1. Et non *de pauvres filles*, comme le portent les éditions modernes depuis celle de Duviquet.

Eh ! vraiment non ! me dit-elle en riant, et nous parlerons tout aussi haut qu'il nous plaira; mais je fais une réflexion. Il y a loin de chez toi à ce faubourg; tu auras besoin de voitures pour y venir, et ce serait une dépense qui t'incommoderait.

Bon ! bon ! lui dis-je, cette dépense, il n'y aura que mes jambes qui la feront, ne vous embarrassez pas. Non, mon fils, me dit-elle en se levant, il y a trop loin, et cela te fatiguerait. Et en tenant ce discours, elle ouvrit un petit coffret, d'où elle tira une bourse assez simple, mais assez pleine.

Tiens, mon enfant, ajouta-t-elle, voilà de quoi payer tes carrosses; quand cela sera fini, je t'en donnerai d'autres.

Eh mais ! ma belle maîtresse, lui dis-je, gonflé d'amour-propre, et tout ébloui de mon mérite, arrêtez-vous donc, votre bourse me fait honte.

Et ce qui est de plaisant, c'est que je disais vrai; oui, malgré la vanité que j'avais, il se mêlait un peu de confusion à l'estime orgueilleuse que je prenais pour moi. J'étais charmé qu'on m'offrit, mais je rougissais de prendre; l'un me paraissait flatteur, et l'autre bas.

A la fin pourtant, dans l'étourdissement où j'étais, je cédai aux instances qu'elle me faisait, et après lui avoir dit deux ou trois fois : Mais, madame, mais, ma maîtresse, je vous coûterais trop, ce n'est pas la peine d'acheter mon cœur, il est tout payé, puisque je vous le donne pour rien, à quoi bon cet argent ? à la fin, dis-je, je pris.

Au reste, dit-elle en fermant le petit coffre, nous n'irons dans l'endroit que je t'indique que pour empêcher qu'on ne cause; mon cher enfant, tu m'y verras avec plus de liberté, mais avec autant de sagesse qu'ici, au moins; entends-tu, la Vallée ? Je t'en prie, n'abuse point de ce que je fais pour toi, je n'y entends point finesse.

Hélas ! lui dis-je, je ne suis pas plus fin que vous non plus; j'y vais tout bonnement pour avoir le plaisir d'être avec vous, d'aimer votre personne à mon aise, voilà tout; car au surplus, je n'ai envie de vous chagriner en rien, je vous assure, mon intention est de vous complaire; je vous aime ici, je vous aimerai là-bas, je vous aimerai partout. Il n'y a point de mal à cela, me dit-elle, et je ne te défends point de m'aimer, la Vallée, mais c'est que je voudrais bien n'avoir rien à me reprocher : voilà ce que je veux dire.

Ah çà, il me reste à te parler d'une chose; c'est d'une lettre que j'ai écrite pour toi, et que j'adresse à M^me de Fécour, à qui tu la porteras. M. de Fécour, son beau-frère, est un homme d'un très grand crédit dans les finances, il ne refuse rien à la recommandation de sa belle-sœur, et je la prie ou de te présenter à lui, ou de lui écrire en ta faveur, afin qu'il te place à Paris, et te mette en chemin de t'avancer; il n'y a point pour toi de voie plus sûre que celle-là pour aller à la fortune.

Elle prit alors cette lettre qui était sur une table et me la donna; à peine la tenais-je, qu'un laquais annonça une visite, et c'était M^me de Fécour elle-même.

Je vis donc entrer une assez grosse femme, de taille médiocre, qui portait une des plus furieuses gorges que j'aie jamais vu : femme d'ailleurs qui me parut sans façon; aimant à *vue de pays le plaisir et la joie, et dont je vais vous donner le portrait, puisque j'y suis.

M^me de Fécour pouvait avoir trois ou quatre années de moins que M^me de Ferval. Je crois que dans sa jeunesse elle avait été jolie; mais ce qui alors se remarquait le plus dans sa physionomie, c'était un air franc et cordial qui la rendait assez agréable à voir.

Elle n'avait pas dans ses mouvements la pesanteur des femmes trop grasses; son embonpoint ni sa gorge ne l'embarrassaient pas, et on voyait cette masse se démener avec une vigueur qui lui tenait lieu de légèreté. Ajoutez à cela un air de santé robuste, et une certaine fraîcheur qui faisait plaisir, de ces fraîcheurs qui viennent d'un bon tempérament, et qui ont pourtant essuyé de la fatigue.

Il n'y a presque point de femme qui n'ait des minauderies, ou qui ne veuille persuader qu'elle n'en a point; ce qui est une autre sorte de coquetterie[1]; et de ce côté-là,

---

1. Ceci convient à M^me de Tencin, dont Marivaux fera le portrait dans la quatrième partie de *La Vie de Marianne* : « A la vérité, ce dégoût qu'elle avait pour tous ces petits moyens de plaire, peut-être

M^me de Fécour n'avait rien de femme. C'était même une de ses grâces que de ne point songer en avoir.

Elle avait la main belle, et ne le savait pas; si elle l'avait eu laide, elle l'aurait ignoré de même; elle ne pensait jamais à donner de l'amour, mais elle était sujette à en prendre. Ce n'était jamais elle qui s'avisait de plaire, c'était toujours à elle à qui on plaisait. Les autres femmes, en vous regardant, vous disent finement : Aimez-moi pour ma gloire; celle-ci vous disait naturellement : Je vous aime, le voulez-vous bien ? et elle aurait oublié de vous demander : M'aimez-vous ? pourvu que vous eussiez fait comme si vous l'aimiez.

De tout ce que je dis là, il résulte qu'elle pouvait quelquefois être indécente, et non pas coquette.

Quand vous lui plaisiez, par exemple, cette gorge dont j'ai parlé, il semblait qu'elle vous la présentât, c'était moins pour tenter votre cœur que pour vous dire que vous touchiez le sien; c'était une manière de déclaration d'amour.

M^me de Fécour était bonne convive, plus joyeuse que spirituelle à table, plus franche que hardie, pourtant plus libertine que tendre; elle aimait tout le monde, et n'avait d'amitié pour personne; vivait du même air avec tous, avec le riche comme avec le pauvre, avec le seigneur comme avec le bourgeois, n'estimait le rang des uns, ni ne méprisait le médiocre état des autres. Ses gens n'étaient point ses valets; c'étaient des hommes et des femmes qu'elle avait chez elle; ils la servaient, elle en était servie; voilà tout ce qu'elle y voyait.

Monsieur, que ferons-nous ? vous disait-elle; et si Bourguignon venait : Bourguignon, que faut-il que je fasse ? Jasmin était son conseil, s'il était là; c'était vous qui l'étiez, si vous vous trouviez auprès d'elle; il s'appelait Jasmin, et vous monsieur : c'était toute la différence qu'elle y sentait, car elle n'avait ni orgueil ni modestie.

---

était-elle bien aise qu'on le remarquât; et c'était là le seul reproche qu'on pouvait hasarder contre elle, la seule espèce de coquetterie dont on pouvait la soupçonner en la chicanant » (édit. Garnier, p. 216).

Encore un trait de son caractère par lequel je finis, et qui est bien singulier.

Lui disiez-vous : J'ai du chagrin ou de la joie, telles ou telles espérances ou tel embarras, elle n'entrait dans votre situation qu'à cause du mot et non pas de la chose : ne pleurait avec vous qu'à cause que vous pleuriez, et non parce que vous aviez sujet de pleurer ; riait de même, s'*intriguait pour vous sans s'intéresser à vos affaires, sans savoir qu'elle ne s'y intéressait pas, et seulement parce que vous lui aviez dit : Intriguez-vous. En un mot, c'étaient les termes et le ton avec lequel vous les prononciez, qui la remuaient. Si on lui avait dit : Votre ami, ou bien votre parent est mort, et qu'on le lui eût dit d'un air indifférent, elle eût répondu du même air : Est-il possible ? Lui eussiez-vous reparti avec tristesse qu'il n'était que trop vrai, elle eût repris d'un air affligé : Cela est bien fâcheux.

Enfin c'était une femme qui n'avait que des sens et point de sentiments, et qui passait pourtant pour la meilleure femme du monde, parce que ses sens en mille occasions lui tenaient exactement lieu de sentiment et lui faisaient autant d'honneur.

Ce caractère, tout particulier qu'il pourra paraître, n'est pas si rare qu'on le pense, c'est celui d'une infinité de personnes qu'on appelle communément de bonnes gens dans le monde ; ajoutez seulement de bonnes gens qui ne vivent que pour le plaisir et pour la joie, qui ne haïssent rien que ce qu'on leur fait haïr, ne sont que ce qu'on veut qu'ils soient, et n'ont jamais d'avis que celui qu'on leur donne.

Au reste, ce ne fut pas alors que je connus M^me de Fécour comme je la peins ici, car je n'eus pas dans ce temps une assez grande liaison avec elle, mais je la retrouvai quelques années après, et la vis assez pour la connaître[1] : Revenons.

Eh ! mon Dieu, madame, dit-elle à M^me de Ferval, que je suis charmée de vous trouver chez vous, j'avais peur

---

1. Réponse anticipée aux objections de Granet, cf. l'Introduction. Mais il faut que M^me de Fécour ait survécu à sa maladie, p. 245.

que vous n'y fussiez pas; car il y a longtemps que nous ne nous sommes vues[1], comment vous portez-vous ?

Et puis elle me salua, moi qui faisais là la figure d'un *honnête homme, et en me saluant me regarda beaucoup, et longtemps.

Après que les premiers compliments furent passés, M^me de Ferval lui en fit un sur ce grand air de santé qu'elle avait. Oui, dit-elle, je me porte fort bien, je suis d'un fort bon tempérament; je voudrais bien que ma belle-sœur fût de même, je vais la voir au sortir d'ici; la pauvre femme me fit dire avant-hier qu'elle était malade.

Je ne le savais pas, dit M^me de Ferval; mais peut-être qu'à son ordinaire ce sera plus indisposition que maladie, elle est extrêmement délicate.

Ah ! sans doute, reprit la grosse réjouie, je crois comme vous que ce n'est rien de sérieux.

Pendant leurs discours, j'étais assez décontenancé; moins qu'un autre ne l'aurait été à ma place pourtant, car je commençais à me former un peu, et je n'aurais pas été si embarrassé, si je n'avais point eu peur de l'être.

Or j'avais par mégarde emporté la tabatière de M^me de la Vallée, je la sentis dans ma poche, et pour occuper mes mains, je me mis à l'ouvrir et à prendre du tabac.

A peine l'eus-je ouverte, que M^me de Fécour, qui jetait sur moi de fréquents regards, et de ces regards qu'on jette sur quelqu'un qu'on aime à voir; que M^me de Fécour, dis-je, s'écria : Ah ! monsieur, vous avez du tabac, donnez-m'en, je vous prie, j'ai oublié ma tabatière; il y a une          heure que je ne sais que devenir.

Là-dessus, je me lève et lui en présente; et comme je me baissais afin qu'elle en prît, et que, par cette posture, j'approchais ma tête de la sienne, elle profita du voisinage pour m'examiner plus à son aise, et en prenant du tabac leva les yeux sans façon sur moi, et les y fixa si bien que j'en rougis un peu.

Vous êtes bien jeune pour vous accoutumer au tabac, me dit-elle; quelque jour vous en serez fâché, monsieur, il

---

1. Texte de E. L'édition originale porte par erreur *vus* pour *vues*.

n'y a rien de si incommode; je le dis à tout le monde, et surtout aux jeunes messieurs de votre âge à qui j'en vois prendre, car assurément monsieur n'a pas vingt ans.

Je les aurai bientôt, madame, lui dis-je, en me reculant jusqu'à ma chaise. Ah ! le bel âge, s'écria-t-elle. Oui, dit M^{me} de Ferval, mais il ne faut pas qu'il perde son temps, car il n'a point de fortune; il n'y a que cinq ou six mois qu'il arrive de province, et nous voudrions bien l'employer à quelque chose.

Oui-da, répondit-elle, ce sera fort bien fait, monsieur plaira à tous ceux qui le verront, je lui pronostique un mariage heureux. Hélas ! madame, il vient de se marier à une nommée M^{lle} Habert qui est de son pays, et qui a bien quatre ou cinq mille livres de rentes, dit M^{me} de Ferval.

Aha, M^{lle} Habert, reprit l'autre, j'ai entendu parler de cela dans une maison d'où je sors.

A ce discours nous rougîmes tous deux, M^{me} de Ferval et moi; de vous dire pourquoi elle rougissait aussi, c'est ce que je ne sais pas, à moins que ce ne fût de ce que M^{me} de Fécour avait sans doute appris que j'étais un bien petit monsieur, et qu'elle l'avait pourtant surprise en conversation réglée avec moi. D'ailleurs elle aimait ce petit monsieur; elle était dévote ou du moins elle passait pour telle, et tout cela ensemble pouvait un peu embarrasser sa conscience.

Pour moi, il était naturel que je fusse honteux : mon histoire, que M^{me} de Fécour disait qu'on lui avait faite, était celle d'un petit paysan, d'un valet en bon français, d'un petit drôle rencontré sur le Pont-Neuf, et c'était dans la tabatière de ce petit drôle qu'on venait bien poliment de prendre du tabac; c'était à lui qu'on avait dit : Monsieur n'a que vingt ans; oh voyez si c'était la peine de le prendre sur ce ton-là avec le personnage, et si M^{me} de Fécour ne devait pas rire d'avoir été la dupe de ma mascarade.

Mais je n'avais rien à craindre, nous avions affaire à une femme sur qui toutes ces choses-là glissaient, et qui ne voyait jamais que le présent et point le passé. J'étais *honnê- tement habillé, elle me trouvait avec M^{me} de Ferval, il ne m'en fallait pas davantage auprès d'elle, sans parler de

ma bonne façon, pour qui elle avait, ce me semblait, une
singulière estime ; de sorte que, continuant son discours tout
aussi rondement qu'elle l'avait commencé : Ah ! c'est monsieur, reprit-elle, qui a épousé cette M^{lle} Habert, une fille
dans la grande dévotion, à ce qu'on disait, cela est plaisant ;
mais, monsieur, il n'y a donc que deux jours tout au plus que
vous êtes marié ? car cela est tout récent.

Oui, madame, lui dis-je, un peu revenu de ma confusion,
parce que je voyais qu'il n'en était ni plus ni moins avec
elle, je l'épousai hier.

Tant mieux, j'en suis charmée, me répondit-elle ; c'est
une fille un peu âgée, dit-on, mais elle n'a rien perdu pour
attendre ; vraiment, ajouta-t-elle en se tournant du côté
de M^{me} de Ferval, on m'avait bien dit qu'il était beau garçon, et on avait raison ; si je connaissais la demoiselle, je
la féliciterais ; elle a fait un fort bon mariage ; eh ! peut-on
vous demander comment elle s'appelle à cette heure ?

M^{me} de la Vallée, répondit pour moi M^{me} de Ferval ;
et le père de son mari est un très honnête homme, un gros
fermier qui a plusieurs enfants, et qui avait envoyé celui-ci
à Paris pour tâcher d'y faire quelque chose ; en un mot, ce
sont de fort honnêtes gens.

Oui certes, reprit M^{me} de Fécour : comment donc, des
gens qui demeurent à la campagne, des fermiers ; oh je
sais ce que c'est : oui, ce sont de fort honnêtes gens, fort
estimables assurément ; il n'y a rien à dire à cela.

Et c'est moi, dit M^{me} de Ferval, qui ai fait terminer son
mariage. Oui, est-ce vous ? reprit l'autre ; mais cette bonne
dévote vous a obligation ; je fais grand cas de monsieur,
seulement à le voir, encore un peu de votre tabac, monsieur
de la Vallée ; c'est vous être marié bien jeune, mon bel
enfant, vous n'auriez pu manquer de l'être quelque jour
avantageusement, fait comme vous êtes, mais vous en serez
plus à votre aise à Paris, et moins à charge à votre famille.
Madame, ajouta-t-elle en s'adressant à M^{me} de Ferval, vous
avez des amis, il est aimable, il faut le pousser.

Nous en avons fort envie, reprit l'autre, et je vous dirai
même que lorsque vous êtes entrée, je venais de lui donner
une lettre pour vous, par laquelle je vous le recommandais.

M. de Fécour, votre beau-frère, est fort en état de lui rendre service, et je vous priais de l'y engager.

Eh ! mon Dieu, de tout mon cœur, dit M^me de Fécour; oui, monsieur, il faut que M. de Fécour vous place, je n'y songeais pas, mais il est à Versailles pour quelques jours; voulez-vous que je lui écrive en attendant que je lui parle ? Tenez, il n'y a pas loin d'ici chez moi, nous n'avons qu'à y passer un moment, j'écrirai, et M. de la Vallée lui portera demain ma lettre. En vérité, monsieur, dit-elle en se levant, je suis ravie que madame ait pensé à moi dans cette occasion-ci; partons, j'ai encore quelques visites à faire, ne perdons point de temps; adieu, madame, ma visite est courte, mais vous voyez pourquoi je vous quitte.

Et là-dessus elle embrasse M^me de Ferval qui la remercie, qu'elle remercie, s'appuie sans façon sur mon bras, m'emmène, me fait monter dans son carrosse, m'y appelle tantôt monsieur, tantôt mon bel enfant, m'y parle comme si nous nous fussions connus depuis dix ans, toujours cette grosse gorge en avant, et nous arrivons chez elle.

Nous entrons, elle me mène dans un cabinet; asseyez-vous, me dit-elle, je n'ai que deux mots à écrire à M. de Fécour, et ils seront pressants.

En effet sa lettre fut achevée en un instant : Tenez, me dit-elle en me la donnant, on vous recevra bien sur ma parole; je lui dis qu'il vous place à Paris, car il faut que vous restiez ici pour y cultiver vos amis; ce serait dommage de vous envoyer en campagne, vous y seriez enterré, et nous sommes bien aises de vous voir. Je ne veux pas que notre connaissance en demeure là au moins, monsieur de la Vallée; qu'en dites-vous, vous fait-elle un peu de plaisir ?

Et beaucoup d'honneur aussi, lui repartis-je. Bon de l'honneur, me dit-elle, il s'agit bien de cela, je suis une femme sans cérémonie, surtout avec les personnes que j'aime et qui sont aimables, monsieur de la Vallée, car vous l'êtes beaucoup; oh beaucoup ! Le premier homme pour qui j'ai eu de l'inclination vous ressemblait tout à fait[1]; je

---

1. Cette façon pour une femme de déclarer ses sentiments est fréquente chez Marivaux. C'est ainsi que procédait Catherine avec

crois le voir et je l'aime toujours; je le tutoyais, c'est assez
ma manière, j'ai déjà pensé en user de même avec vous, et
cela viendra, en serez-vous fâché ? ne voulez-vous pas bien
que je vous traite comme lui ? ajouta-t-elle, avec sa gorge
sur qui par hasard j'avais alors les yeux fixés; ce qui me
rendit distrait et m'empêcha de lui répondre; elle y prit
garde, et fut quelque temps à m'observer.

Eh bien ! me dit-elle en riant, à quoi pensez-vous donc ?
C'est à vous, madame, lui répondis-je d'un ton assez bas,
toujours la vue attachée sur ce que j'ai dit. A moi, reprit-elle,
dites-vous vrai, monsieur de la Vallée ? vous apercevez-vous
que je vous veux du bien ? il n'est pas difficile de le voir,
et si vous en doutez, ce n'est pas ma faute; vous voyez que
je suis franche, et j'aime qu'on le soit avec moi; entendez-vous, belle jeunesse ? Quels yeux il a, et avec cela il a
peur de parler ! Ah çà ! monsieur de la Vallée, j'ai un conseil
à vous donner; vous venez de province, vous en avez
apporté un air de timidité qui ne sied pas à votre âge;
quand on est fait comme vous, il faut se rassurer un peu,
surtout en ce pays-ci; que vous manque-t-il pour avoir de
la confiance ? qui est-ce qui en aura, si vous n'en avez pas,
mon enfant ? vous êtes si aimable ! Et elle me disait cela
d'un ton si vrai, si caressant, que je commençais à prendre
du goût pour ses douceurs, quand nous entendîmes un
carrosse entrer dans la cour.

Voilà quelqu'un qui me vient, dit-elle, serrez votre
lettre, mon beau garçon, reviendrez-vous me voir bientôt ?
Dès que j'aurai rendu la lettre, madame, lui dis-je.

Adieu donc, me répondit-elle en me tendant la main que
je baisai tout à mon aise : ah çà, une autre fois, soyez donc
bien persuadé qu'on vous aime; je suis fâchée de n'avoir
point fait dire que je n'y étais pas; je ne serais peut-être pas
sortie, et nous aurions passé le reste de la journée ensemble,
mais nous nous reverrons, et je vous attends, n'y manquez
pas.

Et l'heure de votre commodité, madame, voulez-vous

---

Jacob (ci-dessus, p. 49 ), mais aussi Flaminia avec Arlequin dans
*La Double Inconstance* (acte I, scène 6).

me la dire ? A l'heure qu'il te plaira, me dit-elle; le matin, le soir, toute heure est bonne, si ce n'est qu'il est plus sûr de me trouver le matin; adieu, mon gros brunet (ce qu'elle me dit en me passant la main sous le menton), de la confiance avec moi à l'avenir, je te la recommande.

Elle achevait à peine de parler qu'on lui vint dire que trois personnes étaient dans sa chambre, et je me retirai pendant qu'elle y passait.

Mes affaires, comme vous voyez, allaient un assez bon train. Voilà des aventures bien rapides, j'en étais étourdi moi-même.

Figurez-vous ce que c'est qu'un jeune rustre comme moi, qui, dans le seul espace de deux jours, est devenu le mari d'une fille riche, et l'*amant de deux femmes de condition. Après cela mon changement de *décoration dans mes habits, car tout y fait; ce titre de monsieur dont je m'étais vu honoré, moi qu'on appelait Jacob dix ou douze jours auparavant, les amoureuses agaceries de ces deux dames, et surtout cet art charmant, quoique impur, que Mme de Ferval avait employé pour me séduire; cette jambe si bien chaussée, si galante, que j'avais tant regardée; ces belles mains si blanches qu'on m'avait si tendrement abandonnées; ces regards si pleins de douceurs; enfin l'air qu'on respire au milieu de tout cela : voyez que de choses capables de *débrouiller mon esprit et mon cœur, voyez quelle école de mollesse, de volupté, de corruption, et par conséquent de sentiment; car l'âme se raffine à mesure qu'elle se gâte. Aussi étais-je dans un tourbillon de vanité si flatteuse, je me trouvais quelque chose de si rare, je n'avais point encore goûté si délicatement le plaisir de vivre, et depuis ce jour-là je devins méconnaissable, tant j'acquis d'éducation et d'expérience.

Je retournai donc chez moi, perdu de vanité, comme je l'ai dit, mais d'une vanité qui me rendait gai, et non pas superbe et ridicule; mon amour-propre a toujours été sociable; je n'ai jamais été plus doux ni plus traitable que lorsque j'ai eu lieu de m'estimer et d'être vain; chacun a là-dessus son caractère, et c'était là le mien. Mme de la Vallée ne m'avait encore vu ni si caressant, ni si aimable que je le fus avec elle à mon retour.

Il était tard, on m'attendait pour se mettre à table, car on se ressouviendra que nous avions retenu à souper notre hôtesse, sa fille, et les personnes qui nous avaient servi de témoins le jour de notre mariage.

Je ne saurais vous dire combien je fis d'amitiés à mes convives, ni avec quelle grâce je les excitai à se réjouir. Nos deux témoins étaient un peu épais, et ils me trouvèrent si léger en comparaison d'eux, je dirais presque si galant dans mes façons, que je leur en imposai, et que malgré toute la joie à laquelle je les invitais, ils ne se familiarisaient avec moi qu'avec discrétion.

J'étonnai même Mme d'Alain, qui, toute commère qu'elle était, regardait de plus près que de coutume à ce qu'elle disait. Mon éloge faisait toujours le refrain de la conversation, éloge qu'on tâchait même de tourner le plus poliment qu'on le pouvait : de sorte que je sentis que les manières avaient augmenté de considération pour moi.

Et il fallait bien que ce fût mon entretien avec ces deux dames qui me valait cela, et que j'en eusse rapporté je ne sais quel ait plus distingué que je ne l'avais d'ordinaire.

Ce qui est de vrai, c'est que moi-même je me trouvais tout autre, et que je me disais à peu de chose près, en regardant nos convives : Ce sont là de bonnes gens qui ne sont pas de ma force, mais avec qui il faut que je m'accommode pour le présent.

Je passerai tout ce qui fut dit dans notre entretien. Agathe[1] m'y lança de fréquents regards ; j'y fis le plaisant de la table, mais le plaisant presque respecté, et j'y parus si charmant à Mme de la Vallée, que dans l'impatience de me voir à son aise, elle tira sa montre à plusieurs reprises, et dit l'heure qu'il était, pour conseiller *honnêtement la retraite à nos convives.'

Enfin on se leva, on s'embrassa, tout notre monde partit, on desservit, et nous restâmes seuls, Mme de la Vallée et moi.

---

1. Les éditions anciennes, jusqu'à celle de 1781 comprise, portent ici *Javote* pour *Agathe*.

Alors, sans autre compliment, sous prétexte d'un peu de fatigue, ma pieuse épouse se mit au lit et me dit : Couchons-nous, mon fils, il est tard; ce qui voulait dire : Couche-toi, parce que je t'aime. Je l'entendis bien de même, et me couchai de bon cœur, parce que je l'aimais aussi; car elle était encore aimable et d'une figure appétissante; je l'ai déjà dit au commencement de cette histoire. Outre cela, j'avais l'âme remplie de tant d'images tendres, on avait agacé mon cœur de tant de manières, on m'avait tant fait l*'amour ce jour-là, qu'on m'avait mis en humeur d'être amoureux à mon tour; à quoi se joignait la commodité d'avoir avec moi une personne qui ne demandait pas mieux que de m'écouter, telle qu'était M^me de la Vallée, ce qui est encore un motif qui engage.

Je voulus en me déshabillant lui rendre compte de ma journée; je lui parlai des bons desseins que M^me de Ferval avait pour moi, de l'arrivée de M^me de Fécour chez elle, de la lettre qu'elle m'avait donnée, du voyage que je ferais le lendemain à Versailles pour porter cette lettre : je prenais mal mon temps, quelque intérêt que M^me de la Vallée prît à ce qui me regardait, rien de tout ce que je lui dis ne mérita son attention; je ne pus jamais tirer que des monosyllabes : Oui-da, fort bien, tant mieux et puis : Viens, viens, nous parlerons de cela ici.

Je vins donc, et adieu les récits, j'oubliai de les reprendre, et ma chère femme ne m'en fit pas ressouvenir.

Que d'honnêtes et ferventes tendresses ne me dit-elle pas ! On a déjà vu le caractère de ses *mouvements, et tout ce que j'ajouterai, c'est que jamais femme dévote n'usa avec tant de passion du privilège de marquer son chaste amour; je vis le moment qu'elle s'écrierait : Quel plaisir de frustrer les droits du diable, et de pouvoir sans péché être aussi aise que les pécheurs !

Enfin nous nous endormîmes tous deux, et ce ne fut que le matin, sur les huit heures, que je repris mes récits de la veille.

Elle loua beaucoup les bonnes intentions de M^me de Ferval, pria Dieu d'être sa récompense et celle de M^me de Fécour : ensuite nous nous levâmes et sortîmes ensemble, et pendant que j'allais à Versailles, elle alla entendre la messe pour le succès de mon voyage.

Je me rendis donc à l'endroit où l'on prend les voitures; j'en trouvai une à quatre[1], dont il y avait déjà trois places de remplies, et je pris la quatrième.

J'avais pour compagnons de voyage un *vieux officier, homme de très bon sens, et qui, avec une physionomie respectable, était fort simple et fort uni dans ses façons.

Un grand homme sec et décharné, qui avait l'air inquiet et les yeux petits, noirs et ardents : nous sûmes bientôt que c'était un plaideur; et ce métier, vu la mine du personnage, lui convenait on ne peut pas mieux.

Après ces messieurs, venait un jeune homme d'une assez belle figure; l'officier et lui se regardaient comme gens qui se sont vus ailleurs, mais qui ne se remettent pas. A la fin, ils se reconnurent, et se ressouvinrent qu'ils avaient mangé ensemble.

Comme je n'étais pas là avec des madames d'Alain, ni avec des femmes qui m'aimassent, je m'observai beaucoup sur mon langage, et tâchai de ne rien dire qui sentît le fils du fermier de campagne; de sorte que je parlai sobrement, et me contentai de prêter beaucoup d'attention à ce que l'on disait.

On ne s'aperçoit presque pas qu'un homme ne dit mot, quand il écoute attentivement, du moins s'imagine-t-on toujours qu'il va parler : et bien écouter c'est presque répondre.

De temps en temps je disais un : oui, sans doute, vraiment non, vous avez raison; et le tout conformément au sentiment que je voyais être le plus général.

L'officier, chevalier de Saint-Louis, fut celui qui engagea le plus la conversation. Cet air d'honnête guerrier qu'il avait, son âge, sa façon franche et aisée, apprivoisèrent

---

1. *Sic.* Il faut naturellement comprendre *à quatre places,* mais il n'y a aucune raison, comme on le fait depuis Duviquet, de corriger le texte, attesté par toutes les éditions du xviiie siècle, et conforme à l'usage du temps. Comparer dans *Manon Lescaut* : « Mon frère avait à Saint-Denis une chaise à deux dans laquelle nous partîmes de grand matin » (première partie).

insensiblement notre plaideur, qui était assez taciturne, et qui rêvait plus qu'il ne parlait.

Je ne sais d'ailleurs par quel hasard notre officier parla au jeune homme d'une femme qui plaidait contre son mari, et qui voulait se séparer d'avec lui.

Cette matière intéressa le plaideur, qui, après avoir envisagé deux ou trois fois l'officier, et pris apparemment quelque amitié pour lui, se mêla à l'entretien, et s'y mêla de si bon cœur que, de discours en discours, d'invectives en invectives contre les femmes, il avoua insensiblement qu'il était dans le cas de l'homme dont on s'entretenait, et qu'il plaidait aussi contre sa femme.

À cet aveu, on laissa là l'histoire dont il était question, pour venir à la sienne; et on avait raison : l'une était bien plus intéressante que l'autre, et c'était, pour ainsi dire, préférer un original à la simple copie.

Ah ! ah ! monsieur, vous êtes en procès avec votre femme, lui dit le jeune homme; cela est fâcheux : c'est une triste situation que celle-là pour un galant homme; eh ! pourquoi donc vous êtes-vous brouillés ensemble ?

Bon, pourquoi ? reprit l'autre; est-ce qu'il est si difficile de se brouiller avec sa femme ? être son mari, n'est-ce pas avoir déjà un procès tout établi contre elle ? Tout mari est plaideur, monsieur, ou il se défend, ou il attaque : quelquefois le procès ne passe pas la maison, quelquefois il éclate, et le mien a éclaté.

Je n'ai jamais voulu me marier, dit alors l'officier; je ne sais si j'ai bien ou mal fait, mais jusqu'ici je ne m'en repens pas. Que vous êtes heureux, reprit l'autre, je voudrais bien être à votre place. Je m'étais pourtant promis de rester garçon; j'avais même résisté à nombre de tentations qui méritaient plus de m'emporter que celle à laquelle j'ai succombé; je n'y comprends rien, on ne sait comment cela arrive : j'étais amoureux, mais fort doucement et de moitié moins que je ne l'avais été ailleurs; cependant j'ai épousé.

C'est que sans doute la personne était riche ? dit le jeune homme. Non, reprit-il, pas plus riche qu'une autre, et même pas si jeune. C'était une grande fille de trente-deux à trente-trois ans, et j'en avais quarante. Je plaidais contre un certain neveu que j'ai, grand chicaneur, avec qui je n'ai pas fini, et que je ruinerai comme un fripon qu'il est, dussé-je y manger jusqu'à mon dernier sol; mais c'est une histoire à part que je vous conterai si nous avons le temps.

Mon démon (c'est de ma femme dont je parle) était parente d'un de mes juges : je la connaissais, j'allai la prier de solliciter pour moi; et comme une visite en attire une autre, je lui en rendis de si fréquentes, qu'à la fin je la voyais tous les jours sans trop savoir pourquoi, par habitude : nos familles se convenaient, elle avait du bien ce qui m'en fallait; le bruit courut que je l'épousais, nous en rîmes tous deux. Il faudra pourtant nous voir moins souvent pour faire cesser ce bruit-là, à la fin on dirait pis, me dit-elle en riant. Eh pourquoi ? repris-je : j'ai envie de vous aimer, qu'en dites-vous ? le voulez-vous bien ? Elle ne me répondit ni oui ni non.

J'y retournai le lendemain, toujours en badinant de cet amour que je disais vouloir prendre, et qui, à ce que je crois, était tout pris, ou qui venait sans que je m'en aperçusse; je ne le sentais pas; je ne lui ai jamais dit : Je vous aime. On n'a jamais rien vu d'égal à ce misérable amour d'habitude qui n'avertit point, et qui me met encore en colère toutes les fois que j'y songe; je ne saurais digérer mon aventure. Imaginez-vous que quinze jours après, un homme veuf, fort à son aise, plus âgé que moi, s'avisa de faire la cour à ma belle, que j'appelle belle en plaisantant car il y a cent mille visages comme le sien, auxquels on ne prend pas garde; et excepté de grands yeux de prude[1] qu'elle a, et qui ne sont pourtant pas si beaux qu'ils le paraissent, c'est une mine assez commune, et qui n'a vaillant que de la blancheur.

Cet homme dont je vous parle me déplut; je le trouvais toujours là, cela me mit de mauvaise humeur; je n'étais jamais de son avis, je le brusquais volontiers; il y a des gens qui ne reviennent point, et c'est à quoi j'attribuai mon éloi-

---

1. Sur ces « yeux de prude », voir p. 142, la notation d'un détail analogue à propos de M^me de Ferval.

gnement pour lui; voilà tout ce que j'y compris, et je me trompais encore : c'est que j'étais jaloux. Cet homme apparemment s'ennuyait d'être veuf; il parla d'amour, et puis de mariage; je le sus, je l'en haïs davantage, et toujours de la meilleure foi du monde.

Est-ce que vous voulez épouser cet homme-là ? dis-je à cette fille. Mes parents et mes amis me le conseillent, me dit-elle; de son côté, il me presse, et je ne sais que faire, je ne suis encore déterminée à rien. Que me conseillez-vous vous-même ? Moi rien, lui dis-je en boudant, vous êtes votre maîtresse; épousez, mademoiselle, épousez, puisque vous en avez envie. Eh mon Dieu, monsieur, me dit-elle en me quittant, comme vous me parlez, si vous ne vous souciez pas des gens, du moins dispensez-vous de le dire. Pardi, mademoiselle, c'est vous qui ne vous souciez pas d'eux, répondis-je. Plaisante déclaration d'amour, comme vous voyez : c'est pourtant la plus forte que je lui ai faite, encore m'échappa-t-elle, et n'y fis-je aucune réflexion; après quoi je m'en allai chez moi tout rêveur. Un de mes amis vint m'y voir sur le soir. Savez-vous, me dit-il, qu'on doit demain passer un contrat de mariage entre mademoiselle une telle et M. de ... ? Je sors de chez elle; tous les parents y sont actuellement assemblés; il ne paraît pas qu'elle en soit fort empressée, elle; je l'ai même trouvée triste, n'en seriez-vous pas cause ?

Comment ! m'écriai-je sans répondre à la question, on parle de contrat ? Eh mais, mon ami, je crois que je l'aime, je l'aurais aussi bien épousée qu'un autre, et je voudrais de tout mon cœur empêcher ce contrat-là.

Eh bien ! me dit-il, il n'y a point de temps à perdre; courez chez elle; voyez ce qu'elle vous dira. Les choses sont peut-être trop avancées, repris-je le cœur ému, et si vous aviez la bonté d'aller vous-même lui parler pour moi, vous me feriez grand plaisir, ajoutai-je d'un air niais et honteux.

Volontiers, me dit-il, attendez-moi ici, j'y vais tout à l'heure, et je reviendrai sur-le-champ vous rendre sa réponse.

Il y alla donc, lui dit que je l'aimais, et que je demandais la préférence sur l'autre. Lui ? répondit-elle; voilà qui est plaisant, il m'en a fait un secret, dites-lui qu'il vienne, nous verrons.

A cette réponse que mon ami me rendit, j'accourus; elle passa dans une chambre à part où je lui parlai.

Que me vient donc conter votre ami ? me dit-elle avec ses grands yeux assez tendres; est-ce que vous songez à moi ? Eh ! vraiment oui, répondis-je décontenancé. Eh ! que ne le disiez-vous donc ? me répondit-elle; comment faire à présent ? vous m'embarrassez.

Là-dessus je lui pris la main. Vous êtes un étrange homme ajouta-t-elle. Eh pardi, lui dis-je, est-ce que je ne vaux pas bien l'autre ? Heureusement qu'il vient de sortir, dit-elle; il y a d'ailleurs une petite difficulté pour le contrat, et il faut voir si on ne pourra pas en profiter; il n'y a plus que mes parents là-dedans, entrons.

Je la suivis; je parlai à ses parents que je rangeai de mon parti; la demoiselle était de bonne volonté, et quelqu'un d'eux, pour finir sur-le-champ, proposa d'envoyer chercher le notaire.

Je ne pouvais pas dire non; et vite, et vite; on part, le notaire arrive; la tête me tourna de la rapidité avec laquelle on y allait : on me traita comme on voulut, j'étais pris; je signai, on signa, et puis des dispenses de bans. Pas le moindre petit mot d'amour au milieu de cela; et puis je l'épouse, et le lendemain des noces je fus tout surpris de me trouver marié; avec qui ? du moins est-ce avec une personne fort raisonnable, disais-je en moi-même.

Oui, ma foi, raisonnable, c'était bien la connaître; savez-vous ce qu'elle devint au bout de trois mois, cette fille que j'avais cru si sensée ? Une bigote de mauvaise humeur, sérieuse, quoique babillarde, car elle allait toujours critiquant mes discours et mes actions : enfin une folle grave, qui ne me montra plus qu'une longue mine austère, qui se coiffa de la triste vanité de vivre en recluse; non pas au profit de sa maison qu'elle abandonnait : elle aurait cru se dégrader par le soin de son ménage, et elle ne donnait pas dans une piété si vulgaire et si unie; non, elle ne se tenait chez elle que pour passer sa vie dans une oisiveté contemplative, que pour vaquer à de saintes lectures dans un cabinet dont elle ne sortait qu'avec une tristesse dévote et précieuse sur le visage comme si c'était un mérite devant Dieu que d'avoir ce visage-là.

Et puis madame se mêlait de raisonner de religion; elle avait des *sentiments, elle parlait de doctrine, c'était une théologienne.

Je l'aurais pourtant laissé faire, s'il n'y avait eu que cela, mais cette théologienne était fâcheuse et incommode.

Retenais-je un ami à dîner, madame ne voulait pas manger avec ce profane; elle était indisposée, et dînait à part dans sa chambre, où elle demandait pardon à Dieu du libertinage de ma conduite.

Il fallait être moine, ou du moins prêtre ou bigote comme elle, pour être convive chez moi; j'avais toujours quelque capuchon ou quelque soutane à ma table. Je ne dis pas que ce ne fussent d'honnêtes gens; mais ces honnêtes gens-là ne sont pas faits pour être les camarades d'honnêtes gens comme nous, et ma maison n'était ni un couvent ni une église, ni ma table un réfectoire.

Et ce qui m'impatientait, c'est qu'il n'y avait rien d'assez friand pour ces grands serviteurs de Dieu, pendant que je ne faisais qu'une chère ordinaire à mes amis mondains et pécheurs : vous voyez qu'il n'y avait ni bon sens, ni morale à cela[1].

Eh bien, messieurs, je vous en dis là beaucoup, mais je m'y étais fait, j'aime la paix, et sans un commis que j'avais...

Un commis, s'écria le jeune homme en l'interrompant; ceci est considérable.

Oui, dit-il, j'en devins jaloux, et Dieu veuille que j'aie eu tort de l'être. Les amis de mon épouse ont traité ma jalousie de malice et de calomnie, et m'ont regardé comme un méchant d'avoir soupçonné une si vertueuse femme de galanterie, une femme qui ne visitait que les églises, qui n'aimait que les sermons, les offices et les saluts; voilà qui est à merveille, on dira ce qu'on voudra.

---

1. Cette esquisse de la dévote et de ses amis sera reprise et longuement développée par le continuateur anonyme de Marivaux, sixième partie,  p. 319 et suiv.

Tout ce que je sais, c'est que ce commis dont j'avais besoin à cause de ma charge, qui était le fils d'une femme de chambre de *défunt sa mère, un grand benêt sans esprit, que je gardais par complaisance, assez beau garçon au surplus et qui avait la mine d'un prédestiné, à ce qu'elle disait[1].

Ce garçon, dis-je, faisait ordinairement ses commissions, allait savoir de sa part comment se portait le père un tel, la mère une telle, monsieur celui-ci, monsieur celui-là, l'un curé, l'autre vicaire, l'autre chapelain, ou simple ecclésiastique; et puis venait lui rendre réponse, entrait dans son cabinet, y causait avec elle, lui plaçait un tableau, un agnus, un reliquaire; lui portait des livres, quelquefois les lui lisait.

Cela m'inquiétait, je jurais de temps en temps. Qu'est-ce que c'est donc que cette piété *hétéroclite ? disais-je; qu'est-ce que c'est qu'une sainte qui m'enlève mon commis ? Aussi l'union entre elle et moi n'était-elle pas édifiante ?

Madame m'appelait sa croix, sa tribulation; moi, je l'appelais du premier nom qui me venait, je ne choisissais pas. Le commis me fâchait, je ne m'y accoutumais point. L'envoyais-je un peu loin ? je le fatiguais. En vérité, disait-elle avec une charité qui, je crois, ne fera point le profit de son âme, en vérité, il tuera ce pauvre garçon.

Cet animal tomba malade, et la fièvre me prit à moi le lendemain.

Je l'eus violente; c'étaient mes domestiques qui me servaient, et c'était madame qui servait ce butor.

Monsieur est le maître, disait-elle là-dessus, il n'a qu'à ordonner pour avoir tout ce qu'il lui faut, mais ce garçon, qui est-ce qui en aura soin, si je l'abandonne ? Ainsi c'était encore par charité qu'elle me laissait là.

Son impertinence me sauva peut-être la vie. J'en fus si outré que je guéris de fureur; et dès que je fus sur pied, le premier signe de convalescence que je donnai, ce fut de

---

1. Nous respectons la disposition des éditions anciennes, qui commencent ici un nouvel alinéa. On a des exemples analogues pp. 68 et 86, et encore ci-après p. 202.

mettre l'objet de sa charité à la porte; je l'envoyai se rétablir ailleurs. Ma béate en frémit de rage, et s'en vint comme une furie m'en demander raison.

Je sens bien vos motifs, me dit-elle; c'est une insulte que vous me faites, monsieur, l'indignité de vos soupçons est visible, et Dieu me vengera, monsieur, Dieu me vengera.

Je reçus mal ses prédictions; elle les fit en furieuse, j'y répondis presque en brutal. Eh ! morbleu ! lui dis-je, ce ne sera pas la sortie de ce coquin-là qui me brouillera avec Dieu. Allons, retirez-vous avec votre piété équivoque; ne m'échauffez pas la tête, et laissez-moi en repos.

Que fit-elle ? Nous avions une petite femme de chambre dans la maison, assez gentille, et fort bonne enfant, qui ne plaisait pas à madame, parce qu'elle était, je pense, plus jeune et plus jolie qu'elle, et que j'en étais assez content. Je serais peut-être mort dans ma maladie sans elle.

La pauvre petite fille me consolait quelquefois des bizarreries de ma femme, et m'apaisait quand j'étais en colère; ce qui faisait que, de mon côté, je la soutenais et que j'avais de la bienveillance pour elle. Je l'ai même gardée, parce qu'elle est entendue, et qu'elle m'est extrêmement utile.

Or ma femme, après qu'on eut dîné, la fit venir dans sa chambre, prit je ne sais quel prétexte pour la quereller, la souffleta sur quelque réponse, lui reprocha cet air de bonté que j'avais pour elle, et la chassa.

Nanette (c'est le nom de cette jeune fille) vint prendre congé de moi *toute en pleurs, me conta son aventure et son soufflet.

Et comme je vis que, dans tout cela, il n'y avait qu'une malice vindicative de la part de ma femme : Va, va, lui dis-je, laisse-la faire, tu n'as qu'à rester, Nanette, je me charge du reste.

Ma femme éclata, ne voulut plus la voir : mais je tins bon, il faut être le maître chez soi, surtout quand on a raison de l'être.

Ma résistance n'adoucit pas l'aigreur de notre commerce; nous nous parlions quelquefois, mais pour nous quereller.

Vous observerez, s'il vous plaît, que j'avais pris un autre

commis, qui était l'aversion de ma femme, elle ne pouvait pas le souffrir; aussi le harcelait-elle à propos de rien, et le tout pour me chagriner; mais il ne s'en souciait guère, je lui avais dit de n'y pas prendre garde, et il suivait exactement mes intentions, il ne l'écoutait pas.

J'appris quelques jours après que ma femme avait envie de me pousser à bout.

Dieu me fera peut-être la grâce que ce brutal-là me frappera, disait-elle en parlant de moi; je le sus : Oh ! que non, lui dis-je; ne vous y attendez pas; soyez convaincue que je ne vous ferai pas ce plaisir-là; pour des mortifications, vous en aurez; elles ne vous manqueront pas, j'en fais vœu, mais voilà tout.

Mon vœu me porta malheur, il ne faut jamais jurer de rien. Malgré mes louables résolutions, elle m'excéda tant un jour, me dit dévotement des choses si piquantes, enfin le diable me tenta si bien, qu'au souvenir de ses impertinences et du soufflet qu'elle avait donné à Nanette à cause de moi, il m'échappa de lui en donner un en présence de quelques témoins de ses amis.

Cela partit plus vite qu'un éclair; elle sortit sur-le-champ, m'attaqua en justice, et depuis ce temps-là nous plaidons à mon grand regret : car cette sainte personne, en dépit du commis que j'ai mis sur son compte, et qu'il a bien fallu citer, pourrait bien gagner son procès, si je ne trouve pas de puissants amis, et je vais en chercher à Versailles.

Ce soufflet-là m'inquiète pour vous, lui dit notre jeune homme quand il eut fini; je crains qu'il ne nuise à votre cause. Il est vrai que ce commis est un article dont je n'ai pas meilleure idée que vous; je vous crois assurément très maltraité à cet égard, mais c'est une affaire de conscience que vous ne sauriez prouver, et ce malheureux soufflet a eu des témoins.

Tout doux, monsieur, répondit l'autre d'un air chagrin, laissons là les réflexions sur le commis, s'il vous plait, je les ferai bien moi-même, sans que personne les fasse : ne vous embarrassez pas, le soufflet ira comme il pourra, je ne suis fâché à présent que de n'en avoir donné qu'un; quant au reste, supprimons le commentaire. Il n'y a peut-être pas tant de mal qu'on le croirait bien dans l'affaire du commis ; j'ai mes raisons pour crier. Ce commis était un sot ; ma femme a bien pu l'aimer sans le savoir elle-même, et offenser Dieu dans le fond, sans que j'y aie rien perdu dans la forme. Et en un mot, qu'il y ait du mal ou non, quand je dis qu'il y en a, le meilleur est de me laisser dire.

Sans doute, dit l'officier pour le calmer : en doit-on croire un mari fâché ? il est si sujet à se tromper ! Je ne vois moi-même, dans le récit que vous venez de nous faire, qu'une femme insociable et misanthrope, et puis c'est tout.

Changeons de discours, et sachons un peu ce que nos deux jeunes gens vont faire à Versailles, ajouta-t-il en s'adressant au jeune homme et à moi. Pour vous, monsieur, qui sortez à peine du collège, me dit-il, vous n'y allez apparemment que pour vous divertir ou que par curiosité.

Ni pour l'un ni pour l'autre, répondis-je, j'y vais demander un emploi à quelqu'un qui est dans les affaires. Si les hommes vous en refusent, appelez-en aux femmes, reprit-il en badinant.

Et vous, monsieur (c'était au jeune homme à qui il parlait), avez-vous des affaires où nous allons ?

J'y vais voir un seigneur à qui je donnai dernièrement un livre qui vient de paraître, et dont je suis l'auteur, dit-il[1]. Ah oui ! reprit l'officier ; c'est le livre dont nous parlions l'autre jour, lorsque nous dînâmes ensemble. C'est cela même, répondit le jeune homme. L'avez-vous lu, monsieur ? ajouta-t-il.

Oui, je le rendis hier à un de mes amis qui me l'avait prêté, dit l'officier. Eh bien ! monsieur, dites-moi ce que vous en pensez, je vous prie, répondit le jeune homme. Que feriez-vous de mon sentiment ? dit l'officier ; il ne

---

1. Ce personnage est Crébillon fils, né en 1707, et alors âgé par conséquent de 27 ans ; l'ouvrage est *Tanzaï et Néadarné*, qui le fit mettre à la Bastille. On trouvera un échantillon de ce roman dans les notes de *La Vie de Marianne* (édit. Garnier, p. 583, n. 2). Voir aussi l'*Introduction* et la *Chronologie* du présent volume (pp. IX et LXXII), ainsi que les notes qui suivent.

déciderait de rien, monsieur. Mais encore, dit l'autre en le
pressant beaucoup, comment le trouvez-vous ?

En vérité, monsieur, reprit le militaire, je ne sais que
vous en dire, je ne suis guère en état d'en juger, ce n'est
pas un livre fait pour moi, je suis trop vieux.

Comment trop vieux ! reprit le jeune homme. Oui,
dit l'autre, je crois que dans une grande jeunesse on peut
avoir du plaisir à le lire : tout est bon à cet âge où l'on ne
demande qu'à rire, et où l'on est si avide de joie qu'on la
prend comme on la trouve, mais nous autres barbons, nous
y sommes un peu plus difficiles ; nous ressemblons là-dessus
à ces friands dégoûtés que les mets grossiers ne tentent
point, et qu'on n'excite à manger qu'en leur en donnant de
fins et de choisis. D'ailleurs, je n'ai point vu le dessein de
votre livre, je ne sais à quoi il tend, ni quel en est le but.
On dirait que vous ne vous êtes pas donné la peine de chercher des idées, mais que vous avez pris seulement toutes
les imaginations qui vous sont venues, ce qui est différent :
dans le premier cas, on travaille, on rejette, on choisit ;
dans le second, on prend ce qui se présente, quelque étrange
qu'il soit, et il se présente toujours quelque chose ; car je
pense que l'esprit fournit toujours, bien ou mal.

Au reste, si les choses purement extraordinaires peuvent
être curieuses, si elles sont plaisantes à force d'être libres,
votre livre doit plaire ; si ce n'est à l'esprit, c'est du moins
aux sens ; mais je crois encore que vous vous êtes trompé
là-dedans, faute d'expérience, et sans compter qu'il n'y a
pas grand mérite à intéresser de cette dernière manière, et
que vous m'avez paru avoir assez d'esprit pour réussir par
d'autres voies, c'est qu'en général ce n'est pas connaître les
lecteurs que d'espérer de les toucher beaucoup par là. Il
est vrai, monsieur, que nous sommes naturellement liber-
tins, ou pour mieux dire corrompus ; mais en fait d'ouvrages
d'esprit, il ne faut pas prendre cela à la lettre, ni nous
traiter d'emblée sur ce pied-là. Un lecteur veut être ménagé.
Vous, auteur, voulez-vous mettre sa corruption dans vos
intérêts ? allez-y doucement du moins, apprivoisez-la, mais
ne la poussez pas à bout.

Ce lecteur aime pourtant les licences, mais non pas les

licences extrêmes, excessives; celles-là ne sont supportables que dans la réalité, qui en adoucit l'effronterie; elles ne sont à leur place que là, et nous les y passons, parce que nous y sommes plus hommes qu'ailleurs; mais non pas dans un livre, où elles deviennent plates, sales et rebutantes, à cause du peu de convenance qu'elles ont avec l'état tranquille d'un lecteur.

Il est vrai que ce lecteur est homme aussi, mais c'est alors un homme en repos, qui a du goût, qui est délicat, qui s'attend qu'on fera rire son esprit, qui veut pourtant bien qu'on le débauche, mais *honnêtement, avec des façons, et avec de la décence.

Tout ce que je dis là n'empêche pas qu'il n'y ait de jolies choses dans votre livre, assurément j'y en ai remarqué plusieurs de ce genre.

A l'égard de votre style, je ne le trouve point mauvais, à l'exception qu'il y a quelquefois des phrases allongées, lâches, et par là confuses, embarrassées; ce qui vient apparemment de ce que vous n'avez pas assez débrouillé vos idées, ou que vous ne les avez pas mises dans un certain ordre. Mais vous ne faites que commencer, monsieur, et c'est un petit défaut dont vous vous corrigerez en écrivant, aussi bien que de celui de critiquer les autres, et surtout de les critiquer de ce ton aisé et badin que vous avez tâché d'avoir, et avec cette confiance dont vous rirez vous-même, ou que vous vous reprocherez, quand vous serez un peu plus philosophe, et que vous aurez acquis une certaine façon de penser plus mûre et plus digne de vous. Car vous aurez plus d'esprit que vous n'en avez, au moins j'ai vu de vous des choses qui le promettent[1]; vous ne ferez pas même grand cas de celui que vous avez eu jusqu'ici, et à peine en ferez-vous un peu de tout celui qu'on peut avoir : voilà du moins comment sont ceux qui ont le plus écrit, à ce qu'on leur entend dire.

Je ne vous parle de critique, au reste, qu'à l'occasion de celle que j'ai vue dans votre livre, et qui regarde un des

---

1. *Les Lettres de la marquise de M\*\*\* au comte de R\*\*\**, antérieures de deux ans à *Tanzaï et Néadarné*, ne sont pas en effet sans mérite.

convives (et il le nomma) qui était avec nous le jour que
nous dînâmes ensemble, et je vous avoue que j'ai été surpris
de trouver cinquante ou soixante pages de votre ouvrage
pesamment employées contre lui; en vérité je voudrais bien,
pour l'amour de vous, qu'elles n'y fussent pas[1].

Mais nous voici arrivés, vous m'avez demandé mon
sentiment; je vous l'ai dit en homme qui aime vos talents,
et qui souhaite vous voir un jour l'objet d'autant de critiques qu'on en a fait contre celui dont nous parlons.
Peut-être n'en serez-vous pas pour cela plus habile homme
qu'il l'est; mais du moins ferez-vous alors la figure d'un
homme qui paraîtra valoir quelque chose[2].

Voilà par où finit l'officier, et je rapporte son discours à
peu près comme je le compris alors.

Notre voiture arrêta là-dessus, nous descendîmes, et
chacun se sépara.

Il n'était pas encore midi, et je me hâtai d'aller porter
ma lettre à M. de Fécour, dont je n'eus pas de peine à
apprendre la demeure; c'était un homme dans d'assez
grandes affaires, et extrêmement connu des ministres.

Il me fallut traverser plusieurs cours pour arriver jusqu'à
lui, et enfin on m'introduisit dans un grand cabinet où je
le trouvai en assez nombreuse compagnie.

M. de Fécour paraissait avoir cinquante-cinq à soixante
ans; un assez grand homme de peu d'embonpoint, très
brun de visage; d'un sérieux, non pas à glacer, car ce
sérieux-là est naturel, et vient du caractère de l'esprit[3].

---

1. Il s'agit du discours de la taupe Moustache, qui représente
Marianne, et symbolise la « myopie » de Marivaux. Il occupe trois
chapitres du roman (liv. III, chap. IV, V et VI), soit plus de soixante
pages de l'édition en deux volumes de 1734 (t. II, pp. 47-124).

2. Il est difficile de donner une leçon sur un ton plus ferme et
plus digne que ne le fait ici Marivaux. Toute sa critique de *Tanzaï
et Néadarné* est excellente. Il reproche fort justement au roman de
Crébillon une bizarrerie gratuite, une inconvenance maladroite et
grossière, un style souvent lâche et confus. On ne peut s'empêcher
de croire que Crébillon fut sensible à ces critiques, car ces défauts
sont corrigés dans les œuvres ultérieures précisément dans le sens
qu'indique Marivaux.

3. Disposition originale des alinéas. Cf. p. 68, note 1.

Mais le sien glaçait moins qu'il n'humiliait : c'était un air fier et hautain qui vient de ce qu'on songe à son importance et qu'on veut la faire respecter.

Les gens qui nous approchent sentent ces différences-là plus ou moins confusément; nous nous connaissons tous si bien en orgueil, que personne ne saurait nous faire un secret du sien; c'est quelquefois même sans y penser la première chose à quoi l'on regarde en abordant un inconnu.

Quoi qu'il en soit, voilà l'impression que me fit M. de Fécour. Je m'avançai vers lui d'un air fort humble; il écrivait une lettre, je pense, pendant que sa compagnie causait.

Je lui fis mon compliment avec cette émotion qu'on a quand on est un petit personnage, et qu'on vient demander une grâce à quelqu'un d'important qui ne vous aide ni ne vous encourage, qui ne vous regarde point; car M. de Fécour entendit tout ce que je lui dis sans jeter les yeux sur moi.

Je tenais ma lettre, que je lui présentais et qu'il ne prenait point, et son peu d'attention me laissait dans une posture qui était risible, et dont je ne savais pas comment me remettre.

Il y avait d'ailleurs là cette compagnie dont j'ai parlé, et qui me regardait; elle était composée de trois ou quatre messieurs, dont pas un n'avait une mine capable de me réconforter.

C'était de ces figures, non pas magnifiques, mais opulentes, devant qui la mienne était si ravalée, malgré ma petite doublure de soie ! Tous gens d'ailleurs d'un certain âge, pendant que je n'avais que dix-huit ans, ce qui n'était pas un article si indifférent qu'on le croirait; car si vous aviez vu de quel air ils m'observaient, vous auriez jugé que ma jeunesse était encore un motif de confusion pour moi.

A qui en veut ce polisson-là avec sa lettre ? semblaient-ils me dire par leurs regards libres, hardis, et pleins d'une curiosité sans façon[1].

---

1. La réception faite ici à Jacob rappelle une scène sur laquelle Marivaux avait exercé son esprit de moraliste dans *Le Spectateur*

De sorte que j'étais là comme un spectacle de mince valeur, qui leur fournissait un moment de distraction, et qu'ils s'amusaient à mépriser en passant.

L'un m'examinait superbement de côté; l'autre, se promenant dans ce vaste cabinet, les mains derrière le dos, s'arrêtait quelquefois auprès de M. de Fécour qui continuait d'écrire, et puis se mettait de là à me considérer commodément et à son aise.

Figurez-vous la contenance que je devais tenir.

L'autre, d'un air pensif et occupé, fixait les yeux sur moi comme sur un meuble ou sur une muraille, et de l'air d'un homme qui ne songe pas à ce qu'il voit.

Et celui-là, pour qui je n'étais rien, m'embarrassait tout autant que celui pour qui j'étais si peu de chose. Je sentais fort bien que je n'y gagnais pas plus de cette façon que d'une autre.

Enfin j'étais pénétré d'une confusion intérieure. Je n'ai jamais oublié cette scène-là; je suis devenu riche aussi, et pour le moins autant qu'aucun de ces messieurs dont je parle ici; et je suis encore à comprendre qu'il y ait des hommes dont l'âme devienne aussi cavalière que je le dis là, pour celle de quelque homme que ce soit.

A la fin pourtant M. de Fécour finit sa lettre, de sorte que tendant la main pour avoir celle que je lui présentais : Voyons, me dit-il; et tout de suite : Quelle heure est-il, messieurs ? Près de midi, répondit négligemment celui qui

---

*français.* Un grand seigneur écoute à peine un « honnête homme » qui a quelque grâce à lui demander, et le quitte sans presque lui répondre. Les personnages qui l'entourent sont décrits à peu près dans les mêmes termes qu'ici : « En faisant cette réflexion, je voyais dans la même salle des hommes d'une physionomie libre et hardie, d'une démarche ferme, d'un regard brusque et aisé : je leur devinais un cœur dur, à travers l'air tranquille et satisfait de leur visage : il n'y avait pas jusqu'à leur embonpoint qui ne me choquât. Celui-ci, disais-je, est vêtu simplement; mais dans un goût de simplicité garant de son opulence : et l'on voit bien à son habit, que son équipage et ses valets l'attendent à la porte. L'or et l'argent brillent sur les habits de cet autre. Ne rougit-il pas d'étaler sur lui plus de biens que je n'ai de revenus? Non, disais-je, il n'en rougit pas... » (Première feuille).

se promenait en long, pendant que M. de Fécour déca-
chetait la lettre qu'il lut assez rapidement.

Fort bien, dit-il après l'avoir lue; voilà le cinquième
homme, depuis dix-huit mois, pour qui ma belle-sœur
m'écrit ou me parle, et que je place; je ne sais où elle va
chercher tous ceux qu'elle m'envoie, mais elle ne finit point,
et en voici un qui m'est encore plus recommandé que les
autres. L'originale femme, tenez, vous la reconnaîtrez bien
à ce qu'elle m'écrit, ajouta-t-il en donnant la lettre à un de
ces messieurs.

Et puis : Je vous placerai, me dit-il, je m'en retourne
demain à Paris, venez me trouver le lendemain.

Là-dessus, j'allais prendre congé de lui, quand il m'arrêta.

Vous êtes bien jeune, me dit-il; que savez-vous faire ?
Rien, je gage.

Je n'ai encore été dans aucun emploi, monsieur, lui
répondis-je. Oh ! je m'en doutais bien, reprit-il, il ne m'en
vient point d'autre de sa part; et ce sera un grand bonheur
si vous savez écrire.

Oui, monsieur, dis-je en rougissant, je sais même un peu
d'arithmétique. Comment donc ! s'écria-t-il en plaisantant,
vous nous faites trop de grâce. Allez, jusqu'à après-demain.

Sur quoi je me retirais avec l'agrément de laisser ces
messieurs riant de tout leur cœur de mon arithmétique, et
de mon écriture, quand il vint un laquais qui dit à M. de
Fécour qu'une appelée madame une telle (c'est ainsi qu'il
s'expliqua) demandait à lui parler.

Ah ! ah ! répondit-il, je sais qui elle est; elle arrive fort
à propos, qu'elle entre : et vous, restez (c'était à moi à qui
il parlait).

Je restai donc, et sur-le-champ deux dames entrèrent
qui étaient modestement vêtues, dont l'une était une jeune
personne de vingt ans, accompagnée d'une femme d'environ cinquante.

Toutes deux d'un air fort triste, et encore plus suppliant.

Je n'ai vu de ma vie rien de si distingué ni de si touchant
que la physionomie de la jeune; on ne pouvait pourtant
pas dire que ce fût une belle femme; il faut d'autres traits
que ceux-là pour faire une beauté.

Figurez-vous un visage qui n'a rien d'assez brillant ni d'assez régulier pour surprendre les yeux, mais à qui rien ne manque de ce qui peut surprendre le cœur, de ce qui peut inspirer du respect, de la tendresse et même de l'amour ; car ce qu'on sentait pour cette jeune personne était mêlé de tout ce que je dis là.

C'était, pour ainsi dire, une âme qu'on voyait sur ce visage, mais une âme noble, vertueuse et tendre, et par conséquent charmante à voir.

Je ne dis rien de la femme âgée qui l'accompagnait, et qui n'intéressait que par sa modestie et par sa tristesse.

M. de Fécour, en me congédiant, s'était levé de sa place et causait debout au milieu du cabinet avec ces messieurs ; il salua assez négligemment la jeune dame qui l'aborda.

Je sais ce qui vous amène, lui dit-il, madame ; j'ai révoqué votre mari, mais ce n'est pas ma faute s'il est toujours malade, et s'il ne peut exercer son emploi ; que voulez-vous qu'on fasse de lui ? ce sont des absences continuelles.

Quoi ! monsieur, lui dit-elle d'un ton fait pour tout obtenir, n'y a-t-il plus rien à espérer ? Il est vrai que mon mari est d'une santé fort faible ; vous avez eu jusqu'ici la bonté d'avoir égard à son état ; faites-nous encore la même grâce, monsieur, ne nous traitez pas avec tant de rigueur (et ce mot de rigueur, dans sa bouche, perçait l'âme), vous nous jetteriez dans un embarras dont vous seriez touché, si vous le connaissiez tout entier ; ne me laissez point dans l'affliction où je suis, et où je m'en retournerais si vous étiez inflexible ! (inflexible, il n'y avait non plus d'apparence qu'on pût l'être ;) mon mari se rétablira ; vous n'ignorez pas qui nous sommes, et le besoin extrême que nous avons de votre protection, monsieur.

Ne vous imaginez pas qu'elle pleura en tenant ce discours ; et je pense que, si elle avait pleuré, sa douleur en aurait eu moins de dignité, en aurait paru moins sérieuse et moins vraie.

Mais la personne qui l'accompagnait, et qui se tenait un peu au-dessous d'elle, avait les yeux mouillés de larmes.

Je ne doutai pas un instant que M. de Fécour ne se

rendît; je trouvais impossible qu'il résistât : hélas, que j'étais neuf ! Il n'en fut pas seulement ému.

M. de Fécour était dans l'abondance; il y avait trente ans qu'il faisait bonne chère; on lui parlait d'embarras, de besoin, d'indigence même, au mot près, et il ne savait pas ce que c'était que tout cela[1].

Il fallait pourtant qu'il eût le cœur naturellement dur, car je crois que la prospérité n'achève d'endurcir que ces cœurs-là[2].

Il n'y a plus moyen, madame, lui dit-il, je ne puis plus m'en dédire, j'ai disposé de l'emploi; voilà un jeune homme à qui je l'ai donné, il vous le dira.

A cette apostrophe qui me fit rougir, elle jeta un regard sur moi, mais un regard qui m'adressait un si doux reproche: Eh quoi ! vous aussi, semblait-il me dire, vous contribuez au mal qu'on me fait ?

Eh ! non, madame, lui répondis-je dans le même langage, si elle m'entendit. Et puis : C'est donc l'emploi du mari de madame que vous voulez que j'aie, monsieur ? dis-je à M. de Fécour. Oui, reprit-il, c'est le même. Je suis votre serviteur, madame.

Ce n'est pas la peine, monsieur, lui répondis-je en l'arrêtant. J'aime mieux attendre que vous m'en donniez un autre quand vous le pourrez; je ne suis pas si pressé, permettez que je laisse celui-là à cet honnête homme; si j'étais à sa place, et malade comme lui, je serais bien aise qu'on en usât envers moi comme j'en use envers lui.

---

1. Marivaux rencontre ici La Bruyère, dans sa critique des partisans : « Champagne, au sortir d'un long dîner qui lui enfle l'estomac, et dans les douces fumées du vin d'Avenay ou de Sillery, signe un ordre qu'on lui présente, qui ôterait le pain à toute une province si l'on n'y remédiait. Il est excusable : quel moyen de comprendre, dans la première heure de la digestion, qu'on puisse ailleurs mourir de faim ? » (*Des biens de la fortune*, 18, édit. Servois, 1865, t. I, p. 251.)

2. Nouvelle réminiscence peut-être de La Bruyère : « Il y a une dureté de complexion; il y en a une autre de complexion et d'état. L'on tire de celle-ci, comme de la première, de quoi s'endurcir sur la misère des autres, dirai-je même de quoi ne pas plaindre les malheurs de sa famille? Un bon financier ne pleure ni ses amis, ni sa femme, ni ses enfants. » (*Ibid.*, 34, pp. 256-257.)

La jeune dame n'appuya point ce discours, ce qui
était un excellent procédé, et les yeux baissés attendit en
silence que M. de Fécour prit son parti, sans abuser par
aucune instance de la générosité que je témoignais, et qui
pouvait servir d'exemple à notre patron.

Pour lui, je m'aperçus que l'exemple l'étonna sans lui
plaire, et qu'il trouva mauvais que je me donnasse les airs
d'être plus sensible que lui.

Vous aimez donc mieux attendre ? me dit-il; voilà qui
est nouveau. Eh bien ! madame, retournez-vous-en, nous
verrons à Paris ce qu'on pourra faire, j'y serai après-demain.
Allez, me dit-il à moi, je parlerai à M<sup>me</sup> de Fécour.

La jeune dame le salua profondément sans rien répliquer;
l'autre femme la suivit, et moi de même, et nous sortîmes
tous trois; mais du ton dont notre homme nous congédia,
je désespérai que mon action pût servir de quelque chose
au mari de la jeune dame, et je vis bien à sa mine qu'elle
n'en augurait pas une meilleure réussite.

Mais voici qui va vous surprendre : un de ces messieurs
qui étaient avec M. de Fécour sortit un moment après nous.

Nous nous étions arrêtés, la jeune dame et moi, sur
l'escalier, où elle me remerciait de ce que je venais de faire
pour elle, et m'en marquait une reconnaissance dont je la
voyais réellement pénétrée.

L'autre dame, qu'elle nommait sa mère, joignait ses
remerciements aux siens, et je présentais la main à la fille
pour l'aider à descendre (car j'avais déjà appris cette petite
politesse, et on se fait honneur de ce qu'on sait), quand
nous vîmes venir à nous celui de ces messieurs dont je
vous ai parlé, et qui s'approchant de la jeune dame : Ne
dînez-vous pas à Versailles avant que de vous en retourner,
madame ? lui dit-il en bredouillant et d'un ton brusque.

Oui, monsieur, répondit-elle. Eh bien ! reprit-il, après
votre dîner, venez me trouver à telle auberge où je vais;
je serais bien aise de vous parler, n'y manquez pas. Venez-y
aussi, vous, me dit-il, et à la même heure, vous n'en serez
pas fâché, entendez-vous ? Adieu, bonjour ! Et puis il
passa son chemin.

Or, ce gros et petit homme, car il était l'un et l'autre,

aussi bien que bredouilleur, était celui dont j'avais été le moins mécontent chez M. de Fécour, celui dont la contenance m'avait paru la moins fâcheuse : il est bon de remarquer cela chemin faisant.

Soupçonnez-vous ce qu'il nous veut ? me dit la jeune dame. Non, madame, lui répondis-je; je ne sais pas même qui il est; voilà la première fois de ma vie que je le vois.

Nous arrivâmes au bas de l'escalier en nous entretenant ainsi, et j'allais à regret prendre congé d'elle; mais au premier signe que j'en donnai : Puisque vous et ma fille devez vous rendre tantôt au même endroit, ne nous quittez pas, monsieur, me dit la mère, et faites-nous l'honneur de venir dîner avec nous; aussi bien, après le service que vous avez tâché de nous rendre, serions-nous mortifiées de ne connaître qu'en passant un aussi honnête homme que vous.

M'inviter à cette partie, c'était deviner mes désirs. Cette jeune dame avait un charme secret qui me retenait auprès d'elle, mais je ne croyais que l'estimer, la plaindre, et m'intéresser à ce qui la regardait.

D'ailleurs, j'avais eu un bon procédé pour elle, et on se plaît avec les gens dont on vient de mériter la reconnaissance. Voilà bonnement tout ce que je comprenais au plaisir que j'avais à la voir; car *pour d'amour ni d'aucun sentiment approchant, il n'en était pas question dans mon esprit; je n'y songeais pas.

Je m'applaudissais même de mon affection pour elle, comme d'un attendrissement louable, comme d'une vertu, et il y a de la douceur à se sentir vertueux; de sorte que je suivis ces dames avec une innocence d'intention admirable, et en me disant intérieurement : Tu es un honnête homme.

Je remarquai que la mère dit quelques mots à part à l'hôtesse, pour ordonner sans doute quelque apprêt; je n'osai lui montrer que je soupçonnais son intention, ni m'y opposer, j'eus peur que ce ne fût pas savoir vivre.

Un quart d'heure après on nous servit, et nous nous mîmes à table.

Plus je regarde monsieur, disait la mère, et plus je lui trouve une physionomie digne de ce qu'il a fait chez M. de Fécour. Eh ! mon Dieu, madame, lui répondis-je, qui est-ce qui n'en aurait pas fait autant que moi, en voyant madame dans la douleur où elle était ? Qui est-ce qui ne voudrait pas la tirer de peine ? Il est bien triste de ne pouvoir rien, quand on rencontre des personnes dans l'affliction; et surtout des personnes aussi estimables qu'elle l'est. Je n'ai de ma vie été si touché que ce matin, j'aurais pleuré de bon cœur si je ne m'en étais pas empêché.

Ce discours, quoique fort simple, n'était plus d'un paysan, comme vous voyez; on n'y sentait plus le jeune homme de village, mais seulement le jeune homme naïf et bon.

Ce que vous dites ajoute encore une nouvelle obligation à celle que nous vous avons, monsieur, dit la jeune dame en rougissant, sans qu'elle-même sût pourquoi elle rougissait peut-être; à moins que ce ne fût de ce que je m'étais attendri dans mes expressions, et de ce qu'elle avait peur d'en être trop touchée; et il est vrai que ses regards étaient plus doux que ses discours; elle ne me disait que ce qu'elle voulait, s'arrêtait où il lui plaisait; mais quand elle me regardait, ce n'était plus de même, à ce qu'il me paraissait. Et ce sont là des remarques que tout le monde peut faire, surtout dans les dispositions où j'étais.

De mon côté, je n'avais ni la gaîté ni la vivacité qui m'étaient ordinaires, et pourtant j'étais charmé d'être là; mais je songeais à être \*honnête et respectueux; c'était tout ce que cet aimable visage me permettait d'être; on n'est pas ce qu'on veut avec de certaines mines, il y en a qui vous en imposent.

Je ne finirais point, si je voulais rapporter tout ce que ces dames me dirent d'obligeant, tout ce qu'elles me témoignèrent d'estime.

Je leur demandai où elles demeuraient à Paris, et elles me l'apprirent aussi bien que leur nom, avec une amitié qui prouvait l'envie sincère qu'elles avaient de me voir.

C'était toujours la mère qui répondait la première ; ensuite venait la fille qui appuyait modestement ce qu'elle avait dit, et toujours à la fin de son discours un regard où je voyais plus qu'elle ne me disait.

Enfin notre repas finit; nous parlâmes du rendez-vous que nous avions qui nous paraissait très singulier.

Deux heures sonnèrent, et nous y allâmes; on nous dit que notre homme achevait de dîner, et comme il avait averti ses gens que nous viendrions, on nous fit entrer dans une petite salle où nous l'attendîmes, et où il vint quelques instants après, un cure-dent à la main. Je parle du cure-dent, parce qu'il sert à caractériser la réception qu'il nous fit.

Il faut le peindre. Comme je l'ai déjà dit, un gros homme, d'une taille au-dessous de la médiocre, d'une allure assez pesante, avec une mine de grondeur, et qui avait la parole si rapide, que de quatre mots qu'il disait, il en culbutait la moitié.

Nous le reçûmes avec force révérences, qu'il nous laissa faire tant que nous voulûmes, sans être tenté d'y répondre seulement du moindre salut de tête, et je ne crois pas que ce fût par fierté, mais bien par un pur oubli de toute cérémonie; c'est que cela lui était plus commode, et qu'il avait petit à petit pris ce pli-là, à force de voir journellement des subalternes de son métier.

Il s'avança vers la jeune dame avec le cure-dent, qui, comme vous voyez, accompagnait fort bien la simplicité de son accueil.

Ah bon! lui dit-il, vous voilà, et vous aussi, ajouta-t-il en me regardant; eh bien! qu'est-ce que c'est? Vous êtes donc bien triste, pauvre jeune femme? (On sent bien à qui cela s'adressait.) Qui est cette dame-là avec qui vous êtes? Est-ce votre mère ou votre parente?

Je suis sa fille, monsieur, répondit la jeune personne. Ah! vous êtes sa fille, voilà qui est bien, elle a l'air d'une honnête femme, et vous aussi; j'aime les honnêtes gens, moi. Et ce mari, quelle espèce d'homme est-ce? D'où vient donc qu'il est si souvent malade? Est-ce qu'il est vieux? N'y a-t-il pas un peu de débauche dans son fait?

Toutes questions qui étaient assez dures, et pourtant faites avec la meilleure intention du monde, ainsi que vous le verrez dans la suite, mais qui n'avaient rien de moelleux; c'était presque autant de petits affronts à essuyer pour l'amour-propre.

On dit de certaines gens qu'ils ont la main lourde; cet honnête homme-ci ne l'avait pas légère.

Revenons : c'était du mari dont il s'informait. Il n'est
ni vieux ni débauché, répondit la jeune dame; c'est un
homme de très bonnes mœurs, qui n'a que trente-cinq ans,
et que les malheurs qui lui sont arrivés ont accablé; c'est
le chagrin qui a ruiné sa santé.

Oui-da, dit-il, je le croirais bien, le pauvre homme.
Cela est fâcheux; vous m'avez touché tantôt, aussi bien que
votre mère, j'ai pris garde qu'elle pleurait. Eh! dites-moi,
vous avez donc bien de la peine à vivre, quel âge avez-vous ?

Vingt ans, monsieur, reprit-elle en rougissant. Vingt
ans, dit-il, pourquoi se marier si jeune ? Vous voyez ce
qui en arrive : il vient des enfants, des traverses, on n'a
qu'un petit bien; et puis on souffre, et adieu le ménage.
Ah çà ! n'importe, elle est gentille, votre fille, fort gentille,
ajouta-t-il en parlant à la mère, j'aimerais assez sa figure,
mais ce n'est pas à cause de cela que j'ai eu envie de la voir;
au contraire, puisqu'elle est sage, je veux l'aider, et lui
faire du bien. Je fais grand cas d'une jeune femme qui a
de la conduite, quand elle est jolie et mal à son aise, je
n'en ai guère vu de pareilles; on ne fuit pas les autres, mais
on ne les estime pas. Continuez, madame, continuez d'être
toujours de même. Tenez, je suis aussi fort content de ce
jeune homme-là, oui, très édifié; il faut que ce soit un honnête garçon, de la manière dont il a parlé tantôt, allez, vous
êtes un bon cœur, vous m'avez plu, j'ai de l'amitié pour
vous; ce qu'il a fait chez M. de Fécour est fort beau, il
m'a étonné. Au reste, s'il ne vous donne pas un autre
emploi (c'était à moi à qui il parlait, et de M. de Fécour),
j'aurai soin de vous, je vous le promets; venez me voir
à Paris, et vous de même (c'était la jeune dame que ces
paroles regardaient). Il faut voir à quoi M. de Fécour se
déterminera pour votre mari; s'il le rétablit, à la bonne
heure; mais indépendamment de ce qui en sera, je vous
rendrai service, moi, j'ai des vues qui vous conviendront
et qui vous seront avantageuses. Mais assoyons-nous, êtes-
vous pressée ? il n'est que deux heures et demie, contez-
moi un peu vos affaires, je serai bien aise d'être un peu au
fait. D'où vient est-ce que votre mari a eu des malheurs ?
est-ce qu'il était riche ? de quel pays êtes-vous ?

D'Orléans, monsieur, lui dit-elle. Ah ! d'Orléans, c'est une fort bonne ville, reprit-il; y avez-vous vos parents ? qu'est-ce que c'est que votre histoire ? j'ai encore un quart d'heure à vous donner, et comme je m'intéresse à vous, il est naturel que je sache qui vous êtes, cela me fera plaisir; voyons.

Monsieur, lui dit-elle, mon histoire ne sera pas longue. Ma famille est d'Orléans, mais je n'y ai point été élevée. Je suis la fille d'un gentilhomme peu riche, et qui demeurait avec ma mère à deux lieues de cette ville, dans une terre qui lui restait des biens de sa famille, et où il est mort.

Ah ! ah ! dit M. Bono (c'était le nom de notre patron), la fille d'un gentilhomme : à la bonne heure, mais à quoi cela sert-il quand il est pauvre ? Continuez.

Il y a trois ans que mon mari s'attacha à moi, reprit-elle : c'était un autre gentilhomme de nos voisins. Bon ! s'écria-t-il là-dessus, le voilà bien avancé, avec sa noblesse : après ?

Comme on me trouvait alors quelques agréments... Oui-da, dit-il, on avait raison, ce n'est pas ce qui vous manque; oh ! vous étiez mignonne, et une des plus jolies filles du canton, j'en suis sûr. Eh bien ?

J'étais en même temps recherchée, dit-elle, par un riche bourgeois d'Orléans.

Ah ! passe pour celui-là, reprit-il encore, voilà du solide; c'était ce bourgeois-là qu'il fallait prendre.

Vous allez voir, monsieur, pourquoi je ne l'ai pas pris : il était bien fait, je ne le haïssais pas, non que je l'aimasse; je le souffrais seulement plus volontiers que le gentilhomme, qui avait pourtant autant de mérite que lui; et comme ma mère, qui était la seule dont je dépendais alors, car mon père était mort; comme, dis-je, ma mère me laissait le choix des deux, je ne doute pas que ce léger sentiment de préférence que j'avais pour le bourgeois ne m'eût enfin déterminée en sa faveur, sans un accident qui me fit tout d'un coup pencher du côté de son rival.

On était à l'entrée de l'hiver, et nous nous promenions un jour, ma mère et moi, le long d'une forêt avec ces deux messieurs; je m'étais un peu écartée, je ne sais pour quelle bagatelle à laquelle je m'amusais dans cette campagne, quand un loup furieux, sorti de la forêt, vint à moi en me poursuivant[1].

Jugez de ma frayeur; je me sauvai vers ma compagnie en jetant de hauts cris. Ma mère, épouvantée, voulut se sauver aussi, et tomba de précipitation; le bourgeois s'enfuit, quoiqu'il eût une épée à son côté.

Le gentilhomme seul, tirant la sienne, resta, accourut à moi, fit face au loup et l'attaqua dans le moment qu'il allait se jeter sur moi et me dévorer.

Il le tua, non sans courir risque de la vie, car il fut blessé en plusieurs endroits, et même renversé par le loup, avec qui il se roula longtemps sur la terre sans quitter son épée, dont enfin il acheva ce furieux animal.

Quelques paysans dont les maisons étaient voisines de ce lieu, et qui avaient entendu nos cris, ne purent arriver qu'après que le loup fut tué, et enlevèrent le gentilhomme qui ne s'était pas encore relevé, qui perdait beaucoup de sang, et qui avait besoin d'un prompt secours.

De mon côté, j'étais à six pas de là, tombée et évanouie, aussi bien que ma mère qui était un peu plus loin dans le même état, de sorte qu'il fallut nous emporter tous trois jusqu'à notre maison, dont nous nous étions assez écartés en nous promenant.

Les morsures que le loup avait faites au gentilhomme étaient fort guérissables; mais sur la fureur de cet animal, on eut peur qu'elles n'eussent les suites les plus affreuses; et dès le lendemain ce gentilhomme, tout blessé qu'il était, partit de chez nous pour la mer[2].

Je vous avoue, monsieur, que je restai pénétrée du mépris qu'il avait fait de sa vie pour moi (car il n'avait tenu qu'à lui de se sauver, aussi bien que son rival) et encore pénétrée de voir qu'il ne tirait aucune vanité de son action, qu'il ne s'en faisait pas valoir davantage, et que son amour n'en avait pas pris plus de confiance. Je ne suis

---

1. Les attaques par des loups furieux sont des faits divers de la chronique du temps. Le *Mercure* en entretient parfois ses lecteurs.
2. « C'est un bon remède à la rage que de plonger les gens dans la mer. » (Furetière).

point aimé, mademoiselle, me dit-il, seulement en partant; je n'ai point le bonheur de vous plaire, mais je ne suis point si malheureux puisque j'ai eu celui de vous montrer que rien ne m'est si cher que vous. Personne à présent ne me doit l'être autant que vous non plus, lui répondis-je sans aucun détour, et devant ma mère qui approuva ma réponse.

Oui, oui, dit alors M. Bono, voilà qui est à merveille, il n'y a rien de si beau que ces sentiments-là, quand ce serait pour un roman; je vois bien que vous l'épouserez à cause des morsures; mais tenez j'aimerais encore mieux que ce loup ne fût pas venu; vous vous en seriez bien passée, car il vous fait grand tort : et le bourgeois, à propos court-il encore ? Est-ce qu'il ne revint pas ?

Il osa reparaître dès le soir même, dit la jeune dame. Il revint au logis, et soutint pendant une heure la présence de ce rival blessé; ce qui me le rendit encore plus méprisable que son manque de courage dans le péril où il m'avait abandonnée.

Oh ! ma foi, dit M. Bono, je ne sais que vous dire, serviteur à l'amour en pareil cas. Pour la visite, passe, je la blâme, mais pour ce qui est de sa fuite, c'est une autre affaire; je ne trouve pas qu'il ait si mal fait, moi, c'était là un fort vilain animal, au moins, et votre mari n'était qu'un étourdi dans le fond. Achevez, le gentilhomme revint, et vous l'épousâtes, n'est-ce pas ?

Oui, monsieur, dit la jeune dame; je crus y être obligée.

Ah ! comme vous voudrez, reprit-il là-dessus, mais je regrette le fuyard, il valait mieux pour vous puisqu'il était riche; votre mari était excellent pour tuer des loups, mais on ne rencontre pas toujours des loups sur son chemin, et on a toujours besoin d'avoir de quoi vivre.

Mon mari, quand je l'épousai, dit-elle, avait du bien, il jouissait d'une fortune suffisante. Bon ! reprit-il, suffisante ! A quoi cela va-t-il ? Tout ce qui n'est que suffisant ne suffit jamais; voyons, comment a-t-il perdu cette fortune ?

Par un procès, reprit-elle, que nous avons eu contre un seigneur de nos voisins pour de certains droits; procès qui n'était presque rien d'abord, qui est devenu plus considérable que nous ne l'avions cru, qu'on a gagné contre nous à force crédit, et dont la perte nous a totalement ruinés. Il a fallu que mon mari soit venu à Paris pour tâcher d'obtenir quelque emploi; on le recommanda à M. de Fécour, qui lui en donna un; c'est ce même emploi qu'il lui a ôté ces jours passés, et que vous avez entendu que je lui redemandais. J'ignore s'il le lui rendra, il ne m'a rien dit qui me le promette; mais je pars bien consolée, monsieur, puisque j'ai eu le bonheur de rencontrer une personne aussi généreuse que vous, et que vous avez la bonté de vous intéresser à notre situation.

Oui, oui, dit-il, ne vous affligez pas, comptez sur moi; il faut bien secourir les gens qui sont dans la peine; je voudrais que personne ne souffrît, voilà comme je pense, mais cela ne se peut pas. Et vous, mon garçon, d'où êtes-vous ? me dit-il à moi. De Champagne, monsieur, lui répondis-je.

Ah ! du pays du bon vin ? reprit-il, j'en suis bien aise; vous y avez votre père ? Oui, monsieur. Tant mieux, dit-il; il pourra donc m'en faire venir, car on y est souvent trompé. Et qui êtes-vous ?

Le fils d'un honnête homme qui demeure à la campagne, répondis-je. C'était dire vrai, et pourtant esquiver le mot de paysan qui me paraissait dur; les synonymes ne sont pas défendus, et tant que j'en ai trouvé là-dessus, je les ai pris : mais ma vanité n'a jamais passé ces bornes-là; et j'aurais dit tout net : Je suis le fils d'un paysan, si le mot de fils d'un homme de la campagne ne m'était pas venu.

Trois heures sonnèrent alors; M. Bono tira sa montre, et puis se levant : Ah çà ! dit-il, je vous quitte, nous nous reverrons à Paris, je vous y attends et je vous tiendrai parole : bonjour, je suis votre serviteur. A propos, vous en retournez-vous tout à l'heure ? J'envoie dans un moment mon équipage à Paris; mettez-vous dedans, les voitures sont chères, et ce sera autant d'épargné.

Là-dessus il appela un laquais. Picard se prépare-t-il à s'en aller ? lui dit-il. Oui, monsieur, il met les chevaux au carrosse, répondit le domestique. Eh bien, dis-lui qu'il prenne ces dames et ce jeune homme, reprit-il; adieu.

Nous voulûmes le remercier, mais il était déjà bien loin. Nous descendîmes, l'équipage fut bientôt prêt, et nous partîmes très contents de notre homme et de sa brusque humeur.

Je ne vous dirai rien de notre entretien sur la route; arrivons à Paris, nous y entrâmes d'assez bonne heure pour mon rendez-vous, car vous savez que j'en avais un avec Mme de Ferval chez Mme Remy dans un faubourg.

Le cocher de M. Bono mena mes deux dames chez elles, où je les quittai après plusieurs compliments et de nouvelles instances de leur part pour les venir voir.

De là je renvoyai le cocher, je pris un fiacre, et je partis pour mon faubourg.

FIN DE LA QUATRIÈME PARTIE

# CINQUIÈME PARTIE

# CINQUIÈME PARTIE

J'AI dit dans la dernière partie que je me hâtai de me rendre chez M^me Remy, où m'attendait M^me de Ferval. Il était à peu près cinq heures et demie du soir quand j'y arrivai. Je trouvai tout d'un coup l'endroit. Je vis aussi le carrosse de M^me de Ferval dans cette petite rue dont elle m'avait parlé, et où était cette porte de derrière par laquelle elle m'avait dit qu'elle entrerait, et suivant mes instructions, j'entrai par l'autre porte, après m'être assuré auparavant que c'était là que demeurait M^me Remy. D'abord je vis une allée assez étroite, qui aboutissait à une petite cour, au bout de laquelle on entrait dans une salle; et c'était de cette salle qu'on passait dans le jardin dont M^me de Ferval avait fait mention.

Je n'avais pas encore traversé la cour, qu'on ouvrit la porte de la salle; (et apparemment qu'on m'entendit venir). Il en sortit une grande femme âgée, maigre, pâle, vêtue en femme du commun, mais proprement pourtant, qui avait un air posé et matois. C'était M^me Remy elle-même.

Qui demandez-vous, monsieur ? me dit-elle quand je me fus approché. Je viens, répondis-je, parler à une dame qui doit être ici depuis quelques moments, ou qui va y arriver bientôt.

Et son nom, monsieur ? me dit-elle. M^me de Ferval, repris-je; et sur-le-champ : Entrez, monsieur.

J'entre, il n'y avait personne dans la salle. Elle n'est donc pas encore venue ? lui dis-je. Vous allez la voir, me répondit-elle en tirant de sa poche une clef dont elle ouvrit une porte que je ne voyais pas, et qui était celle d'une chambre où je trouvai M^me de Ferval assise auprès d'un petit lit, et qui lisait.

Vous venez bien tard, monsieur de la Vallée, me dit-elle en se levant, il y a pour le moins un quart d'heure que je suis ici.

Hélas ! madame, ne me blâmez pas, dis-je, il n'y a point de ma faute ; j'arrive en ce moment de Versailles où j'ai été obligé d'aller, et j'étais bien impatient de me voir ici.

Pendant que nous nous parlions, notre complaisante hôtesse, sans paraître nous écouter, et d'un air distrait, rangeait par-ci par-là dans la chambre, et puis se retira sans nous rien dire. Vous vous en allez donc, madame Remy ? lui cria Mme de Ferval en s'approchant d'une porte ouverte qui donnait dans le jardin.

Oui, madame, répondit-elle, j'ai affaire là-haut pour quelques moments, et puis peut-être avez-vous à parler à monsieur ; aurez-vous besoin de moi ?

Non, dit Mme de Ferval, vous pouvez rester si vous voulez, mais ne vous gênez point. Et là-dessus la Remy nous salue, nous laisse, ferme la porte sur nous, ôte la clef, que nous lui entendîmes retirer quoiqu'elle y allât doucement.

Il faut donc que cette femme soit folle : je crois qu'elle nous enferme ! me dit alors Mme de Ferval en souriant d'un air qui entamait la matière, qui engageait amoureusement la conversation, et qui me disait : Nous voilà donc seuls ?

Qu'importe ? lui dis-je, (et nous étions sur le pas de la porte du jardin). Nous n'avons que faire de la Remy pour causer ensemble, ce serait encore pis que la femme de chambre de là-bas ; n'avons-nous pas fait marché que nous serons libres ?

Et pendant que je lui tenais ce discours, je lui prenais la main dont je considérais la grâce et la blancheur, que je baisais quelquefois. Est-ce là comme tu me contes ton histoire ? me dit-elle. Je vous la conterai toujours bien, lui dis-je ; ce conte-là n'est pas si pressé que moi. Que toi ! me dit-elle en me jetant son autre main sur l'épaule ; et de quoi donc es-tu tant pressé ? De vous dire que vous avez des charmes qui m'ont fait rêver toute la journée à eux, repris-je. Je n'ai pas mal rêvé à toi non plus, me dit-elle, et tant rêvé que j'ai pensé ne pas venir ici.

Eh ! pourquoi donc, maîtresse de mon cœur ? lui

repartis-je. Oh ! pourquoi ? me dit-elle, c'est que tu es si jeune, si remuant ! il me souvient de tes vivacités d'hier, tout gêné que tu étais; et à présent que tu ne l'es plus, te corrigeras-tu ? j'ai bien de la peine à le croire. Et moi aussi, lui dis-je, car je suis encore plus amoureux que je ne l'étais hier, à cause qu'il me semble que vous êtes encore plus belle.

Fort bien, fort bien ! me dit-elle avec un souris; voilà de très bonnes dispositions, et qui me rassurent beaucoup : être seule avec un étourdi comme vous, sans pouvoir sortir; car où est-elle allée, cette sotte femme qui nous laisse ? Je gagerais qu'il n'y a peut-être que nous ici actuellement; ah ! elle n'a qu'à revenir, je ne la querellerai pas mal; voyez, je vous prie, à quoi elle m'expose.

Par la *mardi ! lui dis-je, vous en parlez bien à votre aise; vous ne savez pas ce que c'est que d'être amoureux de vous. Ne tient-il qu'à dire aux gens : tenez-vous en repos; je voudrais bien vous voir à ma place, pour savoir ce que vous feriez. Va, va, tais-toi ! dit-elle d'un air badin; j'ai assez de la mienne. Mais encore ? insistais-je sur le même ton. Eh bien ! à ta place, reprit-elle, je tâcherais apparemment d'être raisonnable. Et s'il ne vous servait de rien d'y tâcher, répondis-je, qu'en serait-il ? Oh ! ce qu'il en serait, dit-elle, je n'en sais rien, tu m'en demandes trop, je n'y suis pas; mais qu'importe que tu m'aimes, ne saurais-tu faire comme moi ? Je suis raisonnable, quoique je t'aime aussi; et je ne devrais pas te le dire, car tu n'en feras que plus de folies, et ce sera ma faute, petit mutin que tu es ! Voyez comme il me regarde, où a-t-il pris cette mine-là, ce fripon ? On n'y saurait tenir. Parlons de Versailles.

Oh ! que non, répondis-je, parlons de ce que vous dites que vous m'aimez, cette parole est si agréable, c'est un charme de l'entendre,     elle me ravit, elle me transporte, quel plaisir ! Ah ! que votre chère personne est enchan-tée !

Et en lui tenant ce discours, je levais avidement les yeux sur elle; elle était un peu moins enveloppée qu'à l'ordi-naire. Il n'y a rien de si friand que ce joli corset-là, m'écriai-je.

Allons, allons, petit garçon, ne songez point à cela, je ne le veux pas, dit-elle.

Et là-dessus elle se raccommodait assez mal. Eh ! ma gracieuse dame, repartis-je, cela est si bien arrangé, n'y touchez pas. Je lui pris les mains alors; elle avait les yeux pleins d'amour, elle soupira, me dit : Que me veux-tu, la Vallée, j'ai bien mal fait de ne pas retenir la Remy, une autre fois je la retiendrai, tu n'entends point raison, recule-toi un peu; voilà des fenêtres d'où on peut nous voir.

Et en effet, il y avait de l'autre côté des vues sur nous. Il n'y a qu'à rentrer dans la chambre, lui dis-je. Il le faut bien, reprit-elle; mais modère-toi, mon bel enfant, modère-toi; je suis venue ici de si bonne foi, et tu m'inquiètes avec ton amour.

Je n'ai pourtant que celui que vous m'avez donné, répondis-je; mais vous voilà debout, cela fatigue, assoyons-nous, tenez, remettez-vous à la place où vous étiez quand je suis venu. Quoi, là, dit-elle; oh ! je n'oserais, j'y serais trop enfermée, à moins que tu n'appelles la Remy; appelle-la, je t'en prie; ce qu'elle disait d'un ton qui n'avait rien d'opiniâtre, et insensiblement nous nous approchions de l'endroit où je l'avais d'abord trouvée. Où me mènes-tu donc ? dit-elle d'un air nonchalant et tendre. Cependant elle s'asseyait, et je me jetais à ses genoux, quand nous entendîmes tout à coup parler dans la salle.

Et puis le bruit devint plus fort, c'était comme une dispute.

Ah ! la Vallée, qu'est-ce que c'est que cela ? Lève-toi, s'écria M^me de Ferval; le bruit s'augmente encore.

Nous distinguions la voix d'un homme en colère, contre qui M^me Remy, que nous entendions aussi, paraissait se défendre. Enfin, on mit la clef dans la serrure, la porte s'ouvre, et nous vîmes entrer un homme de trente à trente-cinq ans, très bien fait et de fort bonne mine, qui avait l'air extrêmement ému. Je tenais la garde de mon épée, et je m'étais avancé au milieu de la chambre, fort inquiet de cette aventure, mais bien résolu de repousser l'insulte, supposé que c'en fût une qu'on eût envie de nous faire.

A qui en voulez-vous, monsieur, lui dis-je aussitôt. Cet

homme, sans me répondre, jette les yeux sur M^me de Ferval, se calme sur-le-champ, ôte respectueusement son chapeau, non sans marquer beaucoup d'étonnement, et s'adressant à M^me de Ferval : Ah ! madame, je vous demande mille pardons, dit-il, je suis au désespoir de ce que je viens de faire; je m'attendais à voir une autre dame à qui je prends intérêt, et je n'ai pas douté que ce ne fût elle que je trouverais ici.

Ah ! vraiment oui, lui dit M^me Remy, il est bien temps de demander des excuses, et voilà une belle équipée que vous avez fait là ! Madame qui vient ici pour affaires de famille, parler à son neveu qu'elle ne peut voir qu'en secret, avait grand besoin de vos pardons et moi aussi !

Vous avez plus tort que moi, lui dit l'homme en question, vous ne m'aviez jamais averti que vous receviez ici d'autres personnes que la dame que j'y cherchais et moi. Je reviens de dîner de la campagne; je passe, j'aperçois un équipage dans la petite rue; je crois qu'à l'ordinaire c'est celui de la dame que je connais. Je ne lui ai pourtant pas donné rendez-vous; cela me surprend; je vois même de loin un laquais dont la livrée me trompe. Je fais arrêter mon carrosse pour savoir ce que cette dame fait ici, vous me dites qu'elle n'y est pas; je vous vois embarrassée; qui est-ce qui ne se serait pas imaginé à ma place qu'il y avait du mystère ? Au reste, ôtez l'inquiétude que cela a pu donner à madame, c'est comme si rien n'était arrivé, et je la supplie encore une fois de me pardonner, ajouta-t-il, en s'approchant encore plus de M^me de Ferval, avec une action tout à fait galante, et qui avait même quelque chose de tendre.

M^me de Ferval rougit et voulut retirer sa main qu'il avait prise et qu'il baisait avec vivacité.

Là-dessus je m'avançai, et ne crus pas devoir demeurer muet. Madame ne me paraît pas fâchée, dis-je à ce cavalier[1], le plus avisé s'abuse, vous l'avez prise pour une autre, il n'y a pas grand mal, elle vous excuse, il ne reste plus qu'à

---

1. Ici et p. 231, l'édition «de Dijon» porte *chevalier* pour *cavalier;* sur cette confusion, voir le *Glossaire,* à CHEVALIER p. 450.

s'en aller, c'est le plus court, à présent que vous voyez ce qui en est, monsieur.

Là-dessus il se retourna, et me regarda avec quelque attention. Il me semble que vous ne m'êtes pas inconnu, me dit-il; ne vous ai-je pas vu chez madame une telle ?

Il ne parlait, s'il vous plaît, que de la femme du défunt le seigneur de notre village. Cela se pourrait, lui dis-je en rougissant malgré que j'en eusse. Et en effet, je commençais à le remettre lui-même. Eh ! c'est Jacob, s'écria-t-il alors, je le reconnais, c'est lui-même. Eh ! parbleu, mon enfant, je suis charmé de vous voir ici en si bonne posture; il faut que ta fortune ait bien changé de face, pour t'avoir mis à portée d'être en liaison avec madame; tout homme de condition que je suis, je voudrais bien avoir cet honneur-là comme vous; il y a quatre mois que je souhaite d'être un peu de ses amis; elle a pu s'en apercevoir quoique je ne l'aie encore rencontrée que trois ou quatre fois; mes regards lui ont dit combien elle était aimable, je suis né avec le plus tendre penchant pour elle; et je suis bien sûr, mon cher Jacob, que mon amour date avant le tien.

Mᵐᵉ Remy n'était pas présente à ce discours, elle était passée dans la salle et nous avait laissé le soin de nous tirer d'intrigue.

Pour moi, je n'avais plus de contenance, et en vrai benêt je saluais cet homme à chaque mot qu'il m'adressait; tantôt je tirais un pied, tantôt j'inclinais la tête, et ne savais plus ce que je faisais, j'étais démonté. Cette assommante époque de notre connaissance, son tutoiement, ce passage subit de l'état d'un homme en bonne fortune où il m'avait pris, à l'état de Jacob où il me remettait, tout cela m'avait renversé.

A l'égard de Mᵐᵉ de Ferval, il serait difficile de vous dire la mine qu'elle faisait.

Souvenez-vous que la Remy avait parlé de moi comme d'un neveu de cette dame; songez qu'elle était dévote, que j'étais jeune; que sa parure était ce jour-là plus mondaine qu'à l'ordinaire, son corset plus galant, moins serré, et par conséquent sa gorge plus à l'aise; songez qu'on nous trouvait enfermés chez une Mᵐᵉ Remy, femme commode, sujette à prêter sa maison, comme nous l'apprenions; n'oubliez pas que ce chevalier qui nous surprenait, connaissait M^me de Ferval, était ami de ses amis; et sur tous ces articles que je viens de dire, voyez la curieuse révélation qu'on avait des mœurs de M^me de Ferval. Le bel intérieur de conscience à montrer, que de misères mises au jour, et quelles misères encore ! de celles qui déshonorent le plus une dévote, qui décident qu'elle est une hypocrite, une franche friponne. Car, qu'elle soit maligne, vindicative, orgueilleuse, médisante, elle fait sa charge et n'en a pas moins droit de tenir sa morgue; tout cela ne jure point avec l'impérieuse austérité de son métier. Mais se trouver convaincue d'être amoureuse, être surprise dans un rendez-vous gaillard, oh ! tout est perdu; voilà la dévote sifflée, il n'y a point de *tournure à donner à cela.

M^me de Ferval essaya pourtant d'en donner une et dit quelque chose pour se défendre; mais ce fut avec un air de confusion si marqué, qu'on voyait bien que sa cause lui paraissait désespérée.

Aussi n'eut-elle pas le courage de la plaider longtemps.

Vous vous trompez, monsieur, je vous assure que vous vous trompez; c'est fort innocemment que je me trouve ici; je n'y suis que pour lui parler à l'occasion d'un service que je voulais lui rendre. Après ce peu de paroles, le ton de sa voix s'altéra, ses yeux se mouillèrent de quelques larmes, et un soupir lui coupa la parole.

De mon côté, je ne savais que dire; ce nom de Jacob, qu'il m'avait rappelé, me tenait en respect, j'avais toujours peur qu'il n'en recommençât l'apostrophe; et je ne songeais qu'à m'évader du mieux qu'il me serait possible; car que faire là avec un rival pour qui on ne s'appelle que Jacob, et cela en présence d'une femme que cet excès de familiarité n'humiliait pas moins que moi ? Avoir un amant, c'était déjà une honte pour elle, et en avoir un de ce nom-là, c'en était deux; il ne pouvait pas être question entre elle et Jacob d'une affaire de cœur bien délicate.

De sorte qu'avec l'embarras personnel où je me trouvais, je rougissais encore de voir que j'étais son opprobre, et ainsi je devais être fort mal à mon aise; je cherchais donc

un prétexte raisonnable de retraite, quand M^me de Ferval
vint à dire qu'elle n'était là que pour me rendre un service.

Et sur-le-champ, sans donner le temps au cavalier de
répondre : Ce sera pour une autre fois, madame, repris-je,
conservez-moi toujours votre bonne volonté, j'attendrai
que vous me fassiez savoir vos intentions ; et puisque vous
connaissez monsieur, et que monsieur vous connaît, je
vais prendre congé de vous, aussi bien je n'entends rien à
cet amour dont il me parle.

M^me de Ferval ne répondit mot, et resta les yeux baissés,
avec un visage humble et mortifié, sur lequel on voyait
couler une larme ou deux. Ce cavalier, notre trouble-fête,
venait de lui reprendre la main qu'elle lui laissait, parce
qu'elle n'osait la lui ôter sans doute. Le fripon était comme
l'arbitre de son sort, il pouvait lui faire justice ou grâce ; en
un mot, il avait    droit d'être un peu hardi, et elle n'avait
pas le droit de le trouver mauvais.

Adieu donc, *mons Jacob, jusqu'au revoir, me cria-t-il
comme je me retirais. Oh ! pour lors, cela me déplut,
je perdis patience, et devenu plus courageux, parce que je
m'en allais : Bon, bon ! criai-je à mon tour en hochant la
tête, adieu, mons Jacob ! Eh bien ! adieu, mons Pierre,
serviteur à mons Nicolas ; voilà bien du bruit pour un nom
de baptême. Il fit un grand éclat de rire à ma réponse, et
je sortis en fermant la porte sur eux de pure colère.

Je trouvai M^me Remy à la porte de la rue.

Vous vous en allez donc, me dit-elle. Eh ! pardi, oui,
repris-je, qu'est-ce que vous voulez que je fasse là à cette
heure que cet homme y est, et pourquoi l'avez-vous accoutumé à venir ici ? Cela est bien désagréable, madame Remy ;
on vient de Versailles pour se parler *honnêtement chez
vous, on prend votre chambre, on croit être en repos ; et
point du tout, c'est comme si on était dans la rue. C'était
bien la peine de me presser tant ! Ce n'est pas moi que je
regarde là dedans, c'est M^me de Ferval ; qu'est-ce que ce
grand je ne sais qui va penser d'elle ? Une porte fermée,
point de clef à une serrure, une femme de bien avec un
jeune garçon, voilà qui a bonne mine.

Eh ! mon Dieu, mon enfant, me dit-elle, j'en suis désolée ;

je tenais la clef de votre chambre quand il est arrivé, savez-vous bien qu'il me l'a arrachée des mains ? Il n'y a rien à craindre, au surplus, c'est un de mes amis, un fort honnête homme, qui voit quelquefois ici une dame de ma connaissance. Je crois entre nous qu'il ne la hait pas, et l'étourdi qu'il est a voulu entrer par jalousie; mais qu'est-ce que cela fait ? Restez, je suis sûre qu'il va sortir. Bon ! lui dis-je, après celui-là un autre; vous avez trop de connaissances, madame Remy.

Oh ! dame, reprit-elle, que voulez-vous ? J'ai une grande maison, je suis veuve, je suis seule; d'honnêtes gens me disent : Nous avons des affaires ensemble, il ne faut pas qu'on le sache; prêtez-nous votre chambre. Dirai-je que non, surtout à des gens qui me font plaisir, qui ont de l'amitié pour moi ? C'est encore un beau taudis que le mien pour en être chiche, n'est-ce pas ? Après cela, quel mal y a-t-il qu'on ait vu M^me de Ferval avec vous chez moi ? Je me repens de n'avoir pas ouvert tout d'un coup, car qu'est-ce qu'on en peut dire ? Voyons : d'abord il me vient une dame, ensuite arrive un garçon, je les reçois tous deux, les voilà donc ensemble, à moins que je ne les sépare. Le garçon est jeune, est-il obligé d'être vieux ? Il est vrai que la porte était fermée; eh bien ! une autre fois elle sera ouverte; c'est tantôt l'un, tantôt l'autre, où est le mystère ? On l'ouvre quand on entre, on la ferme quand on est entré. Pour ce qui est de moi, si je n'étais pas avec vous, c'est que j'étais ailleurs, on ne peut pas être partout, je vas, je viens, je *tracasse, je fais mon ménage, et ma compagnie cause; et puis, est-ce que je ne serais pas revenue ? De quoi M^me de Ferval s'embarrasse-t-elle ! N'ai-je pas dit même que c'était votre tante ?

Eh ! vraiment, tant pis, repris-je, car il sait tout le contraire. Pardi ! me dit-elle, le voilà bien savant, n'avez-vous pas peur qu'il vous fasse un procès ?

Pendant que la Remy me parlait, je songeais à ces deux personnes que j'avais laissées dans la chambre; et quoique je fusse bien aise d'en être sorti à cause de ce nom de Jacob, j'étais pourtant très fâché de ce qu'on avait troublé mon entretien avec M^me de Ferval; j'en regrettais la suite. Non pas que j'eusse de la tendresse pour elle, je n'en avais jamais eu, quoiqu'il m'eût semblé que j'en avais; je me suis déjà expliqué là-dessus. Ce jour-là même je ne m'étais pas senti fort empressé en venant au faubourg; la rencontre de cette jeune femme à Versailles avait extrêmement diminué de mon ardeur pour le rendez-vous.

Mais M^me de Ferval était une femme de conséquence, qui était encore très bien faite, qui était fort blanche, qui avait de belles mains, que j'avais vue négligemment couchée sur un sopha, qui m'y avait jeté d'amoureux regards; et à mon âge, quand on a ces petites considérations-là dans l'esprit, on n'a pas besoin de tendresse pour aimer les gens et pour voir avec chagrin troubler un rendez-vous comme celui qu'on m'avait donné.

Il y a bien des amours où le cœur n'a point de part, il y en a plus de ceux-là que d'autres même, et dans le fond, c'est sur eux que roule la nature, et non pas sur nos délicatesses de sentiment qui ne lui servent de rien. C'est nous le plus souvent qui nous rendons tendres, pour orner nos passions, mais c'est la nature qui nous rend amoureux; nous tenons d'elle l'utile que nous enjolivons de l'*honnête; j'appelle ainsi le sentiment; on n'enjolive pourtant plus guère; la mode en est assez passée dans ce temps où j'écris[1].

Quoi qu'il en soit, je n'avais qu'un amour fort naturel; et comme cet amour-là a ses agitations, il me déplaisait beaucoup d'avoir été interrompu.

---

1. C'est le thème de la *Réunion des Amours* (1731), où l'Amour, qui représente la façon d'aimer romanesque, et Cupidon, qui représente l'amour moderne, soutiennent un procès l'un contre l'autre. Ils sont finalement associés par une décision de Jupiter, que Minerve annonce dans les termes suivants, en s'adressant à Cupidon : « Avec votre confrère, l'âme est trop tendre, il est vrai; mais avec vous, elle est trop libertine. Il fait souvent des cœurs ridicules; vous n'en faites que des méprisables. Il égare l'esprit, mais vous ruinez les cœurs. Il n'a que des défauts, vous n'avez que des vices. Unissez-vous tous deux. Rendez-le plus vif et plus passionné, et qu'il vous rende plus tendre et plus raisonnable, et vous serez sans reproche. » (Scène dernière, *Théâtre complet*, t. I, p. 876.)

Le cavalier[1] lui a pris la main, il la lui a baisée sans façon; et ce drôle-là va devenir bien hardi de ce qu'il nous a surpris ensemble, disais-je en moi-même; car je comprenais à merveille l'abus qu'il pourrait faire de cela. M^me de Ferval, ci-devant dévote, et maintenant reconnue pour très profane, pour une femme très légère de scrupules, ne pouvait plus se donner les airs d'être fière; le gaillard m'avait paru aimable, il était grand et de bonne mine; il y avait quatre mois, disait-il, qu'il aimait la dame; il avait surpris le secret de ses mœurs, peut-être se vengerait-il si on le rebutait, peut-être se tairait-il si on le traitait avec douceur. M^me de Ferval était née *douce, il y avait ici des raisons pour l'être : le serait-elle; ne le serait-elle pas ? Me voilà là-dessus dans une émotion que je ne puis exprimer; me voilà remué par je ne sais quelle curiosité inquiète, jalouse, un peu libertine, si vous voulez; enfin, très difficile à expliquer. Ce n'est pas du cœur d'une femme dont on est en peine, c'est de sa personne; on ne songe point à ses sentiments, mais à ses actions; on ne dit point : Sera-t-elle infidèle ? mais : Sera-t-elle sage ?

Dans ces dispositions, je songeai que j'avais beaucoup d'argent sur moi, que la Remy aimait à en gagner, et qu'une femme qui ne refusait pas de louer sa chambre pour deux ou trois heures, voudrait bien pour quelques moments me louer un cabinet, ou quelque autre lieu attenant la chambre, si elle en avait un.

Je suis d'avis de ne pas m'en aller, lui dis-je, et d'attendre que cet homme ait quitté M^me de Ferval; n'auriez-vous pas quelque endroit près de celui où ils sont et où je pourrais me tenir ? Je ne vous demande pas ce plaisir-là pour rien, je vous payerai; et c'était en tirant de l'argent de ma poche que je lui parlais ainsi.

Oui-da, dit-elle en regardant un demi-louis d'or que je tenais; il y a justement un petit retranchement qui n'est séparé de la chambre que par une cloison, et où je mets de

---

1. L'édition « de Dijon » porte encore *chevalier*, au lieu de *cavalier*, donné par toutes les autres éditions.

vieilles hardes; mais montez plutôt à mon grenier, vous y serez mieux.

Non, non, lui dis-je, le retranchement me suffit; je serai plus près de M^me de Ferval, et quand l'autre la quittera, je le saurai tout d'un coup. Tenez, voilà ce que je vous offre, le voulez-vous ? ajoutai-je, en lui présentant mon demi-louis, non sans me reprocher un peu de le dépenser ainsi; car voyez quel infidèle emploi de l'argent de M^me de la Vallée ! J'en étais honteux; mais je tâchais de n'y prendre pas garde, afin d'avoir moins de tort.

Hélas ! il ne fallait pas rien[1] pour cela, me dit la Remy en recevant ce que je lui donnais, c'est une bonté que vous avez, et je vous en suis obligée; venez, je vais vous mener dans ce petit endroit; mais ne faites point de bruit au moins, et marchez doucement en y allant, il n'est pas nécessaire que nos gens y entendent personne, il semblerait qu'il y aurait du mystère.

Oh ! ne craignez rien, lui dis-je, je n'y remuerai pas. Et tout en parlant nous revînmes dans la salle. Ensuite elle poussa une porte qui n'était couverte que d'une mauvaise tapisserie, et par où l'on entrait dans ce petit retranchement où je me mis.

J'étais là en effet à peu près comme si j'avais été dans la chambre; il n'y avait rien de si mince que les planches qui m'en séparaient, de sorte qu'on n'y pouvait respirer sans que je l'entendisse. Je fus pourtant bien deux minutes sans pouvoir démêler ce que l'homme en question disait à M^me de Ferval, car c'était lui qui parlait; mais j'étais si agité dans ce premier moment, j'avais un si grand battement de cœur que je ne pus d'abord donner d'attention à rien. Je me méfiais un peu de M^me de Ferval, et ce qui est de plaisant, c'est que je m'en méfiais à cause que je lui avais plu; c'était cet amour dont elle s'était éprise en ma faveur qui, bien loin de me rassurer, m'apprenait à douter d'elle.

Je prête donc attentivement l'oreille, et on va voir une

---

1. Tel est le texte des éditions anciennes (A, D, E). Il peut s'expliquer par un vulgarisme, peut-être d'origine méridionale. Des éditions plus récentes (W, Y, Z) corrigent en supprimant le *pas*.

conversation qui n'est convenable qu'avec une femme qu'on n'estime point, mais qu'à force de galanteries on apprivoise aux impertinences qu'on lui débite et qu'elle mérite; il me sembla d'abord que M^me de Ferval soupirait[1].

De grâce, madame, assoyez-vous un instant, lui dit-il; je ne vous laisserai point dans l'état où vous êtes; dites-moi de quoi vous pleurez; de quoi s'agit-il ? Que craignez-vous de ma part, et pourquoi me haïssez-vous, madame ? Je ne vous hais point, monsieur, dit-elle en sanglotant un peu; et si je pleure, ce n'est pas que j'aie rien à me reprocher; mais voici un accident bien malheureux pour moi, d'autant plus qu'il s'y trouve des circonstances où je n'ai point de part. Cette femme nous avait enfermés, et je ne le savais pas; elle vous a dit que ce jeune homme était mon neveu; elle a parlé de son chef, et dans la surprise où j'en étais moi-même, je n'ai pas eu le temps de l'en dédire; je ne sais pas la finesse qu'elle y a entendue; et tout cela retombe sur moi pourtant; il n'y a rien que vous ne puissiez en imaginer et en dire; et voilà pourquoi je pleure !

Oui, madame, reprit-il, je conviens qu'avec un homme sans caractère et sans probité, vous auriez raison de pleurer, et que cette aventure-ci pourrait vous faire un grand tort, surtout à vous qui vivez plus retirée qu'une autre; mais, madame, commencez par croire qu'une action dont vous n'auriez pour témoin que vous-même ne serait pas plus ignorée que le sera cet événement-ci avec un témoin comme moi; ayez donc l'esprit en repos de ce côté-là; soyez aussi tranquille que vous l'étiez avant que je vinsse; puisqu'il n'y a que moi qui vous aie vue, c'est comme si vous n'aviez été vue de personne. Il n'y a qu'un méchant qui pourrait parler, et je ne le suis point; je ne serais pas tenté de l'être avec mon plus grand ennemi; vous avez affaire à un honnête homme, à un homme incapable d'une lâcheté, et c'en serait

---

1. Il est curieux de voir comment Marivaux arrive à intégrer cet épisode dans le roman autobiographique. Noter ici, tout particulièrement, comment la narration évolue sur deux plans : le plan des acteurs et le plan du spectateur (« Par parenthèse n'oubliez pas que j'étais là... »). C'est un exemple caractéristique du procédé du « double registre » mis en évidence par Jean Rousset.

une indigne, affreuse, que celle de vous trahir dans cette occasion-ci.

Voilà qui est fini, monsieur, vous me rassurez, répondit M^me de Ferval. Vous dites que vous êtes un honnête homme, et il est vrai que vous paraissez l'être; quoique je vous connaisse fort peu, je l'ai toujours pensé de même; les gens chez qui nous sommes vus vous le diraient; et il ne faudrait compter sur la physionomie de personne si vous me trompiez. Au reste, monsieur, en gardant le silence, non seulement vous satisferez à la probité qui l'exige, mais vous rendrez encore justice à mon innocence; il n'y a ici que les apparences contre moi, soyez-en persuadé, je vous prie.

Ah ! madame, reprit-il alors, vous vous méfiez encore de moi, puisque vous songez à vous justifier. Eh ! de grâce, un peu plus de confiance; j'ai intérêt de vous en inspirer; ce serait autant de gagné sur votre cœur, et vous en seriez moins éloignée d'avoir quelque retour pour moi.

Du retour pour vous ! dit-elle avec un ton d'affliction; vous me tenez là un terrible discours; il est bien dur pour moi d'y être exposée, vous me l'auriez épargné en tout autre temps; mais vous croyez qu'il vous est permis de tout dire dans la situation où je me trouve; et vous abusez des raisons que j'ai de vous ménager, je le vois bien.

Par parenthèse, n'oubliez pas que j'étais là, et qu'en entendant parler ainsi M^me de Ferval, je me sentais insensiblement changer pour elle, que ma façon de l'aimer s'ennoblissait, pour ainsi dire, et devenait digne de la sagesse qu'elle montrait.

Non, madame, ne me ménagez point, s'écria-t-il, rien ne vous y engage; ma discrétion dans cette affaire-ci est une chose à part; elle me regarde encore plus que vous; je me déshonorerais si je parlais. Quoi ! vous croyez qu'il faut que vous achetiez mon silence ! En vérité, vous me faites injure; non, madame, je vous le répète, quelle que soit la façon dont vous me traitiez, il n'importe pour le secret de votre aventure, et si dans ce moment-ci vous voulez que je m'en aille, si je vous déplais, je pars.

Non, monsieur, ce n'est pas là ce que je veux dire,

reprit-elle, le reproche que je vous fais ne signifie pas que vous me déplaisez; ce n'est pas même votre amour qui me fait de la peine. On est libre d'en avoir pour qui l'on veut, une femme ne saurait empêcher qu'on en ait pour elle, et celui d'un homme comme vous est plus supportable que celui d'un autre. J'aurais seulement souhaité que le vôtre eût paru dans une autre occasion, parce que je n'aurais pas eu lieu de penser que vous tirez une sorte d'avantage de ce qui m'arrive, tout injuste qu'il serait de vous en prévaloir; car assurément il n'y aurait rien de si injuste; vous ne voulez pas le croire; mais je vous dis vrai.

Ah ! que j'en serais fâché, que vous disiez vrai, madame, reprit-il vivement. De quoi est-il question ? D'avoir eu quelque goût pour ce jeune homme ? Ah ! que vous êtes aimable, faite comme vous êtes, d'avoir encore le mérite d'être un peu sensible !

Eh ! non, monsieur, lui dit-elle, ne le croyez point, il ne s'agit point de cela, je vous jure.

Il me sembla qu'alors il se jetait à ses genoux, et que l'interrompant : Cessez de vouloir me désabuser, lui dit-il, avec qui vous justifiez-vous ? Suis-je d'un âge et d'un caractère à vous faire un crime de votre rendez-vous ? Pensez-vous que je vous en estime moins, parce que vous êtes capable de ce qu'on appelle une faiblesse ? Eh ! tout ce que j'en conclus, au contraire, c'est que vous avez le cœur meilleur qu'une autre. Plus on a de sensibilité, plus on a l'âme généreuse, et par conséquent estimable[1]; vous n'en êtes que plus charmante en tous sens; c'est une grâce de plus dans votre sexe, que d'en être susceptible, de ces faiblesses-là. (Petite morale bonne à débiter chez M^me Remy; mais il fallait bien dorer la pilule.) Vous m'avez touché dès la première fois que je vous aie vue, continua-t-il, vous le savez, je vous regardais avec un plaisir infini; vous vous en êtes aperçue, j'ai lu plus d'une fois dans vos yeux que vous m'entendiez, avouez-le, madame.

Il est vrai, dit-elle d'un ton plus calme, que je soupçon-

---

1. Il est piquant de noter que M^me de Ferval a dit elle-même à peu près la même chose à Jacob, cf. ci-dessus, p. 138.

nais quelque chose. (Et moi je soupçonnais à ces deux petits mots que je redeviendrais ce que j'avais été pour elle.) Oui, je vous aimais, ajouta-t-il, toute triste, toute solitaire, *toute ennemie du commerce des hommes que je vous croyais ; et ce n'est point cela, je me trompais; M^me de Ferval est née tendre, est née sensible; elle peut elle-même se prendre de goût pour qui l'aimera; elle en a eu pour ce jeune homme; il ne serait donc pas impossible qu'elle en eût pour moi qui la cherche, et qui la préviens; peut-être en avait-elle avant que ceci arrivât ? et en ce cas, pourquoi me le cacheriez-vous, ou pourquoi n'en auriez-vous plus ? qu'ai-je fait pour être puni ? qu'avez-vous fait pour être obligée de dissimuler ? De quoi rougiriez-vous ? où est le tort que vous avez ? dépendez-vous de quelqu'un ? avez-vous un mari ? n'êtes-vous pas veuve et votre maîtresse ? y a-t-il rien à redire à votre conduite ? n'avez-vous pas pris dans cette occasion-ci les mesures les plus sages ? Et faut-il vous désespérer, vous imaginer que tout est perdu, parce que le hasard m'amène ici; moi que vous pouvez traiter comme vous voudrez; qui suis homme d'honneur, et raisonnable; moi qui vous adore, et que vous ne haïriez peut-être pas, si vous ne vous alarmiez point d'une chose qui n'est rien, précisément rien, et dont il n'y a rien qu'à rire dans le fond, si vous m'estimez un peu ?

Ah ! dit ici M^me de Ferval avec un soupir qui faisait espérer un accommodement, que vous m'embarrassez, monsieur le chevalier[1]! Je ne sais que vous répondre; car il n'y a pas moyen de vous ôter vos idées, et vous êtes un

---

1. Ainsi, il s'agit bien d'un chevalier, et le fait n'est pas sans importance. Le chevalier, cadet de famille sans fortune et sans responsabilité, est devenu au xviii^e siècle un personnage de la littérature. N'ayant rien à perdre, il passe son temps dans de douteuses expériences sentimentales : c'est tout naturellement pour un « chevalier » que se fait passer la jeune fille déguisée en homme de *La Fausse Suivante* de Marivaux (1724). Le même personnage apparaît dans une foule de romans galants du temps. Le chevalier de Versac, dans *Les Éga-rements du Cœur et de l'Esprit*, de Crébillon (1736), en use même avec M^me de Lursay d'une manière qui rappelle quelque peu celle de notre chevalier avec M^me de Ferval.

étrange homme de vous mettre dans l'esprit que j'aie jeté les yeux sur ce garçon. (Notez qu'ici mon cœur se retire, et ne se mêle plus d'elle.)

Eh bien, soit, il n'en est rien, reprit-il; d'où vient que je vous en parle ? ce n'est que pour faciliter nos entretiens, pour abréger les longueurs. Tout ce que cet événement-ci peut avoir d'heureux pour moi, c'est que, si vous le voulez, il nous met tout d'un coup en état de nous parler avec franchise. Sans cette aventure, il aurait fallu que je soupirasse longtemps avant que de vous mettre en droit de m'écouter, ou de me dire le moindre mot favorable; au lieu qu'à présent nous voilà tout portés, il n'y a plus que votre goût qui décide; et puisqu'on peut vous plaire, et que je vous aime, à quoi dois-je m'attendre ? Que ferez-vous de moi ? Prononcez, madame.

Que ne me dites-vous cela ailleurs ? répondit-elle. Cette circonstance-ci me décourage; je m'imagine toujours que vous en profitez, et je voudrais que vous n'eussiez ici pour vous que mes dispositions.

Vos dispositions ! s'écria-t-il, pendant que j'étais indigné dans ma niche. Ah ! madame, suivez-les, ne les contraignez pas, vous me mettez au comble de la joie; suivez-les, et si, malgré tout ce que je vous ai dit, vous me craignez encore, si ma parole ne vous a pas tout à fait rassurée, eh bien, qu'importe ? Oui, craignez-moi, doutez de ma discrétion; j'y consens, je vous passe cette injure, pourvu qu'elle serve à hâter ces dispositions dont vous me parlez, et qui me ravissent. Oui, madame, il faut me ménager, vous ferez bien; j'ai envie de vous le dire moi-même; je sens qu'à force d'amour on peut manquer de délicatesse; je vous aime tant que je n'ai pas la force de refuser ce petit secours contre vous : je n'en aurais pas pourtant besoin si vous me connaissiez, et je devrais tout à l'amour; oubliez donc que nous sommes ici, songez que vous m'auriez aimé tôt ou tard, puisque vous y étiez disposée, et que je n'aurais rien négligé pour cela.

Je ne m'en défends point, dit-elle, je vous distinguais, j'ai plus d'une fois demandé de vos nouvelles.

Eh bien, dit-il avec feu, louons-nous donc de cette aventure, il n'y a point à hésiter, madame. Quand je songe, répondit-elle, que c'est un engagement qu'il s'agit de prendre, un engagement, chevalier ! cela me fait peur. Pensez de moi comme il vous plaira, quelles que soient vos idées, je ne les combats plus, mais il n'en est pas moins vrai que la vie que je mène est bien éloignée de ce que vous me demandez; et puisqu'enfin il faut tout dire, savez-vous bien que je vous fuyais, que je me suis plus d'une fois abstenue d'aller chez les gens chez qui je vous rencontrais ? Je n'y ai pourtant encore été que trop souvent.

Quoi ! dit-il, vous me fuyiez, pendant que je vous cherchais ! vous me l'avouez, et je ne profiterais pas du hasard qui m'en venge, et je vous laisserais la liberté de me fuir encore ! Non, madame, je ne vous quitte point que je ne sois sûr de votre cœur, et qu'il ne m'ait mis à l'abri de cette cruauté-là. Non, vous ne m'échapperez plus, je vous adore, il faut que vous m'aimiez, il faut que vous me le disiez, que je le sache, que je n'en puisse douter. Quelle impétuosité ! s'écria-t-elle, comme il me persécute ! Ah ! chevalier, quel tyran vous êtes, et que je suis imprudente de vous en avoir tant dit !

Eh ! répondit-il avec douceur, qu'est-ce qui vous arrête ? Qu'a-t-il donc de si terrible pour vous, cet engagement que vous redoutez tant ? Ce serait à moi à le craindre; ce n'est pas vous qui risquez de voir finir mon amour, vous êtes trop aimable pour cela, c'est moi qui le suis mille fois moins que vous, et qui par là suis exposé à la douleur de voir finir le vôtre, sans qu'il y ait de votre faute et que je puisse m'en plaindre; mais n'importe, ne m'aimassiez-vous qu'un jour, ces beaux yeux noirs[1] qui m'enchantent ne dussent-ils jeter sur moi qu'un seul regard un peu tendre, je me croirais encore trop heureux.

Et moi qui l'écoutais, vous ne sauriez vous figurer de quelle beauté je les trouvais dans ma colère, ces beaux yeux noirs dont il faisait l'éloge.

---

1. Cf., sur ces yeux noirs, p. 142, note.

C'est bien à vous, vraiment, à parler de fidélité ! lui dit-elle. M'aimeriez-vous aujourd'hui si vous n'étiez pas un inconstant ? N'était-ce pas une autre que moi que vous cherchiez ici ? Je ne vous demanderai point qui elle est, vous êtes trop honnête homme pour me le dire, et je ne dois pas le savoir; mais je suis persuadée qu'elle est aimable, et vous la quittez pourtant, cela est-il de bon augure pour moi ?

Que vous vous rendez peu de justice, et quelle comparaison vous faites ! répondit-il. Y avait-il six mois que je vous voyais avant que je vous aimasse ? Quelle différence entre une personne qu'on aime, parce qu'on ne saurait faire autrement, parce qu'on est né avec un penchant naturel et invincible pour elle (c'est de vous que je parle), et une femme à qui on ne s'arrête que parce qu'il faut faire quelque chose, que parce que c'est une de ces coquettes qui s'avisent de s'adresser à vous, qui ne sauraient se passer d'amants; à qui on parle d'amour sans qu'on les aime; qui s'imaginent vous aimer elles-mêmes seulement parce qu'elles vous le disent, et qui s'engagent avec vous par oisiveté, par caprice, par vanité, par étourderie, par un goût passager que je n'oserais vous expliquer, et qui ne mérite pas que je vous en entretienne; enfin par tout ce qui vous plaira. Quelle différence, encore une fois, entre une aussi fade, aussi languissante, aussi peu digne liaison, et la vérité des sentiments que j'ai pris pour vous dès que je vous ai vue; dont je me serais fort bien passé, et que j'ai gardés contre toute apparence de succès ! Distinguons les choses, je vous prie, ne confondons point un simple amusement avec une inclination sérieuse, et laissons-là cette chicane.

Je me lasse de dire que M^me de Ferval soupira; elle fit pourtant encore un soupir ici, et il est vrai que chez les femmes ces situations-là en fourmillent de faux ou de véritables.

Que vous êtes pressant, chevalier ! dit-elle après; je conviens que vous êtes aimable, et que vous ne l'êtes que trop. N'est-ce pas assez ? Faut-il encore vous dire qu'on pourra vous aimer ? A quoi cela ressemblera-t-il ? Ne soupçonnerez-vous pas vous-même que vous ne devez ce que je vous dis d'obligeant qu'à mon aventure ? Encore si j'avais été prévenue de cet amour-là, ce que j'y répondrais aujourd'hui aurait meilleure grâce, et vous m'en sauriez plus de gré aussi; mais s'entendre dire qu'on est aimée, avouer sur-le-champ qu'on le veut bien, et tout cela dans l'espace d'une demi-heure; en vérité il n'y a rien de pareil; je crois qu'il faudrait un petit intervalle, et vous n'y perdriez point, chevalier.

Eh ! madame, vous n'y songez pas, reprit-il; souvenez-vous donc qu'il y a quatre mois que je vous aime, que mes yeux vous en entretiennent, que vous y prenez garde, et que vous me distinguez, dites-vous. Quatre mois ! Les bienséances ne sont-elles pas satisfaites ? Eh ! de grâce, plus de scrupules; vous baissez les yeux, vous rougissez (et peut-être ne supposait-il le dernier que pour lui faire honneur); m'aimez-vous un peu ? Voulez-vous que je le croie ? Le voulez-vous ? Oui n'est-ce pas ? Encore un mot, pour plus de sûreté.

Quel enchanteur vous êtes ! répondit-elle; voilà qui est étonnant, j'en suis honteuse. Non, il n'y a rien d'impossible après ce qui m'arrive; je pense que je vous aimerai.

Eh ! pourquoi me remettre, dit-il, et ne pas m'aimer *tout à l'heure [1] ? Mais, chevalier, ajouta-t-elle, vous qui parlez, ne me trompez-vous pas ? M'aimez-vous vous-même autant que vous le dites ? N'êtes-vous pas un fripon ? Vous êtes si aimable que j'en ai peur, et j'hésite.

Ah ! nous y voilà ! m'écriai-je involontairement, sans savoir que je parlais haut, et emporté par le ton avec lequel elle prononça ces dernières paroles; aussi était-ce un ton qui accordait ce qu'elle lui disputait encore un peu dans ses expressions.

Le bruit que je fis me surprit moi-même, et aussitôt je me hâtai de sortir de mon retranchement pour m'esquiver; en me sauvant, j'entendis M^me de Ferval qui criait

---

1. Voir un mouvement comparable dans 5, acte II, du *Jeu de l'Amour et du Hasard*, entre Arlequin et Lisette. Le rapprochement parle de lui-même.

à son tour : Ah ! monsieur le chevalier, c'est lui qui nous écoute.

Le chevalier sortit de la chambre; il fut longtemps à ouvrir la porte, et puis : Qu'est-ce qui est là ? dit-il. Mais j'allais si vite que j'étais déjà dans l'allée quand il m'aperçut. La Remy filait, je pense, à la porte de la rue, et voyant que je me retirais avec précipitation : Qu'est-ce que c'est donc que cela ? me dit-elle, qu'avez-vous fait ? Vos deux locataires vous le diront, lui répondis-je brusquement et sans la regarder, et puis je marchai dans la rue d'un pas ordinaire.

Si je me sauvai au reste, ce n'est pas que je craignisse le chevalier; ce n'était que pour éviter une scène qui serait sans doute arrivée avec Jacob; car s'il ne m'avait pas connu, si j'avais pu figurer comme M. de la Vallée, il est certain que je serais resté, et qu'il n'aurait pas même été question du retranchement où je m'étais mis.

Mais il n'y avait que quatre ou cinq mois qu'il m'avait vu Jacob; le moyen de tenir tête à un homme qui avait cet avantage-là sur moi ! Ma métamorphose était de trop fraîche date; il y a de certaines hardiesses que l'homme qui est né avec du cœur ne saurait avoir; et quoiqu'elles ne soient peut-être pas des insolences, il faut pourtant, je crois, être né insolent pour en être capable[1].

Quoi qu'il en soit, ce ne fut pas manque d'orgueil que je pliai dans cette occasion-ci, mais mon orgueil avait de la pudeur, et voilà pourquoi il ne tint pas.

Me voici donc sorti de chez la Remy avec beaucoup de mépris pour M^me de Ferval, mais avec beaucoup d'estime pour sa figure, et il n'y a rien là d'étonnant : il n'est pas rare qu'une maîtresse coupable en devienne plus piquante. Vous croyez à présent que je poursuis mon chemin, et que je retourne chez moi; point du tout, une nouvelle inquiétude me prend. Voyons ce qu'ils deviendront, dis-je en moi-même, à présent que je les ai interrompus; je les ai

---

1. Réflexion très significative de l'attitude qu'adopte Marivaux à l'égard des conventions sociales : L'honnête homme s'y conforme, non par conviction, mais par dignité. *L'Ile des Esclaves* (1725) aboutissait aux mêmes conclusions.

quittés bien avancés; quel parti prendra-t-elle, cette femme ?
Aura-t-elle le courage de demeurer ?

Et là-dessus, j'entre dans l'allée d'une maison éloignée
de cinquante pas de celle de la Remy, et qui était *vis-à-vis
la petite rue où M^{me} de Ferval avait laissé son carrosse. Je
me tapis là, d'où je jetais les yeux tantôt sur cette petite
rue, tantôt sur la porte par où je venais de sortir, toujours
le cœur en u; mais ému d'une manière plus pénible que chez
la Remy où j'entendais du moins ce qui se passait, et entendais si bien que c'était presque voir; ce qui faisait que je
savais à quoi m'en tenir. Mais je ne fus pas longtemps en
peine, et je n'avais pas attendu quatre minutes, quand je vis
M^{me} de Ferval sortir de la porte du jardin, et rentrer dans
son carrosse. Après quoi parut de l'autre côté mon homme
qui entra dans le sien, et que je vis passer. Ce qui me calma
sur-le-champ.

Tout ce qui me resta pour M^{me} de Ferval, ce fut ce qu'ordinairement on appelle un goût, mais un goût tranquille,
et qui ne m'agita plus; c'est-à-dire que si on m'avait laissé
en ce moment le choix des femmes, ç'aurait été à elle à
qui j'aurais donné la préférence.

Vous jugez bien que tout ceci rompait notre commerce;
elle ne devait pas elle-même souhaiter de me revoir, instruit comme je l'étais de son caractère; aussi ne songeais-je
pas à aller chez elle. Il était encore de bonne heure; M^{me} de
Fécour m'avait recommandé de lui donner au plus tôt des
nouvelles de mon voyage de Versailles, et je pris le chemin
de sa maison avant que de retourner chez moi; j'y arrive.

Il n'y avait aucun de ses gens dans la cour, ils étaient
apparemment dispersés; je ne vis pas même le portier,
pas une femme en haut; je traversai tout son appartement
sans rencontrer personne, et je parvins jusqu'à une chambre
dans laquelle j'entendais ou parler ou lire; car c'était une
continuité de ton qui ressemblait plus à une lecture qu'à
un langage de conversation. La porte n'était que poussée,
je ne pensais pas que ce fût la peine de frapper à une porte
à demi ouverte, et j'entrai tout de suite à cause de la commodité.

J'avais soupçonné juste, on lisait au chevet du lit de

M^me de Fécour, qui était couchée. Il y avait une vieille femme de chambre assise au pied de son lit, un laquais debout auprès de la fenêtre, et c'était une grande dame, laide, maigre, d'une physionomie sèche, sévère et critique, qui lisait.

Ah ! mon Dieu, dit-elle en pie-grièche, et s'interrompant quand je fus entré, est-ce que vous n'avez pas fermé cette porte, vous autres ? Il n'y a donc personne là-bas pour empêcher de monter ? Ma sœur est-elle en état de voir du monde ?

Le compliment n'était pas doux, mais il s'ajustait à *merveilles à l'air de la personne qui le prononçait; sa mine et son accueil étaient faits pour aller ensemble.

Elle n'avait pourtant pas l'air d'une dévote, celle-là; et comme je l'ai connue depuis, j'ai envie de vous dire en passant à quoi elle ressemblait.

Imaginez-vous de ces laides femmes qui ont bien senti qu'elles seraient négligées dans le monde, qu'elles auraient la mortification de voir plaire les autres et de ne plaire jamais, et qui, pour éviter cet affront-là, pour empêcher qu'on ne voie la vraie cause de l'abandon où elles resteront, disent en elles-mêmes, sans songer à Dieu ni à ses saints : Distinguons-nous par des mœurs austères; prenons une figure inaccessible, affectons une fière régularité de conduite, afin qu'on se persuade que c'est ma sagesse et non pas mon visage qui fait qu'on ne me dit mot.

Et effectivement cela réussit quelquefois, et la dame en question passait pour une femme hérissée de cette espèce de sagesse-là.

Comme elle m'avait déplu dès le premier coup d'œil, son discours ne me démonta point, il me parut convenable, et sans faire d'attention à elle, je saluai M^me de Fécour qui me dit : Ah ! c'est vous, monsieur de la Vallée; approchez, approchez. Ne querellez point, ma sœur, il n'y a point de mal, je suis bien aise de le voir.

Eh ! mon Dieu, madame, lui répondis-je, comme vous voilà ! Je vous quittai hier en si bonne santé ! Cela est vrai, mon enfant, reprit-elle assez bas, on ne pouvait pas se mieux porter; j'allai même souper en compagnie, où je

mangeai beaucoup et de fort bon appétit. J'ai pourtant
pensé mourir cette nuit d'une colique si violente qu'on a
cru qu'elle m'emporterait, et qui m'a laissé la fièvre avec
des accidents très dangereux, dit-on; j'étouffe de temps en
temps, et on est d'avis de me faire confesser ce soir. Il faut
bien que la chose soit sérieuse, et voilà ma sœur qui, heureusement pour moi, arriva hier de la campagne, et qui avait
tout à l'heure la bonté de me lire un chapitre de l'*Imitation*,
cela est fort beau. Eh bien, monsieur de la Vallée, contez-
moi votre voyage; êtes-vous content de M. de Fécour ?
Voici un accident qui vient fort mal à propos pour vous, car
je l'aurais pressé. Que vous a-t-il dit ? J'ai tant de peine
à respirer que je ne saurais plus parler. Aurez-vous un emploi ? C'est pour Paris que je l'ai demandé.

Eh ! ma sœur, lui dit l'autre, tenez-vous en repos;
et vous, monsieur, ajouta-t-elle en m'adressant la parole,
allez-vous-en, je vous prie; vous voyez bien qu'il s'agit
d'autre chose ici que de vos affaires, et il ne fallait pas entrer
sans savoir si vous le pouviez.

Doucement, dit la malade en respirant à plusieurs
reprises, et pendant que je faisais la révérence pour m'en
aller, doucement, il ne savait pas comment j'étais, le pauvre
garçon. Adieu donc, monsieur de la Vallée. Hélas ! c'est
lui qui se porte bien ! Voyez qu'il a l'air frais ! mais il
n'a que vingt ans. Adieu, adieu, nous nous reverrons, ceci
ne sera rien, je l'espère. Et moi, madame, je le souhaite de
tout mon cœur, lui dis-je en me retirant et ne saluant
qu'elle; aussi bien l'autre, à *vue de pays, eût-elle reçu
ma révérence en ingrate, et je sortis pour aller chez moi.

Remarquez, chemin faisant, l'inconstance des choses
de ce monde. La veille j'avais deux maitresses, ou si vous
voulez, deux amoureuses; le mot de maitresse signifie
trop ici; communément il veut dire une femme qui a donné
son cœur, et qui veut le vôtre; et les deux personnes dont
je parle, ne m'avaient je pense, ni donné le leur, ni ne
s'étaient souciées d'avoir le mien, qui ne s'était pas non plus
soucié d'elles.

Je dis les deux personnes; car je crois pouvoir compter
M^me de Fécour, et la joindre à M^me de Ferval; et en vingt-

quatre heures de temps, en voilà une qu'on me souffle, que je perds en la tenant; et l'autre qui se meurt; car M^me de Fécour m'avait paru mourante; et supposons qu'elle en réchappât, nous allions être quelque temps sans nous voir; son amour n'était qu'une fantaisie, les fantaisies se passent; et puis n'y avait-il que moi de gros garçon à Paris qui fût joli et qui n'eût que vingt ans ?

C'en était donc fait de ce côté-là, suivant toute apparence, et je ne m'en embarrassais guère. La Fécour, avec son énorme gorge, m'était fort indifférente; il n'y avait que cette hypocrite de Ferval qui m'eût un peu remué.

Elle avait des grâces naturelles. Par-dessus cela, elle était fausse dévote, et ces femmes-là, en fait d'amour, ont quelque chose de plus piquant que les autres; il y a dans leurs façons je ne sais quel mélange indéfinissable de mystère, de fourberie, d'avidité libertine et solitaire, et en même temps de retenue, qui tente extrêmement : vous sentez qu'elles voudraient jouir furtivement du plaisir de vous aimer et d'être aimées, sans que vous y prissiez garde, ou qu'elles voudraient du moins vous persuader que, dans tout ce qui se passe, elles sont vos dupes et non pas vos complices.

Revenons, je m'en retourne enfin chez moi; je vais retrouver M^me de la Vallée qui m'aimait tant, et que toutes mes dissipations n'empêchaient pas que je n'aimasse, et à cause de ses agréments (car elle en avait), et à cause de cette pieuse tendresse qu'elle avait pour moi.

Je crois pourtant que je l'aurais aimée davantage si je n'avais été que son amant (j'appelle aimer d'amour), mais quand on a d'aussi grandes obligations à une femme que je lui en avais, en vérité, ce n'est pas avec de l'amour qu'un bon cœur les paie, il se pénètre de sentiments plus sérieux, il sent de l'amitié et de la reconnaissance; aussi en étais-je plein, et je pense que l'amour en souffrait un peu.

Quand je serais revenu du plus long voyage, M^me de la Vallée ne m'aurait pas revu avec plus de joie qu'elle en marqua. Je la trouvai priant Dieu pour mon heureux retour, et il n'y avait pas plus d'une heure, à ce qu'elle me dit, qu'elle était revenue de l'église, où elle avait passé une partie de l'après-dînée, toujours à mon intention; car elle ne parlait plus à Dieu que de moi seul, et à la vérité, c'était toujours lui parler pour elle dans un autre sens.

Le motif de ses prières, quand j'y songe, devait pourtant être quelque chose de fort plaisant, je suis sûr qu'il n'y en avait pas une où elle ne dît : Conservez-moi mon mari, ou bien : Je vous remercie de me l'avoir donné ; ce qui, à le bien rendre, ne signifiait autre chose, sinon : Mon Dieu, conservez-moi les douceurs que vous m'avez procurées par le saint mariage, ou : Je vous rends mes actions de grâces de ces douceurs que je goûte en tout bien et tout honneur par votre sainte volonté, dans l'état où vous m'avez mise.

Et jugez combien de pareilles prières étaient ferventes; les dévots n'aiment jamais tant Dieu que lorsqu'ils en ont obtenu leurs petites satisfactions temporelles, et jamais on ne prie mieux que quand l'esprit et la chair sont contents, et prient ensemble; il n'y a que lorsque la chair languit, souffre, et n'a pas son compte, et qu'il faut que l'esprit soit dévot tout seul, qu'on a de la peine.

Mais M$^{me}$ de la Vallée n'était pas dans ce cas-là, elle n'avait rien à souhaiter, ses satisfactions étaient légitimes, elle pouvait en jouir en conscience; aussi sa dévotion en avait-elle augmenté de moitié, sans en être apparemment plus méritoire, puisque c'était le plaisir de posséder ce cher mari, ce gros[1] brunet, comme elle m'appelait quelquefois, et non pas l'amour de Dieu, qui était l'âme de sa dévotion.

Nous soupâmes chez notre hôtesse, qui, de la manière dont elle en agissait, me parut cordialement amoureuse de moi, sans qu'elle s'en aperçût elle-même peut-être. La bonne femme me trouvait à son gré et le témoignait *tout de suite, comme elle le sentait.

Oh ! pour cela, madame de la Vallée, il n'y a rien à dire, vous avez pris là un mari de bonne mine, un gros dodu que tout le monde aimera; moi à qui il n'est rien, je l'aime

---

1. Texte de l'édition «de Dijon » : *ce cher brunet,* ce qui résulte d'une faute typographique («dittographie»).

de tout mon cœur, disait-elle ; et puis, un moment après :
Vous ne devez pas avoir regret de vous être mariée si tard,
vous n'auriez pas mieux choisi il y a vingt ans au moins.
Et mille autres naïvetés de la même force qui ne divertis-
saient pas beaucoup Mme de la Vallée, surtout quand elles
tombaient sur ce mariage tardif, et qu'elles la harcelaient
sur son âge.

Mais, mon Dieu ! madame, lui répondit-elle d'un ton
doux et brusque ; Je conviens que j'ai bien choisi, je suis
fort satisfaite de mon choix, et très ravie qu'il vous plaise.
Au surplus, je ne me suis pas mariée si tard, que je ne me
sois encore mariée fort à propos, ce me semble, on est fort
bonne à marier à mon âge ; n'est-ce pas, mon ami ? ajouta-t-elle en mettant sa main dans la mienne, et en me regardant avec des yeux qui me disaient confidemment : Tu
m'as paru content.

Comment donc, ma chère femme, si vous êtes bonne !
répondais-je ; et à quel âge est-on meilleure et plus ragoûtante, s'il vous plaît ? Là-dessus, elle souriait, me serrait
la main, et finissait par demander, presque en soupirant :
Quelle heure est-il ? pour savoir s'il n'était pas temps de
sortir de table : c'était là son refrain.

Quant à l'autre petite personne, la fille de Mme d'Alain,
je la voyais qui, d'un coin de l'œil, observait notre chaste
amour, et qui ne le voyait pas, je pense, d'un regard aussi
innocent qu'il l'était. Agathe avait le bras et la main pas-
sables, et je remarquais que la friponne jouait d'industrie
pour les mettre en vue le plus qu'elle pouvait, comme si
elle avait voulu me dire : Regardez, votre femme a-t-elle
rien qui vaille cela ?

C'est pour la dernière fois que je fais ces sortes de détails ;
à l'égard d'Agathe, je pourrai en parler encore ; mais de
ma façon de vivre avec Mme de la Vallée, je n'en dirai plus
mot ; on est suffisamment instruit de son caractère, et de
ses tendresses pour moi. Nous voilà mariés ; je sais tout ce
que je lui dois ; j'irai toujours au-devant de ce qui pourra
lui faire plaisir ; je suis dans la fleur de mon âge ; elle est
encore fraîche, malgré le sien ; et quand elle ne le serait pas,
la reconnaissance, dans un jeune homme qui a des senti-

ments, peut suppléer à bien des choses : elle a de grandes ressources. D'ailleurs, M^me de la Vallée m'aime avec une passion dont la singularité lui tiendrait lieu d'agréments, si elle en manquait; son cœur se livre à moi dans un goût dévot qui me réveille. M^me de la Vallée, toute tendre qu'elle est, n'est point jalouse; je n'ai point de compte importun à lui rendre de mes actions, qui jusqu'ici, comme vous voyez, n'ont déjà été que trop infidèles, et qui n'en font point espérer sitôt de plus réglées. Suis-je absent, M^me de la Vallée souhaite ardemment mon retour, mais l'attend en paix ; me revoit-elle ? point de questions, la voilà charmée, pourvu que je l'aime, et je l'aimerai.

Qu'on s'imagine donc de ma part toutes les attentions possibles pour elle; qu'on suppose entre nous le ménage le plus doux et le plus tranquille; tel sera le nôtre; et je ne ferai plus mention d'elle que dans les choses où par hasard elle se trouvera mêlée. Hélas ! bientôt ne sera-t-elle plus de rien dans tout ce qui me regarde; le moment qui doit me l'enlever n'est pas loin, et je ne serai pas longtemps sans revenir à elle pour faire le récit de sa mort et celui de la douleur que j'en eus.

Vous n'aurez pas oublié que M. Bono nous avait dit ce jour-là, à la jeune dame de Versailles et à moi, de l'aller voir, et nous avions eu soin de demander son adresse à son cocher, qui nous avait ramenés de Versailles.

Je restai le lendemain toute la matinée chez moi; je ne m'y ennuyai pas; je m'y délectai dans le plaisir de me trouver tout à coup un maître de maison; j'y savourai ma fortune, j'y goûtai mes aises, je me regardai dans mon appartement; j'y marchai, je m'y assis, j'y souris à mes meubles, j'y rêvai à ma cuisinière, qu'il ne tenait qu'à moi de faire venir, et que je crois que j'appelai pour la voir; enfin j'y contemplai ma robe de chambre et mes pantoufles; et je vous assure que ce ne furent pas là les deux articles qui me touchèrent le moins ; de combien de petits bonheurs l'homme du monde est-il entouré et qu'il ne sent point, parce qu'il est né avec eux ?

Comment donc, des pantoufles et une robe de chambre à Jacob ! Car c'était en me regardant comme Jacob que j'étais si délicieusement étonné de me voir dans cet équipage; c'était de Jacob que M. de la Vallée empruntait toute sa joie. Ce moment-là n'était si doux qu'à cause du petit paysan.

Je vous dirai, au reste, que, tout enthousiasmé que j'étais de cette agréable métamorphose, elle ne me donna que du plaisir et point de vanité. Je m'en estimai plus heureux, et voilà tout, je n'allai pas plus loin.

Attendez pourtant, il faut conter les choses exactement; il est vrai que je ne me sentis point plus *glorieux, que je n'eus point cette vanité qui fait qu'un homme va se donner des airs; mais j'en eus une autre, et la voici.

C'est que je songeai en moi-même qu'il ne fallait pas paraître aux autres ni si joyeux, ni si surpris de mon bonheur, qu'il était bon qu'on ne remarquât pas combien j'y étais sensible, et que si je ne me contenais[1] pas, on dirait : Ah ! le pauvre petit garçon, qu'il est aise ! il ne sait à qui le dire.

Et j'aurais été honteux qu'on fit cette réflexion-là; je ne l'aurais pas même aimée dans ma femme; je voulais bien qu'elle sût que j'étais charmé, et je le lui répétais cent fois par jour, mais je voulais le lui dire moi-même, et non pas qu'elle y prît garde en son particulier : j'y faisais une grande différence, sans démêler que confusément pourquoi; et la vérité est qu'en pénétrant par elle-même toute ma joie, elle eût bien vu que c'était ce petit valet, ce petit paysan, ce petit misérable qui se trouvait si heureux d'avoir changé d'état, et il m'aurait été déplaisant qu'elle m'eût envisagé sous ces faces-là : c'était assez qu'elle me crût heureux, sans songer à ma bassesse passée. Cette idée-là n'était bonne que chez moi, qui en faisais intérieurement la source de ma joie; mais il n'était pas nécessaire que les autres entrassent si avant dans le secret de mes plaisirs, ni sussent de quoi je les composais.

Sur les trois heures après-midi, vêpres sonnèrent; ma femme y alla pendant que je lisais je ne sais quel livre sérieux

---

1. L'édition «de Dijon» porte ici *contentois*.

que je n'entendais pas trop, que je ne me souciais pas trop
d'entendre, et auquel je ne m'amusais que pour imiter la
contenance d'un *honnête homme chez soi.

Quand ma compagne fut partie, je quittai ma robe de
chambre (laissez-moi en parler pendant qu'elle me réjouit,
cela ne durera pas ; j'y serai bientôt accoutumé), je m'habil-
lai, et je sortis pour aller voir la jeune dame de Versailles,
pour qui j'avais conçu une assez tendre estime, comme vous
l'avez pu voir dans ce que je vous ai déjà dit.

Tout M. de la Vallée que j'étais, moi qui n'avais jamais
eu d'autre voiture que mes jambes, ou que ma charrette,
quand j'avais mené à Paris le vin du seigneur de notre village, je n'avais pas assurément besoin de carrosse pour aller
chez cette dame, et je ne songeais pas non plus à en prendre ;
mais un fiacre qui m'arrêta sur une place que je traversais
me tenta : Avez-vous affaire de moi, mon gentilhomme ?
me dit-il.

Ma foi, mon gentilhomme me gagna[1] ; et je lui dis :
Approche.

Voici pourtant des airs, me direz-vous ; point du tout,
je ne pris ce carrosse que par gaillardise, pour être encore
heureux de cette façon-là, pour tâter, chemin faisant, d'une
autre petite douceur dont je n'avais déjà goûté qu'une
fois, en allant chez M^me Remy.

Il y avait quelques embarras dans la rue de la jeune dame
en question, dont je vais vous dire le nom, pour la commodité de mon récit : c'était M^me d'Orville. Mon fiacre fut
obligé de me descendre à quelques pas de chez elle.

A peine en étais-je descendu, que j'entendis un grand
bruit à vingt pas derrière moi. Je me retournai, et je vis
un jeune homme d'une très belle figure, et fort bien mis,
à peu près de mon âge, c'est-à-dire de vingt et un à vingt-
deux ans, qui, l'épée à la main, se défendait du mieux qu'il
pouvait contre trois hommes qui avaient la lâcheté de l'attaquer ensemble.

En pareil cas, le peuple crie, fait du tintamarre, mais ne
secourt point : il y avait autour des combattants un cercle

---

1. On se souvient évidemment du *Bourgeois Gentilhomme.*

de canailles qui s'augmentait à tous moments, et qui les suivait, tantôt s'avançant, tantôt reculant, à mesure que ce brave jeune homme était poussé et reculait plus ou moins[1].

Le danger où je le vis et l'indignité de leur action m'émut le cœur à un point que, sans hésiter et sans aucune réflexion, me sentant une épée au côté, je la tire, fais le tour de mon fiacre pour gagner le milieu de la rue, et je vole comme un lion au secours du jeune homme en lui criant : Courage, monsieur, courage !

Et il était temps que j'arrivasse; car il y en avait un des trois qui, pendant que le jeune homme bataillait contre les autres, allait tout à son aise lui plonger de côté son épée dans le corps. Arrête, arrête, à moi ! criai-je à celui-ci en allant à lui; ce qui l'obligea bien vite à me faire face. Le mouvement qu'il fit le remit du côté de ses camarades, et me donna la liberté de me joindre au jeune homme, qui en reprit de nouvelles forces, et qui, voyant avec quelle ardeur j'y allais, poussa à son tour ces misérables, sur qui j'allongeais à tout instant et à bras raccourci des bottes qu'ils ne paraient qu'en lâchant. Je dis à bras raccourci; car c'est la manière de combattre d'un homme qui a du cœur et qui n'a jamais manié d'épée; il n'y fait pas plus de façon, et n'en est peut-être pas moins dangereux ennemi pour n'en savoir pas davantage.

Quoi qu'il en soit, nos trois hommes reculèrent, malgré la supériorité du nombre qu'ils avaient encore; mais aussi n'étaient-ce pas des braves gens, leur combat en fait foi. Ajoutez à cela que mon action anima le peuple en notre faveur. On ne vit pas plus tôt ces trois hommes lâcher le pied, que l'un avec un grand bâton, l'autre avec un manche à balai, l'autre avec une arme de la même espèce, vint les charger et acheva de les mettre en fuite.

Nous laissâmes la canaille courir après eux avec des huées, et nous restâmes sur le champ de bataille, qui, je ne sais comment, se trouva alors près de la porte de Mme d'Orville; de sorte que l'inconnu que je venais de

---

1. Sur l'attitude du peuple de Paris dans un cas de ce genre, voir *La Vie de Marianne*, édit. Garnier, p. 95 et n. 1.

défendre entra dans sa maison pour se débarrasser de la foule importune qui nous environnait.

Son habit, et la main dont il tenait son épée, étaient tout ensanglantés. Je priai qu'on fît venir un chirurgien; il y a de ces messieurs-là dans tous les quartiers, et il nous en vint un presque sur-le-champ.

Une partie de ce peuple nous avait suivis jusque dans la cour de M^me d'Orville, ce qui causa une rumeur dans la maison qui en fit descendre les locataires de tous les étages. M^me d'Orville logeait au premier sur le derrière, et vint savoir, comme les autres, de quoi il s'agissait. Jugez de son étonnement quand elle me vit là, tenant encore mon épée nue à la main, parce qu'on est distrait en pareil cas, et que d'ailleurs je n'avais pas eu même assez d'espace pour la remettre dans le fourreau, tant nous étions pressés par la populace.

Oh ! c'est ici où je me sentis un peu *glorieux, un peu superbe, et où mon cœur s'enfla du courage que je venais de montrer et de la noble posture où je me trouvais. Tout distrait que je devais être par ce qui se passait encore, je ne laissai pas que d'avoir quelques moments de recueillement où je me considérai avec cette épée à la main, et avec mon chapeau enfoncé en mauvais garçon; car je devinais l'air que j'avais, et cela se sent; on se voit dans son amour-propre, pour ainsi dire; et je vous avoue qu'en l'état où je me supposais, je m'estimais digne de quelques égards, que je me regardais moi-même moins familièrement et avec plus de distinction qu'à l'ordinaire; je n'étais plus ce petit polisson surpris de son bonheur, et qui trouvait tant de disproportion entre son aventure et lui. Ma foi ! j'étais un homme de mérite, à qui la fortune commençait à rendre justice.

Revenons à la cour de cette maison où nous étions, mon jeune inconnu, moi, le chirurgien et tout ce monde. M^me d'Orville m'y aperçut tout d'un coup.

Eh ! monsieur, c'est vous ! s'écria-t-elle effrayée de dessus son escalier où elle s'arrêta. Eh ! que vous est-il donc arrivé ? Êtes-vous blessé ? Je n'ai, répondis-je en la saluant d'un air de héros tranquille, qu'une très petite égratignure, madame, et ce n'est pas à moi à qui on en voulait; c'est à monsieur qui est blessé, ajoutai-je en lui montrant le jeune inconnu à qui le chirurgien parlait alors, et qui, je pense, n'avait ni entendu ce qu'elle m'avait dit, ni encore pris garde à elle.

Ce chirurgien connaissait M^me d'Orville, il avait saigné son mari la veille, comme nous l'apprîmes après; et voyant que ce jeune homme pâlissait, sans doute à cause de la quantité de sang qu'il avait perdue et qu'il perdait encore :

Madame, dit-il à M^me d'Orville, je crains que monsieur ne se trouve mal; il n'y a pas moyen de le visiter ici; voudriez-vous pour quelques moments nous prêter chez vous une chambre où je puisse examiner ses blessures ?

A ce discours, le jeune homme jeta les yeux sur la personne à qui on s'adressait, et me parut étonné de voir une si aimable femme, qui, malgré la simplicité de sa parure, et mise en femme qui vient de quitter son ménage, avait pourtant l'air noble et digne de respect.

Ce que vous me demandez n'est point une grâce, et ne saurait se refuser, répondit M^me d'Orville au chirurgien, pendant que l'autre ôtait son chapeau et la saluait d'une façon qui marquait beaucoup de considération. Venez, messieurs, ajouta-t-elle, puisqu'il n'y a point de temps à perdre.

Je ne suis fâché de cet accident-ci, dit alors le jeune homme, que parce que je vais vous embarrasser, madame. Et là-dessus il s'avança, et monta l'escalier en s'appuyant sur moi, à qui il avait déjà dit par intervalles mille choses obligeantes, et qu'il n'appelait que son cher ami. Vous sentez-vous faible ? lui dis-je. Pas beaucoup, reprit-il, je ne me crois blessé qu'au bras et un peu à la main; ce ne sera rien, je n'aurai perdu qu'un peu de sang, et j'y aurai gagné un ami qui m'a sauvé la vie.

Oh ! pardi, lui dis-je, il n'y a pas à me remercier de ce que j'ai fait, car j'y ai eu trop de plaisir, et je vous ai aimé tout d'un coup, seulement en vous regardant. J'espère que vous m'aimerez toujours, reprit-il, et nous entrions dans l'appartement de M^me d'Orville, qui nous avait précédés pour ouvrir un cabinet assez *propre, où elle nous fit entrer avec le chirurgien, et où il y avait un petit lit qui était celui de la mère de cette dame.

A peine y fûmes-nous, que son mari, M. d'Orville m'envoya une petite servante d'assez bonne façon, qui me fit des compliments de sa part, et me dit que sa femme venait de lui apprendre que j'étais la personne à qui il avait tant d'obligation, qu'il ne pouvait se lever à cause qu'il était malade, mais qu'il espérait que je voudrais bien lui faire l'honneur de le voir avant que je m'en allasse.

Pendant que cette servante me parlait, M^me d'Orville tirait d'une armoire tout le linge dont on pouvait avoir besoin pour le blessé.

Dites à M. d'Orville, répondis-je, que c'est moi qui aurai l'honneur de le saluer; que je vais dans un instant passer dans sa chambre, et que j'attends seulement qu'on ait visité les blessures de monsieur, ajoutai-je en montrant le jeune homme à qui on avait déjà ôté son habit, et qui était assis dans un grand fauteuil.

M^me d'Orville sortit alors du cabinet; le chirurgien fit sa charge, visita le jeune homme, et ne lui trouva qu'une blessure au bras, qui n'était point dangereuse, mais de laquelle il perdait beaucoup de sang. On y remédia; et comme M^me d'Orville avait pourvu à tout, le blessé changea de linge; et pendant que le chirurgien lui aidait à se rhabiller, j'allai voir cette dame et son mari, à qui, tout malade et tout couché qu'il était, je trouvai l'air d'un *honnête homme, je veux dire d'un homme qui a de la naissance : on voyait bien à ses façons, à ses discours, qu'il aurait dû être mieux logé qu'il n'était, et que l'obscurité où il vivait venait de quelque infortune. Il faut qu'il soit arrivé quelque chose à cet homme-là, disait-on en le voyant; il n'est pas à sa place.

Et en effet, ces choses-là se sentent; il en est de ce que je dis là-dessus comme d'un homme d'une certaine condition à qui vous donneriez un habit de paysan; en faites-vous un paysan pour cela ? Non, vous voyez qu'il n'en porte que l'habit; sa figure en est vêtue, et point habillée, pour ainsi dire; il y a des attitudes, et des mouvements, et des gestes dans cette figure, qui font qu'elle est étrangère au vêtement qui la couvre.

Il en était donc à peu près de même de M. d'Orville;

quoiqu'il eût un logement et des meubles, on trouvait qu'il n'était ni logé ni meublé. Voilà tout ce que je dirai de lui à cet égard. C'en est assez sur un homme que je n'ai guère vu, et dont la femme sera bientôt veuve.

Il n'y a point de remercîments qu'il ne me fît sur mon aventure de Versailles avec M$^{me}$ d'Orville, point d'éloges qu'il ne donnât à mon caractère; mais j'abrège. Je ne vis point la mère; apparemment elle était sortie. Nous parlâmes de M. Bono, qui nous avait recommandé de l'aller voir, et il fut décidé que nous nous y rendrions le lendemain, et que, pour n'y aller ni plus tôt ni plus tard l'un que l'autre, je viendrais prendre M$^{me}$ d'Orville sur les deux heures et demie.

Nous en étions là, quand le blessé entra dans la chambre avec le chirurgien. Autres remercîments de sa part sur tous les secours qu'il avait reçus dans la maison; force regards sur M$^{me}$ d'Orville, mais modestes, respectueux, enfin ménagés avec beaucoup de discrétion; le tout soutenu de je ne sais quelle politesse tendre dans ses discours, mais d'une tendresse presque imperceptible et hors de la portée d'un mari, qui, quoiqu'il aime sa femme, l'aime en homme tranquille, et qui a fait sa fortune auprès d'elle, ce qui lui ôte en pareil cas une certaine finesse de sentiment, et lui épaissit extrêmement l'intelligence.

Quant à moi, je remarquai sur-le-champ cette petite teinte de tendresse dont je parle, parce que, sans le savoir encore, j'étais très disposé à aimer M$^{me}$ d'Orville, et je suis sûr que cette dame le remarqua aussi : j'en eus du moins pour garant sa façon d'écouter le jeune homme, un certain baissement d'yeux, et ses reparties modiques et rares.

Et puis, M$^{me}$ d'Orville était si aimable ! En faut-il davantage pour mettre une femme au fait, quelque raisonnable qu'elle soit ? Est-ce que cela ne lui donne pas alors le sens de tout ce qu'on lui dit ? Y a-t-il rien dans ce goût-là qui puisse lui échapper, et ne s'attend-elle pas toujours à pareille chose ?

Mais, monsieur, pourquoi ces trois hommes vous ont-ils attaqué ? lui dit le mari, qui le plus souvent répondait pour sa femme, et qui, de la meilleure foi du monde, disputait de compliments avec le blessé, parce qu'il ne voyait dans les siens que les expressions d'une simple et pure reconnaissance. Les connaissez-vous, ces trois hommes ? ajouta-t-il.

Non, monsieur, reprit le jeune homme, qui, comme vous le verrez dans la suite, nous cacha alors le vrai sujet de son combat; je n'ai fait que les rencontrer; ils venaient à moi dans cette rue-ci; j'étais distrait; je les ai fort regardés en passant sans songer à eux; cela leur a déplu; un d'entre eux m'a dit quelque chose d'impertinent; je lui ai répondu; ils on répliqué tous trois. Là-dessus je n'ai pu m'empêcher de leur donner quelques marques de mépris; un d'eux m'a dit une injure, je n'y ai reparti qu'en l'attaquant, ils se sont joints à lui, je les ai eus tous trois sur les bras, et j'aurais succombé sans doute, si monsieur (il parlait de moi) n'était généreusement venu me défendre.

Je lui dis qu'il n'y avait pas là une grande générosité; que tout honnête homme à ma place aurait fait de même. Ensuite : N'auriez-vous pas besoin de vous reposer plus longtemps, lui dit M. d'Orville, ne sortez-vous pas trop tôt ? N'êtes-vous pas affaibli ? Nullement, monsieur, il n'y a point de danger, dit à son tour le chirurgien; monsieur est en état de se retirer chez lui, il ne lui faut qu'une voiture; on en trouvera sur la place voisine.

Aussitôt la petite servante part pour en amener une; la voiture arrive; le blessé me prie de ne le pas quitter; j'aurais mieux aimé rester pour avoir le plaisir d'être avec Mme d'Orville; mais il n'y avait pas moyen de le refuser, après le service que je venais de lui rendre.

Je le suivis donc; une petite toux, qui prit au mari, abrégea toutes les politesses avec lesquelles on se serait encore reconduit[1] de part et d'autre; nous voilà descendus; le chirurgien, qui nous reconduisit jusque dans la cour, me parut très révérencieux, apparemment qu'il était bien payé; nous le quittons, et nous montons dans notre fiacre.

Je n'attendais rien de cette aventure-ci, et ne pensais

---

1. Les éditions du XVIIIe siècle portent *éconduit*, par une faute typographique d'un type connu. *Éconduire,* originairement *escondire,* n'a jamais eu le sens de « reconduire ».

pas qu'elle dût me rapporter autre chose que l'honneur
d'avoir fait une belle action. Ce fut là pourtant l'origine de
ma fortune[1], et je ne pouvais guère commencer ma course
avec plus de bonheur.

Savez-vous qui était l'homme à qui probablement j'avais
sauvé la vie ? Rien qu'un des neveux de celui qui pour lors
gouvernait la France, du premier ministre, en un mot;
vous sentez bien que cela devient sérieux, surtout quand on
a affaire à un des plus honnêtes hommes du monde, à un
neveu qui aurait mérité d'être fils de roi. Je n'ai jamais vu
d'âme si noble.

Par quel hasard, me direz-vous, s'était-il trouvé exposé
au péril dont vous le tirâtes ? Vous l'allez voir.

Où allons-nous ? lui dit le cocher. A tel endroit, répondit-il; et ce ne fut point le nom d'une rue qu'il lui donna,
mais seulement le nom d'une dame : Chez madame la
marquise une telle; et le cocher n'en demanda pas davantage, ce qui marquait que ce devait être une maison fort
connue, et me faisait en même temps soupçonner que mon
camarade était un homme de conséquence. Aussi en avait-il
la mine, et je soupçonnais juste.

Ah çà ! mon cher ami, me dit-il dans le trajet; je vais
vous dire la vérité de mon histoire, à vous.

Dans le quartier d'où nous sortons, il y a une femme que
je rencontrai il y a quelques jours à l'Opéra. Je la remarquai
d'une loge où j'étais avec des hommes; elle me parut
extrêmement jolie, aussi l'est-elle; je demandai qui elle
était, on ne la connaissait pas. Sur la fin de l'Opéra, je sortis
de ma loge pour aller la voir sortir de la sienne, et la regarder tout à mon aise. Je me trouvai donc sur son passage,
elle ne perdait rien à être vue de près; elle était avec une
autre femme assez bien faite; elle s'aperçut de l'attention
avec laquelle je la regardais; et de la façon dont elle y prit
garde, il me sembla qu'elle me disait : En demeurerez-vous
là ? Enfin, je vis je ne sais quoi dans ses yeux qui m'encou-
rageait, qui m'assurait qu'elle ne serait pas d'un difficile
abord.

---

1. Voir l'*Introduction*, p. xxi.

Il y a de certains[1] airs dans une femme qui vous annoncent ce que vous pourriez devenir avec elle; vous y démêlez, quand elle vous regarde, s'il n'y a que de la coquetterie dans son fait, ou si elle aurait envie de lier connaissance. Quand ce n'est que le premier, elle ne veut que vous paraître aimable, et voilà tout, ses mines ne passent pas cela; quand c'est le second, ces mines en disent davantage, elles vous appellent, et je crus voir ici que c'était le second.

Mais on a peur de se tromper, et je la suivis jusqu'à l'escalier sans rien oser que d'avoir toujours les yeux sur elle, et la coudoyer même en marchant.

Elle me tira d'*intrigue, et remédia à ma retenue discrète par une petite finesse qu'elle imagina, et qui fut de laisser tomber son éventail.

Je sentis son intention, et profitai du moyen qu'elle m'offrait de placer une politesse, et de lui dire un mot ou deux en lui rendant l'éventail que je ramassai bien vite.

Ce fut pourtant elle qui, de peur de manquer son coup, parla la première : Monsieur, je vous suis obligée, me dit-elle d'un air gracieux en le recevant. Je suis trop heureux, madame, d'avoir pu vous rendre ce petit service, lui répondis-je le plus galamment qu'il me fut possible; et comme en cet instant elle semblait chercher à mettre sûrement le pied sur la première marche de l'escalier, je tirai encore parti de cela, et lui dis : Il y a bien du monde, on nous pousse, que j'aie l'honneur de vous donner la main pour plus de sûreté, madame.

Je le veux bien, dit-elle d'un air aisé, car je marche mal; et je la menai ainsi, toujours l'entretenant du plaisir que j'avais eu à la voir, et de ce que j'avais fait pour la voir de plus près.

N'est-ce pas vous aussi, monsieur, que j'ai vu dans une telle loge ? me dit-elle comme pour m'insinuer à son tour qu'elle m'avait *démêlé.

Et de discours en discours, nous arrivâmes jusqu'en bas, où un grand laquais (qui n'avait pas trop l'air d'être

---

1. L'édition « de Dijon » porte *des certains airs,* ce qui est certainement une faute typographique, car Marivaux dit toujours *de certains,* par exemple dans *La Vie de Marianne,* p. 570.

à elle, à la manière prévenante dont il se présenta, ce qui est une liberté que ces messieurs-là ne prennent pas avec leur maîtresse) vint à elle, et lui dit qu'on aurait de la peine à faire approcher le carrosse; mais qu'il n'était qu'à dix pas. Eh bien ! allons jusque-là, sauvons-nous, dit-elle à sa compagne, n'est-ce pas ? Comme il vous plaira, reprit l'autre; et je les y menai en rasant la muraille.

Le mien, je dis mon carrosse, n'était qu'à moitié chemin, notre court entretien m'avait enhardi, et je leur proposai sans façon d'y entrer, et de les ramener tout de suite chez elles pour avoir plus tôt fait; mais elles ne voulurent pas.

J'observai seulement que celle que je tenais jetait un coup d'œil sur l'équipage, et l'examinait; et nous arrivâmes au leur qui, par parenthèse, n'appartenait à aucune d'elles, et n'était qu'un carrosse de remise qu'on leur avait prêté.

J'ai oublié de vous dire qu'en la menant jusqu'à ce carrosse je l'avais priée de vouloir bien que je la revisse chez elle. Ce qu'elle m'avait accordé sans façon, et en femme du monde qui rend, sans conséquence, politesse pour politesse. Volontiers, monsieur, vous me ferez honneur, m'avait-elle répondu. A quoi elle avait ajouté tout ce qu'il fallait pour la trouver; de sorte qu'en la quittant je la menaçai d'une visite très prompte.

Et en effet, j'y allai le lendemain; elle me parut assez bien logée, je vis des domestiques; il y avait du monde et d'*honnêtes gens, autant que j'en pus juger; on y joua; j'y fus reçu avec distinction; nous eûmes ensemble quelques instants de conversation particulière; je lui parlai d'amour; elle ne me désespéra pas, et elle m'en plut davantage. Nous nous entretenions encore à l'écart, quand un de ceux qui viennent de m'attaquer entra. C'est un homme entre deux âges, qui fait de la dépense, et que je crois de province; il me parut inquiet de notre tête-à-tête; il me sembla aussi qu'elle avait égard à son inquiétude, et qu'elle se hâta de rejoindre sa compagne[1].

Quelques moments après, je me retirai, et le lendemain

---

1. Texte de toutes les éditions. Il s'agit sans doute de l'amie dont il a été question plus haut.

je retournai chez elle de meilleure heure que la veille. Elle
était seule, je lui en contai sur nouveaux frais.

D'abord elle badina de mon amour d'un ton qui signifiait
pourtant : Je voudrais qu'il fût vrai. J'insistai pour la persuader. Mais cela est-il sérieux ? Vous m'embarrassez;
on pourrait vous écouter de reste, ce n'est pas là la difficulté, me dit-elle, mais ma situation ne me le permet guère;
je suis veuve, je plaide, il me restera peu de bien peut-être.
Vous avez vu ici un assez grand homme d'une figure bien
au-dessous de la vôtre, et qui n'est qu'un simple bourgeois,
mais qui est riche, et dont je puis faire un mari quand il
me plaira, il m'en presse beaucoup; et j'ai tant de peine à
m'y résoudre que je n'ai rien décidé jusqu'ici, et depuis
un jour ou deux, ajouta-t-elle en souriant, je déciderais
encore moins, si je m'en croyais. Il y a des gens qu'on aimerait plus volontiers qu'on    en épouserait d'autres; mais
j'ai trop peu de fortune pour suivre mes goûts; je ne saurais
même demeurer encore longtemps à Paris, comme il me
conviendrait d'y être, et si je n'épouse pas, il faut que je
m'en retourne à une terre que je hais, et dont le séjour est si
triste qu'il me fait peur; ainsi comment voulez-vous que je
fasse ? Je ne sais pas pourquoi je vous dis tout cela, au
reste; il faut que je sois folle; et je ne veux plus vous voir.

A ce discours, je sentis à *merveilles que j'étais avec une
de ces beautés malaisées dont le meilleur revenu consiste
en un joli visage; je compris l'espèce de liaison qu'elle
avait avec cet homme qu'elle qualifiait d'un mari futur; je
sentis bien aussi qu'elle me disait : Si je le renvoie, le rem-
placerez-vous, ou bien ne me demandez-vous qu'une
infidélité passagère ?

Petite façon de traiter l'amour qui me rebuta un peu ;
je ne m'étais imaginé qu'une femme *galante, et non pas
intéressée; de sorte que, pendant qu'elle parlait, je n'étais pas
d'accord avec moi-même sur ce que je devais lui répondre.

Mais je n'eus pas le temps de me déterminer, parce que
ce bourgeois en question arriva et nous surprit; il fronça
le sourcil, mais insolemment, en homme qui peut mettre
ordre à ce qu'il voit; il est vrai que je tenais la main de
cette femme quand il entra.

Elle eut beau le prendre d'un air riant avec lui, et lui dire même : Je vous attendais; il n'en reprit pas plus de sérénité, et sa physionomie resta toujours sombre et brutale. Heureusement, vous ne vous ennuyez pas; ce fut là tout ce qu'elle en put tirer.

Pour moi, je ne daignai pas jeter les yeux sur lui, et ne cessai point d'entretenir cette femme de mille cajoleries, pour le punir de son impertinent procédé. Après quoi je sortis.

Le jeune homme en était là de son récit, quand le cocher arrêta à quelques pas de la maison où il nous menait, et dont il ne pouvait approcher à cause de deux ou trois carrosses qui l'en empêchaient. Nous sortîmes du fiacre; je vis le jeune homme parler à un grand laquais, qui ensuite ouvrit la portière d'un de ces carrosses. Montez, mon cher ami, me dit aussitôt mon camarade. Où ? lui dis-je. Dans ce carrosse, me répondit-il; c'est le mien, que je n'ai pu prendre en allant chez la femme en question.

Et remarquez qu'il n'y avait rien de plus *leste que cet équipage.

Oh ! oh ! dis-je en moi-même, ceci va encore plus loin que je ne croyais; voici du grand; est-ce que mon ami serait un seigneur ? Il faut prendre garde à vous, monsieur de la Vallée, et tâcher de parler bon français; vous êtes vêtu en enfant de famille, soutenez l'honneur du justaucorps, et que votre entretien réponde à votre figure, qui est passable.

Je vous rends à peu près ce que je pensai rapidement alors; et puis je montai en carrosse, incertain si je devais y monter le premier, et n'osant en même temps faire des compliments là-dessus. Le savoir-vivre veut-il que j'aille en avant, ou bien veut-il que je recule ? me disais-je en l'air, c'est-à-dire en montant. Car le cas était nouveau pour moi, et ma légère expérience ne m'apprenait rien sur cet article; sinon qu'on se fait des cérémonies lorsqu'on est deux à une porte, et je penchais à croire que ce pouvait être ici de même.

A bon compte je montais toujours, et j'étais déjà placé, que je songeais encore au parti qu'il fallait prendre. Me voilà donc côte à côte de mon ami de qualité, et de pair à compagnon avec un homme à qui par hasard j'aurais fort bien pu cinq mois auparavant tenir la portière ouverte de ce carrosse que j'occupais avec lui. Je ne fis pourtant pas alors cette réflexion; je la fais seulement à présent que j'écris; elle se présenta bien un peu, mais je refusai tout net d'y faire attention; j'avais besoin d'avoir de la confiance, et elle me l'aurait ôtée.

Avez-vous à faire ? me dit le comte d'Orsan (c'était le nom du maître de l'équipage); je me porte fort bien, et ne veux pas m'en retourner sitôt chez moi; il est encore de bonne heure, allons à la Comédie, j'y serai aussi à mon aise que dans ma chambre.

Jusque-là je m'étais assez possédé, je ne m'étais pas tout à fait perdu de vue; mais ceci fut plus fort que moi, et la proposition d'être mené ainsi gaillardement à la Comédie me tourna entièrement la tête; la hauteur de mon état m'éblouit; je me sentis étourdi d'une vapeur de joie, de gloire, de fortune, de *mondanité, si on veut bien me permettre de parler ainsi (car je n'ignore pas qu'il y a des lecteurs fâcheux, quoique estimables, avec qui il vaut mieux laisser là ce qu'on sent que de le dire, quand on ne peut l'exprimer que d'une manière qui paraîtrait singulière; ce qui arrive quelquefois pourtant, surtout dans les choses où il est question de rendre ce qui se passe dans l'âme; cette âme qui se tourne en bien plus de façons que nous n'avons de moyens pour les dire, et à qui du moins on devrait laisser, dans son besoin, la liberté de se servir des expressions du mieux qu'elle pourrait, pourvu qu'on entendît clairement ce qu'elle voudrait dire, et qu'elle ne pût employer d'autres termes sans diminuer ou altérer sa pensée). Ce sont les disputes fréquentes qu'on fait là-dessus, qui sont cause de ma parenthèse; je ne m'y serais pas engagé si j'avais cru la faire si longue [1], revenons.

---

[1]. Dès 1719, Marivaux avait élaboré avec une grande pénétration une stylistique nouvelle, qui reléguait au second plan l'exigence traditionnelle de clarté et lui substituait la valeur nouvelle de l'expression de la pensée « au degré précis de force et de sens où nous l'avons conçue ». Entre les exigences contradictoires de clarté, d'une part,

Comme il vous plaira, lui répondis-je; et le carrosse partit.

Je ne vous ai pas achevé le récit de mon aventure, me dit-il, en voici le reste. J'ai dîné aujourd'hui chez M^me la marquise de...; sous prétexte d'affaires, j'en suis sorti sur les trois heures pour aller chez cette femme.

Mon carrosse n'était point encore revenu; je n'ai vu aucun de mes gens en bas; il y a des carrosses près de là, j'ai dit qu'on allât m'en chercher un, dans lequel je me suis mis, et qui m'a conduit à sa porte.

A peine allais-je monter l'escalier, que j'ai vu paraître cet homme de si brutale humeur qui en descendait avec deux autres, et qui, son chapeau sur la tête, quoique je saluasse par habitude, m'a rudement poussé en passant.

Vous êtes bien grossier ! lui ai-je dit en levant les épaules avec dédain. A qui parlez-vous ? a repris un des deux autres qui n'avaient pas salué non plus. A tous, ai-je répondu.

A ce discours, il a porté la main sur la garde de son épée. J'ai cru devoir tirer la mienne, en sautant en arrière, parce que deux de ces gens-là étaient au-dessus de moi, et avaient encore deux marches à descendre; il n'y avait que l'autre qui était passé. Aussitôt j'ai vu trois épées tirées contre moi; les lâches m'ont poursuivi jusque dans la rue; et nous nous battions encore quand vous êtes venu à mon secours, et venu au moment où l'un de mes assassins m'allait porter un coup mortel.

---

« de force et de délicatesse » de l'autre, l'écrivain doit trouver un moyen terme (qui n'est pas une moyenne) : il exprimera sa pensée « dans un degré de sens propre à la fixer, et à faire entrevoir en même temps toute son étendue inexprimable de vivacité ». Ainsi se trouvaient jetées les bases d'une stylistique de la suggestion, de l'impropriété même, que Marivaux essayait d'expliquer dans les termes suivants : « C'est comme si l'âme, dans l'impuissance d'exprimer une modification qui n'a point de nom, en fixait une de la même espèce que la sienne en vivacité, et l'exprimait de façon que l'image de cette moindre modification pût exciter dans les autres une idée plus ou moins fidèle de la véritable modification qu'elle ne peut produire. » (*Pensées sur la clarté du discours, Journaux*, p. 52-56.) Voir sur les querelles qu'on lui fit à propos de son style, et sur la façon dont il se défendit, notre introduction à *La Vie de Marianne*, p. LX-LXI, ou notre *Marivaux et le marivaudage*, p. 144-153.

Oui, lui dis-je, j'en ai eu grande peur, et c'est pourquoi j'ai tant crié après lui pour empêcher son dessein, mais n'en parlons plus; ce sont des canailles, et la femme aussi.

Vous jugez bien du cas que je fais d'elle, me répondit-il, mais parlons de vous. Après ce que vous avez fait pour moi, il n'y a point d'intérêt que je ne doive prendre à ce qui vous regarde. Il faut que je sache à qui j'ai tant d'obligation, et que de votre côté vous me connaissiez aussi.

On m'appelle le comte d'Orsan; je n'ai plus que ma mère; je suis fort riche; les personnes à qui j'appartiens ont quelque crédit; j'ose vous dire qu'il n'y a rien où je ne puisse vous servir; et je serai trop heureux que vous m'en fournissiez l'occasion; réglez-vous là-dessus, et dites-moi votre nom et votre fortune.

D'abord je le remerciai, cela va sans dire; mais brièvement, parce qu'il le voulut ainsi, et que je craignais d'ailleurs de m'engager dans quelque tournure de compliment qui ne fût pas d'un goût convenable. Quand on manque d'éducation, il n'y paraît jamais tant que lorsqu'on veut en montrer.

Je remerciai donc dans les termes les plus simples; ensuite : Mon nom est la Vallée, lui dis-je; vous êtes un homme de qualité, et moi je ne suis pas un grand monsieur; mon père demeure à la campagne où est tout son bien, et d'où je ne fais presque que d'arriver dans l'intention de me pousser et de devenir quelque chose, comme font tous les jeunes gens de province et de ma sorte (et dans ce que je disais là, on voit que je n'étais que discret et point menteur).

Mais, ajoutai-je d'un ton plein de franchise, quand je ne ferais de ma vie rien à Paris, et que mon voyage ne me vaudrait que le plaisir d'avoir été bon à un si honnête homme que vous, par ma foi, monsieur, je ne me plaindrais pas, je m'en retournerais content. Il me tendit la main à ce discours, et me dit : Mon cher la Vallée, votre fortune n'est plus votre affaire, c'est la mienne, c'est l'affaire de votre ami; car je suis le vôtre, et je veux que vous soyez le mien.

Le carrosse s'arrêta alors, nous étions arrivés à la Comédie, et je n'eus le temps de répondre que par un souris à de si affectueuses paroles.

Suivez-moi, me dit-il après avoir donné à un laquais de quoi prendre des billets; et nous entrâmes; et me voilà donc à la Comédie, d'abord au *chauffoir, ne vous déplaise, où le comte d'Orsan trouva quelques amis qu'il salua.

Ici se dissipèrent toutes ces enflures de cœur dont je vous ai parlé, toutes ces fumées de vanité qui m'avaient monté à la tête.

Les airs et les façons de ce pays-là me confondirent et m'épouvantèrent. Hélas ! mon maintien annonçait un si petit compagnon, je me voyais si gauche, si dérouté au milieu de ce monde qui avait quelque chose de si aisé et de si *leste ! Que vas-tu faire de toi ? me disais-je.

Aussi, de ma contenance, je n'en parlerai pas, attendu que je n'en avais point, à moins qu'on ne dise que n'en point avoir est en avoir une. Il ne tint pourtant pas à moi de m'en donner une autre; mais je crois que je n'en pus jamais venir à bout, non plus que d'avoir un visage qui ne parût ni déplacé ni honteux; car, pour étonné, je me serais consolé que le mien n'eût paru que cela, ce n'aurait été que signe que je n'avais jamais été à la Comédie, et il n'y aurait pas eu grand mal; mais c'était une confusion secrète de me trouver là, un certain sentiment de mon indignité qui m'empêchait d'y être hardiment, et que j'aurais bien voulu qu'on ne vît pas dans ma physionomie, et qu'on n'en voyait que mieux, parce que je m'efforçais de le cacher.

Mes yeux m'embarrassaient, je ne savais sur qui les arrêter; je n'osais prendre la liberté de regarder les autres, de peur qu'on ne démêlât dans mon peu d'assurance que ce n'était pas à moi à avoir l'honneur d'être avec de si *honnêtes gens, et que j'étais une figure de contrebande; car je ne sache rien qui signifie mieux ce que je veux dire que cette expression qui n'est pas trop noble.

Il est vrai aussi que je n'avais pas passé par assez de degrés d'instruction et d'accroissements de fortune pour pouvoir me tenir au milieu de ce monde avec la hardiesse requise. J'y avais sauté trop vite; je venais d'être fait monsieur, encore n'avais-je pas la subalterne éducation des messieurs

de ma sorte, et je tremblais qu'on ne connût à ma mine
que ce monsieur-là avait été Jacob. Il y en a qui, à ma place,
auraient eu le front de soutenir cela, c'est-à-dire qui auraient
payé d'effronterie; mais qu'est-ce qu'on y gagne ? Rien.
Ne voit-on pas bien alors qu'un homme n'est effronté que
parce qu'il devrait être honteux ?

Vous êtes un peu changé, dit quelqu'un de ces messieurs
au comte d'Orsan. Je le crois bien, dit-il; et je pouvais
être pis. Là-dessus il conta son histoire, et par conséquent
la mienne, de la manière du monde la plus honorable pour
moi. De sorte, dit-il en finissant, que c'est à monsieur à qui
je dois l'honneur de vous voir encore.

Autre fatigue pour La Vallée, sur qui ce discours attirait
l'attention de ces messieurs; ils parcouraient donc mon
*hétéroclite figure; et je pense qu'il n'y avait rien de si sot
que moi, ni de si plaisant à voir. Plus le comte d'Orsan me
louait, plus il m'embarrassait.

Il fallait pourtant répondre, avec mon petit habit de soie
et ma petite *propreté bourgeoise, dont je ne faisais plus
d'estime depuis que je voyais tant d'habits magnifiques
autour de moi. Mais que répondre ? Oh ! point du tout,
monsieur, vous vous moquez; et puis : C'est une bagatelle,
il n'y a pas de quoi; cela se devait; je suis votre serviteur.

Voilà de mes réponses, que j'accompagnais civilement
de courbettes de corps courtes et fréquentes, auxquelles
apparemment ces messieurs prirent goût, car il n'y en eut
pas un qui ne me fît des compliments pour avoir la sienne.

Un d'entre eux que je vis se retourner pour rire me mit
au fait de la plaisanterie, et acheva de m'anéantir; il n'y
eut plus de courbettes; ma figure alla comme elle put, et
mes réponses de même. Le comte d'Orsan, qui était un
galant homme, d'un caractère d'esprit franc et droit,
continuait de parler sans s'apercevoir de ce qui se passait
sur mon compte. Allons prendre place, me dit-il. Et je le
suivis. Il me mena sur le théâtre[1], où la quantité de monde

---

1. C'est-à-dire, on le sait, sur la scène même, où une cinquantaine
de places étaient louées, assises ou debout, jusqu'à la réforme de 1759.

me mit à couvert de pareils affronts, et où je me plaçai avec lui comme un homme qui se sauve.

C'était une tragédie qu'on jouait, *Mithridate*, s'il m'en souvient. Ah ! la grande actrice que celle qui jouait Monime[1] ! J'en ferai le portrait dans ma sixième partie, de même que je ferai celui des acteurs et des actrices qui ont brillé de mon temps[2].

FIN DE LA CINQUIÈME PARTIE

---

1. D'après le continuateur anonyme, cette actrice serait la Gaussin, née en 1711, entrée à la Comédie-Française en 1731, et qui venait en 1732 de triompher dans *Zaïre*, de Voltaire, et dans *La Réunion des Amours*, de Marivaux. C'était, d'après les contemporains, la « meilleure actrice pour les rôles tendres dans la tragédie et pour les rôles naïfs dans la comédie » (*Correspondance de Grimm, Meister*, etc., t. I, p. 286). L'identification du continuateur est donc très vraisemblable. Il y aurait pourtant une difficulté si on prenait au pied de la lettre l'expression *de mon temps*, qui rejette la scène vingt ou trente ans en arrière.

2. Promesse imprudente, si on pense aux dangers que firent courir à *La Vie de Marianne* les longs portraits des quatrième et cinquième parties.

# SUITE APOCRYPHE
## DU
## PAYSAN PARVENU

# PRÉFACE[1]

C'EST *se mettre à la mode, dira-t-on, que de donner une préface ;*
*j'en conviens. J'aurais bien souhaité pouvoir m'en dis-*
*penser ; les discours inutiles ne sont point de mon goût, d'ail-*
*leurs je ne prétends pas y prendre ce ton souple et suppliant,*
*qu'un auteur emploie pour demander grâce au public. Je n'ai*
*que des remerciements à lui faire de l'accueil gracieux, avec*
*lequel il a reçu mes cinq premières parties. On a reconnu dans*
*mes écrits cette simplicité naturelle, qui fait le caractère des*
*gens de la campagne, et qui, j'ose le dire, a toujours fait mon*
*ornement, comme elle fait encore mon envie.*

*Ma vie parut prendre, dès mon entrée à Paris, une certaine*
*tournure intéressante. Je me décidai dès lors à recueillir les*
*événements qui m'arriveraient. Je le fis. J'ai cru depuis entre-*
*voir, que cette collection pourrait être utile et amusante : j'ai*
*profité de mon repos pour mettre en ordre le commencement.*
*J'ai eu l'avantage de voir le public applaudir mon projet,*
*recevant avec plaisir mon ouvrage.*

*Des mémoires, pour ne point lasser des gens désintéressés,*
*doivent avoir un double but, de plaire à l'esprit et d'instruire*
*le cœur. Si j'en crois l'empressement, avec lequel on a reçu*
*les premières parties, je dois me flatter d'avoir obtenu ces*
*deux avantages : car je puis dire, sans amour-propre, que le*

---

1. Sur cette *Préface* du continuateur anonyme, destinée à présenter
les trois dernières parties, et figurant en tête des éditions de La Haye
(1756) et de Francfort (1758), voir l'*Introduction*, p. XXVIII, et la
*Bibliographie*, article K et article M.

*libraire ne pouvait suffire au désir empressé du public, quand je m'avisai de les faire imprimer.*

*Peut-être n'ai-je dû ce succès qu'à la Nouveauté : mais non. Cette idée serait de ma part une ingratitude envers ceux qui m'ont honoré de leurs suffrages. Je mets tous mes soins à soutenir cette précieuse estime dans la nouvelle édition que j'en offre au public. Il y trouvera outre les cinq parties qui ont eu le bonheur de lui plaire, trois autres parties qui complètent une histoire qui, toute imparfaite qu'elle était, s'est néanmoins soutenue depuis l'espace de vingt ans.*

*Je sais que ce projet d'achever mes mémoires n'aura peut-être pas le bonheur de plaire à tout le monde; mais je n'ignore pas qu'il est des gens, dont le suffrage n'entraîne pas plus d'agréments, que leur critique ne doit causer de peines : leurs préjugés contre mon dessein ne m'inquiètent donc point. Je suis fait à être applaudi par des personnes d'un goût décidé et reconnu : voilà ceux dont l'approbation m'est flatteuse, et c'est pour eux seuls que je travaille aujourd'hui.*

*Il faut avouer, que le long espace de temps pendant lequel j'ai fait soupirer après les dernières parties que je donne, annonce une indolence impardonnable. Si un aveu formel ne mérite pas un généreux pardon, du moins il porte à l'indulgence. Je suis du naturel de la charmante Marianne : le caprice règle souvent ma main, et si des critiques prématurés n'eussent piqué mon amour-propre, peut-être ne sortirais-je pas encore de ma léthargie paresseuse. Ils me permettront d'exposer les motifs de leur mauvaise humeur, et d'y répondre avec précision : Le public jugera alors entre nous.*

*On appréhende, disait dernièrement un de ces demi-savants, dont tout le talent est pour l'ordinaire de primer dans un café; on appréhende, disait-il, qu'un homme, qui a fait jouer tous les ressorts de son imagination pour donner un Roman bien filé jusqu'à la cinquième partie; mais qui, arrivé à ce point, a cru alors, quoique dans la fleur de son âge, ne pouvoir le pousser plus loin; ne puisse devenir plus heureux dans sa décrépitude. Il a, poursuivait-il, épuisé la Nature dans le commencement de ses mémoires, il ne lui reste donc plus de ressources pour les poursuivre.*

*Que cette double erreur est grossière? Qui peut en effet développer tous les ressorts de la Nature? Ce fond est iné-puisable : et j'ose dire que peu d'hommes la connaissent dans tous ses points. Mais, s'il est des privilégiés qui aient cette connaissance ; peuvent-ils se flatter d'en avoir découvert toutes les formes? La plus légère circonstance différencie totalement le sentiment, et offre à un auteur une façon de l'exprimer qui, proportionnée à la sensation que la forme fait naître, rend un sentiment dissemblable du même qu'il avait peut-être dépeint un instant auparavant. Pourrais-je donc sans témérité me flatter d'avoir épuisé les formes innombrables de la Nature dans un ouvrage d'environ cinq cents pages? Non, je ne crains point de le dire, le lecteur équitable n'attend pas même, que je remplisse ce but dans les trois parties que j'ajoute aujourd'hui.*

*Pour poursuivre mes mémoires, je n'ai pas besoin de ce bouillant de l'âge. Les ouvrages de génie l'exigent, mais ceux que la vérité seule conduit, n'ont besoin, pour devenir parfaits, que de sens et de raison. Je fus simple, lorsque je commençai ; et je resterai le même en continuant. Je parus d'abord le villageois Jacob, on me verra par la suite le naïf La Vallée.*

*La fiction n'a point lieu dans mon ouvrage, je puis même manquer à l'ordre du Roman, car les événements de ma vie, tels que la Providence les a ordonnés forment les circonstances de mes mémoires. L'intérêt, qu'ils ont inspiré ou qu'ils solli-citent, est né ou naîtra de la sincérité qui les écrit. L'art est inutile où la vérité brille. Les traits que je peins, sont formés par la Nature elle-même, j'y applique des couleurs simples, mais adaptées à mon modèle. C'est en quoi consiste tout mon travail, il est de tout âge. Si je crois y devoir joindre des réflexions courtes tantôt amusantes ou tantôt utiles, l'expé-rience, que les années donnent, ne peut que me servir. Voilà le seul moyen que je connaisse pour mériter l'approbation des gens raisonnables. C'est par là sans doute que j'ai plu autrefois, et c'est par cette voie que je me flatte de plaire encore*[1].

---

1. La platitude de fond et de forme de cette *Préface* montre clairement, estimons-nous, qu'il ne peut être question de l'attribuer à Marivaux. On pourrait répéter cette observation à chaque page de la *Suite* elle-même.

# SIXIÈME PARTIE

SECONDE PARTIE

# SIXIÈME PARTIE[1]

JE suis donc sur le théâtre de la Comédie : si cette position étonne mon lecteur, elle avait bien plus lieu de me surprendre.

Qu'on se représente le nouveau M. de la Vallée avec sa petite doublure de soie, qui, un instant plus tôt, se trouvait déplacé, parce qu'il était entre quatre ou cinq seigneurs ; qu'on se le représente, dis-je, dans le cercle des plus nobles ou des plus opulents de la célèbre ville de Paris, à côté de M. le comte d'Orsan, fils d'un des plus grands du royaume, qui le regarde comme ami, et qui le traite en égal ; on ne pourra certainement s'empêcher d'être étonné.

Je vais bien vite, diront quelques lecteurs ; je l'ai déjà dit, je le répète, ce n'est pas moi qui marche ; je suis poussé par les événements qu'il plaît à la fortune de faire naître en ma faveur.

Si je me plais d'ailleurs à répéter cette situation, c'est une suite de cette complaisance avec laquelle je m'ingérai de relever mon petit être, dès que, monté en carrosse, j'en-

---

1. Nous donnons le texte de cette suite apocryphe d'après l'édition X (Rouen, 1782). L'édition originale (La Haye, Henri Scheurleer, 1756), dont un exemplaire appartient à F. Deloffre, présente quelques différences, dont nous avons tenu compte, sauf dans le cas de mots visiblement fautifs et corrigés dans les éditions ultérieures (p. 287, *atteinte* pour *attention* ; p. 299, *employer* pour *implorer,* etc.). Nous avons aussi collationné entièrement l'édition W (Duchesne, 1781) revue par La Porte, mais encore très proche des éditions hollandaises, à part quelques menus détails surtout orthographiques. Parmi les innombrables corrections de l'édition Z (Paris, 1825), on a retenu quelques échantillons dont certains figurent déjà dans l'édition Garnier d'Abel Farges, qui avait collationné le huitième livre, et celui-là seulement, sur l'édition de 1781.

tendis donner l'ordre au cocher de nous conduire à la Comédie.

On doit se ressouvenir qu'au mot seul de *Comédie*, j'avais senti mon cœur se gonfler de joie. Il est vrai que ma situation me fit bientôt changer de sentiment, et un moment passé au *chauffoir, en me rabaissant, m'avait fait croire un être isolé dans ce nouveau monde. M. le comte d'Orsan y était trop occupé à répondre aux questions de ceux qui l'abordaient, pour pouvoir m'aider à soutenir le rôle qu'il me mettait dans le cas de jouer pour la première fois : mais tout disparut quand, en marchant de pair avec ce seigneur, je me vis sur le théâtre. Si la vanité cède un instant, elle a ses ressources infaillibles pour se dédommager.

Peut-on penser et devais-je croire qu'une épée que je n'avais demandée à mon épouse que comme un ornement de parade me servirait à sauver la vie d'un homme puissant dans l'État, et me mettrait, le même jour, dans le cas de figurer avec ses pareils ?

Je suis persuadé (quoi que disent ceux qui blâment l'espace de temps que j'ai laissé passer entre cette sixième partie et les précédentes) qu'on conviendra qu'il ne fallait pas moins de vingt ans pour revenir de la surprise dans laquelle mon courage et ma victoire ont dû jeter un chacun ; mais je ne sais s'il en fallait beaucoup moins pour me rappeler de l'étonnement stupide où me plongea le premier coup d'œil que je donnai à la Comédie. En moins de quatre ans[1], passer du village sur le théâtre de Paris, et par quels degrés ? Le saut est trop hardi pour faire moins d'effet, mais enfin j'y suis.

A peine assis, je promène mes regards partout; mais, j'en conviendrai, pour trop avoir sous les yeux, je ne voyais rien exactement, et peut-être dirais-je vrai en avouant simplement que je ne voyais rien. Chaque personne, chaque contenance, chaque habillement, tout m'arrêtait; mais je ne me satisfaisais sur aucune chose en particulier. Je ne

---

1. Duport corrige : *en moins de six mois,* ce qui est en effet plus conforme à la chronologie apparente du roman.

m'apercevais plus que j'étais déplacé, parce que je n'avais
pas le temps de songer à moi. Mille objets étrangers se
présentaient, je les saisissais, et l'un n'était pas ébauché,
que l'autre, en se substituant, enlevait l'attention que je
me proposais de donner au premier. Quel chaos dans l'esprit
du pauvre La Vallée, qui n'était réveillé que par mille sornettes, dont, si la nouveauté le forçait d'y prêter l'oreille,
la futilité le fatiguait bientôt [1]!

Bonjour, chevalier, disait un survenant à celui qui était
assis. As-tu vu la marquise ? Ah ! petit fripon, vous ne
venez plus chez la duchesse; c'est mal, mais du dernier mal.
Voilà nos gens courus, fêtés; vous allez cent fois à leur porte,
toujours en l'air ! Sais-tu quelle pièce on donne ? qu'en
dit-on ? Pour moi, je soupai hier en excellente compagnie;
la comtesse de... en était; ah ! nous avions du vin exquis
et l'on en but... Le vieux comte se soûla rapidement.
Tu juges que sa femme n'en fut pas fâchée; elle est bonne
personne... Où soupes-tu ce soir ? Ah ! tu fais le mystérieux !
Eh ! fi donc, à ton âge [2]!

Tout cela était dit avec la rapidité d'un discours étudié et
celui auquel on adressait la parole avait à peine le temps d'y
couler de temps en temps un *oui* ou un *non*, quand la volu-
bilité du discoureur ne l'obligeait pas d'y suppléer par
un geste de tête. Ces discours étourdis ne différenciaient,
dans la bouche du vieillard ou du robin, que par une haleine
plus renouvelée, qui me fit penser que ces dialogues étaient
moins un conflit de compliments, qu'un projet formé de
se ruiner les poumons de concert et à plaisir.

Un autre, à demi penché sur une première loge, débitait
mille fades douceurs aux femmes qui y étaient, et qui les
recevaient avec un léger souris qui semblait dire : La forme
veut que je n'adhère point à ce que vous dites, mais continuez néanmoins, car ma suffisance m'en dit mille fois davan-

---

1. La description du théâtre qui va suivre n'a rien d'original en 1756.
On en trouve de semblables dans les *Lettres de Thérèse*, de Bridard
de la Garde (1737), dans *Angola*, de la Morlière (1746), etc.

2. Spécimen de langage « petit-maître ». Voir sur ce langage à
la mode notre édition du *Petit-maître corrigé* de Marivaux, Droz, 1957,
*Introduction*.

tage. Si c'était là le langage du cœur, celui qu'exprimait la bouche était bien différent. Pour persuader qu'on n'ajoutait point foi aux compliments, on accumulait exagérations sur exagérations, qui tendaient toutes à prouver que l'on n'était point dupe de la politesse; mais l'œil, comme par distraction, apprenait qu'en continuant on aimait la reconnaissance.

Pendant tous ces petits débats, prélude du spectacle, je rêvais stupidement à tout. On n'en sera point surpris, quand je dirai que je ne connaissais point ce grand air du monde qui oblige la bouche à n'être presque jamais d'accord avec le cœur. Je savais encore moins qu'une belle femme ne devait plus parler sa langue maternelle, qu'elle en devait trouver les expressions trop faibles pour rendre ses idées, et que, pour y suppléer, la mode voulait qu'elle employât des termes outrés, qui, souvent dénués de sens, ne peuvent servir qu'à mettre de la confusion dans les pensées, ou qu'à donner un nouveau ridicule à la personne qui les met en usage[1].

Et qu'on n'aille pas dire que cela est neuf; car il se trouvera peut-être bien des gens qui ont eu à Paris une plus longue habitude que moi, et qui liront ceci avec quelque incrédulité. Mais je ne voyais le monde que depuis mon mariage contracté avec une personne qui ne connaissait d'autre langage que celui de Le Tourneur[2] ou de Saint-Cyran, et qui, au moindre mot de Comédie, se serait écriée : Bon Dieu! mon cher enfant, vous allez vous perdre! Ainsi ma simplicité est à sa place.

Toutes choses ont leur terme, c'est l'ordre. Ma première surprise eut le sien; un coup d'archet me rendit à moi-même, ou, pour mieux dire, saisit tous mes sens, et vint s'emparer de mon âme. Je m'aperçus alors, pour la première fois, que mon cœur était sensible. Oui, la mu-

---

1. Il s'agit ici de la vogue des hyperboles dans le langage mondain. Voir la note précédente.

2. Ce nom d'un prédicateur célèbre, ami de Port-Royal (1640-1686), et surtout celui de Saint-Cyran, font soupçonner Mlle Habert de sympathies jansénistes, au moins selon la pensée du continuateur.

sique me fit éprouver ces doux saisissements que la véritable
sensibilité fait naître[1].

Mais, dira-t-on, l'on connaît déjà votre âme. Mlle Habert, Mmes de Ferval et de Fécour vous ont donné occasion
de dévoiler aux autres votre penchant pour la tendresse;
vous deviez donc dès lors le connaître vous-même.

Je conviendrai que ces expériences superficielles ne
m'avaient point servi, quoique je puisse, sans montrer
beaucoup d'imprudence, et peut-être même sans craindre
un démenti, faire parade d'inclination pour ces femmes. On
sait que, dans cette ville, le nombre des conquêtes ne fait
point déroger aux sentiments; aussi, bien des gens à ma
place se feraient honneur de se dire amoureux. Ce serait
même l'ordre du roman, du moins pour Mlle Habert; car,
dans ces fictions, l'amant doit être fidèle, ou, s'il a quelques
égarements, il doit en revenir, les regretter, trouver grâce,
et finir par être constant. Mais la vérité, je l'ai déjà dit,
n'est point astreinte aux règles.

C'est elle aussi qui m'oblige de rappeler que, si l'on a bien
pris les différents rôles que j'ai été forcé de jouer auprès
de ces dames, on a dû voir que toutes ces aventures étaient
moins des affaires où mon cœur se mit de la partie, que des
occasions où mes beaux yeux avaient seuls tout décidé.
Oui, le gros brunet, accoutumé à être prévenu, n'avait point
encore eu le temps de sonder si son cœur était capable
de prendre de lui-même quelque impression[2].

La reconnaissance et l'espoir d'un sort que je ne devais
point attendre d'une rencontre fortuite sur le Pont-Neuf
avaient plus avancé mon mariage qu'un goût décidé pour
Mlle Habert. Je l'ai fait pressentir; elle avait trop fait en
ma faveur pour prétendre à mon amour. On en est facilement
convaincu quand on voit que, même devant qu'elle m'eût
accordé sa main et à la veille de la recevoir, mon âme, que

---

1. Chez Marivaux lui-même, il n'est jamais question des rapports
de la musique et de l'âme sensible. Aussi est-ce bien hasarder que de
tirer argument d'un passage comme celui-ci dans une étude sur la
sensibilité de Marivaux.

2. Le continuateur souligne lourdement ce que Marivaux avait
laissé deviner, sans y insister.

cette bonne dévote se croyait toute acquise, lui avait fait une infidélité à la première agacerie de M^me de Ferval. On peut se rappeler que je rougis alors d'avouer que j'aimais ma femme prétendue, et que j'aurais consommé ma trahison chez la Remy, sans l'apparition imprévue d'un chevalier indiscret, qui, glorieux d'avoir mis en fuite M. Jacob, se crut néanmoins trop heureux de le remplacer.

Ma liaison ébauchée avec M^me de Ferval aurait peut-être pu avoir un motif plus noble, si ma vanité et l'intérêt ne l'eussent point prévenu. Le ton rond et sans fard de M^me de Fécour; cette façon d'être la première à me demander mon amitié; sa grosse gorge... Ah! ceci était un article délicat. Oui, toutes ces rencontres avaient flatté mon cœur sans l'éclairer; c'était une terre qu'on avait pris trop de peine à engraisser pour en pouvoir connaître la vraie qualité.

Rien n'avait donc encore découvert en moi cette facilité à se laisser aller aux impressions que doit naturellement causer le vrai beau, quand la musique, en frappant mes oreilles, s'empara de mon âme. Elle se réveilla; car c'était la première fois que je pouvais à loisir entendre, sentir et goûter son harmonie[1].

Si ceux qui m'environnaient, et qui semblaient n'assister au spectacle que pour ne s'en point occuper, avaient tourné leurs yeux sur moi, ils m'auraient pris du moins pour quelque provincial, et même du dernier ordre; et le ris moqueur qui, dans le *chauffoir, avait payé mes révérences redoublées, aurait bien pu me déconcerter de nouveau.

J'évitai cette confusion, ou, si je l'essuyai de la part de quelques-uns des spectateurs, je fus assez heureux pour n'y point prendre garde, et par là la félicité que je goûtais ne fut point troublée.

On sait que, quelque mortifiants que soient les objets extérieurs, si on est assez fortuné pour ne les point envisager, ou qu'en les regardant on ait assez de courage pour les braver, on ne sort point de sa tranquillité. Or, dans l'extase qui me tenait hors de moi-même, je n'étais en état de voir

---

1. Il ne s'agit pourtant que du petit orchestre du Théâtre Français, avec ses cinq violons et ses voix, qui joue avant le lever de rideau.

que ce qui pouvait concerner le spectacle; tout le reste m'était étranger, et semblait n'être plus sous mes yeux; rien donc ne me gênait, et j'étais heureux.

Oui, si je voulais dépeindre mon ravissement, j'aurais bien de la peine à y réussir. Car, que devins-je quand la scène s'ouvrit ? Je n'ai jamais bien pu me représenter cette situation, et à présent même que je suis fait à y paraître sur les mêmes rangs, je ne pourrais démêler tous les mouvements que j'y éprouve lorsque j'y assiste. C'est une succession si rapidement variée, que, si l'on peut tout sentir, je crois impossible de tout retracer.

Pour aider cependant à développer cette circonstance, qui n'est pas la moins essentielle de ma vie, puisqu'elle fut la source du bonheur dont je jouis maintenant, qu'on se représente Jacob, qui, de conducteur des vins de son père, est devenu valet; qui, de sa condition, a passé dans les bras d'une demoiselle qui l'a mis à la tête de quatre mille livres de rente[1] ; en un mot, qui se trouve au théâtre de la Comédie.

A en juger par ces traits réunis, l'on me voit assis droit comme un piquet, n'osant me pencher sur la banquette, comme mes voisins, ne me retournant qu'avec précaution, envisageant avec une attention scrupuleuse tous ceux qui font quelques mouvements. On ne me demandera point pourquoi cette dernière précaution; on m'épargnera la honte de me voir craindre quelque apostrophe pareille à celle qui me fut faite chez la Remy; j'eusse, en effet, été terrassé, et peut-être encore obligé de quitter honteusement, si l'on eût salué d'un *mons Jacob le libérateur de M. le comte de Dorsan.

Cette réflexion, que je faisais de temps en temps, passa alors sans que j'y fisse trop attention. Un coup d'œil nouveau ne me permit pas de m'y arrêter, et m'enleva, pour un instant, toute l'attention que je m'étais promis de donner à la pièce qu'on représentait.

---

1. Voici, à propos de ce dernier membre de phrase, un exemple des corrections de Duviquet : « qui, de sa condition *servile* (mot ajouté), a passé dans les bras d'une demoiselle *propriétaire de* (au lieu de : *qui l'a mis à la tête de*) quatre mille livres de rente; ».

Cinq ou six jeunes seigneurs, sans avoir écouté ni regardé ce qui s'était passé ou dit, mais après avoir parlé chevaux, chiens, chasse ou filles, se déterminèrent à se retirer. Ce projet me flattait intérieurement, du moins autant que leur façon d'être présents m'avait formalisé, quand, avant de partir, ils voulurent avoir une idée du spectacle.

Je vis tout à coup braquer de toutes parts un tas de lorgnettes, qui allaient pénétrer dans chaque loge, pour découvrir quelles beautés y étaient. Les contenances, les visages, les ajustements, tout était matière à leur critique; on coulait rapidement sur chaque objet. Cela occasionnait de part et d'autre, ici un salut, là un geste de connaissance, d'amitié ou de familiarité; ensuite tous ces contemplateurs, après s'être repenchés, se communiquaient leurs découvertes, et la fin était toujours de débiter quelques anecdotes sur les personnes connues, ou de donner à celles qu'on ne connaissait point un âge proportionné au rapport que l'instrument fidèle ou infidèle pouvait sans doute faire. Quoique cette singulière méthode de regarder, et les propos qu'elle produisait, me fâchassent par les distractions que tout cela me causait, je ne pus cependant m'empêcher de rire.

J'avoue, en effet, que je ne pouvais concevoir la raison qui donnait un si grand crédit à cet usage, et je me demandais si c'était un reproche ou une galanterie qu'on faisait à la nature. Pour m'éclairer, j'examinai scrupuleusement ces lorgneurs. Car les plus jeunes me paraissaient les plus empressés à se servir de ces lorgnettes.

Ont-ils la vue faible, me disais-je à moi-même, ou les hommes doivent-ils ne venir au spectacle avec des lunettes, que comme les femmes n'y assistent qu'avec des navettes[1] ? Une certaine timidité m'empêchait, en interrogeant M. d'Orsan, d'être instruit tout d'un coup. Il m'en aurait trop coûté de paraître novice, et j'aimais mieux tâcher de décou-

---

1. Trait de mœurs postérieur à la date à laquelle l'histoire de Jacob est censée se passer. Ce n'est en effet que vers le milieu du xviiie siècle que les femmes, voulant affecter au spectacle les airs de mères de famille, s'y servaient de navettes pour faire des bourses, des réseaux, etc, etc.

vrir par moi-même. Je voyais de tous côtés de beaux yeux
dont le nerf me paraissait solide, la prunelle ferme, et le
cristallin brillant, lorsque je m'aperçus que, par un motif
contraire, je causais un étonnement pareil à celui que j'éprouvais.

Que je savais peu ce que je faisais, quand je me fâchais
contre un instrument qui allait me devenir si favorable !
Oui, je ne fus pas longtemps à regretter moi-même de
n'avoir pas eu assez d'usage du monde pour m'être muni
d'une lorgnette avant d'entrer au spectacle. Avant d'en
venir à ce point intéressant, je ne puis m'empêcher de
dire encore un mot sur la manie de ceux qui occupent
ces rangs où je me trouvais alors si mal à mon aise.

J'écoutais souvent les acteurs sans pouvoir entendre
leurs paroles. Un petit-maître se levait, se tournait pour
débiter en secret, à sa droite ou à sa gauche, une sornette
qu'il aurait été fâché de ne pas faire passer d'oreilles en
oreilles. Le ton haut avec lequel il la débitait, paraissait
dire à tous ses voisins : Si je veux bien donner à mon ami
une preuve de mon affection, en lui confiant mon secret,
je ne vous crois pas indignes de le partager. Oui, je continue
sur ce ton, vous pouvez l'entendre; mais l'apparence de
mystère que j'emploie doit suffire pour ne pas me taxer
d'indiscrétion.

Moi-même, au commencement, je voulais m'écarter par
respect (il reste toujours quelque teinture de son premier
état, ou du moins le temps seul peut l'effacer); mais, à la
façon dont la voix se grossissait, je compris que je n'étais
pas de trop. Ce fut alors que je pris la généreuse résolution
de consulter M. le comte; car le premier acte qui finissait
le rappelait au *chauffoir, et je devais l'y suivre.

Monsieur, lui dis-je, il vous paraîtra étonnant qu'un
homme qui a été assez heureux pour mériter vos attentions
paraisse assez neuf sur le théâtre pour être surpris de tous
ses usages.

Que ce début n'étonne point; il avait été bien étudié, et
j'ai déjà annoncé que mon langage se polissait.

J'ai été élevé à la campagne, continuai-je, et là, on se
sert bonnement de ce que la nature a donné. Quelquefois

nos vieillards ont recours à des yeux postiches pour lire à notre église, ou dans la maison; mais pour regarder Pierre ou Jacques, pour parcourir une chambre, je ne les ai jamais vus prendre de lunettes. Les yeux seraient-ils donc plus faibles à la ville qu'à la campagne, et à Paris qu'en province ?

Si M. d'Orsan, qui, quoique jeune, conservait assez de raison pour ne pas pousser à l'excès les ridicules, fut étonné de ma demande, et de la façon dont je la tournais, il eut assez d'humanité pour ne pas me faire sentir toute la surprise qu'elle lui causait. On pense assez que j'en devinais une partie; mais ce qu'il m'en marqua fut, pour ainsi dire, insensible.

Ce que vous dites, mon cher, me répondit-il, est sage et bien pensé, si la mode ne le combattait pas. Il est du bel air de regarder par le secours d'un verre; et quoique l'œil soit suffisant, je dis même plus, quoique le plaisir de la vue doive être plus sensible quand l'objet se retrace directement dans la rétine, l'usage, oui, l'usage ne permet pas de s'y borner, et ce serait se ridiculiser que d'agir autrement. Je blâme cette méthode peut-être plus que vous, et cependant je suis contraint de la suivre. Mille autres sont de notre sentiment, qui n'osent s'éloigner de cette pratique. Mais ce qui doit paraître plus extraordinaire, c'est qu'il semble que plus on est favorisé pour cette fonction, et moins on doive faire gloire de ses avantages[1].

Pardi ! repris-je, qu'est-ce donc que cette mode qui fait combattre ses penchants, et qui rend inutiles les bienfaits de la Providence ?

C'est, me dit-il, une espèce de convention tacite qui prescrit de s'arrêter à telle chose, parce que le plus grand nombre y adhère et la pratique.

Je crois, dis-je en l'interrompant, que c'est faire honte à

---

1. Le continuateur développe ici lourdement des idées empruntées au roman d'*Angola*, de La Morlière (1746).

Angola, dans le roman du même nom, manque de se rendre ridicule en regardant « bourgeoisement », c'est-à-dire attentivement, le spectacle de l'Opéra.

la nature. A la nature ? reprit-il; eh ! y fait-on attention ?
Elle nous a formés, sa fonction est remplie; du reste, de
quoi doit-elle s'inquiéter ? Elle nous a donné des organes;
c'est à nous d'en régler les mouvements, et de décider les
services que nous prétendons en tirer.

Mais cette façon de s'asseoir, lui dis-je, ou pour mieux
dire de se coucher, est-elle aussi prescrite par la mode ?
Est-ce donc cette mode qui fait venir au spectacle pour ne
s'en pas occuper ? Autant vaudrait-il rester chez soi.

Oui, mon ami, me dit-il, il n'appartient qu'à un provincial ou à un bourgeois de paraître attentif à la comédie; il
est du bel air de ne l'écouter que par distraction. Remarquez
bien, ajouta-t-il, que je ne renferme dans la classe de
ceux qui doivent écouter au spectacle que les provinciaux
ou les bourgeois; car le clerc et le commis ont le droit, et
sont même obligés dans le parterre, de copier les actions que
le grand met en parade sur le théâtre; et la mode, voilà le
tyran qui le lui ordonne.

Ici s'évanouissait tout le rôle de M. de la Vallée, et Jacob
reparaissait tout entier. Les yeux ouverts et la bouche béante,
j'écoutais M. d'Orsan avec une stupidité qui se sentait fort
des prérogatives de ma patrie. La Champagne, (comme on
le sait), malgré les génies qu'elle a produits, ne passe pas
ordinairement pour avoir de grands droits sur l'esprit[1].
M. le comte, que ses habitudes à la cour rendaient assez
pénétrant pour découvrir ce que tout autre, moins clair-
voyant, aurait facilement aperçu, fut assez bon pour me
cacher qu'il me pénétrait; il me proposa de rentrer au
théâtre. Je le suivis.

Je ne fus pas arrivé, que je me trouvai sujet aux mêmes
distractions; cela me fit prendre la résolution de ne donner
à la pièce qu'une attention superficielle, et de promener
mes regards dans les loges, amphithéâtre et parterre.

Me voilà donc un peu à la mode : j'assiste maintenant à
la comédie, c'est-à-dire que je fais nombre au spectacle.
J'entends de temps à autre des battements de mains, mes

---

1. Abel Farges cite à ce propos le proverbe que *quatre-vingt-dix-
neuf moutons et un Champenois font cent bêtes.*

voisins s'y unissent; je m'y joins machinalement; je dis
*machinalement*, car ce que m'avait dit M. d'Orsan m'avait
fait impression, et je croyais tout de mode; j'applaudissais
souvent sans savoir pourquoi. En effet, je m'imaginais
connaître le beau à un certain saisissement qui me passait
dans le sang et me satisfaisait; mais rarement applau-
dissait-on quand je l'éprouvais. J'aurais souvent gardé le
silence quand la multitude m'entrainait, et souvent, au
contraire, je reprochais au parterre une tranquillité cruelle
qui m'empêchait de manifester les transports de joie qui
s'élevaient dans mon âme.

Ce serait ici le lieu de faire le portrait et de donner les
caractères des acteurs et des actrices qui jouaient; mais on
sent assez qu'entrainé par le torrent, je n'ai pu assez les
étudier pour satisfaire suffisamment le public sur cet
article. Il est vrai que l'étude que j'en ai faite depuis pourrait y suppléer; mais outre que, depuis que j'ai interrompu
mes Mémoires, j'ai été prévenu[1], c'est que d'ailleurs je me
suis imposé la loi de suivre l'ordre de mes événements, et
qu'alors je n'aurais pu les peindre, faute de les connaître.

Je me contenterai de dire simplement que Monime
m'arrachait, même malgré moi, de ma distraction, quoiqu'elle fût volontaire. Je n'étais point encore familiarisé
avec les beautés théâtrales; mais l'aimable fille qui représentait ce rôle portait dans mon âme un feu qui suspendait
tous mes sens. Rien d'extérieur dans ces instants ne pouvait
plus les frapper, et dès qu'elle ouvrait la bouche, elle me
captivait; je suivais ses paroles, je prenais ses sentiments,
je partageais ses craintes, et j'entrais dans ses projets.

Oui, je lui dois cette justice; la grâce qu'elle donnait à
tout ce qu'elle prononçait le lui rendait si propre, que, tout
simple et tout neuf que j'étais, je m'apercevais bien que
je m'intéressais moins à Monime, représentée par la demoiselle Gaussin[2], qu'à la Gaussin qui paraissait sous le nom
de Monime. Il est, parmi les acteurs et les actrices, des

---

1. Dans les *Lettres de Thérèse*, de Bridard de la Garde, ou dans
*Angola*, de La Morlière, notamment.
2. Voir p. 267, n. 1.

rangs différents proportionnés aux qualités qu'exige chaque genre de personnages. J'aurais voulu pouvoir remplir à leur égard la loi que je m'étais imposée à la fin de ma cinquième partie. Mon silence mécontentera peut-être et acteurs et lecteurs. En effet, si les grands hommes en tout genre ont des droits sur notre estime, qu'on ne peut leur refuser sans injustice, la postérité réclame le plaisir de les connaître. Elle leur rend justice; et cette équité à laquelle on la force, pour ainsi dire, fait plus d'honneur à la nature, qu'un préjugé vulgaire, qui cherche à les flétrir, ne leur peut imprimer de honte. Ce n'est donc point pour diminuer la gloire qui leur est due que je me tais sur leur compte. Je n'avais point d'attention, je ne pouvais bien les connaître; voilà les motifs de mon silence.

Ah! bon Dieu! dira quelqu'un, ce n'est que trop nous amuser sur le théâtre. J'en ai prévenu; cette situation, toute simple qu'elle paraît par elle-même, est la plus intéressante de ma vie. Il n'était pas inutile de m'y bien envisager; cela servira à prouver combien la fortune prenait plaisir à me favoriser, puisqu'une position qui aurait pu nuire à tout autre va devenir la source du bonheur dont je jouirai par la suite. Non, jamais je n'oublierai cet heureux instant; qu'on ne se fâche donc pas si j'y insiste volontiers; c'est assez annoncer que je ne suis pas las de ma situation, et que je suis décidé de la reprendre.

Le quatrième acte allait commencer, quand M. de Dorsan salua deux dames qui étaient à une première loge du fond. Je regardais depuis quelque temps cette loge avec attention, parce qu'il m'avait paru que, par le secours d'une lorgnette, on y avait voulu connaître à qui l'on avait obligation de l'attention avec laquelle mes regards s'y portaient, même sans réflexion. Le salut de M. de Dorsan me fit prendre garde à cette circonstance : je me dis alors que ce seigneur était l'objet de cette curiosité; mais je vais être désabusé.

La politesse de mon nouvel ami ne m'échappa pas. Je vis qu'à l'une il donna une révérence d'amitié qui annon-çait une connaissance entière; mais que l'autre ne reçut de sa part qu'un salut respectueux, que j'ai appris depuis être plus fait pour flatter la vanité que pour contenter le cœur.

L'une et l'autre civilité lui furent rendues avec les mêmes proportions. Je le suivis des yeux; j'envisageai ces deux personnes; je m'aperçus qu'un mot qu'il me dit alors parut les inquiéter; mais un grand œil brun et brillant que la seconde dame fixa sur moi, lorsqu'un regard timide semblait le chercher et l'éviter tout à la fois, me déconcerta. Je soupçonnai, par sa vivacité à se détourner, qu'elle était fâchée que je l'eusse surprise; mais l'ardeur avec laquelle elle parlait à sa compagne, qui ne faisait que redoubler son attention à me regarder, semblait me dire : Je vous prie de continuer, mais n'attribuez mes réponses qu'à la distraction. Les yeux de cette personne me paraissaient s'animer; car je m'étais enhardi, et rien n'était plus capable de me retirer de cette loge; le rouge m'en monta au visage, et M. de Dorsan, qui s'en aperçut sans doute, me dit :

Cher, ou je me tromperais fort, ou je ferai plaisir à une de ces dames que j'ai saluées, de vous mener ce soir chez elle. Je ne peux, lui dis-je; ma femme...

Ah ! votre femme ! reprit-il avec vivacité. Vous êtes donc marié ? Tant pis, mais qu'est-ce que cela fait ? Vous êtes à moi aujourd'hui; je vous dois la vie, et je n'ai pas trop de la journée entière pour faire connaissance avec vous. Vous ne me quitterez pas; cela est décidé.

Que pouvait répondre M. de la Vallée ? C'est un seigneur qui décide, et je ne puis qu'obéir. Je tâchais cependant de trouver quelques termes pour me défendre; car mon épouse me revenait à l'esprit, et je craignais de lui causer quelque inquiétude. Il ne faut que de la reconnaissance pour ménager les personnes auxquelles on a obligation. J'allais donc répliquer à M. de Dorsan, quand un coup d'œil jeté par mon nouvel ami sur les personnes de la loge me parut avoir lié la partie.

Que la réponse des deux personnes, telle que je crus la lire dans leurs regards, me sembla différente ! Celle à laquelle s'adressait le comte, par un geste simple lui disait : Comme vous voudrez ; mais l'autre semblait timidement lui marquer sa gratitude d'être si bien entré dans ses désirs. Cette remarque que je fis jointe à ce que me dit M. de Dorsan m'obligea de saluer ces dames, et j'ose dire que, si mon salut était une suite de politesse pour la première, il marquait à la seconde combien je lui avais obligation, et cette obligation ne faisait qu'enflammer mes regards.

J'étais comme immobile, les yeux toujours fixés sur cette loge. Si celle qui m'y arrêtait détournait quelquefois les siens, bientôt, sans prendre garde à la rougeur qui couvrait son front, un mouvement involontaire les ramenait vers moi. Leur satisfaction m'apprenait qu'elle était enchantée de ne les point porter en vain de mon côté, et les miens, par leur assiduité, devaient la convaincre que ses bontés me flattaient. Il est bien doux, quand on sent naître les premières impressions de la tendresse, de pouvoir penser ou qu'elles sont prévenues, ou qu'elles peuvent au moins se dire : Nous sommes entendues et peut-être agréées.

La comédie finit enfin; il fallut sortir; M. de Dorsan me répéta de ne point songer à le quitter. Je n'y pensais plus. En traversant les coulisses, je fus spectateur oisif de cette liberté légère, réservée aux titres et aux richesses, qui fait dire une galanterie à une actrice, qui en fait chiffonner une autre, ricaner avec celle-ci, sourire avec celle-là; en un mot, qui vaut à chacune quelques faveurs pendant que quelquefois on lâche un compliment souvent maladroit aux acteurs qui peuvent prendre quelque intérêt à la conduite de ces personnes, qui sont leurs moitiés présentes ou futures.

Ce fut en considérant ce spectacle de nouvelle espèce, que nous nous rendîmes à la porte de la loge dans laquelle étaient les dames que nous avions saluées; les compliments furent courts, et nous descendîmes. Je donnai la main à celle qui avait paru me distinguer. Elle la reçut avec un regard timide et qui semblait annoncer que le cœur, en balançant, aurait été fâché de ne la pas accepter. Pour moi, la joie que j'éprouvais, un certain saisissement auquel je m'abandonnais sans le vouloir, me la firent saisir avec ardeur. J'appréhendai bientôt que ma hardiesse ne se sentît de ma rusticité. Je regardais M. de Dorsan et je tâchais de l'imiter. Je parlais peu, par la crainte que j'avais de mal parler; je sentais que je n'étais plus à mon aise comme avec M<sup>me</sup> de la Vallée. J'appréhendais de déplaire, sans pénétrer encore le dessein que j'avais de plaire. Le cœur n'est qu'un chaos quand il commence à ressentir de l'amour; c'était ma position. Quoi qu'il en soit, sans sortir de ma simplicité, mais ajustant mes réponses sur mes légères réflexions, il me parut qu'on m'écoutait sans peine, et par là je gagnais beaucoup. Il est vrai que je dois cette justice à M. de Dorsan, que, présumant l'embarras de ma situation, il ne laissait échapper aucune occasion de rendre l'entretien général, et qu'il y fournissait si abondamment, que je n'avais le plus ordinairement à placer qu'un *oui, madame ; non, monsieur.*

C'est de cette façon que l'homme d'esprit fait paraître celui qui converse avec lui sans l'humilier.

Ce ne fut qu'en passant en revue devant les petits-maîtres du second ordre, que nous parvînmes à la voiture de ces dames, que nous avions résolu de prendre. Je ne savais d'abord quel était le dessein de ces jeunes gens, d'être ainsi plantés devant la porte de la Comédie. Quelques louanges ou quelques critiques qu'ils firent des jambes et des pieds des dames qui montaient en carrosse, m'apprirent le motif d'une faction si singulière, et me l'apprirent même avec reconnaissance; car la personne à qui je donnais la main réunit tous leurs suffrages, et si l'on est toujours flatté que son goût soit approuvé, l'on est bien plus content quand cette approbation n'est point mendiée. Mais le carrosse roule; nous partons.

Où souperons-nous, comte ? dit M^{me} de Damville, qui était l'amie de M. de Dorsan ; irons-nous à la petite maison[1] ? Voulez-vous venir à la mienne ? monsieur, vous serez des nôtres. Voilà M. de la Vallée bien glorieux; car l'équipage m'avait annoncé le rang de la personne qui me parlait ainsi.

Madame, poursuivit-elle en s'adressant à l'autre dame, vous ne serez pas fâchée que monsieur soit de la partie. Comte, je n'avais pas prévu cette petite échappée, je vous attendais ce soir; mais votre ami rend la partie carrée. Je crois que M^{me} de Nocourt crèverait de dépit si elle vous

---

1. Allusion à la mode des petites maisons de campagne où se tenaient les parties fines.

savait avec moi, Dorsan ; et monsieur mettrait dans un désespoir effroyable le chevalier de..., s'il savait cette rencontre.

Je soustrais le nom de mon rival; mais si l'on eût pu me voir alors, on aurait sûrement aperçu quelque altération sur mon visage; car ce chevalier était le même qui m'avait surpris chez la Remy, et qui semblait né pour me rompre partout en visière.

Mais l'un est à son régiment, continua M^me^ de Damville, et l'autre est à sa terre; ainsi nous n'avons rien à appréhender. Mais à votre silence, poursuivit-elle, je vois que vous vous décidez pour l'hôtel, au risque d'y trouver des importuns; les plus fâcheux n'y seront pas du moins.

Quand le chevalier serait ici, reprit la jeune dame, je crois qu'il n'a aucun droit de veiller sur mes actions. Un amant de cette espèce ne gagnera jamais rien sur mon cœur. Il faut moins de légèreté pour me plaire.

Je suis persuadé que ce début commence à intéresser, et qu'il fait souhaiter de connaître le caractère de nos deux dames; la seconde a à peine ouvert la bouche, quand la première ne nous a pas laissé le temps de lui répondre. Il faut satisfaire cette curiosité, avec d'autant plus de raison que je n'aurais plus occasion de parler de M^me^ de Damville, et que sa compagne va seconder M. de Dorsan pour décider la fortune dont je jouis maintenant.

Je m'étendrai cependant le moins que je pourrai; car, peindre les caractères, c'est rebattre ce qu'on a presque toujours dit[1]. Il suffit de les connaître en gros; le détail sort ordinairement du fond du naturel, et se dévoile par les actions.

M^me^ la marquise de Damville était une dame de vingt-huit ans; petite, mais bien taillée; d'une blancheur à éblouir; elle portait dans les yeux une douceur qui prévenait pour elle.

C'était une fort jolie blonde, dont l'esprit n'égalait pas la beauté; elle n'avait, à le bien prendre, pour se faire valoir

---

1. Critique, devenue banale en 1756, de la mode des portraits au théâtre et dans le roman.

dans la conversation, que ce qu'on peut appeler le jargon du monde; mais mariée de bonne heure à un vieillard, elle était tellement prévenue en sa faveur, qu'elle se flattait de faire admirer tout ce qui sortait de sa bouche. Ennuyée d'abord des froideurs du mariage, elle n'avait jamais été insensible aux ardeurs de l'amour. Infidèle sans débauche, un seul amant avait toujours été de saison. Incapable de changer la première, un inconstant la trouvait prête à l'imiter; mais, ce qui est difficile à concevoir, rien ne pouvait lui faire renouer une intrigue qu'elle avait cru devoir rompre. Cependant, si l'on fait réflexion qu'elle s'était fait une loi d'être fidèle à ses amants, on jugera facilement qu'elle exigeait la même chose, et que, trompée dans cette partie, elle l'était plus qu'une autre. M. de Dorsan avait alors l'avantage de lui plaire, et cette qualité fut sans doute cause qu'il n'aurait point parlé de l'aventure qui avait occasionné notre connaissance, si cette dame, en lui donnant un coup léger sur le bras, n'eût renouvelé les douleurs de sa plaie, quoiqu'elle fût peu considérable.

Vous êtes bien sensible, comte, lui dit-elle; qu'avez-vous donc ? Il se vit forcé de détailler la rencontre qu'il avait eue; mais, sans rien faire perdre à ma vanité, il eut l'art de déguiser le motif du service que je lui avais rendu.

Je ne pus m'empêcher d'estimer M^me de Damville, quand je vis ses tendres inquiétudes. Mais j'oubliais de dire que nous sommes arrivés, et que ce fut en descendant de carrosse que cette dame donna matière à l'éclaircissement qui mettait le comte de Dorsan sur les épines. Il lui aurait bien passé, pour cette fois, de prendre tant de part à sa situation.

Mais pourquoi vous attaquer ? lui disait cette dame. Où cela vous est-il arrivé ? Comment monsieur y est-il survenu ? Votre blessure n'est-elle point dangereuse ? Pourquoi être venu à la Comédie ? Vous ne sortirez pas de chez moi. L'idée seule de ce combat m'accable. Mais, monsieur, en s'adressant à moi, détaillez-moi donc cette affaire ; car M. de Dorsan me dissimule quelques circonstances.

Je voudrais pouvoir vous satisfaire, madame, lui dis-je

(car, tout neuf que j'étais, un coup d'œil de M. de Dorsan m'avait appris qu'il comptait sur ma discrétion); mais je n'ai vu que le danger où était M. le comte. J'ai été assez heureux pour le dégager, je n'en sais pas davantage. Il m'a paru un honnête homme, et je crois qu'il n'en faut pas plus pour engager à rendre service. J'ai fait ce que je devais, et je ne regarde pas plus loin.

Mais la personne chez laquelle il est entré, reprit cette dame, est-elle jolie ? Quelles sortes de gens sont-ce ? A-t-il été longtemps à reprendre ses esprits ? Peut-on rendre quelques services à ces personnes charitables ? Pour vous, monsieur, je veux être de vos amies; l'action est belle, fort belle, comte, il faut s'en souvenir. Avouez, madame, dit-elle à son amie, que M. de la Vallée est un galant homme.

Ces sortes de propos, où l'âme parle d'elle-même, sans avoir recours à la réflexion, donneront une idée plus juste du cœur de M^me de Damville que le portrait que j'en aurais pu faire.

La jeune dame, dont chaque mot portait dans mon cœur un trait de flamme auquel je me livrais sans y songer, (mais quand j'y aurais pensé, mon mariage m'aurait-il détourné ? Non, non; c'est la nature qui nous rend amoureux; elle nous entraîne malgré nous, et nous lui obéissons souvent sans y consentir, et le plus ordinairement avec la surprise d'avoir été si loin) : cette dame prit la parole, et dit en s'adressant à M^me de Damville : Monsieur porte sur sa physionomie les traits de probité dont cette action est une preuve éclatante. Elle me confirme l'estime qu'il mérite. La part que vous prenez, madame, à ce qui regarde M. le comte, l'intérêt qu'il inspire lui-même, et l'amitié qui nous lie, m'ordonnent de partager votre reconnaissance.

On juge bien que ce discours ne finit que par un regard jeté sur moi comme par nécessité; mais l'œil qui le faisait semblait me prier de l'évaluer, et mon cœur était trop intéressé pour y manquer.

En vérité, madame, dis-je à cette dernière, c'est trop priser un service que tout homme doit à la seule humanité. Si j'avais été dans le même péril que M. le comte, j'aurais souhaité qu'on m'en fît autant, et j'ai agi par cette raison.

Je lui ai été utile, j'en suis charmé; mais si ce bonheur pouvait augmenter, ce n'était assurément que par la part que vous y prenez. Oui, je me crois heureux, puisque cette action me mérite quelque part dans votre estime.

Ah ! comte, reprit M<sup>me</sup> de Damville, qui ne faisait pas attention que je n'avais adressé la parole qu'à M<sup>me</sup> de Vambures (c'est le nom de la seconde dame), mais vous ne nous aviez pas dit que M. de la Vallée joignait l'esprit à la valeur. Il me paraît dangereux, madame; tenez ferme, si vous pouvez. Oui, Comte, ses yeux lui ont plu; jugez du ravage que va faire son esprit. L'épreuve est délicate, madame.

M. de la Vallée, dit M. de Dorsan, est un ami que je me flatte d'avoir acquis. Je ne le connais encore que par sa valeur; il n'est donc pas étonnant que je ne vous aie pas parlé de son esprit.

A ce discours flatteur de M. de Dorsan, je me trouvais confondu. Je craignais qu'ayant annoncé qu'il ne me connaissait que depuis la rencontre où je lui avais rendu le service, nos dames n'eussent la curiosité de savoir qui j'étais; et, dans ce cas, je ne sais ce qui m'aurait le plus coûté, ou de parler de village, ou de dire que j'étais marié. Pour sortir de cet embarras, je demandai la permission de me retirer. M<sup>me</sup> de Damville ne s'y opposait point; mais la surprise que ma résolution parut causer à M<sup>me</sup> de Vambures rendit M. de Dorsan plus pressant pour me retenir ; je fus obligé de céder à ses instances; je lui en eus même obligation, car je crois que j'aurais été le plus puni si l'on m'eût pris au mot.

Je craignais, à la vérité, d'inquiéter M<sup>me</sup> de la Vallée; mais les yeux de M<sup>me</sup> de Vambures me priaient de rester; je crus même y lire un ordre absolu de ne pas résister à l'invitation qu'on me faisait; du moins je me le persuadai, et cela suffit pour me décider. A l'abri de ce petit débat de prières, de refus et d'acceptations, j'éludai les demandes que j'appréhendais; mais ma situation n'en était pas moins difficile à définir.

Je ne voyais pas dans M<sup>me</sup> de Vambures cette amitié agaçante de M<sup>me</sup> de Ferval, ni cette façon ronde de M<sup>me</sup> de Fécour, qui vous disait si simplement : Me voilà, je suis à toi, si tu veux. C'était une noble timidité qui disait bien : Je suis charmée de vous voir, mais dont la bienséance réglait la retenue pour s'attirer le respect autant que les soins. Je commençais à étudier le nouveau rôle que je devais jouer. Mon esprit n'était point capable de m'instruire; c'était à mon cœur à prendre ce soin; mais un importun remords, que faisait naître mon mariage, le rendait muet, ou du moins étouffait tout ce qu'il pouvait me dire.

J'étais dans cette perplexité, quand Mme de Damville proposa de passer dans une salle où un cercle brillant l'attendait. Chacun, à l'envi, y faisait parade de grâces étrangères que je ne pouvais ni avoir ni copier. Je portais avec moi les simples faveurs de la nature; je les donnais pour ce qu'elles étaient, et je les laissais aller comme elles voulaient. Je dirai, en passant, que ce n'est pas souvent ce qui a le moins d'attraits pour plaire au beau sexe. Le coloris étranger flatte les sens, mais le beau naturel passe droit à l'âme.

On parla de jouer. M. de Dorsan, qui m'avait presque entièrement deviné, tant par le récit naïf que je lui avais fait en sortant de chez Mme de Dorville, que par mes demandes singulières sur le spectacle, voulut m'épargner la honte de déclarer que je ne connaissais point les cartes. L'amitié a toujours ses ressources prêtes pour obliger l'objet de son affection.

Ce seigneur prétexta la nécessité de prendre un peu de repos, et passa dans un cabinet en me priant de le suivre, étant bien aise, dit-il à Mme de Damville, de me parler sur quelque chose relative à notre aventure. Elle y souscrivit d'un geste de tête, et il parut de part et d'autre, sur nos visages, des mouvements bien différents, qui paraissaient cependant tous partir du même motif.

Je m'éloignais de Mme de Vambures, par nécessité, qui me perdait de vue sans en pénétrer la raison. Mme de Damville voyait échapper l'occasion d'un tête-à-tête avec M. de Dorsan, dont la situation eût imposé silence aux critiques les plus sévères; il fallut néanmoins tous en passer par là. J'y étais trop intéressé pour reculer, et j'étais le seul qui pouvais faire changer cette disposition.

J'avouerai franchement que, quelque peine que j'eusse

à quitter un appartement où était ma nouvelle conquête (car j'en ai assez dit pour risquer ce nom), l'amour-propre était dans mon cœur plus fort que la tendresse; j'évitais un affront. Mais est-ce là, dira un critique, cet homme simple ? oui, c'est lui-même, mais cet homme simple, que la fréquentation du beau monde, et peut-être l'amour, commencent un peu à corrompre. La simplicité villageoise sied aux champs; mais, quoi qu'on en puisse dire, dans un homme de sens commun, si elle ne doit pas perdre tout à fait son empire, il est des occasions où elle doit être forcée à céder quelques uns de ses droits.

J'étais donc satisfait de me retirer avec M. de Dorsan ; je profitai du premier instant pour écrire un mot à M^me de la Vallée, afin de calmer l'inquiétude qu'une si longue absence ne pouvait manquer de lui causer. M. le comte envoya mon billet par un de ses gens, en faisant dire que c'était lui qui me retenait, qu'il me devait la vie, et qu'il lui demandait la permission de lui faire sa cour. Quoi ! M. de Dorsan faire la cour à ma femme !

Je suis donc quelque chose ? me disais-je. Mais c'était à mon épée à laquelle j'en avais obligation, et cette source de gloire me paraissait bonne.

Allons, ami, me dit M. le comte quand le commissionnaire fut dépêché, je vous ai satisfait sur les motifs de mon combat avec ces trois hommes dont votre valeur m'a débarrassé; vous avez vu ma sincérité; il est maintenant question de m'éclaircir naturellement sur votre état et sur votre fortune.

J'allais commencer mon histoire, quand il m'interrompit, pour me dire : La naissance n'y fait rien, je n'y puis toucher; ce que vous m'en avez déclaré me suffit; et loin de diminuer mon estime, la sincérité que vous avez fait paraître l'augmente; mais votre état présent, voilà où je puis vous être bon à quelque chose, et c'est là-dessus que je vous demande de m'instruire.

Mon état, comme vous voyez, monsieur, lui dis-je, est décent, et meilleur que je n'aurais osé l'espérer : un hasard m'a fait voir une demoiselle d'un certain âge; elle a voulu m'épouser; je n'avais garde de refuser; nous nous sommes mariés. Elle a un bien fort honnête, dont la posses-

sion m'est assurée; mais je suis jeune, et je vois tant de
personnes qui se sont poussées, je m'imagine que je
pourrais faire comme elles. Je voudrais profiter de mon
âge pour monter plus haut. Il faut des amis; car l'on dit
que c'est par eux qu'on parvient.

C'est-à-dire que vous ne faites rien, me dit-il, mais que
vous ne seriez pas fâché de trouver à vous employer.
Eh bien ! je serai cet ami qui vous secondera; comptez sur
mes soins. Mais, dites-moi, n'avez-vous encore rien tenté?

Oh ! qu'oui, monsieur, repris-je; j'ai été à Versailles
il y a quelques jours pour demander la protection de M. de
Fécour; mais ce monsieur est singulier. Je crois avoir eu le
malheur de lui déplaire; tenez, jugez, monsieur, je vais vous
raconter ce qui s'est passé. Il m'avait placé, c'est-à-dire
qu'il m'avait donné un poste qu'il ôtait à M. de Dorville
chez lequel aujourd'hui le chirurgien a visité votre blessure, et cela parce que ses infirmités l'empêchent de vaquer
à son emploi. J'avais accepté; mais quand j'ai vu son épouse
venir implorer la clémence de M. de Fécour, et que celui-ci
objectait pour excuse que l'impuissance dans laquelle il
était de l'obliger venait de ce qu'il m'avait accordé la place,
j'ai cru devoir la refuser.

C'est donc par là que vous avez fait connaissance avec
M^me de Dorville ? reprit le comte de Dorsan ; cette
femme mérite un meilleur sort, et si Fécour ne fait rien
pour elle, je lui rendrai service.

Ce qui me parut prononcé avec un air animé, qui me
confirma ce que m'avait fait augurer leur première entrevue.

Quant à ce qui vous regarde, continua-t-il, je ne suis
point étonné que votre conduite ait déplu à Fécour. Ce
sont de ces générosités qui font trop contraste avec le
caractère de ses pareils, pour ne pas les piquer; car ils sont
forcés d'y rendre hommage, et ils seraient tentés de les
imiter, si leur état n'avait pas chez eux abâtardi la nature.
Ne vous chagrinez point; je puis y suppléer sans mettre
à de si rudes épreuves l'honneur, que je vous approuve
d'avoir suivi dans cette occasion. Dites-moi, je vous prie,
qui donc vous avait donné cette connaissance ? car c'est
un homme difficile que ce Fécour.

Madame sa sœur, lui répondis-je. Diantre ! vous étiez
en bonnes mains, reprit-il; elle vous voulait sans doute
à Paris. Cette grosse maman est de bon goût, et rarement
donne-t-elle sa protection *gratis*. Vous n'aurez pas fait le
nigaud, et vous lui aurez plu.

Je dois vous prévenir, monsieur, continuai-je en l'interrompant, que je dois à M^me de Ferval les bontés de M^me de
Fécour. Un éclat de rire, que le comte ne put retenir, me
fit connaître qu'il commençait à démêler toute mon histoire. Je n'avais parlé de M^me de Ferval que pour éloigner
les idées qu'il commençait à prendre sur M^me de Fécour
et sur moi, parce que je craignais que quelque indiscrétion
de sa part ne me nuisît auprès de M^me de Vambures; mais
je vis alors que pour éviter un soupçon, je lui en donnais
un double. Un mot qu'il lâcha adroitement sur le chevalier
qui était maintenant le tenant de cette dévote me fit sentir
qu'il n'ignorait rien, et qu'il valait mieux me taire que de
travailler à le faire revenir d'un préjugé qui lui paraissait
si bien établi.

C'est bien entrer dans le monde, me dit-il; mais je suis
jaloux de vous faire du bien. Reposez-vous sur moi; je
vaudrai bien ces dames, et peut-être ne vous en coû-
tera-t-il pas si cher. Il m'obligea alors de lui faire un récit
circonstancié de mon mariage sur lequel je ne déguisai
rien, craignant de le trouver trop instruit.

Le laquais, de retour, vint présenter à M. le comte les
compliments de ma femme, et l'assurer qu'elle se croirait
très honorée de la visite qu'il voulait bien lui faire espérer.
Elle me priait de rentrer de bonne heure.

Nous nous verrons demain, me dit M. de Dorsan en se
levant; je sais à présent ce qu'il vous faut et nous prendrons
ensemble les voies nécessaires pour votre avancement. Je
connais quelqu'un en état de nous seconder, et qui, je crois,
s'en fera un vrai plaisir. Rentrons.

Nous passâmes donc dans la salle, où chacun était occupé
de son jeu. Mes yeux n'eurent pas de peine à rencontrer
ceux de M^me de Vambures, qui, au moindre bruit, avait
regardé du côté de la porte. Je m'approchai de la table où
elle était. M^me de Damville, qui était de sa partie, faisait

un bruit affreux. Elle battait les cartes, les prenait et les rendait sans y avoir rien fait, pestait contre un gano, se désespérait d'une entrée à contretemps, et en un mot, criait contre tout. M^me de Vambures, au contraire, avec une douce tranquillité, riait d'une faute, badinait d'une remise; était surprise, sans agitation, d'un codille[1], et ne pensait ni à l'un ni à l'autre dès qu'elle y avait satisfait.

Je croyais que la première se ruinait, et que la seconde s'enrichissait de ses dépouilles. Mais quel fut mon étonnement quand, à la fin de la partie, je vis M^me de Vambures en faire tous les frais, que ramassait M^me de Damville, en répétant cent fois que, sans les étourderies de ses associés, dont elle était victime, elle aurait dû gagner le triple ou le quadruple ! Je ne sais qui me parut le plus étonnant, ou l'avidité de l'une, ou la douceur de l'autre[2].

On se mit à table. Le souper ne produisit pour moi aucun nouvel incident; et, quoi que M. d'Orsan eût pu me dire, un air respectueux m'ayant fait prendre le bout de la table, je ne pus être auprès de M^me de Vambures. Ses yeux me reprochèrent ce défaut d'attention, qu'elle aurait mieux apprécié en le traitant de timidité imbécile. Je n'avais point assez d'art pour me contraindre, et mes regards cherchaient à lui faire mes excuses d'une façon si claire, que le comte d'Orsan fut obligé de me rappeler à moi-même par un geste insensible à tout autre qu'à moi.

Je ne vous rapporterai pas toutes les sornettes qui se débitèrent. Je vous dirai seulement que, si un motif plus pressant que la bonne chère ne m'eût, pour ainsi dire, attaché à la table, j'aurais trouvé la séance fort longue. On se leva, chacun sortit. M. d'Orsan me dit qu'il me remettrait chez moi.

Qu'allez-vous faire, comte ? dit aussitôt M^me de Dam-

---

1. Termes du jeu de l'hombre. Le *gano* est un terme par lequel le joueur qui a le roi demande qu'on lui laisse venir la main. *Faire codille* se dit d'un joueur autre que l'*hombre* (ou meneur de jeu) qui fait le plus grand nombre de levées.

2. La description du jeu d'argent est aussi très banale en 1756. Voir F. C. Green, *La description de la bonne société dans le roman du XVIII^e siècle*, pp. 57-60.

ville. Vous prétendez sortir ! Cela est misérable ! Vous
resterez, vous resterez ! il y a un lit pour vous. Monsieur,
prenez son équipage, me dit-elle; mais non; M^me de Vambures a le sien; c'est le même quartier; ou si madame ne
veut pas, mes gens vous reconduiront, monsieur.

Dans ces diverses propositions, auxquelles je ne répondais
que par des courbettes, celle de profiter du carrosse de M^me de
Vambures m'avait infiniment flatté, et j'y aurais volontiers
arrêté M^me de Damville; mais M. le comte, qui appréhendait peut-être autant de rester que j'aurais eu de plaisir qu'il
le fît, déclara absolument qu'il nous ramènerait l'un et
l'autre. Ce fut à travers mille propos de M^me de Damville
que nous partîmes.

Dorsan, ménagez-vous. Comte, de vos nouvelles demain
dès le matin. Monsieur, vous lui avez sauvé la vie; je vous
charge d'en répondre. Adieu, madame; deux braves vous
conduisent, ne craignez rien. Monsieur, venez me voir.

J'allais oublier de vous dire que j'eus beaucoup d'obligation à l'énorme panier de M^me de Vambures, qui, en
remplissant tout le fond du carrosse, m'apprit que je devais
m'asseoir sur le devant; car si j'avais vu une place vide dans
le fond, j'aurais cru devoir la remplir.

La conversation que nous eûmes pendant la route fut
fort stérile, et sans M. de Dorsan, qui en faisait presque tous
les frais, elle serait tombée à tous les instants. J'aimais,
j'étais aimé; j'ose m'en flatter; la suite le prouvera; et dans
ces positions, l'esprit rêve bêtement sans rien fournir;
aussi nous ne répondions à M. le comte que par monosyllabes. Qui connaît bien ces situations doit sentir combien
elles ont de charme : chacun se flatte intérieurement que
cet embarras a un motif enchanteur qui montre son pouvoir.

Pour moi, je dirai franchement que, quelque impression
qu'eussent fait auparavant sur moi le sacrifice de M^lle Habert, les avances de M^me de Ferval et la franchise de M^me de
Fécour, le trouble de M^me de Vambures me causait un
ravissement que je n'avais jamais éprouvé. Il me paraissait
favorable à des desseins naissants auxquels je m'abandonnais, sans trop bien démêler quelle en serait l'issue. Le respect que l'amour m'inspirait ne me permettait point d'es-

pérer une liaison passagère, et mon mariage était un obstacle invincible à ce que je pusse prévoir que je parviendrais
un jour à obtenir l'objet de cette nouvelle tendresse.

Pendant toutes ces réflexions, nous remîmes M^me de
Vambures chez elle, et M. de Dorsan obtint la permission de
m'y présenter au premier jour. Il n'y avait qu'un pas pour
entrer chez moi : je saluai M. le comte, et je m'y rendis à
pied, quoiqu'il eût la bonté de m'y accompagner.

En entrant, j'entendis, dès l'escalier, M^me Alain qui
tâchait de calmer l'inquiétude de ma femme.

Eh ! mais, madame, disait-elle, à quoi bon se chagriner ?
Il est en bonne maison, il ne peut rien lui arriver. Pardi !
il aurait bien fallu que je me fusse inquiétée, quand feu mon
mari passait les nuits dehors ! Il n'était pas si bien que le
vôtre. C'était au cabaret qu'il restait, oui, au cabaret ; et
j'aurais été triste ! Quelle sotte[1] ! Oh ! que non. Demandez
à Agathe. Quand je savais cela : Il se divertit, disais-je ;
eh bien ! à bon chat bon rat : j'appelais mon compère,
et je l'attendais en riant. Ne venait-il point à minuit ?
Bonsoir, compère, disais-je à mon voisin. Allons, allons
petite fille, allons nous coucher ; il viendra quand il voudra.
Dame ! voilà comme il faut faire ; voudriez-vous avoir
toujours votre mari à votre ceinture ? Cela ne se peut.
Voisine, il est jeune, il doit s'amuser ; il faut prendre patience. Je n'avais pas vingt ans quand cela m'arrivait ;
vous passez quarante ; beau *venez-y voir ! divertissons-
nous ; le temps passera et le ramènera.

Mon âge, que vous me rappelez si souvent, reprit mon
épouse d'un ton aigre, ne me rend que plus inquiète. J'entrai sur ces paroles, et, plein des mouvements que M^me de
Vambures avait allumés dans mon cœur, je sautai au col de
mon épouse, en lui faisant mille excuses de mon retard et
mille remercîments de ses inquiétudes. Je lui racontai en
abrégé mon aventure et ses suites, si l'on excepte M^me de
Vambures, dont je n'osai pas même prononcer le nom.

---

1. Texte de l'édition N, etc. P corrige en *quelle sottise !* Duport (Z) a
corrigé en *quelque sotte !*

Plus mon cœur me sollicitait d'en parler, et plus je me croyais obligé à la discrétion sur cet article.

Ah ! bon Dieu ! s'écria M<sup>lle</sup> Habert; quoi ! vous avez mis l'épée à la main contre votre prochain ! N'avez-vous point blessé[1] ?

Non, ma chère, lui répondis-je; j'ai sauvé la vie à un des premiers seigneurs de la cour.

Ah ! que Dieu est grand ! reprit-elle; c'est lui qui vous a envoyé là pour délivrer cet homme qui allait périr ; qu'il soit béni; vous n'avez jamais manié d'épée, vous vous en servez avantageusement; j'y vois le doigt de la Providence.

Ah çà ! dit M<sup>me</sup> Alain, le voilà sain et sauf, voilà le mieux; ce que Dieu garde est bien gardé. Adieu, ma mie, soyez donc tranquille. Elle vous croyait perdu, la pauvre enfant ! continua cette femme en s'adressant à moi; le temps la corrigera. J'ai été comme cela au commencement de mon mariage; mais cela a bientôt passé. Dame ! il y a temps pour tout. Quand je marierai cette petite fille, elle fera de même; voilà le monde. Allons, vous êtes ensemble, bonne nuit, et plus d'inquiétude; il est jeune, il en fera bien d'autres, qui n'auront pas d'aussi bons motifs.

Elle descendait en disant toujours : Attendons, le temps la changera. Je restai avec mon épouse. Ce fut alors qu'elle me fit part des frayeurs que lui avait causées mon récit; et, tout en parlant, elle pressait la cuisinière de desservir, et défaisait toujours en attendant quelques épingles. Je n'avais pas encore eu le temps de calmer ses craintes, elle était dans son lit.

Venez, mon cher, me dit-elle; vous aurez le temps de me dire le reste. Que Dieu est bon de vous avoir préservé de ce péril ! Pendant cette exclamation, j'avais achevé de me déshabiller; et ma chère épouse, oubliant mes dangers et les grâces que j'avais reçues de la Providence, ne pensa qu'à se certifier que son mari existait. Je ne lui donnai pas lieu d'en douter. Que d'actions de grâces ne rendait-elle pas à

---

1. Texte des éditions anciennes (N, P, W, X, etc.). Duport (Z) corrige : *blessé quelqu'un?* Mais la faute ne s'expliquerait pas. Il faut plutôt lire : *été blessé?*

Dieu intérieurement d'avoir délivré son époux des mains
de trois assassins ! J'avouerai que, si elle avait lu dans mon
cœur, elle y aurait découvert que M^me de Vambures méritait de partager sa reconnaissance.

Je n'étais pas éveillé le lendemain, qu'on me remit un
billet de M^me de Fécour, qui m'ordonnait de me rendre
chez elle sur les onze heures pour affaires importantes.
M^me de la Vallée voulut le voir sans s'en rapporter à ce que
je lui en disais ; et si elle me permit de me lever pour aller
au rendez-vous, ce ne fut pas sans m'avoir témoigné l'agitation qu'elle aurait jusqu'à mon retour. Je lui promis de
ne point tarder. Que de tendres embrassements me prodi-
gua-t-elle, avant d'ajouter foi aux serments que je lui faisais
pour garantir la parole que je lui donnais [1] ! Qu'on dise tout
ce qu'on voudra ; si quelqu'un en a fait l'épreuve comme moi,
il conviendra que la dévotion a, pour émouvoir la tendresse,
des ressources inconnues à tous ceux qui ne professent pas
ce genre de vie. Oui, dès que j'étais avec mon épouse un
moment, j'oubliais tout le reste. Telle [2] charmante que
m'ait paru M^me de Vambures, telle profonde que fût
l'impression qu'elle m'avait faite, j'avouerai nûment que les
charmes que je goûtais dans les bras de ma femme me rendaient infidèle à l'amour que je sentais pour la première.

Que le cœur de l'homme est incompréhensible ! Je n'avais
pas quitté le lit, que l'idée de mon épouse céda dans mon
esprit à celle de mon amante, et je redevins tout autre. J'aurais souhaité pouvoir lui rendre visite à l'instant ; mais,
me disais-je, puis-je donc le faire ? M. de Dorsan lui a demandé permission de m'y présenter ; ainsi je ne dois pas y aller
sans lui. Voilà comme la réflexion me servait ; mais ce
n'était pas sans pester contre l'usage de la ville. Vive la
campagne ! continuais-je. Au village, Pierrot est amoureux
de Colette ; ils n'ont pas besoin d'introducteur, si Colette
est d'accord avec Pierrot. Mais je suis marié ! Vous voyez

---

1. La Porte (W), suivi par Duport et Duviquet (Z), corrige en : *que
je lui faisais de revenir le plus tôt possible.*
2. La Porte (W), suivi par Duport et Duviquet (Z), corrige *telle* en
*quelle.* Même correction à la ligne suivante.

que je commençais à raisonner. Eh ! qu'importe ? me répondait mon cœur; tu vas bien chez M^me de Fécour, nonobstant ton mariage; si l'intérêt t'y conduit, l'amour y entre pour quelque chose d'une part ou de l'autre. C'est ainsi que cette passion, quand elle maîtrise un cœur, a toujours des ressources pour faire valoir ses projets, ou pour autoriser ses entreprises.

Après avoir fait toutes ces réflexions, je me déterminai à prendre mon épée pour me rendre chez M^me de Fécour. Je vous avoue qu'en la touchant, mon amour-propre se divertissait de voir qu'elle ne passerait plus à mon côté pour un simple ornement. J'allais partir, quand M^me de la Vallée me pria de revenir au plus tôt, d'autant plus qu'elle se trouvait un peu indisposée. Je n'aurais pas cru que cette indisposition, qui ne consistait que dans un léger mal de tête que j'attribuais à l'insomnie, allait me préparer bien de l'embarras, en m'ouvrant une nouvelle route pour venir à la fortune.

Je ne voyais point de danger dans l'état de ma femme; ainsi je me rendis chez M^me de Fécour; j'y trouvai son frère, qui sans me donner le temps de le saluer, (car les moments sont chers à ces messieurs, et ils comptent pour perdus tous ceux qu'ils passent sans calculer; je crois même que le plaisir n'aurait point d'attraits pour eux, s'il n'était mêlé de calculs; et je serais presque tenté de penser que c'est là la principale raison qui engage les financiers à avoir des maîtresses à gages. Ils entrent dans le détail de leurs maisons, de leurs habits; tout cela les fait nombrer et les satisfait : de là, les plaisirs auxquels cette occupation sert de prélude en deviennent plus séduisants pour eux...)

Quoi qu'il en soit de ce goût général, celui-ci, avec un sourcil froncé, et comme j'ai dit, sans attendre mon salut, dit à sa sœur : Oui, c'est ce jeune homme-là. Que voulez-vous que j'en fasse ? Je saisis une occasion avantageuse et prompte; il s'avise de trancher du généreux. Choisissez mieux vos gens, ma sœur, ou du moins endoctrinez-les auparavant de[1] me les envoyer. Eh bien ! mon ami,

---

1. Trouvant non sans raison ce tour incorrect, La Porte corrige

continua-t-il en se tournant de mon côté, et en me portant une main sur l'épaule, as-tu réfléchi ? Es-tu revenu de ta sottise ?

Ce geste familier, qui n'aurait pas choqué M. de la Vallée deux jours auparavant, parut de trop à l'ami de M. de Dorsan; et sans la crainte d'indisposer M^me de Fécour contre moi, je me serais retiré; mais enfin je pouvais avoir besoin d'elle, et même de son frère; je me contentai de répondre au dernier avec moins de souplesse.

Non, monsieur, lui dis-je; je crois avoir suivi l'équité dans ce que j'ai fait, et que vous traitez de sottise. J'ai peu de lumières pour distinguer le bien et le mal; mais quand mon cœur me dit : fais telle chose, je le fais, et je ne me suis point trouvé jusqu'à présent dans le cas de[1] le regretter. Je connais maintenant M. de Dorville ; son état fait compassion, et mérite que vous ne le priviez pas de sa seule ressource. Je suis jeune, je me porte bien, j'ai de quoi vivre absolument; je puis attendre. Celui que vous déplaciez attend tout de vos bontés; il est malade, et peut-être en danger; vos secours lui sont absolument dus. Je m'en rapporte à madame.

Ah ! le beau discours, reprit-il, ma sœur ! Je crois qu'il vient me répéter le sermon. Vous le voyez, ce n'est pas ma faute. Je ne puis rien maintenant pour lui.

Mais, dit M^me de Fécour, qui dans le fond était bonne, et qui n'avait point encore ouvert la bouche, mais ce gros brunet me paraît avoir raison. Je ne connais point Dorville ; pourquoi le révoquer ? Qui est-il ?

C'est un gentilhomme gueux, reprit le frère, qui s'est amouraché d'un joli visage, et voilà tout leur patrimoine. Cela convient bien, ma fois, à ces petits *houbereaux !

---

*auparavant de* en *avant que de*. A leur tour, Duport et Duviquet corrigent *avant que de* en *avant de*.

1. Premier exemple de cette locution peu correcte, qui revient à satiété sous la plume du continuateur (pp. 307, 313, 316, 325, 345, 350, 365, 373, 378, etc. etc.). Marivaux n'emploie qu'exceptionnellement cette locution, et seulement devant un nom, non devant un infinitif : *pas une qui soit dans le cas de la science de nos grands génies (Réflexions sur l'esprit humain à l'occasion de Corneille et de Racine)*.

Ils ont recours à moi; j'ai placé le mari, il est toujours malade; la femme fait la bégueule; il ne peut rien faire, je le chasse; ai-je tort ? Je n'aurais qu'à avoir dans mes bureaux cinq ou six personnes inutiles comme celle-là, cela irait bien ! Ah ! oui, cela irait bien !

Ce n'est pas sa faute, monsieur, s'il est indisposé, lui dis-je; et auparavant de[1] l'être, il vous a sans doute contenté.

J'aurais bien voulu voir qu'il ne l'eût point fait, reprit avec impatience mon financier; mais n'en parlons point. Dorville reste en place, ma sœur, cela est décidé : je n'ai rien de vacant; que ce garçon attende. Continue, continue, tu feras un beau chemin ! Eh ! morbleu ! dépouille-moi cette sotte compassion. Nous n'aurions qu'à l'écouter, nous serions étourdis de cet impertinent son depuis le matin jusqu'au soir. Tu ne seras qu'un nigaud tant que tu penseras ainsi; et si tu parvenais à ma place, avec tes beaux sentiments, tu t'abimerais où les autres s'enrichissent.

Peut-être, monsieur, lui dis-je, pour adoucir la contrainte qu'il se faisait en conservant à M. de Dorville son poste, peut-être, si vous lui donnez aujourd'hui du pain, n'aurez-vous pas besoin de lui en fournir longtemps; et sa veuve...

Il est donc bien mal, me dit-il; c'est autre chose. Et sa femme est jolie, on fera quelque chose pour elle dans le temps. Si son mari meurt, c'est un[2] aimable enfant; nous verrons ce qui lui conviendra. Dites-lui ce que vous venez d'entendre, et rendez-moi compte de l'état du mari, et de la réponse que vous aura fait sa veuve, car autant vaut : vous me ferez plaisir. Adieu; je trouverai quelque poste qui vous conviendra; mais ne soyez plus si sot, si vous ne voulez pas vous perdre. Je vais vous amener mon médecin, ma sœur. Adieu, mon ami. Il a une physionomie qui promet. Servez-moi bien, je vous aiderai.

Voilà comme pensent la plupart des gens; ils croient pouvoir vous employer à tout dès qu'ils vous sont utiles; ils pensent qu'il n'y a qu'à commander. Si vous ne les refusez pas, vous êtes leur ami; et l'idée de votre complaisance,

---

1. Ici, *auparavant de* subsiste jusqu'à l'édition Duport-Duviquet.
2. *Sic.* Cet emploi de *enfant* au masculin pour désigner un être féminin est connu.

surtout pour certains articles, les dispose totalement en votre faveur. Je ne pris pas garde aux politesses de Fécour; mais je me trouvai piqué de la dernière apostrophe en sortant : Servez-moi bien auprès de M^me d'Orville, et je vous aiderai. Je croyais par ces paroles me voir chargé d'un rôle dont j'ignorais les fonctions[1], mais qui cependant me faisait peine. J'allais tâcher de m'en instruire, quand je vis s'éclipser celui qui prétendait que je le remplisse; je restai tout étonné, et je ne sortais point de ma place.

Approche, cher enfant, me dit M^me de Fécour; sais-tu bien que tu as furieusement courroucé mon beau-frère ? Il ne voulait plus rien faire pour toi, ou tout au plus, il était décidé de te confiner dans la province.

Que pouvais-je faire ? lui dis-je; on me donne la dépouille d'un malheureux qu'une belle femme[2] réclame pour lui; irai-je la disputer contre elle ? Est-ce que je voudrais vous ôter quelque chose qui vous ferait plaisir, par exemple ? Non, assurément, je ne me sens point capable de cette cruauté; et si je ne puis devenir riche que par là, je ne le serai jamais. Elle est donc belle, cette Dorville ? reprit, en m'interrompant, la malade; c'est-à-dire qu'elle t'a touché; avoue de bonne foi que tu as été sensible. Quel âge a-t-elle ?

Vingt ans, lui répondis-je. Ah ! fripon, voilà une terrible épreuve, dit-elle en se levant à moitié. Ah ! je ne suis plus si étonnée de votre générosité. Que mon frère la trouve déplacée tant qu'il voudra; pour moi, j'en vois l'excuse dans les yeux et l'âge de cette belle personne, et le motif dans votre cœur. Et M^lle Habert, que dira-t-elle ? La pauvre femme ! C'est bien, c'est bien. Mais sais-tu que je ne suis pas encore hors de danger ?

J'en suis mortifié, madame, dis-je, je souhaiterais de tout mon cœur pouvoir vous rendre la santé.

---

1. Ce mot de *fonctions* évoque le rôle d'Arlequin dans *Le Jeu de l'Amour et du Hasard* (acte II, sc. 6). Le continuateur recourt volontiers à des termes du vocabulaire de Marivaux, mais les emploie de façon déplacée.

2. Duport corrige *belle femme* en *épouse charmante*.

Tu as donc quelques sentiments pour moi ? dit-elle; je fus confessée hier; on ne sait si mon mal n'empirera pas; il faut prendre son parti ; Dieu est bon, et sa miséricorde me rassure. Tu es bien aimable. Qu'es-tu donc devenu depuis deux jours ? Vous faites le libertin, faut-il abandonner comme cela ses amis ?

Je fus charmé de saisir cette occasion de lui raconter mon aventure; je croyais me rehausser à ses yeux, en détaillant toutes les circonstances de mon combat, avec une modestie apparente, dont la vanité n'était point dupe; mais je la connaissais mal : un peu plus, un peu moins de cœur lui était totalement indifférent; aussi ne reprit-elle rien de mon discours, que je croyais fort intéressant, que l'instant où je m'étais trouvé, pour ainsi dire par hasard, dans la maison de M. de Dorville. Le sort t'a bien servi, dit-elle. Tu ne penses plus à personne qu'à cette femme. Personne n'effacera de ma mémoire les obligations que je vous ai, et ma reconnaissance...

Ah ! tu deviens complimenteur, reprit cette bonne dame; abandonne cet usage. Tu me plais, gros brunet; je me fais un plaisir en te servant; et, si je souhaite de vivre, c'est pour décider mon frère en ta faveur. Approche-toi, me dit-elle; car je m'étais tenu debout devant son lit. Tu es toujours timide. Est-ce que je suis si changée ? Ce qu'elle dit en ajustant un peu sa coiffure, et ce mouvement me fit voir et sa gorge et son bras. Mets-toi là, continua-t-elle en me montrant un fauteuil qui était auprès de son lit; agissons librement ensemble. Je te l'ai dit, tu me plais.

En disant tout cela, elle jetait de temps à autre un coup d'œil en dessous pour voir en quel état était sa poitrine ; puis, le relevant sur moi, elle paraissait contente d'y voir mes yeux attachés qui s'animaient par ce spectacle.

Sais-tu bien que ta présence est dangereuse ? reprenait-elle alors; mais si j'allais mourir !... Ah ! Dieu est bon.

Bannissez, madame, lui dis-je vivement, cette idée qui me pénètre de douleur. Le pauvre enfant, dit-elle, il s'attendrit ! En prononçant ces mots, elle avança ses bras vers moi; j'allai au-devant, et je lui imprimai ma bouche sur cette grosse gorge, dont je ne pouvais me détacher, quand un bruit imprévu m'obligea de me retirer[1].

Ce mouvement ne peut sûrement point être attribué à l'amour. J'étais touché de l'idée de la mort dont m'avait parlé cette dame, à laquelle j'avais des obligations. La gratitude qu'elle me témoignait pour mon attendrissement fit seule tout l'effet qu'on vient de voir. Il est souvent des caractères d'amour qui échappent, et qu'on donne ou qu'on reçoit par reconnaissance ou par quelque autre motif, sans que le cœur y entre pour rien.

Je me retirai donc de cette posture, et je fis fort bien; car c'était M. de Fécour qui revenait avec son médecin qu'il avait promis, en sortant, d'amener au plus tôt à sa sœur.

M<sup>me</sup> de Fécour rendit à ce grave personnage un compte précipité de son état. Le ton dont elle s'exprimait semblait lui dire : Vous êtes un imposteur, finissez et retirez-vous; et m'adressait équivalemment ces paroles : Il est venu bien mal à propos; je commençais à espérer pour ma vie, mais cet assassin vient en arrêter le progrès.

Quelques coups d'œil que cette dame lâcha sur moi en prononçant le peu de mots qu'elle disait à son médecin, plus que la vivacité qu'elle devait avoir dans le sang, ne permirent pas à l'Esculape de douter des motifs de l'impatience que lui témoignait sa malade.

Cela aurait peut-être été plus loin, si M. de Fécour, pour mettre ce moment à profit, ne m'eût fait signe du doigt de m'approcher d'une embrasure de fenêtre où il s'était retiré.

Je suis charmé de vous retrouver encore ici, jeune homme, me dit-il. Avez-vous bien pensé à ce dont je vous ai parlé tantôt ? De quoi est-il question ? répondis-je, comme si j'étais étonné. Je dois cependant avouer qu'il n'avait point ouvert la bouche sans me mettre au fait de ce qu'il espérait de moi ; mais je faisais l'ignorant pour tâcher d'en éluder la décision qui ne pouvait que lui déplaire et par là me faire perdre ses faveurs.

---

1. La scène est parfaitement déplacée à tous égards. Il est inimaginable qu'on ait pu songer à l'attribuer à Marivaux.

Il est de ces états où l'opulence rend les désirs impétueux ; on croit alors qu'il suffit de les sentir ou de les faire paraître pour avoir droit de les voir couronnés. L'appât que l'or a pour ceux qui le possèdent leur fait croire facilement que personne ne peut résister à son amorce. Il est dans la nature de prêter aux autres les sentiments que nous favorisons. De là un financier se croit sûr du succès, dès qu'il ajoute à ses propositions : Je vous donnerai. Il est vrai que ce terme, à leurs yeux, augmente d'autant plus de valeur, qu'ils ont moins coutume de le mettre en usage ; et ils ne peuvent se persuader qu'il y ait des façons de penser différentes de la leur.

Plein donc de ces idées, M. de Fécour me dit : La Dorville m'a paru jolie ; son mari est un homme confisqué ; elle est jeune, et elle aura besoin de secours ; tu n'as qu'à lui dire de s'adresser à moi.

Monsieur, lui répondis-je, cette proposition aurait plus de force si elle était faite par vous-même. Je ne connais point Mme de Dorville ; mais vous, qui protégez son mari, qui le soutenez dans son poste, vous avez plus de raisons de faire valoir vos intentions. Je suis peu propre à les lui bien rendre.

Que tu es nigaud ! reprit ce financier, je te le dis, il faut que tu la voies ; mes occupations ne me permettent pas les assiduités. Tu lui diras que je l'aime, et que non seulement je lui donne la confirmation de l'emploi de son mari (prends bien garde que c'est à elle à qui je le donne), mais que je veux encore pourvoir à tous ses besoins. Je ne lui demande pour toute reconnaissance que de venir après-demain chez moi, et là nous réglerons tout ensemble. N'oublie rien pour réussir ; tu as de l'esprit, et ce service te vaudra plus auprès de moi que la recommandation de ma sœur ou de qui que ce soit.

Je vous avoue que je ne conçois rien à ce que vous exigez de moi, lui dis-je piqué au vif ; j'irais parler d'amour à une personne que je ne connais point, et cela pour vous ! Mon cœur ne peut s'y résoudre. Pour moi, je crois que quand on aime, on le dit soi-même. Si la tendresse est réciproque, on vous répond de même ; mais je n'entends rien à ces traités, par lesquels des tiers marchandent un cœur que les offres doivent décider. Ne soyez point fâché, monsieur; mais je me vois inutile dans cette circonstance.

Dans ce cas, me dit-il, tu n'as pas besoin de moi; tes sentiments héroïques feront ta fortune; suis-les et tu verras de quelle belle ressource ils te seront. Je trouverai quelque autre qui saura décider mes faveurs en servant mes désirs. Tu ne feras jamais rien, je te le prédis; ma sœur dit que tu as de l'esprit, et moi je vois que tu n'es qu'une bête.

Il se retira, en me jetant un coup d'œil dédaigneux accompagné d'un souris moqueur, auquel je ne répondis que par une courbette, dont je ne pourrais dire la valeur. Mais, quelque affligeante que fût pour moi la conclusion de ce discours, je sentais qu'intérieurement mon cœur me disait : Tu as bien fait, La Vallée; tes beaux yeux, tes traits, ta jeunesse te mettent dans le cas de t'employer pour toi auprès des femmes, et tu n'es pas taillé pour être le messager de Fécour.

J'avouerai cependant que, si M. Dorsan ne m'avait pas fait compter sur une protection puissante de sa part pour décider ma fortune, peut-être mon cœur eût-il été moins glorieux; mais j'avais sa promesse, et cela suffisait pour soutenir mes sentiments.

Dans cette disposition, je suivis M. de Fécour auprès du lit de la malade. L'entretien que je venais d'avoir, en me piquant, avait animé mon visage d'une rougeur que la honte imprime comme le plaisir.

Qu'il est beau ! dit sans façon la malade...

Oui, dit gravement le médecin, ce visage est aimable...

Mais il ne fera jamais rien, ajouta brutalement le financier; et parlant aussitôt au premier : Que dites-vous de l'état de ma sœur ?

Ce qu'on lui a ordonné jusqu'à présent, répondit-il, est bon; il n'y a qu'à continuer; mais qu'on la laisse en repos, car je lui trouve le sang très ému. Un regard qu'il me jeta, en prononçant ces dernières paroles, me fit sentir que l'ordonnance venait de se régler sur l'impression qu'avait fait le gros garçon.

Et, en effet, serait-il possible qu'un homme qui n'a jamais

vu le malade qu'il visite, pût, dans l'instant, si bien prendre
son tempérament et son état, qu'il décidât infailliblement ce
qu'il lui faut ? Rien n'échappe à ces prétendus docteurs. Un
coup d'œil, un discours les règlent mieux souvent que le
battement d'une artère, auquel ils paraissent fort attentifs.

Si sa malade avait osé, elle lui aurait donné un démenti
qui se serait trahi lui-même; mais ce serait un crime irré-
missible de s'opposer aux décisions de la Faculté. Elle,
qui n'y entendait aucunes façons, aurait peut-être eu cette
témérité, si son frère, en la prévenant, n'eût prescrit d'un
ton impérieux que chacun eût à se retirer. Son discours ne
pouvait s'adresser qu'à moi, mais je pense qu'il voulut le
rendre général, moins pour ne pas me parler directement,
que pour se flatter de faire obéir un grand monde à ses
ordres.

Je saluai la malade, qui me recommanda de nouveau
à son frère; mais il ne lui répondit que ces mots, et même sans
se détourner : Il sait ce que je lui ai dit; c'est à lui d'obéir,
et je me charge de sa fortune. S'il ne veut point, je ne puis
le forcer; adieu. Et il partit sans me regarder, quoique je
me fusse rangé pour le laisser passer.

Je fus obligé de le suivre. Je passai chez M^me de Dorville,
non pour m'acquitter de la commission de M. de Fécour,
mais pour lui faire part que l'emploi de son mari lui était
conservé. Elle était sortie, et le domestique m'apprit que
M. de Dorville était fort mal, et que je ne pouvais le voir.
Je me rendis chez moi.

En rentrant, je trouvai Agathe sur la porte. Vous êtes
bien raisonnable aujourd'hui, me dit-elle, monsieur de la
Vallée; passez-vous donc si vite? J'aurais cru manquer à
la politesse si je n'eusse répondu à l'invitation qu'elle me
faisait d'entrer. J'eus un instant de conversation avec
cette petite personne, qui ne fut pas assez intéressante
pour être rendue. Il me suffira de dire en gros que son
langage était moins pétulant que celui de sa mère parce
qu'il y entrait plus d'art.

Ah ! si vous aviez vu l'inquiétude que votre femme eut
hier, disait-elle, quand elle ne vous vit pas revenir, vous
auriez bien connu le pouvoir que vous avez sur son cœur.

Ma femme est bonne, mademoiselle Agathe, lui dis-je, et je vous suis obligé de travailler à augmenter ma reconnaissance pour elle, c'est d'un bon cœur. Aussi le suis-je, reprit-elle; mais vous devez la partager, cette reconnaissance; car ma mère et moi nous entrions bien sincèrement dans ses peines. Oui, nous étions inquiètes; on ne savait que penser, et tout nous alarmait. Je ne disais mot, par exemple, moi; mais je n'en pensais pas moins.

Je ne suis point ingrat, repris-je; et vous pouvez être persuadée que je ressens, comme je le dois, la part que vous prenez à ce qui peut m'arriver.

Je lui baisai alors la main, qu'elle m'abandonna en feignant de la retirer. Je voulais lui marquer par ce geste la sincérité de mes paroles; et ses yeux, par leur vivacité, annonçaient que la petite personne n'était pas fâchée de l'impression qu'elle croyait m'avoir faite, quand ma femme entra, soutenue par M^me Alain.

J'avais raison de dire que je vous avais entendu, me dit ma femme. Cela est fort joli, mademoiselle! En vérité, je ne me serais pas attendue à cette incartade de votre part, La Vallée. Il vous faut de la jeunesse; cela est beau!

Je quittai rapidement prise, et sans trop savoir ce que j'allais dire, je me tournai du côté de ma femme avec plus de tranquillité sur le visage que dans le cœur. Mademoiselle, lui dis-je, me racontait jusqu'à quel point vous fûtes inquiète hier au soir; touché de vos bontés, je lui marquais ma reconnaissance de son attention à me les faire connaître. Je ne vois rien là qui puisse vous fâcher.

Eh bien! ma mie, reprend M^me Alain, quel mal à cela. Cette petite fille vous aime, elle prend part à vos peines, elle les raconte d'une manière touchante; on lui exprime qu'on lui est obligé; grand *venez-y voir! Allons, allons, point de jalousie! Elle est jeune; est-ce sa faute si vous êtes plus âgée? Il faudra bien qu'elle vienne à notre âge : dix ans de plus, dix ans de moins; y prend-on garde de si près? Venez, monsieur de la Vallée; venez, Agathe : la pauvre enfant n'y entend point de malice. Montons, montons; il y a bien d'autre besogne là-haut. Votre frère, monsieur de la Vallée, votre frère qui vous attend.

Je suivis cette compagnie, qui prit le chemin de mon appartement. Je donnai le bras à mon épouse, que quelques mots, dits en montant, calmèrent totalement ; elle m'apprit qu'elle se trouvait fort incommodée, et que, sans la visite de mon frère, elle ne se serait pas levée.

M^me Alain nous précédait en répétant continuellement : Le pauvre garçon est sensible et on lui en veut du mal ! Mais votre frère, ah ! le pauvre hère ! il vous fera pitié. Il me fait peine à moi qui ne lui suis rien : car je n'aime point à voir les malheureux. La misère me fait tant de peine que je ne puis regarder ceux qui la souffrent. Le voilà ; tenez, regardez, La Vallée.

Il nous attendait en effet au haut de l'escalier, car mon épouse, par une suite sans doute de ses principes de dévotion, n'avait pas osé le laisser dans sa chambre. Elle ne se souvenait plus que Jacob, sur le Pont-Neuf, aurait paru à ses yeux dans un état moins décent, s'il n'eût eu un habit de service qu'on lui avait laissé par grâce en quittant son pupille. Elle ne voyait plus en moi que son époux, et cet époux tranchait du bon bourgeois et était habillé proprement. Cela lui faisait croire sans doute que personne, sans être un imposteur, ne pouvait se dire mon parent si ses habits ne le mettaient dans le cas de figurer avec moi. De là, elle soupçonnait que celui qui se disait mon frère pouvait bien être un homme qui cherchait à la surprendre sous un nom supposé. Ses habillements ne répondaient pas pour lui, et cela suffit pour faire gagner la défiance. D'ailleurs je dois dire, pour l'excuser, qu'elle ne connaissait mon frère que sur mon rapport. Je lui avais dit qu'il était bien établi à Paris, et la façon dont il paraissait ne s'accordait pas avec mes discours.

Il faut l'avouer, il est rare que le nom, que le sang même, obtiennent les avantages qu'on se croit forcé de prodiguer à un équipage brillant. Étalez un grand nom, faites même paraître de grandes vertus sous un habit qui dénote la misère, à peine serez-vous regardé, quand la sottise et la crasse seront fêtées sous les galons ou la broderie qui les couvrent. On croit se relever en faisant politesse aux derniers, quand la familiarité avec les premiers nous humilie d'autant plus qu'on peut moins s'en dispenser.

Pour moi, qui n'étais pas encore initié dans ces usages que j'ai toujours trop méprisés pour vouloir jamais les suivre, je sautai au col de mon frère. Oui, sans penser à lui marquer la surprise que je pouvais avoir de le voir dans un état qui paraissait peu conforme aux espérances que notre famille avait conçues de son mariage, je ne m'inquiétai que de l'heureux hasard qui l'amenait chez moi. Eh ! comment avez-vous fait pour me découvrir ? lui dis-je en ne cessant de l'embrasser. Entrez ; que je suis ravi de vous voir !

Le hasard, me dit-il, m'a servi. Je savais votre mariage, mais j'ignorais votre demeure, quand j'ai entendu parler hier d'une histoire arrivée à M. le comte Dorsan, et quand j'ai su qu'un nommé La Vallée l'avait sauvé du péril où ce seigneur était exposé. (Nouvelle fête pour mon cœur, on parlait de moi dans Paris comme d'un brave !) Votre nom, continua mon frère, m'a frappé. J'ai couru ce matin à l'hôtel du comte, dont le valet de chambre est une de mes pratiques. Ce domestique a la confiance de son maître. Je l'ai prié de s'informer auprès de lui du nom, du pays et de la demeure de ce M. de la Vallée, dont il ne cessait de faire l'éloge. Il m'a éclairci un instant après sur toutes les circonstances que je lui venais demander. J'ai appris par lui que le libérateur de son maître était de Champagne, qu'il était marié; enfin, que vous demeuriez ici. Je m'y suis rendu pour avoir le plaisir d'embrasser mon cher Jacob et de saluer votre femme.

Il se précipita de nouveau à mon col, et après nous être tenus quelque temps étroitement serrés, je lui montrai ma femme, qu'il me parut saluer d'un air également humble et respectueux. Je m'aperçus que Mlle Habert ne lui faisait qu'une révérence fort simple, et que, s'étant assise, elle ôtait par là à mon frère la liberté d'avancer pour l'embrasser. Je les priai de se donner réciproquement cette marque d'affection. Si mon épouse ne put me refuser cette satisfaction, et même si elle s'en acquitta d'assez bonne grâce (car son état de faiblesse lui servait d'excuse légitime), je m'aperçus, aux larmes qui couvrirent pour lors le visage de mon frère, qu'il se passait dans son âme quelque chose d'extraordinaire qui me semblait être de mauvais augure.

Je n'attribuai ses pleurs, je l'avoue, qu'à ce que je le croyais humilié par l'espèce d'insensibilité avec laquelle ma femme avait paru recevoir ses avances; mais je me trompais lourdement. Mon cœur souffrait de mon incertitude, et je voulus m'en éclaircir.

Qu'as-tu donc, mon cher frère ? lui dis-je, et qui peut troubler la joie que nous devons goûter en nous revoyant ? Tu dois voir que tu me fais sentir un plaisir parfait, et il[1] te doit apprendre que, sans des raisons pressantes, je ne t'aurais pas caché mon mariage. J'ai une femme que j'adore et qui m'aime; notre fortune est honnête, mes espérances sont grandes ; je te crois également heureux, et quand je veux donner un motif à tes larmes, je pense qu'elles viennent du plaisir que te cause notre bonheur; je n'ose m'imaginer qu'elles puissent m'annoncer quelque disgrâce.

Remarquez, en passant, que je ne dis plus *mon bonheur*. Relevé par tant d'accidents heureux, je me figurais que Mlle Habert devait s'estimer autant fortunée de m'avoir acquis que je trouvais de félicité à la posséder.

Un silence morne, un regard triste, formèrent toute la réponse de mon frère. Je me doutais que l'humanité souffrait; je compris qu'il avait quelque chose de personnel à me communiquer, et que ce qu'il avait à me dire ne demandait point de témoins; je priai la compagnie de me laisser avec mon frère.

Oui, oui, c'est bien pensé, dit Mme Alain en se levant; quand on se tient de si près, on a mille choses à se dire dont les voisins n'ont que faire. Il ferait beau voir que chacun mît le nez dans mes affaires. Cependant on ne risque rien avec moi; je suis discrète quand on me demande le secret, non rien ne me ferait jaser. Ai-je jamais dit à personne que mon voisin l'épicier, qui est marguillier de sa paroisse, a sa sœur servante ? L'un demeure au Marais, l'autre est au faubourg Saint-Germain; qui va y regarder de si près ? Eh ! pourquoi débiter ces nouvelles ? On sait

---

1. *Et ce plaisir doit t'apprendre...* La phrase est très gauche.

bien que ça ne sert de rien aux autres. Nous ne sommes pas
tous obligés d'être riches; la volonté de Dieu soit faite.
Mais, au revoir, mon voisin; adieu, madame; allons, allons,
remettez-vous, monsieur de la Vallée, dit-elle à mon frère.
Agathe, qu'on me suive. Et elle partit en plaignant, tout
le long de l'escalier, le chagrin auquel mon frère paraissait
si sensible, mais en promettant d'une voix aussi distincte
qu'elle n'en voulait jamais parler à personne.

Quand elle fut partie, je priai mon frère de ne me rien
cacher. Oui, cher Alexandre, lui dis-je, la nature seule
fait entendre à mon cœur que quelque chagrin violent vous
dévore; vous ne devez rien me déguiser, et soyez persuadé
que ma fortune est à vous.

Mon épouse, revenue à son naturel par la retraite de
nos voisines (car il y a de ces gens qui, bons essentiellement, ne sont ou ne paraissent méchants que parce qu'ils
ont des témoins dont ils craignent la censure); M^me de la
Vallée, plus à son aise, prit donc un air moins austère, et
eut même la bonté d'assurer mon frère qu'elle souscrivait
de bon cœur à tout ce que je venais d'avancer.

Enhardi par ces prévenances de ma femme, mon frère
me dit : Tu sais, mon cher Jacob, qu'il y a près de quatre
ou cinq ans que je suis marié dans cette ville. Je trouvai,
en épousant ma femme, une maison bien garnie, et je puis
dire que, quoique fils de fermier à son aise, je devais peu
me flatter d'obtenir un pareil bonheur.

Ma femme était aimable; elle avait de l'esprit, et peut-être
était-ce là son malheur. A peine avait-elle vingt-quatre
ans quand son premier mari mourut. Il lui avait laissé un
commerce bien établi; il n'y avait pas un an qu'elle était
veuve quand je l'épousai, et je puis dire que j'entrais dans
un train qu'il n'y avait qu'à laisser courir pour en profiter.
Les trois ou quatre premiers mois furent fort heureux :
ma femme était assidue à son comptoir; elle se levait de
bonne heure, elle réglait la maison ; elle prévoyait[1] à tout ;
elle voyait tout, et prospérait; mais, pendant un voyage que

---

1. *Sic.* Le mot est corrigé en *pourvoyait* dans les éditions de 1781
(W) et de 1825 (Z).

je fis en Bourgogne pour nos achats, il se passa bien d'autres choses.

A mon retour, je trouvai que Picard, mon garçon, avait la direction de la cave; qu'une fille était chargée du comptoir ; que madame, qu'il n'était plus permis, même à moi, de nommer autrement, ne quittait son lit que vers les midi ou une heure ; qu'alors elle paraissait pour manger et remontait aussitôt dans sa chambre, qui était décorée du titre d'appartement, pour s'amuser de niaiseries, jusqu'à cinq heures que sa société se rassemblait; on allait à la Comédie, ou l'on jouait; on soupait, tantôt ici, tantôt là. Cela me surprit sans me fâcher : tu connais ma douceur.

Je crus n'entrevoir dans cette conduite que      la légèreté, et je me flattai qu'au premier avis que lui donnerait ma tendresse, ma femme changerait de système. J'attendis patiemment que je pusse profiter de son réveil. Le lendemain, sur les onze heures, j'entendis une sonnette; je pensai qu'une compagnie avait besoin de quelque chose, et appelant un garçon, je lui dis : Champenois, allez voir ce que l'on demande.

Mais ce garçon, plus au fait du train qu'avait pris ma maison depuis mon absence, me dit : Maître, vous vous trompez; c'est madame qui est réveillée, et qui avertit la servante de lui porter un bouillon. Tout ce manège me paraissait étranger, mais je résolus d'en tirer parti; je pris l'écuelle des mains de la fille et je montai à la chambre ou à l'appartement de madame. Elle était dans son lit; je lui présentai son bouillon. Eh quoi ? vous-même, me dit-elle; pourquoi ma domestique n'est-elle pas venue ? Je lui dis que j'avais voulu me procurer le plaisir de le lui apporter moi-même. Mais vous devriez rester au comptoir, me dit-elle d'un air sec. Je ne le puis, ma chère, lui répondis-je; j'ai fait des commissions dans mon voyage, il faut que j'aille en rendre compte. Je n'attendais que votre réveil pour partir. Je compte que vous allez vous lever et descendre à la boutique; après le dîner, je rangerai mes comptes avec vous pour voir ce que vous avez vendu et reçu pendant mon absence.

Je ne me mêle point de cela, me dit-elle; c'est à Picard,

qui a le soin de la cave, qu'il faut vous adresser, et la petite Babet vous donnera le détail du comptoir.

Remarquez que cette Babet est un enfant de quatorze ou quinze ans, nièce de ma femme. Je me mis en devoir de lui montrer le tort qui pouvait résulter de mettre ses intérêts entre les mains d'un étranger et d'une petite fille de cet âge; mais je n'avais pas ouvert la bouche, que, prévoyant mon dessein, ma femme me pria de la laisser en repos, en me disant qu'elle se trouvait mal.

Elle connaissait mon faible : mon amitié fut alarmée; je voulus m'empresser pour la secourir; mais plus je redoublais mes soins et plus son mal paraissait s'augmenter; enfin, d'un ton de colère, elle m'ordonna de me retirer, en ajoutant simplement : Faites monter ma servante.

Dieu ! que devins-je ? Quel changement ! Je me persuadai que ma douceur pourrait la vaincre, et après lui avoir envoyé la domestique qu'elle demandait, je descendis à ma cave, pour en faire le contrôle, sur l'état que le garçon chargé de ce soin m'avait donné; mais, hélas ! quelle différence ! J'appelai Picard, que j'avais toujours reconnu pour garçon fidèle ; il me dit que ce qui pouvait manquer avait été livré par les ordres de madame. Lui ayant ordonné de se taire, je remontai au comptoir; je n'y trouvai que des chiffons de papier qui contenaient les sommes différentes données à madame par Babet; mais je ne voyais point d'emploi de deniers. Concevez si vous pouvez, cher Jacob, le désespoir auquel je m'abandonnai. Je me crus ruiné, ou bien près de l'être; et je ne me trompais pas.

J'entrai dans ma salle, et m'étant mis sur une chaise, j'y restai bien une heure sans pouvoir prononcer une seule parole. J'étais dans cet état, quand ma femme m'envoya dire de lui envoyer chercher son médecin; je n'en avais jamais eu d'arrêté ni pour elle ni pour ma maison. Je courus à la chambre de mon épouse, et ne la trouvant point malade, je voulus le lui représenter; mais, à travers mille cris, elle me dit qu'elle voyait bien que je voudrais la voir morte, puisque je lui refusais les secours nécessaires. Il fallut obéir; elle m'indiqua la personne qu'elle voulait, et que j'envoyai chercher. Ce personnage vint et ordonna je ne sais quoi;

car il ne m'était pas permis de jeter les yeux sur les papiers qu'il laissait.

Je voulus profiter de quelques intervalles pour parler à mon épouse de nos affaires, et surtout d'une lettre de change qu'elle avait laissé protester, quoique je lui eusse compté en partant la somme nécessaire pour y faire honneur; je ne pus en tirer un seul mot. Un étranger se présentait-il ? elle ne cessait de parler; mais dès que je m'approchais pour l'entretenir de nos intérêts, ou pour en tirer quelques éclaircissements, son mal redoublait.

Enfin, au bout de quelques visites, le médecin, sans doute d'accord avec ma femme, lui ordonna les eaux de Passy au plus tôt, et me prescrivit de ne lui point rompre la tête d'aucunes affaires si je voulais la conserver. Je m'y déterminai avec peine, mais il fallut souscrire à tout; elle me menaçait de séparation, et vous savez que le bien vient d'elle. Vous devez d'ailleurs connaître la coutume de cette ville, qui est cruelle pour les maris; car dès le lendemain de leurs noces les maris se trouvent débiteurs de leurs femmes.

Elle partit donc pour les eaux. Je me trouvai, par son absence, forcé de laisser les choses dans l'état où elles étaient. Pour tâcher de remplir le vide qu'elle avait mis dans notre commerce, je m'avisai de me rendre commissionnaire pour des marchands qui, sûrs de ma probité, ne balancèrent point à me donner leur confiance. M. Hutin fut un des premiers à faire porter chez moi des vins de haut prix; je lui devais rendre compte du débit à la fin de chaque semaine.

Dans ces entrefaites, il me prit un jour fantaisie d'aller me divertir à Passy avec ma femme, qui y avait pris une chambre garnie. J'espérais que cette attention me rendrait son affection. J'y arrivai sans être attendu, et j'apportais avec moi nos provisions; mais ma précaution était fort inutile. Je la trouvai en effet à table avec deux directeurs, qui dévotieusement y mangeaient tout ce que Paris peut fournir de plus délicat, et le vin s'y répandait avec profusion[1].

---

1. Cet épisode rappelle l'histoire du plaideur dans la quatrième partie, et plus encore des passages de *La Promenade de Saint-Cloud* ou *La Confidence réciproque* (1736).

Si ma présence dut déconcerter ces messieurs, je n'eus pas lieu de m'en apercevoir; et ma femme, sans se démonter et sans se déranger, me dit de prendre une chaise. Mais je n'étais pas assis que la réflexion lui faisant sans doute appréhender quelque scène de ma part, elle se retira après une légère excuse, fondée sur le spécieux prétexte d'aller prendre ses eaux à la fontaine, et nous ne la revîmes plus.

Je restai avec ces deux bons ecclésiastiques, qui m'apprirent ingénument que l'un d'eux avait été le directeur de madame; qu'ayant appris qu'il allait à Versailles avec le provincial présent, elle les avait engagés de venir dîner chez elle en repassant. Jugez de ma surprise.

Je dois cette justice à cet honnête homme qui me faisait ce détail, de convenir qu'il parlait avec sincérité, et que, du moins en apparence, ç'a été malgré lui s'il a consommé la plus grande partie de mon vin. Mais c'était un directeur du premier ordre dans le parti rigoriste[1]; et ma femme, peut-être moins dévote que personne, avait cette sotte fatuité, de vouloir passer pour une de ses favorites.

Je les conduisis à leur chaise, et je me rendis aux eaux. Je n'eus pas entamé la conversation avec ma femme sur cette rencontre, qu'elle me dit que ce père était son ange, qu'elle lui faisait politesse, que cela ne me coûtait rien, et que je la laissasse en repos.

Ce discours me glaça; mais mon naturel tranquille ne se démentit point. Je partis sans prévoir d'autres accidents, comptant bien même qu'on devait m'avoir quelque obligation de ma douceur ; mais que je me trompais !

Je vous ai dit que M. Hutin me donnait des vins en commission, et que chaque semaine je lui portais l'état de la vente et de ce qui me restait en cave. Je m'en rapportais, pour ce détail, à Picard, étant obligé d'être toujours hors de ma maison, pour en obtenir le débit. En rentrant à Paris, je me rendis chez ce marchand, et je lui remis l'état de la dernière semaine.

Je fus fort étonné de voir le lendemain entrer chez moi ce même M. Hutin, qui me pria de lui permettre de des-

---

1. C'est-à-dire janséniste. Cf. p. 347.

cendre à mon cellier, pour vérifier le compte que je lui avais fourni la veille. Je n'en fis point de difficulté; car je me croyais en règle. Nous trouvâmes le nombre des tonneaux que j'avais accusés; mais je ne pus en revenir, quand, plus instruit que moi-même de l'état de ma cave, M. Hutin me fit apercevoir que six pièces, que je croyais pleines, n'étaient plus que des futailles restant inutilement sur les chantiers. Je fus traité par cet homme comme un fripon, et il me menaça de me perdre.

J'appelai Picard, à qui j'avais expressément défendu de rien livrer sans mes ordres. Pendant que je lui faisais les mêmes menaces que je venais d'essuyer, Hutin et lui se regardaient en souriant. Cette intelligence me rendit furieux; et j'allais totalement sortir de mon caractère, quand ce garçon intimidé se jeta à mes genoux, et m'avoua que, depuis le départ de madame, il avait journellement reçu ordre d'elle de lui envoyer de ce vin à Passy, ou d'en faire porter à son directeur, et qu'à l'instant il venait de faire partir six bouteilles pour ce dernier. Contes en l'air! dit M. Hutin; je verrai ce que je dois faire, ajouta-t-il en sortant. Je chassai Picard, et dans la fureur où j'étais, je me rendis sur-le-champ chez le directeur.

Le bon père me répéta qu'il n'avait jamais rien reçu de ma femme que forcément, et me déclara à la fin qu'il pensait que ma femme était folle. Tenez, dit-il, monsieur, voilà un bonnet d'été violet qu'elle m'a envoyé. Croit-elle qu'un homme de mon état portera de ces garnitures en réseaux d'argent et en franges ? Je le lui ai renvoyé deux fois, mais en vain. Comme je suis résolu de ne m'en point servir, je vous le remets. Il me dit même qu'il avait prié mon épouse de se choisir un autre directeur, sur le prétexte que ses autres affaires ne lui permettaient pas de lui donner ses soins.

La candeur que faisait paraître cet honnête ecclésiastique m'ôta la force de lui parler des six bouteilles qu'il avait reçues le même jour, et il ne m'en parla pas non plus, peut-être par oubli.

Je pris à l'instant un carrosse, et je me fis conduire à Passy. Je trouvai ma femme, auprès de laquelle Hutin s'était déjà rendu. J'augurai, dès l'abord, qu'il venait lui rendre compte de l'usage qu'il avait fait des lumières qu'elle lui avait données; car, ayant voulu lui parler du désastre que sa conduite mettait dans notre ménage, elle me dit avec emportement :

C'est bien à vous à vous plaindre, quand j'ai tout fait pour vous et que vous me ruinez ! Sans la considération que M. Hutin a pour moi, il vous poursuivrait et il vous ferait pourrir dans une prison. Il veut bien, à ma prière, vous accorder du temps, ne point ébruiter votre friponnerie, et même vous continuer sa confiance, et vous viendrez me soumettre à votre humeur ! Ce pauvre Picard que vous chassez, il faut le reprendre; n'est-ce pas, monsieur Hutin ? Il suffit que j'aime ce garçon, monsieur le met dehors ! Allez, toute votre conduite est affreuse. Décidez-vous à mériter les bontés de monsieur, ou je vous abandonne à sa vengeance.

J'aurais peut-être répondu, et j'avoue que la patience était prête à m'échapper, quand M. Hutin me força à me tenir tranquille, en me protestant que, si je faisais le moindre bruit, il me décréditerait à jamais. Que faire à ma place ? Ce que je fis : gémir en secret et se taire.

Je revenais chez moi désespéré, quand, en passant, j'ai entendu parler de l'affaire de M. le comte Dorsan. Chacun s'en entretenait chez moi quand j'y suis arrivé, et l'on vous nommait. Cela a excité ma curiosité; je vous ai découvert, et j'ai le bonheur de vous voir.

Je ne pus entendre ce récit sans frémir et sans faire une comparaison du sort de mon frère au mien, bien avantageuse pour moi. M<sup>lle</sup> Habert y donna quelques larmes qui me furent bien sensibles, et dont je lui eus une obligation infinie. Je retins mon frère à dîner, et sans m'amuser à plaindre son malheur (compassion stérile qui ne remédie à rien, et qui souvent est plus employée pour satisfaire l'amour-propre que pour contenter la nature), je lui dis que j'irais le voir, que je le priais de venir souvent chez moi, et qu'il devait être persuadé que je serais toujours son frère. Mon bien, lui dis-je, cher frère, ne me sera jamais précieux qu'autant qu'il me mettra dans le cas de vous être bon à quelque chose.

Et dès lors j'engageai M^me de la Vallée à prendre chez nous deux garçons qu'il avait eus de son mariage, et auxquels il ne pouvait donner une éducation convenable.

Ma femme y consentit volontiers, et aurait pris la peine de les aller chercher, si son état de faiblesse le lui eût permis ; mais elle fut obligée dans le jour de se mettre au lit. A peine y était-elle, et à peine mon frère venait-il de sortir, que M. le comte Dorsan entra.

Il fit un court compliment à ma femme sur son indisposition ; il ne pouvait se lasser de lui répéter les obligations qu'il disait m'avoir, et il finit en me priant de le conduire chez M. de Dorville, auquel, ainsi qu'à sa femme, il devait, me dit-il, un remercîment et des excuses de l'embarras qu'il leur avait causé la veille.

Je me disposais à m'y rendre, lui dis-je, monsieur.

J'en suis charmé, répondit-il ; cela s'arrange avec mes vues sans vous détourner de vos affaires ; mon carrosse est là-bas, nous irons de compagnie. Il salua M^me de la Vallée ; je l'embrassai : ses yeux paraissaient me voir partir à regret ; mais M. Dorsan avait parlé, et il n'y avait pas moyen de m'arrêter. Nous partîmes.

FIN DE LA SIXIÈME PARTIE

# SEPTIÈME PARTIE

# SEPTIÈME PARTIE

Nous étions à peine montés en carrosse, que je crus devoir faire part à M. le comte de Dorsan de l'inquiétude que j'avais sur l'état présent de la santé de Dorville.

Nous allons dans une maison, lui dis-je, où je crains qu'il ne soit arrivé quelque accident. Eh ! quel accident appréhendez-vous ? répondit-il vivement. Je n'en sais rien, continuai-je; mais en quittant M. de Fécour, je me suis rendu, ce matin, chez M. de Dorville ; je n'y ai trouvé qu'une femme qui m'a assuré que l'état du malade ne lui permettait point de recevoir ma visite.

Il est vrai que je n'en augurai pas bien, me dit le comte, quand je le quittai; je serais cependant fâché que son mal fût empiré. Je le connais peu, mais j'ai obligation à son épouse. D'ailleurs, ajouta-t-il comme par réflexion, lui-même nous a reçus avec égards, et cela mérite de la reconnaissance.

J'avoue que cette façon de s'exprimer m'offrit matière à réfléchir moi-même. Cette distinction que faisait M. le comte entre les obligations contractées avec la femme et celles qu'il devait au mari, ne me paraissait pas assez formelle pour les bien apprécier séparément, comme il semblait le vouloir faire. Je commençais même à attribuer sa conduite à une des irrégularités de l'amour, quand M. le comte Dorsan, sans doute pour m'épargner la peine de me tourmenter l'esprit, reprit ainsi :

Vous le dirai-je, mon cher ? quelle que soit ma gratitude pour les marques d'attention de Dorville, je sens qu'elle céderait facilement dans mon cœur aux sentiments que j'ai conçus pour son épouse.

A cette ouverture que crut me faire M. Dorsan et à

laquelle il ne douta pas de me voir prendre part, je ne répondis que par un *Nous y voilà, je m'y attendais* ! Il parut étonné de mon exclamation, qui fut sans doute cause du silence qu'il garda.

Il faut pourtant convenir que ce silence pouvait avoir un autre motif, et la suite le fera croire. C'est l'ordinaire du cœur qui, pour la première fois, trouve jour à sortir de son secret, d'être satisfait d'avoir pu faire soupçonner ses sentiments; et, quand il obtient cet avantage, il n'a pas ordinairement la force de passer outre.

Nous restâmes donc un instant sans parler. Qu'on ne me demande pas ce qui m'engageait à me taire, car j'aurais bien de la peine à en rendre raison; le seul motif que je puisse entrevoir, c'est que M. Dorsan me paraissait être dans une rêverie si agréable que je me serais fait un crime de l'en distraire.

Je me mis alors insensiblement à rêver moi-même. Je me rappelai la première entrevue de M^me de Dorville et de M. Dorsan, et les idées que j'avais prises de leurs sentiments me parurent bien fondées; mais la réflexion que cela m'occasionna naturellement sur les peines que j'avais eues à terminer mon mariage m'affligea véritablement et pour l'un et pour l'autre.

Je me disais intérieurement : Eh ! mais il y avait moins de distance de Jacob à M^lle Habert que de M^me Dorville à M. d'Orsan. J'étais fils de fermier comme celle qui vient de m'épouser; la différence ne consiste qu'en ce que les parents de ma femme ont quitté, depuis quelques années, ce que les miens exercent encore ; mais ici, si M^me de Dorville est fille d'un gentilhomme, il est question pour elle d'un fils d'un ministre. Je me retraçais alors toutes les traverses que j'avais essuyées, et je croyais voir M^me de Dorville dans les mêmes embarras. Cela m'attristait, quand M. Dorsan sortit tout à coup de sa rêverie par une saillie qui, en me rappelant la mienne, acheva de le dévoiler à mes yeux.

Oui, je puis espérer de devenir heureux, s'écria-t-il; que je suis fortuné!...

M^me de Dorville, repris-je, a tous les agréments qui peuvent faire votre félicité, j'en conviens; mais, fût-elle veuve, elle est sans fortune et sans rang.

Eh bien ! j'ai l'un et l'autre, reprit-il vivement. Je crois que c'est votre malheur, lui répondis-je; votre famille, intéressée à l'alliance que vous devez prendre, ne mettra-t-elle point d'obstacle à vos désirs ?

Ah ! cher La Vallée, dit-il en m'embrassant comme pour me supplier d'arrêter mes réflexions, n'empoisonnez pas le plaisir que je goûte. Je vois peut-être encore plus de difficultés que vous n'en pouvez envisager, mais elles ne peuvent me faire trembler. Si elles se présentent, je les combats; et je m'applaudissais même de les avoir toutes aplanies quand vous avez commencé de parler. Loin de l'attaquer, daignez plutôt me confirmer dans mon erreur, si c'en est une; elle a trop de charmes pour ne la pas chérir. Que ne les avez-vous connus quand vous avez épousé M$^{lle}$ Habert ? Vous seriez plus indulgent. L'opposition que je mets ne doit point vous faire peine[1]. Des motifs différents nous mèneront au même but : l'intérêt plus que l'amour décidait votre volonté, lorsque l'amour est le seul maître que j'écoute. Mais, pour rompre cet entretien, faites-moi le plaisir de m'instruire de la famille de M$^{me}$ de Dorville et de celle de son mari.

Je ne pus m'empêcher de remarquer la façon singulière dont M. Dorsan prétendait rompre cet entretien, en y rentrant plus que jamais.

Je ne suis guère plus au fait que vous sur cet article, répondis-je. Tout ce que je sais, c'est que Dorville est un gentilhomme de la province d'Orléans, et que son épouse est issue d'une famille noble du même canton.

Elle est fille de condition ? reprit avec joie ce seigneur; elle avait épousé un gentilhomme ? Cela me suffit. Mais comment avez-vous appris ces circonstances ?

Par les éclaircissements, répondis-je, que M$^{me}$ de Dorville donna elle-même à une personne que nous trouvâmes à Versailles chez M. de Fécour, et qui, fâchée de la façon

---

1. Phrase très obscure. *L'opposition que je mets* semble être employé improprement au sens de : *le rapprochement que je fais*.

dure avec laquelle ce dernier persistait à révoquer M. de
Dorville, se voulut bien charger de lui faire du bien.

Et quel est cet homme si bien intentionné ? me demanda
le comte Dorsan avec un visage qui, quoique contraint,
semblait me marquer quelque inquiétude.

Je ne me trompai pas à son mouvement; je le pris pour
une impression de jalousie, et je crus de mon devoir de ne
pas tarder à effacer un sentiment qui faisait ou pouvait
faire quelque tort à M^me de Dorville dans l'esprit de ce seigneur. Je ne puis cependant m'empêcher de faire attention
à cette bizarrerie de l'homme amoureux : à peine commence-
t-il à aimer que tout l'alarme; son ombre seule, vue à l'im-
proviste, est capable de l'agiter. L'amour serait-il donc un
sentiment de l'âme, quand tout son effet est d'en déranger
l'assiette et d'en troubler la tranquillité ? Voilà une réflexion
que je fais la plume à la main; car alors, ne voyant que la
gloire de la dame dont nous parlions, je répondis sur-le-
champ :

Cette personne, touchée des refus de M. de Fécour,
est un nommé M. Bono. A ce nom, le comte prit un visage
plus serein. Il nous promit alors, continuai-je, à cette dame
et à moi, de nous dédommager si M. de Fécour persistait
dans ses refus. Nous avons eu avec cet homme un instant
d'entretien, dans lequel la vertu de M^me de Dorville m'a
paru lui faire plus d'impression que ses charmes.

Oh ! je connais Bono, reprit M. le comte, totalement
remis par mes dernières paroles; s'il peut quelque chose,
je me charge de le décider en votre faveur; mais maintenant
je dois attendre. Je vous avouerai, mon cher La Vallée,
poursuivit-il, que, quoique je sois dans la ferme résolution
de tout faire pour votre avancement prochain, l'état de
Dorville, s'il vit encore, me semble demander plus de précipitation de ma part. Persuadé de votre façon de penser
par l'acte généreux que vous fîtes à Versailles, je ne vous
cache pas que je crois devoir d'abord travailler pour notre
malade. A quoi bon vous déguiser ces motifs ? Vous connaissez suffisamment mon cœur ; j'aime M^me de Dorville ,
et je veux faire quelque chose pour son mari, s'il est temps
encore, et je dois en avoir réponse dans le jour.

Je ne me sentais point du tout fâché de la préférence que M. Dorsan avait donnée aux intérêts de son amour sur le mien. J'allais même lui marquer combien j'étais sensible à ce que sa bonne volonté lui inspirait pour une famille qui méritait ses attentions.

Et qu'on ne soit point étonné de cette générosité. Je voyais d'honnêtes gens dans le besoin; et, quoique l'orgueil et la cupidité me sollicitassent vivement, ces passions ne s'étaient point encore rendues maîtresses de mon cœur. Elles sont violentes, j'en conviens; mais la nature, qui se faisait entendre, n'eut point de peine à les terrasser.

D'ailleurs, si l'on se souvient que je suis à la tête de quatre mille livres de rente, on pensera que Jacob devait s'estimer fort heureux. Que de paysans, contents de ma fortune, se seraient endormis dans une molle indolence? Cependant, si l'on réfléchit, on avouera que l'expérience en montrait un plus grand nombre dont le cœur, enflé par mes premiers progrès, se serait cru en droit de forcer la fortune à leur accorder de nouvelles faveurs, et qui, dans ma position, en auraient assurément voulu à M. le comte Dorsan de ce que l'amitié cédait, dans cette occasion, à l'amour; mais j'étais moins injuste. Oui, j'allais lui exprimer ma satisfaction, quand ce seigneur fit arrêter : et en effet nous étions à la porte de M. de Dorville.

Toute la maison, par le silence qui y régnait, nous parut plongée dans une tristesse profonde. Cette idée fit passer sur le visage de M. le comte et dans mon cœur un morne[1] qui y répondait, et nous n'eûmes point de peine à démêler le motif qui pouvait occasionner la douleur qui se manifestait sur le visage de M^me de Dorville et de sa mère.

Ce fut en vain que ces aimables dames, à la vue de

---

1. Emploi bizarre d'un adjectif substantivé au neutre. Comparer : *un certain morne que je sentis se répandre sur mon visage* (p. 360) ; *des yeux qui (...) manifestaient un pétillant dans l'esprit dont la réalité était capable d'enchanter* (p. 375) ; (la religion) *n'est donc plus qu'un masque dont chacun décide le grotesque selon son caprice* (p. 349). Voir aussi des emplois comparables de *un froid* (366), *le brillant, le solide* (p. 408), etc. Le continuateur semble vouloir imiter, maladroitement, le style de Marivaux. Cf. notre *Marivaux et le marivaudage*, pp. 301-304.

M. Dorsan, voulurent essuyer leurs larmes; elles se faisaient jour malgré leurs efforts pour les retenir. Cet état,
qui souvent fait tort à la beauté, relevait au contraire les
charmes de M^me de Dorville. Une certaine rougeur qui vint
couper la pâleur, suite ordinaire de la tristesse, me fit
croire qu'il régnait quelque embarras dans le cœur de notre
charmante veuve, et je ne l'attribuai qu'à la présence
de M. Dorsan.

On doit se rappeler que je n'avais pu voir cette jeune
dame sans indifférence, et que ce sentiment, tout superficiel
qu'il était, m'avait donné assez de lumière pour bien apprécier cette timidité contrainte et ces œillades à demi lâchées et
à demi rendues entre deux personnes, lorsque le hasard
les avait fait rencontrer pour la première fois. Je décidai
donc à ce moment, mais sans balancer, que, si je connaissais
les sentiments de M. le comte pour cette dame, cet abord
devait me confirmer ceux de cette dame pour mon ami.

Je viens, madame, lui dit d'Orsan d'un air timide et
embarrassé, sous les auspices de M. de la Vallée, pour vous
prier d'agréer mes excuses du trouble que je causai hier
dans votre maison, et pour vous faire mes remercîments
des bontés dont vous m'avez honoré.

M^me de Dorville, qui, dans toute autre circonstance,
n'aurait pas laissé le compliment du comte sans réplique,
n'eut pas la force de lui dire un seul mot; la douleur ne lui
donna de pouvoir que pour verser quelques larmes;
peut-être cette dame, sentant l'effet que la présence de mon
ami faisait sur son cœur, vit-elle avec un nouveau chagrin
l'espèce d'infidélité qu'elle faisait déjà à la mémoire de son
époux.

On nous présenta des sièges en silence. Tout cet extérieur
confirma nos soupçons. L'air avec lequel alors me regarda
M. Dorsan me fit comprendre que sa situation ne lui permettait pas de parler le premier sur M. de Dorville qu'il
supposait mort, et avec raison; je l'entendis à merveille,
et je crus que mon amitié demandait que je suppléasse à son
silence.

Madame, dis-je à la veuve, je m'étais rendu tantôt chez
vous pour vous apprendre que M. de Fécour rendait à

votre époux... Ah ! monsieur, reprit cette dame, sa bonne
volonté est inutile : il n'est plus...

Après ce peu de mots, je crus que la vivacité de la
douleur l'avait réduite dans un pareil état. Ce qui me parut
étonnant, c'est que ses larmes se séchèrent tout à coup, et
elle demeura bien pendant l'espace d'un quart d'heure,
la tête renversée dans son fauteuil, les yeux fixés, les mains
pendantes, sans parole et sans mouvement.

Je ne comprenais rien à cette situation; j'osai même un
instant l'attribuer à l'insensibilité. Que je connaissais peu
la nature ! J'ignorais alors que les grands mouvements
saisissent tous les sens et les rendent incapables d'aucune
fonction. Oui, l'expérience m'a seule appris que toutes ces
douleurs qui s'exhalent en cris et en lamentations sont l'effet
d'une âme qui cherche à masquer par les dehors son endur-
cissement intérieur, lorsque le cœur vivement touché est
absorbé et demeure dans un sombre repos qu'il ne connaît
pas lui-même.

M. le comte Dorsan, plus instruit que moi, connut
d'abord l'état de cette veuve, et n'épargna rien de tout ce
que l'esprit peut inventer de plus séduisant pour tâcher de
le calmer; mais il me parut longtemps travailler en vain.
Si un monosyllabe coupait de temps à autre la rapidité
de ses exhortations, l'abattement ne semblait reprendre
qu'avec plus de force. Qu'on juge bien de l'état où se trouvent ces deux personnes qui s'aiment, qui se voient libres,
mais dans quelle circonstance ! et rien n'étonnera plus.

Malgré la part sincère que M. le comte prenait à la
douleur de M^me de Dorville, je croyais entrevoir qu'il
goûtait une satisfaction intérieure, tant des sentiments que
l'état de cette belle veuve lui faisait exprimer, que des libertés
innocentes que l'office de consolateur lui permettait de
prendre auprès d'elle sans qu'elle y fît attention.

M. Dorsan, en effet, pour lui faire mieux goûter ses
raisons, lui prenait la main, la lui pressait dans les siennes,
et quelquefois s'émancipait à la porter à sa bouche. Il
applaudissait à ses larmes, en entrant dans la justice de la
cause qui les faisait couler; mais il ne perdait pas l'occasion
de lui faire entrevoir que depuis longtemps elle devait

s'attendre à ce qui lui venait d'arriver, que la mort avait été favorable à son mari même, puisqu'un état d'infirmités continuelles devait lui rendre la vie à charge. Pour moi, tout neuf que j'étais, si toutes ces raisons me paraissaient bonnes, il y en eut une qui me sembla déplacée, et je pensai même que M. de Dorsan s'était trop avancé. Je crus en effet voir un intérêt trop marqué, quand M. le comte ajouta qu'avec ses traits et sa jeunesse, une aussi belle femme pouvait facilement réparer cette perte, et qu'il était impossible qu'elle ne fixât l'amour et l'inconstance de quelqu'un en état de la dédommager. Où ne mène pas l'amour, quand une fois on s'abandonne à sa conduite ! Si ses premiers pas sont insensibles, il n'attend que le moment de faire une irruption.

Si, faute d'avoir connu pour lors ce caractère de l'amour, la vivacité de M. le comte me surprit, peut-être fut-ce par une suite de cette même ignorance que la réponse de la belle veuve m'étonna. Elle ne consistait que dans un coup d'œil, mais qui semblait chercher dans celui de M. de Dorsan le motif qui inspirait son discours, et qui, quoique pénétrée de douleur, laissait voir une apparence de surprise satisfaite. Je n'eus pas lieu de m'y arrêter longtemps.

Le comte, qui devinait l'embarras dans lequel devait être Mᵐᵉ de Dorville, lui dit : Vous avez sans doute des amis, madame; car votre position en exige. Je serais flatté, si en me mettant de ce nombre, quoique j'aie peu l'honneur d'être connu de vous, il vous plaisait de m'honorer de vos ordres. La reconnaissance que je vous dois réglerait mon exactitude à vous marquer mon zèle.

Il n'avait pas encore achevé les dernières paroles, quand Mᵐᵉ de Dorville, qui se disposait sans doute à lui répondre, en fut empêchée par la visite de quelques personnes de sa connaissance, qui venaient, par politesse, prendre part à sa peine.

Les abords furent silencieux, les compliments brefs, les visites courtes, et chacun se retira après avoir donné des marques d'une tristesse qui ne paraissait pas passer le bord des lèvres. Nous nous étions approchés, M. de Dorsan et moi, pour sonder la mère de Mᵐᵉ de Dorville sur l'état où son beau-fils pouvait laisser sa veuve par sa mort.

Je m'aperçus bientôt que M. de Dorsan ne faisait aucune attention à notre entretien. Un grand homme sec, qui venait d'entrer, le fixa, et il ne nous répondait plus que d'une façon distraite. Ce sujet de sa nouvelle inquiétude paraissait un seigneur à l'éclat de ses habits. L'air de confiance avec lequel M<sup>me</sup> de Dorville le pria de rester un instant pour l'entretenir le faisait croire à M. Dorsan un ami intime de la maison; et qui dit ami d'une femme dans l'esprit de son amant, est sûr de le tourmenter. Pour moi, je jugeai qu'elle s'ouvrait à cette personne sur sa situation, et peut-être sur quelques embarras qui en résultaient. J'allais faire part au comte de mon idée, quand, en se levant, ce personnage suspect nous fit entendre ces paroles adressées à la veuve.

J'ai toujours été le très humble serviteur et l'ami véritable de votre mari. Je voudrais pouvoir vous obliger, et pour vous, et par reconnaissance pour sa mémoire qui m'est chère; mais vous me prenez malheureusement dans un temps où je suis moi-même dans le plus grand embarras; il faut s'aider; voyez à vous tirer de ce pas. Ayez recours à vos connaissances : elles seront peut-être plus heureuses que moi.

Je vous regarde, reprit M<sup>me</sup> de Dorville, comme la personne avec laquelle je puisse m'ouvrir plus librement, et à laquelle je dois plus de confiance.

Vous me faites honneur, dit-il en s'en allant; je suis fâché de ne pouvoir y répondre; mais, vous le savez, il faut songer à soi. Et il sortit aussitôt.

M. Dorsan, trop éclairé par ce discours, pria la mère de lui expliquer le sens de ces dernières paroles, qu'il commença lui-même à interpréter; il s'informa même du rang et de l'état de cet homme. Elle nous dit superficiellement qu'elle ignorait le sujet de la conversation que sa fille venait d'avoir avec ce monsieur; que c'était un gentilhomme de leur province, qui, n'étant point riche, avait eu recours à M. de Dorville, pour lui rendre service. Mon fils a été assez heureux, ajouta-t-elle, pour lui faire obtenir un emploi où il s'est poussé rapidement; et depuis ce temps, il a toujours été l'ami intime du défunt et de sa maison.

Il n'en fallait pas tant pour instruire M. Dorsan, et pour le décider sur ce qu'il devait faire dans cette circonstance; et j'ose dire qu'il l'exécuta avec cette dextérité qui donne aux bienfaits un prix que rien ne peut compenser.

Après un compliment qu'il fit à ces dames, et qui me parut moins animé, sans doute parce que l'action qu'il venait de faire le rendait moins libre, il leur demanda la permission de venir les consoler; et nous nous retirâmes.

Je lui avais appris la promesse faite à M. Bono de lui rendre visite; il me proposa de m'y conduire sur-le-champ; mais je le priai de ne point se déranger, d'autant plus que j'étais résolu de retourner chez moi.

J'ai laissé ma femme indisposée, lui dis-je, et je lui ai promis de revenir au plus tôt. Si je tardais, elle pourrait s'inquiéter, et je me ferais un crime de contribuer à augmenter sa maladie.

M. le comte, malgré mes instances, voulut à toute force me remettre chez moi, pour s'informer de la santé de mon épouse. Sa politesse et son amitié l'y portaient assurément; mais je pense que le motif le plus pressant était de pouvoir en chemin parler encore quelque temps de l'objet de son amour, car à peine étions-nous en route, qu'en me sautant au col il me dit :

Ah ! cher La Vallée, que cette veuve est aimable ! je ne crois pas que personne ait jamais pris sur moi l'emprise que je sens qu'elle obtient. Oui, je l'adore, et rien ne peut me faire changer.

J'ai cru deviner vos sentiments, répondis-je; vous ne faites qu'affermir mes idées; mais j'avoue que, plus je vous crois incapable de vous vaincre, et moins j'espère que vos feux ne soient point traversés.

Eh quoi ! reprit-il d'un air animé, quelqu'un m'aurait-il prévenu dans son cœur ? Que je serais malheureux ! Mais n'importe, j'exige de votre amitié de ne me rien cacher.

Je ne connais point assez cette belle, lui repartis-je, pour savoir si son cœur est prévenu; mais, si j'en dois juger par les seules lumières que la nature m'a données, je crois qu'elle vous voit d'un œil aussi favorable que le vôtre peut lui être avantageux.

Que tu me réjouis, cher ami ! dit-il; cette espérance me charme. Puis-je m'y abandonner ? Tu me le dis, je te crois. L'espoir que vous me faites concevoir, continua-t-il, redouble l'amitié que je vous ai vouée; oui, c'est un titre plus grand à mes yeux que la vie même que je vous dois. Eh ! qu'est-ce que la vie, en effet, ajouta-t-il avec feu, si elle doit être malheureuse ? Loin de vous en avoir obligation, je devrais, au contraire, vous faire un reproche de me l'avoir conservée, si je devais perdre la seule chose qui pourra jamais me la faire estimer.

J'eus beau combattre ses sentiments, le prier même de s'y livrer avec plus de réserve; tout fut inutile. Si mes raisons paraissaient quelquefois l'abattre, il ne se relevait bientôt qu'avec plus d'avantage. Sa mère l'aimait; il avait un bien assez considérable ; M$^{me}$ de Dorville avait une naissance qui ne pouvait le faire rougir. En un mot, il aimait, voilà le grand point; et cette circonstance suffisait pour trouver de la faiblesse dans mes objections et de la solidité dans ses réponses.

Instruit d'ailleurs par la seule nature, que pouvais-je lui objecter qu'il ne pût aisément renverser ? Et tout ce qu'il pouvait me répondre devait être sûr de s'attirer mon suffrage; aussi, quand je le combattais, je prenais plus mes arguments de l'expérience que du sentiment.

Ce fut au milieu de tous ces propos que nous nous rendîmes chez moi. M. Dorsan voulut voir mon épouse, qu'il trouva toujours dans le même état de langueur. Nous étions à peine assis, qu'on vint m'avertir qu'une personne me demandait de la part de M$^{me}$ de Dorville. M. Dorsan, qui pénétra plus que moi le motif du message, me dit de faire entrer cet exprès. J'obéis, et l'on me remit un billet de cette dame, dont je ne crus pas devoir faire un mystère au comte, qui paraissait lui-même fort empressé d'en voir le contenu. Nous y trouvâmes ce peu de mots :

« J'ai trouvé une bourse sur ma toilette. Serait-elle à vous, monsieur ? ou M. le comte l'aurait-il oubliée ? Je vous prie de me faire savoir auquel de vous deux je dois la renvoyer.

« Dorville. »

Je regardai en souriant M. le comte, dont le visage soutint mes regards attentifs sans se laisser pénétrer. D'un air même fort ingénu, et qui aurait pu persuader un homme moins instruit, il fouilla dans sa poche et m'assura qu'il n'avait point perdu la sienne. Sans sortir de mon idée, pour le satisfaire, je cherchai la mienne par forme; aussi se trouva-t-elle fort exactement à sa place. Je ne doutais point d'où la générosité partait, et j'allais me disposer à répondre suivant mes lumières, quand M. Dorsan, ayant su qu'on ne connaissait point mon écriture dans cette maison, me pria de lui permettre de faire lui-même la réponse sous mon nom. Que l'amour est ingénieux ! il saisit tout. Peut-être aussi ce seigneur appréhendait-il quelque indiscrétion de ma part. Quel qu'ait été son motif, voici sa réponse :

« Madame, la bourse que vous avez trouvée ne m'appartient point. M. le comte, qui est présent à l'ouverture de votre billet, m'a assuré qu'il n'a point perdu la sienne; il m'a ajouté que, sans doute, celle qui se trouve chez vous, ou vous appartient, ou y a été laissée par quelqu'un instruit de vos affaires.

« Pour moi, je pense que vous ne devez faire aucune difficulté de vous en servir. Je suis même persuadé qu'on vous en aura obligation. Qui en a agi de cette façon mystérieuse a voulu se cacher; vos recherches ne le découvriront pas; il borne sa gloire à vous être utile : voilà mon sentiment.

« Je suis avec respect, madame, votre très humble et et très obéissant serviteur.

« LA VALLÉE. »

Si cette lettre paraît un peu longue, qu'on se rappelle que c'est un amant, et un amant dans les premiers transports, qui trouve une occasion inespérée d'écrire à sa maîtresse, et on sera surpris que son style se soit trouvé si laconique; car un amant qui écrit appréhende toujours de n'en pas dire assez.

Malgré toutes les précautions que ce seigneur prenait dans sa lettre pour cacher qu'il fût l'auteur de cette action généreuse, tous mes soupçons s'arrêtèrent sur lui. En effet, me disais-je intérieurement, sa tranquillité me l'apprend.

Pendant l'entretien de M^me de Dorville avec ce grand homme sec, j'ai cru voir que M. le comte était naturellement jaloux; et cependant cette circonstance, qui aurait dû l'alarmer plus qu'une conversation, ne lui cause aucun trouble; il n'y voit donc point de motifs de s'inquiéter; ainsi il connaît l'auteur de cette générosité que son grand cœur lui a dictée.

Tant il est vrai que l'homme a toujours quelque faible par lequel il se démasque, sans le vouloir, aux yeux de ceux qui sont à portée de le connaître ou qui s'attachent à l'étudier ! Pour moi, qui entrais dans le monde, je suivais tous ceux qui m'approchaient avec tant d'attention que rien ne pouvait m'échapper. C'est ce que l'on a dû remarquer dans le cours de mes Mémoires jusqu'à présent et ce qui, sans doute, m'a le plus instruit pour me conduire moi-même.

Après cette réflexion, je ne balançais plus à attribuer à M. d'Orsan cette libéralité, lorsque ce seigneur me demanda s'il pouvait m'entretenir en particulier. Ma femme, qui était dans son lit, ne nous gênant point, nous nous retirâmes dans un coin de l'appartement pour y parler en liberté.

Je ne vous cacherai point, cher ami, me dit-il, que je suis l'auteur de l'inquiétude de M^me de Dorville. Que ne voudrais-je pas faire en faveur de cette adorable personne ? Mais sa lettre me jette dans un double embarras. Je crains sa délicatesse, et je voudrais la prévenir. L'ignorance de ma conduite, dans laquelle je prétends la laisser, la mettra peut-être dans le cas de regarder cet argent comme un dépôt et de ne pas oser y toucher. D'un autre côté, si elle sait qu'il vient de moi et que mon amour veut qu'elle s'en serve, ses sentiments peuvent m'exposer à ses refus...

Voyant qu'il s'arrêtait à réfléchir, je lui demandai ce qu'il croyait qu'il fallût faire dans cette occasion pour épargner le refus qu'il craignait, et pour donner à cette veuve la liberté de se servir de l'argent qu'elle avait trouvé dans sa maison.

Je m'y perds, reprit-il; la circonstance est embarrassante... mais... attendez... Oui, je vois une ressource. Il faut que vous vous rendiez chez elle : vous sonderez ce qu'elle pense; vous combattrez ses scrupules, vous les lèverez même ; vous la déterminerez enfin à profiter de cette circonstance sans la pénétrer. Laissez-lui la liberté de penser ce qu'elle voudra, mais ne lui faites point soupçonner que vous connaissez la personne qui a eu le bonheur de lui offrir ses secours.

Cette commission est difficile à remplir, lui dis-je. Ah ! cher La Vallée, ajouta le comte, j'attends de vous cette grâce. Et, sans me donner le temps de répondre, il m'apprit tous les arguments que je devais employer pour vaincre la délicatesse de son amante.

Ma reconnaissance ne me permettait pas de désobéir à un seigneur dont les ordres m'honoraient. Je lui promis de remplir ses volontés dès le lendemain, et d'aller aussitôt lui rendre la réponse que j'aurais reçue. M. Dorsan sortit en me protestant de nouveau qu'il allait employer son crédit pour presser mon avancement. Faites vos affaires, me dit-il; je verrai Bono, je vous excuserai auprès de lui; il est bonhomme, et l'indisposition de votre femme sera un motif suffisant.

Ce seigneur aurait pu ajouter que mes excuses, en sortant de sa bouche, ne devaient point trouver de réplique dans Bono; mais il aurait craint de m'humilier en ajoutant ce sujet de me tranquilliser, et il ne le fit point.

Dès que je fus seul avec ma femme, je m'informai plus exactement de sa situation présente. Elle se trouvait un peu mieux. Je lui dis que je comptais aller le lendemain prendre mes neveux, et croyant qu'elle serait en état de m'y accompagner, elle m'en fit la proposition. Je l'acceptai volontiers; mais cette résolution ne devait point s'exécuter.

Elle passa, en effet, une fort mauvaise nuit, éprouvant partout des douleurs aussi aiguës que passagères. Je fis venir un médecin, qui, à le bien dire, ne comprit rien à cette singulière maladie, mais qui néanmoins ordonna la saignée et quelques boissons, plutôt, je crois, pour n'être pas venu en vain que dans l'espérance que ces remèdes produisissent quelque effet avantageux.

La saignée faite, on n'y découvrit aucun symptôme qui pût dénoter la nature d'une indisposition marquée. Comme ma femme ne paraissait se plaindre que d'une faiblesse extrême, je lui parlai de me rendre chez mon frère. Loin de s'y opposer, elle me dit, d'un air d'affection dont je fus pénétré, qu'elle était fâchée de ne pouvoir m'y accompagner, mais qu'elle me priait d'assurer mon frère qu'elle se faisait un plaisir infini d'embrasser ses neveux.

Je sortis donc, et me rendis chez M^me de Dorville. Elle renouvela les motifs de son inquiétude. Je lui demandai en quel lieu elle avait trouvé cette bourse qui lui faisait prendre tant de peine pour en découvrir le maître. Elle dit qu'après notre départ sa mère l'avait vue sur sa toilette.

Dans ce cas, lui dis-je, vous ne devez pas douter que celui qui a pris ces précautions n'ait souhaité de vous être utile sans se faire connaître. Vous vous donnerez à le chercher des soins inutiles, et je crois qu'à votre place, et dans la position où vous êtes, je ne balancerais pas à profiter de secours offerts avec tant de délicatesse. Le trait ne peut partir que d'une main amie, et celui qui l'a fait a sans doute appréhendé vos refus.

Quoique mon raisonnement eût plus de force que je n'aurais pensé la veille pouvoir lui en donner, elle combattit quelque temps ma décision, et je ne pus la résoudre à user de cette ressource qu'en l'assurant que si quelqu'un l'inquiétait à ce sujet, je lui promettais parole d'honneur de la tirer d'embarras à ses ordres.

Satisfait d'avoir réussi dans ma médiation, je me rendis triomphant chez M. Dorsan, que je comblai d'une joie parfaite. Sa reconnaissance ne pouvait trouver de termes assez forts pour me remercier. J'étais une seconde fois son libérateur. Les intérêts de l'amour l'emportaient dans son cœur sur ceux de la vie.

Ne pourriez-vous, me dit-il, m'expliquer plus en détail la position des affaires de M^me de Dorville ? Car je connais maintenant son nom et celui de son mari; mais je ne comprends pas comment des gens de ce rang sont tombés dans une pareille extrémité.

Je sais, lui dis-je, qu'un procès considérable a ruiné cette famille. Il était question de droits de terre qu'on disputait à feu M. de Dorville. Le crédit de sa partie l'a emporté sur la justice de sa cause, et la perte de ce procès l'a contraint de quitter la province pour venir à Paris solliciter un emploi qui le mît en état de vivre et de soutenir sa femme.

N'avez-vous pas, reprit-il, d'autres lumières sur cette affaire qui puissent m'apprendre les voies qu'on pourrait trouver pour faire rentrer cette famille dans ses droits?

Non, monsieur, lui répondis-je; je ne sais pas même le nom de la terre.

Je le découvrirai, ajouta-t-il; et, s'il y a moyen, je ferai rendre justice à cette aimable veuve. Après ce court entretien, je quittai M. le comte Dorsan pour me rendre chez mon frère. Je le trouvai ; il me reçut les larmes aux yeux, que sa joie de me voir, ou le chagrin de me recevoir dans une salle dégarnie, pouvait également faire couler. Je pense que l'un et l'autre motif pouvaient y contribuer, car j'allais m'asseoir quand il me dit que sa femme était de retour. Je le priai de me la faire voir. Il l'envoya avertir, et dans l'instant, un garçon vint me dire de sa part de monter à son appartement.

Mon frère m'accompagna; je dis qu'il m'accompagna, car je crois que, sans ma présence, il ne lui aurait pas été permis d'y paraître. J'avoue que, si l'air de misère qui m'avait frappé en bas m'avait surpris, l'aisance et l'opulence même qui paraissaient régner dans la petite antichambre et dans la chambre de madame m'étonnèrent encore davantage.

Je ne pouvais comprendre pourquoi, quand tout était dégarni, je trouvais dans un seul endroit tant de meubles en profusion, et en si grande quantité qu'il était un coin où les pièces de tapisserie étaient entassées les unes sur les autres.

Je trouvai ma belle-sœur dans son lit, avec tous ses grands airs. Je m'attendais à voir une beauté; mais ce n'était qu'une petite personne d'un visage fort ordinaire, et dont le langage me parut dénoter plus de suffisance que d'esprit.

Je suis charmé, ma sœur, lui dis-je, de vous voir et de vous embrasser; cet agrément augmente la joie que j'ai eue de retrouver mon frère.

Si sa réponse fut fort laconique, elle ne contenait nulle

aigreur; les termes de *monsieur*, quand elle m'adressait la parole, ou de *madame*, quand elle parlait de mon épouse, étaient tout ce que je remarquais de différentiel entre nos discours.

Elle suivit ce même ton tant que mon frère fut présent, auquel, de temps à autre, elle jetait un coup d'œil qui semblait lui dire : Que faites-vous ici ? Je ne fus point la dupe de toutes ces manières, et je compris que je devais plus la politesse qu'elle me marquait à mon air décent qui lui en imposait, qu'à ma qualité de beau-frère.

Comme ma sœur n'osait pas apparemment donner une libre carrière à sa mauvaise humeur tant que mon frère resterait, de peur que cela n'occasionnât quelques contestations, dont je deviendrais un arbitre suspect, elle affecta un grand air de douceur pour l'engager à descendre. La docilité qui le porta à obéir sur-le-champ me fit connaître combien sa femme avait d'empire sur lui, et me révolta encore davantage contre elle.

Il ne fut pas parti que ma belle-sœur, prenant une humeur plus grave, me dit d'un ton moitié libre et moitié dévot, oui, de ce ton qui n'attend que votre repartie pour se décider : Que je suis malheureuse ! votre frère me ruine. Il n'a point d'arrangement dans ses affaires, et nous sommes dans le cas de quitter incessamment le commerce. Pour moi, je n'en suis pas fâchée, mais j'aurais désiré qu'il pût le soutenir pour lui.

Je lui fis entendre que je voyais avec peine le désastre qu'elle m'annonçait; et sans paraître lui adresser directement la parole, je lui dis que dans un ménage chacun devait se prêter également à le soutenir, si l'on souhaitait qu'il prospérât.

Vous avez raison, me dit-elle; j'ai fait ce que j'ai pu, mais mon parti est pris. Je ne puis vivre plus longtemps avec votre frère. Qu'on remarque ce nom en passant, et il est à considérer que dans tout notre entretien elle n'employa jamais celui de *mari*, qui sans doute l'aurait fait rougir. Je vais me retirer chez ma mère, ajouta-t-elle; à moins qu'il ne veuille consentir à une séparation de biens.

Je ne savais trop ce que cela emportait; cependant, sur

quelques interrogations que je lui fis, ménagées avec assez d'art pour dérober mon ignorance à ses yeux, elle m'en instruisit, en m'ajoutant qu'elle avait encore des espérances et qu'elle prétendait se les conserver.

Cette résolution me pénétra de douleur; mais je sentis l'impossibilité de la faire revenir d'un parti pris avec obstination. D'ailleurs, je ne voulus pas trop y insister, puisqu'elle le faisait dépendre de la volonté de son époux, qui ne me paraissait pas y devoir consentir.

Mais quel sera le sort de mon frère ? me contentai-je de lui dire. Ah ! je demeurerai alors avec lui, me répondit-elle, et je le ferai vivre ; mais du moins il ne sera pas mon maître ; ce qui fut prononcé avec un ton animé qui régla ma réponse.

Vous avez raison, lui dis-je; pour que le mariage soit heureux, je crois que chacun doit partager la supériorité, sans qu'aucun fasse sentir à l'autre la part qu'il en possède.

Eh ! qu'est-ce que je demande, cher beau-frère ? reprit-elle en m'interrompant. Car mon discours, dont elle n'avait pas pris le sens, l'avait prévenue en ma faveur. Je veux ma liberté, poursuivit-elle; je n'en fais point mauvais usage : je vais au sermon, je m'amuse; si je ne me lève point de bonne heure, c'est que je ne peux pas. Votre frère me connaît; ne doit-il pas se conformer à mon humeur ?

Elle me débita alors tous les motifs de ressentiment qu'elle prétendait avoir contre son mari. Je n'y vis que des griefs contre elle, que je me contentai de déplorer, sans oser y joindre ma juste critique. Le trait de M. Hutin ne fut point oublié. Elle ne rougit pas même de me parler avec violence de la haine que mon frère portait à son ange; on sait que c'est le nom qu'elle donnait à son directeur; je crois devoir le rappeler avec d'autant plus de raison que je ne l'aurais pas reconnu moi-même sous ce titre, si je ne me fusse souvenu des discours que mon frère m'avait tenus chez moi à ce sujet.

Enfin, ajouta-t-elle, je me lèverai bientôt pour assister à un sermon qu'il doit prêcher ce matin à l'église de Saint-Jean; car j'aimerais mieux perdre tout que de manquer une de ses prédications. Nous sommes pourtant un peu brouillés, continua-t-elle avec un air de dépit; car il ne veut plus être mon directeur. Il faut que je vous raconte ce qui a donné lieu à notre dispute.

Je m'impatientais d'être exposé à entendre tant de sornettes; mais je voulais prendre quelque crédit sur son esprit, premièrement, pour obtenir d'elle la demande que je comptais lui faire de mes neveux; secondement, me flattant que par là je pourrais la ramener à bien vivre par la suite avec mon frère. J'ignorais que le second article était trop décidé pour la faire changer, et que le premier avait tous ses vœux; mais je savais qu'une dévote a plus d'obligation à quelqu'un qui lui laisse parler de son confesseur, qu'une coquette n'en goûte quand elle s'entretient de ses amants.

Ce père, me dit-elle, était anciennement du parti rigoriste[1], et alors il se faisait une réputation infinie. Son confessionnal était toujours entouré d'une foule prodigieuse de pénitentes, et il ne pouvait répondre à l'empressement des femmes de bien qui voulaient se conduire par ses conseils. J'étais alors une des plus soumises et des mieux accueillies. Il y a quelque temps, par un aveuglement horrible, il a changé de système ; mais, comme il n'avait fait ce pas que pour se concilier l'amitié de son évêque, il ne changea point de conduite avec ses ouailles. Satisfaites de ses sentiments intérieurs, nous nous contentions de gémir sur son apostasie apparente, quand tout à coup il entreprit de métamorphoser nos cœurs. Comme il m'avait honorée du nom de sa chère fille, je fus une de ses premières dont il entreprit la perversion. Un jour, il me parla de la légitimité de ses nouveaux sentiments; je ne pus l'entendre sans frémir. Je le priai de cesser, il continua; je devins furieuse, et j'entrepris de le combattre avec une force dont il eut lieu d'être surpris.

Eh ! ma chère fille, me dit-il, où est donc cette docilité que vous m'avez tant de fois promise ? Venez me voir en particulier, et je suis convaincu que je vous ramènerai à cette confiance sur laquelle vous m'avez donné tant de droits.

---

1. Cf. p. 323.

Non, monsieur, lui dis-je; n'espérez pas me vaincre. Si vous avez été assez lâche pour succomber, je saurai me soutenir.

En ce cas, reprit-il d'un air consterné, je vous prie de choisir quelqu'un plus digne de votre confiance. Il me regarda en finissant, et je le pris au mot.

Rendue chez moi, je lui écrivis une lettre foudroyante sur son changement et sur son ardeur à vouloir que je l'imitasse. Je la lui fis remettre directement, mais je n'en eus point de réponse; j'éprouvai bientôt le vide que me causait son absence; je lui écrivis de nouveau, pour lui redemander ses soins; mais ce fut en vain, et je fus réduite au plaisir stérile de le suivre partout où il prêche, et à gémir en secret de n'avoir plus le bonheur d'être sous sa conduite; car, je ne le dissimule point, il sera toujours mon ange.

J'avoue que, si je n'avais cru avoir besoin de gagner l'amitié de ma belle-sœur, je n'aurais pu m'empêcher de rire en voyant cette dévotion singulière, qui s'attache plus à l'homme qu'aux principes qu'il débite[1]. Je vis par là combien il avait été heureux pour moi que M. Doucin fût un ange de moindre crédit auprès de Mlle Habert la cadette. Je ne pus soutenir plus longtemps le récit de tant d'extravagances, et sur le prétexte de l'indisposition de mon épouse, je me levai, avant même qu'elle eût fini sa narration. Je la priai de me confier l'éducation de mes neveux. Elle accepta ma proposition sans balancer, ce qui ne me prévint pas en sa faveur, et je la quittai.

---

1. Le continuateur se souvient peut-être ici d'un passage de *L'Histoire de la Dame âgée*, dans la dix-septième feuille du *Spectateur français* : « Je ne leur entendais parler que de leur directeur, leur vie se passait en scrupules qui demandaient qu'on le revît quand on venait de le quitter, et puis qu'on y retournât après l'avoir revu, et puis qu'on l'envoyât prier de revenir, quand on ne pouvait l'aller chercher ; cela ne me plaisait point, je trouvais beaucoup d'imperfections dans ce besoin éternel qu'on avait de la créature pour aimer le créateur. Je croyais voir là-dedans que la chair était plus dévote que l'esprit, et il me paraissait que ce violent amour pour Dieu pouvait fort bien ne servir au cœur que de prétexte pour une autre passion. Un de ces directeurs mourut, et la dame à qui il appartenait en pensa devenir folle. Son pieux désespoir me scandalisa.» (*Journaux*, p. 224.)

Je vis mon frère, en descendant, auquel je cachai une partie de ma douleur. Il embrassa ses enfants, les larmes aux yeux, et me demanda si sa femme avait volontiers consenti à me les céder. Je lui fis sentir avec tout le ménagement dont je fus capable que je croyais qu'elle n'en regretterait pas la perte, parce qu'ils passaient entre mes mains ; et nous nous séparâmes également pénétrés de la plus vive douleur.

Pendant le chemin que je fis pour me rendre chez moi, je réfléchis à tout ce que je venais de voir et d'entendre. Je me demandais : Qu'est-ce donc que la religion aujourd'hui dans ce royaume ? Ce n'est donc plus qu'un masque dont chacun décide le grotesque selon son caprice ? Si j'en crois ma belle-sœur, son directeur change par intérêt, et métamorphosé au dehors, son cœur reste le même ; mais ce n'est que pour un temps nécessaire, sans doute, pour apprivoiser insensiblement les personnes accoutumées à entendre ses premiers discours. Le temps le sert, et dès lors tout doit s'assujettir à sa façon de penser. Qui sait encore si l'intérêt n'est pas l'âme de cette nouvelle conduite ?

Ma sœur, d'ailleurs, continuai-je en réfléchissant, qui dans son directeur voit un ange tant qu'il ne s'éloigne point de ses idées, entreprend de l'endoctriner dès qu'il veut les combattre. Je ne savais à quoi m'arrêter, quand il me vint dans l'esprit que toute la faute venait de l'ange prétendu.

La religion, telle qu'elle est en France, me dis-je, est fondée sur un préjugé d'obéissance aveugle[1]. Ma belle-sœur avait été élevée dans ces idées ; elle a été soumise tant qu'elle s'y est astreinte. Pour lui faire goûter ses sentiments, son directeur a été obligé de donner carrière à sa raison, et de lui apprendre à n'être docile qu'avec restriction. Ce principe raisonnable a jeté dans son cœur des racines d'autant plus profondes, que la réflexion le montre plus solide ; c'est l'œuvre du directeur ; c'est donc de son ouvrage qu'elle se sert contre lui-même.

C'est ainsi que je m'entretenais en chemin ; on n'y voit point ces réflexions prises de la nature même des choses ;

---

1. Cette phrase s'explique bien si le continuateur de Marivaux est un protestant réfugié en Hollande.

je ne voyais encore que la superficie, et c'était par elle que je jugeais. J'étais trop simple pour aller plus avant. Je le ferais[1] aujourd'hui ; mais ce serait prévenir les temps; j'eus même honte d'avoir poussé si loin mes idées; je les croyais contraires à ce préjugé de soumission que j'avais sucé avec le lait.

Pendant tout ce petit débat qui se passait dans mon esprit, je disais de temps à autre quelques douceurs aux enfants qui venaient de m'être confiés. En arrivant, je les conduisis au lit de mon épouse, qui, malgré un grand accablement, leur prodigua les caresses que je pouvais espérer d'une femme qui m'aimait[2] véritablement.

Elle jugea à propos, en voyant leur grande jeunesse, de me conseiller de les mettre en pension; ce que j'exécutai dès le lendemain.

Libre de tout embarras, et me confiant sur la parole que m'avait donné M. Dorsan, je passai quelque temps chez moi sans quitter ma femme, qui n'avait point d'incommodité décidée, comme je l'ai dit, mais qui semblait néanmoins périr à vue d'œil.

M. le comte Dorsan, à qui j'avais fait part des raisons de ma retraite, venait nous voir assidûment. C'est par lui que j'appris que M^{me} de Fécour était dans un état désespéré, et qu'elle ne voyait personne. Il m'avait mené deux fois chez M^{me} de Vambures, sans pouvoir joindre cette dame. Chaque fois que nous nous étions présentés à sa porte, on nous avait toujours dit qu'elle était à la campagne, et qu'à peine restait-elle à la ville quand ses affaires la forçaient à s'y rendre. Je souffrais impatiemment cette longue absence, quoique la réflexion m'y fît souvent trouver des charmes. J'évitais par là un éclaircissement qui m'aurait beaucoup coûté. Qu'aurait, en effet, pu dire un homme marié à une femme qu'il était dans le cas d'aimer et de respecter ?

La situation du comte ne me paraissait pas plus agréable;

---

1. Texte original. L'édition de 1781 porte par erreur *serois* que Duport corrige en *serois moins.*

2. Texte original. L'édition de 1781 a par erreur *m'était,* au lieu de *m'aimait,* d'où une nouvelle correction malheureuse de Duport : *dont j'étais véritablement aimé.*

je le voyais chaque jour triste et rêveur, et je n'osais lui
en demander le motif, parce que je pénétrais trop son secret.
On se doute assez que M<sup>me</sup> de Dorville entrait dans tous nos
entretiens. Il la voyait souvent, et n'en sortait jamais sans
en être plus charmé. Il m'avait appris toutes les voies qu'il
avait employées auprès de cette dame pour découvrir le
fond de ses affaires; l'envie de lui être utile était la seule
cause de sa curiosité. Sans qu'elle s'en soit presque aperçue,
il avait su toutes les circonstances du procès que feu son
mari avait perdu; et sur cela il avait bâti son système, dont
il ne m'avait jamais parlé. Un soir, il me dit que des affaires
importantes l'empêchaient de venir chez moi pendant
quelque temps; je ne fus donc point surpris de ne le point
voir. Je m'étais rendu plusieurs fois à son hôtel, sans pouvoir le joindre; j'étais enfin résolu de l'attendre chez moi,
quand ma cuisinière vint un jour, sur les sept heures du
matin, m'avertir que le comte Dorsan demandait à me parler dans l'instant. Je lui fis dire que j'allais m'habiller au
plus tôt; mais il renvoya le domestique pour me prier, de
sa part, ou de le laisser approcher de mon lit, ou de me
contenter de mettre ma robe de chambre; je me levai et
je fus au-devant de lui.

Devais-je être fort content de moi ? Autrefois je m'estimais trop heureux d'avoir cette robe de chambre, je ne
pouvais me lasser de me voir seul avec cette espèce d'habillement; et maintenant j'ai le privilège de paraître en compagnie avec ma robe de chambre. Devant un seigneur,
La Vallée, en robe de chambre ! Voilà ce que je n'avais
osé penser quand je la pris pour la première fois.

Je commence à m'estimer heureux, mon cher La Vallée,
me dit M. le comte en m'abordant. Je viens d'obtenir
pour vous le contrôle des fermes[1] de votre province. J'ai

---

1. En 1681, Colbert avait adjugé à 40 fermiers généraux la perception
des droits (traites, aides, gabelles...) qui faisaient jusque-là l'objet de
traités distincts. Les fermiers généraux se faisaient ordinairement
remplacer dans leur service de « tournées » d'inspection par des
mandataires qui portaient le nom de contrôleurs généraux des fermes.
Les contrôleurs devaient notamment vérifier les caisses des receveurs
et surveiller la conduite des commis des fermes.

eu bien de la peine à réussir, parce que vous n'avez jamais
exercé; et sans M^me de Vambures, qui n'a point eu de relâche
qu'elle n'ait obtenu cette faveur signalée, j'aurais assurément échoué, malgré tout mon crédit.

Quelles obligations ne vous ai-je pas, monsieur ! lui
dis-je. La façon prévenante avec laquelle vous m'annoncez
ce bienfait me pénètre mille fois plus que la fortune considérable que vous me procurez.

Il faut l'avouer, si des bienfaits ont un droit inaliénable
sur notre sensibilité, le plus ou le moins de ce droit se
prend dans la manière de les répandre. Souvent on donne
mal : le bien donné perd la plus grande partie de ses attraits.
Un homme est dans la misère; son état implore des secours;
on veut bien les lui donner; mais on l'humilie par les
demandes réitérées auxquelles on l'expose, ou on le fatigue
par des remises qui l'accablent, loin de le soulager. Doit-il
avoir obligation quand on lui donne enfin ? Oui, s'il
pense bien : le service mérite la reconnaissance; mais celui
qui donne doit-il la réclamer ? Non, sans doute; ce qu'on
donne de cette façon n'est plus à soi; c'est une faveur que
celui qui la reçoit a achetée; c'est donc son acquisition,
et non pas un don. Voilà une réflexion que me fait placer
ici la conduite de M. Dorsan. On dira qu'elle a été faite
dans tous les temps[1]; mais peut-on trop la répéter quand,
malgré sa justesse, elle est si rarement mise en usage ?

Si vous saviez, mon cher, reprit M. Dorsan, avec quel
plaisir, avec quel zèle M^me de Vambures s'est prêtée à vous
obliger dès la première ouverture que je lui en ai faite, vous
ne douteriez pas plus de ses sentiments que je ne doute des
vôtres. Elle ignore votre mariage; croyez-moi, cachez-le-lui;
car sa vertu, sans être revêche, pourrait lui faire, au moins
intérieurement, honte des sentiments que je ne puis m'empêcher de lui supposer.

J'étais si transporté de joie en entendant ces dernières
paroles de mon généreux protecteur que je ne me connais-

---

1. Et notamment par Marivaux dans *La Vie de Marianne* (cf. p. 29-30),
dont le continuateur reprend ici l'idée et quelques termes, dans un
style emphatique et plat.

sais plus. Non, les grands biens que me promettait la fortune n'avaient plus pour moi que des attraits impuissants. Être aimé de M^me de Vambures, en être servi avec zèle, voilà ce qui me transportait; mais que je revins bientôt de mon illusion en me rappelant que j'étais marié ! Je crois que, si j'avais pu être ingrat, mon cœur aurait reproché à M^lle Habert les bontés qu'elle avait eues pour moi. Mais sans elle je n'aurais pas eu mon épée, qui délivra M. Dorsan, et j'aurais manqué l'occasion de connaître M^me de Vambures. Soit que ces réflexions fussent venues tout à coup[1], je ne fis aucun reproche, même en secret, à mon épouse; je fus joyeux et je devins triste à l'excès dans le même moment.

Dans ces dispositions, je promis à M. Dorsan de suivre ses conseils. Oui, monsieur, lui dis-je, je cacherai à cette dame une connaissance qui pourrait la faire rougir. Mais quoi ! vous pensez qu'elle pousserait la bonté jusqu'à me...

Oui, elle vous aime, reprit M. Dorsan; rapportez-vous-en à mon expérience. Que ne suis-je aussi heureux ? ou, pour parler plus équitablement, nous sommes, mon cher, également malheureux. Votre mariage met un obstacle invincible aux désirs secrets que je suppose à M^me de Vambures, et qui doivent naître de l'impression qu'elle a fait sur vous[2]; et moi, si j'aime, tout s'oppose à mon bonheur. Que je suis à plaindre d'être né dans un rang où le cœur doit astreindre tous ses mouvements aux lois rigoureuses qu'impose la naissance !

Non, je ne dois rien vous déguiser, M. le comte, lui dis-je, et votre sincérité doit régler la mienne. Mes sentiments sont tels que vous les avez pénétrés. Oui, j'aime

---

1. Cette construction de *soit que* sans corrélatif est rare, mais peut-être pas sans exemple. On lit dans *La Vie de Marianne* : *et soit qu'il ne voulût pas l'avoir pour témoin du peu d'accueil que je faisais à son amour, il se retira avant qu'elle m'abordât* (p. 312). Mais il n'est évidemment pas impossible qu'ici un membre de phrase soit tombé à la composition par saut du même au même.

2. On attendrait plutôt l'inverse : l'impression que vous avez faite sur elle. Remarquez le non-accord du participe passé.

M^me de Vambures; car, si ce que je sens n'est de l'amour, j'ose presque dire qu'il n'en est point sur la terre. Quand vous m'apprenez qu'elle daigne y répondre, il n'est point étonnant que je sois malheureux; mais vous, mon cher protecteur, que la naissance et la fortune semblent avoir placé au-dessus de toutes les révolutions, je ne puis concevoir l'origine de la douleur qui vous accable.

Le même motif qui vous afflige, me dit-il, fait aujourd'hui mon chagrin. Oui, l'amour nous rend tous deux infortunés. Je suis libre, il est vrai; je n'ai point encore formé des nœuds qui vous retiennent; mais c'est ma mère qui doit disposer de ma main, et elle-même doit recevoir la loi de la cour pour arrêter mon alliance. Mon cœur les a prévenus; souscriront-ils à mon choix ? Voilà ce que je n'ose espérer.

Mais votre cœur, repris-je, aurait-il fait un choix indigne de mériter l'approbation des personnes dont vous dépendez?

Qu'on voie ici, en passant, jusqu'à quel point l'amour m'avait aveuglé, puisque je ne me rappelais plus les sentiments que j'avais vu naître dans le cœur de M. Dorsan, le jour que j'avais été assez heureux pour lui sauver la vie. Je ne revins à moi que quand il reprit en ces termes :

Mon choix ne peut sans doute être blâmé. Vous connaissez assez M^me de Dorville pour juger si j'ai pu me défendre contre ses charmes. Non, je ne goûterai jamais de vrai bonheur qu'en partageant ma fortune avec elle. J'ai été assez heureux pour augmenter son aisance sans la faire rougir. Vous m'avez parlé d'un procès considérable qu'elle avait autrefois perdu par la faveur de sa partie; cette affaire n'était jugée qu'en première instance, et la fortune de son mari ne lui avait pas permis de la suivre. J'ai vu son procureur, que j'ai envoyé chez cette dame, comme s'il y venait de son propre mouvement, pour l'engager à reprendre son instance en l'assurant qu'il se chargeait des risques; elle n'a consenti qu'avec peine à prêter son nom. Elle vient de gagner son procès, et est à présent dans sa terre, sans qu'elle sache comment cette affaire a été conduite. Elle n'en a appris que le succès. Cette position nouvelle de M^me de Dorville semble quelquefois me permettre d'espérer; mais que cet espoir est traversé par de terribles craintes !

J'avoue que toute cette conduite, jointe aux lumières de la raison, qui n'étaient point offusquées par la politique, me faisait regarder les sentiments de M. Dorsan comme très légitimes. Le cœur, me disais-je, parle bien ici; et c'est le seul dont on doit prendre conseil pour former une union de cette importance. Calculer les revenus ou éplucher la naissance, marquent une âme trop tranquille pour que l'amour soit de la partie.

Je me trouvais confirmé dans cette idée par ma propre expérience. J'avais pris M<sup>lle</sup> Habert pour son bien. Je menais une vie douce avec elle; mais mon cœur, comme on le voit, n'y trouvait pas à se fixer. De temps à autre, le charme des sens étourdissait l'âme; mais, si la tendresse avait toujours eu autant d'empire sur moi que je m'apercevais qu'elle en prenait depuis que je connaissais le fond des sentiments de M<sup>me</sup> de Vambures, j'aurais été infailliblement malheureux.

On juge assez, d'après ces réflexions, quelle fut la réponse que je fis à M. le comte de Dorsan. Je lui déclarai franchement que le parti que je prendrais à sa place s'accorderait certainement avec les résolutions que je le soupçonnais d'avoir formées. C'est par cette voie, lui dis-je, qu'à la campagne, où je suis né, les mariages sont ordinairement heureux. Un enfant n'y craint presque jamais de se tromper en nommant son père; quand, avec toutes ces dépendances de la ville et de la cour, on voit presque toutes les maisons pleines de fils et de filles qui, en bonne justice, n'auraient aucun droit à la succession qu'on est forcé de leur laisser recueillir.

Que je suis charmé de vous voir dans ces sentiments ! reprit le comte en m'embrassant. Je ne puis rester plus longtemps. Je viendrai vous prendre entre midi et une heure pour nous rendre chez M<sup>me</sup> de Vambures, qui doit, avec moi, vous conduire chez les personnes qui se sont employées pour vous.

Je le reconduisis à son carrosse en lui renouvelant les témoignages de ma reconnaissance. Dès qu'il fut parti, je remontai auprès de mon épouse, à laquelle, à travers mille transports de joie, je fis part du sujet de la visite que j'avais reçue de M. le comte Dorsan. Elle ne parut pas recevoir cette nouvelle avec la même satisfaction que je lui marquais; cependant il est encore bon d'avertir que M. le comte fut le seul à qui j'attribuai cette faveur aussi grande qu'inespérée; je craignais, en nommant M^me de Vambures, d'offrir matière à la jalousie que j'avais déjà reconnue deux fois aussi facile que prompte à s'enflammer dans le cœur de ma femme.

Qu'avez-vous donc, ma chère ? lui dis-je. Vous paraissiez souhaiter que je fisse quelque chose, et lorsque mon avancement se décide, il paraît vous affliger.

Je suis charmée, me dit-elle, de la place qu'on vous a donnée; mais cela vous obligera à voyager, et pendant ce temps, je serai éloignée de vous. D'ailleurs, que j'appréhende de ne pas jouir plus longtemps de la vue de votre fortune !

Cette idée, qui paraissait me présager une désunion prochaine, me fit mêler mes larmes à celles qui terminèrent le discours de mon épouse. Je tâchai de la rassurer contre ce fâcheux pronostic, auquel j'avouerai que je ne voyais nulle apparence. Quand je crus la voir plus tranquille, je la quittai, en l'embrassant, pour me disposer à être prêt à l'arrivée de M. le comte de Dorsan, qui vint à l'heure indiquée.

Ma femme me chargea de faire ses excuses à ce seigneur de ce qu'elle ne pouvait le remercier de la protection dont il voulait bien m'honorer; son indisposition fut le prétexte, mais un chagrin étonnant en était la véritable cause.

Arrivé chez M^me de Vambures, j'employai tout l'art que la réflexion avait pu me suggérer pour lui faire un abord qui confirmât les dispositions dans lesquelles elle était à mon égard. Il était impossible que mes politesses ne se ressentissent pas de la gêne où je me mettais. L'expérience m'a démontré depuis qu'on gagne davantage à laisser agir la nature; et en effet, il fallait que cette dame fût bien prévenue en ma faveur pour ne s'être pas rebutée de l'air contraint que je devais avoir dans cette visite que je lui fis.

Si je faisais une révérence, mes yeux accompagnaient mes pieds pour en regarder la position. Quand je voulais tourner un compliment, le terme propre m'échappait pour en vouloir un plus noble, et me perdant dans un chaos de synonymes, je m'arrêtais au moins convenable de tous.

Telle fut ma première entrée chez M^me de Vambures. Quoique mon embarras ne lui échappât pas, j'eus cependant lieu d'être content de la façon gracieuse avec laquelle cette dame me reçut; et si je m'aperçus alors, quoique un peu tard, du ridicule que je me donnais, je ne dus ma découverte qu'à la réflexion; car j'eus beau consulter les yeux de M^me de Vambures, il me parut toujours que mon petit être la satisfaisait également. Il fallut faire les visites projetées. Jugez de notre étonnement commun : les premières personnes que nous allâmes remercier furent MM. de Fécour et Bono. Le premier me reçut avec un froid qui surprit tout le monde; car c'était lui qui, au nom de M^me de Vambures dont il était allié, avait le premier souscrit.

Le second, au contraire, parut fort satisfait que le choix me regardât. Je suis charmé, dit-il à mes protecteurs, que vous vous soyez intéressés pour ce jeune homme; il fera quelque chose; enfin le voilà le pied à l'étrier; c'est à lui d'avancer maintenant; mais il faut qu'il parte incessamment. Je tiendrai la parole que je vous ai donnée, madame, dit-il à M^me de Vambures; je lui donnerai un homme pour faire les tournées avec lui et arranger ses affaires. Il sera même en état de l'instruire, car il est bon qu'il sache quelque chose; mais il le payera au moins; car nous ne pouvons nous charger de ces frais qui sont assez considérables.

Ne soyez pas inquiet, lui dit M^me de Vambures; nous venons pour vous remercier, et non pas pour vous être à charge.

A charge à moi ! reprit Bono; oh ! ma foi, non. Il faut donner ces places; peu m'importe qui les obtienne. Je suis charmé que cela vous ait fait plaisir. Mais voilà ce qu'on n'a jamais vu : un homme qui n'a jamais rien fait, et qui sans doute ne sait rien, occuper ces sortes de places ! (J'ai prévenu dans ma quatrième partie que cet homme-ci était bon mais qu'il n'avait pas la langue légère.) Au reste, continua-t-il, Fécour nous a fermé la bouche en nous disant qu'il n'était pas pour rester là, et qu'il ne prenait cet emploi qu'*ad honores*, et qu'en conséquence nous n'aurions point à nous plaindre. J'ai fait de mon côté ce que j'ai pu; car la personne que je lui donne pour commis aurait eu sa place, si ce jeune homme n'avait été présenté par madame.

M. de Dorsan l'assura qu'on ne manquerait à rien de ce qu'il conviendrait de faire, et qu'il se rendait garant de tout. Il prononça ces paroles avec un air de grandeur qui ne permit à Bono d'y répondre que par une profonde inclination, accompagnée de ce peu de mots bien satisfaisants pour moi : Sous votre protection, monsieur, il fera un chemin rapide.

Nous nous disposions à nous retirer quand Bono, d'un air sans façon, dit qu'il s'était flatté que nous lui ferions l'honneur de dîner chez lui. Gonfle-toi, mon cher La Vallée : *nous lui ferions l'honneur !* Celui qui autrefois s'était trouvé fort heureux de faire mille compliments à dame Catherine, pour avoir l'honneur de manger avec elle et dans sa cuisine, aujourd'hui marche de pair avec les grands. On parle d'un comte, d'une marquise et de lui, sans distinction; et qui ? Un financier. La proposition ayant été acceptée, on ne tarda pas à se mettre à table[1].

La compagnie m'y parut aussi nombreuse que bigarrée. C'étaient gens de tout état et de tout rang, auxquels souvent le maître du logis était obligé de demander le nom, quand il voulait s'en servir.

M. Bono, placé entre M. de Dorsan et M^me de Vambures à la droite de laquelle j'étais rangé, les entretenait; pendant qu'un petit étourdi, qu'à ses gesticulations on aurait pris pour un baladin, s'acquittait du soin de dédommager le reste de la compagnie de la distinction que M. Bono accordait à ses voisins.

La table fut somptueusement servie; tout s'y renouvelait, on y oubliait la saison et le temps; j'y vis ce raffinement inventé par la gloutonnerie financière de faire doubler tous les services, et je n'avais d'embarras qu'à savoir sur quoi m'arrêter.

---

1. La description qui suit peut être inspirée par plusieurs scènes des romans du temps : le repas chez Popino dans les *Lettres de Thérèse*, de Bridard de la Garde, le repas du financier dans *La comédienne fille et femme de qualité* (Green, p. 153), ainsi que par divers passages du *Financier*, de Mouhy.

Le champagne ne parut pas, que notre étourdi commença à proposer à la compagnie la lecture de quelques pièces fugitives faites en l'honneur de l'hôte de la maison. Chacun y applaudit, et M. Bono, d'un coup de tête réservé, remercia l'auteur de la proposition qu'il avait faite, et l'assemblée de l'acquiescement qu'elle venait d'y donner; il me parut, en se relevant, gonflé de la moitié. La lecture se fit au milieu des acclamations de toute la compagnie. On félicita le lecteur de l'heureuse invention. D'un ton modeste il en refusa d'abord les honneurs, et ce ne fut qu'à force d'opiniâtreté qu'on le força de dire : Cela n'en vaut pas la peine, messieurs, vous me faites rougir ! Et à l'abri de cette apparente humilité, il se chargea d'en faire sentir toutes les beautés.

J'avoue que je ne les sentais pas; j'attribuais mon insensibilité à défaut de connaissance, quand en jetant un coup d'œil sur M. de Dorsan, je vis qu'il haussait les épaules. M^me de Vambures paraissait souffrir, mais n'osait rien dire, parce que M^me Bono, qui était vis-à-vis de son mari, était enthousiasmée du merveilleux de ce qu'on venait de lire.

Peut-être cet homme s'aperçut-il qu'il lui manquait notre suffrage; car il avait le visage animé lorsqu'il adressa ces paroles à M. de Dorsan : Monsieur, lui dit-il, je ne sais si vous avez entendu parler d'une épithalame campagnarde faite[1] au sujet d'un mariage de M^me de Ferval avec le chevalier des Brissons.

Chacun de nous se regarda, et sans faire attention que M. le comte n'avait point répondu, je m'adressai au poète : Mais, monsieur, lui dis-je, je croyais M. le chevalier à son régiment.

Tout le monde l'a pensé comme vous, me répondit-il; mais c'était une feinte. M^me de Ferval, qui s'en est amourachée depuis une rencontre tout à fait singulière, était partie pour se rendre à une de ses terres; le chevalier l'y a suivie quelques jours après, et elle vient de mettre entre ses mains sa personne et ses biens. Cette bonne femme, à force d'avoir badiné l'amour sous le masque de la dévotion,

---

1. *Sic.* On a sans doute ici un souvenir des *Lettres persanes* (XLVIII), dont l'influence est sensible dans cette suite.

s'en voit à la fin dupe à son tour; elle le mérite bien. Le chevalier est un jeune fou qui, faute de biens, s'attachait à tout ce qui se présentait, dans l'espoir de trouver quelque bonne poule à plumer : celle-ci s'est présentée; il n'a point manqué son coup, il en a profité, il a bien fait; aussi c'est sur M^me de Ferval que tombe tout le fiel du poète campagnard qui a composé cette épithalame.

Pendant que notre homme déployait son papier avec précaution, M^me de Vambures me jeta un coup d'œil de satisfaction, qui me disait : On vous a parlé de ce rival; est-il à craindre ? J'en compris le sens à merveille; mais j'affectai de craindre qu'on ne nous interprétât en lui répondant, et je me contentai de baisser les yeux en souriant, dans la juste appréhension où j'étais qu'elle ne lût dans mes regards embarrassés qu'elle avait une rivale de mon côté bien plus à redouter. Un certain morne[1] que je sentis se répandre sur mon visage m'inquiéta; je travaillai à le corriger au plus tôt, et il faut croire que j'y réussis, car elle ne parut pas avoir le moindre soupçon de ce qui se passait dans mon esprit; du moins je dus l'augurer à la gaieté qu'elle témoigna pendant la lecture de l'épithalame.

Quoiqu'elle fût assez bien écrite, je me contenterai de dire que toutes les ressources de M^me de Ferval, pour renouveler et diversifier ses plaisirs, sans redouter la censure, y étaient dépeintes avec une naïveté et un sel qui faisaient autant admirer la pièce, qu'ils révoltaient contre son héroïne. M. Jacob y jouait un rôle qui n'était pas aussi favorable à sa valeur, que la délivrance de M. d'Orsan; mais cette circonstance était dépeinte avec des couleurs si singulières, que, sans le nom qui me blessait l'oreille, je crois que j'y aurais applaudi. Cette pièce fut universellement goûtée; et malgré cela, le lecteur ne voulut pas se l'approprier, parce qu'il prétendait qu'il y avait quelques expressions basses qui se sentaient d'un poète des champs. Enfin on se leva de table, et chacun insensiblement s'en alla; nous nous disposâmes de même à nous retirer. Quand compte-t-il partir ? demanda M. Bono. Dans quelques jours, répondit

---

1. Sur l'expression, cf. p. 333, n. 1.

M. de Dorsan. Le plus tôt sera le mieux, reprit Bono. Il nous reconduisit ensuite jusqu'au carrosse ; et là, comme on allait donner le coup de fouet : Eh ! à propos, me dit M. Bono, cette petite femme que j'ai vue à Versailles avec vous, qu'est-elle devenue ? La... la...

M. de Dorsan, piqué de cette façon de s'exprimer, l'interrompit avec vivacité : C'est de M^me de Dorville dont on vous parle sans doute ? me dit-il.

Oui, reprit Bono ; juste, la Dorville. Que fait-elle ? Elle n'est pas venue me voir. Comment se porte son mari ? M. de Dorville est mort, lui répondis-je. Oui, reprit M. de Dorsan indigné, oui, M. de Dorville est mort et M^me de Dorville est veuve, et elle n'a par conséquent plus besoin d'emploi. J'en suis fâché, dit M. Bono en nous saluant. Et il se retira.

A quoi s'adressait sa phrase : Je suis fâché ? Je suis certain qu'il n'en savait rien lui-même, comme j'assurerais que M. Bono n'avait pas pris garde à la colère qu'il avait causée à M. de Dorsan. Il était naturellement bon ; mais c'était un de ces caractères dont la simplicité va jusqu'à la dureté, sans y faire attention.

Quelle vivacité ! dit alors M^me de Vambures au comte de Dorsan ; vous paraissez prendre bien de l'intérêt à M^me de Dorville.

Oui, madame ; loin de le nier, lui répondit le comte, je m'en fais gloire. Ces misérables, parce que leurs richesses les mettent au-dessus du commun, s'imaginent qu'ils peuvent impunément mépriser la noblesse sans opulence. Je ne suis pas assez infatué d'un grand nom pour croire que tous les égards lui soient dus ; mais je pense que quand, malgré l'indigence, la noblesse sait soutenir son rang, elle n'en a que plus de droits sur notre estime.

J'en conviens, reprit cette dame ; la naissance est accidentelle à l'homme ; mais une naissance qu'accompagne la vertu est digne des plus sincères hommages. Mais avouez à votre tour, comte, que, si vous n'aviez pas quelque liaison intime avec M^me de Dorville, vous auriez été moins agité d'une expression qui, dans la bouche de Bono, n'est d'aucune conséquence.

Ne soupçonnez rien, je vous prie, reprit le comte, d'injurieux à cette dame. J'admire plus sa vertu que je n'estime sa beauté, qui a cependant tout mon cœur. Je ne doute point de votre discrétion, et je ne fais point difficulté de vous découvrir mes sentiments. Oui, si sa main dépendait de moi, j'irais, dans l'instant, la supplier à genoux de l'accepter.

Mais est-ce qu'elle ignorerait vos dispositions ? lui dis-je. Si elle les sait, reprit sur-le-champ M<sup>me</sup> de Vambures, elle ne peut y être insensible. Qui pourrait rejeter d'aussi beaux sentiments ? Et si cette dame pense aussi bien que vous, comte, je ne puis vous blâmer.

J'ai peu joui de l'avantage de la voir, nous répondit le comte; son état de veuve m'a prescrit des lois que suivait faiblement mon respect, quand ses affaires l'ont entraînée à la campagne. Je ne vous cacherai pas cependant qu'elle connaît ce que je pense. Je vous dirai même que je crois m'être aperçu que mes sentiments lui sont chers; mais sa situation et ma naissance lui ont imposé jusqu'à présent un rigoureux silence. Tout cela s'est manifesté dans la dernière visite que je lui rendis avant son départ. Elle avait la force de me donner des conseils contre mon amour, je lui en fis mes plaintes; et en effet, j'étais pénétré de douleur, lorsque les larmes qui couvrirent son visage m'apprirent qu'elle combattait ses propres sentiments, en travaillant à détruire les miens.

Ah ! comte, s'écria M<sup>me</sup> de Vambures, de pareils sentiments tiennent lieu de naissance, de beauté et de fortune. Si je vous plains des obstacles que vous aurez à essuyer, je vous admirerai si vous êtes inébranlable. Oui, il n'y a rien de si précieux qu'on ne puisse, qu'on ne doive même sacrifier à une si noble façon d'aimer.

Que vous m'enchantez ! s'écria à son tour le comte. Si vous connaissiez celle que j'adore, vous l'aimeriez vous-même. M. de la Vallée l'a vue, il peut vous dire si j'exagère.

Je vis que M<sup>me</sup> de Vambures interrogeait mes yeux pour y lire l'impression que cet entretien faisait sur mon âme. Quoi ! vous paraissez insensible ! me dit-elle en s'apercevant que je l'avais découverte.

Non, madame, répondis-je; mais je suis si enchanté de la façon dont vous entrez dans les sentiments de M. le comte, que j'estimerais heureux celui qui aurait l'avantage de vous en faire agréer de pareils. Peu inquiète de son origine, vous ne regarderiez que son amour; et voilà ce que j'admire.

Vous ne vous trompez pas sur ma façon de penser, me dit-elle; oui, je n'écouterai que mon cœur pour donner ma main, et je m'estimerai heureuse si je rencontre le même avantage.

Pouvez-vous, repris-je avec une vivacité que je ne me connaissais pas, pouvez-vous être vue sans faire naître ces sentiments parfaits que vous réclamez? Il est encore des cœurs capables d'apprécier le mérite, et vous réunissez tout ce qu'il faut pour gagner leur suffrage.

M^me de Vambures, qui s'aperçut que la conversation devenait animée et qu'elle commençait à en faire l'intérêt, prit M. le comte par le bras en lui disant : A quoi rêvez-vous donc, comte ? Aux moyens de faire mon bonheur, lui dit-il, et j'y réussirai.

Cette reprise de M. de Dorsan renouvela les craintes qu'avait eues cette dame de se trouver de nouveau impliquée dans une conversation sérieuse, et pour s'en débarrasser, elle tourna l'entretien sur mes affaires, M. de Dorsan lui dit que tout était arrangé et que je pouvais partir dès le lendemain si je voulais ; qu'il avait pourvu à tout, et que, dès que je serais décidé, il m'enverrait sa chaise de poste et deux de ses domestiques.

Sa fortune, reprit M^me de Vambures, lui permet-elle de faire une tournée aussi longue ? Tout est arrangé, j'ai eu l'honneur de vous le dire, reprit M. de Dorsan ; n'ayez point d'inquiétude. Mais, dit cette généreuse dame, son avancement est notre ouvrage en commun; je veux, comme vous, contribuer à le soutenir dans son emploi.

A ces mots je me jetai sur sa main que je couvris de mille baisers, pendant que M. le comte lui disait : Cela ne regarde point M. de la Vallée; ce sont nos affaires; nous les arrangerons bien ensemble. M^me de Vambures pria alors M. le comte de faire arrêter, parce qu'elle se trouvait devant une maison où elle devait passer la soirée. Je descendis le premier, j'eus l'honneur de lui présenter la main, et je me servis de cette circonstance avantageuse pour la remercier de nouveau dans des termes qui devaient plus flatter son amour que sa générosité.

J'avoue que je n'aurais pu bien démêler ce qui pouvait dicter mes paroles. Je n'avais pas envie de tromper, mais j'étais entraîné par des sentiments dont je n'étais plus le maître. Laissez quelque jour à une passion, elle fera plus de chemin que souvent on ne pensera lui en permettre. Si cette passion est l'amour, la pente que notre cœur a naturellement pour ses attraits lui donne un cours bien plus difficile à retenir. Eh ! qui s'emploie à y mettre des bornes ? Tout, au contraire, dans nous-mêmes, concourt à l'étendre. Ainsi on ne doit point être surpris si, malgré mon mariage, et quoique M. de Dorsan m'eût donné une haute idée de la vertu de M^{me} de Vambures, je profitais de toutes les occasions pour lui marquer ma tendresse. J'oubliais, dès que je la voyais, mon devoir et le respect que je lui devais; car l'un et l'autre étaient également combattus par ma conduite.

En quittant M^{me} de Vambures, M. le comte me reconduisit chez moi, où de concert avec mon épouse, dont l'état paraissait toujours le même, mon voyage fut fixé au troisième jour. Pendant cet intervalle, je vis mon frère que sa femme tourmentait avec le même acharnement; je le conduisis dans l'endroit où j'avais placé ses fils, dont on nous fit concevoir une grande espérance. Le temps que ces occupations ne m'enlevèrent pas, je le donnai tout entier à calmer les tendres inquiétudes de ma femme, dont l'état empirait chaque jour.

Sur le soir du second jour, M de Dorsan, chez lequel j'avais envoyé, et que l'on m'avait dit en campagne, vint me voir et me dit dans un transport de joie inexprimable : Cher ami, je suis aimé, je n'en puis plus douter. M^{me} de Dorville a daigné m'en assurer, et je n'ai plus à combattre que les chimères dont une folle ambition prétend nous tyranniser; mais je les terrasserai; et dès que son cœur est pour moi, j'ose ne plus douter de mon triomphe.

Si je pris part à sa joie comme le méritait l'amitié dont

il m'honorait, j'avoue que la réflexion me fit payer cher ce sentiment; car je me représentai que rien ne paraissait me permettre un semblable espoir. Néanmoins, je lui proposai d'aller ensemble chez M^me de Vambures.

On sera surpris que je n'y aie pas encore paru; l'étonnement cessera dès qu'on fera attention qu'ennemi déclaré de toute dissimulation, je devais redouter un tête-à-tête avec cette dame. Après les derniers entretiens qui avaient dû lui faire connaître ce que je pensais, et qui m'avaient mis dans le cas de pouvoir soupçonner les sentiments qu'elle avait pour moi, je n'aurais pu me trouver seul avec elle sans lui faire une déclaration en forme. Elle ne pouvait avoir pour but que de la tromper par l'apparence des désirs[1] auxquels mon mariage s'opposait, ou de lui faire une injure qu'elle ne m'eût peut-être jamais pardonnée. Dans ce cruel embarras, je crus devoir attendre le retour de M. de Dorsan ; aussi, dès que je le vis, je lui proposai de m'aider à remplir ce devoir de politesse et de reconnaissance; mais il me répondit que, dès le même soir dans lequel nous avions quitté cette dame, elle était partie pour aller à sa campagne.

J'admirai cette singularité qui faisait que nous nous fuyions l'un l'autre, dans un temps où les premiers propos éclaircis semblaient nous prescrire une entrevue prochaine. Je conçus que cette dame, par délicatesse, avait voulu, à la veille de mon départ, éviter une déclaration qui le lui aurait rendu plus sensible, mais contre laquelle mon mariage, qu'elle ignorait, la mettait en sûreté.

M. le comte de Dorsan me dispensa de la visite que je voulais lui faire; et en me quittant, comme je devais partir le lendemain de bonne heure, il me remit de la part de M^me de Vambures une bourse qu'il ne voulut jamais me permettre d'ouvrir en sa présence. Je voulais voir ce qu'elle contenait; mais il partit comme un éclair en me priant de lui écrire souvent, et en promettant à ma femme qu'il viendrait souvent la consoler de l'absence de son ami.

Il ne fut pas parti, que ma femme devint inconsolable,

---

1. Un exemple des corrections pudiques de Duviquet et Duport : ils remplacent ici *désirs* par *sentiments*.

en me répétant qu'elle croyait qu'elle n'aurait plus le plaisir de me revoir. Pour moi, je ne partageais plus ses frayeurs ; et j'ose dire que si cette aimable épouse avait été moins aveuglée par la tendresse qu'elle me portait, elle aurait trouvé au moins beaucoup d'insensibilité dans les adieux que je lui fis.

Je partis le lendemain en poste ; j'arrivai à Reims, où je trouvai mon commis qui m'y attendait. Je passai quelque temps à m'instruire avec lui des fonctions de mon emploi ; et je puis dire, sans me flatter de beaucoup de pénétration, en ce peu de temps je me mis au fait du principal.

A peine y avait-il un mois que j'étais dans cette ville, que je reçus une lettre de M. de Dorsan, dont le style m'étonna. Chaque ordinaire, je recevais de ses nouvelles ; partout je voyais un style badin et folâtre ; mais celui de cette dernière me paraissait contraint, étudié ; enfin je vins à un article dans lequel il m'apprenait que ma femme était fort mal, mais que, comme on ne désespérait pas encore qu'elle ne se rétablît, il me priait de ne point quitter mes affaires, et me montrait l'importance de ne point abandonner mon poste sans une permission expresse ; enfin il me conjurait de ne point m'alarmer et de me reposer sur lui.

Après avoir pris lecture de cette lettre, je restai interdit. Tant d'empressement à m'engager de rester en province, quand on m'annonçait que ma femme était fort mal, me fit ouvrir les yeux, et je ne doutai plus qu'elle ne fût morte. Un froid me saisit aussitôt ; je reprenais cette lettre, et je la remettais sans la lire. J'étais encore dans cette agitation violente, quand un des laquais que m'avait donnés M. de Dorsan, vint m'avertir qu'un grand vicaire du diocèse, et parent de son maître, demandait à me parler. Je fus au-devant de lui.

Après quelques questions sur les arrangements que j'avais pris avec M<sup>lle</sup> Habert en l'épousant, il m'ajouta qu'elle était morte sans donner d'autres signes de maladie que la faiblesse que je lui avais connue. Je ne pus refuser des larmes à sa mémoire, et je puis dire qu'elles étaient sincères.

Monsieur, me dit-il, M. de Dorsan a fait jusqu'à présent tout ce qui dépendait de lui pour vous épargner la douleur de rentrer sitôt dans votre maison, mais maintenant vous devez vous y rendre au plus tôt; car M<sup>lle</sup> Habert l'aînée, a fait mettre le scellé chez vous, et je vous apporte une permission d'interrompre votre tournée.

Je ne perdis pas de temps, et je partis la même nuit. Arrivé chez moi, je pris le deuil ; et par les soins de M. de Dorsan, j'eus bientôt arrangé le principal de mes affaires.

A peine étais-je de retour que j'eus la visite de M. Doucin, ce vénérable directeur de M<sup>lle</sup> Habert.

Je crois que vous me connaissez, me dit-il en entrant. Je viens de la part de M<sup>lle</sup> Habert l'aînée. Cette bonne fille attend de votre équité que vous lui remettiez les biens de sa sœur. Je vous crois trop honnête homme pour lui enlever une succession qui lui appartient par les droits du sang.

Si vous croyez, lui répondis-je, que je vous connaisse, je suis étonné que vous osiez venir ici. Ma belle-sœur n'a rien à prétendre sur la succession de ma femme, et votre équité, autant que votre état, doit l'engager à éviter de mauvais procédés qui ne l'avanceront de rien.

Il affecta longtemps ce ton doucereux pour tâcher de de me fléchir; mais, voyant qu'il ne pouvait rien gagner sur mon esprit, et peut-être ayant jugé par mes réponses qu'il ne pouvait se flatter de réussir dans son projet : Nous verrons, me dit-il, qui de vous ou de moi l'emportera.

Je ne pus m'empêcher de rire en voyant cette affection cordiale d'un directeur, qui lui rendait propres les intérêts de sa pénitente[1]. Je le laissai sortir en fureur, sans même le reconduire.

Cette impolitesse procéda moins d'un esprit de colère que de la timidité que mon ignorance en procédures m'avait inspirée en entendant ses menaces.

J'appris dès le même jour cette scène à M. de Dorsan qui me conduisit chez son avocat. Il me dit de rester tranquille, et qu'il se chargeait de suivre cette affaire, sans que je dusse m'en inquiéter davantage.

---

1. Texte original. A partir de 1760, les éditions hollandaises portent, ici et p. 370, *pénitence* pour *pénitente*.

Je restai néanmoins un mois à Paris, pendant lequel j'étais journellement assailli par M^me Alain, qui avait jeté les yeux sur moi pour établir sa fille Agathe. Je ne parvins à m'en débarrasser qu'en brusquant un peu cette bonne femme.

J'allais retourner en Champagne, quand M. de Dorsan me fit dire que M^me de Vambures était de retour, et qu'il fallait que je m'y rendisse dans le jour. Je ne balançai pas à lui obéir; je craignais moins alors sa présence, quoique mon ajustement me semblât un reproche parlant de dissimulation.

Quel lugubre appareil! me dit cette dame en arrivant. Je vous croyais encore en province. Je me suis rendu à Paris, madame, lui répondis-je, par ordre de M. le comte de Dorsan, pour mettre ordre à mes affaires. La mort de ma femme... Comment! de votre femme! reprit-elle vivement. Qu'est-ce que cela veut dire? Dorsan ne m'a jamais dit que vous fussiez marié! Elle resta là un moment à rêver.

Je profitai de l'instant pour me jeter à ses genoux. Excusez, madame, lui dis-je, le secret que M. le comte, par zèle pour mes intérêts, a cru devoir vous faire; il appréhendait peut-être...

Et qu'appréhendait-il ? dit-elle en m'interrompant. Croyait-il que je vous aurais obligé avec moins de zèle ? Soupçonnait-il, poursuivit-elle d'un air ému, que ma bonne volonté eût quelques vues auxquelles ce mariage fût contraire ?

Non, madame, repris-je ; M. de Dorsan vous connaît trop bien, il sait trop qui je suis pour croire que vous daigniez descendre jusqu'à moi, quand il aurait pu soupçonner que je fusse assez téméraire pour porter mes yeux jusqu'à vous.

Eh ! relevez-vous donc, me dit-elle; je vous l'ai dit, ce ne sera point la disproportion des rangs qui gênera jamais mon inclination ; si je me mariais un jour, je ne consulterais que mon cœur et celui de la personne pour laquelle le mien déciderait.

Ah ! madame, lui dis-je dans un mouvement que je ne

pus arrêter, si votre cœur doit chercher qui vous aime, qui vous adore, ne doit-il pas se fixer aujourd'hui?

Que voulez-vous donc dire? reprit-elle toute troublée. Mais je crois que vous êtes fol. Votre femme est à peine enterrée, et vous venez me parler d'amour ! C'est mal diriger votre plan; et cette vivacité, loin de vous faire gagner mon cœur, serait capable de diminuer mon estime.

Daignez, lui dis-je, ne me point condamner sans m'entendre. Sachez l'histoire de mon premier mariage, connaissez comment les nœuds ont été formés, et vous verrez qu'un motif étranger à l'amour le décida. Oui, s'il est permis de le dire sans vous offenser, vous êtes la première qui ait reçu l'hommage de mon cœur.

Je serai charmée d'être instruite, me dit-elle; comme je veux absolument décider votre fortune, il est important que je vous connaisse.

Sous quelle forme ingénieuse l'amour véritable ne cherche-t-il pas des raisons pour soutenir son feu, même lorsqu'il croit entrevoir des motifs de le détruire ! Plus il est sincère, et moins il manque de ressources au besoin.

Il serait superflu de répéter tout ce que j'ai dit ci-dessus; il suffira de savoir que je fis un récit aussi naïf à M$^{me}$ de Vambures que je l'ai fait jusqu'ici au public. Vous voyez, ajoutai-je alors, madame, si l'amour a eu quelque part à mon union avec M$^{lle}$ Habert. Par une suite de ma sincérité, je dois vous avouer que vous êtes la première beauté qui m'ayez rendu sensible, mais que cette sensibilité est d'autant plus cruelle, qu'il m'est moins permis d'en concevoir quelque espérance.

Je suis flattée des lumières que vous venez de me donner, me dit cette aimable dame, puisque je puis vous rendre mon estime. Votre dissimulation avait alarmé ma gloire; j'en suis désabusée : il n'est temps maintenant que de penser à votre fortune. Eh ! que me fait la fortune, si je ne puis mériter vos bontés ! lui dis-je d'un air pénétré de douleur.

Soyez content, La Vallée, me dit-elle, de mes dispositions présentes; je ne puis vous dire d'espérer; vous connaissez ma façon de penser; que cela vous suffise.

Un œil adouci, et qui me parut satisfait, semblait m'en dire mille fois davantage que la bouche n'en exprimait.

Entraîné par un mouvement de joie, je me précipitais de nouveau à ses pieds, comptant la forcer à s'expliquer plus clairement, quand un bruit qui se fit entendre dans l'antichambre l'obligea de m'arrêter. C'était M. le comte de Dorsan.

Je viens à vos ordres, dit-il à M^me de Vambures. Peut-être suis-je importun, ajouta-t-il en souriant et en me regardant d'un air malin; mais comme un intérêt commun m'amène, j'espère qu'on ne m'en voudra pas de mal.

Non, comte, répondit sur-le-champ M^me de Vambures, vous n'êtes point de trop; car je veux vous parler. Il est question de m'aider de votre crédit pour achever l'établissement de M. de la Vallée. Bono, que je vis hier, m'en ouvrit un moyen. C'est un bon homme que ce Bono[1] ! Oui, madame, reprit le comte, l'intérêt qu'il prend à M. de la Vallé me le fait estimer; vous pouvez compter sur moi. Mais je vous avouerai, dit-il encore en badinant, que, si je ne voyais mon ami sous cet extérieur mortuaire, je serais plus étonné de votre zèle que le mien ne peut vous satisfaire. Je ne pénètre jamais mes amis, continua-t-il sur le même ton; mais je souhaite qu'un état décent le mette au plus tôt dans un rang plus proportionné aux bontés dont vous l'honorez.

La fortune n'a point de privilège auprès de moi, reprit d'un air badin M^me de Vambures; M. de la Vallée n'aura plus besoin de moi quand son chemin sera fait. Je me suis prêtée volontiers à ce que vous avez souhaité de moi pour son avancement; mais je crois qu'il demande, si rien ne le retient à Paris, qu'il aille poursuivre sa tournée.

Mais je suis menacé, dis-je alors, d'un procès de la part de ma belle-sœur.

Ne craignez rien de ce côté-là, me dit M. de Dorsan. J'ai vu Doucin, et je crois qu'il portera sa pénitente à rester

---

1. Le jeu de mots déplaît à Duviquet et Duport qui remplacent *bon* par *excellent*.

tranquille; mais quand il n'exécuterait point ce qu'il m'a promis, vous ne devriez pas être plus inquiet de ses menaces.

M. le comte, qui aperçut sans doute, aux yeux de M^me de Vambures et aux miens, qu'ils voulaient se communiquer quelque chose, se retira, en chantant, vers une fenêtre qui donnait sur une place. Qu'il est facile à M. de Dorsan, dis-je aussitôt à cette dame, de me conseiller de n'avoir aucune inquiétude ! Mon cœur a des intérêts plus pressants que ceux de ma fortune, et l'absence que vous me prescrivez... Je ne pus achever, tant j'étais accablé de tristesse.

Ne vous chagrinez pas, répondit avec douceur cette dame; songez que je vous l'ordonne, et que je veux être obéie.

Si du moins il m'était permis de vous écrire ? repris-je. Vous l'ai-je défendu ? me dit-elle. Il sera même impossible que je ne sois forcée de vous répondre sur les vues que j'ai pour votre fortune.

M. de Dorsan, qui nous rejoignait, fit décider mon départ ; et je quittai M^me de Vambures, dont les yeux semblaient me renouveler l'ordre d'être tranquille. Peut-être pour m'aguerrir, M. le comte prit la main de M^me de Vambures, qu'il baisa en la quittant; je me hasardai, en tremblant, de prendre la même liberté, et je dois avouer que cette complaisance fut accordée avec une distinction marquée en ma faveur.

On sera sûrement étonné de cette scène; on verra en effet peu d'exemples d'un homme qui, dans les premiers jours d'un deuil pris pour la mort de sa femme, ait déjà poussé si loin les avances d'un second mariage; mais outre que, dans tout le cours de ma vie, il a semblé que j'étais né pour renverser les lois ordinaires, d'ailleurs[1], si l'on se met à ma place, l'étonnement cessera.

En effet, marié sans inclination, veuf lorsque je commence

---

1. Le texte original, que nous respectons, n'est pas très correct, mais il n'y a aucune raison de supprimer *d'ailleurs,* comme le fait Duport. Cette locution reprend et développe *outre que...*

à en prendre pour un objet que la reconnaissance m'oblige
de voir, je doute que qui que ce soit eût laissé échapper une
occasion aussi favorable. Si ces raisons ne suffisent pas,
je l'ai fait, et on doit le lire[1].

En sortant de chez M^me de Vambures, je me rendis
chez mon frère, que je trouvai dans le dernier embarras.
Sa femme l'avait abandonné depuis quelques jours, résolue
de ne point rentrer dans sa maison qu'il n'en sortît. Il
voulait employer les voies de justice pour la remettre dans
son devoir. Je l'en dissuadai, et pour le porter à se rendre
à mes avis, je l'engageai à me choisir une petite maison
au Marais; et pendant mon absence, je le priai d'y faire
porter mes meubles, en ajoutant que j'attendais de son amitié
qu'il y demeurerait au moins jusqu'à mon retour, me flattant que par la suite nous ne nous séparerions plus.

Après avoir tout rangé avec M^me Alain, qui ne me
paraissait plus si polie depuis qu'elle craignait qu'on ne
parvînt à me dépouiller de la succession de M^lle Habert, je
partis pour me rendre à mon emploi et pour achever ma
tournée.

Comme on voulait absolument que je prisse quelque
teinture de ces sortes d'affaires, j'y restai plus longtemps que
je ne pensais; il y avait bien dix-huit mois que j'entretenais
avec M^me de Vambures un commerce de lettres fort
régulier, quand elle me pria, de la part de M. le comte, de
me rendre à une des terres de ce seigneur, qui était sur la
frontière de la province que je visitais.

Quel fut mon étonnement d'y trouver M^me de Dorville, et
d'entendre le comte de Dorsan qui me dit que le bonheur
qu'il avait d'épouser cette aimable veuve ne lui aurait pas
paru complet si je n'en eusse été témoin ! La cérémonie
s'en fit dès le lendemain. Madame sa mère, qu'il avait
fléchie par ses prières, y assista avec joie; et quelques jours
après, nous nous rendîmes tous à Paris.

---

1. Voici cette fois un exemple des embellissements de Duport.
Il remplace *je l'ai fait, et on doit le lire*, par trois lignes pompeuses : « j'ai
promis la vérité à mon lecteur, et c'est surtout dans les circonstances
où elle pourrait m'être défavorable, qu'il doit m'être interdit de
la dissimuler ».

Savez-vous, mon cher, me dit en route M. de Dorsan, que M^me de Vambures vous a absolument fixé à Paris ? Le roi vient d'octroyer un privilège particulier à une nouvelle compagnie[1]; cette dame vous y a fait agréer, et je ne doute pas que les fonds n'en soient déjà fournis.

Tant de bontés de la part d'un objet qui avait toute ma tendresse me laissèrent sans réponse. Je dois dire que, lorsque M. le comte me parlait ainsi, il me cachait toute la part qu'il avait eue à cette faveur, qu'il voulait que j'attribuasse tout entière à ma chère maîtresse. Ce que je dis n'est pas pour diminuer ce que je dois à l'amour, mais pour ne pas priver l'amitié d'une juste reconnaissance qu'elle a droit d'exiger. J'ose même avancer que ma restriction fait honneur à M^me de Vambures, puisque c'est par son aveu que je me vois dans le cas de rendre à M. de Dorsan la justice que je dois à sa générosité.

Peut-il, et pourra-t-il jamais se trouver un homme plus heureux ? l'amitié disputait à l'amour le privilège de m'obliger, et ne pouvant l'emporter, ils s'unissaient tous les deux en ma faveur.

Dès que je fus à Paris, je me rendis chez M^me de Vambures. Je la trouvai seule dans son appartement; l'amour et la reconnaissance me précipitèrent à ses genoux. Je ne pourrais me rappeler ce que je lui dis : le feu secret qui me dévorait dictait seul mes paroles, et le trouble qu'il devait jeter dans mes discours ne m'a pas permis de les retenir; mais j'avoue, à ma honte, que cette flamme perdit un peu de sa force quand je vis que cette dame, en me relevant, tâchait de me dérober des papiers qui couvraient sa table.

J'avoue que cette précaution me causa quelque inquiétude. Quel était ce mouvement ? Doit-on l'attribuer à la jalousie ? Je ne le crois point. J'aimais, et tout m'assurait que j'étais aimé : cela ferme-t-il toute voie à cet esprit jaloux qui s'alarme de la moindre apparence ? Si l'on me dit que non, je confesserai volontiers qu'il entrait un peu

---

1. Ce peut être une compagnie de navigation et de commerce, comme la Compagnie du Mississippi, fondée en 1716 par Crozat, célèbre partisan.

de jalousie dans mon procédé; mais si l'on n'y voit qu'un de ces mouvements passagers qui, sans s'attacher à rien de fixe, font passer dans l'esprit un de ces nuages volatils dont on ne pourrait bien définir ni l'essence ni l'origine, je crois qu'on se tromperait encore moins. J'ai eu d'autant moins lieu de pénétrer la nature du sentiment qui m'agitait, qu'à peine s'était-il fait jour, que je crus apercevoir sur ces papiers un caractère semblable au mien; ce qui me fit penser que cette dame s'occupait de mes lettres.

Je me disposais même à lui en marquer ma joie, quand, ayant deviné une partie de ce qui se passait dans mon âme, M^me de Vambures me dit : J'allais vous écrire pour presser votre retour en cette ville. Dorsan vous a obtenu une place qui demande votre présence.

S'il était un motif de presser mon retour, lui répondis-je, que n'a-t-il pris naissance moins dans votre générosité que dans votre cœur ?

Ne parlons point de mon cœur, me dit-elle. Ah ! repris-je, c'est le seul bien que j'ambitionne. Votre bouche refuserait-elle de me confirmer le bonheur que j'ai cru lire dans vos lettres ?

Et quand cela serait ? ... dit-elle en baissant les yeux. Je sentis tout mon avantage. Si cela était, madame, lui dis-je avec vivacité, l'état où m'ont mis vos bontés ne me permettrait-il pas quelque espoir ? Elle paraissait rêver profondément. Daignez vous expliquer à un homme qui vous adore. Les sentiments que vous m'avez fait connaître, cette indifférence sur les titres, sur les grandeurs, sur la naissance même, tout fait ici l'excuse de ma témérité. Je vous aime, je suis libre : mon nom ne vous révolte point. J'ose vous demander... Arrêtez, me dit-elle, ne pensons qu'à votre arrangement; il y a de quoi nous occuper. Quand il sera fini, je vous permettrai de me consulter sur autre chose; mais jusque-là je vous prie de ne m'en point parler.

Ces dernières paroles furent prononcées avec une espèce de timidité [1] qui m'aurait fort embarrassé, si les yeux ne

---

1. L'édition de 1781 (W), suivie par celle de 1825 (Z), introduit

m'eussent au plus tôt rassuré. J'eus beau mettre mon esprit à la torture, il fallut me retirer sans avoir pu renouer cet entretien charmant.

Je me trouvais dans une position bien nouvelle pour moi ; mais heureusement qu'un peu d'usage du monde avait éclairé mon esprit. Jusque-là j'avais toujours été prévenu ; mais ici j'étais obligé de faire toutes les avances, que souvent on paraissait ne pas entendre. Si je m'expliquais clairement, un soupir, un geste, ou un mot plutôt arraché que donné, formait toute la réponse que je recevais.

Que l'on ne croie pas cependant que je restasse en chemin. Mon cœur était véritablement touché, et il suffisait seul pour me conduire dans cette circonstance. Oui, je ne fus pas longtemps à faire connaître à M$^{me}$ de Vambures toute l'étendue de la passion qu'elle avait fait naître. Elle dut y voir distinctement l'empire de l'amour et le pouvoir de la reconnaissance; car, si cette dernière avait quelque part aux sentiments que j'exprimais dans nos entretiens, l'amour s'en dédommageait avec usure, et rien n'échappait à cette aimable personne, comme elle me l'a avoué depuis.

J'ai promis son portrait et le voici naturellement placé. Elle était d'une taille haute et avantageuse. Ses cheveux châtains étaient si parfaitement placés qu'ils semblaient s'arranger d'eux-mêmes pour faire sortir un front majestueux, dont la grandeur était tempérée par deux yeux qui, malgré leur éclat, paraissaient inspirer la confiance, et manifestaient un pétillant[1] dans l'esprit dont la réalité était capable d'enchanter. Je conviendrai que le visage était un peu long, mais ce défaut était réparé par les plus belles couleurs du monde. Sa bouche était mignonne, et la mieux garnie qu'on pût voir. Elle avait la main charmante et la gorge admirable.

Je ne puis mieux donner une idée de son esprit qu'en avouant avec ingénuité que, dès que j'eus connu la justesse de son discernement et la sagesse de ses réflexions, je me

---

une correction qui gâte encore le texte original : *Ces dernières paroles furent prononcées de manière à me donner une espèce de timidité qui...*

1. Sur cet adjectif substantivé, cf. p. 333, n. 1.

fis gloire de ne me conduire que par ses avis. Son âme, grande et modeste suivant les circonstances, savait se prêter à tout, et son exemple me dirigeait, et m'a peut-être évité bien des faux pas. Voici le portrait que j'avais promis il y a longtemps. S'il n'est point fini, on pensera facilement qu'un léger désordre est permis, quand je me retrace tant de grâces qui font encore le bonheur de ma vie, et dont j'ai l'original sous les yeux en écrivant. Le lecteur me permettra cette petite digression. Je poursuis.

J'entrai donc dans mon nouveau poste. L'intérêt considérable que j'avais dans cette compagnie, et la main qui m'y avait placé, m'y donnaient un crédit étonnant. Je me vis bientôt obligé, par les conseils de M. de Dorsan, de prendre une maison décente ; je fis faire un équipage ; enfin je devins un petit seigneur, sans presque m'apercevoir de ma métamorphose.

Que l'homme change ! me disais-je quelquefois. Lors de mon mariage avec M<sup>lle</sup> Habert, je ne pouvais me lasser d'admirer une simple robe de chambre; et aujourd'hui, sans étonnement, je remplis le fond d'un carrosse. Un appartement autrefois me semblait un palais, et ma maison n'a rien qui m'étonne. J'aimais à appeler ma cuisinière pour me féliciter d'en avoir une, et mes gens m'entourent maintenant sans que je leur dise un mot. Que la conduite du traitant est différente de celle de Jacob à peine échappé du village ! Mais voilà l'homme ; j'avais passé tout d'un coup dans cet appartement, et je n'étais venu que par degrés dans ma maison.

Je voulus m'instruire des devoirs de ma nouvelle place; mais, après un peu d'attention, je vis qu'ils consistaient à savoir placer des gens au fait, sur le zèle desquels on pût compter, et à se réserver le plaisir de recueillir et de consumer le fruit de leurs travaux. Cette méthode me parut douce et aisée, et l'expérience m'a appris qu'on s'y formait facilement.

Je voyais journellement M<sup>me</sup> de Vambures, et l'on sent que je ne la voyais jamais sans lui renouveler mes empressements et mes désirs; mais quoique je reçusse de cette dame mille assurances de tendresse, elle ne me permettait jamais de lui parler des vues que j'avais de l'épouser.

Un jour que la réflexion sur les retards qu'essuyait mon amour m'avait retenu à la promenade plus longtemps qu'à mon ordinaire, je rentrais chez moi accablé de tristesse quand on me dit qu'une personne m'attendait pour me parler.

Je passai dans mon cabinet, après avoir donné ordre de l'y introduire. Jugez de ma surprise; ce fut M. de Dorsan qui se présenta, lui que je croyais à la campagne.

Vous êtes surpris de me voir, me dit-il; mais votre intérêt me ramène à Paris. Vous êtes jeune et sans enfants; il faut vous marier; j'ai un parti avantageux à vous offrir.

Ne me parlez point de mariage, monsieur, lui dis-je d'un air chagrin ; il n'est qu'une personne qui puisse m'y faire penser, et je vois trop que je n'y dois jamais songer.

Avant de recevoir vos refus, ou de forcer votre consentement, reprit-il, j'ai une grâce à vous demander : c'est de placer un jeune homme que j'ai trouvé dans votre antichambre, et qui me paraît mériter votre attention. Son histoire, qu'il m'a contée, m'a attendri. Sa fortune dépendait d'un oncle, dont la mort le réduit dans un état déplorable.

Commandez, lui répondis-je en m'avançant moi-même vers la porte; et si vous voulez me le permettre, je vais le faire entrer pour l'assurer que je ferai tout en sa faveur, ou plutôt qu'il peut compter sur moi, dès qu'il a votre recommandation.

En effet, le jeune homme se présenta : l'air également noble et respectueux avec lequel il me salua ne me permit pas de l'envisager, et s'il ne se fût nommé, peut-être ne l'aurais-je pas reconnu; mais en entendant le nom de mon premier maître, je vis son neveu, et celui même au service duquel j'avais été.

Je ne pus retenir mes larmes en comparant nos positions anciennes et présentes, et en lui sautant au col, je le priai de tout attendre d'un homme qui devait à sa famille les premières faveurs dont il eût joui. La surprise de M. de Dorsan fut extrême, et j'ose dire que, loin que cette petite humiliation qui résultait pour moi de ma sincérité fît impression contre moi dans son cœur, elle augmenta son estime. Je priai mon ancien maître de venir souvent me voir, et peu de jours après, je fus assez heureux pour le mettre dans le cas de ne point regretter de s'être adressé à son cher Jacob.

Il ne fut pas sorti que M. de Dorsan m'apprit qu'il était venu à Paris pour savoir ce que je devais espérer des intentions de M^me de Vambures. Je l'ai vue, me dit-il; elle n'a point fait de difficulté de m'avouer les sentiments qu'elle a pour vous, et même la résolution qu'elle a prise de couronner les désirs de l'épouser que vous lui avez souvent témoignés. Il m'apprit que, quoique veuve d'un marquis, elle était fille d'un financier. Mais cette dame, ajouta-t-il, pour éviter la critique, a voulu vous voir dans un état d'opulence avant de vous donner la main. Vous y voilà, mon cher, me dit-il; voyez-la maintenant, et finissez au plus tôt votre bonheur auquel je m'intéresse véritablement.

Je priai M. de Dorsan de me guider, sans même le remercier du zèle qu'il me marquait. Il me dit que dès le lendemain je devais aller voir M^me de Vambures, et qu'il la préviendrait sur les ouvertures qu'il venait de me faire.

Je ne dirai point dans quels transports de satisfaction et d'impatience je passai la nuit; je parvins à l'heure de partir sans avoir encore pu bien démêler tous les sentiments qui me partageaient. Je ne doutais pas de la sincérité de M. de Dorsan ; l'amour même de M^me de Vambures n'était plus un mystère pour moi; mais j'appréhendais quelques révolutions. Quelles, et d'où pouvaient-elles venir ? Je n'en savais rien. Je crois que je puis dire : je craignais, parce que j'aimais.

Je me rendis donc chez l'objet de ma tendresse. J'y fus reçu avec un air de satisfaction que je ne lui avais pas encore vu : nos cœurs étaient d'accord; nous étions réciproquement prévenus, et notre hymen fut bientôt résolu et accompli. Ce fut alors que je connus la fortune immense que je venais de faire. Ma nouvelle épouse marqua à mon frère la même tendresse qu'elle avait pour moi, en reprenant mes neveux, pour qu'ils fussent élevés chez elle. Leur père, malgré toutes mes instances, ne voulut jamais sortir de son état de médiocrité; content de vivre décemment, il me pria de lui permettre de se retirer à la campagne. J'y consentis avec peine, et peu de jours après il partit avec nous pour choisir sa demeure.

Ma nouvelle épouse aurait bien souhaité que je prisse le nom de quelqu'une de ses maisons ; mais je la priai de m'en dispenser. Elle ne parut pas en faire difficulté, et nous nous mîmes en route avec mon frère pour aller me faire reconnaître dans les terres de M^me de Vambures. M. de Dorsan prit la résolution de nous accompagner avec son épouse. Nous fûmes fort étonnés de les trouver à la première poste, qui nous attendaient. Quelle rencontre flatteuse !

FIN DE LA SEPTIÈME PARTIE

# HUITIÈME PARTIE

# HUITIÈME PARTIE

Notre voyage fut long, mais très agréable : la vanité, ce tyran flatteur, qui chaque jour semblait accroître son pouvoir sur mon cœur, sans pouvoir l'aveugler entièrement, m'y faisait trouver des charmes que rien n'a jamais pu compenser, jusqu'à l'instant heureux qui m'a retiré du trouble, du fracas du monde.

Je conviendrai, si l'on veut, qu'il s'est trouvé dans ma vie des circonstances plus essentiellement heureuses; mais comme le bonheur dépend tout de l'âme, dès que celle-ci obtient cette satiété où ses désirs n'ont pas le temps de naître pour être satisfaits, on jouit là seulement d'une félicité entière. Si d'ailleurs ç'avait été beaucoup pour moi d'être sorti de l'obscurité et d'être devenu riche, il était bien plus flatteur que tout s'empressât à me démontrer ces avantages dont je jouissais; et c'est là, je crois le vrai comble de la prospérité.

Oui, chaque endroit où nous nous arrêtions, était le rendez-vous, pour ainsi parler, des hommages que le canton venait nous rendre. Ces témoignages suspects de respect et d'amitié ne montraient à mes yeux que ce que l'extérieur représentait, et j'en étais satisfait. Je ne savais pas encore que les passions étaient de tous les lieux. J'ignorais que, concentré dans son castel, le gentilhomme campagnard rendît la province le théâtre des mêmes défauts que la fatuité étale pompeusement à la ville; ici les occasions en sont plus fréquentes; mais leur rareté les fait saisir là avec plus d'empressement. Ce qui contribuait encore beaucoup à entretenir mon illusion, c'est que nous passions si rapidement dans chaque endroit, que je n'avais, pour ainsi dire, point le temps de connaître ceux qui nous venaient voir, ou ceux auxquels nous rendions visite. L'état dans lequel M^me de Vambures, ma nouvelle épouse, avait toujours entrenu ses terres, ne me demandait pas grand soin. Je n'avais qu'à recommander la même exactitude. Les fermes étaient entre les mains de bons paysans, qui, enrichis par une sage facilité qu'elle leur avait toujours donnée, faisaient le bien de leurs maîtres, sans oublier le leur; et de cette façon on n'a rien à leur dire.

Chaque pas m'offrait un nouveau plaisir. La compagnie d'une nouvelle épouse, dont j'avais toute la tendresse et qui possédait toute la mienne, la société de M. de Dorsan et de l'aimable Dorville, tout semblait réuni pour augmenter l'espèce de triomphe avec lequel je passais dans mes terres : car malgré toute la confiance que me donnait mon amour-propre, je m'apercevais cependant quelquefois que la présence d'un seigneur qui me traitait en ami retenait mes voisins dans une soumission forcée, qu'ils auraient bien voulu franchir. Cette idée eut bientôt sujet de se confirmer dans mon esprit.

Ce seigneur, en effet, nous quitta, quand il se trouva près d'une de ses terres, dans laquelle quelques affaires l'appelaient : et je ne fus pas longtemps à m'apercevoir que le comte me manquait pour soutenir dans mes voisins ce respect qu'ils me marquaient malgré eux, et dont je m'enivrais depuis que j'étais sorti de Paris.

Je ne connaissais donc encore la province que par son beau, quand mon épouse me nomma un village que, peu de temps avant que je reçusse sa main, elle avait acheté de la succession d'une veuve qui venait de mourir dans un couvent.

Quelle fut ma surprise, quand j'appris que j'allais paraître en maître, en seigneur, dans un endroit d'où chacun pouvait se souvenir qu'il m'avait vu sortir le fouet à la main ? Il est vrai que mon petit amour-propre s'avisa de bouder, et même de m'inspirer quelques scrupules intérieurs qui m'alarmèrent. Je voulus le mater, mais inutilement, et son opiniâtreté me contraignit de communiquer mon embarras à ma femme.

Je ne vous ai rien déguisé, lui dis-je, sur ma naissance ni

sur mes parents. Vous savez par conséquent que je suis né dans le village dont vous avez fait l'acquisition. Je ne crains point de paraître dans le lieu où ma famille a vécu dans une obscurité honorable; mais je tremble que votre gloire ne souffre de voir le compère Lucas et la commère Jeanne me sauter au col, et vous traiter de leur parente.

Vous vous alarmez à tort, me répondit ma femme. Vos parents partagent dans mon cœur les sentiments que je vous ai voués. Vous allez voir renaître cette affabilité que j'ai cru devoir suspendre depuis que nous sommes en route.

Je l'avoue, repris-je; ce changement, qui m'a étonné, a seul causé mes alarmes. A Paris, je vous ai toujours trouvée simple, unie, bonne, en un mot charmante; mais dans vos terres vous vous êtes montrée jusqu'à présent grande, si je ne dis pas orgueilleuse. Vos pas semblaient comptés, vous paraissiez étudier chaque démarche, et il me semblait que vous craigniez de trop répondre aux avances qu'on vous faisait, et que vous voyiez même avec peine celles que je croyais devoir faire.

Vous avez raison, reprit-elle en m'interrompant; j'ai fait ce que l'expérience m'a fait juger nécessaire. Je connais l'esprit de tous ces nobles campagnards; ils n'ont jamais vu sans peine qu'ils étaient mes vassaux : le titre de votre femme n'était pas en état de leur en imposer davantage; ils savent votre naissance, n'en doutez point (car la curiosité est la passion la plus chérie par les gentilshommes des champs) : un nouveau visage paraît, il faut savoir son titre, son rang, son origine, et là-dessus l'on règle ses démarches; on nous connaît donc tous deux, et dès lors, (soyez-en sûr) la politesse ne nous rend qu'à regret des hommages dont la vanité voudrait pouvoir se dispenser. J'ai depuis longtemps pénétré ce sentiment de nos voisins, et cette connaissance a réglé ma conduite. Si je n'eusse craint de vous désobliger, je vous aurais engagé à suivre ma méthode; mais il fallait vous parler de votre origine, et j'appréhendais de vous déplaire sans intention. Avec vos parents nous ne serons pas obligés de nous contraindre : ils vous aiment ; s'ils me marquent leur joie, vous me verrez les devancer dans les politesses qu'ils nous feront.

Ce discours me parut fort sensé; et en effet, me disais-je à moi-même (peut-être d'après ma propre conduite) : voilà l'homme; s'il se croit un avantage sur son voisin, il ne le cache qu'à regret, et même lorsqu'il le cache, il cherche en secret un moyen de le faire valoir. Il faut donc être continuellement en garde contre lui; car il est d'autant plus âpre à se relever que l'honneur dont il se glorifie lui appartient moins. Le gentilhomme qui s'enterre dans sa campagne a des titres surannés, acquis par une valeur étrangère; il veut les soutenir par des moyens qui lui sont également étrangers. Les aïeux, voilà le grand article : la vanité se charge de les découvrir, et je ne pouvais gagner à cet examen : mon épouse elle-même, à cet égard, ne pouvait beaucoup augmenter ma gloire. Voilà les motifs de la conduite de ma femme, qui ne manquait à aucun des devoirs de la politesse, mais qui les observait strictement.

Si cette conduite paraît étonnante, moi, qui connais le fond du cœur de cette dame, je puis dire qu'elle la crut nécessaire.

En effet, me disait-elle quelquefois, la conduite qu'on doit tenir à la ville ou à la campagne est bien différente. Dans la première on pense, et la politesse gagne un cœur que la vanité révolte; mais dans la seconde, l'homme, tout entier à son orgueil, se croit resserré mal à propos dans un coin de la terre : son âme, impatiente de ne pouvoir donner carrière à sa vaine gloire, n'attend qu'un objet pour lui faire prendre un libre essor. Il croit par là se dédommager de l'injustice que lui fait la société. La moindre avance lui paraît une marque de faiblesse dans celui qui la lui fait, et passe en même temps à ses yeux pour une preuve de sa supériorité; et dès lors il la saisit pour se relever en vous humiliant.

Je trouvai tant de justesse dans ce raisonnement, que je me résolus de le mettre en pratique. J'affectai, par la suite, un air important avec ceux qui voulaient jouer la grandeur; et quiconque semblait vouloir plier, était sûr de trouver ma main prête à le relever. Je ne sais si tous mes lecteurs applaudiront à ma conduite; mais le temps m'a confirmé qu'au moins elle était prudente.

Nous arrivâmes dans ces dispositions au village, où peu de temps auparavant j'avais tant redouté de paraître. Un saisissement s'empara de moi; mais que devins-je, quand je vis que, par ordre sans doute de ma chère épouse, tous les villageois étaient sous les armes pour recevoir leur nouveau seigneur !

Quoi ! mes anciens camarades, qui autrefois, en me revoyant, auraient cru m'honorer s'ils m'eussent dit : ah ! te voilà Jacob, bonjour, n'osaient plus me parler que par des transports de joie et des marques de respect. Chacun me regardait, et personne, je crois, ne me reconnaissait. La difficulté de se figurer ma fortune aidait, sans doute, leur aveuglement; ils parurent avoir moins oublié le visage de mon frère; car plusieurs le saluèrent d'un air surpris. Le croirait-on ? Cette préférence me causa un petit dépit. Je me disais : il a quitté le village devant moi, cependant les habitants s'en ressouviennent encore; il a donc leur cœur, quand je n'obtiens que leur respect. Ce parallèle altérait considérablement ma satisfaction.

Pendant que j'essuyais ce petit mouvement, nous arrivâmes à la porte du château, où je vis mon père, qui, sans être courbé sous le poids des années, portait de vénérables cheveux blancs. La douceur de la campagne semblait l'avoir défendu contre la rigueur de l'âge. Les larmes me vinrent aux yeux, et en faisant arrêter l'équipage, je descendis aussitôt, et je volai dans ses bras.

Le bonhomme sentit alors toute sa faiblesse. Il ne put soutenir l'excès de la sensibilité que lui inspira ma présence. Il savait les différents événements qui m'avaient conduit à la fortune : je l'avais instruit de mon dernier mariage; mais il ignorait que je fusse devenu son seigneur. Il ouvrait de grands yeux, et quoiqu'en me tenant étroitement serré dans ses bras, il me vît dans une posture à représenter ce qu'il cherchait, il parcourait cependant des yeux tout l'intérieur du carrosse, pour voir sans doute s'il n'y découvrirait pas quelqu'un qui dût être le seigneur, pour lequel il avait lui-même commandé tous ces honneurs.

Mon épouse, en voyant mon action et mes transports par mon immobilité, s'instruisit facilement des motifs de la scène attendrissante que nous lui donnions. Sans être arrêtée par aucun motif humain, elle descendit de sa voiture, et après avoir embrassé mon père, elle le pria de nous suivre au château.

Que cet instant eut de délices pour moi ! je ne sais si la tendresse de mon père me flatta plus que la noble sensibilité de ma femme.

Mon père n'avait ni parole, ni voix; ses yeux, qui s'inondaient de larmes sans qu'il s'en aperçût, ne pouvaient se lasser de me regarder. Ce fut dans cette situation que nous traversâmes les cours. M^me de Vambures, par mille discours aussi obligeants que respectueux, cherchait à lui rendre l'usage de la parole, mais tout était inutile.

La nouvelle de mon arrivée ne fut bientôt plus un mystère. Plus nous avancions et plus le cortège qui nous suivait s'augmentait.

Viens voir Jacob, se disaient les voisins l'un à l'autre. Dame ! il est le seigneur du lieu. On a bien raison de le dire, il n'est que bonheur et malheur dans ce monde. Qui l'aurait dit, qu'il serait devenu un si gros monsieur quand il fut à Paris ? C'est là où l'on fait fortune.

Chacun, ainsi invité, s'empressait d'approcher, et chacun voulait me voir. Quelques domestiques, irrités de cette familiarité, qu'on avait l'audace, disaient-ils, d'avoir avec leur maître, voulurent repousser cette affluence; mais mon épouse, qui se doutait sans doute de ce qui pourrait arriver, réprima la brutalité de nos valets, en leur disant : Laissez venir ces bonnes gens. Je prétends que le château soit ouvert à tous les habitants du bourg, et que chacun non seulement ait la liberté de nous voir, mais même que tout le monde soit introduit dans les appartements, dès que quelqu'un en marquera le désir.

Pour moi, je marchais avec mon père, qui ne pouvait encore que dire : Ah ! mon cher Jacob, est-ce un songe ? Quoi ! toi-même mon seigneur !

Non, mon père, lui répondis-je; je suis le seigneur du lieu, et non pas le vôtre. Vous commanderez toujours partout où je serai le maître; et si je prends possession du château, c'est pour vous en laisser la disposition[1].

Le bonhomme ne pouvait encore se persuader la réalité de tout ce qu'il voyait, et je crois que la surprise du curé qui nous attendait dans la salle put seule le convaincre. Ce pasteur avait sans doute disposé quelque compliment, dont son étonnement nous épargna l'ennuyeux débit, car à ma vue il parut pétrifié; mais je l'embrassai, et lui parlai le premier pour le faire revenir de son embarras, en l'assurant que j'étais réellement son seigneur.

Nous ne fûmes pas assis, qu'il fallut faire, à mon père et à ce vertueux ecclésiastique, un récit circonstancié de toutes mes aventures, pour leur apprendre par quelle faveur singulière du ciel j'étais parvenu à ce haut point de fortune. On juge que j'obéis avec plaisir à leur empressement. Tout devait me relever à leurs yeux; car ce qui pouvait m'humilier leur était trop connu pour que j'eusse besoin de le leur rappeler. Si mes premières aventures galantes parurent chagriner le pasteur, qui intérieurement semblait en demander pardon au ciel, elles fournirent à mon père matière à rire. Ce vieillard trouvait peut-être extraordinaire que son fils, à peine sorti de dessous ses ailes, eût eu tant de facilité à copier les airs évaporés d'un petit-maître. Mais le lecteur n'en aura point été frappé, quand, en sondant son propre cœur, il y aura vu que tous les hommes ont le même penchant pour le plaisir, et qu'il n'a qu'à paraître pour s'attirer leur hommage.

Je ne donnai point le temps à chacun de trop démêler ses sentiments, il manquait quelque chose à ma joie : je

---

1. Cet épisode de fade sensiblerie excite l'admiration de Duviquet : « Surpris lui-même par le mystère délicat qu'a mis sa femme à faire cette acquisition, [Jacob] n'a pas eu le temps d'instruire sa sœur, son vieux père et les compagnons de son enfance ; rien de plus touchant, de plus délicieux que le tableau de sa réception, que les douces étreintes dont sa femme et lui s'empressent de serrer leurs parents et leurs amis, et que le soin délicat qu'ils mettent l'un et l'autre à combler la distance qui paraît les séparer. » (Tome VII, p. 370.) On comprend dans ces conditions qu'il n'ait eu aucune raison de soupçonner le caractère apocryphe des trois derniers livres.

ne voyais point ma sœur, et je ne savais à quoi attribuer son absence. J'en demandai des nouvelles à mon père, qui me parut aussi étonné que moi de ne la point voir. Le bonhomme, ne se souvenant plus qu'il était mon père, parce qu'il voyait son seigneur, me proposa de l'aller chercher; mais après l'avoir embrassé tendrement pour lui rappeler que j'étais son fils, je le priai de me laisser aller seul pour avoir le plaisir de surprendre ma sœur.

Je cours aussitôt à la ferme de mon père, on m'y reconnaît, personne n'ose m'arrêter, ce ne sont que des cris d'exclamation qui pénétraient à peine dans la chambre de ma sœur, quand j'y parvins. Je l'embrassai en lui faisant de tendres reproches du retard qu'elle avait mis au plaisir que je devais goûter en la voyant.

Le lecteur sera sans doute curieux de savoir ce qui pouvait l'arrêter. S'il connaît bien le sexe, il pénétrera les motifs de ma sœur avant que je les lui découvre. Elle était allée se parer de ses plus beaux habits, pour se rapprocher un peu plus de la qualité de sœur du seigneur du village, qu'elle venait de prendre. On avait déjà essayé et rebuté trois ou quatre jupes et autant de rubans. Ce n'était dans sa chambre que cornettes qui avaient été présentées et laissées ; je ne pus m'empêcher de rire, en réfléchissant que si la coquetterie à Paris faisait plus d'étalage, elle avait au moins la même conduite au village.

Elle ne me vit pas sans émotion présent à sa toilette. Le frère était trop couvert sous le seigneur. Elle rougit : était-ce d'innocence ou de satisfaction de voir un personnage plus relevé qu'un villageois lui prêter son secours ? Peut-être fut-ce autant de l'un que de l'autre.

Ce qu'il y a de sûr, c'est que tout ce qui parut me plaire fut employé à son ajustement : j'aurais voulu en vain la dissuader de prendre ses habits des dimanches, elle allait se trouver près d'une belle-sœur brillante, aurait-elle pu en paraître si éloignée par les vêtements ordinaires ? Non, non; c'est la vertu capitale des femmes, de ne se jamais céder entre elles que forcément. J'emmenai donc ma sœur au château : ma femme lui témoigna l'estime la plus sincère, et même eut la bonté de lui marquer sa surprise de voir une beauté si régulière au village. Il est vrai que pour peu qu'une fille ait des attraits, cet air d'ingénuité qu'à la campagne les filles ont pour premier apanage, ces habillements qui paraissent sans art, quoiqu'elles y mettent bien du raffinement, ajoutent à leurs traits un éclat que l'art des coiffeurs et le brillant du rouge et du blanc ne peuvent jamais égaler.

On lui fit une petite guerre sur le ravage que ses charmes devaient faire dans le canton. Elle la soutint joliment, et l'esprit qu'elle y marqua, lui gagna totalement l'estime de ma femme, et dès lors elles devinrent inséparables pendant notre séjour dans le pays. J'appréhendais qu'elle n'eût formé quelque liaison qui ne nuisît à l'envie que je conçus sur l'heure de lui faire un sort heureux; mais, je l'ai dit, mes désirs n'avaient pas le temps de naître, pour ainsi dire, pour être couronnés. Ceci en sera par la suite un nouvel exemple.

Le reste de cette journée nous permit à peine de répondre aux empressements qu'eurent tous les habitants, parents ou autres, de me voir et de m'embrasser. Chaque personne qui se présentait donnait matière à une scène attendrissante, dont la nature seule faisait tous les frais[1].

Je ne pouvais trop admirer mon épouse, qui dès le premier jour se trouvait faite avec ces villageois comme si elle les eût tous connus. Elle s'abaissait à leur portée en leur parlant, elle empruntait même souvent leurs expressions pour les empêcher de rougir en la nommant leur parente.

Le soir elle ordonna que le lendemain toute ma famille serait traitée au château, et que le village participerait à cette fête dans l'extérieur. Non contente de l'avoir ordonnée, elle prit sur elle tout le détail de cette solennité, et voulut l'honorer de sa présence.

En effet, pendant que j'étais avec mes parents, elle se fit conduire au village où elle parcourait toutes les tables qu'elle avait fait dresser. M'étant aperçu de son absence, et me doutant du motif qui la causait, je la suivis avec ceux de la compagnie que j'entretenais.

---

1. La pensée et la forme appartiennent à la mode sensible qui, en réalité, a presque entièrement épargné Marivaux lui-même.

Si je fus ravi de voir l'affabilité de ma femme, que j'eus lieu d'être satisfait des témoignages de respect et de reconnaissance que lui donnaient nos cohabitants ! car je n'ose encore dire nos paysans.

On le sait : cette espèce d'hommes paraît être conduite par le cœur seul, sans que l'esprit se mêle de le diriger. J'eus lieu de m'en convaincre dans le même jour. Tout inspirait à ces gens le désir de nous montrer combien ils étaient sensibles aux bontés dont ma femme les honorait, et à l'amitié que je leur marquais; mais les preuves qu'ils employèrent pensèrent m'être funestes.

En effet, quand nous nous fûmes mis à table avec la famille dans la salle, les habitants vinrent l'investir. Leur but était de nous voir; et ma femme, pour y répondre, fit ouvrir toutes les fenêtres. Elle ordonna qu'on leur distribuât à boire à discrétion. Cette générosité ne tarda pas à leur échauffer le cerveau. Chacun, pour témoigner sa gratitude, alla dans sa maison prendre les armes à feu qui pouvaient s'y trouver et revint marquer les santés qu'on portait par autant de coups en l'air.

Un ancien du village imita cette folle saillie, et prit un vieux fusil rouillé. Il charge, tire ou ne tire point, et boit. Il court au buffet, revient et fait le même manège. A la troisième apparition de ce vieillard, ma femme prend elle-même un verre sur la table, et le prie de le boire à sa santé.

Cette démarche transporta de joie ce paysan; une distinction flatte partout. Il charge de nouveau sa vieille *armure; et pour que son coup répondît mieux à ses sentiments, il double la dose. Le coup part avec un bruit furieux, je me retourne au bruit de quelques vitres qui tombèrent en éclats. Je vois ma femme renversée dans un fauteuil de la salle, et l'homme étendu dans la cour. Je cours à mon épouse, quelques gouttes de sang m'effraient; je cherche ce que cela dénote, pendant qu'on tâche de lui rappeler les sens; je ne lui trouvai qu'une petite égratignure à la main, je la lui lavai en la couvrant de mille baisers. Je m'aperçus qu'un morceau de verre, en la frappant, lui avait fait cette légère blessure qui fut guérie en un moment; mais je vis par là l'inconvénient inséparable de pareilles réjouissances[1].

Elle voulut être informée de ce qui s'était passé dans la cour. J'y courus pour la tranquilliser. J'appris que le vieillard n'avait eu ni peur ni mal. Son arme s'était crevée dans le tuyau sans le blesser, et la force seule de la charge l'avait renversé. Je le fis transporter sur un lit, et je défendis de tirer davantage; mais pour être obéi, je fis approcher les ménétriers du village; et l'amusement qu'en espérèrent les paysannes, plus que mes paroles, détournèrent les paysans de leur ardeur à tirer : partout la femme décide nos goûts[2].

Ce petit accident passa si rapidement, qu'il ne troubla notre joie qu'un instant, et ma femme parut d'une gaieté charmante le reste du repas.

Le lendemain, mon épouse me dit : Depuis deux jours que nous sommes ici, nous n'avons point vu le chevalier de Vainsac; c'était un homme qui avait un fief relevant de la terre, et qui demeurait au village.

Je m'imagine, lui dis-je, qu'il n'est pas au bourg. Vous vous trompez, je crois, répondit-elle; je pense qu'il y est, et qu'il attend votre visite. Il faudra la lui rendre aujourd'hui.

Nous venions de convenir de cette démarche, quand le curé de la paroisse vint nous annoncer que ce gentilhomme sortait de chez lui, pour lui déclarer qu'il prétendait aux honneurs de l'église avant nous, et que sur les difficultés qu'il avait cru devoir lui faire, il les avait demandés avec cet air de hauteur qui veut être obéi sans réplique.

Je ne concevais pas trop quelles étaient les prétentions de ce noble. Je me rappelais bien qu'il y avait à l'église certaines cérémonies qui servaient à distinguer le seigneur du paysan; mais je les regardais moins comme un devoir que comme une politesse. Le pasteur m'expliqua le mieux qu'il put l'origine de ce droit; mais quand il voulut m'en faire comprendre l'importance, je ne l'entendais plus; ma femme, voyant mon embarras, lui dit :

---

1. La pompe de l'expression n'a d'égale que la platitude de la pensée.

2. Encore une pensée caractéristique de cette suite apocryphe, que l'on n'a pas définitivement renoncé à attribuer à Marivaux !

Cela suffit : on dira la messe à la chapelle du château, et nous remettrons à huit jours pour paraître dans l'église.

M^me de Vambures, dont je dois autant admirer la sagesse que la bonté, voulut que dès le même jour nous rendissions visite à ce gentilhomme : mon père nous y conduisit.

Quoique cette prévenance le déconcertât d'abord, il ne tarda pas néanmoins à déployer toute sa fatuité. Sur les instructions que ma femme m'avait données, je lui dis :

Je suis charmé d'avoir un voisin tel que vous. Je ne doute pas que nous ne vivions d'intelligence, et j'espère que dès...

Je ne demande pas mieux, répondit-il en m'interrompant, il ne tiendra qu'à vous.

De mon côté, repris-je, j'y mettrai tous mes soins; et s'il s'élevait quelque difficulté, je vous prierais de m'en donner avis avant que d'en venir à quelque éclat. Je serai toujours prêt à prendre des arbitres et à suivre leurs décisions.

Vos dispositions me charment, me dit-il; si vous les observez, nous serons amis; mais je vais les mettre à l'épreuve dans une occasion où les arbitres sont inutiles. Ceux qui possédaient le château que vous avez acheté ont usurpé sur mes ancêtres des droits que je réclame.

Instruisez-moi, lui dis-je, de la nature de ces usurpations. Si le mal peut se réparer et qu'il soit réel, je m'y prêterai volontiers.

Mon humilité apparente lui donna des armes qu'il ne crut plus devoir ménager. Vous êtes du pays, m'ajouta-t-il alors; mon nom vous est connu, comme je connais le vôtre. Je prétends aux droits honorifiques de l'église, et je ne crois pas que vous me les disputiez.

Les droits dont vous parlez, lui dit ma femme avec beaucoup de douceur, sont attachés à ma terre, et M. de la Vallée est obligé de les soutenir. Si vous croyez pouvoir les contester, il faut établir votre prétention, nous en montrer les titres, et nous nous ferons plaisir de vous les céder. De votre aveu, ceux de qui je tiens la terre ont possédé ces droits que vous nous disputez; j'ai acheté ce bien avec ses avantages : la nature et la justice veulent que je les conserve à ma famille, ou à ceux qui me suivront dans la possession de ce domaine.

C'est donc là votre résolution, lui dit-il en souriant; j'en suis bien aise : nous verrons si vous la soutiendrez. Nous plaiderons, madame, nous plaiderons, et nous verrons ce que le nom de la Vallée fera contre celui de Vainsac.

On pense bien que ce dernier ne fut prononcé avec un ton emphatique, que pour faire valoir la faiblesse dont on avait marqué le premier. Je sentis cette différence, et elle me choqua. La crainte de m'échapper me fit garder le silence.

En vain mon épouse, qui connaissait à fond tous les droits de sa terre, et qui joignait à l'art de se posséder une grande facilité de s'énoncer, voulut-elle employer toute son éloquence pour le ramener à la raison, et lui faire sentir la faiblesse de ses prétentions, elle n'en reçut d'autre réponse que : L'on verra, enfin cela est étonnant; M. de la Vallée disputera de rang avec Vainsac.

Cette reprise m'allait faire ouvrir la bouche, quand mon père, las de toutes ses fanfaronnades, crut devoir prendre la parole.

Il ne sera pas inutile de faire remarquer que sa tendresse le rendait plus épris de ma fortune que je ne l'étais moi-même; que d'ailleurs, si sa longue habitation dans le village lui en faisait connaître toutes les familles, une ancienne direction des biens du château lui avait appris tous les droits qui dépendaient de la seigneurie.

Eh ! parbleu, dit-il au chevalier, v'là bian du bruit : j'ons vu vos ancêtres au moins, monsieur de Vainsac; et Jean votre pare n'était pas si haut hupé que vous. Vous tranchez du grand, mais li allait tout bonnement; et quand j'nous rencontrions, par exemple, il me disait : bonjour, compare, comme te portes-tu ? Eh dame ! j'li parlions sans façon. Il n'a pas tenu à lui, voyez-vous ! que je n'ayons épousé votre sœur, monsieur de Vainsac; et Jacob serait votre cousin. Mais testigué, j'ons du nez, et je vîmes bian alors qu'on visait à notre bian et non à notre parsonne, et j'ons toujours fait le sourd. Allons, allons, boutez là, monsieur de Vainsac; et vous et moi, à peu de distance, c'est *queu-ci queu-mi : oui, oui, Colas votre grand-pare était aussi bon farmier que moi[1].

Cette petite harangue de mon père fit plus que toute l'éloquence de ma femme; et me satisfit parce qu'elle me vengeait d'autant plus qu'elle humiliait davantage mon adversaire. Il ne fut plus question de dispute entre nous, et nous nous séparâmes bons amis. Je passai encore huit jours dans cette terre, pendant lesquels j'eus le plaisir de rendre M. de Vainsac témoin de mon triomphe. Nous étions prêts à partir pour retourner à Paris, quand mon frère vint me prier de le laisser dans le château, en m'ajoutant qu'il désirait d'y fixer son domicile.

Je ne balançai à acquiescer à sa demande, qu'autant que je le crus nécessaire pour lui faire comprendre qu'il ne devait pas attribuer ma facilité à l'envie de me séparer de lui.

Avant de me mettre en route, je voulus engager mon père à quitter sa ferme, pour habiter ma maison où mon frère allait demeurer; mais toutes mes instances furent inutiles. Non, non, Jacob, me dit-il, nous autres gens du village, j'avons notre tran-tran, il faut nous le laisser suivre; j'mourrais si j'quittais mon usage. Je veux travailler tant que je vivrai.

Que cette noble simplicité, qu'aucun désir d'ambition ne traverse, a de charmes et de douceurs ! Quoique la fortune ait toujours semblé me prévenir dans tout ce que j'ai pu désirer, il m'est cependant permis de connaître cette opposition. Je suis homme, et l'expérience m'a appris que l'humanité revendique toujours ses droits. Oui, personne ne doute que je n'aie lieu d'être fort content de mon sort, et que Jacob, triomphant dans le lieu de sa naissance, devait être heureux; mais non, je ne l'étais pas; je commençais à goûter les biens de la fortune : cet avantage, en augmentant mes désirs, faisait croître mon tourment.

---

1. Ce paragraphe est écrit dans le patois traditionnel des paysans de l'Ile-de-France, tel qu'on le trouve, notamment, chez Cyrano de Bergerac, Molière, Dancourt, Dufresny et, à l'époque, chez Marivaux, Collé ou Favart. Duviquet le francise presque intégralement.

Je viens de dire que Jacob, triomphant dans son pays, devait être content. En effet, quoique quelques personnes pensent qu'un rustre qui sort de sa crasse devrait s'éloigner de son pays, parce qu'il s'ôte par ce moyen des sujets d'humiliation journalière, je crois cependant, après l'épreuve faite, que cette humiliation n'a rien de comparable au plaisir de voir courber devant vous ceux ou qui marchaient vos égaux, ou qui même croyaient vous honorer en vous donnant un coup de tête. Par exemple, y eut-il une amorce plus séduisante pour ma vanité, que de voir Vainsac, qui m'avait contesté des droits honorifiques, me venir rendre le lendemain des devoirs révérencieux ? Cette action était libre : mais je me flattais, à chaque courbette qu'il faisait à ma femme ou à moi, que je le faisais plier sous mon autorité, qui dès lors l'emportait sur la sienne. Ainsi je reviens de cette idée, et je pense que rien n'est plus flatteur que de paraître glorieux dans un lieu où l'on était confondu peu de temps auparavant. Qu'on me permette cette petite réflexion qui combat un sentiment reçu et accrédité, auquel je ne puis opposer que l'expérience, qui me paraît un argument sans réplique.

Je me disposais à partir le lendemain, quand M. de Vainsac vint me prier de lui accorder ma sœur en mariage : cette demande me surprit autant qu'elle me fit de plaisir. Je ne pus lui cacher ni mon étonnement ni ma joie.

Monsieur, lui dis-je, vous honorez beaucoup le nom de la Vallée de l'unir à celui de Vainsac... Ah ! vous êtes un méchant, me répondit-il, de me rappeler une vivacité que je ne cesse de me reprocher. Cette alliance, si vous l'agréez, vous assurera de mes dispositions à votre égard.

J'en serai flatté, repartis-je, et j'en parlerai à mon père et à ma sœur dans ce jour; car vous sentez que cette alliance doit premièrement plaire à l'une et être autorisée par l'autre.

Tout est prévenu, me dit-il; depuis longtemps j'ai cédé aux charmes de votre aimable sœur, et ma flamme lui est agréable. Monsieur votre père, que je quitte, y consent; mais il m'a conseillé de vous voir, il désire même votre aveu.

Votre nom le décide, lui dis-je, dès que mon père et ma sœur sont contents, et je ne partirai point d'ici que je n'aie vu votre union.

Nous nous rendîmes à la maison de mon père, M. de Vainsac renouvela ses instances auprès du vénérable vieillard dont les yeux s'inondèrent à l'instant de larmes de joie.

Oui, Jacob, me disait-il, tu pousses le bonheur en avant toi. Voilà ta sœur mariée; je ne souhaite plus que de voir tes enfants, et je mourrai content.

Cet arrangement pris, nous ne nous donnâmes le temps que de remplir les formalités, et M. de Vainsac devint le beau-frère de M. de la Vallée; et j'ose dire que l'agrément qui suit cette heureuse union, fait une des plus grandes félicités dont je jouisse dans ma retraite.

Quelques jours après, nous partîmes pour Paris avec les nouveaux époux. Nous voulions y faire prendre à la jeune femme un certain air du monde qui lui manquait, mais à l'acquisition duquel un petit penchant à paraître belle lui donna plus de facilité que je n'aurais osé imaginer.

Nous avions laissé mon frère à la campagne, qui peu de temps après perdit sa femme. M. de Vainsac acheta une charge chez le Roi. Tout ainsi prospérait dans ma famille, et je voyais chaque jour ma fortune prendre une nouvelle forme : et j'ose dire que je le voyais sans transport extraordinaire. Accoutumé à voir mes désirs s'accomplir, je n'eus plus d'ardeur pour en former. C'est alors que l'aisance dont je jouissais commença à faire paraître ses charmes à mes yeux. Je goûtais sans trouble cette tranquillité, quand ma femme vint la troubler par des idées de vanité qui lui étaient à la vérité permises, mais qui me causèrent quelque chagrin.

On sait que la personne que j'avais épousée était fille d'un financier fort riche, dont l'origine ne valait pas mieux que la mienne; mais son bien l'avait fait chercher en premières noces par M. de Vambures, et son alliance avec ce marquis l'avait liée avec tous les gens de cour. Cette union lui avait fait prendre un air et un ton de grandeur qu'elle aurait voulu soutenir. Elle m'aimait; mais elle m'aurait sans doute aimé davantage, si j'eusse pu réunir à mes traits et à mon caractère un nom plus décent et des ancêtres plus relevés. Pour moi, à qui la retraite dans laquelle vivait M<sup>lle</sup> Habert n'avait pas permis de faire de grandes connaissances, et dont la vanité n'avait point encore troublé le cerveau, j'étais satisfait de mon sort et de mon nom.

Cette différence de sentiments m'exposait souvent, de la part de ma femme, à quelques propositions ambiguës que je tâchais d'éluder : mais il est bien difficile de ne pas enfin donner quelque prise à une personne qui épie avec attention toutes les occasions de se déclarer. Un jour donc que nous raisonnions ensemble sur nos affaires, mon épouse et moi, elle me parut d'abord enchantée de la joie que me causait ma fortune : mais tout à coup elle tomba dans une profonde rêverie, je lui en demandai le motif d'une manière empressée.

Vous voyez, mon cher, me dit-elle, en quel état est notre fortune; elle ne peut être plus arrondie, et bien des gens de famille même pourraient l'envier. Les connaissances que vous prenez dans les affaires, par votre assiduité à vous y appliquer, me font espérer que vous la pousserez, cette fortune, aussi loin qu'elle peut aller : mais ce n'est pas tout.

Quoi donc ! lui dis-je : eh ! que faut-il encore ? Il faut faire un nom aux enfants que nous pouvons avoir, et vous leur devez un rang qui, plus que le vôtre, s'accorde avec le bien que vous leur laisserez. Les richesses vous font considérer, j'en conviens : mais la noblesse y donne un relief qui, quoique étranger, en relève infiniment l'avantage. Voilà ce que vous pouvez laisser à votre postérité et ce que j'ose vous prier de lui accorder.

Ce raisonnement me parut neuf. Qui suis-je donc, me disais-je à moi-même, pour ennoblir ma famille à ma volonté ? Je regardais ma femme, et j'étais tenté de croire qu'un petit dérangement d'esprit avait pu lui causer cette idée. D'ailleurs, j'avais une petite dose d'orgueil, mais elle n'était pas encore assez forte pour me fasciner les yeux au point de m'aveugler.

On se ressouviendra sans doute, que lors de mon mariage, je n'avais pu me résoudre à changer mon nom, et ici une femme que je croyais incapable de me tromper, me proposait de métamorphoser jusqu'à mon être, et de changer, pour ainsi dire, la nature du sang qui coulait dans mes veines. Il était roturier ce sang; je ne pouvais le communiquer que comme je l'avais reçu; et cependant on me parle de rendre purs les canaux les plus voisins d'une source bourbeuse !

Ma femme, qui voyait bien le combat qui se passait dans mon esprit, et qui croyait sans doute que la réflexion ne pouvait être qu'avantageuse à ses desseins, me laissa rêver sans me distraire, et aurait continué ce silence, en étudiant peut-être mes mouvements, si je n'eusse pris moi-même la parole.

Je vous avoue, lui dis-je, que je ne conçois point votre proposition. J'aurai toujours une déférence entière pour vos volontés; mais ici l'impossibilité de réussir règle mon éloignement à vous obéir. Je suis né au village, je ne puis rien changer à cet article. Suis-je donc le maître de faire qu'Alexandre la Vallée, fermier de Champagne, ne soit pas mon père, et, par conséquent, l'aïeul de mes enfants ? Tant que cela durera, je crois que, fils et petits-fils de roturiers, mes enfants seront renfermés dans la même classe.

Non, mon ami, me dit-elle, vous ne pouvez empêcher ce qui est fait : mais vous pouvez obtenir que vos enfants soient la tige d'une famille noble issue de Jacob la Vallée ennobli.

Eh ! par quels moyens, par quelles ressources, lui dit alors mon amour-propre, plus piqué de ne point voir de route au succès, que de la singularité de la proposition qui m'avait d'abord alarmé ?

Par votre argent, me répondit-elle. Comment par mon argent, lui dis-je ? Est-ce que la noblesse s'achète comme un cheval au marché ? J'ai cru, jusqu'à présent, que les nobles tenaient leurs rangs d'un partage ancien, dont, à la vérité, je ne pouvais bien découvrir ni la raison ni l'équité; car le sens commun me dicte que, tous les hommes étant nés égaux, aucun n'a pu, sans une usurpation tyrannique, établir cette distinction d'ordres que nous voyons parmi les hommes.

Vous avez raison, me dit-elle : mais si néanmoins vous réfléchissez, vous conviendrez facilement que la même justice, qui avait établi l'égalité dans l'origine, a mis par la suite cette disproportion qui vous surprend. J'avoue, poursuivit-elle, que le premier pas fait, quelques-uns, par des services importants, ont mérité cette distinction, qu'ils ont transmise à une postérité qui, en marchant sur leurs pas, a soutenu ce privilège; mais aussi combien parmi, je ne dis pas les simples nobles, mais les plus grands du royaume, qui ne doivent la grandeur et les titres qu'on leur a transmis, qu'à l'erreur, au caprice, à l'argent ou à d'autres motifs encore plus humiliants!

Vîtes-vous dernièrement ce duc ? si l'un de ses aïeux n'eût eu de la délicatesse dans les doigts, il n'aurait point le nom brillant qui le décore. Un marquis de votre connaissance, et que vous ne pouvez méconnaître, a mis dans sa ferme le seigneur dont, comme vous, il a acquis le domaine. Que vous dirai-je ? L'un prête des millions dans un besoin pressant, et il devient comte : l'autre achète une charge, et il efface son origine roturière en ennoblissant sa postérité. Si l'on voulait trouver de l'antiquité dans les races de ce pays, n'en doutez pas, me dit-elle, il faudrait quitter et Paris et la Cour, et en convoquant l'arrière-ban, il serait encore nécessaire de bien trayer [1]. L'on dira de vous comme des autres. Dans les commencements on sera surpris. Bientôt l'étonnement cessera, et l'on nommera vos enfants monsieur le baron, monsieur le chevalier, avec la même confiance qu'on dit à tant d'autres aujourd'hui monsieur le duc et monsieur le marquis, qui n'ont pas eu des principes de noblesse plus caractérisés que ceux que je vous propose d'acquérir.

Dès cet instant je commençai à ne plus combattre que bien faiblement les idées de mon épouse. Cette méthode, lui dis-je, me paraît singulière. Je croyais que la noblesse

---

1. « Plusieurs personnes prononcent treyé pour trier. C'est une faute. » (Furetière). On trouve cette forme *trayer* pour *trier* chez Saint-Simon.

était le prix de la valeur ou des travaux; mais, dès que vous m'assurez que ce sentiment est une erreur, je vous crois. On peut donc l'acheter. Mais, si je le fais ? (Connaissez le motif d'un reste de répugnance). Oui, vos propositions sont flatteuses, et si je balance, c'est que je crains d'être forcé moi-même de me dire cent fois le jour : ces gentils-hommes, que j'élève chez moi, sont fils de Jacob, conducteur de vin, valet, et noble enfin.

Quelque justesse que puisse avoir votre réflexion, reprit ma femme, c'est une grâce que je vous demande et que j'espère obtenir.

Après ces mots, je n'avais plus à répondre. Faites ce que vous voudrez, lui dis-je : je souscris à tout.

Qu'on ne soit pas étonné de ma complaisance et qu'on ne l'attribue pas à un excès d'ambition, contre lequel j'avais prévenu mon lecteur; car l'amour, plus que la vanité, arracha ce consentement. Si cependant on voulait trouver dans mon acquiescement quelque trace d'orgueil, devrais-je tant m'en défendre ? La gloire flatte, surprend et rend souvent fol : telle sera alors ma position. Enfin, quoi qu'il en soit, par les soins de ma femme, qui, malgré toute sa tendresse pour moi, portait impatiemment le nom de la Vallée, on découvrit une charge[1], j'en traitai, je l'obtins, j'en comptai l'argent, et j'eus par là le droit d'ajouter à mon nom : Ecuyer, Sieur de..., etc.

Quelques mois après cette métamorphose, mon épouse accoucha, et ce fut dans l'excès de joie que me causa cette nouvelle qu'elle me força d'ajouter à mon nom celui de la dernière terre qu'elle avait acquise, et bientôt, grâce à ses soins secrets, on s'habitua si bien à prononcer ce dernier nom, qu'on n'en connut plus d'autre dans la maison.

On doit s'apercevoir que la nécessité de suivre un fil d'histoire que je suis résolu de terminer dans cette partie, m'a fait oublier mes chers neveux. Je n'avais pas pourtant moins soin de leur éducation, et j'ose dire qu'ils répondaient parfaitement aux peines que leurs maîtres se donnaient.

---

1. Les charges qui servaient de « savonnette à vilain », comme celle de secrétaire du roi, étaient très chères.

J'avais lieu d'être satisfait de tous côtés, et pendant quinze ou seize ans que je passai à Paris, dans le seul embarras des affaires, je vis croître ma famille de deux fils et d'une fille. Ma femme leur fit donner une éducation proportionnée aux rôles que leurs grands biens leur permettraient de jouer un jour dans le monde. Mon bien s'augmentait en effet chaque jour : mes garçons faisaient des progrès infinis, et ma fille nous mettait dans le cas de découvrir chaque jour en elle de nouveaux charmes.

Ami aussi favorisé que père fortuné, le jeune homme que j'avais servi en arrivant à Paris, et que M. d'Orsan m'avait présenté, M. de Beausson (c'est ainsi qu'il se nommait), par ses rares talents, et par l'usage qu'il en faisait, me mettait dans l'heureuse nécessité de contribuer chaque jour à son avancement.

Il venait assidûment chez moi et je l'y voyais avec plaisir. Un caractère doux, liant et gai, lui gagna l'amitié de chacun. Sa figure était gracieuse, j'ose avancer qu'il méritait la fortune que la dissipation de ses parents lui avait fait perdre, et que mon attachement lui fit obtenir. Ce jeune homme était de toutes nos parties, et nous le regardions comme un enfant de la maison.

Quand je résolus de faire quitter à mes neveux les études, pour les mettre dans des postes qui décidassent leur fortune, je les engageai à se lier d'amitié avec M. de Beausson. Les grâces que ce cavalier mettait dans tout ce qu'il faisait, lui attirèrent bientôt le cœur de mes neveux, et j'en eus une joie bien sincère; car je savais que souvent la fortune, et presque toujours le caractère des enfants, dépendent des premières liaisons qu'ils forment.

On conçoit assez que la situation de leur père ruiné par les dissipations de leur mère ne leur permettait pas de se soutenir dans le monde, s'ils ne décidaient eux-mêmes leur fortune. J'avais des enfants, et ces enfants ôtaient à mes neveux toute prétention sur mon bien. Je résolus donc de les accoutumer de bonne heure au travail. Je leur proposai d'entrer dans mes bureaux sous la conduite de M. de Beausson. L'aîné y consentit volontiers, et se montra bientôt né pour les plus grandes affaires. Mais quelle fut ma douleur

de voir le cadet se révolter avec hauteur contre cette disposition prudente ! Que voulez-vous donc faire ? lui dis-je.
Je n'ai de goût que pour les armes, me dit-il, et je serais
peu propre à piquer l'escabelle[1].

Cette inclination ne me parut qu'une saillie de jeunesse,
dont je le ferais revenir aisément; car, outre une aimable
physionomie, qui annonçait beaucoup de douceur, je remarquais en lui un caractère de réflexion qui me promettait
de le faire entrer dans mes raisons.

Je ne blâme point, lui dis-je, l'ardeur qui vous fait
souhaiter de courir une carrière honorable, mais tout
combat vos idées, mon cher neveu. Votre naissance est
obscure; le relief que j'ai été obligé de donner à la mienne
ne me relève pas beaucoup : mais il ne fait rien en votre
faveur, puisqu'il vous est totalement étranger.

Je le sais, me répondit-il; mais c'est à moi d'obtenir
par mes actions ce que la nature m'a refusé.

C'est fort bien pensé, repris-je. Mais, vous le savez, le
service militaire dans notre patrie est le sentier où court la
noblesse; et sans cet avantage, obligé de vivre ou d'être
en concurrence avec elle, vous serez journellement en butte
à mille nouvelles disgrâces. Dans le choix de deux personnes
qui se seront également distinguées, le noble obtiendra la
préférence sur vous. Vous croirez voir de l'injustice, où
l'équité seule aura parlé : vous êtes vif, et peut-être la chaleur
vous exposera à quelque folie, qui, en vous forçant de vous
expatrier, vous ruinera. Mais, pour ne vous rien déguiser,
mon cher neveu, vos services mêmes, si vous êtes assez
heureux pour en rendre, sans concurrence, sans rivalité,
se trouveront obscurcis par votre origine; et si vous par-
venez, vous irez lentement où d'autres arriveront à pas de
géant, sans avoir d'autres droits à faire valoir que des par-
chemins à demi rongés que leur auront transmis leurs aïeux.
Eh bien ! ce sera à moi, me dit-il, à brusquer les occasions
et à savoir les mettre à profit.

---

1. Cette expression rare (elle est enregistrée sans exemple dans
Littré) signifie évidemment « travailler dans des études sur un escabeau »,
de même que *piquer le tabouret* signifiait « attendre assis sur un coffre
ou un tabouret dans l'antichambre d'un grand ».

Ces paroles, prononcées avec vivacité, me dénotèrent son caractère. Je vis que sous une apparence de douceur il voilait un naturel opiniâtre que j'aurais peine à vaincre. Je crus cependant le faire revenir par une raison dont l'usage du monde me faisait voir la solidité autant que la vérité.

Le service, lui dis-je, ne convient qu'à deux sortes de gens en France, aux riches et aux nobles indigents[1]. Ceux-ci n'ont point d'autres ressources, et leurs noms sont les garants de leur avancement. Ceux-là savent forcer la faveur, en prodiguant leur argent. Vous n'êtes ni dans l'une ni dans l'autre de ces classes : que prétendez-vous donc faire ?

Suivre le parti pour lequel je me sens de l'inclination, me dit-il.

Nous étions dans cette contestation, et j'étais prêt à me servir de l'autorité que mes bienfaits me donnaient sur ce jeune homme, quand M. Dorsan survint. Après les compliments ordinaires, je lui fis part de la conversation que j'avais avec mon neveu. Je ne doutais pas qu'il n'entrât dans mes vues. J'étais persuadé qu'élevé dans le service, il devait sentir assurément mieux que personne la solidité de mes raisons. Qu'on juge donc si je fus étonné, quand j'entendis sa réponse.

L'envie de votre neveu, dit-il, est louable; il faut la satisfaire, et je me charge de lui rendre service : combattre les inclinations des jeunes gens, c'est les fortifier. Je ne voudrais pas cependant, ajouta-t-il, souscrire à toutes leurs volontés. Il faut leur faire envisager le bien et le mal d'un état : mais alors, s'ils persistent, laissez-les juger par eux-mêmes. Si c'est une simple velléité, elle échouera contre le premier obstacle; si, au contraire, c'est un penchant déclaré, les remontrances ne seront pas plus fortes que les peines pour les en détourner.

Mais, monsieur, lui dis-je, sans fortune, sans nom, que fera-t-il ?

---

1. On achetait encore des compagnies sous Louis XV, et ce n'est qu'à partir de 1781 qu'il fallut faire preuve de quartiers de noblesse pour devenir sous-lieutenant. A tous les échelons, une rivalité existait entre nobles et non-nobles, petite noblesse et noblesse de cour.

Eh ! pourquoi, reprit ce seigneur, n'avancerait-il pas comme mille autres ? Avec de la conduite et de la valeur, on fait oublier sa naissance, et l'on parvient dans le métier des armes comme en tout autre. Il n'est pas lucratif, dans sa position; il est long ordinairement, je l'avoue : mais votre neveu est jeune, il est prudent, il peut espérer. Je n'ai rien de vacant dans mon régiment; mais, si vous voulez lui fournir de quoi vivre en garnison, je le prendrai pour cadet, et dès qu'il se présentera quelque occasion de l'obliger, il pourra compter sur moi.

Les bontés dont ce seigneur ne cessait de m'accabler, me firent regarder ces paroles comme autant de lois qui forçaient mon obéissance. Je ne trouvai plus de termes pour combattre les desseins de mon neveu; je n'avais de voix que pour marquer à son bienfaiteur et au mien une reconnaissance aussi légitimement due.

Je venais de faire retirer mon neveu, quand ma femme parut. Veuve en premières noces d'un militaire distingué, elle fut d'un nouvel appui pour M. Dorsan. Elle remercia ce seigneur dans des termes qui marquaient toute sa joie. Monsieur, me dit-elle, votre neveu mérite votre estime et nos soins. Je serais étonnée que vous vous opposassiez à ses desseins. Il se tirera d'affaire, notre fortune nous permet de l'aider, et je vous promets d'avance de souscrire à tout ce que vous ferez pour son avancement.

Je me suis chargé de son avancement, reprit M. de Dorsan, et permettez-moi, madame, dit-il à ma femme, de vous envier cette gloire.

Mais si nous venions à lui manquer, ma femme et moi, dis-je à M. de Dorsan, quelle serait sa ressource ? Car il n'a pas d'espérance du côté de son père.

Nous ne manquerons pas tous à la fois, reprit M. de Dorsan : mais d'ailleurs, depuis que je sers, j'ai toujours vu les gens sans fortune prospérer où l'opulence a échoué. Ébloui par ce principe, je ne voudrais pas cependant recevoir tout le monde sans distinction. Il faut tâcher que les compagnons d'un homme que nous mettons en place, n'aient point à rougir de se trouver avec lui. Votre neveu n'est point connu, ou il ne l'est que par vous. Votre état d'opulence en imprime[1], et cela suffit pour qu'il puisse paraître dans un régiment. En un mot, je le prends et je me charge de tout, s'il persiste dans sa résolution.

Dès lors, ce fut un parti décidé que mon neveu apprit avec des transports que je ne pouvais souffrir qu'avec quelque sorte d'impatience; mais il fallut se résoudre à le faire partir, et comme la suite n'eut rien d'extraordinaire que son mariage, avant que cette circonstance vienne, je me contenterai de dire ici que M. de Dorsan ne tarda pas à lui procurer de l'emploi, et que chaque jour ce seigneur se flatte de l'avoir dans son régiment[2].

Mon autre neveu se livra tout entier à la finance sous les yeux de M. de Beausson, dont le rapport flatteur me faisait plaisir.

Mes enfants grandissaient, et je ne négligeais rien de tout ce qui pouvait contribuer à leur éducation. Quoique Paris nous offrît des écoles célèbres, où ces jeunes gens pouvaient prendre les teintures de toutes les sciences, conduit par le conseil des personnes sages, je crus devoir leur procurer chez moi des maîtres en tout genre. L'émulation, me dit-on, peut faire beaucoup sur de jeunes cœurs; mais l'œil du père, joint aux soins d'un maître particulier, dont le nombre des disciples ne partage point l'attention, sont des moyens bien puissants pour décider le progrès des jeunes gens.

Je ne sais si cette réflexion qu'on me suggéra, sera également approuvée par tout le monde; mais l'expérience m'a convaincu de sa justesse. En effet, mes fils avancèrent avant l'âge, et ils n'avaient pas encore seize ans, quand je me vis en état d'égayer leurs études sérieuses par des occupations plus amusantes.

---

1. L'expression est bizarre, et on serait tenté de corriger *imprime* en *impose*, si on ne savait que le continuateur est accoutumé à de telles impropriétés.

2. Nouvelle impropriété. Avec un complément d'action, verbe ou infinitif, le verbe *se flatter* ne signifie, comme le dit Littré, que « s'entretenir d'une espérance ». Comparer l'emploi de *flatteur* un peu plus bas.

Je les envoyai à l'académie[1]. A cette nouvelle, si l'aîné tressaillit[2] de joie, le cadet y parut peu sensible. Leur caractère en effet était très différent. Celui-là avait un caractère vif et saillant, son esprit était pénétrant, les difficultés dans les sciences ne semblaient se montrer que pour donner de nouvelles preuves de sa pénétration. L'autre avait moins de brillant; mais il paraissait avoir plus de solide. Un esprit de réflexion le rendait sombre et taciturne; mais, dans l'occasion, il n'était ni moins gai, ni moins éclairé que son frère.

Cette différence de caractères me faisait attendre avec impatience l'âge où chacun serait en état de prendre un parti; car je croyais impossible qu'avec des tempéraments si opposés, ces enfants eussent les mêmes inclinations.

Je voyais avec plaisir l'amitié intime qui les unissait à Beausson. Ma fille était un parti considérable; mais quoique douée d'une beauté merveilleuse, et d'un esprit délicat et délié, elle paraissait d'un naturel insensible qui m'alarmait. L'admiration qu'elle causait, lui procurait un nombre d'adorateurs que sa froideur rebutait bientôt. Je ne pouvais en découvrir l'origine.

M. de Beausson la voyait à la vérité assidûment; je m'apercevais bien qu'il était le seul que ma fille distinguât; mais j'attribuais cette confiance à la préférence naturelle qu'une fille doit et accorde à un jeune homme qui dès l'enfance a fait le métier de complaisant auprès d'elle. Lui-même, dans sa conduite, ne me laissait apercevoir qu'un cœur reconnaissant des obligations qu'il croyait m'avoir, et qui tâchait de m'exprimer ses sentiments par un attachement entier à tout ce qui pouvait m'appartenir.

Je ne pouvais donc pénétrer ce qui se passait dans ces deux cœurs, quand ma femme crut devoir m'avertir qu'elle trouvait dans sa fille un air de rêverie et de distraction qui

---

1. Moyennant une pension, les jeunes gens se préparaient au métier des armes dans les académies où ils apprenaient les armes, l'équitation, la danse, les mathématiques et des éléments de langues vivantes.

2. Le continuateur avait écrit *tressailla*, que nous corrigeons.

s'accordait mal avec l'enjouement ordinaire de son esprit.

Je n'y fis pas d'abord attention, parce que cette enfant sortait d'une indisposition qui pouvait lui laisser quelque faiblesse qui l'attristât; mais à force de m'entendre répéter par ma femme ce que ses remarques journalières lui faisaient soupçonner, je résolus de sonder ma fille, bien décidé de ne rien faire qui pût contraindre ses désirs. Je la fis venir.

Qu'avez-vous donc, ma fille, lui dis-je ? votre état nous inquiète. N'êtes-vous pas bien remise de votre maladie, ou quelque chagrin causerait-il cet air abattu et rêveur dont ma tendresse est alarmée ?

Je suis en bonne santé, me dit-elle; mais il m'est resté de ma maladie une certaine langueur que je ne puis vaincre. Je m'en veux mal à moi-même; mais il ne m'est pas possible de me surmonter. Au reste, cela passera, et ne mérite pas de vous inquiéter.

On fait ce qu'on veut sur soi, repris-je, et un esprit trop réfléchi cadre mal à votre âge. D'ailleurs, je vous ai toujours vue si gaie, je pourrais même vous dire si folle, lui ajoutai-je en riant, que je ne puis, sans être alarmé, voir un changement si total. Votre mère s'en est aperçue, et n'en est pas moins inquiète : ne me cachez pas le motif qui vous chagrine, et soyez persuadée que nous ne voulons que votre bien et votre satisfaction.

On sait, d'après ma conversation chez le président, qu'en parlant j'ai l'usage d'étudier les contenances et les yeux des personnes auxquelles j'adresse la parole : je me servis ici de tout mon art pour pénétrer ma fille; mais, je dois l'avouer, si une rougeur légère qui couvrit son visage ne m'échappa pas, si je vis même que mon discours lui avait fait d'abord desserrer les lèvres pour me parler avec confiance, sans doute, je ne pus en tirer les lumières que j'en espérais, quand je l'entendis me répondre en ces termes :

Que voulez-vous que j'aie à mon âge ? Je n'ai d'autre dessein que de vous obéir, et j'en fais toute mon occupation. Je sens et je vois mon changement moi-même. Il vous chagrine, j'en suis au désespoir; mais je ne puis l'attribuer qu'à ma faiblesse, et il faut espérer que le temps...

J'allais l'interrompre, et je me flattais de la forcer à

rompre le silence, en lui montrant que je n'étais pas dupe de ses détours, quand on m'avertit que M. de Beausson demandait à me parler. Je le fis entrer, ma fille se retira; mais malgré leurs précautions, cette rencontre imprévue jeta sur leurs visages un trouble qui avait des motifs bien différents, et qui m'aurait pu donner quelques soupçons, si Beausson ne m'eût abordé par ces mots :

Je suis mortifié que mademoiselle se soit trouvée ici, quand on m'a introduit. Je venais vous parler en secret de monsieur votre neveu, et il était important que personne ne me vît.

Ma fille est capable d'un secret, lui dis-je, en le lui recommandant; mais de quoi est-il question ?

La confiance dont vous m'honorez, reprit-il, et les bontés que vous avez pour moi, m'obligent à ne vous rien cacher. Votre neveu ne travaille plus : il paraît depuis deux mois plongé dans une mélancolie étonnante, et rien ne peut l'en tirer. Devant mon oncle je me cache, m'a-t-il dit; mais je ne puis me déguiser quand je suis hors de dessous ses yeux.

Quoi ! me dis-je alors, ma fille, mon neveu, tout me craint ! j'en suis mortifié. Mais en parlant à M. de Beausson, je lui demandai s'il avait percé le motif de l'inquiétude de ce jeune homme.

Je crois l'avoir deviné, me répondit-il, d'un air également abattu et touchant, par un hasard qui peut vous être avantageux, si ses desseins ne s'accordent pas aux vôtres. Ce matin, en cherchant sur la table de votre neveu un papier dont j'avais besoin pour vos affaires, j'ai trouvé un portrait qu'il doit avoir oublié par suite de distraction. Je savais bien qu'il aimait, ajouta Beausson; mais je n'avais garde de soupçonner l'aimable objet qui cause sa passion. Je n'ose vous en dire davantage.

Un certain frissonnement me passa dans les veines. La conformité qui se trouvait dans les conduites de mon neveu et de ma fille m'effraya. Je tremblai de pousser plus loin l'éclaircissement; mais bientôt je pris la résolution de tout savoir, et ce ne fut qu'en balbutiant que je priai M. de Beausson de me nommer la personne qui avait donné tant d'amour à mon neveu, s'il la connaissait. Oui, monsieur, me dit-il, en poussant un grand soupir ! Mais quoi ! lui dis-je, un peu revenu à moi-même, qui peut donc tant vous attrister ? Mon neveu a de l'esprit et des sentiments, cette personne pourrait-elle le faire rougir ? Si le cœur lui parle pour elle, il est sûr de mon aveu. Il n'est pas riche; si la demoiselle a du bien, il marchera sur mes pas, et ce portrait m'est d'un bon augure.

Ah ! reprit-il vivement, si vous saviez le nom de cette adorable personne, vous cesseriez, je crois, de traiter si légèrement un sujet qu'un intérêt peut-être trop vif... (Il s'arrêta, pour voir sans doute si je le devinais, mais je ne l'étudiais même pas, et un instant après il ajouta :) que l'intérêt que je prends à votre repos m'empêche de nommer. Nommez, nommez, lui dis-je avec inquiétude. Vous me l'ordonnez, reprit-il, et je dois vous obéir. C'est votre fille... Ma fille ! m'écriai-je, et je restai sans mouvement dans mon fauteuil.

Oui, votre fille, me dit-il; jugez si je devais craindre de la trouver ici.

Mon neveu amoureux de ma fille ! repris-je. Hélas ! quelle bizarrerie dans l'amour ! A peine se sont-ils vus ? Mais auriez-vous, lui dis-je, quelques autres preuves de ses sentiments et sauriez-vous si ce jeune homme aurait eu la témérité de déclarer sa passion à l'objet qui l'a fait naître ?

Je ne puis là-dessus vous rien dire de plus, me répondit-il, et le portrait est le seul témoin qui puisse déposer.

Je me ressouvins alors que j'avais le portrait de ma fille en miniature, je le cherchai et je le trouvai à sa même place. Dès lors la preuve me parut convaincante : car, me disais-je, il ne peut avoir son portrait sans qu'elle ait souffert qu'il l'ait fait peindre. Ils sont donc d'intelligence, et c'est là la source de cette honte qui empêche ma fille de s'expliquer sur les motifs de sa langueur. Que je suis malheureux !

M. de Beausson, que ces mots accablaient, et auquel ses sentiments secrets pour ma fille ne permettaient pas le moindre soupçon qui pût lui être injurieux, voulut en vain me faire entendre que mon neveu pouvait avoir obtenu ce portrait par adresse; rien ne put me calmer.

Je ne voyais ce projet d'alliance qu'avec horreur. Je priai mon ami de ne rien témoigner à mon neveu, mais de l'amener dîner chez moi dans le jour, étant bien résolu d'avoir un entretien avec lui, où je pénétrerais tout ce mystère.

Quand M. de Beausson se fut retiré, je demeurai dans un abattement entier; car plus on est fait aux faveurs de la fortune, et moins on peut soutenir ses disgrâces. J'étais plongé dans une rêverie si profonde, que ma femme était entrée dans mon cabinet sans que je m'en fusse aperçu. Ayant un instant après jeté les yeux sur elle, je lui dis :

L'auriez-vous cru, ma chère ? Eh ! quoi donc ? me dit-elle. Notre fille... repris-je, et je m'arrêtai pour attendre sa réponse. J'étais un homme si fortement prévenu de mon secret, que je croyais que chacun devait le savoir, avant que je le découvrisse.

Je ne comprends rien, dit-elle, à votre abattement. Vous est-il arrivé quelque chose de fâcheux ? Et Beausson qui sort...

Il n'est point question de lui, repris-je vivement. Ma fille ! mon neveu ! Ah, Dieu !...

Que voulez-vous dire ? reprit ma femme, qui commençait à deviner le motif de ma douleur. Cela ne peut être, monsieur : achevez, je vous prie.

Je lui racontai alors tout ce que je venais d'apprendre, et je lui fis part de mes desseins. Elle les goûta et me promit de me seconder, en sondant sa fille. Elle m'engagea à ménager l'esprit de mon neveu qui était violent, et qui, s'il venait à découvrir la trahison que lui avait fait son ami, pouvait nous causer quelque nouveau chagrin. Je le lui promis, et elle crut me devoir aider de ses lumières sur la conduite que j'avais à tenir, mais que mon chagrin m'empêcha de bien suivre.

Mon neveu vint, et après le dîner je me retirai avec lui dans mon appartement. Je lui demandai d'un air gai en apparence s'il était content de son sort; il me répondit d'un air froid qu'il en était fort satisfait.

Pourquoi donc, lui dis-je, ne vous voit-on plus dans nos assemblées, ou pourquoi, quand vous y êtes, y paraissez-vous si distrait ? A la campagne on ne vous voit qu'aux heures des repas; et à Paris, vous choisissez pour vos promenades les lieux les plus solitaires.

Je ne pourrais pas, me répondit-il, vous rendre bien compte des motifs d'une conduite qui doit vous paraître bien bizarre à mon âge. Je crois que tout cela est machinal et sans dessein décidé.

Vous tremblez de vous expliquer avec moi, lui dis-je ! Qu'est donc devenue cette confiance que vous me devez ? Je vous aime comme j'aime mes propres enfants. Parlez-moi avec cette cordialité qu'un père doit s'estimer heureux d'obtenir, et qu'un ami a droit d'exiger. Oui, mon cher neveu, ajoutai-je, je ne vous crois pas insensible...

Ah ! qu'allez-vous penser, reprit-il avec vivacité : excusez si je vous interromps; mais en vérité pouvez-vous concevoir qu'un homme sans fortune, sans espoir, puisse se permettre de prendre de l'amour ?

Eh ! pourquoi, lui dis-je ? Je ne vous en ferais point un crime. Mon exemple sert à autoriser vos sentiments, et je puis vous avouer que la règle que j'ai suivie moi-même sera celle que j'observerai pour l'établissement de mes enfants et pour le vôtre.

Cette apparence d'approbation générale des sentiments qu'il pouvait avoir pris le charma. La joie éclata sur son visage, bientôt un mouvement de doute s'éleva dans son âme. Il appréhenda sans doute de voir un piège dans ma facilité. Je le vis consulter mes yeux pour y démêler ce qui se passait dans mon âme. J'affectai un air tranquille. Il crut en devoir être content; car avec un transport qui eut lieu de m'étonner, il me dit :

Je puis donc vous avouer sans rougir les sentiments que votre aimable fille a fait naître dans mon cœur. Oui, je l'adore, et rien ne peut me faire changer.

Sa hardiesse me terrassa, et quoique je dusse m'attendre à cette ouverture, je ne pus l'entendre sans la plus vive douleur. Je restai interdit et je n'avais pas la force de lui répondre. Il n'avait plus lieu de feindre, et regardant ce moment comme un instant décisif, il se jeta à mes pieds, et en fondant en larmes, il me déclara que sa fortune et ses jours dépendaient du succès de sa tendresse.

Quoique ma femme m'eût dit de ménager ce caractère altier, je sentis qu'il ne m'était plus possible de suivre ses avis. Je l'avais laissé aller trop avant, et il est certain que je n'avais pas eu assez d'éducation, ni pour manier de pareils esprits, ni pour suivre avec avantage de semblables situations. J'aurais dû me faire accompagner par mon épouse; sa prudence m'aurait été fort nécessaire pour, dans le commencement de l'entretien, ménager tellement mon neveu que je le forçasse à m'en dire assez pour m'éclairer, sans le mettre dans le cas de s'expliquer trop clairement; mais le mal était fait, et il était question de le réparer.

Après avoir réfléchi un instant sur les dangers auxquels expose souvent une sotte présomption de soi-même, je crus voir qu'il n'y avait plus rien à épargner; et prenant un air surpris et un ton ferme, je dis à ce jeune homme, que l'incertitude rendait immobile, pâle et défait :

Est-ce donc là le prix de mes soins ? Pouviez-vous sans rougir vous laisser aller à une folle passion qui vous maîtrise moins qu'elle ne vous déshonore ? Quoi ! vous pretendez devenir l'amant de ma fille, vous que la nature a fait son cousin ? Avez-vous bien pu penser que j'y donnerais mon aveu ? Ne vous en flattez pas, lui dis-je d'un ton décidé. Je ne contraindrai pas vos inclinations, je dis plus : je les seconderai de tout mon pouvoir, si votre choix ne doit pas faire frémir la vertu. Ce sera à vous et à moi à suppléer au reste. Votre idée décidera des charmes de l'objet que vous adorerez, et je ne les combattrai point. Ma fortune et les occasions que mon état présent me mettent en main me permettront toujours de vous faire un sort heureux. Mais si vous voulez mériter mes soins, abandonnez un dessein auquel rien dans le monde ne peut me faire consentir. Pour ménager votre gloire, je cacherai, autant à ma femme qu'à ma fille, un sentiment qui les révolterait également, et vous ferait perdre leur estime.

Ah ! ma cousine connaît mes idées, me dit-il, et sa façon de penser ne s'accorde que trop avec votre rigueur. Oui, tout se réunit contre moi pour consommer ma disgrâce. Tant mieux, lui répondis-je, et travaillez d'après ces lumières pour ne pas exciter sa haine et ne pas armer ma colère contre vous.

Mon neveu me quitta pénétré de la plus vive douleur. J'appelai M. de Beausson, je lui racontai succinctement ce qui venait de se passer, et je le priai de courir après le jeune homme, et de ne pas l'abandonner dans un instant aussi critique; il y vola avec zèle.

Je demeurai dans la plus cruelle perplexité; car tous les soupçons que m'avait fait prendre ma fille de l'état de son cœur se réunissaient sur mon neveu. Je ne voyais que lui capable, par sa témérité, d'avoir allumé dans ce jeune cœur des feux que rien ne pouvait me faire approuver. Ce jeune homme, en m'apprenant le feu criminel qui le brûlait, me faisait trembler d'être éclairci des motifs de la langueur qui consumait ma fille. Dans le dessein de calmer mon inquiétude, je me rendis à l'appartement de ma femme, tant pour lui rendre compte de ce que j'avais fait, que pour savoir si elle avait découvert quelque chose.

Elle me blâma avec raison sur l'imprudence avec laquelle j'avais moi-même mis cet amant téméraire dans le cas de me déclarer sa passion. Il n'aura plus de ménagements, me disait-elle; sa naissance lui donne droit dans votre maison : vous ne pouvez lui en défendre l'entrée, et sa pétulance lui fera regarder cet accès forcé comme un aveu tacite que vous donnez à la recherche qu'il prétend faire de votre fille. Vous voudrez un jour vous y opposer, mais il ne sera plus temps. Si vous lui en parlez alors, il se sera rempli la tête de mille exemples pareils, moins fondés sur l'ordre que sur un abus de ce même ordre. Que lui direz-vous ?...

Je sentis la force des raisons qu'elle m'alléguait : mais, avant de prendre un parti, je voulus savoir ce qui se passait dans le cœur de ma fille.

Votre fille, me dit mon épouse, a eu moins d'avantages auprès de moi, que votre neveu n'en a gagné auprès de vous. Elle a cru me tromper. Elle s'en flatte encore, mais j'ai découvert deux choses, dont l'une est importante à votre tranquillité, et dont l'autre demande de la prudence pour l'éclaircir entièrement.

Premièrement, cette enfant n'a nuls sentiments pour votre neveu. J'ai trouvé dans ses réponses à ce sujet tant de sincérité, que je n'ai point craint de lui demander comment ce jeune homme avait pu avoir son portrait. Elle en a paru également étonnée et courroucée. Il faut, m'a-t-elle dit, qu'il l'ait pris à mon père, ou qu'il ait fait copier celui qui est entre ses mains. Voilà ce qui doit nous tranquilliser, et la petite personne n'a certainement pas pu m'en imposer.

Ce que vous me dites, répondis-je à mon épouse, s'accorde assez avec ce que m'a avoué mon neveu ; mais suivant ce que vous me rapportez, ma fille paraît ignorer la passion qu'elle a fait naître, et cependant mon neveu m'a déclaré qu'elle connaissait les sentiments qu'il avait pour elle.

Je conviens que cette circonstance m'alarme comme vous, reprit cette dame ; mais peut-être cet aveu n'est-il que déplacé dans son récit. Je vais suivre le détail de mes découvertes et vous en jugerez... J'ai cru m'apercevoir, ajouta-t-elle, que votre fille aimait ; mais quel est l'objet de cette tendresse, je n'ai pu le savoir. Ses soupirs m'ont plus instruit que ses paroles. Comme j'insistais, elle a cru devoir m'avouer qu'elle voyait une personne avec plus de complaisance que les autres, sans pouvoir bien démêler si ses sentiments de prédilection devaient être attribués à l'amour. Je lui demandai alors si elle croyait avoir fait la même impression sur l'esprit de la personne qu'elle chérissait.

Elle m'a répondu qu'elle ignorait son pouvoir à cet égard, mais qu'elle avait trouvé un jour une lettre fort tendre sur sa table, et qu'elle l'avait soupçonnée de cette personne. Elle me la remit aussitôt.

Je la pris des mains de ma femme : mais je ne pus, non plus qu'elle, en reconnaître l'écriture.

J'allais sûrement, continua ma femme, arracher à l'obéissance de ma fille le nom de celui qu'elle aime, quand M. Dorsan, vous sachant en affaires, est venu m'apporter une lettre de votre neveu, qui nous demande notre consentement, pour terminer une alliance considérable qu'il est près de faire dans sa garnison.

Notre réflexion se porta sur tous ceux qui venaient à la maison. J'avoue que Beausson se présenta mille fois à mon imagination ; mais, comme je ne lui voyais qu'un empressement ordinaire, je ne m'y arrêtai point ; enfin je proposai à mon épouse d'interroger de nouveau sa fille.

Non, monsieur, me dit-elle, ce serait mal nous y prendre; le premier pas est fait, cette enfant aura réfléchi sur mes démarches et sur ses réponses, et cette réflexion ne peut la conduire qu'à chercher les moyens de se rendre impénétrable. Croyez-moi, à l'abri de cette première ouverture, elle me pensera satisfaite, quand je me tairai; et bientôt, parce qu'elle ne m'aura pas totalement instruite, elle ne se ménagera point. Il nous sera facile alors, en étudiant ses pas, ses yeux même, de nous satisfaire sur ce point. Je vous avoue que tous mes soupçons s'arrêtent sur M. de Beausson. Nous partons incessamment pour la campagne; c'est là où je prétends achever de la découvrir.

En effet, quelques jours après, notre voyage fut résolu. Ma femme voulut que Beausson fût de la partie, et se chargea d'annoncer à ma fille que ce cavalier nous accompagnerait. La petite personne reçut cette nouvelle avec une indifférence qui aurait dérangé toutes nos idées, si, au moment du départ, un air de satisfaction qui éclata sur son visage, en le voyant, ne l'eût trahie.

Nous arrivâmes à ma terre, où je vis bientôt que, quoique Beausson parût avec sa gaieté ordinaire, un trouble secret le dévorait. Je remarquais que chaque matin il sortait du château, et n'y entrait qu'à l'heure où ma fille était visible. Je pris le parti de le suivre un jour, et de tâcher d'obtenir qu'il me dévoilât son secret, mais nos amants m'en offrirent eux-mêmes l'occasion.

En effet, le lendemain matin, ayant vu sortir ma fille, qui s'enfonçait dans un petit bois du jardin, je pris la résolution de la suivre. J'allais la joindre, car elle s'était assise et paraissait rêver profondément, quand je vis Beausson sortir d'un cabinet avec l'air extrêmement abattu. Je soupçonnais un rendez-vous; mais, en accusant l'un de témérité et l'autre d'indiscrétion, je faisais tort et à l'un et à l'autre. Cette promenade, qui me paraissait concertée, n'était qu'un effet du hasard, ou, pour mieux dire, de la situation de leurs âmes.

Beausson, en effet, allait gagner une allée pour se retirer, quand un bruit que fit ma fille pour tirer un livre de sa poche obligea ce jeune homme à tourner la tête. Il aperçut sa maîtresse. Il revint sur ses pas, et l'aborda avec un air confus. Quel bonheur, lui dit-il, mademoiselle, me procure l'avantage de vous trouver en ce lieu ? et n'y aurait-il point d'indiscrétion de vous demander le motif qui vous rend si solitaire ?

L'agrément de prendre le frais, lui dit-elle en se levant, m'a fait venir ici, et le plaisir d'être seule un instant règle ma solitude.

Eh ! quoi, s'écria-t-il aussitôt, auriez-vous quelque sujet de chagrin ? Vos yeux semblent encore mouillés de larmes que vous venez de verser.

Je crois que vous vous trompez, lui répondit-elle en baissant la vue; et, d'un air un peu plus gai, sans me paraître plus libre : je vis fort contente, ajouta-t-elle.

Que votre sort est charmant ! poursuivit-il, je n'envie point votre satisfaction. Je l'achèterais même aux dépens de la mienne; mais hélas ! je n'en ai point ni n'en dois espérer : que vous sacrifierais-je donc ?

Je n'entends rien à ce discours, lui dit ma fille.

Je me hasarderais à vous en découvrir le sens, reprit Beausson, si je ne craignais de vous déplaire : mais...

Ce qui vient de votre part, reprit-elle, ne me peut déplaire; et ce qui vous intéresse me touche véritablement.

Ah ! charmante la Vallée, reprit l'amant comme un homme étouffé, m'est-il permis d'ajouter foi à ce discours ? Il est un mortel d'autant plus digne de vous charmer qu'il vous touche de plus près...

Ma fille, rougissant de fureur, en voyant que Beausson était instruit de l'amour de son cousin pour elle, l'interrompit sur-le-champ. Que prétendez-vous dire, monsieur, lui dit-elle ? Sachez au moins me respecter, et ne point me mettre de moitié dans une ardeur criminelle que je ne protégerai jamais, et que je déteste, depuis que je la connais.

Daignez pardonner cette erreur, répondit-il, à un homme qui n'est coupable que par suite de sentiments qui seront peut-être aussi malheureux.

Ma fille, présageant sans doute le dessein de Beausson, et sentant sa faiblesse, se levait pour s'en aller, quand cet amant, jaloux de ne pas laisser échapper cette occasion favorable, se précipita à ses genoux, en saisissant une de ses mains.

Oui, je vous adore, belle la Vallée, lui dit-il; la connaissance que j'avais des sentiments de votre cousin, votre portrait que j'ai vu entre ses mains, et que je croyais qu'il tenait de votre tendresse; tout, depuis longtemps, me force à un silence rigoureux. Je ne serais peut-être pas encore maître de l'enfreindre, si votre vivacité n'avait daigné rassurer mon inquiétude. L'amour a fait mon crime, daignez permettre qu'il en soit l'excuse. Je sais que ma fortune ne devrait pas me permettre d'aspirer au bonheur de vous posséder, mais j'ai des espérances...

J'ai des parents, lui dit ma fille en le relevant, c'est à eux à décider de mon sort. Si j'étais libre, je regarderais moins les biens et la figure, que le caractère de la personne qui s'offrirait pour obtenir ma main.

En vain insista-t-il pour obtenir une réponse plus positive, et il n'épargnait rien de tout ce qui peut fléchir un jeune cœur; mais que la femme est maîtresse d'elle-même ! ma fille aimait véritablement Beausson : par conséquent elle devait trouver un plaisir parfait à lui faire concevoir quelque espérance; néanmoins, rien de tout ce que put employer cet amant véritable n'eut la force de la faire manquer à son devoir.

Beausson allait s'éloigner dans le plus vif désespoir, quand ma fille, pour le tranquilliser, crut devoir lui dire : Je ne puis vous répondre autrement. Votre sexe peut parler, le nôtre doit se taire, je dépends de mes parents. Je ne vous défends point de les voir. Si votre alliance leur est agréable, mon obéissance à leurs volontés pourra vous prouver quels sont mes sentiments, plus qu'il ne me serait possible de le faire aujourd'hui par mes paroles.

Cette scène m'avait pénétré, et sans trop savoir ce que j'allais faire ou dire, je m'approchai entre ces deux amants, sans qu'ils s'aperçussent de ma présence. La nécessité de se séparer commençait à les attendrir; Beausson prenait la main de sa maîtresse qui n'osait la lui refuser, quand je crus devoir y unir la mienne.

Quelle surprise de la part de l'amant ! quelle confusion

du côté de la maitresse ! Ils étaient tous deux sans parole et sans mouvement. Leurs yeux s'interrogeaient et se demandaient : qu'allons-nous dire ?

Je jouis un instant de leur embarras : mais cédant bientôt à toute la tendresse que j'avais pour ma fille et à toute l'amitié que je portais à Beausson : Remettez-vous, mes enfants, leur dis-je. Je connais votre cœur, Beausson; je crois soupçonner le vôtre, ma fille; je ne demande qu'à vous rendre heureux l'une et l'autre. Soyez-en persuadés. mes enfants : mais, ma fille, il s'agit de me parler sans mystère. Pour vous donner plus de facilité, M. de Beausson voudra bien se retirer un instant.

J'avoue que je ne sentais pas ce que cette précaution avait de mortifiant pour cet amant. Ma fille ne lui avait point avoué l'effet qu'il avait fait sur son cœur, et ce que je lui enjoignais paraissait lui enseigner que j'en doutais moi-même. Il obéit néanmoins; et prenant alors ma fille par la main : Ne croyez pas, lui dis-je, que j'aille vous faire un crime d'une rencontre que je sais être l'effet du hasard. J'estime M. de Beausson : vous n'ignorez pas que je connais sa famille; ses qualités personnelles m'en ont fait un ami précieux : ainsi vous pouvez et vous devez même me parler sans détours. Il vous aime, je n'en puis douter, et j'approuve ses desseins : mais l'aimez-vous ? Voilà ce qu'il me faut avouer. De la confiance surtout; vous devez vous rappeler ma façon de penser à votre égard; oubliez pour un instant que je sois votre père, et répondez à votre ami.

Je vous cacherais en vain, me dit-elle, que, sans me faire une violence extrême, je n'ai pu déguiser à Beausson une partie de ce que je sens pour lui. Oui, mon père, je l'aime, et si depuis quelque temps ma retraite et ma taciturnité ont pu vous causer quelque inquiétude, ne l'attribuez qu'à ces sentiments que j'étais obligée de dévorer. J'ignorais que la tendresse de ce cavalier eût prévenu la mienne. J'avais même lieu de soupçonner qu'il ne pensait point à moi. Le froid qu'il affectait dans toutes ses visites m'accablait. Je ne pouvais me découvrir sans honte, et cette contrainte me jetait dans un embarras continuel, qui a été la source de vos alarmes. Vous voyez maintenant toute ma faiblesse, il ne tient qu'à vous de me la faire chérir ou de la rendre l'origine des malheurs de ma vie; mais, quoi que vous décidiez, mon respect vous assure de mon obéissance.

En finissant cet aveu que je n'avais pas eu la force d'interrompre, ma fille jeta sur moi un coup d'œil qui semblait autant demander que craindre ma réponse.

Je vous l'ai dit, ma fille, répliquai-je en l'embrassant, j'approuve vos sentiments pour Beausson, et je suis charmé de ceux qu'il a conçus pour vous : je veux les couronner. Ne doutez pas de ma sincérité : mais je ne puis tout à coup céder à ma bonne volonté. Il est un cœur que vous avez touché, et que je dois ménager. Votre cousin, en un mot, me prescrit seul de retarder votre bonheur.

Je me rendis alors avec ma fille à la chambre de mon épouse, à laquelle je fis part de mes nouvelles découvertes : elle en fut enchantée; mais rien ne put lui faire goûter cet esprit de ménagement que je croyais nécessaire pour mon neveu.

Que craignez-vous, me dit-elle, ou qu'espérez-vous? Devez-vous permettre à votre neveu de conserver quelque espoir? Plus vous doutez qu'il ne perde les sentiments qu'il a eu l'audace de concevoir pour votre fille, et moins il doit trouver en vous de faiblesse; brusquez cette occasion, je vous prie, c'est en lui enlevant l'espoir, qu'on peut le rendre à la raison; un feu qui n'a plus d'aliments, jette quelques flammes, qui ne font qu'avancer sa fin.

Je sentais toute la solidité de ce raisonnement, et j'étais fermement résolu de presser l'union de Beausson avec ma fille. Je voulais qu'on l'appelât à l'instant pour lui faire part de la décision que nous venions de former, quand mon épouse m'apprit que, n'ayant pu soupçonner qu'il nous serait nécessaire à la campagne, elle l'avait prié de se rendre aussitôt à Paris pour y recevoir mon frère qui devait y arriver dans le jour.

Je fus d'autant plus mortifié de ce départ précipité, que ce jeune homme ne pouvait être qu'alarmé de la conversation secrète que je venais d'avoir avec ma fille; je me flattais de le tirer de peine à mon retour; mais l'ordre des propres affaires de Beausson devait retarder ce contentement, que mon amitié était impatiente de lui donner.

Nous partîmes peu d'heures après pour nous rendre nous-mêmes à Paris. Nos enfants, qui nous avaient accompagnés dans ce voyage, revinrent avec nous. L'aîné m'avait enchanté pendant ce voyage ; je n'avais jamais vu dans un jeune homme un esprit si satisfait de lui-même. J'avais de plus fait attention que son humeur n'était jamais plus agréable, plus enjouée que les jours où j'envoyais à Paris et ceux auxquels mes commissionnaires revenaient ; je me doutais qu'il avait quelque liaison d'amitié qui pouvait opérer ces renouvellements de plaisir, quand il recevait des lettres. Je lui en avais parlé plusieurs fois : mais il me répondait ordinairement d'un air badin, que, si sa joie ne me faisait point de peine, je ne devais pas le presser de m'en découvrir le motif. L'instant viendra bientôt, me dit-il le jour de notre départ, que je serai contraint de vous ouvrir mon cœur à ce sujet.

Comme je ne voyais rien dans toute sa conduite qui dût m'alarmer, je le laissais tranquille, et la suite prouvera que je n'avais point tort; en effet, il aimait, et il était aimé, et cet amour ne pouvait que mériter mon approbation; mais il était dit que, malgré tous les soins que j'apportais pour acquérir la confiance de mes enfants et de mes neveux, je ne devrais jamais qu'à d'autres la connaissance de leurs sentiments.

En arrivant à Paris, je trouvai mon frère qui venait pour me consulter sur l'établissement de son fils l'officier. Le jeune militaire était digne de la part que je prenais à sa fortune. Car, si l'on excepte un orgueil insupportable, il était doué de mille belles qualités, que ce seul défaut avait souvent la force d'obscurcir.

Je me rendis avec mon frère chez M. Dorsan, pour avoir de ce seigneur des éclaircissement sur ce projet. M. le comte nous répondit qu'il connaissait la personne dont il était question, que M$^{lle}$ de Selinville était riche et aimable. Nous envoyâmes donc à mon neveu notre consentement, que M. Dorsan, qui devait se rendre au régiment, se chargea de lui remettre, en nous assurant que sa présence ne nuirait point aux affaires de ce jeune homme. Nous engageâmes

M. le comte de ramener les nouveaux mariés à Paris, lors de son retour : ce qu'il nous promit.

Cette affaire ne fut pas terminée, que je songeai aux moyens de communiquer à Beausson et les sentiments de ma fille et la résolution que, d'accord avec ma femme, j'avais prise à ce sujet : mais j'appris que des affaires personnelles et importantes l'avaient obligé de partir pour la province, et qu'on ne l'attendait que dans quelques jours.

Pendant cet intervalle, je fus étonné de ne point voir mon neveu paraître à la maison, surtout pendant le séjour qu'y faisait son père ; en effet, ce père tendre, qui aimait sincèrement ses enfants, me paraissait touché de ce que, depuis son arrivée, son fils lui avait à peine accordé un quart d'heure d'entretien. Le chagrin de mon frère m'était sensible ; mais j'avais d'autres sujets d'inquiétude sur le compte de ce jeune homme qui me tourmentaient bien davantage. L'absence de Beausson me mettait dans le cas de ne pouvoir me confier à personne. Dans cet état, je résolus de parler à mon neveu directement ; et, pour y parvenir, j'ordonnai un jour de me réveiller le lendemain de si bonne heure, que je pusse le trouver encore au lit. Cela fut exécuté.

Quelle est donc votre conduite, lui dis-je ? Ni votre père, ni moi, nous ne vous voyons plus. Conserveriez-vous encore une flamme dont la honte vous empêcherait de soutenir notre présence ?

Non, mon oncle, me dit-il. Daignez même m'épargner un reproche dont les charmes de ma cousine sont seuls l'excuse. Vos conseils ont fait une impression sur moi à laquelle je ne me croyais pas capable d'obéir. Je rends justice à votre fille : mais je lui suis infidèle.

Est-ce être infidèle, repris-je vivement, que de devenir raisonnable ? mais, si je prends bien le sens de votre discours, un autre objet vous captive : en êtes-vous aimé ?

Oui, mon oncle, répondit-il, et votre fils aîné aime dans la même maison.

Apprenez-moi quels sont les objets, lui dis-je, qui vous ont enchaînés l'un et l'autre, et vous verrez, par mon zèle à avancer votre bonheur, que, sans des raisons aussi puissantes que celles qui me commandaient alors, je ne me serais jamais opposé à vos premiers désirs.

C'est aux demoiselles de Fécour que nous adressons nos vœux, me répondit-il. La mort de leur tante les rend immensément riches. Mon cousin peut être heureux; mais moi, que dois-je espérer ? Vous connaissez Fécour, et je n'ai ni biens ni établissement. Tranquillisez-vous, lui dis-je, je ne ménagerai rien pour vous rendre content. Mais je sais que vous avez le portrait de ma fille. Il faut me le remettre : je le dois à Beausson que je lui destine pour époux.

Il ne balança point à me le rendre, en m'apprenant que ce portrait avait été tiré sur celui que j'avais dans mon cabinet, et que le hasard lui avait fait trouver. Il m'avoua aussi que c'était lui qui avait écrit à ma fille; mais que, tant par crainte de lui déplaire, que de peur que cette démarche ne vînt à ma connaissance, il s'était servi d'une main étrangère pour copier sa lettre.

On juge aisément combien cette conversation eut de charmes pour moi. Je retrouvais mon neveu tel que je le désirais, et je ne désespérais pas de le rendre heureux. Je le quittai, en l'assurant que j'allais faire tous mes efforts pour décider Fécour en sa faveur.

Je fis appeler mon fils, qui sans détours me fit l'aveu de sa passion. Il m'ajouta que M. et M$^{lle}$ Fécour l'approuvaient, et après quelques reproches sur sa discrétion déplacée à mon égard, je l'assurai que je serais toujours prêt à remplir des désirs aussi légitimes.

Comme je parlais à mon fils des arrangements à prendre pour son établissement, on annonça M. de Beausson, qui venait m'apprendre que l'embarras d'un procès important l'avait empêché de venir nous voir depuis notre retour.

Je viens de le gagner, ajouta-t-il, et je me vois forcé de me rendre en province, pour faire exécuter l'arrêt qui me remet en possession d'une partie des biens de mon oncle. Cette faveur ne m'est précieuse qu'autant que vous me permettrez de l'offrir à mademoiselle votre fille. Vous m'avez permis l'espérance, daignez me la confirmer.

Je ne balançai pas à rassurer cet amant qui avait toute mon

estime. Je fus même enchanté de voir mon fils lui sauter au col, et le traiter de beau-frère. Je crus voir la preuve d'un bon naturel dans cette sensibilité de mon fils pour le bonheur d'un ami, et elle me fit plaisir.

M. de Beausson me demanda la permission de saluer et ma femme et ma fille. Je le conduisis à l'appartement de mon épouse, et j'ordonnai d'y faire venir sa maîtresse.

M. de la Vallée, dit-il, en abordant ma femme, a daigné flatter une passion trop belle pour que je doive craindre de vous en montrer l'ardeur. J'aime mademoiselle votre fille. Tant que je me suis cru un rival, que la reconnaissance m'obligeait de considérer, j'ai gardé le silence. Je m'étais alarmé vainement. Je connais mon erreur, et le premier fruit de ma connaissance est d'oser vous prier, en apprenant ma témérité, de consentir à mon espérance.

Le bonheur de ma fille, répondit ma femme, sera toujours la règle que je suivrai pour son établissement. Je sais que son cœur est à vous[1]. Vous voyez ce que cette découverte m'ordonne. Je ne doute point de sa constance, et cette constance décide votre espoir, qu'il me sera toujours flatteur de voir accomplir.

On sent que ce commencement d'entretien lia une conversation entre ma fille et son amant, dans laquelle tout ce que la tendresse peut inventer fut répandu avec les grâces que deux personnes gaies, spirituelles et libres donnent à tout ce qu'elles disent. Beausson était au désespoir d'être contraint de partir; mais il ne pouvait s'en dispenser. Comme nos amants étaient près de se séparer, j'approchai de ma fille, et je lui donnai son portrait que mon neveu m'avait remis. Voilà, lui dis-je, une restitution qu'on vous fait : il ne tient qu'à vous, ma fille, d'en disposer. Elle sentit à merveille le sens de mes paroles, et cette peinture passa aussitôt dans les mains du fortuné Beausson, qui, nous ayant tous embrassés, alla se disposer pour son voyage. Il nous promit de revenir au plus tôt; et je

---

1. Duport, qui supprime çà et là des phrases entières de la huitième partie, supprime par exemple toute la fin de ce paragraphe, à partir de ce mot.

l'assurai que je ne mettrais à son bonheur que les délais nécessaires pour les arrangements.

Je communiquai à ma femme les sentiments de mon fils et de mon neveu pour les demoiselles de Fécour, et après avoir pris nos mesures de concert, le lendemain je rendis visite au père de ces filles. Je n'eus pas de peine à résoudre avec lui l'hymen de mon fils et de sa fille : mais le mariage de mon neveu était un article plus délicat. Cependant, après bien des difficultés, nous convînmes que je céderais mon intérêt dans les Fermes à mon fils en faveur de son union avec M<sup>lle</sup> de Fécour, et que Fécour ferait le même avantage à celle de ses filles qui devait épouser mon neveu.

Ce double article une fois conclu, on se disposa à faire la solennité du double mariage. Mon fils demeurant chez moi, mon neveu prit une maison, et manda son frère, qui se rendit à Paris avec sa femme, qui joignait beaucoup d'attraits à un bien capable de soutenir noblement un officier.

Ma joie était parfaite, quand l'ascendant cruel de mes neveux pour la fatuité vint en arrêter toute la douceur. En effet, le cadet ne fut pas plus tôt arrivé, que les deux frères se rendirent chez moi pour me faire visite. La tendresse de leur père ne lui permit pas d'attendre leurs hommages, il descendit dans mon appartement pour les embrasser. Il entra et courut à eux; mais à peine daignèrent-ils répondre à ses avances. Aveuglés sans doute par leur fortune, et comparant les broderies qui les couvraient avec la noble simplicité des habits de mon frère et de leur père, ils eurent presque l'audace de le méconnaître.

Je ne répéterai point cette révoltante entrevue, dont j'ai donnée une idée superficielle dans le commencement de ma première partie[1]. La singularité de cette scène ne m'a pas permis d'attendre pour la placer dans son lieu. D'ailleurs,

---

1. Toute la fin du paragraphe, à partir de ce mot, est remplacée, dans l'édition Duviquet, par cette simple phrase : « La singularité de cette scène ne m'a pas permis de la placer en son lieu. » Il y a là, comme le remarquait Abel Farges, un contresens. C'est bien *l'impatience* où était le narrateur d'en faire part à ses lecteurs qui ne lui a pas permis d'attendre pour la raconter en son lieu.

j'ai pour excuse qu'elle servait de preuve aux abus énormes que je combattais alors, et cette raison suffit pour me disculper de la faute commise en prévenant les temps.

Je me contenterai seulement de dire ici que, si le chagrin que me causa l'égarement de ces jeunes gens ne se manifesta alors que par mille ironies, je n'employai ce ton que comme plus propre à faire goûter des vérités qui combattaient l'orgueil, passion la plus favorisée dans ce siècle.

En effet, l'expérience m'a appris qu'on corrige moins un écart en brusquant le caractère de celui qui s'y est livré, qu'en masquant la sagesse sous un léger badinage. Le devoir auquel mes neveux venaient de manquer était trop sacré, pour que je ne tâchasse pas de les y faire rentrer; mais leurs esprits vifs et bouillants se seraient révoltés en les butant de front, lorsque mes froides saillies les ramenèrent insensiblement. Mais ce changement fut de peu de durée; car leur fortune ne fut pas établie, qu'ils changèrent de nom et dépouillèrent en même temps les sentiments de la nature; la vue de leur père les humiliait, parce qu'il ne donnait pas dans le faste : et je les mortifiais, parce que ma présence était un reproche secret du besoin qu'ils avaient eu de moi. Je dis ceci en passant, pour n'y plus revenir.

J'avais écrit à Beausson le bonheur qui allait de nouveau combler ma fortune, je me flattais qu'il se rendrait à Paris pour en être témoin : mais le jour pris pour cette fête, j'appris qu'il était tombé dangereusement malade.

Quoique cette nouvelle m'affligeât sensiblement, je crus, de concert avec ma femme, ne devoir rien déranger des arrangements pris, et devoir même cacher cet accident à ma fille. Mais par un pressentiment intérieur qui semble inséparable d'un vif amour, elle ne porta, dans toute la fête qui accompagna le double hymen, qu'un esprit distrait et mélancolique. Malgré mon silence, elle devina ce que je lui cachais, et la crainte de la trop alarmer m'obligea de lui confier l'état dans lequel était Beausson. Elle me pria d'envoyer au plus tôt quelqu'un de confiance pour avoir des nouvelles certaines de sa maladie. Je priai l'officier d'accompagner son père qui retournait en Champagne, et je l'engageai à ne point quitter le malade.

Assurez-le, lui dis-je, que, dès que je pourrai quitter Paris, j'irai moi-même le voir, et que je lui conduirai sa maîtresse, s'il ne peut venir avant mon départ.

Mon frère et son fils étant partis, ils m'écrivirent peu de jours après qu'à leur arrivée ce jeune homme était dans un état désespéré : mais que les nouvelles qu'ils lui avaient apportées de la constance de ma fille et de ma persévérance dans mes bontés pour lui avaient fait un tel effet sur sa santé, que chaque jour il reprenait ses forces, et qu'on ne doutait plus qu'il ne fût bientôt totalement rétabli.

Nous partîmes quelque temps après pour ma terre qui se trouvait voisine des biens dans lesquels venait de rentrer M. de Beausson. Le jour de notre arrivée, il se rendit au château, où il épousa ma fille. Si j'étais aimé dans ma terre, son nom y était également chéri ; ce qui rendit la pompe de ce mariage aussi solennelle que le lieu pouvait le permettre.

Si l'on a bien exactement suivi ma vie jusqu'à cette époque, on a dû voir que j'avais reçu les faveurs de la fortune comme des biens ou dus ou conquis. Je n'avais fait nulle réflexion sur la main qui les départit à qui et quand il lui plaît. Doit-on en être étonné ? Frappé continuellement d'une succession rapide de prospérités, mon esprit en était ébloui ; il n'avait point l'instant nécessaire pour y faire attention. Il était temps que quelque chose d'extraordinaire me rappelât à moi-même, et même malgré moi. Car, quoique dégagé de tout embarras, j'étais trop enivré d'un charme toujours renaissant, pour me donner la liberté de voir. Il me fallait un objet étranger pour me dessiller les yeux. Je vais le trouver, et c'est là la source du commencement de mon vrai bonheur.

Il me restait un fils à établir qui entrait dans sa seizième année. Ses talents étaient bornés ; mais un esprit juste, une réflexion solide, un caractère sérieux et au-dessus de la dissipation, me charmaient. J'avais mille projets sur lui ; je crus qu'après l'établissement de son frère et de sa sœur, il était temps de les lui communiquer pour me régler sur son inclination.

Mon fils, lui dis-je un jour, vous êtes seul maintenant qui réclamez mes soins. Les biens que je dois vous laisser vous assurent un état d'aisance auquel l'oisiveté même ne peut nuire. Mais qu'est-ce qu'un homme oisif ? Un citoyen inutile, un fardeau à charge à la terre, à soi-même et aux autres. Telle est l'idée que vous devez vous former d'une personne qui passe sa jeunesse sans rien faire. On n'y pense pas à votre âge. Je n'étais pas destiné comme vous à de grands emplois. Je n'y fus pas formé de bonne heure : que ne m'en a-t-il point coûté, quand, dans un temps où tout doit être appris, je dus commencer les éléments de tout ! Instruit par cette expérience, je veux vous mieux guider. Choisissez l'état qui vous conviendra : la Finance, la Robe, l'épée, cela m'est indifférent; mais que je sache votre résolution.

Je voudrais entrer dans vos vues, me dit-il, je me vois à regret obligé de m'en éloigner. Le respect seul a pu jusqu'à présent me forcer au silence; et ma mère, confidente de mes inclinations, a cru devoir m'empêcher de vous découvrir mes désirs. Je sais que la fortune peut me favoriser; mais ses biens n'ont point d'attraits pour moi. L'amour n'a pas plus de force sur mon cœur. La retraite et le célibat ont toute mon envie.

Que dites-vous, m'écriai-je ? Quoi ! ma femme entre dans vos idées ? Mais vous, mon fils, connaissez-vous bien ce genre de vie, où l'homme, tout entier à son état et aux autres, n'est plus à soi que pour se combattre ? Il ne peut se vaincre qu'en se contrariant sans cesse; et s'il fléchit, il devient malheureux. Mille périls nouveaux se succéderont et paraîtront se lever sous vos pas. Mille vertus auront peine à vous soutenir, quand le moindre défaut vous renversera infailliblement. En un mot, regardez le cloître comme un petit monde, d'autant plus dangereux qu'il est plus resserré. Les troubles, les agitations, les passions de ce dernier, que vous semblez vouloir éviter en vous enterrant dans le premier, s'y reproduisent et y germent avec d'autant plus de force qu'elles y sont plus couvertes. L'envie s'y couvre, comme à la cour, du voile de l'amitié; l'ambition s'y déguise sous le masque de l'humilité. Tout y est fard, tout y est ruse, comme dans le monde; on peut n'y pas donner dans ces excès, j'en conviens; mais si vous avez le bonheur de les éviter, êtes-vous sûr de ne pas éprouver leur fureur ? L'homme est homme partout : voilà ce que vous devez penser. La faiblesse est inséparable de son être; les défauts que vous ne reconnaîtrez pas en vous doivent vous faire craindre les suites qu'ils peuvent produire dans les autres contre votre intérêt. Pesez ces réflexions, mon cher fils; la seule tendresse me les dicte; mais ne croyez pas que jamais je prétende gêner vos inclinations. Consultez votre mère, interrogez-vous vous-même, et je consentirai à tout ce qui vous paraîtra propre à procurer votre félicité que j'ambitionne de faire.

Je tentai souvent, malgré mes promesses, de détourner mon fils d'une résolution qui me faisait trembler; mais rien ne fut capable de changer ses sentiments. Je fus donc forcé de le laisser partir, et peu de temps après, il commença son temps d'épreuves. L'amitié que j'ai toujours eue pour mes enfants m'engagea à passer cette année à la campagne. Je l'allais voir fréquemment, et je ne cessais de lui faire valoir les périls que je voyais dans un dessein que j'attribuais à son opiniâtreté. Il est vrai que le commerce que j'eus pendant cet intervalle avec ces reclus me porta presque à changer de sentiments sur leur compte. Je dus même à leur conversation quelques légères réflexions sur mes premières années. Mais enfin, je n'en étais pas moins opiniâtré à traverser le projet de mon fils, qui consomma son sacrifice avec une générosité qui surprit autant qu'elle charma l'assemblée.

J'avais réuni ma famille, pour assister à cette cérémonie; M. de Dorsan avait eu la bonté de s'y rendre avec la sienne, et quoique personne ne pût refuser des larmes à la jeunesse et à la beauté de la victime, sa fermeté trouva bientôt le moyen de les essuyer. Ce ne fut qu'après la cérémonie qu'il donna quelque chose à la nature, et encore ne fut-ce qu'au moment de notre départ.

Je me rendis à ma terre, où plein des réflexions que ce spectacle m'avait causées, je commençai à porter sérieusement les yeux sur cette espèce d'insensibilité dans laquelle j'avais vécu jusque-là sur les affaires du salut. J'en compris l'importance à la vue de ce que cet objet avait fait faire à mon fils. J'aurais voulu pouvoir me décider à vivre auprès de ce cher enfant ; je compris que son voisinage me serait utile, et je sentais même que sa présence m'était nécessaire; mais je n'osais proposer à ma femme de s'enterrer dans une province.

Nous revînmes tous à Paris. J'y achevai d'arranger mes affaires avec mes enfants. Je les voyais tous dans une position heureuse, et moi dans une opulence considérable et libre de tout embarras. Je n'étais pas hors de ce tracas, que mon idée de retraite vint me tourmenter de nouveau. Tout me portait à la remplir; mon épouse me paraissait seule un obstacle invincible. Je craignais que, faite au grand monde, elle ne regardât mon projet que comme une folie plus à mépriser qu'à suivre; mais il était dit que l'amour et la fortune s'accorderaient en ma faveur jusque dans les moindres choses pour contenter mes désirs.

Je n'osais donc déclarer mes idées, quand mon aimable femme, me voyant un jour plus rêveur qu'à l'ordinaire, crut m'en devoir demander le motif. Je balançais; et, guidé par mes craintes qui croissaient à proportion qu'elle me pressait davantage, j'allais, je crois, la refuser, quand ses larmes me forcèrent à rompre le silence.

Tendre épouse, lui dis-je, prenez pitié de mon embarras, et ne m'obligez pas à le découvrir. Cette connaissance ne peut que vous faire peine. Vous m'êtes toujours également chère, je vous aime avec la même ardeur...

A quoi bon ce préambule, et que m'annonce-t-il, me dit-elle ? Doutez-vous de ma tendresse, et puis-je soupçonner la vôtre ? Pourquoi donc ne suis-je plus digne de votre confiance ?

Vous l'avez toute entière, lui répondis-je, et si je pouvais augmenter les preuves que vous avez de ma déférence à vos volontés, je le ferais volontiers. Mais vous le dirai-je ? Cette déférence même fait aujourd'hui mon supplice. Accoutumée à figurer dans le grand monde, vous y devez vivre; et la retraite commence à avoir des attraits pour moi. J'envisage la rapidité avec laquelle la fortune m'a prodigué ses faveurs. Elle m'a surpris, et en m'étonnant elle a ravi toute mon admiration. Seule elle a eu mes vœux et ma reconnaissance jusqu'ici. Je ne les ai point montés plus haut. L'acte généreux que mon fils vient de faire m'a ouvert les yeux. Il a porté un certain trouble en mon âme, dont je ne pouvais prévoir la fin. J'ai cru entrevoir ce que le ciel exigeait, je voudrais le remplir. Le bruit et le tumulte de la ville me paraissent moins propres que la douce tranquillité qu'on goûte à la campagne; et quand je désire de vivre en province, la crainte de vous déplaire ou de vous gêner me retient à Paris.

Non, cher époux, me dit cette dame adorable, le dessein que vous avez pris ne me fâche point. Partout où vous serez, mon bonheur sera parfait.

Je la priai de ne pas contraindre ses inclinations avec un homme qui n'aurait jamais d'autre félicité que celle qu'elle partagerait : mais elle me déclara que le séjour de la ville n'avait jamais eu d'attraits pour elle, et que, pendant son veuvage, elle demeurait presque toujours en province (ce qui s'accordait parfaitement avec la rareté que ses fréquentes absences m'avaient forcé de mettre dans les visites que je lui avais rendues avant notre mariage).

Nous nous arrangeâmes donc de concert, et après avoir cédé ma maison à mon fils aîné, qui possédait déjà mon emploi, nous nous rendîmes dans ce lieu, où, depuis plus de vingt ans, nous menons une vie heureuse et tranquille.

Chaque jour je vois ma famille prospérer et s'agrandir. M. le comte de Dorsan, auteur de ma fortune, a la bonté de venir souvent nous visiter. L'aimable Dorville, qu'il a épousée, est intimement liée avec ma femme, et c'est dans cette société charmante que nous goûtons un bonheur que je n'ai jamais trouvé dans le tumulte du grand monde.

C'est ici que j'ai commencé mes Mémoires; c'est ici que je les continue avec la même sincérité. Si j'avais été capable de manquer à la vérité, j'aurais tâché de dérober au public la connaissance de l'ingratitude de mes neveux, qui, sans respecter les lois de la nature ni celles de l'honneur, méconnaissent leur père, et ont oublié les bienfaits de leur oncle.

Cette épreuve, toute sensible qu'elle doive être, n'altère point mon repos. J'en gémis pour eux, sans en être plus agité.

On a dû le reconnaître : personne n'a poussé la fortune plus loin; mais qu'étais-je alors ? Un cœur tyrannisé de désirs, qui ne sentait point son malheur, parce qu'il n'y faisait point attention; mais ici les souhaits sont étouffés, et je suis heureux, parce que je vois plus clairement mon bonheur. C'est, je crois, la seule félicité qui puisse satisfaire l'homme véritablement raisonnable[1].

FIN

---

1. Dernier exemple, déjà relevé par Abel Farges, des corrections de Duport. Cette fois, il ne s'agit plus d'une suppression, mais d'une addition destinée à donner une fin plus pompeuse au roman, et complétée par une refonte des phrases conservées. Voici donc le texte du dernier paragraphe ainsi retouché : « On a dû le reconnaître, personne n'a poussé la fortune plus loin que moi, mais qu'étais-je dans le moment de ma plus grande prospérité? Un homme rassasié de jouissances sans en être satisfait, et malheureux par de nouveaux désirs, quand tous ceux que j'aurais pu naturellement former étaient déjà surpassés. Aujourd'hui, mûri par l'expérience et par la réflexion, libre du joug des passions, indépendant du caprice des hommes, je suis heureux au sein d'une famille heureuse; et, tout entier à des pensées sérieuses et consolantes, j'envisage sans effroi le terme déjà bien rapproché d'une carrière qui n'a pas été sans honneur ni sans utilité pour mes semblables. »

# TABLE
# GÉNÉRALE DES MATIÈRES

contenues dans *Le Paysan parvenu* [1]

Nota. *Les chiffres romains* I. II. III. IV. et V. *marquent les différentes parties de cet ouvrage, et les chiffres arabes en marquent les pages.*

## A

---

1. Nous reproduisons cette Table analytique, parue pour la première fois dans l'édition Prault de 1748 (Bibliographie, J), parce qu'elle témoigne du souci de Marivaux de présenter son roman comme un recueil de réflexions morales. Des tables analytiques du *Spectateur Français*, de *l'Indigent Philosophe*, du *Cabinet du Philosophe* et des *Lettres tirées du « Mercure »* furent également établies dans le même esprit pour l'édition Prault de 1752. Nous n'avons apporté d'autre changement à cette Table que de modifier les renvois aux pages pour les rendre utilisables dans la présente édition.

2. L'édition Prault porte par erreur *fille de Mlle Habert.*

F

FINANCIER. Coutume de ce métier, III. 164.

FORTUNE de fausse monnaie, I. 17.

## G

GARÇONS. Qualités assez bonnes de celui qui cherche fortune, I. 40-41.

GARGOTES. Ce qui a fait donner ce nom à ces sortes d'auberges, I. 40.

GENEVIÈVE. Son goût pour Jacob, I. 16. Sa conversation avec lui, I. 17, 19, 22, 23. Vices auxquels elle était encline, 18. Tentation qui se joignait à son esprit d'intérêt, 19. Reproches qu'elle fait à Jacob, 33, 35. Ce qu'elle lui avoue, 34. Promesse qu'elle lui fait, 34. Elle tombe malade, 35.

GEOLIER. Style de geôlier, III. 148.

GOURMANDS. A quoi ils perdent la moitié de leur temps, I. 41.

## H

HABERT (Mlles), dévotes, I. 46 *et suiv.* Leur entretien après le repas, 53 *et suiv.* Ce que la cadette dit à Jacob en l'arrêtant pour domestique, II. 57. Dispute des deux sœurs, en présence de leur directeur, 61 *et suiv.* Réponse de la cadette au directeur, 65, et de l'aînée, 64. Ce que dit la cadette à Jacob, 71, 73 *et suiv.*, 79 *et suiv.*, 81 ; à Catherine leur servante, 72. Voyez HABERT la cadette (Mlle).

HABERT l'aînée (Mlle). Président où elle se trouve et pourquoi, III. 124. Récit qu'elle fait à M. le président... de l'aventure de sa sœur avec M. de la Vallée, 127 *et suiv.* Paroles qu'elle adresse à la parente de M. le président, 128. Sa réponse à M. le président, 129. Ce qu'elle lui représente ; réponse qu'elle en reçoit ; ses exclamations alors ; elle se retire, 133.

HABERT la cadette (Mlle). Loue un appartement, II. 78. Portrait qu'elle fait de Catherine, 79. Instruction qu'elle donne à Jacob sur la manière dont il doit se comporter, 79-80. Ses réponses à Catherine, 82. Ordres qu'elle donne à M. de la Vallée, 83. Sa familiarité avec ce monsieur, 83. Ses sentiments pour lui, 86, 97 *et suiv.* Ce qu'elle fait pour se débarrasser d'importunes, 89. Discours qu'elle tient à M. de la Vallée,

## I

**P**

PASSION. Ce qui attendrit dans un commencement de passion, II. 93.

PAYSAN parvenu. Lieu de sa naissance, son origine, I. 7. Fatuité de ses neveux, 8. Il arrive à Paris, 9. Nom qu'il portait, 10. Portrait qu'il fait de sa maîtresse, 10-11. Sa conversation avec elle, 11-12, 14 *et suiv.* ; avec Geneviève, une des femmes de chambre de sa maîtresse, I. 13, 17, 19, 22, 23, 30, 35 *et suiv.* ; avec Toinette, 21. Sa maîtresse le fait habiller, 14, et l'installe au rang de domestique de son neveu, 16. Son scrupule sur l'argent qu'il prit de Geneviève ; usage qu'il en fit, 22. Origine de sa fortune, 23. Mandé par son maître, il va le trouver ; sa conversation avec lui, 25 *et suiv.* Proposition que lui fait son maître, 26. Ses réflexions sur cette proposition, 26. Réponse qu'il y fait, 28 *et suiv.* Ce qui le guérit du peu d'inclination qu'il avait pour Geneviève, 31 ; dont on lui apprend la maladie, 35. On lui annonce la mort de son maître, 36. Cause de son peu de sensibilité à cette nouvelle, 37. Dont il quitte la maison, 39. Il va se présenter à madame ; réponse qu'il en reçoit, 39. Il prend congé de son jeune maître, 39. Il pense s'en retourner à son village, 40. Effet de son séjour à Paris, 40. Il se met à la gargote, 40. Ce qu'il se disait pour se dissuader de s'en retourner, 40. Il prend le parti de séjourner à Paris ; ce qu'il fait dans cette résolution, 41. Récit de l'aventure qu'il eut en passant le Pont-Neuf, 41 *et suiv.* Mine qu'il a toujours aimée, 43. Sa façon de penser pour le cœur, 44. Sa sincérité, 45. Sa conversation avec Catherine, II. 48 *et suiv.*, 71 *et suiv.* Il est arrêté pour servir chez des dévotes, I. 50. Ses réflexions sur cette entrée en condition, 51. Sa réponse à Mlle Habert la cadette, II. 57, 72 ; au directeur des demoiselles Habert, 69 *et suiv.* Sa conversation avec Mlle Habert la cadette, 73 *et suiv.*, 79 *et suiv.* Détail qu'il lui fait de sa famille, 74. Il prend le nom de la Vallée, 80. Voyez VALLÉE (M. de la).

PENSION. Désagrément qu'il y a de vivre en pension, II. 95.

PÈRES ET MÈRES. Pourquoi on les aime, II. 92.

PIÉTÉ. Voir DÉVOTION.

PIEUX. Leur portrait, I. 47 *et suiv.* Ce dont la piété les purge, III. 126.

POMME d'Adam toute revenue, I. 26.

## Y

Fin de la Table générale des Matières.

# GLOSSAIRE[1]

ACTION. « Manière de la personne qui fait quelque chose avec ardeur ; gestes de l'orateur prononçant un discours, ou de celui qui récite en public » (Richelet). Marivaux, comme certains contemporains, emploie ce mot dans l'expression *parler d'action*, qui ne figure pas dans les dictionnaires : *Nous approchions de la maison (...) quand nous rencontrâmes, à la porte d'une église, la sœur aînée de ma future et M. Doucin, qui causaient ensemble, et qui semblaient parler d'action* (160).

ADHÉRENT. « Se dit (...) de ceux qui suivent un même parti (...) Il ne se prend qu'en mauvaise part » (Furetière). Cf. : *nous voilà mariés en dépit de notre sœur aînée et du directeur son adhérent* (162).

AISE, AISÉ. Marivaux distingue, conformément à l'usage, *aise*, signifiant dans le ton familier « qui l'a belle », et *aisé*, qui, outre le sens banal de « facile », s'emploie aussi à l'époque pour désigner une attitude au sens de « dégagé, à l'aise ». Ainsi : *je ne gagne pas ma vie à gouverner les filles, je ne suis pas si aise, je la gagne à faire le tracas des*

---

1. L'appel aux mots figurant dans ce glossaire se fait dans le texte au moyen d'un astérisque. Cependant, l'astérisque n'est pas utilisé dans les cas d'emplois au sens moderne cités dans le glossaire simplement à titre de comparaison ou de complément. Les principaux dictionnaires utilisés sont les suivants : *Dictionnaire de l'Académie*, troisième édition (1740) ; Furetière (La Haye, 1725) ; Richelet (édition revue par Wailly, 1780) ; Leroux, *Dictionnaire comique* (1786) ; et naturellement Littré.

*maisons* (70; le texte de l'édition «de Dijon», *aisé* pour *aise*, n'est pas satisfaisant); et *Je crois que je plais par ma personne, disais-je en moi-même. Et je sentais en même temps l'agréable et le commode de cette façon de plaire; ce qui faisait que j'avais l'air assez aisé* (135; la correction de Duport, dans Z, *satisfait* pour *aisé*, fait contre-sens); *sa façon franche et aisée* (190); *ce monde qui avait quelque chose de si aisé et de si leste* (263).

AMANT. Prétendant avoué et agréé : *c'est vous-même qu'il demande, c'est l'amant d'une nommée Mlle Habert* (120). Tend vers le sens moderne, sans pourtant avoir de valeur péjorative, dans d'autres passages : *devenu / mari d'une fille riche, et l'amant de deux femmes de condition* (187). Cf. aussi p. 239, 245, et comparer l'emploi de *maîtresse*, expliqué p. 244.

AMICALEMENT. Néologisme à l'époque, que l'on rencontre aussi dans *La Vie de Marianne*, p. 384, sous la forme *amicablement*. Ici : *Cette bonne veuve (...) nous fit asseoir amicalement* (77).

AMOUR (FAIRE L'). Encore employé au sens « honnête » de « parler d'amour, courtiser ». Selon Mercier (*Tableaux de Paris*, chap. XXVIII) « faire l'amour à une fille, en style bourgeois, c'est la rechercher en mariage ». Cf. ici : *Mais vraiment, me dit-elle, tu es pressant! où as-tu appris à faire l'amour?* (13); *Vous avez fait chez moi publiquement l'amour à Geneviève* (30); *j'avais l'âme remplie de tant d'images tendres, on avait agacé mon cœur de tant de manières, on m'avait tant fait l'amour ce jour-là, qu'on m'avait mis en humeur d'être amoureux à mon tour* (189). Pris aussi au sens d' « être en commerce amoureux » : *Pour faire l'amour, il n'y a rien de tel que d'être mari et femme* (100).

AMOUR (POUR L'— DE). Au sens ancien de « à cause de » : *les voilà qui vont se séparer pour l'amour de vous* (69). Cf. p. 75.

AVANT (ALLER EN). S'avancer, aller de l'avant, au sens figuré (Littré, 5ᵉ) : *par ma foi, je n'ose aller en avant, votre bon ami me fait peur* (24).

AVISEMENT. Quoique le mot soit employé pour reprendre *s'aviser*, ce n'est pas une création de Marivaux, mais un authentique mot du français provincial, qu'on trouve par exemple dans *Les Maîtres Sonneurs* de George Sand. *Oh! pour cet argent-ci, me répondit-elle, tu veux bien que je n'en dispose qu'en faveur du mari que j'aurai. Avise-toi là-dessus. Ma foi, lui dis-je, (...) s'il ne tenait qu'à être votre mari, je le serais tout à l'heure (...) Tenez, ne faut-il pas bien du temps pour s'aviser si on dira oui avec mademoiselle? Vous n'y songez pas vous-même avec votre avisement. Ce n'est pas là la difficulté* (23-24).

Aviser (s'). Les dictionnaires n'enregistrent pas le sens de prendre « sa décision, se déterminer », mais il apparaît dans le « proverbe anglais » cité par Furetière : *le roi s'avisera*. Ici, voir les deux exemples cités dans l'article précédent : *Avise-toi là-dessus* (23) ; *ne faut-il pas bien du temps pour s'aviser si on dira oui avec mademoiselle* (24).

Baguettes (passer par les). Voir p. 124, note 1, pour un emploi de cette expression au sens figuré.

Baigneur. « Celui qui tient les bains publics. Un baigneur est d'ordinaire aussi perruquier, barbier et étuviste. Par l'édit de 1701, le roi a créé cent nouvelles charges de barbiers-perruquiers, baigneurs et étuvistes pour la ville de Paris, et dans les provinces à proportion » (Furetière). Cf. ici : *une chevelure qui me descendait jusqu'à la ceinture, et après laquelle le baigneur avait épuisé tout son savoir-faire* (167).

Bégueule. Littré ne connaît que le sens moderne : « femme prude et dédaigneuse de façon malplaisante », alors que Marivaux emploie constamment ce mot au sens défini par Leroux : « sobriquet injurieux qu'on donne aux femmes, et qui veut dire : sotte bête » *(Dictionnaire comique)*. Ici : *quelle bégueule, à son âge, de vouloir épouser ce godelureau* (124). Cf. aussi *La Vie de Marianne,* édition Garnier, p. 98. Au contraire, le continuateur semble prendre le mot dans le sens défini par Littré, cf. p. 308.

Cas (en — de). L'emploi de cette locution avec un infinitif est exceptionnel chez Marivaux. On le trouve une fois dans la bouche de Jacob à ses débuts : *Fort honnête, repris-je, pour ce qui est en cas de faire un compliment ou une révérence* (28). La phrase a manifestement un caractère populaire. En revanche, le continuateur use couramment de la locution *dans le cas de* suivie d'un infinitif (voir p. 307, 313, 316, 325, 345, 350, 365, 373, etc.).

Casuel. « Qui est incertain et mal assuré. Je ne sais si cet homme tiendra ce qu'il vous a promis, cela est fort casuel » (Furetière). Cf. : *je ne saurais gagner ma vie à gouverner les filles, je ne suis pas si aisé, et je la gagne à faire le tracas des maisons ; que chacun dans son métier aille aussi droit que moi. Il m'est avis que le vôtre est encore plus casuel que le mien* (70).

Celui-là. Pour *celui,* cf. p. 131, note 1.

Chauffoir. « Lieu derrière le théâtre où les comédiens vont se chauffer » (Richelet). C'est le *foyer* actuel. On sait que la salle de spectacle n'était pas chauffée. Cf. p. 265, 278, etc.

CHEVALIER. Dans l'édition « de Dijon », le mot est employé deux fois, p. 225 et 231, au lieu de *cavalier,* qui apparaît d'ailleurs un peu plus loin (p. 228), et qui est adopté par toutes les autres éditions. Au reste, le personnage est bien un chevalier (« on appelle aussi *chevaliers* les cadets de bonnes maisons qui portent l'épée, ou qui ont embrassé la profession des armes ; c'est une qualité d'honneur sans titre de chevalerie », Furetière), puisque Mme de Ferval l'appelle ainsi p. 236, 238, etc. Il est à noter que la répartition des emplois entre le mot ancien, *chevalier,* et le mot récent, d'origine italienne, *cavalier,* n'était pas encore parfaitement nette. C'est ainsi qu'on hésitait entre les deux mots pour désigner les chevaliers italiens, qu'on employait *chevalier* pour désigner le cavalier d'une dame (cf. *le Petit-Maître corrigé,* acte II, sc. 1), et que Richelet emploie même le mot *chevalier* pour désigner les cavaliers dans un manège (article *quadrille*).

CIRE (COMME DE). Expression « proverbiale » signifiant « tout juste » *(Dictionnaire de l'Académie).* Cf., en parlant d'un habit que va essayer Jacob : *Il sera comme de cire, reprit le tailleur* (167).

CONDITIONNER. « Faire avec les qualités requises » *(Dictionnaire de l'Académie).* Ce terme de sens imprécis est souvent employé par Marivaux, notamment dans les rôles de valets et servantes. Cf. : *quoiqu'elle bredouillât plus de prières en un jour qu'il n'en eût fallu pour un mois, si elles avaient été conditionnées de l'attention nécessaire, ce devait être ordinairement la plus revêche et la plus brutale créature dont on pût se servir* (72).

CONTROLER. « Trouver à redire, critiquer » (Richelet). Cf. : [Dieu] *est le maître, il n'y a point à le contrôler* (49).

COURAGE. « Signifie quelquefois ardeur, vivacité » (Furetière). Dans ce sens, le mot est réservé par Marivaux à la langue familière. « *Ah! Marton, je t'oubliais d'un grand courage* », dit le Lubin de la seconde *Surprise de l'Amour* (1.13). Cf. ici : *je laissais échapper des tendresses étonnantes, et cela avec un courage, avec une ardeur qui persuadaient du moins que je disais vrai* (76).

DÉBROUILLER. Marivaux emploie souvent dans ses romans ce mot au sens, habituel à l'époque, d' « éclaircir une chose embrouillée », et notamment « démêler des sentiments », ainsi dans cette phrase de *La Vie de Marianne* : « *Les hommes regardent les lumières involontaires* [de ceux qui leur ont rendu service] *comme une injure, et le tout de bonne foi, sans connaître leur injustice, car ils ne se débrouillent pas jusque-là* » (221). Cf.

ici : *cet art de lire dans l'esprit des gens et de débrouiller leurs sentiments secrets est un don que j'ai toujours eu et qui m'a quelquefois bien servi* (86) ; *ce n'était que par instinct que j'en agissais ainsi, et l'instinct ne débrouille rien* (73). Le mot est aussi utilisé en matière de rhétorique : *A l'égard de votre style, je ne le trouve point mauvais, à l'exception qu'il y a quelquefois des phrases allongées, lâches, et par là confuses, embarrassées ; ce qui vient apparemment de ce que vous n'avez pas assez débrouillé vos idées, ou que vous ne les avez pas mises dans un certain ordre* (201). Il faut enfin signaler un emploi moins banal au sens d' « affiner » : *voyez que de choses capables de débrouiller mon esprit et mon cœur, voyez quelle école de mollesse, de volupté, de corruption, et par conséquent de sentiment : car l'âme se raffine à mesure qu'elle se gâte* (187).

DÉCORATION. En l'absence du mot *décor*, qui n'est pas encore usité, *décoration* désigne « tout ce qui pare la scène sur le théâtre, et qui doit convenir à la pièce qu'on représente » (Richelet). *Changement de décoration* ne signifie donc pas autre chose que « changement de décor » : *mon changement de décoration dans mes habits, (...) ce titre de monsieur dont je m'étais vu honoré (...) et surtout cet art charmant, quoique impur, que Mme de Ferval avait employé pour me séduire (...) voyez que de choses capables de débrouiller mon esprit et mon cœur...* (187).

DÉFUNT. Reste invariable devant un nom féminin : *défunt sa mère* (196).

DÉMÊLER. Distinguer dans une foule, en parlant d'une personne qu'on ne connaît pas. Ainsi dans ce passage des *Mémoires secrets* de Bachaumont : « *Monseigneur la lorgne, la démêle, l'aborde, lui dit de passer dans son cabinet* » (édit. P. J. Jacob, p. 61). Ici : *N'est-ce pas vous aussi, monsieur, que j'ai vu dans une telle loge ? me dit-elle comme pour m'insinuer à son tour qu'elle m'avait démêlé* (258).

DÉTALER. Au sens ancien, « enlever des marchandises étalées », et par figure « enlever ». Mlle Habert demande à Jacob de commander le déménagement de ses meubles : *Je voudrais que cela fût déjà fait, lui dis-je (...) ; ainsi, faites votre compte que dès demain tout sera détalé dès sept heures du matin* (83).

DOUX. « Signifie encore galant, amoureux » (Richelet, qui cite l'expression *billet doux*). Dit d'une femme portée à l'amour : *Mme de Ferval était née douce, il y avait ici des raisons pour l'être : le serait-elle ; ne le serait-elle pas ?* (231)

DROIT (A). Cf. p. 123, note 3.

ENTENDRE (A) Employé au sens ancien de « donner son accord à », ou plus exactement ici de « se ranger à l'avis de » : *D'un autre côté, cet honneur plaidait sa cause dans mon âme embarrassée, pendant que ma cupidité y plaidait la sienne. A qui est-ce des deux que je donnerai gagné ? disais-je ; je ne savais auquel entendre* (26-27).

ÉTOFFÉ. « Garni de toutes les choses nécessaires » *(Dictionnaire de l'Académie)*. Cf. : *nous entrâmes dans une maison où tout me parut bien étoffé, et dont l'arrangement et les meubles étaient dans le goût des habits de nos dévotes* (45).

ET SI. Archaïsme subsistant dans la langue populaire du XVIIIᵉ siècle, signifiant « et pourtant, et encore » : *Vis-à-vis de nous, il y a une dame qui accoucha le mois passé à quarante-quatre* [ans] *et qui n'y renonce pas à quarante-cinq* ; *et si son mari en a plus de soixante et douze* (101).

GALANT. L'expression *femme galante* est moins défavorable que de nos jours. On appelle ainsi, dit Richelet, « celle qui aime trop le monde, qui a des amants ». *Coquette* est plus péjoratif, comme le montre ce passage de *Monsieur de Pourceaugnac :* « *Cherchons pour nous expliquer quelque terme plus doux. Le mot de galante ne dit pas assez, celui de coquette achevée me semble propre à ce que nous voulons* » (acte II, sc. 14). Cf. ici : *Petite façon de traiter l'amour qui me rebuta un peu ; je ne m'étais imaginé qu'une femme galante, et non pas intéressée* (260).

GLOIRE. Sens péjoratif, cf. le suivant. Conserve parfois un sens proche du sens classique : *Les autres femmes, en vous regardant, vous disent finement : Aimez-moi pour ma gloire* (180).

GLORIEUX. La valeur défavorable est nette : « Superbe, fier, orgueilleux, vain, avantageux » (Richelet). Cf. ici : (après la sortie des témoins, Mme d'Alain consent à se mettre à table) *pour moi, je ne suis point glorieuse, et je ne refuse pas de souper* (114) ; *et de témoins pour votre mariage, je vous en fournirai qui ne seront pas si glorieux que les premiers* (162) ; *tout enthousiasmé que j'étais de cette agréable métamorphose, elle ne me donna que du plaisir et point de vanité (...) Attendez pourtant, il faut conter les choses exactement ; il est vrai que je ne me sentis point plus glorieux, que je n'eus point cette vanité qui fait qu'un homme va se donner des airs ; mais j'en eus une autre, et la voici* (249). Cf. aussi pp. 8 et 122. Le mot *gloire*, associé au précédent, évolue de la même façon : *Ce maître n'était pas un homme généreux, mais ses richesses, pour lesquelles il n'était pas né, l'avaient rendu glorieux, et sa gloire le rendait magnifique* (18).

GRANDE MÈRE. Cette forme, qui n'est pas enregistrée par les dictionnaires du temps, apparaît plusieurs fois chez Marivaux, à côté de
la forme *grand'mère*. Voir par exemple *La Vie de Marianne*, p. 438,
et cf. ici : *Ma mère se maria fille, sa grande mère en avait fait autant ; et de
grandes mères en grandes mères, je suis venu droit comme vous voyez, avec
l'obligation de ne rien changer à cela* (30). Voir aussi p. 74, et comparer
*j'ai grande faim*, p. 49, *il n'y avait pas grande perte*, p. 72.

HÉTÉROCLITE. Sens plus général que de nos jours : « qui a quelque
chose d'irrégulier, de bizarre (...) Homme, action hétéroclite »,
dit le *Dictionnaire de l'Académie*. Cf. ici : *Qu'est-ce que c'est
donc que cette piété hétéroclite? disais-je ; qu'est-ce que c'est qu'une
sainte qui m'enlève mon commis?* (196); *ils parcouraient donc mon
hétéroclite figure ; et je pense qu'il n'y avait rien de si sot que moi,
ni de si plaisant à voir* (266).

HONNÊTE. L'un des mots les plus fréquemment employés dans
le roman. On le trouve encore parfois au sens latin (honorable,
décent, licite), comme dans la phrase citée par Richelet,
« *nous devons préférer l'honnête à l'agréable* ». Ici : *C'est nous
le plus souvent qui nous rendons tendres, pour orner nos passions,
mais c'est la nature qui nous rend amoureux ; nous tenons d'elle
l'utile que nous enjolivons de l'honnête ; j'appelle ainsi le sentiment*
(230). De même, dans les deux exemples suivants, le premier
où le sens tend vers celui de « chaste » : *Que d'honnêtes et
ferventes tendresses ne me dit-elle pas* (189) ; le second dans
lequel la valeur d'*honnête*, en parlant de la naissance, est
définie : *Je n'étais pas délicate non plus sur l'origine, pourvu qu'elle
fût honnête ; c'est-à-dire, pourvu qu'elle ne fût qu'obscure, et non
pas vile et méprisable* (95-96). Cf. aussi p. 19.

Ce cas est pourtant assez rare et *honnête* a surtout dans le
roman le sens qu'il avait dans la langue classique, où il dési-
gnait, selon la définition de Richelet « un homme d'honneur,
de probité, un homme qui a toutes les qualités sociales ».
Cet idéal de l'*honnête homme* apparaît lorsque Jacob décrit
le comte d'Orsan comme *l'un des plus honnêtes hommes du
monde* (257), ou qu'après lui avoir sauvé la vie il dit que
*tout honnête homme à* [sa] *place aurait fait de même* (256). On
remarquera que, dans cette acception, le mot peut même se
dire d'un homme tenu pour criminel aux yeux de la loi :
*c'était grand dommage qu'il se fût malheureusement abandonné
à de si terribles coups; car au fond il fallait que ce fût un honnête
homme* (156). Dans le cas particulier des relations avec les
femmes, *honnête homme* est alors à peu près l'équivalent de

*galant homme : Votre histoire avec cette vieille fille qui vous épouse est singulière, ajouta-t-elle comme par réflexion et en riant (...) surtout vivez en honnête homme avec elle, je vous y exhorte, mon garçon, et faites après de votre cœur ce qu'il vous plaira, car à votre âge on ne le garde pas* (137-138). Voir aussi plusieurs emplois de ce mot dans la scène entre Mme de Ferval et le chevalier chez la Rémy (pp. 233, 234, 239).

De façon très nette, l'expression *honnête homme* tend à désigner parfois une personne ayant un certain niveau social. L'évolution a dû se faire à partir de la croyance en une sorte d' « harmonie préétablie » entre la naissance et les qualités de l'honnête homme. C'est ce dont témoigne l'exemple suivant : *j'allai voir cette dame et son mari, à qui, tout malade et tout couché qu'il était, je trouvai l'air d'un honnête homme, je veux dire d'un homme qui a de la naissance* (254). Souvent, il s'agit simplement d'hommes faisant une certaine figure dans le monde. Les exemples suivants sont tout à fait significatifs : *il n'y a rien qui relève tant la taille* [qu'une épée], *et puis, avec cela, tous les honnêtes gens sont vos pareils* (165) ; *et puis elle me salua, moi qui faisais là la figure d'un honnête homme* (182) ; *je lisais je ne sais quel livre sérieux que je n'entendais pas trop, que je ne me souciais pas trop d'entendre, et auquel je ne m'amusais que pour imiter la contenance d'un honnête homme chez soi* (249-250) ; *il y avait du monde, et d'honnêtes gens, autant que j'en pus juger* (259) ; (Jacob au théâtre) *je n'osais prendre la liberté de regarder les autres, de peur qu'on ne démêlât dans mon peu d'assurance que ce n'était pas à moi à avoir l'honneur d'être avec de si honnêtes gens, et que j'étais une figure de contrebande* (265). Cette valeur purement sociale n'exclut pas un jugement moral défavorable sur la personne visée : *A l'égard de ses fils, mes secours les ont mis aujourd'hui en posture d'honnêtes gens ; ils sont bien établis, mais malgré cela je n'en ai fait que des ingrats, parce que je leur ai reproché qu'ils étaient trop glorieux* (8).

Inversement, *honnête* a parfois une valeur morale, plus vague d'ailleurs que dans le français moderne, notamment lorsqu'il est associé avec des mots autres qu'*homme*. Cf. : *de sorte que je suivis ces dames avec une innocence d'intention admirable, et en me disant intérieurement: Tu es un honnête homme* (209) ; *on dit de certaines gens qu'ils ont la main lourde ; cet honnête homme-ci ne l'avait pas légère* (211) ; *je partis avec ce valet de chambre qui m'attendait et qui me parut un honnête homme* (123) ; *permettez que je laisse* [l'emploi] *à cet honnête homme* (207). Voir aussi p. 95 tout un développement sur les qualités que Mlle Habert souhaite de l'*honnête homme* qu'elle voudrait épouser. Avec d'autres mots qu'*homme,* cf. les exemples suivants : *honnête jeune homme* (46), *honnête garçon* (139-140, 158, 212), *honnête femme* (197) ; *honnêtes gens* (43, 197, etc.) ; *honnête guerrier* (190).

Souvent, les expressions *honnête homme, honnêtes gens* sont précisément employées pour leur valeur équivoque, ainsi lorsque la Rémy parle de ses clients : *d'honnêtes gens me disent : Nous avons des affaires ensemble, il ne faut pas qu'on le sache, prêtez-nous votre chambre* (229). Ou, inversement, quand il s'agit de désigner les parents de Jacob : *le père de son mari est un très honnête homme, un gros fermier qui a plusieurs enfants (...) en un mot ce sont de fort honnêtes gens. Oui certes,* reprit Mme de Fécour : *comment donc, des gens qui demeurent à la campagne, des fermiers ; oh je sais ce que c'est : oui, ce sont de fort honnêtes gens, fort estimables assurément ; il n'y a rien à dire à cela* (184, cf. p. 121).

Ailleurs, *honnête* s'applique à une personne, à des manières, au sens de « civil » : *quelques regards extrêmement honnêtes me l'avaient aussi disposé en ma faveur* (130); *je songeai à être honnête et respectueux ; c'était tout ce que cet aimable visage me permettait d'être* (210). Noter une équivoque entre ce sens et celui d'*honnête* dans *honnête fille* (« d'une conduite irréprochable », dit Richelet) : *Quoi ! me dit-il là-dessus, est-ce que Geneviève n'est pas une honnête fille ? Fort honnête, repris-je, pour ce qui est en cas de faire un compliment ou une révérence : mais pour ce qui est d'être la femme d'un mari, je n'estime pas que l'honnêteté qu'elle a soit propre à cela* (28). De même p. 33.

Cf. aussi l'article suivant.

HONNÊTEMENT. Ordinairement employé avec une valeur qui correspond au dernier sens défini pour *honnête,* soit « poliment ». Ainsi : *c'est un magistrat plein de raison et d'équité ; ainsi, soyez en repos, défendez-vous honnêtement, et tenez bon* (123) ; *mademoiselle ici, mademoiselle là, toujours honnêtement mademoiselle et à moi toujours tu et toi* (131) ; *Mais je pense qu'oui, me répondit-il en ôtant bien honnêtement son chapeau, comme à un homme qu'il voyait dans un bon équipage, avec deux dames dont l'une paraissait de grande considération* (158) ; *Mme de la Vallée (...) dit l'heure qu'il était, pour conseiller honnêtement la retraite à nos convives* (188). Noter que *poliment,* plus rarement employé, comporte une idée de raffinement que n'a pas *honnêtement* : *Mon éloge faisait toujours le refrain de la conversation, éloge qu'on tâchait même de tourner le plus poliment qu'on le pouvait* (188). Dans d'autres cas, *honnêtement* s'emploie par référence à la valeur d'*honnête* dans *honnête homme,* c'est-à-dire « en personne bien élevée » : *Il est vrai que ce lecteur est homme aussi, mais c'est alors un homme en repos, qui a du goût, qui est délicat, qui s'attend qu'on fera rire son esprit, qui veut pourtant bien qu'on le débauche, mais honnêtement, avec des façons, et avec de la décence* (201) ; (Jacob à la Rémy) *On vient de Versailles pour se parler honnêtement chez vous* (228). Et en relation avec un caractère encore plus extérieur de l'*honnête homme* : *J'étais honnêtement habillé* (183). Comparer : *la manière simple, quoique honnête, dont elle était elle-même vêtue* (78).

Honnêteté. Décence, respect des conventions : *nous n'étions parents que par prudence, que par honnêteté pour les discours du monde* (100). Voir les deux précédents.

Houbereau. Hésitant au xviie siècle entre les formes *hobereau* et *houbereau*, le mot se fixe à la fin du siècle pour la première, que donnent seule Richelet et le *Dictionnaire de l'Académie*. Le continuateur, comme Marivaux (cf. *La Vie de Marianne*, p. 551), préfère la seconde (p. 307).

Intrigue. Embarras. Cf. : *elle me tira d'intrigue* (258). Voir l'article suivant.

Intriguer. Ne signifie pas « intriguer comme une énigme », mais « mettre en souci, mettre en peine ». Cf. *La Vie de Marianne*, p. 107, et ici : *Catherine vint au-devant de nous, toujours fort intriguée des intentions de Mlle Habert sur son chapitre* (81) ; *Je pris garde en même temps qu'elle augmentait d'estime et de penchant pour moi ; mais que cette augmentation de sentiments n'allait pas sans inquiétude. Les éloges de ma naïve hôtesse l'intriguaient, les regards fins et dérobés que la jeune fille me lançait de côté ne lui échappaient pas* (86). — *S'intriguer* ne se prend pas en mauvaise part et signifie « se mêler d'une affaire » : *elle (...) s'intriguait pour vous sans s'intéresser à vos affaires, sans savoir qu'elle ne s'y intéressait pas, et seulement parce que vous lui aviez dit : Intriguez-vous* (181).

Jerni de vie. Cf. p. 75, note 1.

Jouer des gobelets. « Faire des tours de passe-passe » (Richelet). Cf. : *Je ne sais pas au reste comment nos deux sœurs faisaient en mangeant, mais assurément c'était jouer des gobelets que de manger ainsi. Jamais elles n'avaient d'appétit ; du moins on ne voyait point celui qu'elles avaient ; il escamotait les morceaux* (52).

Labourer sa vie. Littré définit ainsi cette expression : « Populairement, labourer sa vie, avoir beaucoup de peine, d'embarras, de traverses ». Il n'en cite pas d'exemple. En voici un de Dufresny : « *Je suis si las, si las, de labourer ma vie* » (*La Coquette de Village*, acte I, sc. 2). Cf. ici : *moi qui n'avais encore aucun talent, aucune avance, qui n'étais qu'un pauvre paysan, et qui me préparais à labourer ma vie pour acquérir quelque chose (...) je voyais, dis-je, un établissement certain qu'on me jetait à la tête* (26).

LESTE. « Qui est proprement et richement accommodé » *(Dictionnaire de l'Académie)*. Cf. : *Et remarquez qu'il n'y avait rien de plus leste que cet équipage* (261) ; *je me voyais si gauche, si dérouté au milieu de ce monde qui avait quelque chose de si aisé et de si leste!* (265)

MALHONNÊTE. Contraire d'*honnête*, dans le sens de « qui ne se fait pas ». Cf. : *Oh! leur père tant qu'il vous plaira, lui dis-je, mais il n'est pas décent qu'ils vous appellent de ce nom-là. Est-ce donc qu'il est malhonnête d'être le père de ses enfants? reprit-il ; qu'est-ce que c'est que cette mode-là?* (8) ; *en tout autre lieu que celui où je me trouvais, le mot de donner aurait été ingrat et malhonnête* (149).

MALTOTE. Non pas au sens d' « exaction indue » (Richelet), mais au sens de « métier de maltôtier ». *Maltôtier* désigne populairement les percepteurs d'impôts, partisans et commis. Cf. ici : *à quoi te destines-tu? A ce qu'il vous plaira, cousine, lui dis-je ; mais j'aime assez cette maltôte, elle est de si bon rapport, c'est la mère nourrice de tous ceux qui n'ont rien* (164).

MARDI. Variante de *mordi, mordieu, par la mort dieu*, etc., ce juron populaire est ordinairement réservé par Marivaux aux rôles d'Arlequins. Cf. ici : *j'entends que c'est bien dommage que je ne sois qu'un chétif homme ; car, mardi, si j'étais roi, par exemple, nous verrions un peu qui de nous deux serait reine* (13) ; *Eh! mardi, ma chère cousine, repartis-je là-dessus, faites donc vite, vous me rendez malade d'inquiétude* (91). De même *par la mardi : Par la mardi! lui dis-je, vous en parlez bien à votre aise ; vous ne savez pas ce que c'est que d'être amoureux de vous* (223).

MÉNAGE. « L'état où l'on vit en son particulier et à ses frais » (Richelet), c'est-à-dire le train de maison. Cf. : *... nous sommes restées, ma sœur et moi, fort à notre aise. Cela se connaît fort bien, lui dis-je, au bon ménage que vous tenez* (75).

MERVEILLES (A). Seul, le dictionnaire de Bescherelle mentionne, à côté de *à merveille*, la forme *à merveilles*, sur laquelle il ne formule d'ailleurs aucune observation. Elle est constante chez Marivaux. Cf. ici pp. 97, 103, 243, 260.

MONDANITÉ. « Vanité mondaine. Ne se dit qu'en termes de dévotion » *(Dictionnaire de l'Académie)*. De là l'excuse de

Marivaux l'employant : *je me sentis étourdi d'une vapeur de joie, de gloire, de fortune, de mondanité, si on veut bien me permettre de parler ainsi, car je n'ignore pas qu'il y a des lecteurs fâcheux, quoique estimables, avec qui il vaut mieux laisser là ce qu'on sent que de le dire, quand on ne peut l'exprimer que d'une manière qui paraîtrait singulière...* (262).

MONS. « Il y en a qui dans le discours familier disent mons au lieu de monsieur » (Richelet). En fait, ce terme ne s'emploie que lorsqu'on s'adresse à des inférieurs. Ici : *Eh bien! me dit-il, mons Jacob, comment se comporte votre jeune maître?* (25) ; *Adieu donc, mons Jacob, jusqu'au revoir, me cria-t-il comme je me retirais. Oh! pour lors, cela me déplut, je perdis patience, et devenu plus courageux parce que je m'en allais : Bon, bon! criai-je à mon tour en hochant la tête, adieu, mons Jacob! Eh bien, adieu, mons Pierre, serviteur à mons Nicolas ; voilà bien du bruit pour un nom de baptême* (228).

MOUVEMENT. Mot assez souvent employé dans *Le Paysan parvenu*, quoique beaucoup moins souvent et de manière moins remarquable que dans *La Vie de Marianne*. Le *Dictionnaire de l'Académie* le définit comme suit : « Il se dit (...) des différentes impulsions, passions ou affections de l'âme ». Il s'agit bien en effet foncièrement pour Marivaux de désigner une impulsion, une réaction réflexe, organique, et la dénomination choisie reflète la conception cartésienne et mécaniste des rapports de l'âme et du corps qui était encore celle de Marivaux. Cf. : *Ma prétendue fit un cri en le voyant, cri assez imprudent, mais ce sont de ces mouvements qui vont plus vite que la réflexion* (105) ; *l'amour reprenait le dessus, et la débarrassait de tous ces petits mouvements qui l'avaient d'abord déconcertée* (107) ; *En vérité il n'y a de mouvements violents que chez ces personnes-là, il n'appartient qu'à elles d'être passionnées* (126). Le dernier exemple achemine vers des emplois particuliers, dont les plus intéressants concernent le domaine de l'amour : *Oh! voyez s'il n'y avait pas là de quoi me tourner la tête, de quoi me donner des mouvements approchants de ceux de l'amour* (141) ; *Que d'honnêtes et ferventes tendresses ne me dit-elle pas! On a déjà vu le caractère de ses mouvements, et tout ce que j'ajouterai, c'est que jamais femme dévote n'usa avec tant de passion du privilège de marquer son chaste amour* (189).

En un sens tout différent, *se donner des mouvements* signifie « s'agiter, s'intriguer en vue d'une affaire » (*Dictionnaire de l'Académie*) : *Elle me conta tout ce qu'elle avait fait, les nouveaux*

*mouvements que s'était donné Mme de Ferval, tant auprès du pré-
sident qu'auprès du magistrat qui m'avait interrogé* (156).

Musquée (fantaisie). « Fantaisies musquées, fantaisies singulières et bizarres. Il est du style familier. » *(Dictionnaire de
l'Académie)* Cf. : *cette Bible et cet Évangile ne répondent pas à
toutes les fantaisies musquées des gens* (68).

Mutin. « Adjectif. Opiniâtre, entêté, obstiné. » (Richelet)
Cf. : *N'importe, monsieur, lui répondis-je d'un air entre triste
et mutin ; j'aimerais encore mieux être le dernier des autres que le
plus fâché de tous* (29) ; *cela vit comme des saintes ; mais c'est
justement à cause de leur sainteté qu'elles sont mutines entre elles
deux ; cela fait qu'il ne se passe pas de jour qu'elles ne se chamaillent
sur le bien, sur le mal, à cause de l'amour de Dieu qui les rend
scrupuleuses* (67). On tend vers le sens moderne dans un autre
exemple : *petit mutin que tu es* (223).

Non plus. L'emploi de *non plus* pour *pas plus,* quoique déjà
signalé au XVIIIᵉ siècle comme vieillissant, est encore courant
chez Marivaux. Voir *La Vie de Marianne,* p. 36, et cf. : *les
galants ne vous auraient non plus manqué que de l'eau à la rivière* (75).

Oie (petite). « *Petite oie,* c'est le cou, les ailes, le gésier, le foie
et autres petites choses d'un oiseau de rivière. Figurément,
*la petite oie,* les bas, le chapeau, les rubans, les gants et autres
ajustements pour rendre un habillement complet » (Richelet).
Par une autre métaphore, l'expression désigne les premiers
éléments, les plus superficiels et les plus faciles à acquérir :
*Il est vrai que mon séjour à Paris avait effacé beaucoup de l'air
rustique que j'y avais apporté ; je marchais d'assez bonne grâce ;
je portais bien ma tête, et je mettais mon chapeau en garçon qui n'était
pas un sot. Enfin j'avais déjà la petite oie de ce qu'on appelle usage
du monde ; je dis du monde de mon espèce, et c'en est un* (40).

Outré. « Qui passe les bornes ordinaires » (Richelet). Cf. :
*N'est-on pas obligé de ménager sa vie pour louer Dieu qui nous
l'a donnée, le plus longtemps qu'il sera possible ? Vous êtes trop
outrée, ma sœur, et vous devez demander conseil là-dessus* (46).

Participe passé. On a respecté dans le texte l'usage de Marivaux
en ce qui concerne l'accord des participes passés. Cet usage,
qui n'est d'ailleurs pas tout à fait constant, comporte une différence essentielle avec la règle classique d'accord du participe
conjugué avec l'auxiliaire *avoir :* le participe peut rester invariable s'il est suffisamment « soutenu » par les mots placés
après lui. C'est ainsi qu'il est presque toujours invariable

quand le sujet est postposé : *l'émotion que m'avait causé mon accident* (147) ; *quelques-unes de ces pièces d'or que m'avait donné Mlle Habert* (147) ; de même quand le participe est suivi d'un attribut ou d'une apposition : *vous l'auriez cru timide* (88, en parlant d'Agathe) ; *si elle l'avait eu laide* (180) ; *cette fille que j'avais cru si sensée* (194) ; *je les ai tué tous deux en furieux* (155). Le participe est parfois invariable s'il est encore suivi d'un complément quelconque, ou simplement si la phrase continue sans ponctuation : *cette lettre, que madame avait pris dans son cabinet* (36) ; *elle que je n'ai jamais vu résister aux conseils que ma prudence m'a dicté pour la sûreté de la sienne* (64) ; *tu m'as secouru tantôt avec tant d'empressement, que j'en ai été sérieusement touchée* (74) ; *la vie qu'ils avaient mené ensemble* (77) ; *je n'ai vu que l'épée, que j'ai par mégarde ramassé dans l'allée* (150) ; *mon pauvre défunt ne l'a pas mis dix fois* [une robe de chambre], (166) ; *des yeux que je n'ai jamais vu à personne* (174) ; *voilà une belle équipée que vous avez fait là* (225); *le secrétaire qui nous avait quitté revint* (152).

En revanche, l'accord est fait assez soigneusement quand le participe passé termine un groupe de mots, et notamment lorsque la forme du féminin est différente de la forme du masculin : *cette épée qu'il avait laissé tomber, que j'avais prise* (150) ; *Mme de Ferval rougit et voulut retirer sa main qu'il avait prise* (225) ; *ces douceurs que je goûte* (...) *dans l'état où vous m'avez mise* (246) ; *son manque de courage dans le péril où il m'avait abandonnée* (215).

Dans le cas du verbe *être,* le participe est généralement accordé suivant les règles modernes. C'est par négligence que l'accord n'est pas fait dans quelques cas où la forme masculine et la forme féminine ont la même prononciation. Le seul exemple intéressant est le suivant, où l'invariabilité du participe s'explique par le fait que le sujet est postposé : *c'est sur le Pont-Neuf que s'est fait la connaissance de M. de la Vallée et vous* (108).

PARTICIPE PRÉSENT. Comme beaucoup d'écrivains de son temps, Marivaux ne respecte pas scrupuleusement la règle suivant laquelle le participe présent doit rester invariable, même s'il n'a pas de complément d'objet direct. Cf. ici : *il me semblait même entendre des cris comme venants d'une fenêtre de la maison sur la rue* (144) ; *voyez s'il n'y avait pas là de quoi me tourner la tête, de quoi me donner des mouvements approchants de ceux de l'amour* (141).

PAS. Pléonastique de *rien,* cf. p. 232, note.

Pour. L'emploi de *pour* servant à détacher un élément de la phrase, à marquer une réserve, une opposition, etc., est très fréquent chez Marivaux. On le trouve ainsi devant un adjectif, ce qui est banal *(ils ne sont pas riches, mais pour honorables, oh! c'est la crème de la paroisse,* p. 74), mais aussi devant un participe passé, ce qui l'est moins : *je ne pus jamais venir à bout d'avoir un visage qui ne parût ni déplacé, ni honteux ; car pour étonné, je me serais consolé que le mien n'eût paru que cela* (265). Introduisant un substantif, *pour* peut se trouver suivi de n'importe quelle préposition : *Pour à de l'argent, j'y rêve comme au Mogol* (94) ; *il faudrait qu'elle se contentât d'avoir un amant ; mais pour de mari, néant* (29) ; *voilà bonnement tout ce que je comprenais au plaisir que j'avais à la voir ; car pour d'amour ni d'aucun sentiment approchant, il n'en était pas question dans mon esprit* (209). Noter encore l'expression pléonastique *pour ce qui est en cas de,* p. 38, voir l'article CAS.

Prévenir. Employé au sens classique de « prévenir favorablement » : *Effectivement, ce garçon a d'abord quelque chose qui prévient* (63) ; *que dites-vous de lui? Il prévient assez, répondit l'autre* (47).

Propre. Ce terme se dit généralement d'objets d'une sobre élégance et de bon goût, ainsi de la robe que M. de Climal offre à Marianne dans *La Vie de Marianne* (édit. Garnier, p. 39). Cf. : *Je la trouvai qui lisait couchée sur un sopha, la tête appuyée sur une main, et dans un déshabillé très propre, mais assez négligemment arrangé* (171) ; *Mme d'Orville, qui nous avait précédés pour ouvrir un cabinet assez propre* (253).

Propreté. « Sorte d'élégance » (Richelet). Cf. : *Il fallait pourtant répondre, avec mon petit habit de soie et ma petite propreté bourgeoise, dont je ne faisais plus d'estime depuis que je voyais tant d'habits magnifiques autour de moi* (266).

Provision. « Fourniture de tout ce qui est nécessaire » (Richelet), d'où, au pluriel, sens large de « biens, commodités » : *Vous me direz ; tu n'as rien, ni revenu, ni profit d'amassé ; rien à louer, tout à acheter, rien à vendre ; point d'autre gîte que la maison du prochain, ou bien la rue ; pas seulement du pain pour attraper le bout du mois (...) mais Dieu le sait, ma parente, ce n'est point pour l'amour de toutes ces provisions-là que mon cœur se transporte* (93-94).

Quand et quand. « Du bas peuple » pour le *Dictionnaire de l'Académie,* qui distingue l'emploi adverbial (« ensemble, en même temps ») et l'emploi prépositionnel (« avec, en même temps que »). Cf. ici : *ce jour-là, nos prières partirent donc l'une quand et quand l'autre* (96).

Queu-ci queu-mi. Locution du patois des paysans de l'Ile-de-France, signifiant « pareillement, de même ». Après que Lélio a expliqué à Arlequin l'état de son cœur, Arlequin répond : « *Queussi queumi, voilà mon histoire* » (*La Surprise de l'Amour,* acte I, sc. 12). Cf. ici dans la Suite apocryphe, p. 394.

Quitter. Sens classique, « tenir quitte » : *il n'y avait qu'un partisan qui eût le moyen de se damner si chèrement, et bien des femmes plus huppées l'en auraient pour cela quitté à meilleur marché que la soubrette* (23).

Rafraichir. « Donner les choses nécessaires aux besoins pour subsister » (Furetière). Spécialement, servir un repas léger. Cf. : *on la chargea du soin de me rafraîchir* (47).

Réciter. « Raconter, faire un récit » *(Dictionnaire de l'Académie).* Cf. : *Qui êtes-vous? me dit-elle; je le lui récite* (132).

Réfléchir. Un néologisme cher à Marivaux, et que lui reproche le *Dictionnaire néologique* de Desfontaines, consiste à employer transitivement le verbe *réfléchir.* Exemple : « *Vos efforts pour détruire l'un vous mettaient mal avec vous-même. Vous n'osiez les réfléchir* » *(Spectateur Français,* quatrième feuille). Cf. ici : *on agit dans mille moments en conséquence d'idées confuses qui vous viennent je ne sais comment, qui vous mènent et qu'on ne réfléchit point* (129-130).

Reprise de quadrille. Terme de manège. Reprise d'une figure, d'une leçon par un *quadrille,* groupe de quatre cavaliers d'un même parti. Cf. ici au sens figuré, à propos des ecclésiastiques qui fréquentent chez Mme d'Alain : *je les reçois bien : bonjour, monsieur, bonjour, madame ; on prend du thé, quelquefois on dîne ; la reprise de quadrille ensuite, un petit mot d'édification par-ci par-là, et puis je suis votre servante* (116-117).

Rouge-bord. « Verre plein jusqu'au bord » (Richelet). Cf. : *en la saluant d'un rouge-bord que je bus à sa santé* (50).

Secousse (prendre sa). Primitivement *prendre son escousse,* c'est-à-dire son élan. Marivaux emploie cette expression au sens propre, par exemple lorsque Arlequin, dans *Arlequin poli par l'Amour,* tire son couteau, l'aiguise et *prend sa secousse* comme pour se percer le cœur (scène 18). Cependant, il s'en sert généralement au sens figuré de « prendre une décision, sauter le pas ». Cf. ici : *Que ce cœur vous plaise ou vous fâche, n'importe, il a pris sa secousse, il est à vous* (94).

SENTIMENT. L'expression *avoir des sentiments,* qui signifie d'ordinaire « avoir de l'honneur, de la générosité » (Richelet), cf. ici p. 247, est prise une fois au sens d' « avoir des opinions sur une question », suivant un autre sens du mot *sentiment (Les Sentiments de l'Académie sur Le Cid)* : *Et puis madame se mêlait de raisonner de religion ; elle avait des sentiments, elle parlait de doctrine, c'était une théologienne* » (195).

TAUDIS. « Se dit aussi d'une chambre en désordre et malpropre » *(Dictionnaire de l'Académie).* Cf. *La Vie de Marianne,* p. 107, et ici : *je restai tapi dans mon petit taudis jusqu'à sept heures du soir* (35). Dit aussi, apparemment, de la « chambre » de la Rémy, p. 229.

TOURNURE. « Se dit figurément par les jeunes gens de la cour du tour d'esprit qu'on donne aux choses » (Furetière, citant Callières). Cet emploi est courant chez Marivaux. Cf. *La Vie de Marianne,* pp. 60, 92, 121, et ici : *Car, qu'elle soit maligne, vindicative, orgueilleuse, médisante, (...) tout cela ne jure point avec l'impérieuse austérité de son métier. Mais se trouver convaincue d'être amoureuse, être surprise dans un rendez-vous gaillard, oh! tout est perdu ; voilà la dévote sifflée, il n'y a point de tournure à donner à cela* (227).

TOUT DE SUITE. Sens classique : « tout à la suite ». Cf. : *Il y avait longtemps que je me taisais parce que je voulais dire mes raisons tout de suite* (129). De même p. 246. Tend vers le sens moderne, p. 150 : *il y avait deux meurtres de faits en haut, on a cru que j'y avais part, et tout de suite me voilà.*

TOUT. Comme la plupart des écrivains de son temps, et malgré les prescriptions des grammairiens, Marivaux accorde presque toujours *tout* adverbe devant un adjectif féminin, même si celui-ci commence par une voyelle. Voir *La Vie de Marianne,* pp. 18, 33, 106, 150, etc., et ici : *la tablette est toute achetée* (96) ; *je la trouvai toute arrivée* (96) ; *toute indiscrète qu'était la mère* (103) ; *toute âgée qu'elle est* (136) ; *toute ennemie du commerce des hommes que je vous croyais* (236) ; *toute en pleurs* (197) ; *une infinité de rubriques en apparence toutes obligeantes pour ceux qu'elle vous donnait à déchirer* (143).

TOUT A L'HEURE. Tout de suite : *Eh! pourquoi me remettre, dit-il, et ne pas m'aimer tout à l'heure?* (240).

TRACAS. « Se dit du commerce, du métier que chacun fait » (Furetière). Le rapprochement avec le verbe *tracasser* (article suivant) permettrait de définir plus exactement ce mot comme l'ensemble des tâches d'une maison. Cf. : *je gagne* [ma vie] *à faire le tracas des maisons* (70).

TRACASSER. « Faire quelque petite chose dans le ménage » (Richelet). Cf. : *je vas, je viens, je tracasse, je fais mon ménage, et ma compagnie cause* (229). Au sens moderne, cf. p. 83.

TRACASSIÈRE. Pour le masculin, *tracassier,* les dictionnaires du temps donnent, à côté du sens de « celui qui chicane », le sens plus spécial de « celui qui ne conclut pas franchement une affaire, qui ne fait que barguigner ». C'est ainsi qu'il faut comprendre *tracassière : Le marché en fut plus long à conclure* (...) *d'offres en offres notre officieuse tracassière conclut* (167) ; *Mme d'Alain toujours présente, toujours marchandant, toujours tracassière* (167).

TRAYER. Pour *trier,* dans la Suite anonyme. Voir p. 401, note 1.

TRÉMOUSSER (SE). « Signifie figurément et dans le style familier faire des démarches (...) se donner beaucoup de mouvements pour faire réussir une affaire » *(Dictionnaire de l'Académie).* Cf. : *en se trémoussant le reste de la journée, en allant et venant, est-ce qu'on ne pourrait pas faire en sorte, avec le notaire et le prêtre, de nous bénir après minuit?* (98).

VENEZ-Y VOIR. « Un venez-y voir, bagatelle, chose qui mérite à peine d'être remarquée » (Littré, qui cite les deux exemples suivants). Cf. dans la Suite apocryphe : *Je n'avais pas vingt ans quand cela m'arrivait ; vous passez quarante ; beau venez-y voir!* (303). De même : *grand venez-y voir!* (315).

VIEUX. Le *Dictionnaire de l'Académie* dit que « si le mot suivant commence par une voyelle, on dit plus ordinairement *vieil* ». Suivent deux exemples contradictoires, *vieil homme, vieux ami.* Marivaux dit ordinairement *vieux : le vieux ivrogne* (36) ; *un vieux officier* (190).

VIS-VIS. Selon le *Dictionnaire de l'Académie,* l'emploi de *vis-à-vis* comme préposition au lieu de *vis-à-vis de,* serait du langage familier. Les exemples de différents auteurs dans Littré montrent qu'il a été largement répandu au XVIIIe siècle. Marivaux, qui emploie *vis-à-vis de* devant un pronom personnel (*vis-à-vis de nous,* p. 101, *vis-à-vis d'elle,* p. 145), semble préférer *vis-à-vis* seul devant un substantif ou un pronom possessif tonique : *il faudra bien que mon assiette soit vis-à-vis la vôtre* (83) ; *il en demeurait un vis-à-vis la maison* (145) ; *le chirurgien qui était vis-à-vis la maison* (158) ; *une maison (...) qui était vis-à-vis la petite rue où Mme de Ferval avait laissé son carrosse* (242).

Vue (a — de pays). « Juger des choses à vue de pays, pour dire, juger des choses en gros, et sans entrer dans le détail » *(Dictionnaire de l'Académie)*. Cf. : *Madame, là-dessus, appela Geneviève, qui me quitta très contente de moi, à vue de pays* (13) ; *une face ronde, qui avait l'air d'être succulemment nourrie, et qui, à vue de pays, avait coutume d'être vermeille quand quelque indisposition ne la ternissait pas* (42) ; *Agathe, à vue de pays, avait du penchant à l'amour* (88) ; *femme d'ailleurs qui me parut sans façon ; aimant à vue de pays le plaisir et la joie, et dont je vais vous donner le portrait* (179).

# TABLE DES MATIÈRES

## LE PAYSAN PARVENU

## SUITE APOCRYPHE DU PAYSAN PARVENU

Achevé d'imprimer par Corlet,
Condé-en-Normandie (Calvados),
en Avril 2022
N° d'impression : 175628 - dépôt légal : Avril 2022
Imprimé en France